汲古選書 52

曹雪芹小伝

周汝昌 著
小山澄夫 訳

河南省博物館（蔵）『雪芹小像』〔第26章参照〕

王岡（画）『独坐幽篁図』〔付録513頁参照〕

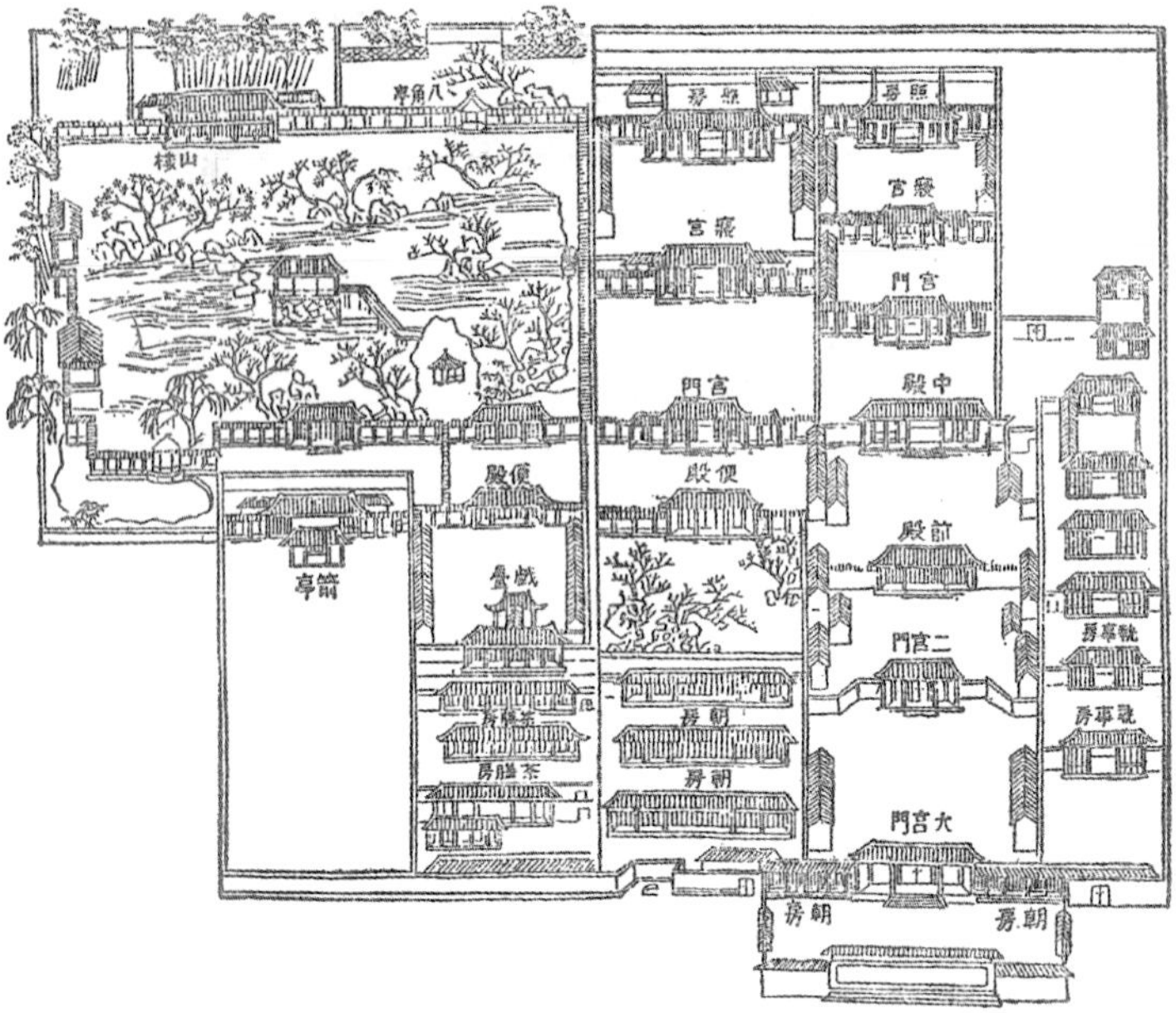

南京行宮図（旧江寧織造府）〔『紅楼夢新証』165頁〕第６章参照

張見陽（画）『楝亭図』〔『曹雪芹家世〈紅楼夢〉文物図録』〕第６章参照

北京全城関係地点略図

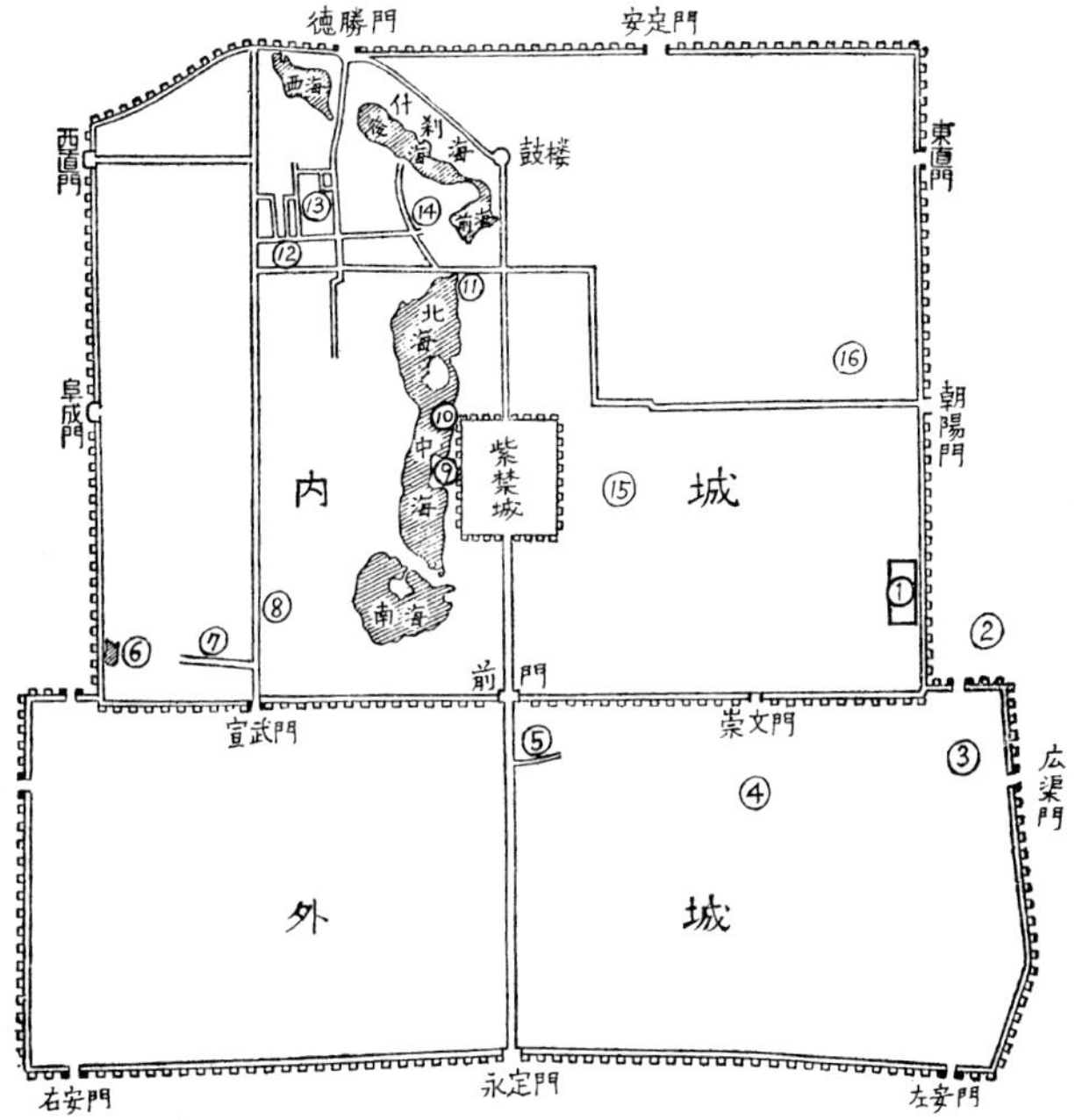

①貢院・泡子河一帯
②二閘
③臥仏寺
④蒜市口
⑤鮮魚口
⑥太平湖一帯（槐園の地）
⑦石駙馬大街（平郡王府の地）
⑧石虎胡同（右翼宗学所在地）
⑨福佑寺（玄燁と孫夫人の同住地）
〜福佑寺以南は広儲司など内務府官庁街
⑩団城
⑪蚕池
⑫護国寺
⑬花枝胡同
⑭和珅府（のち恭王府）
⑮焼酒胡同（東華門外錫鑞胡同の傍）
⑯焼酒胡同（朝陽門内北小街）
〜⑮⑯どちらか雍正帝からの曹頫賜宅地

※〔周汝昌『紅楼夢新証』一六一頁により作図〕

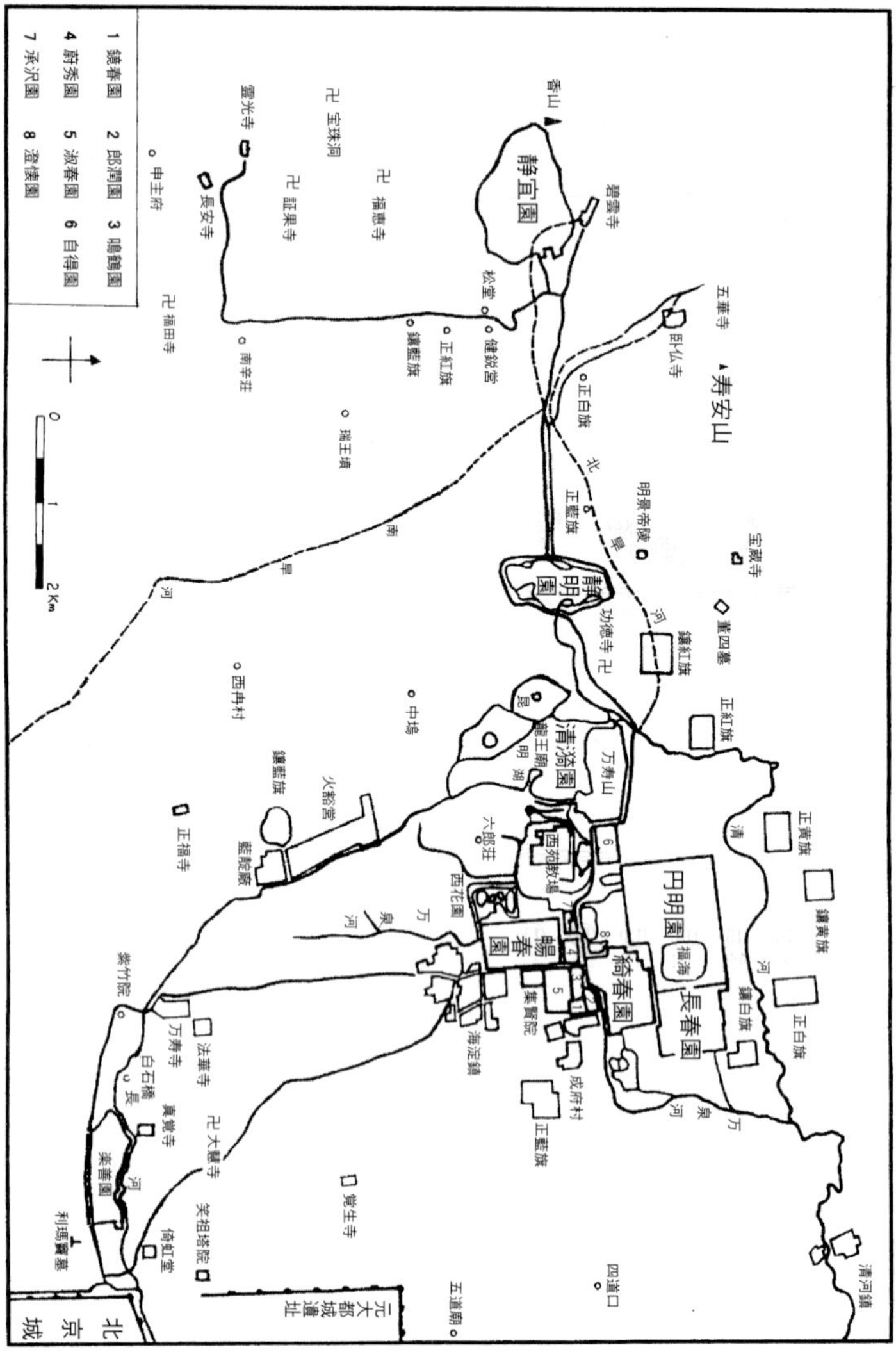

清代北京西郊図〔『五園三山』北京出版社〕第22章参照

『曹雪芹小伝』日本語版序文

日本のかたがたは常日頃より、文化面でのふかい思い入れをこめ、海にへだてられた西のかた長安に心をよせてくださる。日本のひとびとは唐代の李白、杜甫、王維、孟浩然などを御存知のみならず、「渭城の朝雨軽塵を浥《うる》おす」〔王維〈元二の安西に使するを送る〉詩〕とか、「月落ち烏啼《な》いて霜《しも》天に満つ」〔張継〈楓橋夜泊〉詩〕とかの詩句までおりにふれ弦歌愛誦なさる。さらに清代の王士禛《しん》、袁枚《えんばい》を御承知のむきまでいらっしゃる。しかしながら、曹雪芹《そうせつきん》を知る人はかならずしも多くない。

《詩聖》杜甫は、かつて宋玉〔屈原と並ぶ楚辞の作者〕にたいし「蕭条《さびしき》かな代《よ》を異にし時を同じくせず」〔〈詠懐古跡・五首〉詩其二〕という痛恨の念をいだいたが、世をこえ時をこえて先人を思慕する偉大な文学者の情熱にはいつしも胸打たれてならない。そんなわけで、わたしは昔こんな空想をめぐらしたことがある。——かりに杜甫と曹雪芹とが同時代人であったとして、しかも親友同士であったとしたら、かの「揺落《おちば》して深く知る宋玉の悲しみ」〔同前詩〕という杜甫の名句も、さだめし「揺落して深く知る濁玉〔曹雪芹のこと〕の悲しみ」と改められたであろうし、さらに杜甫は次のような一首をものしていたかもしれない……と。

不見曹生久　　曹生《そうせい》を見ざること久し
佯狂眞可哀　　佯狂《えせぐるい》 真《まこと》に哀しむべし
世人皆欲殺　　世の人 皆殺さんと欲す
吾意獨憐才　　吾が意 独り才を憐れむ
敏捷詩千首　　敏捷《ふではやし》 詩千首
飄零酒一杯　　飄零《うらぶれし》 酒一杯
西山著書處　　西山は書を著すべき処
頭黑好歸來　　頭黒《わかきうち》に好し帰り来たれ

もともとの原詩は、杜甫が李白に贈った名篇〈不見〉詩である。ところが「曹」「西」「著」「黑」の四文字〔原詩はそれぞれ李・匡・讀・白に作る〕をいれかえただけで、そのまま曹雪芹に贈る詩として剴切《がいせつ》このうえない。

ところで、曹雪芹は日本のかたがたにあまり知られていない、とまえに述べた。うちあけてしまえば、じつは日本にかぎらず中国においてさえ、この大文学者にして大藝術家のことを人々が知るようになったのは、つい近頃のことなのである。しかも、その場合の「知る」の意味にしても一般的な広義の意味にすぎず、もし「知る」の定義を厳密にあつかうとすれば、曹雪芹については、いまなお依然として一種の摸索段階、というのが正直なところである。曹雪芹はいわば中国の文曲星〔文運を司るとされる星〕にもひとしく、その文才は天下にかくれもない古今無双のものでありながら、そのひと自身のこととなると、世に知られることもなく今日にいたっている。なんとも嘆かわしいかぎりである。

「知る」の反対は「知らない」。「知らない」ということは、なにごとによらず不幸なことである。しかもその不幸の意味は、たんなる「無知」にとどまらず、さらに避けられない事態として、さまざまな錯覚やら誤解やら歪曲やら混乱やらがこの「無知」という隙をぬい、ひとびとの念頭にしのびこむことにある。こうした曲解を、すぐれた文学藝術の巨匠がその身にこうむるとしたら、それこそ人類文明における深刻な問題であり、甚大な損失にほかならない。たとえて言うなら、世にまたとない和氏《かし》連城の璧《へき》〔楚の和氏が見出した玉で、のちに城を連ねた国土ほどの価値ある宝物とされ、世に認められにくい名宝にも比す〕が、砕かれ、潰され、あるいは名玉の玲瓏たる美しさを汚ならしいペンキで塗り籠められてしまうようなものだからである。
曹雪芹という類いまれなる和氏の璧は、古代の伝説さながらに久しいあいだ俗塵に埋もれたあげく、ひきつづき汚泥にまみれてきた。雪芹は不遇の生涯のはてに、貧窮と愁嘆のさなかで没し、そればかりか生きては無念の涙をのみ、死しては遺恨をふみにじられている。思うたび、いかにも心痛ましくてならない。こうした理由から、わたしは中国文化史上もっとも理不尽に虐げられている人物にたいし、調査考究につとめ、いささかなりともその冤みを雪《すす》いでやらねば、と誓いを立てたしだいである。

わたしが曹雪芹の研究に手をそめたのは一九三〇年代のこと、当時わたしは二十余歳。いらい勉励し、いまや七十二歳。ついやした年月ばかり長々しく、なしえた成果の微々たることを考えると、忸怩たる想いは言葉につくしがたい。

ところで、曹雪芹のことなど知ろうと知るまいと大した問題ではないではないか、という疑義がいっぽうにはある。この質問にこたえることは、なかなかに容易でない。わたし個人の回答もかならずしも十全な見識とはいいにくいものの、『曹雪芹小伝』日本語版の巻頭にあたっては、是が非ともわたしなりの見解を記しておかなければなるまい。

てっとりばやく言ってしまえば、もし中国の文化文明および民族のあたまとこころとを理解しようとするなら、『石頭記《せきとうき》』——すなわち一般に『紅楼夢』と称されている長篇小説を一読しなければならないし、また、ほんとうに『石頭記』を読破しようとするなら、その作者曹雪芹のことを承知しておかなければならない、ということである。

いまの後ろの言いぐさは、すこぶる陳腐に聞こえたかもしれない。ひとつの文学作品を読解するために、その作者を知る必要のあることはいわば常識であって、周知の道理だからである。こうした言わずもがなのことを日本の読者にくどくど説くとしたら、それこそ贅言であるばかりか非礼にもあたろう。そうではなく、わたしが言いたいことは、そうした一般的な話ではなしに、ほかに述べたい私見あっての話なのである。

中国の古典長篇小説のなかには、こんにち最もひとびとに親しまれているものとして『三国演義』『水滸伝』『西遊記』『紅楼夢』のいわゆる《四大名作小説》がある。これらは日本の読者にもずいぶんと馴染み深いものにちがいない。前者三篇の作者は、順にそれぞれ羅貫中・施耐庵・呉承恩（異説もあろうが今は立ちいらない）とされている。が、彼ら三人のことを知らなくても、おのおのの作品を読むうえでなんら差し支えなく、作品を理解鑑賞することがそのために「妨害」されるとは思えない。すくなくとも、たとえ「妨」げがあろうと「害」はきわめて小さく、大局に影響なしといいうる。しかしながら、『石頭記』を読むにあたっては、そうはいかない。前述三書と等しなみにかんがえて同じような読み方をするとしたら、これほど大きな過ちはまたとないからである――というのも、前掲三書が『石頭記』より古いためばかりでなく、いまだ『石頭記』に比類する小説がこの世に存在しないためにもよる。したがって、曹雪芹の小説とほかの「野史《やし》」とを同類視して、曹雪芹と『石頭記』との関係を、羅貫中・施耐庵・呉承恩とかれらの各作品との関係と同様であるかのように誤解することだけは、万々避けなければならない。

かの魯迅は、こうした曹雪芹とその小説『石頭記』とのあいだの特殊な関わりを、じつによく心得ていた文学史家であった。彼はその著『中国小説史略』（増田渉氏の日本語訳があり、それに伊藤漱平氏の補訂もなされつつある）のなかで次のように述べている。

袁枚は（『紅樓夢』が）……然し已に雪芹の書であつて、記するところのものはその聞見であることを明言してゐるのである。而も世間には信じる者が特に少かつた、王國維（『靜菴文集』）はこのやうな說を非難して、「所謂『親しく見、親しく聞いた』といつたところで、それは第三者として親しく見たり、聞いたりしたといふ意味で、未だ必しも作者自らが書中の人物であつたのではない。」としたのである。胡適が考證を作つて、はつきりと彰明し、曹雪芹は實は榮華に生れ、苓落に終り、半生の經驗は極めて「石頭《いしころ》」に似てゐ……たことが分つた。

〔増田渉訳〕

この言葉は第二十四篇〈清の人情小説〉にみられ、この篇全体が『紅楼夢』一書を論ずるために充てられている。魯迅の堂々たる筆才は、かずかずの正論至言を一糸みだれず繰りひろげ、曹雪芹とその作品を理解するための手引きとして最重要の一篇となっている。とくに同篇末尾に、魯迅が『紅楼夢』冒頭の「作者みずから云う」ではじまる大綱要旨の一節を引用しているところ、とりわけ用意周到といわなければならない。前掲引用文においても、魯迅の慧眼は、王国維・胡適両氏の見解を的確に見きわめたうえで、王氏の所論に反駁をくわえている。――王氏の論法の難点は、『紅楼夢』独自の性格をないがしろにし、むやみに《普遍化》の方向へ解釈を広げようとするところにある。こうした考え方は、ものごとの共通点にばかり目をむけるあまり、ほんらい藝術というものが作品にそなわる個性と特性とにたいする認識をなによりも必要とすることを、まるまる無視するものといえよう。魯迅はさらに述べている。

だが本書の作者の自説に據れば、ただ如實に描寫したまでで、絶對に譏彈はなく、獨り作者自身に於て深く懺悔したのである。これはもとより普通の人情として喜こぶところである、だから『紅樓夢』は今に至るまで人々から愛重されるが、然しまたこれは同時に、普通の人情として怪しむところでもある、だから不滿の人もあつて、その人たちが奮起して補訂し圓滿にしたのである。このことは人々の度量が非常にかけ離れてゐることを見るに足るものだが、また曹雪芹が追從を許さないえらさを持つてゐた所以でもある。〔同前〕

注目すべきことは、魯迅が『中国小説史略』全篇中において幾百という古典小説の作者たちについて論及するうち、曹雪芹にたいしてのみ、正名をよびすてにせず雪芹という号をもちいている点、その愛重の情を露《あらわ》にしているところからして、まさに別格あつかいと見られることである。そして魯迅も指摘するとおり、人々の度量は人それぞれに天地ほどもかけ離れており、それだけに、曹雪芹の追随をゆるさない所こそ、人々にとっては理解しにくい所にもなっている。したがって、曹雪芹の伝記を著わすにあたっては、まず第一に雪芹の追随をゆるさぬ非凡な器量見識から筆を起こさなければなるまい。このようにみてくると、雪芹の絶世無比の文才にしても、それにつぐ第二の特質と考えなければならなくなろう。要するに、魯迅は早くも一九二〇年代初頭において、最初の中国小説史を草創したさい、『紅楼夢』の最大の特徴、いいなおすなら『紅楼夢』がその他の小説といかなるところで一線を画しているのかを、すでに明確に指摘しているのである。

がんらい、中国の小説が「史」の一派であることは、小説の別名を「野史」と称することからも見てとれよう。ほかに俗称として「故事」とも呼ばれるが、これも「歴史事跡」というのに同じい。かの《太史公》司馬遷が『史記』によって「史伝文学」の体裁を創始していらい、その形式は栄えある伝統として後世にうけつがれ、その正史の伝統が中国小説に量りしれない際立った特色をもたらし、それは唐代の伝奇小説においてとりわけ著しい。清代、『紅楼夢』を評する者のおおくが、曹雪芹を司馬遷になぞらえていることも、みずからの民族の文学的伝統を正しくわきまえたものと言わなければならない。たとえば、あるものは曹雪芹を「小説家の盲左〔盲目にもかかわらず『国語』を撰した周の左丘明〕・腐遷〔腐刑に処せられながら『史記』を撰した司馬遷〕」〔戚蓼生『石頭記』序〕と称し、またあるものは、司馬遷は『史記』一書に三十世家を載録したのにたいし、曹雪芹は『石頭記』一書に一世家のみを記述しただけでいささかの遜色もない云々〔二知道人〈紅楼夢説夢〉〕と評している。これらはすべて、『石頭記』の文筆の格調の高さと内容の真実味と、それら両様をふまえて述べられたものである。

こうした中国における文史合一の観念は、あらゆる文学創作上での理論と実践との全ての枠組みをなすものであって、小説にしても例外ではない。ここで補足しておかねばならないことは、中国小説の作者たちがこぞって「野史氏」をもって自任し、人を識り世を論ずることを専らとしていた時代にあり、ひとり曹雪芹のみ、この旧套に甘んずることなく、世人の耳目を一新しようとの意欲のもとに、「石頭《いし》」がその一生のあいだに遍歴した離合悲歓・栄枯盛衰をみずから「記」す、という斬新な表現方法を採ったことである。すなわち、「作者みずから云う。むかし『夢幻』（これは仮託の文字でじつは実事をさす）一つを歴《へ》たるによって、ことさら真事（さきの「夢幻」と両者呼応する）を隠し、『通霊』（すなわち石頭）の説を借り、かくてこの『石頭記』一書を著わした」〈『紅楼夢』第一回冒頭〉、と述べるところの表現方法である。もっとも、その述べるところの言い回しは、いうまでもなく言葉のあやの目眩《めくら》ましにすぎない。以上のように、それぞれの観点からして明らかなごとく、われわれは曹雪芹その人について心得ておかなければならない事柄があり、しかも、その心得ておくべき事柄のふくみもつ意味がきわめて重要であること、十分納得いただけたことと思う。残念なことは、まだまだ多くの人々がこの関鍵に気付かずにいることである。

わたし自身、汗顔の至りなのは、この小著がとても曹雪芹の伝記などといえるものではなく、わたしの不学のためもあって内容が書名にそぐわないことである。旧著〔『曹雪芹』一九六四年〕を草したのは二十余年の昔になるが、当時に受けたさまざまな制約たるや、とうてい余人の想像しうるところでなく、言挙げするつもりもない。したがって、なおのこと慚愧の念にたえないのは、旧著脱稿ののち、より良き新版にむけての改筆にことさら邁進しなかったことである。

こうした愚著にもかかわらず、さいわい日本の二人の紅楼夢研究家の恵愛をたまわり、本書の日本語版を翻訳出版してくださるという。となると、わたしの慚愧の念は深まるいっぽうである。もとより本書は曹雪芹を生けるがごとく活写した伝記とはいいがたいものの、しかし、日本語版の流布によって、日本のかたがたに曹雪芹の面影のいくぶんかでも偲んでいただけるのなら、またそれによって、中国文化の理解と感得とにすこしでも裨益するところがあるのなら、わたしとして幸甚これに過ぐることはない。

なんとも床しいことは、翻訳してくださる御両名が、おひとりは紅夢楼（伊藤漱平氏）と号され、おひとりは濁病斎《だっぺいさい》（小山澄夫君）と号され、おふたりの雅号とも曹雪芹ならびに紅楼夢を典故とされていることである。こうした風流韻事は中国においてさえ珍しい。思い出されるのは一九八一年の晩春、北京の中国藝術研究院が日本の紅楼夢研究者をお招きしたときのこと、それはわたしにとって伊藤漱平氏とは二度目の邂逅であったし（初回はアメリカのウィスコンシン大学における国際紅楼夢研討会の席上であった）、小山澄夫君とは最初の出会いであった。そして同年の夏、わたしと小山君とは互いに詩を唱和しあい、おりしも落花飛架《ひじょ》のみぎりとて、その光景はいまだに彷彿として目のまえに浮かぶ。このたび、わたしたちが曹雪芹をよすがとして翰墨の縁をあらためて結びえたことは、われわれ両国の文化学術交流史上にさらに一つの佳話を添えるものと信じ、ここにしたためて慶事としたい。また御両人の訳業の御苦労にたいし心からの謝意を記しおくとともに、紅夢楼中におかれても、濁病斎裏におかれても、御両位の精妙なる筆墨の恙無きことをお祈り申し上げる。

うららかな春たけなわの美景は、もちろん賞翫するに不足はない。けれども、晩春の落花飛絮の頃おいもまた、北京の清風好日のもとでは格別に味わいぶかく、わたしの最も好きな季節である。ただし、わたしが心引かれる落花飛絮の風情には、いわゆる伝統的な傷春とか哀別とかの心持ちはさらさら含まれておらず、むしろわたしは、そこに清明平和の兆しを見、やがて訪れくる新緑ゆたかな初夏の息吹きを感じとるのである。先師たる顧随《こずい》先生の詩句に次のような一聯がある。

微雨一番生衆綠
従知夏淺勝春殘

微雨の一番《ひとしきり》して衆緑を生ぜしむ
従《よっ》て知る　夏浅《しょか》の春残《ばんしゅん》に勝るを

このような心境にて、わたしは『曹雪芹小伝』日本語版の上梓を心待ちにしている。

一九八九年己巳　初夏

北京東城の脂雪軒にて　周　汝　昌

目次

【凡例】

○本書は周汝昌『曹雪芹小伝』〈百花文藝出版社・一九八〇年四月刊〉の第二版〈同・一九八四年四月刊〉を底本とし、その本文三十三章および付録三篇の全訳である。
○本書冒頭には原書冒頭の周策縦氏「序」にかわり、著者による「日本語版序文」を訳録した。
○本書巻末には原書巻末の著者「後記」にかわり、伊藤漱平氏による「跋文」を収載した。
○本書「付録」後に、周汝昌『紅楼夢新証』および伊藤漱平『紅楼夢』訳書から「図表」を抜粋補録した。
○本書巻頭の「図版」は「雪芹小像」を除き、全て訳者が関係書から補ったものである。
○本書最末尾に読者の便に資するため「索引」を付した。
○本文および原注中の（　）で表示した括弧注は、原書の収める著者注記をしめす。
○本文および原注中の〔　〕で表示した括弧注は、訳者がほどこした注記をしめす。
○本文行間に①②で表示した注は著者による原注で、原書の体裁にならい各章末に注記内容を収録した。
○本文行間に（一）（二）で表示した注は訳者による訳注で、原注にならべて各章毎に注記内容を掲載した。
○人名のルビに関しては、漢人には漢字音読みを平仮名で、満人には〈満文本『八旗満州氏族通譜』収録名を基準とし〉原名音を片仮名で表示するのを原則としたが、満人名でも読みが一般化しているもの、および曹雪芹関係者のうち研究者間ですでに読みが慣用されているものについては通例にしたがい、無用の混乱を避けた。

曹雪芹小伝

〔一〕　はじめに（一）

「その書を読み、その人となりを想い見る[①]」という成句がある。この成句は時として、「その書を読み、その人を知りたいと思う」の意味に誤解誤用されることもある。いずれにしろ、「書」と「人」との緊密な関わり合いをしめす言葉にほかならない。『紅楼夢』を読んだことのある者なら、だれしも作者の人となりを想い見るあまり、その人を知りたいと思うものである。そして、ほんとうにその人――曹雪芹――のことを少しでも知ることができたなら、ひるがえって、彼の「千古に隻《ひと》り立つ[②]」と称される長篇小説の名作を理解するうえでも、役立つこと疑いない。

ところで、『紅楼夢』という「書」のほうは手近にあって思いのまま閲読できるので、まだしも不都合はないものの[③]、曹雪芹という「人」のほうとなると、懸命に知ろうと努めても容易には知りつくせない人物であって、今日でも、彼について知りうるところは異常なまでに乏しく、われわれの曹雪芹に関する知識たるやお粗末そのもの、と評される始末である。そんなわけで、なおのこと知りたいと思う気持ちはつのるばかりで、十中八九人までが曹雪芹の話となると興味津々に談論風発する――つまりそれほど、知りたいと思う願いには切羽詰まったものがある。こうした有り様からして、われわれは誰しもが「切身《せっしん》の感」〈他人事でない痛切な思い〈『晏子』雑上〉〉を抱いているのかもしれない。

そもそも、中国の悠久なる文学史上からするなら、曹雪芹は比較的近時の作家といえる。にもかかわらず、解説ということになると、彼よりも千年二千年古代の作家たちのことのほうが遙かにとどこおりなく精確に解説できる。まことに遺憾事というほかはない。——この困難はいったい何に由来するものであろう。

困難は多岐にわたる。

物理的には、現在のところ歴史的にのこされた（あるいは発見されて利用できる）直接の文献資料がきわめて少ないことがある。学術的には、研究者の努力のまだまだ行き届かないところがある。また研究をすすめるうえで、空白部分・曖昧な箇所・論争点が破格に多いことも確かである。——こうした空白部分・曖昧な箇所・論争点こそが、往々にして曹雪芹についての核心解明をはばむ壁となっている。さらに加えて、そうした問題点にかかわる諸分野にしろ、それらの分野間における複雑な各関係にしろ、それぞれ広汎かつ専門的であり、こうした多方面にわたる諸分野に精通し、なおかつ各関係まで熟知するとなると、一研究者の立場からすれば至極困難な作業といわざるをえない。最後にもう一つ、かなり重要な一件は、曹雪芹のように清朝乾隆時代の内務府満州旗人《きじん》として特殊な家柄に属すばかりか、自分自身も特殊な体験をへた「当事者」である場合——つまり、こうした一種特定の条件下におかれた文学者なり藝術家なりの場合、彼らに共通するもろもろの事情とか、さまざまな特色とか、くさぐさの「規則」とか、そうしたものは一体どのようであったか、という疑問である。正直なところ、われわれの知識範囲では、こうした問題にたいして根本的に手付かずの状態のままであって、調べるにしても見当がつかず、いわば多岐亡羊《ぼうよう》の

「苦」を味わわされるのが常なのである。

だからといって困難ばかりを強調し、「奈何《いかん》ともしがたし」と片付けてしまうわけではない。そうではなく、こうした困難な状況にあるからこそ、なおのこと曹雪芹という、深い感銘とともに人々の心をとりこにし、「望むべくして即《つ》くべからず」〔はるかに仰ぎ見るばかりで辿りつけない〈劉基「登臥龍山写懐二十八韻」詩〉〕とも形容すべき文学藝術の巨人のことを、可能なかぎり解明することがとりわけて必要になるのである。たとえそれが達成不可能の目標であろうと、いわば「高山をば仰ぎ、景行《たいどう》をこそ行く」〔『詩経』小雅〈車舝〉〕の気概をもち、われわれの目標に一歩でも近づく努力を惜しんではなるまい。まさにこうした精神に励まされ、曹雪芹という偉大な小説家についてのささやかな解説を、あえて試みるしだいである。

しかしながら、困難が厳として存在するいじょう、各種各様の問題のことごとくが、現段階において立ちどころに氷解するわけではないことを、念のためお断りしておく。

いうまでもなく、空白部分について、なにがしかを「捏造」して補うことは許されない。また論争点について、個人的独断にもとづき「結論」をくだすことも許されない。さらに曖昧な事柄について、解決済みであるかのごとく無理押しすることも許されない。こうした困難な問題点にたいしては次のような方策を講ずるしかあるまい。すなわち、空白部分ないし曖昧な事柄に関しては、それが可能な場合、なんらかの手掛かりをもとにし、なるたけ合理的な推論ないし仮説をひとまず導きだす。論争点に関しては、問題そのものの概要を紹介したうえで、個人的見解および定説をしめし、読者の参考に資する。不明確な点に関しては、しばらく未詳とし、あるいは待考として後学の解明をまつ。

以上のことからも明らかなように、曹雪芹を解説するにあたっては、よほど確実な事実は別とし、目下のところ、どうしても若干の摸索的ないし仮説的な要素がふくまれざるをえない。こうした事柄に関しては、もちろん随所において説明をくわえるが、なによりも読者諸氏にあらかじめ実情を心得ていただくことが先決かと思われる。

そのほか、さらに別種の困難がある。すなわち、曹雪芹を理解しようとする場合、かりに彼自身の生きたわずか四十年の区々たる期間にかぎって考えるとしたら、事情の多くが分かりにくく、大部分の問題が解釈不可能に陥りかねないのである。したがって、まず最初に、彼の家系のことから理解してかからなければならない——といっても、作家理解のためには家庭の事情を承知しておく必要がある、といったような「一般常識」とはいささか意味合いを異にする。なぜかといえば、曹雪芹の家柄がきわめて特殊なためばかりでなく、彼自身の歩んだ人生上のさまざまな境遇の変化にしても、多かれ少なかれ、例外なく歴史上の一連の政治事件にまつわるものであって、その政変の根はすこぶる深く、はなはだ入り組んでいるため、史料にもとづいてその道筋を解きほぐさないかぎり、曹雪芹の数奇な人生の意義はもちろん、曹雪芹の思想的基盤も精神的構造も、窺い知るすべはないからである。

とはいうもの、百十年余にわたる幾多の事件(および関連する清朝のもろもろの制度典章)の展開変遷をからめつつ、前記の事情を説明するとなると、いきおい相当の長広舌にならざるをえず、おそらく読者は、曹雪芹の伝記というより家系や歴史の解説書のような印象を受けるであろうし、いわゆる「主客転倒」にもなりかねない。——なかなか妥当な決着のつけにくい一つの「矛盾」である。

この件に関しては、やむをえない次善の策として、家系や歴史についての記述を極力簡潔にするとともに、旧事古言を論ずるにしても、曹雪芹の一側面・一問題を解明するためにこそ旧事古言をとりあげるのであって、本書の趣旨はあくまでも、直接には曹雪芹その人のことを、間接には彼の小説『紅楼夢』を、さらに深く、より全面的に理解できるよう便宜をはかることにある点、読者に十分納得していただくほかはない。本書においては、記述上比較的に独立性の高い章節を本論からきりはなし、「付録」として巻末におさめたため、わりに「すみやか」に曹雪芹その人のことを解説できたし、また読者からみても、本論で省略しすぎた問題や関係について、本末を明らかにしつつ補足理解できるものと信ずる。——ただし、率直なところを述べさせていただくなら、もしも「曹雪芹」の三文字以外の他事に言及することはことごとく「枝葉末節」であるから「興味なし」、と片付けてしまうのであるなら、そうした物の見方はほどほどに改めたほうがよろしかろう。というのも、曹雪芹のような文学者を理解しようとする場合には、彼を歴史という枠組みの中にもどして問題を見つめることが殊更に必要とされるのであって、曹雪芹その人「以外」のことを一把からげて「雑多」な閑文字とみなすようでは、とうてい理解はおぼつかないからである。

このことと密接に関連することは、本書を執筆するうえで、とおい時代の馴染みうすい事柄を解説するにあたり、単なる抽象的記述だけに終始するばかりでは曖昧模糊として理解しにくいところも数々あろうと考え、適宜、事例をひいたり逸話をはさんだり、傍証を裏打ちすることによって説明の便を心がけたが、これもひとえに読者の理解を助ける一手段であって、けっして「毛挙細務《こまごましたこと》」を好きこのみ、ことさらに衒学的なくどくどしさを楽しんだわけではない。この点についても読者との「合作《チームワーク》」を希望するしだいである。実際、末節にわたる言葉が必ずしも有意義とはかぎらないものの、魯迅がつとに指摘しているとおり、おおくの翻訳者たちは原作中の有意義なところを「枝葉末節」とみなして削除してしまうため、結局その花を〈どれほど美しい花であろうとも〉とうてい花とは言えないものにしてしまう。――これを魯迅は自然科学の論述〔『華蓋集』〈忽然想到〉二〕のなかで喝破しているのだから、まして文学藝術においてをや、と知るべきであろう。

さらに、曹雪芹に関する伝説資料をどうあつかうべきか、という問題がのこる。曹雪芹のように、正統の文献にはあらわれない無名人で、したがって拠るべき碑銘も史伝もありえない人物を研究する場合、資料を文献だけにかぎり古老たちの伝承に耳をかさないとしたら、それは正しい方法とはいえまい。たとえば清代において、曹雪芹に関する遺聞逸事を筆記に書きのこした文人が若干いるけれど、それらも実のところ伝聞に取材したものに他ならず、たまたま好事家の知るところとなって文章化され、あるいは刊本化されたものにすぎないからである。ただし、さまざまな口碑伝承のなかには、ひさしく流伝するうち原形の失われたもの、ないし牽強付会の説の混入したものもあろう。今日においてさえ、雪芹の時代からすでに二百数十年へだたるのに、依然として片々たる伝説が姿をあらわす。おおかたは支離滅裂のお笑いぐさで、おそらく前代のひとが捏造した荒唐無稽の談なのであろうけれど、こうした「資料」および「文物」にたいしては特に慎重を期し、妄昧の人々にあざむかれて混乱を招くことだけは、くれぐれも用心しなければならない。

曹雪芹を解説するにあたっての種々の困難はほぼ上述のごとくである。それらを総じて締めくくるとすれば、ただの一事につきる。われわれ自身の研究水準の問題である。三国魏の詩人曹植《そうしょく》はつぎのように述べている。南威〔春秋晋の美女の名〕ほどの美人にしてはじめて容姿を論ずることができ、龍淵《りょうえん》〔古代の伝説的な名剣。龍泉とも〕ほどの宝剣にしてはじめて鋭利を弁ずることができる、と（二）〔「与楊徳祖書」〕。――かりにこの基準にしたがうなら、曹雪芹を解説する資格のあるものはきわめて希有であろう。いっぽう、六朝時代の文学評論家たる劉勰《りゅうきょう》はつぎのように説く。「それ文を綴《つづ》る者は、情が動きて辞が発す。文を観る者は、文を披《ひら》きて情に入る。波に沿いて源を討《たず》ぬれば、幽《かそけ》しと雖もかならず顕わる。世の遠くして其の面《おもて》を見ること莫きも、文を覘《うかが》えば、すなわち其の心を見る。豈に成篇の深しとするに足らんや、識照のおのずから浅きことを患《うれ》うるのみ」（三）〔『文心雕龍』巻四十八〈知音〉〕。この論はなかなか理にかなっている。このように文章を鑑賞することができるのなら、同じくして人物を認識することもまた不可能ではあるまい。かの《太史公》司馬遷の偉大さも、けっして「放失されし旧聞を網羅」〔『史記』太史公自序〕しようと天下の山河をみずから遍歴探訪したこと等々、努力すれば余人にも為しうることを為しとげたところに在るのではなく、彼の傑出した良史としての認識の才能にこそ存する。さもなければ、『史記』に記された人間群像があれほどまでに生けるがごとく魅力にあふれ、かくまで高い史学的価値のみならず、輝かしい文学的価値をそなえるには至らなかったにちがいない。中国における「良史」という貴重な伝統こそが、伝記文学のあまたの問題を解明しうるものなのである。惜しむべきは、後世しだいにその価値を発揮する人がいなくなったことである。せいぜい「檔案《とうあん》保管室主任」〔四〕といったところでは、優れた史書も伝記も生まれるはずがない。まして曹雪芹は超一流の文学藝術家であり、われわれは凡人にすぎない。雪芹の情操にしろ学才にしろ、われわれ凡人のものとは雲泥の開きがある。したがって、あらゆる詳密な史料を掌握し、すべての技術上の困難を克服したとしても、われわれの文才では、かならずしも史実に肉迫して呼べば応ずるがごとく生き生きとした曹雪芹像を描き出せるとはかぎらないこと、おのずから歴然としていよう。われわれにできることは確実に限られているのである。

本書を執筆するにあたり、わたしはささやかな野望をいだいている。可能なかぎり自己に鞭うち、曹雪芹という赫々《かくかく》たる人間像をけっして歪曲してはならず、また断じて、道学腐儒の俗眼でもって曹雪芹を推しはかり、彼を卑俗化したり矮小化してはならない、と。

如上のように、中国文学界の巨星であるとともに不世出の小説家——すなわち曹雪芹について、以下に解説をこころみたい。

《原注》

① この成句の出典としては、『史記』〈孔子世家・賛〉に「余、孔氏の書を読み、其の為人〔ひととなり〕を想見

す」とあり、また同書〈屈原賈生列伝・賛〉にも「余、『離騒』『天問』『招魂』『哀郢』を読み、其の志を悲しむ。長沙に適き、屈原の自から沈淵せし所を観じ、未だ嘗て垂涕して其の為人を想見せずんばあらず」とある。『孟子』〈万章〉に「其の詩を頌し、其の書を読み、其の人を知らずして可なるや」とあるのは別義とすべきであろう。

② 「千古に隻り立つ」は、梁啓超《りょうけいちょう》が『紅楼夢』を評した言葉〔『清代学術概論』第三十一章〕を借用した。梁氏の学術観・文学観は本書の扱うところでないが、彼のこの『紅楼夢』にたいする評語は、もっとも簡にして要をえたものと思われる。

③ 「不都合はない」というのも、あくまで他と比較して相対的に述べたものにすぎない。『紅楼夢』の数多ある写本・版本の校勘の面からいえば、かなり複雑な問題も含まれる。この小説が早い時期から幾重にも改竄され、その真贋を弁別する必要があるためである。

【訳注】

（一） 「はじめに」――本章の原題は第一版では「縁起」とされ、本訳書が底本とした第二版では「由此説起」に改める。旧著『曹雪芹』〔作家出版社・一九六四〕の第一章も無題ながらほぼ同内容を収める。著者がこれほど本章にこだわるのも理由がある。というのも本章には、今日における曹雪芹研究の現状および問題点が列記されているばかりか、その行間には、現在に至るまで『紅楼夢』研究の引きずってきた諸問題が凝縮されているからである。そこで、訳者としての「由此説起」〔ときおこし〕として、原著者の記しきれなかった「縁起」〔まえおき〕を、些か長々しくなるものの「はじめに」補っておく。

そもそも曹雪芹の手になる『紅楼夢』にたいする研究は、本書全篇からも読みとれるように、たしかに破格の特殊な困難性がともなう。しかし根本的には、他の古典文学研究と同様、おおまかに区分するなら、作品研究・作家研究・テキスト研究の三分野に分けられる。ただし『紅楼夢』の場合、作者の家筋の社会的地位ともからみあい、いわば初期読者側からの各分野への介入に著しい特徴があり、画然と三者に分けられない点にその困難性の一因がひそむ。なかでも作品研究は、小説流布の当初より一種スキャンダラスな扱いのもとに乾隆五十年代から早々に開始されたこと、本書第三十二章にも説かれ、嘉慶・道光年間には「紅学」なる名称まで誕生している（徐珂『清稗類鈔』によれば江蘇華亭のひと朱昌鼎が用い始めたとされる）。ただし当時「紅学」と称された『紅楼夢』学は、清初の金聖嘆のむこうを張って小説に評釈をくわえる「評点派」（王希廉『新評繡像紅楼夢全伝』等）、ないし小説に取材して詩作をなす「題詠派」（周春『題紅楼夢』等）、あるいは登場人物のモデル詮議を始めとする「索隠派」（王夢阮・沈瓶庵『紅楼夢索隠』等）の三種に大別され、清末には王国維の『紅楼夢評論』（一九〇四）なる異色作も出現したものの、清代における作品研究はほとんど趣味的な文藝学に終始した。作者研究にしても、曹雪芹の名が『紅楼夢』第一回中に記されているにも拘わらず、清代にあっては長らく等閑視されたままであったこと、本書に繰り返し言及される。テキスト研究にいたっては、清代を通して一般に流布した各種通行本が《程甲本》（第三十二章参照）一色の観を呈したため、問題になる筈もなかった。

ところが民国期にはいり、《文学革命》（一九一七）においても活躍した胡適が、一九二一年、亞東図書館版『紅楼夢』新式標点本の巻頭に『紅楼夢考証』を発表し、ようやく作者たる曹雪芹のことを正面きって取り上げ、本格的な作者研究の嚆矢となって「新紅学」を標榜した。さらに《程乙本》（第三十二章参照）の存在を知った胡適は、一九二七年、亞東図書館版『紅楼夢』第二次標点本の刊行をうながしたばかりか、《甲戌本》（第二十七章参照）を発見してテキスト研究に先鞭をつけ、作品研究としては作家・テキスト両研究をふまえ『紅楼夢』作者《自叙伝》説を主張した。

しかし、こうした胡適が新中国の建国（一九四九）に際し《甲戌本》を携えて台湾政府のもとに走ったことは、曹雪芹研究にとっても『紅楼夢』研究にとっても大きな火種をのこす結果となった。すなわち、建国後の胡適プラグマティズム思想批判の流れのなかで、一九五四年秋、かつて胡適とともに実証的「新紅学」を提唱した兪平伯《ゆへいはく》の研究態度が、当時無名の学生であった李希凡《りきはん》・藍翎《らんれい》の二人によって主観的唯心論と非難され、いわゆる《紅楼夢論争》の幕が切って落とされた。論争はたちまち各界にわたる文藝思想の全国規模での整理点検運動へと発展し、つづく《百花斉放・百家争鳴》運動（一九五六）および《反右派闘争》（一九五七）の前哨となった。ちなみに、一九五三年に『紅楼夢新証（旧版）』を公刊していた本書の著者周汝昌氏も、《紅楼夢論争》においては胡適の「繁瑣」考証学を継承するものとして一部から批判をあびた。

したがって新中国においては、その文藝思潮からしても上述の経過からしても、『紅楼夢』を作者の《自叙伝》とみなす自然主義的解釈は基本的に否定され、『紅楼夢』は作者曹雪芹の人生が色濃く「反映」された古典的リアリズムの最高傑作と位置づけるのが定説とされている。そんなわけで曹雪芹に関する研究は、本書からも明らかなように複雑多岐な問題をはらむだけに、胡適流「煩瑣な考証癖」として邪道視された時期もあって、作品研究としての「紅学」と区別するため「曹学」なる名称まで案出された（余英時『紅楼夢的両個世界』一九七八）。それにたいし周汝昌氏は「芹学」なる呼称を用いることもあり、これは明らかに「芹」の字義からして謙遜の意が含まれよう。

いずれにしても、『紅楼夢』研究のためには作者曹雪芹の解明が避けて通れない必須の研究課題であることは本書を俟つまでもなく自明の理であって、さいわい文革後の中国においては「実事求是」の風潮にもささえられ、開放政策下の対台湾政策の変化にともなう胡適再評価の動向もかさなり、一九八三年末、中国全国規模の《曹雪芹研究会》の成立にあわせ、北京西郊の香山のふもとに曹雪芹紀念館が開設され、学会誌『曹学論叢』も発刊されるに至った。久しい紆余曲折ののち、現代中国においては曹雪芹研究もようやくのこと『紅楼夢』研究の重要な一翼として確固たる地位を盤石のものとしたわけである。そこには、長年にわたり実証的な曹雪芹研究に営々として邁進しつづけた周汝昌氏の尽力が、あずかって余りあったことは言うまでもない。

そうしたわけで、周汝昌氏のライフワークとも称すべき紅楼夢関係資料集成たる『紅楼夢新証』も、旧版（一九五三）のみならず大幅な増訂新版が一九七六年に人民文学出版社から公刊され、なおさらに紅楼夢研究者の座右の書として重愛されている。本書中にも随所に新旧両版『紅楼夢新証』の引用ならびに参閲注記が多見されるが、本訳書においては本文論旨からみて必要不可欠の箇所にかぎり訳注に内容紹介をほどこした。同書の性格上かなり詳細な考証にわたる場合が多いため、如上の注記にとどめたことを諒とされたい。

（二）　弁ずることができる――『文選』所収〈与楊徳祖書〉に「蓋し南威の容有りて、乃ち以て其の淑媛を論ずべく、龍淵の利有りて、乃ち以て其の断割を論ずべし」と見える。

（三）　患うるのみ――『文心雕龍』〈知音〉篇は、作家および作品にたいする正しい評価の困難性と、その解決策としての評価基準をしめす。引用文を口語訳するなら、「そもそも文章をしたためる者は、胸中の情に感ずる所があるからこそ言葉に表わす。いっぽう読み手のほうは、その文章をたどることによって書き手の情を理解しようとする。あたかも水流の波をたどって源をさぐるように文章を読むならば、どれほど見えにくい書き手の情であろうと、必ずや明瞭に読み取れよう。したがって、時代が離れていて作者本人の顔を見ることが出来なくても、その文章をとおして作者の心そのものを知ることが出来るのだから、なにも心配するには及ばない。ゆえに文章の奥行きが深くて難しいことを嘆くよりも、むしろ自分の認識が浅いことを懸念すべきなのである」。

（四）　檔案――本書にしばしば登場する用語なので前もって若干を補足しておく。「檔案（タンアン）」とは主に明・清時代における官庁の公文書の総称。そもそも満州族が保管記録として紙のかわりに「檔（かまち）」に似た

「檔子（タンス）」と呼ばれる木牌を使用したことに由来する言葉。清代における明史編修のさい漢語に定着した。その厖大な史料は北京の中国第一歴史檔案館、南京の第二歴史檔案館、および台北の故宮博物館に分蔵される。詳しくは『中国第一歴史檔案館概述』（檔案出版社・一九八五）を参看されたい。なお同語が、現代中国語においては専ら「個人調書」ないし「履歴書」の意味で用いられるのも原義からの転用。それらを区別する場合には原義を「歴史檔案」で、現代義を「人事檔案」で示すこともある。

〔二〕　時代背景――「まさに変の有らんとす」

そもそも曹雪芹はいかなる時代を生きた文学者か。彼の生卒年に関してはいまだに論争が続いているものの、①あらましを述べることは出来る。彼はおおよそ十八世紀の二十年代から六十年代にかけて、すなわち中国史でいうところの、清の雍正《ようせい》朝〔一七二三～三五〕一代、および乾隆《けんりゅう》朝〔一七三六～九五〕前半にかけての約四十年の時代を生きた文学者である。（一）

世界史的にながめるなら、曹雪芹が生まれたのは、ヨーロッパにおいて帝政ロシアなどの諸国家がスウェーデン分割をもくろんだ《北方戦争》が終息〔一七二一〕してのち、ロシアのピョートル大帝が死去〔一七二五〕するまでのあいだの時期にあたり、雪芹が没したのは、英仏両国によるアメリカおよびインド植民地戦争と密接に関連する《七年戦争》が終わってパリ条約が締結〔一七六三〕された、その翌年にあたる。②また、曹雪芹が数歳のころニュートンが没し〔一七二七〕、雪芹他界の翌年にはワットが蒸気機関を開発している。さらに雪芹が二十余歳のおり、モンテスキュー・ディドロ・ヴォルテールをはじめ《百科全書派》の学者や文学者たちの著作がつぎつぎに出版され、雪芹逝去の二年前にはルソーの『社会契約論』が公刊されている。そして曹雪芹永眠の十一年後にはアメリカ独立戦争〔一七七五～八三〕が勃発し、おなじく二十五年後にはフランス革命〔一七八九～九九〕の幕が切っておとされる。

この時代は、まさにヨーロッパにおいてはブルジョア革命の前夜の時期にあたり、さまざまな反封建・反専制・反教会など、旧制度を否定する新思潮が澎湃として湧きおこり、歴史的大著が陸続と生みだされつつある「転換」の時代であった。

いっぽう中国はといえば、まだまだ原則として強大な封建的[二]皇帝権下で海禁政策[三]を墨守する国家体制のままであり、当然のことながら、社会そのものも旧態依然たる封建的社会であった。ところが、この時代のこの中国に、曹雪芹のような反封建的思想をそなえた小説家が登場したのである。前述した世界史的スケッチも、あくまで「世界史年表」のうえから曹雪芹の生きた時代の《位置》と《座標》とを確認するためのものにすぎず、いうまでもなく、曹雪芹の思想がヨーロッパにおける資本主義台頭期の「啓蒙」思想の影響を受けているのどうのと、そういう含みはさらさらない。周知のように、これに先立つ明末清初の時代、キリスト教宣教師が中国にもたらした「西学《せいがく》」[四]にしても、十六・十七世紀のヨーロッパにおける先端科学や最新思想は一切ふくまれておらず、それどころか完全に封建的教会のスコラ煩瑣哲学を代弁するものであった。なぜなら、当時のイエズス会じたい、「異端」的改革派を迫害するための伝統的旧勢力の牙城にほかならず、そのイエズス会士によって当時の進歩的科学や自由思想が中国にもたらされることなど、まず考えられなかったからである。十八世紀初頭にいたり、外国商人が中国の開港地に渡来した際でさえ、ただちに当時のヨーロッパの新思潮が中国に伝播してかなりの影響をおよぼしたかどうかとなると、なお検討の余地の残るところであろう。したがって、曹雪芹の思想上の来源をたどるとすれば、やはりまず、清代初期における封建的中国の社会状況から探らなければならない。そうとしても、手始めにすこし大きく視野をとり、前記のように東西両世界の情勢を見くらべておくことも、けっして無意味なことではあるまい。

そこで、当時の中国に目をうつすなら、曹雪芹の生きた時代は、満州貴族である清朝支配層が東北地方より南下建国していらい八十年から百二十年を経過した時期にあたる。このことは曹雪芹が『紅楼夢』第五回のなかで、「わが家は本朝建国いらい、世々勲功をたたえられ代々富貴をほこり、家名の世にかくれもないこと、すでに百年におよぶ」と記していることとも一致する。清は入関〔明朝滅亡後における山海関突破〕ののち、事実上の創業者にして実権者でもあった多爾袞《ドルゴン》(五)を旗頭として〔彼の二人の兄弟、多鐸《ドド》(六)・阿済格《アジゲ》(七)もくわわり〕全国統一の礎をきずいた。そのご康熙《こうき》帝が即位するにおよび、ようやく真の「治績」がみのりはじめ、つづく雍正・乾隆の二帝も政治・軍事の両面にひいでた傑物であって、彼ら三人とも封建的支配者にはちがいないものの、明代の皇帝とくらべても、さらに中国全史からみても、康熙・雍正・乾隆の三帝の治世は、多民族大国家の結集という面にしろ、外敵侵攻の防禦という面にしろ、その功績はなかなかに低く評価できるものではない。そのごの歴史家たちが、この三帝の時代を「盛世《せいせい》」と称しつづけてきたことも、すくなくとも歴史の一面を物語るものであろう。ただし乾隆朝においては、あきらかに「強弩《つよゆみ》の末《おとろえ》」のきざしが認められる。盛世のうちにも、いたるところ危機がひそんで険悪な事態がひきもきらず、確実に時代の推移変遷がはぐくまれつつあった。わたしは清代史の専門家ではないので、とうてい高度な総合分析など出来るものではないが、浅学なりに説明をおぎなうなら、たとえば包世臣(八)〔書法の理論家として著名〕の『藝舟双楫《げいしゅうそうしゅう》』をひもといて〈再び楊季子に与うる書〉に読みいたるとき、次のような一節をみいだす。

世臣、乾隆中に生まれ、ころおい童と成るに及び、見るに、もろもろ廃弛を為し、賄賂は公行し、吏の治は汚れて民の気は鬱《むす》ぼれ、まさに変の有らんとす。暴を禁じ乱を除く所以《ゆえん》を思い、是において兵家を学ぶ。また見るに、民の生《くらし》は日々に蹙《きわ》まり、一たび水旱を被むれば、すなわち道に殣《うえじに》するもの相い望むべし。本を勧め生を厚くする所以を思い、是において農家を学ぶ。また見るに、斉民は跬歩《きほ》するに即ち非辜《ひこ》を蹈《ふ》み（まじめな庶民たちは半歩でも進もうとすると、えてして無実の「罪」におちいる災難にあう）、奸民は騖《はせ》るが如く死に趨《おもむ》きて常に白金を得る（悪人どもは極刑にあたいする非道を散々しでかしても、かえって福々しく巨万の富をえる）。邪を飭《いまし》め非を禁ずる所以を思い、是において法家を学ぶ。……

じっさい包世臣は乾隆四十年（一七七五）の出生であり、曹雪芹の没後十一、二年たらずして生まれた人である。説明するまでもなく、引用文は当時の文人（もちろんその立場観点は封建的支配層のもの）が書きのこした切実な感慨であって、理由もなく自分が身をおく盛世をけなす筈はなかろうから、（少なくとも部分的には）信ずるに足りよう。それにしても再び曹雪芹の『紅楼夢』を引き合いにだすなら、その開巻第一回に、「あいにくと近年は水災やら干害やら凶作つづきのため、あちらこちら盗賊が徒党をくみ、だれもかれも田畑は奪いあう、物は盗みあうわで、ひとびとは安心して暮らすことができず、とうとう官軍が賊徒討伐にくりだし……」と描かれている世情と、いかにも似かよった記載ではある。

この盛世のさなかにあって、頭のはたらく人々、すなわち「有識の士」とも称される人々は、当時すでに「変の有らん」ことを感得していたわけである。もっとも、そうした場合の「変」というものも、包世臣の論法からみるかぎり、あらかた例の蓆《むしろ》旗をおしたてお上にたてつく「暴乱」を指しているにすぎない。しかし、「民の気」がすでに「鬱ぼれ」ているのであるから、そこからはおのずと「変」にたいする別の立場からの異なった考え方も生まれてこよう。曹雪芹を理解するために格別注意を要することは、この別の立場からの異なった考え方というものを、ゆめゆめおろそかにしてはならないことである。なぜなら、この「まさに変の有らん」とする時代に生きた文学者――そしてなにより思想家であった曹雪芹の感慨が、包世臣に代表される当時の文人たちの所感より劣っていたとは思えないからである。

恥ずかしながら、曹雪芹をとりまくこの時代の思想上の動向について、わたしは何んらの知識も持ちあわせていない。というのも、いっこうに基づくべき史料の「しらべ」がつかず、ほんらいなら自力で専門的研究にいそしむべきところ、わたしにはその能力がないためである。同じように、『紅楼夢』をめぐるこの時期の通俗文学（小説・戯曲・民歌俗曲、等々）の実状についても、基本的に無知といえる。したがって、こうした分野を「鳥瞰」しながら解説をほどこすことは、わたしには無理な仕事であるものの、すこぶる重要な課題であることだけは付け加えておく。そんなわけで、わたしに出来ることといえば、あいかわらず「歴史年表」をめくることしか能がない。めぼしい事項としては、曹雪芹没後の二十八年め、乾隆帝の『御製十全（武功）記』[九]が完成し（一七九二）、さらにその四年後、湖北省より火の手があがり、やがて各地に飛び火してゆく白蓮教の乱(十)〔一七九六〜一八〇五〕が本格的に開始された。ひきつづき、「海盗」蔡牽《さいけん》の乱(十一)〔一七九五?〜一八〇九〕、雲南の倮倮《ロロ》の乱(十二)〔一八〇〇〕、四川・陝西の兵乱(十三)〔一八〇六〕、華北の八卦《はっけ》教(天理教)の乱(十四)〔一八一三〕、陝西の「箱族《そうぞく》」(木工)の乱(十五)〔一八一三〕、河南の「捻子匪《ねんしひ》」の乱(十六)〔一八一四〕、雲南の「夷匪《いひ》」の乱(十七)〔一八一七〕……等々、わずか十数年のあいだに変乱がうちつづく。しかも当時、すでに『禁烟《きんえん》章程』(十八)〔一八一五〕が上程されている。——すなわち、中国近代史の幕開けとなる鴉片《あへん》戦争〔一八四〇〜四二〕の戦雲がたれこめ始めているのである。

「乾隆盛世」とは、さながら全盛のようにみえながら、そのじつ「変の有」る危機をいたるところに孕んだ、いわば隆盛から衰世への転換期なのである。ふたたび歴史的視野を大きくとるなら、それはまさしく中国の封建的社会全体が総崩壊する前夜ともいえよう。こうした時代の雰囲気を、研ぎすまされた感覚の持ち主である文学者曹雪芹は、いちはやく感じとっていたように思われる。あたかも魯迅が、つぎのように指摘しているように。「……寒むざむとした悲しみの霧が、花ざかりの森をあまねく包みこんでしまったのに、そこで息をしながら、それに気づいたのは宝玉ただ独り(十九)であった③」。

《原注》

① 巻末〈付録一・二〉〔曹雪芹の生年・卒年について〕を参照されたし。

② これは所謂《癸未説》にもとづく。すなわち曹雪芹の逝去を一七六四年二月一日とする説によって記述した。巻末〈付録一〉および第三十章を参照されたし。

③『中国小説史略』第二十四篇〈清の人情小説〉。

【訳注】

（一）文学者である――事柄からして本書の読み方にもかかわる重要事であるため、あえて最初に曹雪芹の生卒年問題について若干を補記。まず卒年に関しては現在三説がある。本書巻末〈付録一・二〉にも詳述される《壬《じん》午《ご》説》（雪芹没時を甲戌本第一回の脂硯斎評語「壬午の除夕、書いまだ成らざるに芹涙尽きしために逝く」のとおり乾隆二十七年壬午歳の除夕、すなわち西暦一七六三年二月十二日とする説）、および本書が採用している《癸《き》未《び》説》（壬午説では事実関係に矛盾が生ずるため脂評は干支を一年誤記したものと見なし同二十八年癸未歳の除夕、すなわち西暦一七六四年二月一日とする説）、さらに本書刊行後に提出された《甲申《こうしん》説》（脂評の「壬午除夕」は前文末尾の署年であり「書いまだ」以下の評文とは無関係とし、同二十九年甲申歳の仲春すなわち西暦一七六四年三月二十日とする説）の三説である。ただし《甲申説》も周氏らの考証成果をふまえたうえでの新説であるため、《癸未説》に基づく本書の論理に破綻は無い。かえって《甲申説》の真偽を判断するためにも本書は大いに役立とう。また生年に関しても、本書巻末〈付録一・二〉に説かれるごとく、没年からの逆算を四十年とするか四十九年までとするかの問題に尽き、これまた本書内容に訂正の必要は無かろう。

（二）封建的――原語「封建」。現代中国において清末までの「旧制」を指示する常套語。したがって中国古代の封建制とも西欧のヒューダリズムとも異なるため、本訳書においては全て「封建的」なる訳語を充当した。

（三）海禁政策――はじめ清朝は明の海禁政策を継承し、貢船のみ渡来をみとめ一般貿易を禁止した。ただし康熙二十二年の台湾平定後にひとまず海禁を緩和し、その翌年に粤海（広州）・閩海（漳州）の二海関（税関）、翌々年に浙海（寧波）・江海（雲台山）の二海関を設置して対外貿易を開始。しかし乾隆二十二年にいたり交易を広州一港に限定し、《南京条約》締結（一八四二）までその状態が続いた。したがって曹雪芹の生きた時代は海禁解除期と広州一港交易の初期にまたがり、小説『紅楼夢』第十六回においても、王熙鳳の昔語りのなかに彼女の祖父による諸外国との交易の盛況ぶりが述べられている。

（四）「西学」――曹雪芹と当時のヨーロッパ思潮との関係は定かでないが（第三十三章中のフィリップ＝ウィンストンの件を参照されたし）、小説『紅楼夢』中に認められる外来的要素としては、ロシア・ペルシア・シャム・福郎思牙（フランス？）等の国名をはじめ、おおくは西洋渡来の舶来物品という形であらわれる。『紅楼夢』中に登場する西洋物品に関しては、方豪「従『紅楼夢』所記西洋物品考故事的背景」に詳しい。

（五）多爾袞――一六一二～五〇。睿《えい》親王。九王と通称。太祖（努爾哈赤《ヌルハチ》）の第十四子。「大福晉《タフジン》」烏喇那拉《ウラナラ》氏の生んだ三兄弟の次男。太祖は烏喇那拉氏の三兄弟を最も愛し、なかでも多爾袞を後継者に目していたが、太祖の没後、烏喇那拉氏は殉死を強要されて皇太極《ホンタイジ》（太宗）が即位。太宗のもと多爾袞は各地に転戦し天聡九年にチャハル部から「大元伝国の璽」を獲得。ために翌年、国名を清、年号が崇徳に改められ、和碩《ホシヨ》睿親王に封ぜらる。太宗没後、太宗の第六子福臨（順治帝）を即位させ、鄭親王の済爾哈朗《ジルガラン》とともに摂政となり、実権者として清朝中国統治の基礎を確立。順治元年に叔父摂政王、同五年に皇父摂政王。同七年、長城外カラホトンで狩猟中に死去。その翌年、生前に帝位簒奪の謀ありとされて爵位剥奪のうえ宗室から除籍。第四章参照。

（六）多鐸――一六一四～四九。予《よ》親王。十王と通称。太祖の十五子。「大福晉」烏喇那拉氏の生んだ三兄弟の三男。多爾袞の弟。太宗のもと常に戦闘に参加し、崇徳元年に和碩予親王。多爾袞とともに入関すると定国将軍として南征し、李自成軍を破り、南明の福王を平定。さらに順治三年に蒙古を討って大勝したが、同六年に病没。

（七）阿済格――一六〇五～五一。英親王。太祖の十二子。「大福晉」烏喇那拉氏の生んだ三兄弟の長男。多爾袞の兄。天命年間の八大和碩貝勒《ホショベイレ》（第九章参照）の一人。太祖・太宗・順治の三代にわたり数々の武勲をたて、とりわけ入関時の軍功めざましく、順治元年に和碩英親王。その後も各地に戦果をあげたが、叔王を僭称せんとした件で多爾袞に退けられ、多爾袞が没すると、かわって摂政王にならんとした罪科により獄中禁固。さらに獄舎放火の咎によって死を賜る。第十七章参照。

（八）包世臣――一七七五～一八五五。字は慎伯、倦翁と号す。安徽省涇県のひと。嘉慶十三年の挙人。経世の識見を重んぜられたが生涯ほぼ幕客に終始す。書家として鄧石如に師事し所謂《逆入平出》の筆法を打ち出すとともに「気満」を重んじた碑学《ひがく》派の大家。『藝舟双楫』等の著は『安吾四種』に集成さる。

（九）『御製十全（武功）記』――乾隆五十七年、清朝がチベットに侵入したグルガ族を駆逐したとき、乾隆帝はそれまでの戦果をふりかえり、ジュンガル征討二回・回部鎮圧・金川討伐二回・台湾平定・ミャンマーおよびベトナム掃討・グルガ族駆逐二回、つごう十回にのぼる武功をみずから讃えて作し、記念の地たるラサに御製記の碑文を建立させた。『十全記』とも。いらい乾隆帝は「十全老人」と自称。

（十）白蓮教の乱――嘉慶元年から十年間、湖北・四川・陝西・河南・甘粛の五省を騒がした白蓮教徒の一大教乱。清代ではすでに白蓮教（一般に仏教・道教・マニ教の混合された現世福利を願う呪術的性格をそなえた宗教結社と説かれる）の一派たる清水教の王倫の乱（第三章参照）等が勃発していたが、この嘉慶年間の白蓮教乱は清朝に大打撃を与え、後続諸叛乱の端緒ともなって各地における「郷勇」（地方義勇軍）の発達を促した。

（十一）蔡牽の乱――所謂「艇盗の乱」の中心人物たる蔡牽（一七六一～一八〇九）の乱。蔡牽は乾隆六十年頃から福建・浙江の海賊をひきいて海港を騒がし、一時は台湾を制圧して海鎮王を称したが官軍に追われ、広東の海賊と合流したのち再帰来。福建・浙江の反清勢力と連合しようとし、定海ちかくの海戦で船に放火され水死した。

（十二）倮倮の乱――明朝以来の《改土帰流》政策（辺境政務を現地の任用官「土司」にゆだねる間接統治を改め

て中央政府派遣官「流官」による直接統治に帰属せしめる政策）が雍正年間に大々的に推進されたため、西南辺境の苗《ミャオ》族を中心に反発をまねき、倮倮（ふつうロロ族と呼ばれ果果・盧盧・羅羅など表記はさまざまで現在の公称は彝《イ》族）もたびたび清に叛し、嘉慶五年の乱にいたり協辦大学士の書麟《シュリン》が事態を収拾した。

（十三）四川・陝西の兵乱――白蓮教の乱が終息してのち、集結しすぎた余剰兵員の変乱があいつぎ、嘉慶十一年には四川綏定府において新兵が暴動を起こし、翌年には陝西西郷営の新兵らが叛旗をひるがえしたが、それぞれ四川総督の勒保《ルボー》、西安将軍の徳楞泰《デレンタイ》によって鎮定された。

（十四）八卦教（天理教）の乱――嘉慶十八年、華北一帯に勢力をのばした八卦教（その各派の統合されたものが天理教とされる白蓮教の一派）の教首、李文成・林清らを中心とし、同年の九月十五日をもって政府転覆を謀ろうとした農民叛乱。林清の率いる教徒らは予定の十五日、一時は北京宮城の奥深く侵入したものの、皇二子の旻寧《びんねい》（のちの道光帝）の機転をきかせた銃撃により混乱のうちに官軍に捕縛され、河北・河南・山東に旗揚げした李文成も清軍に包囲されて焚死。しかし宮室関係者まで謀反に参画していたため大問題となった。第十章参照。

（十五）「箱族」の乱――嘉慶十八年歳末、おりしも飢饉にみまわれた陝西の三才峡の材木人夫たち数千が、万五を首謀者として暴動を起こし、人夫小屋に放火して略奪を始めたもののたちまち鎮圧され、翌春に万五をはじめ六百余人が処刑された事件。

（十六）「捻子匪」の乱――捻子・捻匪ないし捻党の乱とも。捻党は数十人の「捻」を単位とした遊俠の徒からなり、密売・賭博・械闘・略奪をもっぱらとする集団であったが、嘉慶十九年、河南の捻党が窮乏した農民を率いて叛乱を起こした。そのご捻党は反清武装集団としての色彩を強め太平天国の乱にも同調してゆく。捻軍とも。

（十七）「夷匪」の乱――嘉慶二十二年、雲南臨安府域外の「夷人」高羅衣が万余の衆をひきいて辺境を脅かし、翌二十三年には高羅衣の甥たる高老五がふたたび暴徒を糾合して臨安府に迫ったものの、両次とも雲南総督の伯《ポ》麟《リン》によって撃退された。

（十八）『禁烟章程』――嘉慶二十年、両広総督たる蔣攸銛の上疏により認可された法令。外国船が広州に到着したさい、船内の立ち入り検査をおこない、アヘンの国内持ち込みを根絶することを趣旨とする。『禁鴉片烟章程』とも。

（十九）宝玉――『紅楼夢』の主人公。賈《か》家栄国府の貴公子である賈宝玉のこと。かりに作者《自叙伝》説の立場からすれば曹雪芹その人のこととされ、また一般論としても作者自身の姿が重ねられた作中人物と考えられている。ただし小説の設定からするなら、作者の分身を宝玉とみるか石頭（すなわち通霊宝玉）とみるか、微妙な問題ものこる。

〔三〕 清の政局

雍正三年〔一七二五〕、すなわち曹雪芹の生まれた翌年①、浙江のひと汪景祺《おうけいき》は、その著『読書堂西征随筆』のなかの詩文が「聖祖仁皇帝（康熙帝）を譏訕《きせん》せしこと大逆不道」(一)という理由により、ただちに斬刑に処せられ、妻子は黒龍江にうつされて奴婢におとされ、嫡子嫡孫にあたる兄弟輩たちもすべて寧古塔《ニングタ》(二)（いま黒龍江省寧安県に属す）にながされたほか、喪に服すべき親族のことごとくが、免職のうえ地方官の監視下におかれた。つづいて翌年、礼部侍郎の査嗣庭《さしてい》(三)が江西の郷試〔科挙の地方試験〕を主宰したさい、その出題文のなかに「維民所止」〔これ民のとどまる所〕②の四文字があったため、「雍正」二字の「その首を去《のぞ》きし」ものと解釈されるにいたり、のみならず家宅捜査によって時事批判文の多い日記二冊が発見されたこともあり、「天恩にそむき譏刺呪詛《きしじゆそ》すること大いに法紀をおかす」という罪科をかぶせられ、免職されて訊問をうけるうちに獄中で病没したものの、なおかつ遺体は衆目にさらされ、しかも子のすべてが死罪、一族郎党ものこらず流刑に処せられた。さらに一、二年をへだて、すでに故人となっていた浙江のひと呂《りよ》留良(四)がのこした日記詩文のなかに、「夷夏の防」「井田封建」③などの理念がふくまれていたため、時政を非難したものとされ、留良のみならず子の墓まであばかれて父子ともども遺体をさらされたばかりでなく、孫たちも寧古塔にうつされて奴僕におとされ、縁故の者もすべて重罰に処せられた。この事件の発覚した同じ年〔雍正七年〕、罪をえて辺境守備にあてられていた工部主事の陸生枏《りくせいなん》は、その著『通鑑論』[五]において封建制・皇太子制・兵制・隋の煬帝《ようだい》などを論じたことが、「罪は大いに極悪にして、まことに逭《のが》すべからず」とされ、そっこく軍法によって処刑された。また同年、おなじく左遷されて辺境守備についていた御史の謝済世《しゃせいせい》は、[六]《四書》のひとつ『大学』に注釈をほどこし、「諫《いさめ》をこばみ非《とが》をかざるは、必ずや人の性に払《そむ》くにいたる、泰《やすき》に驕ることはなはだし」などと記したため「誹謗《ひぼう》」とみなされ、これまた軍法処分によって刑死するところであった（が、赦免により減刑されて苦役に服した）。それらにくわえ、雍正帝は『大義覚迷録』[七]を「御製」し、全国に発布して官吏人民を「教化」した。

いらい乾隆時代の終わるまで、文字の獄はほとんど間断なくつづけられ、それらの一々はまさに枚挙にいとまがなく、一字たりとも禁忌にふれれば、たちまち大獄がおこされて殺戮のかぎりを尽くすこと古今未曾有のものであった。そして乾隆六年〔一七四一〕、遺書採訪の令がくだされ、これはのちの『四庫全書』[八]編纂事業——実のところ、それは当時現存した書籍にたいする全国規模の大検閲であり、おおがかりな取捨改竄のくわだてられた文化史上の陰謀にほかならない——の濫觴《らんしょう》ともなった。すなわち、清朝は武力によって叛乱を鎮圧しつつ全国を統治したばかりでなく、あらゆる手段をもちいて「文治」面においても思想を統制しながら、ひとびとの「反側《むほん》」の心を消滅させようとしたのである。

康熙帝が雍正帝にのこした国庫金は、推定によると、銀にしてわずか八百万両とされているが、雍正帝の十余年の粛正をへて六千余万両に達したものの、大半は軍事費についえさった。乾隆帝が即位したとき、それでも国庫には二千四百万両がのこっていた。乾隆朝における国庫の歳入は三千余万両。しかるに乾隆朝一代のついやした軍事費は、おおよそでも一億二千万両をうわまわる。当時、治水費一項だけでも年額幾百万両かを要した。しかしながら、このように金額の判明する出費にしても、金額の判明しない出費にくらべるなら、まだしも物の数ではなかった。たとえば、皇帝の六回にわたる南巡(九)のさいの各地各所における行宮《あんぐう》・庭園の造営費があげられる。史家の説によれば、「康熙・雍正の時代には国庫に二千四百万両が常備されていた。乾隆朝の中期には七千万両に達したが、末期には一物も残っていなかった。おそらく、すべて軍事費に消えたのであろう。――こうした国庫の財力を消耗させたものも、民間の財力を消耗させたものには及びもつかない。南巡と造営と、この両者がもっとも民力を衰えさせた④」という。きわめて正確な論断とおもわれる。つぎに指摘できることは、当時の官僚たちに蔓延していた、信じられないほどの貪利収賄と不正隠蔽の風潮である。洪亮吉《こうりようきつ》(十)の『更生斎文甲集』巻四「簡州知州毛大瀛《もうたいえい》の致せし所の書および紀事詩の後に跋す」のなかに、次のような二つの記事がみえる。一つは、「まさに御史の銭澧《せんれい》、ことさらに国〔山東巡撫の国泰《コータイ》のこと〕の山東におよびて庫を虧欠《きけつ》せしめし項を糾《ただ》すや、上〔乾隆帝〕心うごき、とくに親信大臣〔和珅〕をして御史とともに晨《あさ》に夕に馳せゆかせ、実を勘《しら》べしむ。その弟国霖《コーリン》これを覘《うかが》い知り、よく走る者をつのり、半日を先んじて済南〔いま山東省済南市〕に馳せいたる。国、倉皇として魄を喪なう。ときに署中に積みたる金、じつに無数たり。よって夜に乗じ、司どる庫に運び入れ、および司どる首府・首県おのおのの庫に運び、もって缺項を補いたり。しかれども存する金はなお累々たり。公廨《こうかい》〔役所〕の後ろに珍珠泉あり。深さ丈ばかり。ついに舁《かつ》ぎて泉側にいたり、これを沈む。のちに撫臣〔地方長官の巡撫〕の明興《ミンシン》が池を浚《さら》うに、なお金数十万〔両〕を得たり。けだし国の黷賄《とくわい》〔不正収賄〕することこの如し」、というものである。もう一つは、「項君、もとの浙江巡撫の王亶望《おうたんぼう》の客なり。おりしも王、母憂《ぼゆう》〔母親の喪〕に遭うに、妻妾を擁して会垣《かいえん》〔一省の都城〕に居し、日々酒宴をことし、人に発《あば》かるる所となる。王もまた罪のしばらく不測なるを知るも、しかるに積もりし重資はいたって多たり。よって門を闔《とざ》し、幕客を召してこれに散じ給う。数、あるいは三万、あるいは五万、等しからず。属《ゆだ》ねていわく『もし事の無ければ半《なかば》を我に帰したまえ。事の測れざれば、すなわち諸君ことごとく之れを留めたまえ』と」、というものである。当時の風潮の一端がうかがえよう。乾隆帝に寵愛された権臣和珅《わしん》(十一)が家産を没収されたさい、のちの試算によると、その財産はじつに八万万両の多きに達していたという。「八万万両」〔八億両〕という試算が正しいかどうかは確かめようもないが、焦循の『憶書』(十二)のなかの次のような一節はひとつの参考となろう。「呉県の石遠梅、販珠〔真珠売り〕をもって業《なりわい》とす。一つの小匣《こばこ》を出だす。錦嚢にふかく裹《つつ》む。赤金〔銅〕もて丸を作り、これを破るに、すなわち大珠の在したり。重きもの一粒二十万に値いす。軽きもの或いは一万、いたって軽きもの八千、――争いてこれを買い、ただ得ざることを恐る。余、かつて遠梅に問うに、いわく『和中堂（和珅）に献ずる所以は、中堂は毎日清晨《せいしん》〔早朝〕、珠をもって食を作《な》せばなり。ゆえに心竅《しんきょう》は霊明、目を過《よぎ》るもの即《ただ》ちに記《おぼ》ゆ。……珠の旧《ふる》きものと、すでに孔を穿ちしものと、用をなさず。ゆえに海上の人は風濤を憚らざるなり。今日の貨《しな》にして、この物の奇昂たるに如《し》くものは無し』と」。当時の官僚たちの凄まじいまでの豪勢な貪欲ぶりは、推して知るべしといえよう。民間の「素封」地主においても、その奢侈ぶりは優るとも劣らなかった。たとえば清朝皇族の昭槤《しょうれん》(十三)によると、「本朝は徭《よう》税を軽薄し、休養生息せしむること百有余年。ゆえに海内は殷《さか》え富み、素封の家、戸《こ》をならべて相い望むこと、じつに前代に勝るところあり。京師の米資〔米商〕祝氏、明代より家を起こし、富は王侯をこえ、その家の屋宇は千余間にいたり、園亭は瑰麗《かいれい》、ひと十日遊ぶも未だその居をきわめず。……懐柔〔いま河北省懐柔県〕の郝《かく》氏、膏腴《こうゆ》〔肥沃の地〕万頃《けい》、……純皇帝〔乾隆帝〕かつて其の家に蹕《ひつ》〔行幸の列〕をとどむるに、上方《しょうほう》〔天子の食膳係〕に進奉せし水陸の珍〔山海珍味〕は百余品にみだれ至り、その他の王公近侍および輿儓《よたい》奴隷〔輿かつぎの下僕〕、みな食饌《しょくせん》が供さる。一日の餐、費は十余万にいたる、云々⑤」とつたえられる。また『永憲録』(十四)には、「山西の富戸王泰来、家に現銀一千七百万両有奇《あまり》あり」としるされる。

こうした統治層・搾取階層による驚くべき出費の財源はといえば、いうまでもなく、すべて貧しい庶民の生業にほかならなかった。

そのころの一般的な貧しい庶民生活の具体的状況がいかなるものであったのか、それを知るための適当な資料がいまだに見あたらない。『紅楼夢』に登場する劉婆さん(十五)の話にしても、けっして詳細なものではないけれど見当をつけるための参考にはなろう。彼女は賈《か》家の栄国府〔訳注二十二参照〕において蟹料理の宴会を眼のあたりにし、ひとしきり金勘定をめぐらす。「これほどの蟹なら今年の値でいって一斤〔銀子で〕五分、十斤五銭だから、五五二両五分の三五十五として、それに酒と肴《さかな》、なんと、しめて銀子で二十数両じゃ。ああ仏さま、この一食のおあしで、わしら百姓は一年暮らせますじゃ!」〔第三十九回〕。

これは文学作品であるから、もちろん史料とみなして書中の「勘定」から推算することは許されない。しかし、乾隆時代の一般的な穀物の値段が一石《こく》せいぜい一両五銭であったことから計算すると、四人家族の毎月の食糧がおよそ一石二斗とするなら、一年で十五石、つまり年額二十二両余の銀子となる。小説の記すところもけっして誇張ではない。『紅楼夢』とほぼ同時代の小説『儒林外史』(十六)は、南方で塾の教師をする貧乏書生の生活をえがいているが、教師料が年額銀子十二両の暮らしぶりたるや、ぼろ服を着てあばら屋ずまい、具のない粥におかず少々という食事〔同書第二回〕。――それでも、救いのない貧窮にあえぐ最下層の庶民よりはましな生活で、衣食住が一応すべて満たされた生活といえる。揚州府興化〔いま江蘇省興化県〕のひと鄭板橋《ていはんきょう》(十七)は、みずから「康熙の秀才、雍正の挙人、乾隆の進士」と称したが、范県〔いま山東省范県〕の県令をつとめたおり、弟へ書きおくった手紙のなかで任地のひとびとの家庭生活にふれ、「憐れむべし我が東門のひとびと、魚《うお》をとり蝦《えび》をさらい、舟をこぎ網をむすび、破屋《あばらや》の中にて秕糠《ひこう》〔シイナとヌカ〕をたべ麦粥をすする。荇葉《こうよう》〔アサザの葉〕・蘊頭《うんとう》〔マツモの茎〕・蔣角〔マコモの芽〕を搴《ぬ》きとりてこれを煮、蕎麦の鍋餅《やきもち》のかたわらに貼《つ》けたるは、すなわちこれ美食《ごちそう》――幼き児女《こども》はあらそいて吵《いさか》います。つねに一たび念《おも》いおよぼすたび、まことに涙ふくみて落ちんとす」〔『家書』〈范県署中寄舎弟墨〉〕。「天さむく氷こごる時、窮したる親戚朋友《みうちともがら》が門にいたれば、まず一大碗の炒米《いためめし》の泡《ちゃづけ》したるを手中《てのなか》に送り、そえるに一小碟《こざら》の醬姜〔味噌漬けショウガ〕をもってするは、最もこれ老をあたため貧をぬくめる具《しな》なり。暇日《ひまなひ》には碎米餅《ごめもち》を噛み、糊塗粥《ごたかゆ》を煮、双手《もろて》にて椀をささげ、頸《くび》をすぼめてこれを啜る。霜晨雪早《さむきあさ》にこれを得れば周身《からだじゅう》ともに暖まる。嗟呼、嗟呼!……」〔同前書・同題〈第四書〉〕。おそらく、これが長江以北における一般的な農家の実情であったとおもわれる――が、それでも「小康」というべきであろう。貧苦にあえぐ農村庶民の生活はなおのこと困窮していた。『儒林外史』第三十六回では、農民が「小作人になって何んぼかの田をたがやし、幾らか収穫をあげたとしても、みんな地主に持っていかれちまうもんで、親爺が病気で家で死んじまったというに、棺を買う銭すら無えです」、となげいている。これも一つの証例といえよう。乾隆朝の後半から開始された農民による反抗運動も、彼らの生活が事実上たちゆかなかったことの結果にほかならない。満人の舒坤《じょこん》（十八）は袁枚〔第十三回参照〕の『随園詩話』に評釈をほどこして、「福康安《フカンガ》（十九）、すなわち……心術は和珅にくらべやや純たるも、しかして才具ははるかに遜《おと》る。十八歳にして即ち川督《せんとく》〔四川総督〕となり、天下の総督、直隷〔いまの河北省〕と両江〔江南と江西〕とをのぞき、皆あまねく作《な》したり。福康安の人となり、奢をきわめ嗜をつくし、金を揮《ちら》すこと土のごとく、氷糖もて灰〔石灰〕に和し假山《つきやま》をつみ、白蠟もて灰に和し院《にわ》の墻《へい》をぬり、白き綾緞《あやぎぬ》もて墻の壁を裱糊《うわばり》す。その出兵するに、ひそかに侍女をたずさえ、みな男装せしむ。毎日に食するところ、用いる銀は二〔両〕にいたり、つねに站《とど》むるたび轎夫〔輿かつぎ〕に賞すところの銀は二千にいたる。生民は塗炭たり。七省の教匪の乱、みな福康安が釀成《かも》したり」、としるす。すでにして問題の核心を喝破したものといわざるをえない。乾隆朝の初期、皇帝みずからが「上諭《じょうゆ》」のなかで、各地において「驕りし民」がたびたび役人に逆らっていると聞くが、「皇朝」がこれほど「仁ふかく義のいたり」であるのに、民草がその恩を感じないとは実に不可解、と吐露している。まさに封建的統治者の「悲哀」というほかない。

曹雪芹他界の十年後、山東において王倫を領袖とする農民叛乱（二十）が勃発した。これは重大事件であって、ほかでもなく人民革命の嵐の序曲であるとともに、清朝による封建的統治の崩壊の開始をつげる狼煙《のろし》でもあった。――じつをいえば、こうした兆しはすでに曹雪芹の生前から現われていたのであって、もういちど『紅楼夢』の一節を引用させていただく。「〔甄士隠《しんしいん》は〕やむなく妻子と相談したうえで、ひとまず田舎に身をおちつかせることとした。しかし、あいにくと近年は水災やら干害やら凶作つづきのため、あちらこちら盗賊が徒党をくみ、だれもかれもが田畑は奪いあう、物は盗みあうわで、ひとびとは安心して暮らすことができず、とうとう官軍が賊徒討伐にくりだしたものの、なかなか太平の御世というわけにはいきません⑥」〔第一回〕。これこそ乾隆時代の「盛世」の由々しき一面を写しとったものにほかならない。

曹雪芹とは、以上のような歴史的一時代のもとの社会的一状況のなかに生きた、ひとりの文学者なのである。

曹雪芹は、その特殊な家柄と経歴とのため、とりわけ鋭く世のなかの出来事に目をこらし、こうした時代における中国社会の諸問題を見出すことができた。しかし同じく、その特殊な家柄と経歴とのため、一つには〔謝済世のように〕経書に注釈をくわえられず、二つには〔陸生枏のように〕史書を論ずることもできず、わざわざ「君子」が歯牙にもかけない伝奇小説という体裁をとり、おのれの感懐をしたためた。さらに、その特殊な家柄と経歴とのため、呉敬梓《ごけいし》（二十一）が科挙の受験者たちを浮き彫りにしたように広闊な社会模様をあまねく描き出すこともかなわず⑦、ひたすら作品の主題を「閨友〔女兄弟〕と閨情〔身内の情〕」とを記述」〔『紅楼夢』甲戌本冒頭〕すること一点にしぼりこみ、あえて「大観園《たいかんえん》（二十二）」の外へ筆をおよぼすことをしなかった⑧。――にもかかわらず、かの「空空道人（二十三）」にしてさえ、なおかつ慎重を期す必要があった。

空空道人は「しばらく思案してから、もう一度この『石頭記』を仔細に読みなおしてみると、姦佞をとがめ、悪邪をせめる言葉は見あたるものの、けっして時世をそしる内容ではない。それどころか、仁君と良臣（?）、慈父と孝子（?）というふうに、およそ人倫道徳にかかわるところは、すべからく功をほめ徳をたたえること諄々としてこのうえなく（!）、まことに他の小説とは比べものにならない。……しかも御時世をあげつらうところは微塵もないので、そこで一部始終を写しとって持ちかえり、奇談として世につたえた」〔同前書・第一回〕、というのである。

こうしたことは、とりもなおさず曹雪芹が『紅楼夢』を執筆した時代背景と創作環境とを、ほぼ明白に語りつくすものであろう⑨。――したがって、『紅楼夢』にしるされた数々の「仮語村言」（二十四）は、実際は目眩ましのために仕組まれた「奴隷の言葉」〔第四章参照〕にすぎないことを、われわれは牢記して忘れてはなるまい。もしも、そうした「仮語村言」を額面どおり「写実の語」「直叙の言」のごとく見なすとしたら、それこそ「作者に瞞着《まんちゃく》せしめらる」〔脂硯斎の評語〕〔第三回の眉批など《甲戌本》に多見〕ことになりかねないからである。

《原注》

① 雪芹の誕生を雍正二年（一七二四）とする説によって記述した。巻末〈付録一・一〉〔曹雪芹の生年・卒年について〕を参照されたし。

② 本来は『詩経』〈商頌・玄鳥〉の中の句。ただし『大学』の中にも引用されているので、《四書》を読んだこと

のある者にとっては周知の典故。

③　当時「封建」という言葉を用いることは、周代における諸侯分封の制度をさすこととなり、清代における中央集権の専制統治を暗に批判する意味に用いられた。また「夷夏の防」とは、夷は満族、夏は漢族のことで、当時の漢族士大夫の漢族中心主義にもとづく「異族が中原に入りて主となる」ことへの反感の表明。

④　鄧之誠『中華二千年史』巻五〈中冊〉二二五頁。なお、南巡については巻末〈付録〉を参照されたし。

⑤　『嘯亭続録』巻二「本朝富民の多きこと」の条に見える。同書はさらに、「王氏……室万間を築き、優伶〔俳優楽妓〕を招集し、声色に耽る。近日、その家すでに半ば零落するも、しかして聞くに、その子弟いわく『器皿は変置すれど五十年は食するに足る』と。――その他は知るべし」、としるす。

⑥　すべて本書引用の『紅楼夢』は後人加筆が比較的に少ない《庚辰本》に従った。すこしでも曹雪芹の本意に近づきたいと願ったからである。〔なお《庚辰本》にしても《甲戌本》にしても所謂《脂硯斎評本》については第二十七章訳注七を参看されたい。〕

⑦　『雪橋詩話』巻五に、「章佳文端〔尹継善《いんけいぜん》のこと〕〔尹継善は満人で章佳《ジャンギア》が姓、文端が諡。第二十六章参照〕、両世〔雍正朝と乾隆朝と〕に平津〔閣僚〕たりて、性は吟詠に耽り、袁簡斎（枚）、ために遺稿を輯し、嘉慶庚申〔五年・一八〇〇〕にいたり、はじめて讎校〔校正〕して刊に付す。乾隆中、巡撫の鄂昌は文をもって、侍郎の世臣は詩をもって、先後して罪を獲る。黄文襄の子孫、また『奏議』を刻するをもって議にかかる。当時の著作、みな家に蔵し、出だして世に問わざるは此れによる」とある。また『雪橋詩話三集』巻十に、「かつて何《か》義門（焯《しゃく》）が人に与うる書を読むに、いわく『綱斎〔満人の成文のこと〕の庚戌〔康熙九年・一六七〇〕以後の文を選したること極めて佳事たり。しかれど愚意するに、かの所処〔境遇〕は漢人と同じからず。是非を招惹するを恐れ、前に信ありとてこれを止む。近来の時文、内中〔皇帝宮中のこと〕みな買入するに因り、これより前に詩文を刻

したる者みな累を受く。過慮なきにしあらず、云々』と。此れを観るに、吾が郷（事実関係からして遼東出身の旗人のこと）〔『雪橋詩話』の撰者楊鍾義は光緒十五年の進士で漢軍八旗〕に文字の流伝すること独り少なきは、故なきに非ざることを知る」、とある。すなわち、「旗人」の境遇が漢人と同じでないことを指摘している。こうした歴史的事実は、なかなか後人の知りつくせない所なのである。

⑧『紅楼夢』と『儒林外史』とを単純に比較できない理由は、後者は一群の人物を選びだし、彼らを風刺するところに作品の主旨があるのにたいし、前者は一連の人々を選びだし、彼らにかわって告発するところに本旨があるためである。したがって、曹雪芹が選びだした人間群像はといえば、とりもなおさず封建的抑圧をもっとも残酷に被った人々、すなわち家の奥向きで暮らす女性たちに他ならなかった。

⑨甲戌本『石頭記』〈凡例〉には次のように記す。「開巻そうそう『風塵にて閨秀を懐う』というからには、作者の本意はもともと昔日の閨友と閨情とを記述することにあり、時世を怨罵する書物でないことだけは明らかである。たとえ、かりそめに世情に話がおよんだとしても、やむをえない筆の運びであって、けっして本書の本筋ではないことを、読者各位はくれぐれも肝に銘じたまえ」。参考のため、乾隆・嘉慶年間のひと呉徳旋の『初月楼聞見録』〈自序〉を次にかかげる。「またこれ編するところの意は、幽隠を闡揚《せんよう》するに在り、顕達の士は録さざるなり。すなわち、まま牽渉すること有るも、また政事には及ばず。野に在りて野を言う。礼、もとより然あるべし。もし以つて『愁をきわめ書をあらわす』となれば、すなわち吾あに敢えてなさんや」、というのである。その意味内容はほぼ同義といえよう。

【訳注】

（一）「……大逆不道」――『読書堂西征随筆』の中には「皇帝（康熙帝）の揮毫は銭に値いせず」等の句が含まれ

ていた。汪景祺は、この筆禍事件の同年同月（雍正三年十二月）のわずか三日前に死を賜った年羹堯（第八章参照）の記室をつとめていた人物。前掲書も年羹堯とともにロプサン＝テンジン討伐のため青海へ西行した時の随筆。

（二）寧古塔――黒龍江省の牡丹江中流西岸の地で、清代には順治十年に寧古塔昂邦《アンバン》章京（康熙元年に寧古塔将軍と改称）の設置いらい国事犯の配所として有名。

（三）査嗣庭――？～一七二七。浙江海寧の人。康熙年間の進士。年羹堯とともに雍正朝初期の重臣であった隆科多（第八章参照）により内廷行走とされ、のち内閣大学士・礼部侍郎に昇官。その隆科多も、この事件の翌年（雍正五年）に失脚し翌々年に没している。

（四）呂留良――一六二九～八三。浙江石門の人。一名は光綸。字は荘生あるいは用晦。晩村と号す。明末清初の名高い朱子学者。王者の政・華夷の別・井田封建への復帰などを説き、その民族思想は当時の読書人に大きな影響を与えた。死後もその所説は広められ、弟子のひとり曾静が雍正六年に逮捕されて呂留良の獄（雍正七年～十年）が起こされた。

（五）『通鑑論』――陸生枬の撰。全十七論。封建制を賛美し、隋の煬帝を酷評し、皇太子を早く定めるべきこと、軍兵を削減すべきこと等を主張。清朝に非を鳴らすものと見なされ、特に書中の封建論（原注③参照）にたいして雍正帝は『駁封建論』を御製した。

（六）謝済世――一六八八～一七五五。広西全州の人。字は石霖。梅荘と号す。康熙五十一年の進士。雍正四年に浙江道監察御史となる。直諫の士として声望たかく、この筆禍事件も雍正帝の寵臣たる田文鏡（第二十六章参照）を弾劾したことと関係ありとされる。

（七）『大義覚迷録』――七巻。雍正七年（一七二九）に勅撰発布。古代の聖人たる舜も文王も「夷」であったとして《華夷無別》の考えを示し、「天に二日なく民に二主なし」として清朝および自己の帝位の正当性を主張、あわせて呂留良事件の曾静などの改悛記録を収める。乾隆十三年にいたり、かえって障りのある御製書として回収された。

(八)『四庫全書』――乾隆帝欽定の一大叢書。約七万九千巻。康熙帝時に端を発し、乾隆六年の遺書採訪の令に始まり、同三十八年(一七七三)の全書館開設から同四十七年(一七八二)まで十年を費やして成る。いわゆる四庫全書《七閣》として、宮中の文淵閣のほか、北京円明園の文源閣・熱河離宮の文津閣・盛京奉天の文溯閣(以上「内廷四閣」)、および公共用に揚州大観堂の文匯閣・鎮江金山寺の文宗閣・杭州聖因寺の文瀾閣を築造し、それぞれ一部ずつ収蔵させた。

(九)南巡――南方各地への行幸。康熙帝・乾隆帝ともおのおの六度の南巡を行なった。それぞれ康熙二十三・二十八・三十八・四十二・四十四・四十六の各年、乾隆十六・二十二・二十七・三十・四十五・四十九の各年の事。そもそも南巡の目的は、黄河・浙江地方の治水対策の視察、江南の紡績産業の監督、南京の明太祖陵の参拝などのほか、実は反清感情の根強い江南人士の懐柔、という重大にして微妙な工作にあった。ただし康熙朝にはそれなりの成果を収めたが、康熙帝を摸した乾隆朝においては遊興的色彩が強まった。

(十)洪亮吉――一七四六~一八〇九。江蘇陽湖の人。字は稚存または君直。北江と号す。清朝中期の文学者にして経学者。翰林院編修・史館纂修官などを歴任後、嘉慶帝の不興をかい一時は新疆に流され、いらい更生居士と号し各地を遊行しつつ紀行文を多くのこす。駢文の名手で清代八大家の一人。『更生斎文集』はその著作集。

(十一)和珅――一七五〇~九九。満州正紅旗の人。姓は鈕祜禄《ニオフル》氏。字は致斎。貧家の出身ながら位人臣をきわめた乾隆帝の寵臣。戸部侍郎・軍機大臣・戸部尚書・議政大臣を歴任したが嘉慶四年に死を賜った。その没収家産の額は、清朝政府十年以上の国庫歳入に相当したため、当時「和珅跌倒、嘉慶吃飽(和珅たおれて嘉慶まんぷく）」なる俗謡が流行したという。第三十二章参照。

（十二）焦循——一七六三〜一八二〇。江蘇甘泉の人。字は里堂ないし理堂。嘉慶六年の挙人。清代有数の哲学者。博学で知られ揚州考証学を代表する人物ながら官職につかず、生涯を読書と述作に捧げた。その『憶書』は当時の聞き書きをまとめた雑記録。

（十三）昭槤——一七七六〜一八二九。太祖（努爾哈赤）の第二子代善の後たる宗室。礼親王。汲修主人また檀樽主人と号す。その著『嘯亭雑録』十巻および『嘯亭続録』三巻は、清朝の掌故典章・旧聞逸事を知るための重要史料。『雑録』八巻『続録』二巻の十巻本もあるが十三巻本がまさる。

（十四）『永憲録』——江都のひと蕭奭の撰。四巻。続編一巻。康熙六十一年から雍正六年までの大事件を編年体で収録。短期間の雑史ながら、雍正帝即位の経緯、年羹堯・隆科多の失脚、阿其那・塞思黒の獄（第七章参照）、汪景祺・査嗣庭らの筆禍などに関する貴重な史料。曹雪芹の生家に関しても一部詳密な記録を収める。

（十五）劉婆さん——『紅楼夢』第六回・第三十九〜四十二回、および現行本の第百十三回・第百十九回に登場する劉姥姥。主人公宝玉の母親王夫人の遠縁で、京城郊外の農家に住む老寡婦。小説中の前記各回において宝玉のいる賈家栄国府を訪れる。

（十六）『儒林外史』——清代長篇小説の代表作の一つ。呉敬梓の作。全六十五回（通行本六十六回）。科挙に翻弄される文人たちの狂態を完膚無きまで揶揄嘲笑し、悲喜劇に同情しながらも人々の魑魅魍魎ぶりを活写。その独特のオムニバス形式は後続作品に大きな影響をおよぼす。現伝最古の刊本は嘉慶八年《臥閑草堂本》とされ、諸本の祖と目される。

（十七）鄭板橋——一六九三〜一七六五。鄭燮《しょう》のこと。板橋は号。字は克柔。文人画家にして書家。所謂《揚州八怪》の一人ながら、本文にもある如く「雍正壬子（十年）の挙人、乾隆丙辰（元年）の進士」（板橋自序）で、范県・濰県の令を歴任した点で特異な存在。著に『鄭板橋文集』がある。その独特の書風は日本にも愛好家が多い。

（十八）舒坤――一七七二〜一八四五。愛新覚羅氏。字は夢亭。福建総督をつとめた伍季敷の長子。その著『批本随園詩話』は、袁枚の『随園詩話』を評注しつつ乾隆・嘉慶年間の貴重な記録を数々おさめる。

（十九）福康安――一七六三？〜九六。鑲黄旗の富察《フチャ》氏。一等公たる傅恒の子。乾隆三十二年の三等侍衛叙任いらい両金川討伐・甘粛回教徒の乱・台湾林爽文の乱と各地に転戦し、同四十五年に雲貴総督、翌年に四川総督、また同五十四年より両広ほか各地の総督を歴任。嘉慶元年に紅苗の乱を攻略中に病没。巻末〈図表・一〉参看。

（二十）王倫を領袖とする農民叛乱――第二章訳注十にも記した清水教の乱のこと。乾隆三十九年（一七七四）に教首王倫が教徒をひきい山東陽穀県で旗揚げし、一時は大運河の要衝たる臨清を占領して独立政府を樹立。ただし一ケ月にして鎮圧された。

（二十一）呉敬梓――一七〇一〜五四。『儒林外史』の作者。字は敏軒、文木と号す。安徽全椒の名家の出。父親の死後、親族の財産争いに幻滅し、文友と豪遊し貧士を救済して家産を蕩尽し、博学鴻詞科も辞退して南京に移住。江南各地に旅をかさね、乾隆十九年に揚州で客死。『儒林外史』のほか『文木山房集』の著あり。巻末〈付録三〉「曹雪芹と江蘇」参照。

（二十二）大観園――小説『紅楼夢』の主要舞台となる賈家栄国府（同家の寧国府と隣接）中の華麗な庭園の名。主人公賈宝玉の実姉で皇妃となった元春の実家帰省のために造営され（第十七・十八回）、そのご宝玉とその姉妹たちの住まいとなり、物語の大部分がこの園内で展開される。『紅楼夢』が流布して以来、大観園のモデル詮議は枚挙にいとまがなく、袁枚の「随園」モデル説も名高いが、北京前海の「恭王府」が原形ともされる。資料集として中国文化部藝術研究院紅楼夢研究室（編）『大観園研究・資料匯編』がある。

（二十三）　空空道人――『紅楼夢』第一回に登場する行脚の僧。大荒山無稽崖の青埂峯（架空の地名）のもとで石頭を見出だし、その表面に刻まれた石頭の遍歴記を読み、その石物語（『石頭記』すなわち『紅楼夢』）を世に伝えたとされる『紅楼夢』書中の人物。

（二十四）「仮語村言」――『紅楼夢』第一回に見える語。表面上は「でたらめで野暮な言葉」の義。実際には「真事隠」（人名の甄士隠に対応）にこめられた「本当の事は隠します」の意と対をなし、「仮語存」（人名の賈雨村に対応）すなわち「虚構の文字を示します」の意と解される言葉。第五回に見える太虚幻境の対聯「仮の真となるとき真もまた仮、無の有となるところ有もまた無」（仮作真時真亦仮、無為有処有還無）なる聯句とならび、小説中における江南の甄《しん》（真）家と京師の賈（仮）家との関係を暗示し、さらには作者が経験した実事（真）と、その創作した小説という虚構世界（仮）との関係をも示唆する重要語。

〔四〕 奴隷の家系

前の二章において、かなり荒削りに描きだした歴史的スケッチも、どのような時代背景のもとで『紅楼夢』のような作品が生み出されるにいたったか、そのあらましを理解するうえで役に立とう。しかしながら、どうして曹雪芹だけが『紅楼夢』を創作することができたのか——たとえるなら、彼とほぼ同時代の南方の小説家呉敬梓〔前章参看〕は『儒林外史』を執筆することができたのに、どうして『紅楼夢』の片端をも述作できなかったのか——ということへの説明にはならない。

そこで、その理由としては数々あるものの、まずもって指摘しなければならないのは、彼らふたりの身分といい家柄といい経歴といい境遇といい、ことごとく大きく異なっていた事実である。『儒林外史』にしても『紅楼夢』にしても、当時の文学者ならだれでもが執筆できた、というような小説ではない。いいかえるなら、作者の生まれ育ち、および作者みずからが生きぬいてきた境涯、そして作者それぞれが置かれた固有の環境、そうしたことに目をつむり、それぞれの作家がおのおのの作品を創作しえた理由、すなわち、呉敬梓だけが『儒林外史』を執筆し曹雪芹だけが『紅楼夢』を著作しえた理由、それらを解釈しつくすことは到底無理な話である。

曹雪芹は乾隆時代のひとりの小説家として、彼じしん特殊な出自と特異な経歴とをそなえていた。雪芹のそうした面を心得ておくことは、『紅楼夢』を理解するうえでも有益なことと思われる。それらの事情について以下に説明をおぎないたい。

昔風の言い方をするなら、曹雪芹は「旗下人《きかじん》」、すなわち「旗《はた》のもの〔在旗的〕」であった。格式張っていうなら「八旗人《はっきじん》」ないし省略して「旗人」①と称される人員のひとりだったのである。こうした歴史的名称の具体的実体がいかなるものであったのか、それを理解するには、まず「旗」というものについての基本知識が必要となろう。

「旗」という言葉は明朝の漢語で、満語ではもともと「固山《グサ》」（音訳）と呼ばれるものであった。そもそも旗というもの自体は、いうまでもなく旗幟《きし》〔ハタじるし〕とか旗纛《きとう》〔のぼりバタ〕とかいうときの旗にほかならない。ところが清代にはいり、この旗が軍隊の標識に用いられたところから、ひいては旗の意味までもが軍隊編成上の一種の代名詞となったのである。明代においても「総旗」とか「小旗」とかの名称があって、すでに軍隊構成の一種の等級をあらわしていた。②たとえば、農民叛乱軍の指導者であった「闖《ちん》王《おう》」李自成（一）が「奉天倡義《しょうぎ》大元帥」を号したとき、みずからは白鬃大纛《はくそうだいとう》〔白い毛飾りの大のぼり〕をかかげ、その左翼には白幟《はくし》、右翼には緋《ひ》（紅）幟《し》、前衛には黒幟、後衛には黄幟をかかげさせている。こうした制度は形式からみるかぎり、はやくも満州族の分旗制度にすこぶる類似するものであった。③相違するところは、満州族の固山旗が、たんに軍隊編成上の形式にとどまらず、軍政・民政・「家政」の三者が一体をなす総合制度であったところに独自の特色があった点である。すなわち、あらゆる満州族は貴賤軍民のへだてなく、やがて「固山」に編入されて旗制の厳格な制約をうけるところとなった。

満州族の旗制はおよそ八旗にわかれ、それぞれの旗ごとに身分も地位も異なるので、やはり少しく説明が必要であろう。こうした身分や地位の違いにしても、一連の歴史的起源および発達過程に由来するものだからである。

その初め、満人が猟にでて巻き狩り[二]をおこなう際（これが当時の彼らの主な生産生活の様式であった）、各人が矢一本を負担するとともに、各十人ごとに率領一人を選びだして隊伍の秩序維持にあたらせ、この率領のことを「牛彔額真《ニルイエジエン》」（牛彔は「矢」、額真は「主」の意）と呼びなした。万暦二十九年（一六〇一）にいたり、努爾哈赤《ヌルハチ》（清の太祖[三]）はこの旧来の習俗にもとづき、三百人を一単位として「牛彔《ニル》」とし、その長を「牛彔額真」となした（のち漢名をもちいて「佐領《さりょう》」（八旗都統属・正四品）と称す）。そのご、さらに五つの牛彔を一「甲喇《ジャラン》」（「区切り」の意）とし、その長として「甲喇額真《ジャライエジエン》」（のちの漢名は「参領」（同前・正二品））をおき、五つの甲喇を一「固山《グサ》」（「軍団」の意）とし、その長として「固山額真《グサイエジエン》」（のちの漢名はそれぞれ「旗」および「都統」（従一品））をおいた。この体制が、そのまま「旗」の雛形ともなり基本構成ともなった。のみならず、本来の巻き狩りのさいには隊形編成にも組織があった。すなわち、隊伍の中央を「囲底」（満語フェレ、「底」の意）とし、あたかも中軍ないし大本営のような働きをもたせ、左右を両手にわけて二つの「囲肩」（満語メイレン、「肩」の意）とし、ちょうど左右両翼に相当せしめ、さらに二つの囲肩の末端を「烏図哩《ウツリ》」（「端」の意）とし、いわゆる前哨の役割りを果たさせた。しかも四部署それぞれに旗じるしがあって、中央には黄色旗をかかげ[④]、両翼はおのおの紅色旗と白色旗とをかかげ、さらに両翼末端には藍色旗をかかげさせ、部隊の標識にさせるとともに指揮上の便宜をはかった[⑤]。——というわけで万暦三十四年（一六〇六）におよび、努爾哈赤は以上のような基礎をふまえ、その軍隊を四旗制へと正式に編成しなおした。つづいて万暦四十三年（一六一五）、四旗の兵員（満人を主体とし蒙古・漢・朝鮮・ロシアなどの各族をも含む）がひましに増大したため、そこで四旗を拡充して八旗制にあらためたのである。そして八旗の旗さし物の色区分については、前述した四色の「整旗」（整は「純色」の意）のほかに、もとの四純色を地色にしつつ、その周辺を地色と異なった色で縁取りした四種の[四]「鑲《じょう》旗」（鑲は「縁取り」の意）をくわえた。のちになると、さらに「蒙古旗」[五]および「漢軍旗」[6]が増設された関係上、もともとの八旗は、ほかの軍旗と区別する必要からもっぱら「満州旗」と称されるにいたった。じっさい満・蒙・漢の三種の軍旗それぞれに八旗があったので、総数二十四旗にいたったわけである。

　曹雪芹の家筋が属したのは満州正（「整」の略字）白旗であった。

　一般的にいって、満族の血筋をひかずに「満州旗」に属し、なおかつ「正旗」に属するものは、例外なく年功のきわめて古い「旧人」であった[7]――という理由は、上記のことからも察せられるように、これらの軍旗の人員は、すべて旗籍に帰属した時期がかなり早い家系のものだったからである。このような家系の人々は、満族との関係が密接かつ長年にわたり、その生活習慣もあらゆる面にわたって「満族化」されていたため、わずか若干の漢族としての外見的特徴をのぞくなら、にわかには判別しがたい者も少なくなかった。――こうした、遼東（遼河以東の地）より入関していらいの古参の漢姓旗人が、もしも元来の漢人の習俗をしだいに取り戻してゆくような場合には「欲をほしいままにし心をうしなう」ものとして非難されることさえあった[8]。

曹雪芹の家系は、まさにこのような「老旧家」の一門だったのである。

以上を承知したうえで、さらに、曹雪芹がいわゆる「上三旗《じょうさんき》包衣《ボーイ》人《じん》」あるいは「内務府包衣旗人」であったことを理解しなければならない。

上三旗とは、廂（「鑲」の略字）黄旗・正黄旗・正白旗の三旗のことをさす。それにたいし、ほかの五旗は「下《か》五旗」と呼ばれた。そして上三旗は皇帝みずからが親率し、下五旗は王公の分轄統治にまかされた。こうした区別には長々しい歴史的因縁がからむだけに、ここでは要点のみを略記する。満州[六]（当時はまだ国号を「金」（すなわち後金）と称した）初期のこと、なお「汗」[七]が総酋長として在位してはいたが、国全体にかかわる軍務民政の大事は、じつのところ各軍旗の旗主が合議のうえで決裁していた。いうまでもなく各旗主は、各軍旗における全面的な最高統治者であったばかりか、それぞれの軍旗間においても「汗」と対等にふるまい同様の地位をたもつ首長であって、おのおのの勢力（すなわち保有軍旗の兵力）が互角であったことから、その権力においても「汗」と肩を並べていたのである。ところが、やがて諸々の変遷をへて「汗」の権勢がしだいに強大となり、統治層内部の確執もそれにつれて激化したため、貴族たちは勢力をたがいに奪いあう内紛におちいった。かくして、それぞれ三人の旗主によって分轄統治されていた三つの軍旗が、最終的に皇帝（「汗」から発展成立）[八]の一手に掌握されるところとなり、前記のような区分が生じたのであった。要するに、この三旗が皇帝の直接指揮権下におかれていたため、とくに「上三旗」と称されたわけである。

そのうち正白旗はといえば、ほんらい上三旗に入っていなかった。そもそも正白旗の第一代旗主は努爾哈赤みずからが兼任していたが、のちに多鐸《ドド》〔第二章前出〕の統轄するところとなり、崇徳四年（一六三九）に多鐸が罪を得てからは、しだいに多爾袞《ドルゴン》〔第二章既出〕が正白旗を掌握するにいたった。ところで、曹雪芹の生家の始祖は名を曹世選（「世選」のちに「錫遠《せきえん》」に作り、また「宝」一字に作る。したがって本名は曹宝、世選は改名ないし字とされる）といい、もともと東北の鉄嶺衛（いま遼寧省鉄嶺県）から遼陽〔いまの遼陽市〕にかけての一帯に居住していたらしく、おおよそ万暦四十七年（後金の天命四年、一六一九）前後に満州軍によって捕虜にされたものと推定され⑨、また別の推定によれば、さらに時代が下ってから他の経緯により奴隷におとされ、まもなく多爾袞にしたがう身となった、とされる。いずれにしても、そのご曹家は代々、満州奴隷として正白旗に属したのであった。

多爾袞（一六一二～五〇）は努爾哈赤の第十四子であったが、排行が九番目（九）だったために「九王」（いまも北京城東〔北京朝陽区〕に「九王墳」の地名がある）と呼ばれていた。彼の率いる正白旗兵は八旗軍のなかでも最強の大軍で、東征西戦してかずかずの一番手柄をたて⑩、そのため彼はことのほか努爾哈赤から愛され、やがて嗣子に立てられるものと目されていた。しかるに、努爾哈赤が没するや、帝位は第八子の皇太極《ホンタイジ》（清の太宗）（十）の奪取するところとなった。――このため皇室内部にはおおくの紛争の火種がまきちらされた。ところが明朝の国都が農民軍の手中に落ち、満州兵がこれに乗じて北京に入城するにおよび、満州皇帝として中国の「龍位」にのぼった第一代は名義上こそ皇太極の幼子福臨《フリン》（順治帝）（十一）であったけれど、事実上は「摂政」とされたこの九王にほかならなかった。彼こそ満州の中国侵攻にあたっての大清帝国の真の「創業主」であって、あらゆる実権を一身にあつめ、順治帝は彼のことを「皇父《こうほ》」あるいは「父王《ふおう》」と称するにいたった。じじつ入関ののち、順治帝の名のもとに行なわれた多爾袞にたいする初めての恩賞は、黄金一万両および白銀十万両の多きにのぼっている。

曹世選は、このような「主子《あるじ》」にしたがって華土に入ったため、彼の家格も「包衣《ボーイ》〔後文参照〕下賤」の分際から一躍して「従龍《じゅうりよう》の勲旧」〔皇帝側近の古参の功臣〕の地位にまでのしあがった。

しかし多爾袞の威勢も、おもわぬ彼の夭逝〔順治七年〕によって終わりをつげた。しかも、清朝の統治層内における権力争いの成り行きとして、多爾袞は没後まもなくに罪科をこうむり、恩典召し上げのうえ家産を没収されたばかりか、「九王派」勢力までのこりなく粛清され、ようやくのこと順治帝の「親政」が始められたのである。かくして多爾袞がのこした正白旗という一大軍事力も、にどと旗主に委ねられることなく、ついに順治帝派がみずから占有するところとなった。⑪ ひとつ正白旗のみ他の各旗から「格上げ」され、鑲黄・正黄の両旗〔皇帝直属の軍旗〕と同列にならべられて「上三旗」となったのは、以上のような経過による。

したがって曹家も、当然のことながら「上三旗」に編入されるにいたった。いいなおすなら、曹家は巧まずして、つねに皇室家の実権派と「同道」しつづける巡り合わせになったわけで、それだけに、両者の関係にはとりわけて緊密なものがあったと言えよう。

しかしながら、曹世選が奴隷の身分〔十二〕であったことに変わりはなく、彼の家門も子々孫々おなじく「包衣」

人のままであった。「包衣」とは満州語の音訳で、「家のもの〔家里的〕」ないし「家のこ〔家下人〕」の意味にあたり、つまりは家奴のことである。[12]満州貴族たちはこの種のひとびとのことを「下賤」のものと見くだしながら、そのじつ彼らを必要とし、彼らなしには何事も立ち行かなかった。

明代の皇室には家奴というものがなかった。そのかわり、宮中の特殊な用向きをつとめる専門職、すなわち宦官(十三)がいた。宦官とは、もともと窮乏した庶民の子弟などが男としての身体を〔そして精神をも〕そこねられ、そのうえ禁裏の奥深くに送りこまれて苦役をこなす役職で、いわばもっとも悲惨に虐げられた人々といえた。ところが彼らは、往々にして封建的統治層の害毒に染め上げられてしまい、かえって統治層の凶暴きわまりない走狗と化し、悪事のかぎりを尽くすことがしばしばであった。じっさい明朝の衰退滅亡にしても宦官たちの力が「与《あずか》って余りある」こと甚だしかった。清朝の皇帝はこれにかんがみ、明代の各種制度を継承しながらも、まずもって宦官たちの管轄下にあった「二十四衙門《がもん》」(十四)を手直しし、ついには撤廃し、かわりに「内務府」(十五)を新設して皇室家の家奴――すなわち上三旗の包衣人――に宦官の役職を代行させることとしたのである。

そのため内務府は、皇室家の財産・収入・飲食・器物・愛玩品など諸々の日常備品、および万般にわたる儀礼式典の用具……等々を管理する「管家《かんか》衙門」〔家事管理役所〕となるにいたった。[13]この点からいえば、明代の二十四衙門および司礼監(十六)がことさら政事に干渉し、東廠《とうしょう》(十七)が刑罰を左右したことと比べるとき、内務府の任務がまったく皇帝「私宅」の家事にかぎられ、刑罰・政事などの国家の大権とは完全に切り離されていたところ、やはり一つの長所といわざるをえず、そこにこそ内務府の革新性と改良点とがあった。

ただし内務府といえども、やはり宦官制いらいの若干の「遺風余韻」がのこされていた。たとえば、塩政・織造《しょくぞう》・窯業《ようぎょう》・鉱業など一部の重要な税収源（十八）が、あいかわらず宦官の「後身」である内務府の人員によって独占され、あるいは部分的に管理されたのである。

そんなわけで、内務府包衣人とは、すこぶる特異な地位におかれた清代社会における一種の畸形的産物――しかも満州初期における原始的段階の社会的遺制、とみることができよう。内務府包衣とは、最高統治層内部にあっては抑圧されつつ酷使される被害者であると同時に、はんたいに統治層「外」部にむかっては抑圧しながら酷使せしめる加害者でもあった。また彼らは、一方では下賤のきわみの身分にありながら、一方では「呼吸は帝座に通ず」る存在で、他のひとびとより容易に立身出世して権勢をかさにきることも可能な立場にあり、その「富貴栄華」ぶりの実態たるや、なみの大臣顕族に引けをとらないほど豪勢なものもいた。

曹雪芹の家系はこうした家門に属していた。くりかえし述べてきた曹雪芹の「特殊な身上」ということも、実はこのことを指して言ったものにほかならない。

曹雪芹について語ろうとする場合、たとえ何事であろうと、ここから説きおこさなければ一歩も立ちゆかない。というのも、上記のことが、曹雪芹の数奇な人生遍歴を決定づけた第一の関門となっているからである。そればかりか、前記した諸事情は、曹雪芹の家柄を「権門」ないし「豪門勢族」とみなす説がいかほど不十分で誤解をまねきやすい言い方であるか、それを正してくれるものと信ずる。そして、清代の康熙・雍正・乾隆時代における本当の権門貴族、たとえば明珠《ミンジュ》（十九）・隆科多《ロンコド》〔第八章参照〕・傅恒《フヘン》（二十）などといった人々の実情について少しでも承知するなら、そうした家柄と曹家とを同列にみなすことなど決してありえないだろうし、また、『紅楼夢』に描かれている賈家・史家・王家・薛《せつ》家などの家々（二十一）にしても（決まり文句のように「四大家族」とか「貴族」とか言いなす評論家が少なくないものの実のところ甚だしい見当違い）、いかなる階層の地位を占めていた家柄か、清代史においては明々白々としていて誤解の余地のありえないこと、なにより歴然とするにちがいない。

《原注》

① これらの名称は、ここでは全て「旗籍に所属する者」の意味に用いたが、初期における「旗人」の類別はさらに詳密で、旗に帰属した時期・事由の別により各々呼称を異にした。例えば「旗下人」とは、本来は清人入関ののちに「投充」（投降志願）して旗籍に属した漢人のみを指す言葉であったが、やがて乱用されるにいたった。民国初年、まだ民間では纏足していない女性のことを「大旗下のひと」（大足の意。満州風俗では女性はすべて素足のままであった）と称していたことも参考となろう。

② 孫承沢『天府広記』巻十八〈兵部〉は、「明の兵制……すべて五千六百人を『衛』となし、千一百二十人を『所』となし、百十二人を『百戸』となし、『所』に『総旗』二名『小旗』十名を設け、大小聯比し、以つて軍を成す」と記す。

③ 旗制はもとより清代特有の制度であるが、実際には漢人の旧制度の影響をも受けており、前記二例からもその形跡が認められるものの、満人旗制にも独自の特徴が有ったことは間違いない。また陳登原は『国史旧聞』第二分冊において、満州旗制とその祖先たる金人における「猛安・謀克」制度との類似点を指摘している。

④　黄色は当時もっとも「尊貴」なる色とされ、封建的統治政権を象徴するものと見なされていた。しかるに努爾哈赤が黄色旗を首旗としたのにたいし、李自成は白色旗を首旗として黄旗を末色におとしめている。これも伝統性と革命性との相違によるものか、それとも一種の偶然であるのか、今後の研究課題として付記しておく。

⑤　弘旿『瑤華詩鈔』巻九〈憶昔〉詩原注に見える。昭槤『嘯亭雑録』の記載も同注に依拠する。その記述はやや後世の実況と思われるが、それが旧制の遺風であることに疑いはない。八旗における四色についても、その次序が黄・白・紅・藍の順とされているけれど、これは改制後の次序で、初期における四色の次序はこれと異なり、のちに白旗が昇格し藍旗が降格されてから、はじめて清朝一代の旗色制度が定まった。

⑥　漢軍旗の成立が最もおそく〔訳注五参看〕、そもそも満人が初めて明朝の大砲を獲得してから編成した砲兵隊に起源する。漢軍旗の成立以後は、変節した明朝将帥が兵をひきいて満州に投降した場合にも、漢軍旗に編入されることとなった。こうした漢軍旗の人々と満州旗内の漢姓人〔原注⑬参照〕とはまったく性格の異なる別個の人員である。

⑦　以下の二つの注を参照されたい。

⑧　乾隆期の満人舒坤は『随園詩話』に評注し、「余、漢軍の蔣攸銛に見ゆ。本籍は宝坻〔いま河北省宝坻県〕（正しくは、もと遼東の人にして入関ののち宝坻に居す、とすべき所）、その先人、田文鏡に提抜されしにより、ついに仕版に登る。……その家の婦女は纏足し、飲食日用、ことごとく南人（漢人をさす）に倣い、……内にては尚書に用いられ、例として都統を兼ぬるに、もつて清文（満文）の辞を解せず。此れ、とりわけ欲を縦いままにし心を喪いし者なり」と記す。すなわち、遼東の老漢軍旗人が漢人の習俗に復帰してしまうことを非難しているわけであるから、それまでの彼らはすべて満州の習俗にしたがっていたことが知られる。老包衣という身分にあった曹家のものが老漢軍をみる目には、はるかに複雑な思いが有ったにちがいない。

⑨　満州貴族は、北辺にあった初期の根拠地から武力をもって南下進攻し、城府を攻略しつつ、随所において捕虜としたものを奴籍に編入していった。したがって原籍が北方にあたる旗下奴隷ほど、捕虜とされて軍旗に入れられた時期が早く、「年功」の長い古参であった。この論法を応用すれば、相当数の漢人の旗下奴隷が山海関外から関内において捕虜とされた時代的次序を、ほぼ正確に推定することができよう。

⑩　この「手柄」というものも、実際には罪行に他ならなかった。当時の満州統治者の軍隊は到るところで侵略強奪をほしいままにしたからである。それでも「手柄一番」をいうのであるなら、満州軍が山海関を突破したさい、まず李自成の農民軍を敗退せしめたのが白旗兵であったことなど、なにより一番の罪行といえよう。李自成の軍隊も白旗を主色としていたので、当時の戦場の有り様をしるした人は、あふれる白旗は雪景色のようであったと伝えている。

⑪　本来の制度から言えば、上三旗の所属は、鑲黄旗は太子のもとに属し、正黄旗は皇帝に属し、正白旗は太后に属した。抄本『永憲録』巻首（中国科学院図書館蔵本）に見える。周寿昌『思益堂日札』巻一にも同様の記載がある。したがって、曹家は康熙帝の太后〔すなわち太宗妃の孝荘文太皇太后〕と繋がりのあった可能性がある。

⑫　「包衣」の正式な名称は「包衣阿哈」（booi aha）といい、たんに「阿哈《アハ》」とも称される。包衣阿哈のうち男は「包衣捏児麻」（booi niyalma）、女は「包衣赫赫」（booi hehe）と呼ばれ、それぞれ男僕、女婢の意味にあたる。なかでも曹家は「包衣旗鼓佐領」に所属していたらしい。抄本『八旗掌故』巻一によれば、「また満州八旗の包衣参領の下は各佐領に分轄され……下にまた『管領』『分管』『管轄』の各名目ありて、その佐領、あるいは『旗鼓佐領』と称され、……蒙古、漢軍、ともに包衣佐領なし」と記し、さらに、「旗鼓佐領の下の人、多くこれ国初に民人の投充せしものにて、大粮〔大梁とも。遼寧省の太子河のこと〕における荘頭〔小作人頭〕や園夫の類を見るごとし」と注す。しかも福格『聴雨叢談』には、もともと包衣佐領は兵卒家僕に類いするもの、と述べられて

いる。曹家の祖先は一体どのようにして軍旗に帰属し、どのような家僕であったものか、詳細はなお待考としておく。巻末〈付録一〉を参看されたい。

⑬『文献論叢』中の曹宗儒『総管内務府考略』を参照されたし。その文中に、「世祖は入関し……宮内の政令をつかさどる役職を、もとのまま包衣昂邦に委ねた。昂邦〔満語アンパン〕とは総管とも意訳され、その名称は家の管理責任者の意味であって、清帝の家が国となるにおよび、公文書のうえでは内務府総管と訳されるにいたった」とある。包衣昂邦ないし総管とは、つまりは「執事がしら〔管家頭児〕」のことなのである。昂邦は諳班〔ないし按班・諳版など〕とも音訳される。また内務府には下五旗の人はおらず、蒙古旗の人も漢軍旗の人もいなかった。しかるに漢族の血筋をひく包衣人は、やはり満州旗に属する身内ということから、すべて「漢姓人」と称されて他の漢人とは区別されていたのである。清末にいたって成立した海軍衙門にしても、その役職がことごとく満人によって掌握されたところから、当時「新内務府」という皮肉り言葉が生まれたりしている。

【訳注】

（一）李自成――一六〇六～四五？。明末の農民叛乱指導者の一人。延安府米脂県の農家の出身。所謂《十三家》と総称された諸叛乱軍の一つに身を投じて頭角をあらわし、崇禎九年に「闖王」、同十六年に「奉天倡義大元帥」を名のり、翌年に明の国都北京を包囲し、毅宗が煤山で縊死して明朝は滅亡（一六四四）。そのご満州勢の支援をうけた呉三桂に大敗し、清軍の猛追に湖広方面へ逃亡したまま消息を絶った。

（二）巻き狩り――原文「行囲」。一般に「行囲」は「巻き狩り」と訳されるのでここでもそれに従ったが、『嘯亭雑録』巻七〈木蘭行囲制度〉によれば、ほんらい行囲は「行囲」と「合囲」の二種に分かれ、「ただ数百人を以て翼に分かち山林に入り、囲みて合さず」というのが「行囲」で、いっぽう本書後文に説かれるような大掛かりな隊伍編成のもとに「囲みを為して合す」のは「合囲」と説かれる。

（三）努爾哈赤――一五五九〜一六二六。清の初代皇帝、太祖。建州女直の一族長たる祖父と父の塔克世《タクシ》を戦乱で失い、二十五歳にして独立し数年間で建州女直を統一。さらに女直諸族を再統一して汗位につき一六一六年に国号を後金とし年号を天命と定む。一六一八年に明に七大恨を宣言するや進撃を開始し、翌年にサルフの戦いで大勝。遼河以東を制覇したものの、ポルトガル砲をそなえた寧遠城に難儀するうち病没。

（四）縁取りした四種――四鑲旗のうち、鑲黄・鑲白・鑲藍の三旗は紅色によって鑲《ふちどり》され、鑲紅旗は白色によって縁取りされた。

（五）蒙古旗――はやくは天命六年に蒙古牛祿が置かれ、天聰九年（一六三五）に正式に蒙古八旗が創設された。下文の漢軍旗についても、はじめ天聰五年の大凌河城攻略のためのポルトガル砲部隊として発足した漢軍は、崇徳二年に左右両翼の二旗が成立し、さらに同七年（一六四二）に漢軍八旗として確立された。

（六）満州――本訳書において、これまで「満州」という言葉を民族名のようにも地域名のようにも訳し分けてきたが、起源としては太祖努爾哈赤による伝説的国名に由来。そもそも満州族は、先秦期の粛慎、後漢・三国期の挹婁、北魏期の勿吉、隋・唐期の靺鞨などに連なるツングース系民族とされ、唐の天復年間から女真と称し、遼朝いらい女直と改称。もともと遼寧省長白山脈から黒龍江流域にかけて居住し、唐代に渤海国に加わり北宋時に金国を起こした部族で、明代に女直は海西・建州・野人の三部に分裂していたが努爾哈赤が再統一。その女直民間に文殊菩薩（マンジュシュリ）信仰が盛行したため努爾哈赤その人を「満住」ないし「曼殊」とも尊称し、また彼による統一政権も一時「満殊国（マンジュ＝グルン）」と称されたらしい。なお「満州（満洲）」の表記は崇徳初年に太宗が制定。

（七）「汗」――ハン、またカンとも。「可汗」（ハガン、ないしカカン）のつづまった語。北アジア遊牧民族における君王の名称。五世紀のモンゴル系柔然部に始まったとされる。こうした「汗」位は各部族長たちの推挙制により定められ、満州族も同様であった。清初における皇位継承紛争もここに由来する。雍正帝にいたり皇太子制にかわる《太子密建の法》の創設により解決された。

（八）「汗」から発展成立――多爾袞がチャハル征討によって獲得した「大元伝国の璽」を皇太極に献じたのを機に、明の崇禎九年（一六三六）、皇太極は配下の満州人・蒙古人・漢人から推挙され汗位から新たに「帝」位につき、国名を「清」とし年号を「崇徳」に改めた。このとき初めて満州皇帝が誕生したわけだが、太祖たる努爾哈赤を初代皇帝とし、皇太極すなわち太宗を第二代とするのが清朝史の通例。

（九）排行が九番目――清朝皇室における排行すなわち兄弟順は、勿論のこと誕生順に数えるが、ただし夭折した皇子は除外して数えるのが定めであった。例えば後出の雍正帝にしても、生まれ順としては康熙帝の第十一子であったけれど、そのうち七人が殤死したため皇四子とされる（馮爾康『雍正帝』参看）。

（十）皇太極（清の太宗）――一五九二～一六四三。在位一六二六～四三。清朝第二代皇帝。太祖の第八子。母は正皇后の葉赫納喇《エホナラ》氏。軍功おおく四大貝勒《ベイレ》の一人とされ、太祖没後は推挙されて後金国の汗となり、年号を天聡（一六二七～三六）とす。そのご大元伝国の璽を手中におさめて帝位につき、国名を大清、年号を崇徳（一六三六～四三）と改めた。長びく戦役と経済窮乏を打開するため先ず朝鮮を服属せしめ、ついで蒙古を懐柔して天聡九年に内蒙古を平定。対明戦では山東まで侵攻し一時北京を包囲したが、山海関の守りが堅固なため中国進出を果たせぬまま崇徳八年に没した。

（十一）福臨（順治帝）――一六三八～六一。在位一六四三～六一。清朝の第三代皇帝。廟号は世祖。清国入関後の初代中国皇帝。太宗の第九子。太宗没後の諸王会議により五歳で即位。はじめ叔父たる多爾袞、ならびに父の従弟たる済爾哈朗《ジルガラン》が輔政となり、順治八年、多爾袞の病死後に親政を開始。明制の継承、漢人の重用、残明勢力の掃討など、国家基本政策は多爾袞のものを踏襲したが多爾袞残党は一掃した。また辮髪を強制した《薙髪令》（順治元年～二年）とはうらはらに、儒学重視、天変地異への配意など、清朝皇帝の中国化の姿勢を示す。天然痘で若死したが遺詔により幼子玄燁（康熙帝）を後嗣に定む。なお順治帝には早くより五台山出家伝説が生まれたため、旧時「紅学」〈索隠派〉の代表作たる一書『紅楼夢索隠』（第一章訳注一参照）は、順治帝とその愛姫董鄂《とうがく》妃《ひ》小宛との悲恋物語こそ『紅楼夢』全篇の真意と主張して大いに流行した。

（十二）奴隷の身分――曹雪芹の家門が「奴隷」の地位にあったことは確かである。しかし「皇室の」奴隷であった点も忘れてはならない。いわば皇室直属の侍従（内廷差事）なのである。その意味からも歴史用語としては、曹家のように入関以前に旗籍へ編入された者を「満州奴僕」と称し、一般の「奴隷」（奴才）とは区別する場合もある。清代における民間一般の文字通りの奴隷ないし奴婢の実情については、他ならぬ小説『紅楼夢』の克明に描く所であり、また韋慶遠『清代奴婢制度』（中国人民出版社・一九八二）等の研究書も参考になろう。

（十三）宦官――原文「太監」。現代漢語では「宦官」「太監」両者とも並用され、中国では「太監」の方が通りがよいが、日本では宦官の方が一般的なので改めた。なお宦官についての概説は三田村泰助氏の『宦官』（中公新書・一九六三）にゆずる。特に明代の宦官の実態に関しては自身明末の宦官であった劉若愚『酌中志』が異色の資料。

（十四）二十四衙門――明制で宦官が専管した二十四所の衙門（役所）のこと。はじめ明の太祖は宦官抑制策をとって十二衙門におさえたが、永楽帝が宦官重用策に転じたため最終的に二十四衙門へと倍増した。すなわち、十二監（司礼監・内官監・御用監・司設監・御馬監・神宮監・尚膳監・尚宝監・印授監・直殿監・尚衣監・都知監）、および四司（惜薪司・鐘鼓司・宝鈔司・混堂司）、さらに八局（兵仗局・浣衣局・銀作局・巾帽局・針工局・内織染局・酒醋麪局・司苑局）の総称。

（十五） 代行させることとしたのである――正確な経過を補うなら、順治元年、北京遷都とともに《内務府》を創設。しかし宮中の事務繁多により、順治十年、「満州近臣と寺人（宦官）との兼用」という但し書きつきで《十三衙門》（乾清宮執事官・司礼監・御用監・内官監・司設監・尚膳監・尚衣監・尚宝監・御馬監・惜薪司・鐘鼓司・直殿局・兵仗局）を復活させ、さらに翌年、尚方監をくわえた《十四衙門》を改設し、新設の《内務府》を廃止した。ところが案にたがわず宦官の専横をまねいたため、順治十八年におよび《内務府》を再開して《十四衙門》を廃止するに至った。いらい《内務府》は時代とともに整備拡充され「清朝最大規模の組織」と称されるまでに発達す。いっぽう宦官は国政から排除されて役職も四品止まりとされ、内務府《敬事房》の管轄下に置かれ、その実質的政治生命をうしなった。

（十六） 司礼監――制度上では《十二監》のなかの一部署にすぎないものの、明代内閣制のもとで、禁中における宦官による側近政治の中枢となった《二十四衙門》中の要職。司礼監の太監は天子にたいし甚大な政治的影響力を発揮したばかりか、宦官が監軍として軍隊監察権を掌握してからは、その政治的実力は内閣大学士を上回った。司礼監太監の筆頭官たる掌印太監には宦官中の最高実力者が任ぜられ、副官たる秉筆太監のなかから次注に説く《東廠》の長官が選ばれ、両者あいまって内閣をもしのぐ権勢をほしいままにした。

（十七） 東廠――名目上は《八局》の外局に位置づけられる部署ながら、そのじつ宮外の動静を査察する秘密警察の働きをなした特務機関。その長官には宦官の第二位高官たる秉筆太監があたり、外部の情報を巨細もらさず捜集する諜報機関であるとともに、政治工作を仕掛ける実行部隊ともなり、場合によっては勅命の名のもとに憲兵隊たる錦衣衛を指揮して大臣高官をも自在に逮捕する権限をもち、明朝滅亡に至るまで猛威をふるった。

（十八） 重要な税収源――本文の掲げる塩業・織造・窰業・鉱業のうち、塩業は宋代に専売制が確立されていらい歴代王朝の貴重な財源であり、また織造・窰業・鉱業は当時の中国の主要産業で、明代においては宦官たちの貪利により《礦業の禍》や《織傭の変》などの所謂「民変」を惹起せしめた。清朝においても塩政を司どる巡塩御史、および織造署を監督する織造官の両職は、官職中でも特に実入りのおおい役職と目されていた。奇しくも、曹雪芹の生家はこれら全ての業種に関わりを持った形跡がある。雪芹の曾祖父たる曹璽が初代江寧織造に、そして祖父たる曹寅が蘇州織造・江寧織造および両淮巡塩御史に任ぜられたことは本書下文に説かれるが、さらに曹寅は江南における窰業・鉱業にも関係した事跡をのこしている。（周汝昌『紅楼夢新証』第七章〈史事稽年〉〔康熙四十年五月二十三日条、同五十一年《郎窰・成窰》条、等〕参照）。このことは、清朝における《戸部十四清吏司》の貴州司下にあった江寧の滸墅関・西新関ならびに浙江の北新関の三《戸関》（戸部所轄の税関）を、それぞれ蘇州・江寧・杭州の三織造が兼任したことと関連するのかも知れない（『光緒会典事例』巻二三四～二三六）。

（十九）　明珠――一六三五～一七〇八。満州正黄旗のひと。姓は納喇《ナラ》氏。字は端範。康熙朝初期の官界の重鎮の一人。三藩の乱を惹起させた建議の張本人であったが、康熙帝が自分の罪として明珠をかばった話は有名。刑部・兵部・吏部の尚書を歴任し武英殿大学士を授かり、太子太保を加えらる。康熙初年の輔政大臣のひとり鰲拝《オーバイ》の一派たる索額図《ソエト》にとりいり、さらに徐乾学・高士奇など多くの実力者をしたがえ朋党政治をほしいままにしたが、康熙二十七年、僉都御史たる郭琇の弾劾によって失脚。その長子は、清代詞人としても名高い納蘭性徳《のうらんせいとく》（本来は納喇成徳、第十九章訳注九参看）。また小説『紅楼夢』は明珠の家庭をモデルとした物語とする説が清代に盛行された事、第三十二章を参照されたし。

（二十）　傅恒――?～一七七〇。満州鑲黄旗の人。姓は富察《フチャ》氏。字は春和。祖父は康熙朝初期の名臣たる米思翰《ミスハン》。父はチャハル総監たる李栄保《リージュンボ》。姉は乾隆帝の孝賢純皇后、という名家の出。乾隆十二年に戸部尚書。同年、保和殿大学士とされ大金川の莎羅奔の叛乱の征討を命ぜられ、平定して翌年に凱旋、さらに太子太伝を加えらる。

その後ジュンガル遠征にも参与したが、乾隆三十三年のミャンマ経略に失敗し、しかも帰還後に虚偽報告も発覚。乾隆帝は罰するに忍びず傅恒も失意のうちに病没。なお福康安（第三章前出）はその第三子。巻末〈図表・一〉参看。

（二十一）　賈家・史家・王家・薛家などの家々——小説『紅楼夢』書中の主要な登場人物たちは、いずれも賈家・史家・王家・薛家の四家の家族ないし縁者によって構成され（巻末〈図表・五〉参看）、また『紅楼夢』第四回には金陵応天府（南京）における「護官符」（官吏の保身のための心得書き）なるものが紹介され、役人でさえ手出しを憚るべき当地の権勢家として前記四大家が次のように記されている。

「『賈』は仮にあらず、白玉もて堂つくり、金もて馬つくる。

（寧国・栄国の二公の子孫。すべて二十門に分家。寧・栄の直系八門が都に住むほか、いま原籍地に住むもの十二門。）

阿房宮が三百里あったとて、金陵の『史』の一族を入れきれぬ。

（保齢侯たる尚書令史公の子孫。すべて十八門に分家。いま都中に居住するもの十門。いま原籍地に居住するもの八門。）

東海に白玉の床のたらざるとき、龍王が借りにきたるは金陵の『王』。

（都太尉統制県伯たる王公の子孫。すべて十二門。都に二門、ほかは原籍地に在住。）

豊年にはよく大『雪』（薛）あり、珍珠も土くれ同様、黄金も鉄と同然。

（紫薇舎人たる薛公の子孫。いま内府の御料金をあずかる皇商たり。すべて八門に分家。）」

なお、「賈」「史」「王」「薛」の四家の名称には、作者による「仮・史・雪・枉」、すなわち「史を仮りて枉（あだ）を雪（そそ）がん」の意図が籠められている、と見なすのが伊藤漱平氏の古くからの見解で、じっさい

《甲戌本》は四家をその通り「賈」「史」「薛」「王」の順に並べる。

〔五〕誕　生

雍正二年（一七二四）甲辰《こうしん》の歳、ころおい四五月のある日のこと、江寧織造(一)の曹頫《そうふ》の家に呱々《ここ》の声がひびきわたり屋敷ぢゅう喜色につつまれた。夫人がみごと男児を生みおとしたのである。この子こそ、のちに雪芹公子と称される『紅楼夢』の作者になって、やがて中華民族の誇りとなるばかりか、世界文学史上においても第一級の小説家とされるにいたる人であった。

曹頫はといえば、康熙五十四年（一七一五）三月六日、その父曹寅《いん》および兄曹顒《ぎょう》のあとをついで江寧織造に着任し、当初こそ「くちばしの黄色い世間知らず(二)」の子供にすぎなかったものの、それから十年の歳月を経たこの頃には、彼も成人して妻帯の身となっていたのである。そもそも曹家においては数代にわたって子宝にあまり恵まれず、また生まれた子も夭死するものが多かったので、代々独子であるか、ないし二子いても、しばしば一子しか永らえることがなかった。始祖の世選〔前章参看〕にしても兄弟はいなかったらしく、わずかに独子の振彦《しんげん》(三)がいるばかりであった。振彦には二人の子、爾正と爾玉とが生まれ、のちに爾正は鼎《てい》と改名し、爾玉は璽《じ》と改名した①。璽にも二人の子、寅と宣とが生まれたが、宣は早世し、しかも長子の寅には顒が生まれたものの、顒もまた短命に終わったため、ここに曹寅の家系は断絶の危機にたちいたった。そこで曹頫についてであるが、頫はじつは宣の子であったところを、康熙帝が曹寅一族の絶家を救うために特命をもって寅の養子とさせ、その家督と官職とを継承させたものであった。曹寅はその生前、はやくも「零丁《れいてい》たるかな亞子〔次男〕を摧《ほろぼ》さる、孤弱たること寒門に例《たぐい》す」〔『楝亭詩鈔別集』巻四〈辛卯三月二十六日聞珍児殤書此忍慟〉詩〕という詩句をしたためて嘆息している。したがって嫡子を挙げるため、顒も頫もふたりとも早婚であったにちがいなく、こうしたことは旧社会において通常のことであった。曹頫は雍正二年正月の奏摺《そうしよう》(四)のなかで、すでに「妻孥《さいし》」〔妻と子供の意〕の語をもちいているから、そのときには一児が生まれていたものらしい。この「孥」が男子であったとするなら、曹雪芹の排行は二番目ということになろう。

曹雪芹の本名は、一字名で霑《てん》という。これは曾祖父璽いらいの一字名の家法に従ったためばかりでなく、その命名の由来には或る出来事がからんでいた。

そもそも、雍正帝はその即位にさいし、公けにしえない不法な手段(五)をもちいて帝位についたため、不利益をこうむった先帝の近侍側近および昵懇の家筋のものには、ことさらに警戒の目をむけていた。彼らが「宮中秘事」の裏側を知りつくしていたからである。そのため康熙帝の死後、帝の絶対の信頼をかちえていた宦官の梁九功〔古劇『盗御馬』(六)にも登場する梁九公である〕などという人たちも生き長らえることができず、おおくは麻縄一本をもって自害するほかなかった。まして保姆《ほぼ》の家柄〔雪芹の曾祖母孫《そん》夫人〔曹璽の妻、曹寅の母。次章参照〕は康熙帝の乳母頭であった〕ともなれば、なおのこと緊密な間柄にあったわけで、いわば「各々その主たり」ともいうべき奴僕のなかの要人であった。雍正帝のこうした人々にたいする嫌悪の念たるや並大抵のものではなかった。そうした理由から、はやくも雍正元年いらい、公金欠損の追調査なるものを口実に、まず李煦《りく》（七）（李煦の母文氏もまた康熙帝の乳母であった）に狙いをさだめ、両江総督の査弼納《さひつのう》に調査処理を命じ、李煦を獄にくだして家産を没収したばかりか、一族郎党のことごとくを逮捕したうえ、さらに召し上げた家産を「功臣」である大将軍の年羹堯《ねんこうぎょう》〔第八章参照〕への賞賜としたのであった。このとき、李煦の後任として両淮巡塩御史となった謝賜履《しゃしり》は、さらに勢いをかって江寧織造の公金欠損をも追調査しようとした。一と言でいえば、「形勢」はすでに決していた。人命も家運も風前のともしびであることは、だれより曹頫みずからが承知していた。というのも、さかのぼること十年前、彼といっしょに康熙帝の特命をあおぎ、まだ子供であった彼をひきつれて京師から江寧（南京）にかけつけ、曹家の命運を救ってくれた伯父。その伯父である李煦にたいする処分が、そのまま曹頫への生きた教訓となっていたので、曹家一族が「処分待ち」の身の上であることは火をみるよりも明らかだったからである。曹頫の心中はいかばかりであったか、――かりに「熱湯に泳ぐ魚」という言葉で形容したとしても、けっして誇張にはなるまい。

　あいにく「天の時」も曹家にたいして手厳しかった。雍正帝の元年いらい、天候不順がつづいて旱魃もかさなり、民情不穏におちいったのである。ところが定例にしたがえば、織造官はたえず皇帝に上奏し、その時々の気象状況やら農耕状態やら民間事情などをつぶさに報告しなければならなかった。これこそ難題中の難題であった。というのも、虚偽を報告すれば罪をえる。かといって事実を報告すれば、これまた不吉の兆しであるから新帝には威徳が無いことを進言することとなり、のみならず一字でも非礼の言辞におよべば、罪はさらに重くなる。というわけで曹頫の苦悩と焦燥には、おそらく想像以上のものがあったにちがいない。そうしたまま雍正二年の年初から四ケ月のあいだ耐えぬいて、どうにか五月を迎えたところ、なんとのっけの一日から五日にかけ、天上から霈然として甘露がくだり連日の大雨となった。この恵みの雨たるや、旱害で荒れはてた大地に、そして曹頫の打ちひしがれた胸中に、このうえない潤いと生気と歓喜をもたらした。人は逆境におかれると、事につけ物につけ、きまって「しるし」から「きざし」を見出だすようになるものである。曹頫は内心ひそかに自分を慰めたことであろう。「もしかしたら、天はわれわれを見捨てていないのかもしれない。生きのびる道が見つかるかもしれない。――この雨といい、このたびの男児といい、おりしも一緒にやってきたではないか。おまけに息子は辰どし生まれ。この吉兆にあやかって、彼には雨にちなんだ名前をつけなくては！」と。

曹頫は、曹家が先祖伝来の詩書の家風により、命名の出典をすべて経書にあおいでいることを心得ていたので、雨をたたえた経書の典故をかんがえ、『詩経』〈小雅・信南山〉中の名句、「之れを益すに霢霂《ばくぼく》〔春雨〕を以つてし、既に優《ゆたか》に既に渥《あつ》し、既に霑《うるお》い既に足る」に思いいたり、そのなかの「霑」の文字を選びとった②。

いらい、この世に曹霑という名が誕生し、世界文学史上に燦然たる一つの巨星が出現することとなったのである。

その曹霑が、どうして雪芹とも呼ばれるようになったのか、それは後ちのことになる。当時にあっては、ひとびとはまだ雪芹という文豪の資質を見抜くことができなかった。ひとびとが雪芹をどのように見ていたかといえば、曹家の不肖の子孫としてであり、不吉な奇物としてであった。彼はなんの幸運をももたらさなかった。

ところで、曹雪芹はどのような幼年期と少年時代を送ったものやら、関係史料がなかなか見あたらない。わずかに次のような文章が残されており、短いながらも信憑性はきわめて高い。

……すなわち、むかし天恩と祖徳とのおかげをもって、綺羅のころもを身にまとい、美食珍味に飽きはてていた頃、父母兄弟による教育の恩にそむき、老師朋友からの訓導の徳をあざむき……。

——〔『紅楼夢』第一回〕

これは『紅楼夢』冒頭に、余人(『紅楼夢』に評注をくわえた脂硯斎かもしれない)が曹雪芹になりかわり、「作者みずから云う」ものとして書きくわえた文章であるが、(八) その記述内容が真実であることに疑問の余地はない。この記載にしたがえば、曹雪芹の幼いころは豪勢な暮らしぶりで、その生活を支えていたものが、ひとつには皇帝による優遇であり、ひとつには先祖代々にわたって築きあげられた江南における声望と家業であり、しかも彼じしん、父母兄弟(彼には兄がいた)(九) や老師朋友たちから教育訓導を受けていたことが知られる。もっとも「そむく」といい「あざむく」というのは作者一流の「仮語村言」〔第三章既出〕であって、代筆者がむやみに曲筆したものではあるまい。——この文章はみごとに推敲されて婉曲簡素な表現となっているものの、その行間には、まことに数知れない因縁と、底知れない含蓄とが秘められているのである。

史料の証するところによれば、雪芹の曾祖父にあたる曹璽〔次章参照〕は、清朝の初代江寧織造に任ぜられた人物であり、すぐれて文名のたかい満州旗人でもあった。さらに、祖父である曹寅の数十年にわたる営々たる尽力をへ、曹家は「墨香かぐわしき優美な家風」をそなえた風雅の一門となるにいたった。こうした家風が、そのなかで長じた子供におよぼした影響たるや、さだめし計り知れないものが有ったにちがいない。まして曹雪芹は幼少より「天分は高明にして性情は利発」という早熟な少年であった。したがって雪芹が、こうした家庭内にとどまることなく、さらには家庭をとりまく浮世曼陀羅《まんだら》のあらゆる世相からうけとった印象においても、おそらく並々ならぬものが有ったにちがいない。

容易に想像できることは、直接にしろ間接にしろ、また意識するにつけしないにつけ、かならずや曹雪芹が、祖父曹寅(十)の生前の人となりやら行ないやら当時の盛事奇聞などについて、たえず家内外のひとびとから昔語りを聞かされていたことである。

雪芹はおそらく、曹寅がなによりも読書と漁書とを好んだことを耳にしたであろう――しかも、家にあふれる万巻の書籍が目のまえの物証となっていた。そして彼は、家塾にも上らないうちから、祖父の厖大な蔵書にくりかえし好奇のまなざしを向けたにちがいない。のちのち、彼が書を得ればかならず読みふけり、日夜「雑学を旁収《ぼうしゅう》(十一)」してやまなかったことも、その一因はすでに当時の体験にあったと思われる。

また雪芹は、次のような話も耳にしたにちがいない。曹寅は外出するときでさえ、いつも本を読みながら轎子《かご》に坐っていた。ある時ひとから、「あなたはどうして、そんなに学問がお好きなのですか」と尋ねられると、曹寅は笑いながら、「わたしが学問好きだなどと、とんでもない、ただの騙くらかしなのです。――わたしが外出すれば、つまりは『お役人』なわけで、誰も彼もわたしを見るなり直立不動の姿勢をとる。ところが、わたしは府知事さまでも県知事さまでもないわけで、皆からそんなにされると気持ちがどうにも落ち着かない。だから本で目をさえぎる。そうすれば、ひとびとの手間もはぶけるわけですな」、と答えたという話も(十二)。

さらに雪芹は次のようなことも聞き知ったであろう。曹寅の詩詞はすこぶる才藻ゆたかで、若年よりおくの大家たちから賞賛をあつめ、生涯にわたって天下の詩人たちとあまねく交際をつづけ、さらには揚州に詩局を開設し、唐朝一代の二千人余にのぼる詩人たちの数万首におよぶ詩作を網羅した『全唐詩』を編集刊行したこと。また宋詩をも愛好し、宋代の詩本収集にも心をもちいて多くの孤本をあつめたが、それもまた『全唐詩』につづく『全宋詩』編纂の準備であったかもしれないこと。奇しくも、曹雪芹すなわち霑児《てんじ》(「雨のもたらしたもの」の意味で彼の幼名も「雨児」であった可能性がある)もまた、命のごとく詩を愛したのであった。

また次のことも耳にしたであろう。曹寅はたんに「雅」を好んだだけでなく、こよなく「俗藝遊戯」をも愛し、古今の劇本にすこぶる傾倒して脚本を自作したばかりか、さらには扮装をこらして舞台にのぼり、みずから役者に立ちまじり実演をなしたほどであったこと。稗史小説の類いも、曹寅にとってはいわば十八番の「おはこ」だったこと。

そして次の話も聞いていたにちがいない。劇本『長生殿』（十三）伝奇は当時のひと洪昇の作品であるが、その上演をめぐる不始末から大勢のひとびとが処罰されていたにもかかわらず、曹寅はあるとき江寧において洪昇に出会うと、いたく喜び、あまたの名士連をまねいて三日三晩にわたる大宴会を催し、伝奇『長生殿』を全編通しで上演したばかりか、洪昇を主賓として上座にすえ、洪昇といっしょに脚本を見開きながら観劇し、一字一句について論評をくわえ、あわせて韻律の訂正すべき箇所に造詣ぶかい助言をあたえたこと。しかも、この風流椿事は当時の江南一帯にとどろきわたり、後々までの語り草になったこと。

のみならず、次のような逸事をも聞かされたにちがいない。そのころ、紹興〔いま浙江省紹興県〕の地で幕僚をしていた沈嘉然《しんかねん》（十四）という人が一篇の小説を執筆し、中国古代第一の英雄ともいうべき禹の治水伝説に材をとり、禹が洪水をおさめつつ九州、すなわち当時の中国全土を切りひらき、おのれ一身をかえりみずに万民を救った話を物語にした。その作品は幾百とない神仙妖怪をくりいだし、あるものは禹を助け、あるものは水神に味方する、というふうに奇想天外、雄渾無類の絵巻き物語となっているところ、かの『封神演義』（十五）をはるかに凌いでいた。――曹寅はその小説を一読して絶賛し、みずから出資して出版させようとした。ところが不幸なことに、この沈嘉然が船で帰郷するさい事故がおこり、とどのつまり、沈嘉然は船から落ちたのがもとで病死し、小説の原稿もまた水中に没してしまう、というわけで、この作品は一字として世間に伝わることなく終わってしまった。そのため曹寅は鬱々として悲しむこと数日に及んだ、ということも。

こうした昔語りの数々を、当時の幼い曹雪芹が耳にしていたとしても、まだまだ全ての意味合いを理解するには無理な年齢であったと思われる。しかし、いずれは『紅楼夢』の作者となった人のことである、のちのち話を思いおこすにつれ、それぞれの事柄をあらためて吟味しなおし、ときに大いなる衝撃をうけて深思熟考したこと疑いない。

もちろん、曹雪芹は次のことも知っていたにちがいない。曹寅は生涯かわることなく才士たちを敬愛し、彼らの困苦に救いの手をのべ、しばしば援助に励むあまり自家の窮乏をまねいたものの、それでも庇護をやめなかったこと。したがって曹寅の家門によせられた江南一帯からの厚情は、媚びへつらいの類いと無縁であったこと。さらに、康熙帝の数次にわたる南巡という「盛典」〔第三章および次章参看〕にさいし、曹寅の屋敷において繰り広げられた前代未聞の栄華奢侈。しかも複雑きわまりない政治情勢。そうしたものに対処するため、曹寅みずからが嘗めざるをえなかった苦悩と辛酸。おまけに身を賭してくぐりぬけた危険と処罰。くわえて、こうした「から騒ぎ」にたいする内心の歎息。そして、曹寅が来客にたいして好んで語ったとされる「樹が倒るれば猢猻《こそん》〔さる〕は散ず（十六）」という格言。——当時、子供ごころの雪芹に、かくべつ意味深いこの格言の意味が、つぶさに分かろうはずはなかった。

まぎれもなく、曹雪芹は次の言葉を耳にしたことがあったに相違ない。それは曹家の父祖たちが子弟を教えさとすため、しばしば用いたとされる痛烈な戒め、「おまえは奴隷という文字の書きかたを知っておるのか！（十七）」という言葉である。

雪芹はおいおい「奴隷」とはいかなるものかを心得てゆく。彼じしん生まれながらの「奴隷」の一人であった。そもそも彼の家柄じたい、奴隷の家系の一門であった。

《原注》

① 四十年代に旧著『紅楼夢新証』を初作したさい、閲覧した文献の一つに東北地方の父老の伝説が引用されていて、曹家の先祖には二人の兄弟、爾正と爾玉とがおり、爾正が長子、爾玉が次子であったことが述べられていた。その記憶だけは鮮明なのであるが、草稿執筆のとき、さらに奉寛の「『蘭墅《らんしょ》文存』と『石頭記』」（おなじく曹家の先祖のことが記載されている）〔第二十三章参看〕を引用するにあたり、不注意にも前記文献を紛失し、のみならず前記文献と奉寛の記述とを誤って混同し、二文献が分かちがたく混淆されてしまった。この錯覚は『紅楼夢新証』増訂版にも踏襲されており、紛失文献はいまだに見当たらない。のちに読者から指斥をたまわって気付いたものの、なにぶん昔時のこととて、もはや文献題目が思い起こせない。当時わたしはまだ弱輩の学生で、研究の緒についたばかりであったため、世に「偽造資料」なるものが存在することなど念頭になかったのである。

② 曹寅の名は『書経』〔舜典〕の「夙夜にこれ寅《つつ》しみ、直なる哉これ清くせ」から取られ、曹宣の名が『詩経』〔大雅・桑柔〕の「心を秉《と》ること宣猶《せんゆう》」に出づることと同様である。顒および頫の名もまた同様。曹頫は雍正二年五月六日（『紅楼夢新証』には七日と誤植されていること油印の勘誤表に指摘しておいた）付の奏摺のなかで天候を報告し次のように奏している。「江南、去冬に雪の少なきに因り、今年の閏四月の間、蝗蝻《こうなん》〔いなむし〕生発し、……今、五月初一日より初五日にいたり、連なりて大雨を得ること淋漓《りんり》霑霈《てんぱい》、……人心は慰悦して太平無事たり」、と。張加倫氏の指摘するとおり、この慈雨こそが雪芹を「霑」と命名した由来にほかならない。霑の文字の出典が『詩経』にあることは、先年すでに拙文にしたためておいたが、そのご家兄の周祜昌ならびに上海の徐恭時氏があいついで同じ見解を発表し、期せずして一致したわけである。従来の「霑は天恩をこうむりしこと」と解釈する説は必ずしも妥当でない。

【訳注】

（一）　江寧織造――織造の起源としては周官の司服ないし典絲まで溯ろうが、織造の官制は明代に始まる。制度としては宮中および官用の衣料品を製造調達する役所。うち南京に置かれたのが江寧織造（康熙初年までは江南織造と称される）。織造署の長官が織造監督（単に織造とも）。明代の織造署は宦官職の織造太監のもとに置かれたため、江南における宦官酷政の牙城とされた。清朝は順治元年に明代の織造制を継承したが宦官職の織造太監は廃止し、かわりに内務府官を交替で充当した。さらに康熙二年、江寧・蘇州・杭州の三織造に内務府官を一名ずつ久任する制度が定まり、江寧織造は皇室用、蘇州織造は官用、杭州織造は軍用衣料をそれぞれ担当した。

（二）「くちばしの黄色い世間知らず」――原文「黄口無知」。曹頫が江寧織造に着任した翌日、すなわち康熙五十四年三月七日付の曹頫じしんによる奏摺中の言葉。

（三）　曹振彦――?～一六七五?。曹家の高祖。天聡四年に大凌河城攻略で活躍した佟養性《トンヤンシン》の配下、同八年から多爾袞の配下となって入関を共にし、順治六年に姜瓖の乱で功あり。翌七年に山西平陽府吉州知州、同九年に大同府承宣布政使および陽和府知府、同十三年に両浙の都転運塩使司塩法路に任ぜらる。康熙十四年に光祿大夫。関連文物として遼陽の『大金喇嘛法師宝記碑』『重建玉皇廟碑』ならびに大同の『重修大同鎮城碑記』が報告される。

（四）　奏摺――清朝において雍正帝が独裁君主制を確立するため活用した直奏文の一種。いわば地方官から天子への親展状。清初の上奏文は公用の《題本》と私用の《奏本》との二種に大別されていた（他に密奏文たる《密本》もあったらしい）が、雍正朝に至り、実質的に《題本》（本章とも）と《奏摺》との二種に区分された。前者は地方長官が公務として駅逓により中央政府の通政使司に提出し、内閣を経て天子に届けられる公文書。それにたいし《奏摺》は、「摺匣」という文箱に密封されたまま天子のもとに直送された個人的報告書。こうした《奏摺》上疏の任は、地方長官たる総督・巡撫のみならず随時随所の地方官に極秘任務として授けられ、各任地における諸般の実情を巨細もらさず隠密に天子に報告する義務を課せられた。いわば限りなく告密制度に近い天子直属者による相互監視体制と言えよう。なお織造官にとっても《奏摺》上疏の任はその重要な職責の一つであった。こうした雍正帝による上疏下達の《奏摺》が集成された『雍正硃批諭旨』は清代史研究における重要史料。宮崎市定「雍正硃批諭旨解題〈その史料的価値〉」(同氏『雍正時代の研究』および『全集』第十四巻所収)に詳しい。

(五) 公にしえない不法な手段——雍正帝の即位をめぐっては様々な言い伝えが残されるものの正確な経緯は不明。本書の著者周汝昌氏の見解は巻末〈付録二〉「曹雪芹の生家と雍正朝」中に詳述される。あわせて宮崎市定『雍正帝』(岩波新書・一九五〇)、馮爾康『雍正伝』(人民出版社・一九八五)を参看されたい。

(六) 『盗御馬』——古京劇の一つ。全十五場。物語のあらましは、宦官の梁九公が巻き狩りの地で康熙帝から借りうけた名馬を盗まれるが、将校の黄天覇とその同僚たる朱光祖の活躍により連環套山の山賊である竇爾墩から目出度く御馬を取り戻す、という筋立て。黄天覇と朱光祖は古京劇における代表的ヒーロー。

(七) 李煦——一六五五〜一七二九。曹家と同じく正白旗に属する内務府包衣の人。八旗文人として名高い李士楨の長子。早くより中書舎人・韶州知府・寧波知府・暢春園総管を歴任し、康熙三十二年から同六十一年まで蘇州織造に在職。その間に八度、曹寅と輪番で両淮巡塩監察御史を兼任。同四十四年に大理寺卿、同五十六年に戸部右侍郎に叙せられる。しかし本書に記されるごとく、雍正朝となって処罰され、雍正七年に北辺の流刑地で没す。曹寅の妻の兄にあたり、いわば曹家とは一蓮托生の生涯を送った人物。資料として故宮博物院明清檔

案部〈編〉『李煦奏摺』（中華書局・一九七六）、王利器『李士楨李煦父子年譜〈『紅楼夢』与清初史料鈎玄〉』（北京出版社・一九八三）がある。

（八）書きくわえた文章であるが――『紅楼夢』第一回冒頭は各抄本によって出入りがあり、とりわけ《甲戌本》（第二十七章参照）において著しく異なる。それは曹雪芹による本文と注釈者の評文とが混配された結果と考えられ、その弁別については諸説あり。

（九）彼には兄がいた――その主な論拠としては、曹顒に夭死した長子がいたとする説（張雲章『樸村詩集』巻十〈聞曹荔軒銀台得孫却寄兼送入都〉詩などを根拠とする）、曹顒に遺腹子がいたとする説（曹頫の康熙五十四年の奏摺や『五慶堂重修曹氏宗譜』の記載などを根拠とする）、また曹頫に別の長子がいたとする説（本書本章にも引かれる曹頫の雍正二年正月の奏摺などを根拠とする）、以上三説が挙げられる。

（十）曹寅――一六五八～一七一二。字は子清。荔軒・楝亭また雪樵と号す。さらに柳山・西堂掃花行者などを別号とす。満州正白旗包衣の人。曹璽の長子。母は康熙帝の保姆をつとめた孫夫人。十三歳から宮中にのぼり、御前侍衛を振り出しに内務府の参領・佐領・郎中を歴任し、康熙二十九年、出でて蘇州織造に着任。同三十一年から江寧織造をも兼任。翌三十二年より江寧織造を専任。同四十三年から李煦と輪番にて両淮巡塩監察御史を兼任。翌四十四年に通政使司通政使に叙せられる。また同年に『全唐詩』の刊刻を命ぜられ揚州天寧寺に全唐詩局を開設し、異例のはやさで翌年に成書、同四十六年に刊行。同五十一年、『佩文韻府』刊刻中の揚州書局にて病いを得、そのまま病没。その刊刻になる珍書として《楝亭五種》および《楝亭十二種》が世に名高く、その著に『楝亭集』（詩鈔八巻・詩別集四巻・詞鈔一巻・詞鈔別集一巻・文鈔一巻）、劇本『続琵琶記』『北紅拂記』『太平楽事』『虎口餘生』等がある。その事跡に関しては本書のみならず周汝昌『紅楼夢新証』第七章に詳しく、井波陵一氏「曹寅について」（『東方学報』第五十九冊・一九八七）はその生涯に考察をこころみ、また曹寅の中国皇帝権史上における位置づけが大谷敏夫氏『清代政治思想史研究』〈序説〉（汲古書院・一九九一）に見える。

（十一）「雑学を旁収」——『紅楼夢』第八回に見える言葉。薛宝釵が宝玉のことを「まいにち雑学を旁収してばっかり」と評してからかう。第七十八回にも同様の言葉が見える。なお「雑学」に関しては第十五章参看。

（十二）答えたという話——袁枚『随園詩話』巻二に見える曹寅の逸話。

（十三）『長生殿』——洪昇の作。全五十齣。孔尚任の『桃花扇』と並び称される清代伝奇の代表作。唐の玄宗と楊貴妃との悲恋伝説を集大成した長篇戯曲。康熙二十七年の太皇太后の喪中に都中人士がこれを上演したため、作者洪昇も引責免官された。なお下文の曹寅による『長生殿』盛宴は康熙四十三年春のこと。

（十四）沈嘉然——生卒年不詳。字は藤友。山陰の人で能書家であったと伝えられ、その作になる小説は六十巻、百二十回。すこぶる精彩に富んだ作品であったらしい。

（十五）『封神演義』——明代の長篇通俗小説。通行本は一百回。作者未詳。一説に陸西星の作とも、また許仲琳の作とも。周の武王による殷の紂王討伐の史実に取材した『武王伐紂平話』を物語の原型とし、神界から下った姜子牙（太公望呂尚）と妲己（狐精）とが妖術魔戦を繰り広げる。『西遊記』『平妖伝』とならぶ中国《神魔小説》の代表的作品。

（十六）「樹が倒るれば猢猻は散ず」——施瑮『隋村先生遺集』巻六〈病中雑賦〉中の自注に、「曹楝亭公（曹寅）、時々に佛語を拈《ひね》り坐客に対して云わく、『樹が倒るれば猢猻は散ず』と」、と記される。また小説『紅楼夢』第十三回においても、秦可卿が王熙鳳の夢枕に立って忠告を与える遺言のなかで、俗諺としてこの言葉が用いられている。

（十七）知っておるのか！——『紅楼夢』第四十五回にも、賈家栄国府の執事頭である頼大の母親、頼婆さんの愚痴咄のなかに、「おまえには『奴隷』二文字の書き方なんぞ分かるまい」という言葉が見える。ちなみに「奴隷」と訳した原語は「奴才」。

〔六〕 金陵の旧宅

あたかも小説『紅楼夢』に描かれている賈家の屋敷とおなじように、(一) 曹雪芹の一族にも南京に「旧宅」があって、のちに北京にもどりはしたものの、そのごも曹家のひとびとは折りにふれ、「金陵《きんりょう》」(二)城中の「旧宅」に語りおよぶのを常とした。

この旧宅こそ、曹家のひとびとが八、九年どころか祖父輩から孫輩まで四代にわたって住みなし、曹雪芹もここで生まれ、そこで幼年期をすごした屋敷であった。

ではどこに旧宅があったのかといえば、それは南京の城中、江寧府の府署の東北、総督官署の向かい側、地名を利済巷《りさいこう》大街という処にあった。曹家の住んでいた当時、その屋敷はたんに織造署院《しょくぞうしょいん》と呼びなされていた。しかし曹頫が織造官を解任され〔第九章参照〕、一家をあげて北京にうつってから十八、九年後〔乾隆十六年〕、そこは乾隆帝の大行宮《だいあんぐう》に改造されて織造署とは無縁のものとなった。

織造署院は敷地がほぼ正方形〔西北面がやや突出〕をなした邸宅で、院内の造りは、執事たちの「群房」をのぞくなら主として東側・中央・西側の三区域からなり、東側が官署公館たる外邸で、奥行きは園邸六層、中央が私宅たる内邸で園邸五層の奥行きをそなえ、さらに西側が特別な一角となっており、前方東側に戯台〔観劇用の舞台〕、西側に矢場《やば》、その後方一帯に庭園があった。この庭園こそ、雪芹の祖父曹寅が生前に西園《せいえん》と称していたもので、園中に池のあるところから西池とも呼ばれていたところであった。

　この旧宅は、雪芹の曾祖父曹璽[三]が康熙二年（一六六三）春に入居していらい康熙二十三年（一六八四）夏まで住みつづけたことだけからしても、すでに二十余年にわたり曹家の住まいとなっていた邸宅で、雪芹の祖父曹寅は六歳のときからこの屋敷において長じ、さらに雪芹がこの屋敷に暮らしていた当時からさかのぼるなら、曹家はじつに六十年以上ものあいだこの署院をその住居としていたわけである。

　曾祖父の曹璽は、在世中から文名が高かったものの、庭園造営にはあまり心をもちいなかったらしく、わずかに織造官着任後まもなくして手ずから一株の楝樹《れんじゅ》を植え、やがて楝樹がみごとに繁茂するにおよび、木蔭にひとつの亭《あずまや》をしつらえたことがあった。このため祖父の曹寅は「楝亭《れんてい》」二字をわざわざ自分の別号としたほどであった[四]。また曾祖母の孫夫人[五]はほかでもない康熙帝を保姆として養育した人で、彼女が六十八歳となっていた康熙三十八年（一六九九）、南巡のさい[六]江寧織造署を行宮とした康熙帝は、かつての保姆たる孫夫人に会えたことをいたく喜び、おりしも園中の萱《けん》〔わすれぐさ〕の花がほころんでいたのを目にし、古くから萱は母にたとえられるところから[七]、帝はじきじきに「萱瑞堂《けんずいどう》」の三文字を大書して彼女にたまわった。宸筆はすぐさま署院内邸の正堂にかかげられた。この一亭と一堂こそ、いわば曹家伝来の家宝であって、曹家のひとびとは代々それに深い愛着をよせ、雪芹もおなじく、幼少より幾度となくその来歴を聞かされたにちがいない。

　曾祖父曹璽が死去してから六、七年ののち、すなわち康熙二十九年（一六九〇）より、こんどは祖父曹寅が京師から蘇州に派遣されて織造官となった。その『楝亭詩鈔』[八]巻二はこのときから始められている。

そして康熙三十一年にいたり、さらに蘇州から江寧の織造官へと転任した。『詩鈔』巻二のなかの五言律詩「西園に柳を種《う》うる述感」二首が、歴史のうえの証として、そのおりの曹寅の心情を如実につたえている――。

在昔傷心樹
重來年少人
寒廳誰秣馬
古井自生塵
商略童時樂
微茫客歳春
艱難曾足問
先後一沾巾

在昔《むかし》なるかな傷心の樹《き》
重ねて来たる年少の人
寒庁　誰か馬に　秣《まぐさか》わん
古井　自《おのず》から塵を生ず
商略は童時の楽しみ
微茫たりし客歳《かくさい》の春
艱難　曾つて問うに足りしや
先後して一《ひと》えに巾を沾《うる》おすを

〔大意〕(九)むかし春悶に心をいためた柳の樹を植えるにつけ、あらためて自分が故地にもどってきた思いを深くする。見れば、なつかしい屋敷はすっかり荒れはて、馬までが痩せ細り、見覚えのある古井戸にも塵がつもっている。算段するのが幼い頃からの楽しみであったため、昨年までの歳月がいかにも遠くのことに思われる。辛さ苦しさなどを言うまえに、ただただ父子両代こうむった境遇に涙するばかり。

再命承恩重　再命に恩を承《たまわ》ること重たし
趨庭訓敢忘　趨庭の訓《おしえ》を敢《いずく》んぞ忘れんや
把書堪過日　書を把りて日々を過《す》ごすに堪う
學射自爲郎　射を学びて自《み》ずから郎と為る
手植今生柳　手植《てうえ》す今生《こんじょう》の柳
烏啼半夜霜　烏啼く半夜の霜
江城正搖落　江城　正に揺落す
風雪兩三行　風雪　それ両三行

〔大意〕　父とおなじく江寧織造官を拝命した聖恩の重みは計りしれない。その父から授かった幼少よりの訓戒も忘れてはいない。思えばこの日のために、平素から読書にはげみ、射術に打ちこんで自分を磨いてきた。新たな門出にあたり手ずから柳を植えたものの、カラスの声に我にかえれば、天に満つるは夜来の霜。春ならば風光明媚な南京城もいまや冬枯れの季節。吹雪が二度三度と襲いくる頃おいなのだ。

これはまるまる九年の歳月をへだてて曹寅が江寧織造署の旧宅にもどったさいの風情であり、時おりしも仲冬十一月のことであった。①

曹家のひとびとは、この十年ちかい年月を他人によって住み荒らされた旧宅、しかも「荒涼」の極みとしかいいようのない旧宅を目のあたりにし、この時いらい、すぐさまその景観復興に着手したのであった。雪芹がこの屋敷で幼少期を過ごしたのは、それより三十数年後のことになるが、祖父曹寅のその半生かけての造営は、当時においても竹林や草花や泉水など至るところに深い味わいをのこしていた。かの棟亭や萱花はいうにおよばず、築山かげの小高い柳にまで、かくべつ瀟洒なものがあって、梨花・玉蘭・牡丹・石莧《せきけん》〔はこねぐさ〕などの類いにいたっては枚挙にいとまがなかった。処々の亭閣にしても、ことごとく名匠が意想をこらした造作で、尽きせぬ雅趣をたたえていた。幼少期の雪芹も、祖父がこよなく愛したという風流文士たちとの宴会用の外邸西堂やら、内邸の萱瑞堂のかたわらにあった西軒やら、署院の半隅をしめる西園などに、言い知れぬ感興をさそわれながら熱い眼差しをむけたことと思われる。しかも当時の雪芹に、それぞれの由来がつぶさに了解できなかったとしても、やがて長ずるにつれ、また祖父の詩句を味読するにつけ、その一字一句が彼の記憶と感慨とを呼びさましたにちがいない。「書を読みて日々を過ごし、射を学びて郎と為る」――享楽をもとめずに読書することこそ最も好ましい日暮らしであり、また男子と生まれたからには武道に親しむべきである――これこそ、曹家代々の家訓であり「家法」でもあった。[2] 祖父曹寅は南京赴任にさいし、年少の子弟たちをのこらず引きつれて織造署院内に同居させ、「児《こ》に命じて『豳風《ひんぷう》』を読ましむ、字字ことごとく珠圓の如し」[3]〔『五月十一夜集西堂限韻』詩〕、と学問にはげませるいっぽう、「馬道を縄量《はか》りて欹斜《ななめ》ならず、雁の字に排《なら》べ栽えて水沙を築く。世々代々暗《ひそか》に弓力の弱《おとろ》うるを傷《いた》み、交牀《こうしょう》にて側《かたわ》らに坐しつつ鞴花《やばね》を捻《ひね》る」〔『射堂の柳の已に行を成したれば児輩に命じて射を習わしめ三截句を作り子猷に寄す』詩〕、と武術にいそしませることも忘れなかった。
そんなわけで、曹家の子女たちはすべてこの屋敷において長じたため、彼らの言葉遣いには江南の訛りが混じらざるをえなかった。――このことは雪芹もすでに祖父の詩句中より感じとっていたらしい。さらに、曾祖母の在りし日の面影も、次のような祀竈《しそう》〔歳末のカマド祭り〕の詩作〔「祀竈後作」詩〕のなかから窺い知ることができる――。

封 羊 剝 棗 竟 無 文　羊を刲き《さ》棗《なつめ》を剝きて竟《つい》に文の無し
祈 福 何 勞 祝 少 君　祈福して何んぞ労たり少君を祝す
所 願 高 堂 頻 健 飯　願う所は高堂の頻りなる健飯
燈 前 兒 女 拜 成 羣　燈前に児女の拝して群を成す

〔大意〕　ヒツジやらナツメやらを料理する茶飯事におわれて風雅をたしなむ余裕すら無かった母。にもかかわらず幼君の為を思ってどれほど労苦を重ねたことか。願わくは母上が日々に食のすすむこと。そうした母に拝礼をなす児女たちが燈前にあふれる今日のこの日よ。

あわただしく過ぎゆく年の、臘鼓《ろうこ》〔年送りの太鼓〕の音がなりわたる大晦日の有り様である――。

楮 火 連 街 映 遠 天　楮火《ちょか》は街に連なりて遠天に映ず

歳行風景倍凄然　歳行の風景たるや倍《いよい》よ凄然たり
江城爆竹聲何據　江城の爆竹　声何にか拠る
一片錫香三十年　一片の錫香《とうこう》　三十年たるを④

〔大意〕年送りの紙銭を燃やす火々が街頭につらなって夜空を照らすほど。年の過ぎゆく光景にますます万感の思いが胸にせまる。この長江ぞいの古都に響きわたる爆竹の音は、なぜか毎年一瞬にして消え入ってしまうのに、ひとたび蒙むった芳恩はすでに三十年も続いている。

さらに邸内の西園については、曹寅が豊潤《ほうじゅん》〔いま河北省豊潤県〕に住まう親族(十)の来訪にちなんで作した詩句のなかから、その浅からぬ因縁を読みとることができよう――。

西池歴二紀　西池《せいち》　二紀を歴《へ》たり
仍爇短檠火　仍お爇《や》く　短檠《たんけい》の火
簿書與家累　簿書と家累とは
相對無一可　相対し一可無し
連枝成漂萍　連枝は漂萍《ひょうへい》となり
叢篠冒高笴　叢篠《そうしょう》は高笴《こうか》を冒す
歸與空浩然　帰らなんとして空しく浩然たり

南轅計誠左　轅《ながえ》を南にして誠に左《さ》たるを計る

〔大意〕　署院内の西池も父子二代にわたる二十四年余の歳月をへ、私はあいかわらず深夜まで短い燭台のもとで仕事に励んでいる。けれども公務と家事とがこもごもし、共々になんの取り柄もない始末。世の中では代々の名家が落ちぶれて、成り上がり者が高貴の家門をふみつけにする昨今。職をやめて帰ろうと思うものの夢にとどまり、身を南方においたまま、心は天下の助けたらんと願うばかり。

今夕良讌會　今夕《こんせき》　宴会するに良し
今夕深可惜　今夕　深く惜しむ可し
況從丱角遊　況《ま》して丱角《そうかく》より遊ぶ
弄茲蓮葉碧　茲に弄ばん蓮葉の碧
風堂說舊詩　風堂　旧詩を説く
列客展前席　列客　前席に展《の》ぶ
大樂不再來　大楽は再びは来たらず
爲君擧一石　君が為に一石《いっこく》を挙げん

〔大意〕　今宵はほんとうに宴会に良いとき、それだけに大切に過ごさなくては。まして互いに竹馬の友。今日はぞんぶんに池のハチス葉の盃で楽しみあおう。開けはなった堂上で昔の詩のことを語りあい、目の前にいならんだ客人たちも和みあっている。大愉快事は二度とは来ないもの。今夜は君のため一石の酒をも飲みほすつもり。

閑居詠停雲　閑居して「停雲」を詠ず
遽若戀微官　遽《いず》若《く》んぞ微官を恋うるや
行葦幸勿踐　行葦《こうい》　幸いに践むことは勿し
稅駕良匪難　稅駕《ぜいが》　良《まこ》とに難きことに匪ず
寸田日夜耕　寸田を日に夜に耕すも
狂瀾無時安　狂瀾は安らぐ時の無し
恭承骨肉惠　恭みて承《う》く骨肉の恵み
永奉筆墨歡　永らく奉ず筆墨の歓び

〔大意〕　家ですずろに陶淵明の「停雲」詩を口ずさみ親友を思うにつけ、ちっぽけな官職など欲しくなくなる。だからといって恩沢を踏みつけにすることにはなるまい。仕事から離れて休むことも難しいことではなかろう。しかし田畑で昼夜の別なく野良仕事に励んだとしても、さかまく時勢は一時の安らぎをも与えてはくれまい。そんなわけで親族の恩義をありがたく拝し、読書の家門の喜びをいつまでも保ちたい。

伯氏値數奇　　伯氏は数奇にぞ値《あ》う
形骸恆放蕩　　形骸　恒に放蕩たり
仲氏獨賢勞　　仲氏は独り賢《ほね》おり労《つか》る
萬事每用壯　　万事　毎に壮をば用う
平生盛涕淚　　平生より盛《しき》りに涕涙す
蒿里幾凄愴　　蒿里《こうり》は幾んど凄愴たり
勗哉加餐飯　　勗《つと》めよや餐飯を加え
門戶愼屛障　　門戸は屏障を慎まん

〔大意〕　伯父君は不運なめぐりあわせで、その生涯も無益なものに終始してしまった。ただ父君だけが何事につけあれこれと重用され、能力があるばかりにいつも苦労が絶えなかった。そうした身の上に涙が溢れてならず、仕事にかまけて荒れ果てた家祖の墓を目にすれば胸が張り裂ける想い。こうした家柄なのだから、くよくよ思うのはやめにし、心して養生に励み、家の管理を厳重にして内の守りを固めなくては。

〔以上四首――『松茨四兄の遠く西池を過りしに少陵の「可惜歓娯地都非少壮時」十字を用いて韻と為し今に感じ昔を悲しみて成せし詩』十首、其の一・二・三・九〕

雪芹はやがて、この西池がけっして「見掛け」だけの園遊の地ではなく、その奥底には語るにしのびない辛酸にみちた曹家の歴史がひそむものであることを、おいおい思い知るようになる。⑤祖父曹寅がこの織造署に着任するや、「艱難、曾つて問うに足りしや、先後して一えに巾を沾おすを」〔前出〕と詩中にしためた痛句も、わずかに昔日を追憶するばかりでなく、はからずも曹家の命運を予言するものとなった。

のちに雪芹は『紅楼夢』を執筆するにあたり、ことのほか用心深く、次のような描写をさりげなく書中にしたためている。「ある日のこと、石頭城〔南京〕の城内にはいり、あちらの旧宅の門前を通りかかったのだが、……正門前はさすがに寒々として人っ子ひとり見あたらなかったものの、塀ごしに様子をうかがうと、なかの殿閣楼亭は昔どおりに軒をつらねてそびえ立ち、後方一帯の庭園も、草木といい山石といい、もとのまま藹々《あいあい》とした佇まいのようじゃった」〔第二回〕。小説のこの箇所にほどこされた評語は、つぎのように述べる——。

「好ろし。空宅を描き出だす。」

「後の字、何んぞすなおに西の字を用いざるや。おそらくは先生、落涙せしため、ことさら西の字をあえて用いざりき。⑥」

すなわち、雪芹が小説を執筆し、脂硯斎が評語をほどこしていた当時には、かの旧宅はすでに紛れもなく「空宅」となり果てていたわけである。――それというのも、曹家のひとびとが六、七十年を住みくらし、雪芹もまたそこで生まれた旧宅は、乾隆十六年〔一七五一〕、乾隆帝の「大行宮」に変じてからというもの、ながらく門を閉ざされて立ち入り禁止とされていたため、その「正門前」も当然のこと「寒々として人っ子ひとり見あたらな」くなっていたのである。

《原注》

① 年月問題については『紅楼夢新証』第七章を参照されたし〔訳注（十一）〕。曹寅がその父の官職をただちに継承したものではなく、その間に九年のへだたりがあったことに関し、『楝亭集』本集のほかに最も信ずべき傍証として二つを引く。一つは熊賜履の『曹公崇祀名宦序』で、それには「而して公〔曹璽〕の長子某、しばし周廬に宿衛し、槖《たく》を持し筆を簪《かざ》し、天子の近臣とならんとす」としるされ、「継任」のことには一字として触れられていないこと。熊氏は康熙帝の師傅であるとともに大臣中の重鎮であって、皇帝の「乳公」没後の崇祀序文を作すという当時にあってはかなりの重責を果たすにあたり、官職継任の詔勅を書き落とす、などということは考えられないからである。もう一つは、曹寅と同期に江寧の官職〔江寧巡撫〕に着任した宋犖《そうらく》が、「子清〔曹寅〕は〔蘇州にて〕手沢《おてうえ》（ならびに曾つて築きし懐楝堂）を追念し、諸々の名士に属して之れを賦せしむるに（『楝亭図』〔訳注四参看〕を指す）、詩は帙《ちつ》に溢れたり。未幾《いくばく》ならずして子清、復び白門（南京）に節を移し、十年中に父子相継して節を持したれば、一時に士大夫の盛事として伝うるところとなり、題詠するもの愈々多し」（『曹子清戸部楝亭に寄題する三首ならびに序』）としるしていること。ここでいう「十年中に父子相継す」とは、まさに九年のへだたりが有ったことを意味している点、疑問の余地はなかろう。かりに曹璽没後ただちに曹寅が継任を命ぜられ

たとするなら、熊氏・宋氏の言辞はすべて解釈不能におちいりかねない。その他の傍証も数々あり、『紅楼夢新証』三二二〜三二三頁を参照されたし〔訳注（十二）〕。

② 曹寅も「読書と射獵と、自ずと両《ふた》つながら妨げ無し」を口癖にしていたという〔『清史列伝』〈李鍇伝〉付〕。これは、満州の旧俗および康熙帝の政治方針との関係もあろうが、曹家の始祖とされる魏の武帝〔曹操〕の言葉、「秋夏に読書し、冬春に射獵す」〔『譲県自明本志令』〕とも無関係ではあるまい〔巻末〈付録二〉参看〕。

③ この詩作はもう少し早期のものであるが、借りてここに引用した。

④ これは他でもなく、そもそもの始まりである曹璽着任の康熙二年にさかのぼり、いらい越年した三十年来のことを指す。しかし、曹寅がこれを詩作した時のさらに三十年後の同じ竈祭《そうさい》の日こそ、まさに曹家受難の「下命」がくだされる日になろうとは、寅じしん全く与り知らぬところであった。

⑤ 前引した各詩中に認められる沈痛な語調、および哀切の情感、そして様々に用いられた眼目となる字句のことごとくは、家門にからむ因縁、さらには血縁者との関わりあいを念頭におきつつ、曹寅が詩作したことを物語っている。こうした事実を《官界における同姓連帯の風習》と見なして無視する者もいるが、それは実事求是の精神に反するものと言わざるをえない。

⑥ すべて《甲戌本》〔第二回〕に見える評語。これは暗に南京の織造署を描写したものであって、いわゆる「都中」（北京）なる賈家の住居とは無関係のものである。多くの読者たちは、（小説の素材となった）時期の異なる南京と北京の二つの場所における出来事を、必ずといってよいほど誤解して一つに混同している。しかしながら曹雪芹の記述にはいささかの混乱もない。

【訳注】

（一） 賈家の屋敷とおなじように――小説『紅楼夢』の主舞台は北京とされる賈家の屋敷であるが、小説中においても賈家の本家は南京とされている。（第三十三回等および本書第四章訳注二十一参看）。さらに物語のうえでは南京には甄家という親族も居住する設定となっており、北京の「賈」家が「仮」に音通し、南京の「甄」家が「真」に音通するところに作者の工夫がひそむ。ただし作中では北京の地名は明言されず、かわりに「長安」「都中」「中京」（女真族金朝の国都名）等の名辞が用いられて曖昧にされているため、本章原注⑥にも言及されるとおり《地点問題》として論議される場合もある。

（二） 「金陵」――南京の雅称。戦国時代の楚の金陵邑に起源。また後文にも記されるように、南京は石頭城とも別称され、これは後漢末の呉国にはじまる呼称。南京を意味する「金陵」「石頭」の両者とも『紅楼夢』中においては十二分に活用され、小説の別名が『石頭記』とされることは前述の通り。さらに『金陵十二釵』とも異称されたことが小説第一回に見える。じっさい小説中において数知れないヒロイン達のうち主要十二名が「金陵十二釵《さ》」（さしずめ「南京十二美人」の意）と名づけられ、それに次ぐ十二名が「副金陵十二釵」、さらに続く十二女性が「又金陵十二釵」と称され、それぞれの役どころに配されている（『紅楼夢』第五回）。

（三） 曹璽――？～一六八四。前章にも見える通り曹振彦二子のうちの次男。原名、爾玉。字は完璧。妻の孫夫人が康熙帝の保姆をつとめた関係から、いわば康熙帝の「乳公」（乳父公）にも相当する人物。康熙二年に南京の織造官に任ぜられた事は本文の通りながら、着任当時の官名は明制と同じ江南織造。清朝下における江寧（南京）・蘇州・杭州の三織造体制は曹璽一代の奉職中に整備されたものと思しい。したがって曹璽の役職はなおのこと劇務重責であったこと間違いない。康熙二十三年に官署にて卒し、工部尚書を追贈さる。

（四） 別号としたほどであった――曹寅がこの曹璽ゆかりの楝樹と楝亭とに寄せる思いには一種熾烈なものが有り、

早くは蘇州織造に着任した頃より、面識を得た当時の名士文人連から亡父を追悼する詩文書画を博集して『楝亭図』の名のもとに集成し、現伝する所すべて四巻十図。いま北京図書館に所蔵され、曹寅の事跡交友を知るうえでの重要資料であるばかりか、寄題した人物に関しても清史研究の一級史料となっている。『文物』（一九六五年第六期）掲載の「記〈楝亭図詠〉巻」に詳しい。

（五）孫夫人——一六三二～一七〇六。曹璽の妻。曹寅の母。順治十一年（一六五四）に、帝の第三子玄燁（後の康熙帝）の誕生とともに二十三歳にしてその保姆《ほぼ》（乳母頭）となる。「保姆」とは（仮りに乳母頭と訳したが）ふつうの乳母ではなく、乳飲ませ役たる乳母をもふくめ、多くの女官たちを采配して養育のみならず教育係をも勤めねばならぬ母后の代理役といってよい重要職。じっさい孫夫人は、玄燁の天然痘発病時に西華門外の福佑寺に出だされた幼き日の康熙帝にしたがって隔離生活を共にした康熙帝の保姆中の要人。尤侗に『曹夫人（孫氏）六十寿序』（『艮斎倦稿』巻四）がある。

（六）南巡のさい——これは康熙帝第三次南巡のさいの出来事。康熙帝はその六度の南巡（第三章訳注九参看）のうち、第一次（康熙二十三年）の際は曹璽他界の直後であったため江寧織造署に駐蹕して家族を慰撫しており、曹寅が江寧織造となってからの第三次（同三十八年）・第四次（同四十二年）・第五次（同四十四年）・第六次（同四十六年）のつごう四回、毎次に江寧織造署を行宮とし、曹家一族と親しく接見している。ちなみに『紅楼夢』第十六回においても、王熙鳳の口から、「その当時、太祖皇帝さまが大昔の聖帝舜の諸国めぐりの故事にならわれ南巡をなされたそうですが、書物の伝える所より、よほど盛大なものでしたとか、……」と語られ、つづいて趙婆さんの口をかり、「いまでも現に江南にお住まいの甄家といえば、そりゃもう大変なご威勢で、あのお屋敷だけが天子さまの御輿《みこし》を四度もお迎えになったのですから、わたしどもも自分の両の眼で見ませんでしたら、いくら話して聞かされても誰も信じやしない、それほどの有り様でございました。とにかく銀子なんぞはアクタも同然どころか、この世の有りとあらゆる品々が、たとえ何んであれ山をなすほど海をうめつくすほど揃えられまして、もうもう『ぜいたく』だの『もったいない』だのという話じゃございませんでした」と物語られている。また同回の《甲戌本》回前評語には、「(元春の)省親の事を借りて南巡を写す。心中を出脱し昔を憶い今に感ずること多少ぞ」と見える。

(七) 母にたとえられるところから——中国では古来より主婦の居室たる北堂には萱草を植える習慣があった。したがって母ないし母の居室のことを萱堂とも称す。『詩経』〈衛風・伯兮〉「焉《いずく》んぞ萱草を得て、ここに之れを背に樹えん」に由来。

(八) 『楝亭詩鈔』——八巻。曹寅が康熙五十一年(一七一二)に自作詩をみずから編して刊刻した詩集。同年初秋までの詩作がほぼ年次ごとに収録されており、曹寅は同年七月二十三日に卒しているため最晩年の定本と目される。《清人別集叢刊》『楝亭集』(上海古籍出版社・一九七八)所収。

(九) 〔大意〕——本訳書においては、清朝詩の時代的特徴である双関義(掛け言葉)もさることながら、曹家関係者の詩作には固有の含意がことのほか深いため、著者の文意にそった訳者による拙い口語大意を施す点、読者各位の御寛恕と御斧正を乞いたい。

(十) 豊潤に住まう親族——本書の著者周氏は、曹家本来の家祖として豊潤居住の曹一族に注目し、所謂《祖籍「豊潤」説》に立つ。巻末〈付録一・四〉「曹雪芹の祖先の本籍地について」参看。それに対し、曹家はもともと遼東在住とする《祖籍「遼陽」説》もある。この祖籍問題には、曹家の家祖を明朝開国の功臣たる曹良臣の子のうち豊潤に居をさだめた次男の儀《ぎ》とみるか、遼東に居をさだめた三男の俊《しゅん》とみるか、等々の家系問題がからむだけに、祖籍問題も現在にぎやかな論争点の一つ。

(十一) 『紅楼夢新証』第七章を参照されたし——同書同章は「史事稽年」と題され、曹雪芹の生家たる曹家関係の事蹟および関連する歴史事項に関する諸史料を、明の万暦二十年（一五九二）から清の乾隆五十六年（一七九一）に至るまで、考察をくわえつつ編年体（まま欠年あり）で網羅した全五七二頁におよぶ資料集成となっている。年月考証をも含め曹家一族研究の基本資料集。

（十二）　三二二～三二三頁に詳しい――同書の該当箇所は第七章「史事稽年」〔前注参照〕康熙二十八年（一六八九）条にあたり、翌年からの曹寅の織造官就任に先立ち、曹璽没後の織造職の状況を概説する。その主旨は、曹璽死去ののち江寧織造監督に着任したのは桑格《サンゲ》であることを『江南通志』に拠りつつ指摘し、そのご曹寅がまず蘇州織造に、ついで江寧織造に就任した順次を、王鴻緒・葉燮・姜宸英・徐乾学らの諸記載を引用して考証する。

〔七〕　曹家の大難

曹雪芹がこの世に生をうけたころ、曹家はすでに数十年の長きにわたり「全盛」を誇っていたわけで、雪芹の眼からみれば、はやくも彼じしん「末世《まつせ》の生まれ」のひとりに映じていた。じっさい、曹家の家運もおのずと「下り坂」に向かっていたのであるが、ところがこの下り坂たるや、ゆるやかな下り坂どころではなく、いわば険悪きわまりない逆落《さかお》としであった。康熙五十一年〔一七一二〕の秋、思いもよらず曹《そう》寅《いん》がにわかに病没し、李煦《りく》〔第五章参照〕が張りつめた心持ちで事後処理をどうにか切り抜けたのもつかのま、同五十三年の晩冬〔ないし翌年の年初〕、さらに思わぬことに曹顒《ぎょう》が若くして病死し、ひきつづき事後処理にあたった李煦は、ただちに康熙帝の特命をあおぎ、あらたに養子に迎えた曹頫《ふ》をひきつれて江寧にかけつけ窮状の挽回につとめた結果、ようやく曹家の家系を保つことはできたものの、こうなると家門の「衰退」などというより、もはや愁嘆場そのものであったにちがいない。しかも子供同然の曹頫ひとりに織造監督のつとまる筈はなく、わずかに近親者の長老である李煦、すなわち、亡父曹寅の前職〔蘇州織造〕の後任者でもあり今や一族の老練な実力者でもある李煦にたよりながら、ともどもに織造署内外にわたる諸事万般の業務を経営していかなければならなくなった。雪芹にいたっては、幼少時こそ「若さま」「坊ちゃま」として花よ蝶よと育てられはしたけれど、事ここにおよんでは、贅沢三昧に錦衣美食する

「貴公子」として暮らすことはとうてい無理な話となった。

曹家の全盛期は、あたかも康熙帝一代と終始一致する。すなわち康熙二年（一六六三）にはじまり、曹家の祖父輩から孫輩にかけて三世代四名のものが、いれかわり六十年ものあいだ江南において織造監督をつとめたわけで、文字どおり世々代々、南京（いま江蘇省南京市）をその本拠としたのである。――曹雪芹もまた南京で生まれたのであった（一）。

この六十年のあいだ、曹雪芹の曾祖父曹璽が先駆となり、祖父曹寅が頂点をきずきあげ、江南の「紅塵中にて一、二をあらそう富貴風流の地」〔『紅楼夢』第一回〕において、曹家はその「繁華」にして「風雅」な生活を明け暮らしたわけである。ただし、彼らはあくまでも康熙帝（玄燁《げんよう》）の私的な家奴にすぎず、彼らの命運はいわば康熙帝その人と君臣一体のものであった。康熙帝が宝位に鎮座するからこそ、彼らもその地位を保てたのであって、康熙帝がひとたび崩ずれば、たちまち「樹が倒るれば猢猻は散ず」るべき立場にいたのである。そんなわけで、康熙帝がその生前に種をまいた数々の因縁は、やがて曹家にとって計りしれない禍根をのこすこととなった。

康熙帝は、清朝十代の皇帝のなかで最良の一人といえ、歴史家の彼にたいする評価にも高いものがあり、史実に即してのべるなら、内政面では国内統一において、また対外的には外敵防禦において、それぞれに治績を実らせたばかりでなく、六十年間の久しきにわたって泰平をたもち、国民に安寧をもたらすとともに国力を増強させたことにおいても、観るべき点はけっして少なくない。しかし、康熙帝が側近のものを庇護し、彼らの汚職貪利《たんり》をゆるしたことが、官界に一連の悪習をはびこらせる結果となったことも事実である。しかも、治水工事視察を主旨として在位中に六度もおこなった南巡が、のちのちまで弊害をのこし（孫の乾隆帝も彼をまねて同じく六次の南巡を挙行）、民草をおびただしく困窮させたことも事実である〔第三章参看〕。この二件事はたがいに密接に関連しあい、官民ともどもに甚大な損害をこうむらせたばかりでなく、その災禍の根深さたるや、ひいては清朝の中期衰退の一因ともなったものであり、けっして軽視できるものではない。以上がその悪弊の一つ。もう一つ。康熙帝はしばしば「生涯至福」と称されるけれど、じつは「老年不遇」なのであって、その晩年には「皇太子」胤礽《いんじょう》（二）の地位〔第四章訳注八参看〕が定まらないまま廃立がくりかえされるうちに胤礽は発狂し、のみならず多くの「皇子」たち（康熙帝の皇子は二、三十名の多きにのぼる）がおのおの分裂結党して帝位継承の争奪をくりひろげるにいたった――あげくのはては、康熙帝の「崩御」が待ちきれずに「父皇」たる帝を暗殺しようと企てるものまででてくる始末で、康熙帝は疑心暗鬼のあまり眠れぬ夜がつづき、いまにも憤死せんばかりの有り様だったのである。――こうした出来事は、清朝皇室の興亡ともおおいに関与する事情にはちがいないものの、ここでは深入りせず、以上の二つの時事――すなわち南巡と帝位継承と――を特筆しておくにとどめる。というのも、この両者こそが、曹家に衰亡をもたらしたばかりか、曹雪芹に「特殊な人生遍歴」をたどらせた直接の原因にほかならないからである。

周知のように、曹雪芹は『紅楼夢』〔第十六回〕のなかで趙婆さんの口をかり、それとなく祖父曹寅の時代を物語らせ、「そりゃもう大変な御威勢で、あのお屋敷だけが天子さまの御輿を四度もお迎えになったのですから！」〔第六章訳注六参看〕と言わしめている。しかし実際には、この言い方もまだまだ不十分で、曹寅とその義兄たる李煦と〔両家は万事もちつもたれつ一家同然の間柄〕は、南京・揚州・蘇州の三箇所の任地それぞれにおいて四回ずつ[三]、おのおの協力して「御輿《みこし》むかえ」をしている――すなわち、特定の任地（たとえば杭州織造）の特定の個人にあてはめていうなら、つごう十二回も御輿を屋敷にむかえた勘定になり、それこそ「泥砂のようにお金をばらまき」「銀子なんぞはアクタも同然」「湯水のごとく金銀をそそぐ」〔『紅楼夢』第十六回〕、そういう「御輿むかえ」を、一度でさえ堪えがたい負担であるのに、それを十二回も繰り返したというのであるから想像を絶する散財であったにちがいない。そんなわけで、曹家と李家の両家とも、その公務において驚くべき公金欠損におちいりながら、ながらく補塡すべき目処さえ付けられない惨状にあった。けれども康熙帝がその実情を心得ていたため、とくに別格あつかいで両家の「保全」を図ってくれていたので、ことさら表沙汰にならずに済んでいたような次第であった[①]。

いっぽう皇子たちによる帝位継承の争奪は、皇四子の胤禛《いんしん》が[②]、悪辣な手段をもちいて勝利をおさめる結果となった。――すなわち、みずからの同胞兄弟まで謀殺して帝位にのしあがった人物が、ほかでもない雍正帝であった。ひきつづき一連の血なまぐさい政争と殺戮とが、たちまちにして開始された。雍正帝はじぶんの政敵――すなわち実の兄弟たち――をことごとく死地においこみ、あるいは幽閉の身とし、さらにはその一派をのこらず根絶やしにすることを謀り、あわせて、政敵の残党である彼らの「家僕」たちの欠損金や借財までをも容赦なく摘発し、どこまでも追求の手をゆるめようとしなかった。

最悪の事態におちいったのは、いうまでもなく曹家と李家であった。彼ら両家はいずれも大変な「債務者」であったばかりでなく、両家とも雍正帝の政敵たちと交際をかさねていたからである。したがって、彼らは包衣という奴僕にすぎないものの、雍正帝が彼らを見逃しにすることは万が一にもありえなかった。

雍正帝は即位するやいなや、ただちに公金欠損の追調査を命じた。そして李煦はといえば、織造庫公金四十五万両を欠損せしめた咎により官職をうばわれ、さらに十五万両の査定額で家産を召し上げられたものの[3]、両淮〔江蘇の淮南淮北の地〕の塩商人たちが三十余万両を肩替わりすることにより、どうにか欠損金を清算することができた。いっぽう当時〔雍正元年〕の曹家は前述したとおり、曹寅はとうに他界し、江寧織造を継任した独子の曹顒もまもなく病没して、康熙帝の特命により養子とされた甥の曹頫が織造監督に在任中であった。しかるに、さかのぼること曹寅の生前、すでに塩政経理において五百二十余万両もの多額の欠損をだしたことがあって、曹顒の代におよび、李煦が曹顒になりかわり、織造官・塩政官の両職にわたる五十四万九千六百余両の欠損を補塡したさい、ともどもに合わせて完済したと称していた。ところが曹頫の代にいたるや、雍正二年〔一七二四〕の正月、雍正帝が織造庫欠損金の返済について曹家に三年分割の猶予をたまわった「天恩」にたいし、曹頫は「九たび叩頭して恭謝」する旨の奏摺〔同年正月初七日付〕をたてまつっているのである。（ただし、この前年に両淮巡塩御史〔謝賜履〕が新法にもとづき曹頫に銀子四万五千余両を払いもどすよう進言しているため、この曹頫の上奏文がこの件に関するものなのか、あるいは別件に関するものなのか、なお定かでない）。この一事からしても、その「罪業は深重」であって、そうした「果てしらずの債務地獄」から抜けだすことが困難な状況になっていたことは確かである。

曹雪芹は、いいなおすなら不肖の子孫であるとともに不吉の奇物は、まさにこうした「果てしらずの債務地獄」のさなかにおいて、この世に生をうけたのであった④。

いずれにしても、曹家も李家もかろうじて債務返済を切り抜けられたわけで、そのために家運が衰えはしたものの、いまだ罪罰を課せられたというほどの処分ではなかった。ほんとうに罪罰を課せられたのは、さらに二、三年してからの「別件」による大難のためであった。

この「別件」とは、雍正五年（一七二七）、すでに免官されていた李煦が、かつて康熙五十二年（一七一三）に銀子八百両をついやして五人の蘇州娘を買いいれ「阿其那《アキナ》」に贈与していたことが発覚し、そのため李煦にたいし斬刑の命がくだされた事件。つづいて、織造官在職中の曹頫がたびたび「聖恩」にさからい私財を隠匿したため、免職のうえ家産没収の処分をこうむったばかりか⑤、捜査された曹頫の府署のかたわらから、「塞思黒《サスヘ》」が鋳造させた高さ六尺あまりの鍍金の獅子像一対が発見された事件のことである。――「阿其那」とは胤禩《いんし》(四)のことであり、また「塞思黒」とは胤禟《いんとう》(五)のことであって、しかもこの二人こそ、雍正帝にとっては兄弟でありながら不倶戴天の政敵にほかならない者たちであった（もっとも両名とも前年に毒殺されていた⑥）。

こうしたわけで、曹家と李家とはたちまち「姦党」と見なされるにいたり、雍正帝にとって放置しておけない存在となった。その結果、李煦はさいわい一死はまぬがれたものの単身流刑の処罰をうけ、酷寒の地である「烏拉《ウラ》（黒龍江省）にて打牲《だせい》（狩猟生活⑦）」という境遇に送りこまれ、衣食にも事欠く暮らしぶりで、わずか二名の使用人の世話をうけながら、まさに当時の、「いま烏喇に流罪を得たる人、縄が頸《くび》をつなぎ、獣がこれを畜《やし》なう」〔馮景『解春集文鈔』巻十二〈奇奴伝〉〕という言葉さながらの生活を過ごしたあげく、二年ののち、寒さと餓えにさいなまれつつ病没した。いっぽう曹頫は、没収された田地・家屋・従僕のことごとくを賞賜として他人に授けられてしまった⑧（この点からしても、このときの曹家の家産没収の事由がけっして欠損金返済にあったのではなく、完全な政治案件であったことが知られる⑨）。しかるに没収された私産といえば、わずかに銀が数両と銭が数千、および債権書百枚あまり、それも銀子にして千両相当にすぎないものであった。――さすがの雍正帝も、報告をうけて「惻然《そくぜん》」とした〔蕭奭『永憲録続編』〕と伝えられる。

これが、包衣奴隷の家門二族の、まさしく退場にほかならなかった。

曹雪芹はこの当時、およそ五歳にもみたない子供ではあったけれど、なにかしら空恐ろしい印象を幼な心にもふかぶかと刻みつけたにちがいない。

曹頫が家産没収のほかにも、たとえば断罪されて入獄するとか、なんらかの処罰を受けたかどうか、目下のところ徴すべき史料がみあたらない(六)。しかしながら、家産没収という一事だけでも十分すぎるほど畏怖すべきものであった。清代の家産没収「制度」がいかなるものであったか、もちろん公的な明記もないし、まして私的な記録ものこされていないものの、この処罰方法が明代の「伝統」にのっとったものである以上、その制度も当然のこと明代同様のものであったにちがいない。たとえば談遷(七)の『棗林雑俎《そうりんざつそ》』には次のような記述がみえる。「国初の抄箚《しょうとう》〔没収〕の法。各処にて抄箚したる人口家財、おのおの本処の衛所に解《かい》〔押送〕せしめ、成丁男子は妻小とともに軍に収め役に充てしめ、その餘の人口は官軍に給与し奴となさしむ。金銀珠翠は本処の官司が収貯し、年終に類解〔一括送致〕す。馬匹は本衛が収養し、騎卒に給与せしむ。牛隻は屯卒に給与せしむ。屯処の無きは、併一して孳畜《じちく》〔飼育〕すべし。粗重の物件はことごとく変売〔換金〕を行ない、銭に値いするは有司の該庫が交収〔接収〕す。犯人の家産、田地のほか、うちに墳塋《ふんえい》〔墓地〕あるは抄劄の限りに在らず」〔智集〈逸典〉四十九則〕。明代のひとによる家産没収の記載ものこされており、参考として一節を引く。「抄没《しょうぼつ》の法は重きにより、株連〔連座〕する数は多し。坐するに転寄〔資産転送〕を以ってすれば、すなわち併わせて家産を籍《せき》〔没収〕せらる。誣《ぶ》するに多贓〔多額蔵匿〕を以ってすれば、すなわち互いに親識に連ねらる。宅の一たび封ぜらるれば鶏豚の大半は餓死す。人の一たび出ださるれば親戚も敢えて蔵留せず。加うるに、官吏の法の厳なるを以ってし、兵番の捜の苦なるを以ってす。――少年婦女もまた解衣せしめらる。臣、かつてこれを見るに、酸鼻たること目を掩いたり。これ豈にことごとく正犯の家、重罪の人ならんや。一字として相牽《そうけん》〔巻き添え〕されたれば、百口するも解きがたく、姦人また機に乗じて強嚇《きょうかく》し、資財を挾取すること、止《や》まざるに足《とど》まらず。半年のうち、擾《みだ》れの京師に遍《あま》ねければ、陛下これを知るやいなや。願わくは抄没の挙を慎しみ、無辜《むこ》の繫《つなぎ》を釈き、しこうして都下の人心の収まらんことを」⑩。こうした状況を雍正帝にあてはめてみると、実にみごとに「符合」する。というのも、雍正初年においては家産没収の風潮がとりわけ盛んで、やがて雍正帝じしん「上諭」〔雍正四年七月〕のなかで、「朕の即位いらい、外間の流言に、朕は人の家産を抄するを好む……と謂うあり⑪」と吐露せざるをえなかったように、まさしく流言どおりの実情だったからである。わずかに、

「宅の一たび封ぜらるれば鶏豚の大半は餓死す。人の一たび出ださるれば親戚も敢えて蔵留せず」という二句をとりだすだけで、その実態がいかに凄惨なものであったか説明の要もあるまい。

そもそも皇帝による家産没収というものは、いわば「一挙両得」の便法なのであって、「懲罰」ということのほか「収益」にもなった（そんなわけで嘉慶帝が和珅の家産を没収するさい、自分は「好貨の天子」ではない云々、とわざわざ表明したことさえある）[12]。したがって雍正帝が曹頫の家産を没収したとき、その屋敷内には、わずかに債権書百枚、および「机、椅子、寝台、腰掛け、古着など些細の物品」（雍正六年・江寧織造隋赫徳〈奏摺〉）しかなかったことを知らされ、そのため雍正帝が「惻然」としたという心持ちのなかには、実際には「期待はずれ」ないし「計算ちがい」の思惑もふくまれていたにちがいない。――なぜなら当時にあっては、織造官および塩政官こそ最も「金満家の役人」というのが衆目の一致するところで、一般的な感覚からすれば、曹家こそ「巨万の財貨」にあふれた「富豪」にほかならなかったからである。ところが、現実はおおちがいであることが判明し、こうなると雍正帝の心にも「あわれみ」の念が生まれ、またそうであったからこそ曹頫にたいし、北京に「少しく房室を留どめ、以って養贍《ようせん》に資す」（同前・隋赫徳〈奏摺〉）るよう下命したにちがいない。こうしたわけで、曹家は若干の住居と「家人」（すなわち家僕奴婢など）の一部を保つことができ、かならずしも絶望的状況にまでは立ち至らなかったのである。

以上が、曹雪芹が生まれてこのかた体験した、第一回めの大難であった。

《原注》

① 巻末〈付録三〉「曹家と江蘇」を参照されたし。

② 『清皇室四譜』の論証にしたがうなら、胤禛は康熙帝の皇四子ではなく十一子とされている。この喰い違いは、彼が康熙帝の遺詔をいつわって帝位は自分のものと主張した一連の陰謀と関係しよう。〔第四章訳注十参看〕

③ 家産没収のさい、家産の査定額決定権は没収側当局にあったため、その弊害にも甚だしいものがあった。参考として内務府正黄旗人の丁皂保《ていそうほ》が家産没収されたときの事例をつぎに引く。「雍正元年、公〔丁皂保〕、変産〔家産売却〕して官に償わんとし、家産什物、二十万に値いするを、しかるに司官の某、素より刻薄にして、ただ四万に估《はか》る。いまだ一年ならずして公の事の白〔無実〕たるを得、家産を給還され、擢されて内務府総管を授かる。その産を估りし官、事によりて逮《とら》われ、公の審訊に交《わた》さるれば、惶恐して地に伏しつつ寛たることを求む、……」。『小倉山房文集』巻三十三〈内務府総管丁文恪公伝〉に見える。

④ 巻末〔〈付録一・二〉「曹雪芹の生年・卒年について」〕を参照されたし。

⑤ 若干の檔案資料によって知りうることは、雍正五年十二月二十四日に家産没収の勅命がくだされる以前にも、曹頫はすでに、独断で物品を献贈したり、朝鮮人参を安売りしたり、織造した宮中御用達の衣料が色褪せたり、……等々のため叱責を受けている。しかし、これらはすべて些細事であり、事実としても、あら捜しによって何んとか「罪を加えん」とする口実を求めていたにすぎない。のみならず、新任の塩政官も雍正帝にたいして曹頫の悪行〔当然「聖意」に迎合するための誹謗も含まれていたに違いない〕を告げたため、雍正帝は曹頫のことを「豈に材を成さざるのみに止どまらんや」〔雍正五年正月・両淮巡塩噶爾泰〈密摺〉硃批〕と述べ、「行為不端」〔品行不良〕と評するにいたった——当時こうした言葉を用いることは、とりもなおさず政治がらみの内容を意味した。

そして雍正五年十二月にいたり、次のような勅旨がくだった。「江寧織造の曹頫、行為不端にして、織造款項の虧《き》空《くう》〔欠損〕たるや甚だ多たり、（中略——その大意は、これまで寛大に返済期限を猶予してきたことを述べる）しかるに伊《かれ》、恩に感じ報を図らざるのみならず、かえって家中の財物を暗に他処に移し隠蔽せんことを企図す」（同年十二月二十四日付・内務府上伝檔）。そのため曹頫をはなはだ「悪《にく》むべき」ものと決めつけ、ただちに江南総督の范時繹《はんじえき》に命じて「曹頫家中の財物を固く封じて看守」（同前）させ、あわせて主だった家人の身柄を拘束するとともに家人たちの家産をも差し押さえさせた。勅旨はさらに次のように述べる。「伊〔曹頫〕は織造官の人員を易うるを聞き知りし時、さだめし暗に家人を江南につかわして書信を送り、家財を転移せしめんとするならん」（同前）。とすれば、免職処分が決定してから家財移転の手配がなされたことになる。かりに、ほんとうに曹頫が家財隠匿を企てたとするなら、どうして断罪の理由にまで挙げられた家財の隠蔽を、「暗に家人を江南につかわして書信を送」ってまで再度企てるという「羊が失せてから柵をなおす」ような愚計を繰り返したのであろう。かくのごとく、雍正帝の勅旨じたい矛盾にみちたものであった。——この件は事実無根のことであって（後文の没収家産の報告文〔雍正六年・江寧織造隋赫徳〈奏摺〉〕を参看されれば家財隠匿の件の皆無であったことが納得いただけよう）、ひとえに罪を加えるための口実にほかならない。

⑥「阿其那」「塞思黒」は、ともに雍正帝が胤禩・胤禟それぞれに与えた「賜名」であり、従来それらはおのおの「犬」「豚」の意味に解釈され、雍正帝の彼ら政敵にたいする侮蔑と憎悪の念の表われとして理解されてきたが、満州語の専門家である鮑育万氏は次のように指摘している。「康熙帝第八子の胤禩は雍正帝（胤禛）によって阿其那と改名されたが、その名は満州文字で某（原文は満州文字のため本書では活字の都合により割愛——引用者）と記し、意味は明らかでない。また胤禟は塞思黒と改名され、満州文字で某（おなじく前記の理由で割愛——引用者）と記し、その意味は『きらわれ者』であることからすると、阿其那の意味もまた同様のものと考えられる。

先人には『阿其那』『塞思黒』を『犬』および『豚』の意味に解釈した方もいるが、正確ではない」（雍正五年二月二十三日〈総管内務府奏事満文檔案〉漢訳本に付された按語）。したがって従来の説は、おそらく昔時の伝聞にもとづく付会の説と思われる。（富麗「『阿其那』『塞思黒』新解」〈『文史』第十輯〉および玉麟「『阿其那』『塞思黒』二詞釈義」〈『紅楼夢学刊』一九八一年第一期〉参看）。

⑦　「烏拉」はまた「烏喇」とも記し、当時もっとも荒涼厳寒とされた地であり、ここに流罪となったものの多くは生還できなかった。『小倉山房文集』巻二〈王沢宏神道碑〉には次のように記されている。「御史の某、流人はよろしく烏喇に徙《うつ》すべきことを奏するに、公は不可とす。聖祖（康熙帝）駁して問うに、公、奏して称す、『烏喇は死地なり。流は死罪にあらず。果たして罪、流にとどまざれば、まさに死とすべし――死は必ずしも烏喇たらず。罪、死に当たらざれば、ゆえに流とす――流は烏喇とすべからず』と。挙朝、以つて難ずる無く、事ついに寝《や》む。のちに聖祖、烏喇に巡幸したるに、嘆じていわく、『これ人の居する所にあらず。王沢宏、それ朕を仁に引きしか』と」。在りし日の李煦は、曹寅と同様、任地の衆民から厚い信望を寄せられ、すすんで善行に励み「李仏」とまで称されたにもかかわらず、その末期の凄惨たること、かくの如くであった。

⑧　曹家の人員は「賞給」として隋赫徳《スイヘデ》に与えられた。李家の人員も「賞給」として当時の寵臣たる年羹堯に授けられた。上文の李煦についての状況は、前引〈満文檔案〉および李果『在亭叢稿』巻十一〈前光禄大夫戸部右侍郎が蘇州織造李公を管理せし行状〉に見える。（満文檔案の漢訳本は周嘯邦氏の好意により閲覧がかない、『在亭叢稿』は友人の黄裳氏がはるばる恵送くださった。）

⑨　雍正帝は曹頫の請安摺〔挨拶用の奏摺〕に硃批（年月の記載なし。家産没収まぢかな頃のものと思われる）をほどこし、次のように述べている。「朕、安らかたり。汝これ旨を奉じ、怡《い》親王と交わりて汝の事を伝奏し、諸事につけ王子の教導を聴きて行なうべし。もし汝、みずから非を為したるにあらざれば、王子、諸事につけ汝を監

護し得るべし。もし汝、みずから不法を為したれば、誰に頼るも汝がために福を為すこと能わず。みだりに門路に走り心思力量を浪費して禍を買うことなかれ。怡親王をのぞき、ほかに一人として自らの累《るい》を及ぼすことなかれ。なにゆえ労を省き有益の事をなさずして、労を増し有害の事をなすや。おもうに汝ら、ひさしく無法無態の風俗に慣れたれば、汝らが朕の意に背きたりと人の称するを恐れての事ならん。汝、理さず解さず、朕の意を錯解せしごとくなれば、ゆえに汝に特に諭す。もし人の汝を恐嚇欺詐するものあらば、ただちに怡親王に質疑するを憚るなかれ。いわんや怡親王、はなはだ汝を愛憐す。ために朕、汝を王子に委《ゆだ》ねたり。思意を定めるべし。一絲たりとも少乱し、朕の声名を損ないたるときは、朕、すなわち重重に処分せん。されば怡親王といえども汝を救うこと能わざらん。特に諭す」。そもそも雍正帝は即位してのち、人々の耳目を欺くため、ことさら廉親王胤禩および怡親王胤祥《いんしょう》の二人に命じてともどもに政事にあたらせ、機をねらって胤禩を罪に陥らせようと策した。胤祥はといえば、雍正帝の数多い兄弟中でも帝に従った唯一の人物であり、いっぽう胤禩は、胤禟・胤禵・隆科多・年羹堯などと結託して雍正帝を失脚させようと企てていた。雍正帝は曹頫（およびその一族）が胤禩の一派であることを承知していたので、そこで胤祥にその身を委ねて監視させ、そのうえでこの「特諭」を下したのである。しかも雍正帝は、胤礽の乳母の夫〔乳公〕である凌普《リンプ》、および胤禩の乳公である雅斉布《ヤチブ》などという人々がことごとく、こうした政争において有力な援助者となっている内幕を眼のあたりにしていたため、かつて諸皇子に特命をくだし、警護の官吏・乳母の夫・扈従の者など「下賤無知の輩」と「各々その主たり」となるような関係を厳禁している。曹頫が上記「特諭」を受けたのも、まさにこうした事情による。

⑩『明史』巻二二六〈呂坤伝〉から引用。

⑪ 蕭奭『永憲録』の引文に見える。また『嘯亭雑録』巻七は次のように記す。「宗室の輔国公恒禄《ヘンル》、簡儀親王の侄〔甥〕なり。素より王の庭訓を稟《う》け、ゆえに廉潔を以つて著わる。その吉林将軍に任ぜられし時、俸餉のほか毫も

沾染《せんせん》〔悪習に感染〕する無し。嘗つて小閣のなかに危坐し、毎歳出入の賬簿もて手録し之れを封ずるに、人の之れを問えば、いわく、『以つて籍没の時に証となすを待つなり』と」。すでにして恒祿は廉潔をもって世に聞こえた人であるから、まず家産没収の心配などあろう筈はない。すなわち、当時の家産没収というものが皇帝の採用した、いわば「弱肉強食」の貪利のための悪政であって、高官貴族といえども逃れがたい惨状となっていたことを物語るエピソードにほかなるまい。

⑫『大義覚迷録』〔第三章既出〕中において、当時の人々が雍正帝を批判した条目のなかに貪財の一項があることを、雍正帝みずからが告白している。参照されたし。

【訳注】

（一）南京で生まれたのであった——曹雪芹が南京以外の地で生まれた可能性も皆無とは言い難いものの、その可能性の極めて限られること、詳しくは巻末〈付録三〉「曹雪芹と江蘇」参照。

（二）胤礽——一六七四～一七二四。康熙帝の皇二子。康熙十四年、わずか二歳にして皇太子に立てらる。しかし本文にも説かれるような経過をへ、同四十七年、皇太子を廃され咸安宮に幽居。ところが諸皇子の熾烈な内争を招いたため、翌四十八年ふたたび皇太子に復位。さらに同五十一年にいたり最終的に廃位。清の初代中国皇帝たる順治帝は旧俗にしたがい衆議により即位し、康熙帝は遺詔という形で帝位を継承し、そのご雍正帝が《太子密建の法》を創設したので、胤礽は清朝史において皇太子となった唯一の人物。

（三）三箇所の任地それぞれにおいて四回ずつ——南京は康熙三十三年いらい江寧織造としての曹寅の専任地であり、蘇州は同二十九年いらい曹寅が、ついで同三十二年いらい李煦が任ぜられた蘇州織造の在所であり、揚州は同四十三年いらい曹寅と李煦とが輪番で勤めた両淮塩政としての任地であつた。しかも南巡のたび、江寧織造とならんで揚州行宮・蘇州行宮の文字が史料に頻出する。

（四）胤禩――?～一七二六。康熙帝の皇八子。康熙三十七年に貝勒《ベイレ》（次章参看）、同六十一年に廉親王となる。雍正四年に爵位剝奪のうえ圏禁。同年九月に病死。賜名、阿其那《アキナ》。

（五）胤禟――?～一七二六。康熙帝の皇九子。康熙四十八年に貝子《ベイセ》（次章参看）となる。雍正四年に庶人に降とされて幽閉。同年八月に病死。賜名、塞思黒《サスヘ》。

（六）徴すべき史料がみあたらない――そのご曹頫の罪過らしきものとして確認された事は、雍正六年六月に曹頫が駅舎騒擾の咎により、罰金四百四十三両余を徴せられ、にわかに完納しえず、一時は枷《かせ》号まで科せられたこと。これも事件の詳細は不明ながら、処罰ばかりが仰々しいものの、家産没収の直接原因とは考えにくい。第三十三章参照。

（七）談遷――一五九四～一六五七。明末清初の歴史家にして詩人。浙江海寧の人。原名は以訓、字は観若。明の諸生。清朝下にて名を遷、字を孺木に改む。明史攷究に没頭して大著『国榷』百巻を成す。各地に詩を詠じ「哀艶の音多し」と称される。著に『棗林集』十二巻・『棗林詩集』三巻・『棗林雑俎』六巻などがある。

〔八〕　百足の虫

曹雪芹の生家のこのときの大難は、雍正帝が即位してのち、朝廷の上下内外に一連の政治事変がつぎからつぎへ「続けざま」にあれくるった狂風乱波のさなかに起きたものであった。この当時は、ひとつ曹家にかぎらず、まさしく俗諺のいうとおり「六親同運」そのままの時世にあったわけで、曹家の姻族にしてもまことに「運が悪かった」としか言いようがない。李煦の末期の悲惨さについては繰り返さないが、しかし、曹寅の妹の夫にあたる傅鼐《フナイ》（字は閣峰、姓は富察《フチャ》氏、祖先は満州を居所とし、家祖の額色泰《エスティ》は清の太宗皇太極《ホンタイジ》の兵事にしたがって軍功があった）（一）については触れなければなるまい。彼は十六のときから雍正帝（当時は「皇子」）側近の侍衛《じえい》をつとめていたにもかかわらず、雍正四年（一七二六）の五月、罪をえて免職のうえ黒龍江に流罪とされたのである。——理由はといえば、そのころの一両年というもの、雍正帝はおりしも隆科多《ロンコド》（二）および年羹堯《ねんこうぎょう》（三）にたいする大獄①を断行中で、しかも帝の兄弟である胤禩・胤禟・胤禵《いんてい》（四）にたいする粛清を徹底的におしすすめている時期にあった。そうした時勢にもかかわらず、傅鼐は隆科多の子の岳興阿《ヨヒンガ》の無罪を進言したため、雍正帝から隆科多と親交のあるものとして指弾され、ついには重罰をくだされたわけであった。のみならず、曹寅の長女の夫である訥爾蘇《ネルス》（五）にいたっては、さきの「大貝勒《ターベイレ》」（六）礼烈親王代善《ダイシヤン》（七）（努爾哈赤の子で皇太極の兄）の五世孫にあたり、平郡王の爵位をうけついだ文字通りの

「金枝玉葉」たる皇族貴紳にもかかわらず、同年七月、やはり罪をえて多羅《ドロ》郡王（八）におとされ、さらに在家圏禁《けんきん》（九）の処分をくだされた。――その理由としては、名目上こそ西寧《せいねい》〔いま甘粛省西寧県の地〕の軍中において賄賂をむさぼったためとされたものの、実際はといえば、そもそも訥爾蘇は康熙帝の下命をうけて胤禵（撫遠大将軍）の西寧駐屯に随行したものであって、しかもこの胤禵こそ、じつは康熙帝から帝位継承者に目されていた意中の皇太子にほかならなかった。そんなわけで、雍正帝が即位するにおよび、胤禵は宮中に召しもどされて軍事権を解除されたばかりでなく、爵位剥奪のうえ禁錮処分の身柄とされ、それにともない、訥爾蘇がひとまず大将軍の事務を代行することとされたのであるが、やがて雍正帝によって訥爾蘇も胤禵の一派とみなされるにいたり、おりしも胤禵の党人であった鄂倫岱《オロンタイ》・阿爾松阿《アルソンガ》たちが処刑されるのと時をおなじくし、訥爾蘇もまた、いわば「高墻《こうしょう》圏禁」（一種特別な牢獄において心身ともに虐待される禁錮刑）さながらの責め苦から逃れることはできなかったわけである。

当時の皇室内部、および統治層内部にくりひろげられた党派抗争という巨大な風濤は、その罹災者も広汎にわたり、事の成り行きも複雑であって、ここにすべてを詳述するわけにはいかない。処罰された人々のうち曹家と関連のある者にかぎっても、どれほどの数にのぼるやら見当もつかないからである。しかし、前掲した二つの事例だけからしても、その時代の全般的政治情勢と曹家をとりまく状況とが、いかに不気味で陰惨なものであったか十分納得いただけたことと思う。

こうした風波をうけて、曹家は没落していった。とはいうもの、けっして急転直下いきなり没落したわけではなかった。たしかに曹家は罪を犯しはしたものの、しかし雍正帝の眼からみれば、しょせん曹家一族のような包衣下賤の家門は取るにたらない家柄であり、その罪科も副次的なものにすぎず、いうならば「従犯」というにも及ばぬものであった。したがって家産没収の顚末においても、その扱いにはかなり手ぬるいものがあった。しかも、雍正帝が曹家の処罰にてごころを加えて死地にまで追いこまなかった背後には、もうすこし複雑な事情がからんでいたものと思われる。すなわち、曹寅の在世中より、その文友関係には由々しいものがあって、たとえ曹家一門に何事があろうと、褒めるものこそあれ貶すものはごくごく稀れであった。たとえば唐継祖(十)は、のちに湖北按察使にまでのぼせられた官僚であるが、かつて御史の職にあったとき旗人の案件処理にさいしすすんで建言して寛大な措置をほどこした能吏であり、しかも彼は曹寅の門生で、曹寅の『楝亭集《れんてい》』の序跋を作した人物でもあった。——こうした人々のすべてが、陰に陽に曹家の味方をすることができたわけで、もちろん当時は封建的な時代ではあったけれど、やはり世論の力にも無視しえないところがあり、とりわけ江南一帯において、曹寅一族が先帝である康熙帝の威光をにないながら同地で重きをなしつづけてきた業績にたいし、雍正帝はじゅうぶんに配慮していて、のみならず帝位を奪取したことにたいする人心への引け目もくわわり、曹家を徹底処分した場合の統治上の不利益をみずからが熟知していた。したがって、お情けばかりの「浩蕩《こうとう》たる天恩」〔雍正六年・江寧織造隋赫徳〈奏摺〉〕を曹家に示したわけである。ともあれ「百足の虫は死して倒れず(十一)」というわけで、曹家一族はそののち数年にわたり、恐れおののきながらも、どうにか家門を保つことができたのであった。やがて雍正朝の末期にいたり、荒れくるった政争の嵐も峠をこした雍正九年（一七三一）、傅鼐が流刑地から召しもどされて復官し、そればかりか「宮に入りて起居〔側近〕に侍す」〔袁枚『刑部尚書富察公神道碑』〕こととされた。いっぽう、訥爾蘇の子である福彭《ふくほう》〔平郡王をうけつぎ、曹雪芹にとっては異姓の従兄にあたる〕[十二]も、その翌年に鑲藍旗満州都統に任ぜられ、さらに翌年、かさねて「軍機処行走《こうそう》」〔軍機処の非常勤官〕の職をさずかって国政の枢要に参画することとなり、つづいて「定辺大将軍」を拝命しジュンガルの征討に出陣した。――ジュンガルとの戦役[十三]は、康熙帝の末年いらい続けられてきたものであるが、これまで七千余万両の軍事費をそそぎこんだにもかかわらず成果が上がらず、ここにおよんで休戦和議のやむなきにいたった。その和戦工作にさいし、傅鼐の対策のことごとくが的確なものであったため、雍正十二年〔一七三四〕、ついに傅鼐は侍郎の肩書きをもって現地において和議をまとめあげ、その功績により三階級特進して都統職〔八旗長官・従一品〕にのぼせられたのであった。要するに、こうした情勢のすべては、ふたたび曹家の親類姻族がしだいに登用されはじめたことを意味し、いいなおすなら、曹家をとりまく状況じたいが一時期のものから変わりつつあり、さらに言うなら、もういちど「一頭地を抜」く権門となることも夢ではないように見えた。

　かくのごとくの雍正帝も、在位すること十三年と八ケ月にして突然「崩御」し〔俗説では処刑された者の子孫により暗殺されたと伝えられる〕、その第四子である弘暦《こうれき》が帝位を継承するにおよび、ここに乾隆帝となるにいたった。この新皇帝の即位とともに、曹家も新しい局面を迎えることとなった。

　乾隆帝はその即位いぜん、雍正十一年に和碩《ホショ》宝《ほう》親王[十四]に封ぜられたころから、はやくも「軍機を綜理《そうり》し、大計を諮決《しけつ》」〔『清史稿』〈本紀〉十二〕していた。雍正朝末期における政治方針の微妙な変更も、彼の国政参与と無縁ではない。彼は雍正帝の政策が苛酷すぎること、そしてそれが万世の大計からは程遠いものであることをとくと心得ていた。[2] そんなわけで、即位後の乾隆帝は治世の立て直しに力をいれ、雍正朝下におこなわれた多くの賞罰功罪に手直しをくわえたが、その目標は人心を収攬することにおかれた。[3] すなわち、乾隆帝は即位するやいなや矢つぎばやに勅命をくだし、圏禁されていた皇族を釈放し、胤礽《いんじょう》の子孫たちに爵位をあたえ、さらに雍正帝のもとで冷遇されていたさきの雲貴総督の楊名時(十五)を抜擢したばかりか、傅爾丹《フルタン》(十六)、岳鍾琪《がくしょうき》(十七)など、罪に服していた名将たちを獄中から解きはなち、処刑された査嗣庭の親族を流刑地より召しかえしたのであった。のみならず一般行政においても、乾隆帝は雍正朝における厳酷苛烈な風潮をことごとく改めるにいたった。そのため乾隆朝をむかえてからは、「すべからく先帝(雍正帝)の時事を翻案〔反転〕すべきのみ、すなわち是れ好ろしき陳情」という囃し言葉が生まれるほどの有り様となった。この言葉はいかにも露骨すぎて乾隆帝を立腹させるにいたったが、それにしても、乾隆帝登極直後の、短いながらも一時期における実相をあざやかに喝破したものといえよう。

皇帝即位の定例にしたがえば、新帝となったものは、あまねく封賞をあたえて大赦をほどこす「覃恩《たんおん》」〔賞賜恩赦〕をおこない、慶賀の念を天下にしめすとともに人心を喜ばせなければならなかった。この定例により、雍正十三年〔一七三五〕九月三日、曹雪芹の家祖にあたる曹振彦《そうしんげん》(曹世選の子)には資政大夫〔二品の文散官〕が追贈され、その正妻の欧陽《おうよう》氏および継妻の袁《えん》氏にはともどもに夫人の称号が追封された。このときの誥命《こうめい》によって知りうることは、曹雪芹の大叔父である曹宣《せん》が当時存命中で、官職を護軍参領兼佐領〔護軍統領属・正四品〕から官一級すすめられている(すなわち正白旗包衣第四参領兼第二旗鼓佐領〔八旗都統属・従三品〕とされた）ことである。「覃恩」という誥封は、たしかに一種の形式上の肩書きにすぎないものの、このときの曹家がすでに政治犯の罪名を解かれていたことは確かであって、また形式上のこととはいえ、家中にはなお参領〔従三品〕をつとめる家長ないし族長がおり、先祖歴代からみても一品格の尚書を追贈された曹璽《じ》のほかに、さらに二品格にあたる高級官名者をくわえられたわけであった。ちなみに曹雪芹の父親である曹頫《ふ》④は、このときすでに内務府の員外郎となっていたらしい（十八）。ふりかえって、例の「公金欠損」事件についておぎなうなら、この年の十月から十二月にかけて、内務府の「欠損金免除」の檔案のなかに、曹寅・曹頫の織造官在職時における各種の公金欠損を免除する記事がたびたび収載されている。したがって、政治犯としても経済犯としても、公金欠損事件はすでに過去のものとされていたことが知られるのである。

ふたたび前述した曹家姻族についてのべるなら、この年の十一月、福彭《ふくほう》は協辦総理〔正二品〕に任ぜられて国政の事務を統括し、さらに翌年、すなわち改元した乾隆元年（一七三六）には傅鼐《フナイ》が兵部尚書〔従一品〕にのぼせられ、ついで刑部尚書兼兵部尚書に任ぜられ、いっぽう福彭は正白旗満州都統〔従一品〕をさずけられるにいたった。ひきつづき翌年〔乾隆二年〕、傅鼐は内務府総管大臣、さらに満州正藍旗都統をくわえられた……。この両名とも乾隆帝によって重んぜられた人物であり、しかも福彭にいたっては、曹家の所属する満州正白旗の最高長官にほかならず、のみならず福彭と曹家とは姻戚同士にあったわけであるから、かりに福彭が曹家の苦境にたいし何んらの援助もいっさい与えなかったとしたら、それこそ人情からしても不自然きわまる異常事というしかあるまい。そのほか、わたしの個人的見解としては、これらに先立ち、曹家の一女が宮中に選入され（包衣生まれの娘たちは宮女選考を受けることが義務づけられており、（十九）じっさい妃嬪《ひひん》のなかには包衣出身のものが多かった⑤）、宝親王づきの側女の一員とされたため、宝親王が即位して乾隆帝となるにおよび、曹家もまた「皇親国戚」と称される地位をしめるにいたった可能性がある。⑥『紅楼夢』書中に描かれている「元春」（二十）、すなわち「皇妃」の帰省のくだり〔第十七・十八回〕も、おそらくはそれに類する実事にもとづきながら小説的粉飾をほどこした一節と考えられるのである。

以上の事柄の一つ一つが、曹家がけっして雍正六年をさかいに一挙に没落したものではなく、乾隆帝即位後の新しい政局のもとで「中興」ないし「小康」といえる程度にまで家門の回復していたことを、われわれに教えてくれるのである。その当時の曹雪芹はといえば、およそ十三歳の年頃であった。

かりにそうでなかったとするなら、すなわち、もしも曹雪芹が五、六歳のおりに家産を没収されたまま曹家がいきなり再起不能にまで衰亡してしまったとするなら、雪芹が『紅楼夢』の前八十回を執筆できたかどうか、はなはだ疑わしいところとなろう。なぜなら、彼には『紅楼夢』を創作するだけの現実の生活体験がきわめて乏しいものと判断せざるをえないからである。かつて胡適氏は『紅楼夢』を考証したさい〔『紅楼夢考証』一九二一年〕、むりやり曹雪芹の生年を「繰り上げ」て曹寅時代の「繁華」な生活に「間に合う」よう辻褄をあわせたけれど（さもなければ曹雪芹は『紅楼夢』を執筆しえなかったと同氏は考えたわけである）、それというのも、今日われわれがすでに了解済みのこうした諸事情を胡氏が知らなかったためによる。

《原注》

① 隆科多と年羹堯とは、雍正帝が不正な手段を用いて帝位を奪取することに協力した最も重要な二人の配下であり、雍正帝も初めのうちは異例の「寵遇」を示して二人に「報酬」したが、のちに口封じのため数十条もの「大罪」を口実にかかげて両者とも処分した（一人〔隆科多〕は獄中に没し、一人〔年羹堯〕は自害を強いられた）。

② 弘暦は雍正帝の皇族殺戮に批判的であった。『海寧陳家』一文を参照されたし。

③ これはもちろん相対的な見地から述べたものにすぎない。乾隆帝はある種の人々の「人心」は「収攬」しようとせず、逆に弾圧を強化しさえした。例えば、すでに雍正帝が赦免していた曾静《そうせい》〔第三章訳注四参看〕、張熙《ちょうき》〔曾静の一味〕などは即位後ただちに処刑されている。

④ 巻末〈付録一・三〉「曹雪芹の血縁上・続柄上それぞれの祖父および父の関係について」を参照されたし。

⑤ 例えば、康熙帝の栄妃・成妃・良妃、雍正帝の康貴妃・謙妃・孝儀后、乾隆帝の淑嘉皇貴妃・愉妃・瑞貴人など、みな包衣の出自であった。彼女たちは宮中に入居すると「藩邸格格《ゲゲ》」〔後宮郡主の意〕・「常在」〔七等女官〕などの肩書きを与えられ、身分の低い者、および若死して子供のできなかった者は記録に残されなかった。およそ「答応」〔六等女官〕・「常在」等々の名称についても、清朝の宮中制度は明朝のものを踏襲したものであり、『野史無文』には、「近御の宮人に夫人・婢子・常在・大答応・小答応などの号あり」と記され、こうした宮女たちはすべて順次に昇格するものとされていた。

⑥ 香山の張永海老人〔訳注（二十一）〕の聞き伝えた伝説によると、「曹家は皇室と『姻戚』関係にあった」という。また清朝乾隆期のひと舒坤は袁枚の『随園詩話』を評釈して『紅楼夢』に言及し、「内に皇后あり外に王妃あり」〔『批本随園詩話』巻二〕と記している（『紅楼夢』第六十三回には「王妃」の語が見える）。しかし「王妃」〔王公の妃〕と「皇后」〔皇帝の后〕とは同一でない。しかも『紅楼夢』に描かれている元春帰省の有り様は、けっ

して「王妃」の帰省の比ではない。さらに脂硯斎の評語にも、「ここまで評しきたり、ついに声を放って大哭す。わが亡姉、さきに逝くこと甚だ早し。然らずんば、余、なんぞ廃人となるを得んや」、「彼の描き出だしたること得難し。これ、経験したる人なり」、「この語、なお耳にあり（賈政の『鳳鸞に比すべき瑞命を賜る』という言葉を指す）」、などの字句（すべて《庚辰本》〈第十七・十八回〉の行間朱批）が見える。『紅楼夢』書中の元春帰省の一節は、素材となるべき原体験があって、そこから生まれた描写であることが知られる。いっぽう、曹寅時代に訥爾蘇に嫁して平郡王妃となった曹寅の長女を「元春」のモデルとする説もあるが、じっさいには歴史的制度を理解しない一種恣意的な付会の説といえよう。さらに補うなら、元春帰省の有り様と、康熙帝南巡時における織造署行幸の有り様とは全く次元の異なるもので、両者あい通ずる所はいささかも無く、南巡の旧事を借用したものとは考えにくい。そもそも、曹頫以降の世代の人々は南巡の「盛況」を実見していなかったものと思われる。

【訳注】

（一）傅鼐——一六七七〜一七三八。乾隆・嘉慶年間の苗族統治で知られる傅鼐《ふだい》とは別人。曹寅の義弟にあたる人物。満州鑲白旗の人。姓は富察氏。開国の功臣たる額色泰の孫。康熙朝の名臣たる噶爾漢《ガルガン》の子。若年より文武両道に親しみ性は剛猛。康熙三十一年に鑲白旗侍衛、雍正二年に漢軍鑲黄旗副都統・兵部右侍郎、翌三年に盛都戸部侍郎に任ぜらる。そのご隆科多の党人と見なされ同四年に免職されて黒龍江へ謫戍。しかし同九年、ジュンガル征討のため召還され北路軍営にて活躍し元職に復帰。入りて近侍となる。乾隆元年に兵部尚書、ついで刑部尚書、翌年に満州正藍旗都統に任ぜられたが、翌三年正月、家人失察の咎により免官入獄とされ、まもなく自宅にて病没。巻末〈付録二〉「曹雪芹の生家と雍正朝」参照。

（二）隆科多——?〜一七二八。雍正朝初期の権臣。満州鑲黄旗の人。姓は佟佳《トンギヤ》氏。清初の一等公たる佟図頼《トントライ》の孫。

康熙朝の功臣たる佟図維《トンゲウェイ》の第三子。康熙帝の孝懿仁皇后の弟、という名門の出。康熙年間に理藩院尚書、雍正朝下で吏部尚書に任ぜられたが、雍正五年、四十一条の罪科のもと家産没収・終身禁錮の厳罰をうけ、その翌年に没す。

（三）年羹堯――？～一七二六。雍正朝初期の権臣。漢軍鑲黄旗の人。康熙三十九年の進士。内閣大学士・四川巡撫および総督を歴任、さらに平西将軍としてジュンガル平定をなし川陝総督に着任。雍正元年に撫遠将軍を拝命。再度ジュンガルを敗走せしめて一等公に封ぜられたが、同三年、九十二条の罪科のもとに断罪され、翌年に自決させらる。

（四）胤禵――康熙帝の皇十四子。康熙四十八年に貝子《ベイセ》。同五十七年に撫遠将軍に任ぜられジュンガル征討のためチベットに遠征。雍正帝の即位後に帰京。雍正元年に郡王に進められたが、同三年に遠征中の不始末を責められ貝子に降格。翌四年、改悛の情なしとて禁錮処分に処せらる。のち乾隆帝の即位とともに釈放さる。位は恂郡王。

（五）訥爾蘇――一六九〇～一七四〇。訥爾素とも。代善の次子たる岳託《ヨト》の後裔。康熙四十年に平郡王を襲位。同五十七年、撫遠大将軍たる胤禵に従いチベットに遠征し、同六十年に大将軍代行職を授かり雍正元年に帰京。同四年に爵位剝奪。その子たる福彭（訳注十二参看）にたいして老平郡王とも称され、その妻は曹寅の娘。

（六）「大貝勒」――貝勒《ベイレ》は満州語で「王」を意味し（明朝においては「官」と解された）、のちに清朝の皇族爵位の称号となったもの。太祖の努爾哈赤もはじめ「貝勒」を称し、汗《ハン》となるにおよんで貝勒の称号を諸首長にゆずった。貝勒の中でも最有力者が「和碩貝勒」（ホショイ＝ベイレ）と称され、従来の貝勒は「議政貝勒」（ドロ＝ジャファハ＝ベイレ）とも呼ばれ、さらに崇徳元年の爵位制定（次章訳注三参看）によって第三等の貝勒たる「多羅貝勒」（ドロイ＝ベイレ）なる称号も追加された。なお、「貝勒」の次位者は「貝子」（ベイセ、「諸王」の意）。ここに言う「大貝勒」なる称号は、太祖の晩年に和碩貝勒の有力者たる四名が「四大貝勒」と称されたことに由来する礼烈親王代善にたいする尊称。次注参照。

（七）代善――一五八三～一六四八。太祖努爾哈赤の次子。母は佟佳《トンギャ》氏。和碩礼烈親王。四大貝勒たる代善・阿敏《アミン》・莽古爾泰《マングルタイ》・皇太極の中で最長老であったため「大貝勒」とも称さる。父の努爾哈赤にしたがい、時に身を賭して父に献策し、数々の武勲を建て、ために「智勇双全」と評されるにいたった建国の功労勲臣の一人。

（八）多羅郡王――清朝の郡王の正式名称。「多羅」は満州語で「正式」の意。訳注六および次章訳注三参看。

（九）圏禁――清代にては漢族古来の五刑（死・流・徒・杖・笞）を中心とする刑部罰のほか、満州族固有の「圏禁」なる幽閉刑が宗人府によって常用された。本文にも説かれる重罰としての「高墻圏禁」（雍正四年に始まる名称）、それに次ぐ「在家圏禁」「単房圏禁」、さらに「不許出門」と段階があり各々にも等級があった。蕭奭『永憲録』には次のごとく記される。「国法の圏禁に数等あり。地圏をもってするもの有り。高墻（高壁）にてこれを囲む。屋圏をもってするもの有り。一室のほか歩を移すこと能わず。坐圏なるもの有り。膝を接して坐り、足を挙ぐること能わず。立圏なるもの有り。四囲に肩をならべて立ち、番をかえ迭換（交替）す。罪人は中に居し、数日ならずして委頓（衰弱）すること支《た》えざるなり。また重罪なるは、頸・手・足に九条鉄錬を上《くわ》えられ、すなわち看守せざれば寸歩も前《すす》むこと難きなり」〈巻三・冬十月条〉。

（十）唐継祖――一六七一～一七三三。江南江都の人。康熙六十年の進士。雍正朝下にて湖南湖北巡察使・通政司参議・鴻臚寺卿・河南および湖北按察使などを歴任。雍正帝に逆らってまで寛大な施政を求め、ついに奏摺用の摺匣を授けられるに至った人物。

（十一）「百足の虫は死して倒れず」――原文「百足之蟲、死而不僵」。原義は、ヤスデは死んでも足がたくさん有るので倒れない、の意。転じて、栄華をきわめた一族は係累が多いため簡単には没落しない、の意に用いられる成句（『三国志』魏書〈武文世王公伝〉）。小説『紅楼夢』の第二回および第七十四回にも見える言葉。

（十二）福彭——一七〇八～四八。訥爾蘇（訳注五参看）の長子。雍正四年に平郡王を襲位。同十年に満州鑲藍旗都統、翌年に軍機処行走を命ぜられ定辺大将軍としてジュンガル平定に出征。同十二年に召還され翌年に再出陣。乾隆初年に正白・正黄二旗の満州都統をつとめ、同三年に議政大臣。その母が曹寅の長女であるため曹雪芹からすれば異姓の従兄。したがって雪芹と同世代にあたり、雪芹存命当時における曹家姻族としては最大の権勢者。

（十三）ジュンガルとの戦役——ジュンガル（準噶爾、清朝側の呼称は準部）は十七世紀初から天山南北路一帯に分居したオイラート＝モンゴル族ないしその遊牧国家。ガルタン（噶爾丹）が族長となるや、康熙十八年に清国西辺部の侵略を開始し、康熙帝が親征して撃破。ついで甥のツェワン＝アラプタン（策旺阿拉布坦）が再度侵攻を企てたが同五十九年に退却。その子ガルダン＝ツェリン（噶爾丹策凌）も侵入を繰り返し、乾隆二年にいたり清朝と和議締結。彼の死後の内紛に乗じた清軍の攻撃によって乾隆二十三年に滅亡。

（十四）和碩——和碩親王は清朝の親王の正式名称。「和碩《ホショ》」は満州語で「一角（一翼）をなす者」の意。訳注六および次章訳注三参看。

（十五）楊名時——康熙三十年の進士。実直な清官ぶりにより肩書きだけは雲貴総督まで昇進したが、康熙五十九年いらい雍正年間をとおし雲南巡撫の職務に留めおかれた。

（十六）傅爾丹——満州鑲黄旗の人。建国の功臣のひとり費英東《フイオンドン》の曾孫。ジュンガル征討に活躍したが作戦失敗の咎により斬刑待ちの処分とされていた。

（十七）岳鍾琪——宋の岳飛の十七世孫と伝えられる武将。ジュンガル征討において数々の武勲を建てたが清側の要塞を奪われ、その責任が問われていた。

（十八）　員外郎となっていたらしい――『八旗満州氏族通譜』に「曹頫、原任員外郎」と見え、曹頫の員外郎敘任を著者周氏は乾隆帝即位時に比定する。

（十九）　義務づけられており――選考年度により出入りあるが、一般に十六歳から二十歳までの内務府包衣の未婚女性が対象とされた。小説『紅楼夢』中のヒロイン薛宝釵《せつほうさ》も宮女選考に応ずるため上京してきたこと、同書第四回に見える。

（二十）　元春――『紅楼夢』主要ヒロイン《金陵十二釵》の一人。主人公たる賈宝玉の姉。女官をつとめて貴妃に上ぼされ、同書十七・十八回にその省親（お里帰り）の有り様が描かれる賈家繁栄の象徴的存在。現行本では第九十五回において薨去する。

（二十一）　香山の張永海老人――曹雪芹に関する口碑伝承を最も数多く伝える近時の人物。呉恩裕『有関曹雪芹十種』〈記関於曹雪芹的伝説〉に詳しい。

〔九〕 大難ふたたび

ともあれ、曹雪芹が「小康」をとりもどした家庭で暮らすことができたのも束の間で、そう長続きはせず、まもなく終幕を迎えるにいたった。曹家はまたもや別の大難にみまわれたのである。のちの曹雪芹をめぐる状況からみて、このときの大難はどうやら突然に起こり、しかも前より大掛かりな災厄であったらしく、曹家をどん底にまで突き落としたのであった。ところが、この二度目の大難の原因は何かということになると、われわれは曹雪芹研究における第一の難関につきあたらざるをえない。それというのも、正確な文献史料がすでに入手困難なうえ、事件そのものを直接にさぐろうとしても手掛かりの痕跡すら残されておらず、曹雪芹の生涯のアウトラインを描きだすのにさいし、最初にして最大のブランクとなっているためである。

しかし、このたびの大難は処分の厳しさからしても事態の重大性がわかり、しかもこれほど深刻な変事といえば、それは政治事件でしかありえない。この点については、これまで曹家がたどってきた一連の顚末のさまざまな「いわく因縁」からするなら十分すぎるほど自明のことといえよう。さらに注意を要するのは、一部の資料によれば、『紅楼夢』の作者「某人」は、「賢書《けんしょ》に登る（郷試〔科挙の地方試験〕に合格する）も、数年にして家は籍没され、後ちついに逃禅《とうぜん》〔出家〕す」と伝えられていることである。① この記載にしたがうなら、曹家のこのときの家産没収は雪芹の郷試合格の数年後の出来事であって、その一件事からしても、この資料が『紅楼夢』八十一回以降の高鶚《こうがく》による「補」（一）とされる偽作〔いわゆる後四十回〕の内容から捏造されたものでないことは確かであり、しかも雪芹の科挙合格についてのべるなら、かりに雪芹を「一七一五年〔康熙五十四年〕生まれ」とする仮説（二）（わたし個人としては一七一五年誕生説には疑問をもつ）にしたがって推算するとしても、さきの雍正五年（一七二七）冬のみぎりには、雪芹はたかだか「十三歳」にすぎず、十三歳ないしそれ未満の子供が「賢書に登る」ことはまず不可能であろうから、ここでいう郷試合格の数年後における家産没収とは、まちがいなく曹家の二度目の大難のことを意味しよう。

そこで、ふたたび乾隆初年における諸般の情勢をながめるとき、ただひとつ乾隆四年（一七三九）十月にもちあがった一大政治事件――この事件には数多くの親王・貝勒《ベイレ》・貝子《ベイセ》・諸公たち（三）もまきこまれて罷免ないし処罰された――が、ことさらに注目される。事件の性格からしても時期からしても、曹家の二度目の大難との関連を最もつよく匂わせるからである。

そもそも満州統治層内部における確執はすこぶる激しく、とくに皇族内部における帝位争奪は熾烈をきわめた。こうした状況は満人入関以前からのもので、とりわけ康熙帝から雍正帝への継承のさいにピークに達したのである。すなわち、はじめ康熙帝によって皇太子に立てられた胤礽《いんじょう》は、種々の欠点および非行という理由のもとに廃嫡されはしたが、ほんとうのところ、おおくの兄弟たちが誹謗やら誣告やら挑発やら策謀やらによって胤礽を引きずり降ろした、というのが事の真相であった。じっさい、兄弟たちのだれもかれもが帝位を狙っていたため、胤礽にとっては兄弟のことごとくが政敵であったわけで、なかでも胤禛《いんしん》の手口がもっとも陰険かつ悪辣であった。その胤禛が勝利をおさめて皇帝となってのち、雍正二年の冬、胤礽はその生涯をとじている――が、落命の経過はもちろん不明である。さらに雍正帝の子の弘暦が乾隆帝となるにおよび、かたや胤礽の子の弘晳《こうせき》もまた親王とされ、ここに従兄弟同士にまで宿敵関係がもちこされるにいたった。乾隆帝は即位するやいなや、皇族にたいする弾圧と排斥とをゆるめ、皇室内部における自滅的な抗争をやわらげようとしたが、事が事であるだけに宿怨もすこぶる根深く、小細工でやすやすと解消できるものではなかった。しかも乾隆帝はこのとき二十余歳にすぎず、おまけに穏和な懐柔策をうちだしたとなれば、宿敵たちが隙あらば恨み晴らさんとばかり色めきだったのもむしろ当然のことで、たちまち不穏の気配がうごめきはじめた。かくして乾隆四年にいたり、弘晳を頭目とする「大逆」事件が勃発したのであった。

　こんにち知りうる事件の経過としては、同四年十月、宗人《そうじん》府〔四〕は議奏して「荘親王允祿《いんろく》〔五〕（雍正帝の弟で乾隆帝には叔父にあたる人）と弘晳、弘昇、弘昌、弘晈《こうこう》〔六〕らは結党して私利をいとなみ、その往来は詭秘《きひ》（隠密不測）たり」（同年十月十六日議奏）との理由をかかげ、荘親王允祿および弘晳・弘昇にたいしては王爵をけずったうえで永遠圏禁とし、その他のものにもすべて爵位剝奪の処分をくだすよう進言している。これにたいし乾隆帝は、「朕、昨年すでにこれを聞く」（同日上諭）とのべ、さらに、允祿は凡庸で事をなしうる器ではないが、弘晳のほうは康熙帝の廃太子胤礽の子であって父子ともどもに圏禁されたことがあるばかりか、いまだに反省の色がみられず、「行止不端にして浮躁乖張《かいちょう》（軽佻劣悪）、朕の前にて毫も敬謹の意なく、ただ荘親王に諂媚《てんび》するをもつて事とし、かつ胸中みずから旧日の東宮〔皇太子〕の嫡子と以為《おもいな》すは、居心はなはだ問うべからず」〔同前〕として身柄を拘禁し、城中とどめおきの処分をくだした。さらに十二月にいたり、弘皙と安泰《アンタイ》とがこもごも結託して邪術（跳神《ちようしん》とか扶乩《ふけい》とかの類と思われる）(七)を奉じ、その邪術の「祖師」に次のようなお伺いをたてていたことが密告によって発覚した。すなわち、「ジュンガル（蒙古族）は京城まで至るかどうか」、「天下は太平か乱れるか」、「皇帝の寿命はどれほどか」、「将来われらは地位をきわめられるか否か」、等のことを占ったというのである。これはどうみても「謀叛の二心」をいだく「大逆不道」としかいいようのない出来事であった。やがて乾隆帝は「上諭」においてこの事実をあばき、「かつて阿其那《アキナ》と塞思黒《サスヘ》と、その居心は大逆たりて国法を干犯《かんぱん》せり。しかれども、なお弘皙のほしいまま敢えて国制に倣照して会計・掌儀などの官司を設立したるに及ばざりき。これ弘皙の罪悪、阿其那の輩にくらべても尤《とりわ》けて重大なり」〔同年十二月九日上諭〕と断ずるにいたった。このことからすると、弘皙はみずからの「内務府」(八)を設けていたわけで、いいなおすなら「小規模」の宮廷を構えていたことになり、それはとりもなおさず「即位」の準備にほかならない企てであった。②

当時のひとの記録によれば、乾隆五年（一七四〇）、帝が秋の狩猟に出御するのにさいし、その警護の手薄になるのに乗じて荘親王の子が「密謀」をくわだてたと伝えられる。これなども、おそらくは暗殺計画であったにちがいない。③

いずれにしろ、この政治事件の結末としては、弘皙は「寛大に処理」されて死罪をまぬがれたものの、「現に東果園（いまの景山公園）にて永遠圏禁とされ、これまた身の死したると異なる無し」〔同前上諭〕

と伝えられる。まさしくこの言葉どおり、当時における残酷な高墻圏禁制度の実情からするなら、じっさいには死刑のほうがはるかに軽い処罰であったかも知れない。

　ここで注目しなければならないのは、この事件処理にあたり、その途次において平郡王福彭および公（爵）訥親《ノチン》にゆだねられていた審理が、その最終段階においては康親王〔崇安〕および巴爾図《バルツ》らの議奏にあらためられ、そののち平郡王の名があらわれてこないことである。しかもさらに奇妙なことに、これまで華々しく活躍し、すでに国政の審議にまで参画していた福彭の名前が、これを境としてあまり見あたらなくなる。（たとえば乾隆六年三月における鄂善《オシャン》の事件（九）にさいしては、「和《わ》親王〔弘晝〕、怡《い》親王〔弘曉〕、ならびに大学士の鄂爾泰《オルタイ》、張廷玉、徐本、および尚書の訥親、来保《ライボ》らに公正審査」させ、なみいる国務大臣クラスの人名のなかに、ひとり平郡王の名だけが見あたらない。）ところが乾隆六年〔一七四一〕十二月にいたり、允祿および弘晈にたいする処罰が宥免されることとなってから、翌七年十二月、仲永檀《ちゅうえいたん》（さきの鄂善の収賄事件を弾劾した人物）の案件（十）にさいし、ようやく「荘親王、履親王〔允祹〕、和親王、平郡王、ならびに大学士の張廷玉、徐本、および尚書の訥親、来保、哈達哈《ハタハ》らに審明のうえ具奏せしむ」の一文が見あたる。

　こうした事実経過は、平郡王が前述の政治事件に何んらかの不始末によって連座したことを意味し、乾隆四年冬から同七年冬にかけて三年のあいだ形跡不明であることも、文書にこそ明記されていないものの、なにがしか処分を受けていたものと推測される。じっさい、こうした政治事件においては、かならずや連座する者がおびただしい数にのぼり、親戚・奴僕・朋党にいたるまで残りなく処罰されるのが常であった。

おそらくは曹雪芹の家門も、直接にしろ間接にしろ、いずれにしてもこの一大渦中にまきこまれたことは疑いない。じつはこの事件の発覚する一年前（乾隆三年）、かの傅鼐《フナイ》が、ほんらいなら処罰すべき参領の明山《ミンシャン》をあやまって抜擢し、のみならず家人にたいする監督不行届きという二件事によって罪をえ、免職のうえ入獄処分をうけたばかりか、ついには自宅において病没してしまっている。しかも、この政治事件発覚の一年後には、失脚させられた先の平郡王たる訥爾蘇《ネルス》も死去しているのである。これらは、前述したいわゆる「六親同運」の再演であるとともに、当時のひとが傅鼐を評した「下と接するに寛にしてはなはだ雑」（袁枚『刑部尚書富察公神道碑』）であったことの結果として「家人の察を失する」（同前）事態をまねき、さらには当時における朋党政治の抗争に引きずりこまれるにいたった典型例ともいえよう。類は友を呼ぶというべきところか、おなじく平郡王福彭も弘晳事件の審理をはじめたその当日（乾隆四年十月十六日）、福彭じしんの包衣大《ボーイタ》（執事頭）および衛兵らが以前に家外において起こした不祥事にたいし、その監督不行届きの審理をみずからが申請している。（この申請文は清代内閣「別様檔」（十一）の弘晳案件の直後に収録されている）。要するに、曹家のような身分のひとびとは、その立場からして複雑な人間関係がともない、親戚やら家人やらの事情がそのまま災禍の原因となりやすかったわけである。

史料の欠落により、このときの曹家の二度目の致命的大難の、直接にして正確な事由を明らかにすることが望めないため、目下のところ縁辺をたどることによって間接的に推定するしか術がない。とはいうものの、曹家のこの最終的大難が前述したような政治事件の副次的関係者、ないしその周辺事情に関わるものであることは確実と思われるものの、そのほかにも原因があったものかどうか、なお今後の研究課題とし

ておきたい。〔十二〕

かくして曹雪芹の家門は、雍正朝の末年から乾隆朝にあらたまった時期をへ、およそ五年ほど小康状態をたもったのち、事ここにいたり、二度目の、しかも最終的没落を宣告されたのであった。

魯迅は次のような言葉をのこしている。「誰であろうと、小康をたもっていた家庭から一変して困窮のきわみに没落する経験をへたならば、その悪路を歩むうち、たいていは世のひとの真の姿を眼のあたりにできることと思う」〔『吶喊』自序〕。清朝末年に生まれた魯迅じしんがそうであった。そしてそのため、当時の封建的旧社会のさまざまな不合理にたいして憎悪をいだき始めたのである。いっぽう乾隆時代の曹雪芹もまた、おなじように「世のひとの真の姿」を眼のあたりにし、そうした姿とそうした姿をつくりだした世の中にたいして憎悪をいだくとともに、おびただしい疑問の渦が雪芹の脳裏にさかまいたのであった。

《原注》

① 詳しくは『紅楼夢新証』七〇一頁を参照されたい。〔訳注（十三）〕。

② この事件はかなり大掛かりなものであったと思われるが、公文書は憚って詳細には記載せず、わずか数語をもって触れるのみで、あまりにも簡略にすぎて事情が分かりにくいため檔案じたいが削除されたものとおぼしい。会計司・掌儀司などはすべて内務府の官司名。およそ内務府には七司があり、規模も制度も政府の六部と同様に整備されていたが、ただし職掌は内々のものであった。

③『永憲録』巻四に見える。

【訳注】

（一）高鶚による「補」――高鶚およびその「補」作については第三十二章参照。ここでの論旨は、現行本『紅楼夢』百二十回の筋立てによれば、賈家が家産を差し押さえられる憂き目にあって（第百五回）のち、その翌々年に宝玉が郷試に合格する（第百十九回）設定になっている点、前引資料とは順次の異なることが前提とされている。

（二）「（康熙五十四年）生まれ」とする仮説――曹雪芹誕生の所謂《乙未《いつび》説》。巻末〈付録一・二〉参照。

（三）親王・貝勒・貝子・諸公――それぞれ清代における宗室爵位。入関以前の崇徳元年の制定では、①親王・②郡王・③貝勒・④貝子・⑤鎮国公・⑥輔国公、の六等とされ「入八分王公」（太祖の天命年間に国政を共議した八名の和碩貝勒を「八分」と称したことに由来する名）と総称されたが、そのご康熙年間における封爵降襲の整備をへ、最終的には、①和碩親王・②世子（すなわち親王の長子）・③多羅郡王・④長子（すなわち郡王の長子）・⑤多羅貝勒・⑥固山貝子・⑦鎮国公・⑧輔国公・⑨不入八分鎮国公・⑩不入八分輔国公・⑪鎮国将軍・⑫輔国将軍・⑬奉国将軍・⑭奉恩将軍、以上十四等の爵位が清朝一代の制度として定着した。ただし、これらは原則として皇族専用の爵位であって、異姓の者（すなわち皇族以外の満人・蒙古・漢人）にたいする爵位としては、⑴一等公・⑵二等公・⑶三等公・⑷一等侯兼一雲騎尉・⑸一等侯・⑹二等侯・⑺三等侯・⑻一等伯兼一雲騎尉・⑼一等伯・⑽二等伯・⑾三等伯・⑿一等子兼一雲騎尉・⒀一等子・⒁二等子・⒂三等子・⒃一等男兼一雲騎尉・⒄一等男・⒅二等男・⒆三等男・⒇一等軽車都尉・(21)二等軽車都尉・(22)三等軽車都尉・(23)騎都尉・(24)雲騎尉・(25)恩騎尉、の二十五等位の「異姓爵」が設けられていた。

（四）宗人府――皇族関係者の事務を管理する機関。唐・宋における宗正寺に相当。清朝においては明代の宗人府（初名は大宗正院）にならって順治九年に設置。官衙としての地位は内閣・六部の上に置かれた。主な職掌としては、皇族戸籍の管理、皇室人員の生計教育、および皇族への功罪賞罰の審議にたずさわり、さらに十年ごとの皇室家系譜である「玉牒」の編纂保管、また皇族官僚の功労者名簿たる「皇册」の作成保存をつかさどった。

（五）荘親王允祿――康熙帝の皇十六子たる胤祿のこと。「胤」字は雍正帝の諱（いみな）に触れるため、帝即位の直後（康熙六十一年十一月）、皇太后（康熙帝の孝恭仁皇后）の懿旨として以後「允」の文字をもって「胤」の字に代えることとされた。

（六）弘晳・弘昇・弘昌・弘晈――弘晳は下文にも示されるとおり康熙帝の廃太子胤礽の第二子で、当時は理親王。弘昇は胤祺（康熙帝の皇五子）の長子。弘昌と弘晈は胤祥（康熙帝の皇十三子）の長子および第四子。

（七）跳神とか扶乩とかの類――それぞれ旧時の俗信にもとづく占術。跳神は、ほんらい蒙古・満州などの諸族間に行なわれていた祭礼で漢族の禘《てい》（おおまつり）に相当し、のちに儀式の一部が民間に流出し巫女による「神おろし」の占術へと変形したもの。扶乩は、由来は不明ながら起源は古く、占師が神堂の屋梁から弓をつりさげ、二人の侍者が両端を把持する弓に乩筆《けいひつ》をぶらさげて砂盤のうえに垂らし、お伺いをたてる者が神符を焼くと、乩筆が動いて神意を砂上に描きだす、という日本の「こっくりさん」に似た占術。両者とも各地に現伝。

（八）内務府――その成立に関しては第四章訳注十五参看。清朝皇室家における内務府は、あたかも中央政府における六部のごとく、皇室の事務万般を司るとともに内務府人員を管理した。内務府の中枢をなすのが内務府堂（堂上ないし本府とも）で、その直属機関として《七司》、すなわち広儲司（いわば戸部）・都虞司（武官および狩猟を管理）・掌儀司（いわば礼部）・会計司（出納および荘園を管理）・営造司（いわば工部）・慶豊司（牧畜を担当）・慎刑司（いわば刑部）の七官司がおかれ、また付属機関として《三院》、すなわち上駟院（御馬を管理）・武備院（武器造備を担当）・奉宸苑（各種園庭を管理）の三部局も設けられ、さらに織造署など諸々の付随機関が内務府堂のもとに置かれていた。

（九）鄂善の事件——雍正朝以来の「倚用の臣下」で当時は兵部尚書ならびに九門提督の職にあった鄂善（康熙期の呉三桂の乱時に雲南総督として活躍した鄂善とは別人）が、乾隆五年の銀両私掘にからんで銀一万両を収賄していたことを御史の仲永檀によって弾劾された事件。ために鄂善は免職のうえ自尽を賜った（乾隆六年四月十五日）。

（十）仲永檀の案件——御史の仲永檀が前掲の鄂善事件を弾劾するに際し、当時の官界の重鎮たる鄂爾泰《オルタイ》（次章参照）の子の鄂容安《オヨンガン》と共謀していた疑惑の発覚した案件。

（十一）「別様檔」——清代内閣が皇帝の「聖旨」を記録した文書のうち、漢票簽処《せんしょ》（漢語公文書の記録所）による漢語の奏摺記録を「別様檔」（乾隆六年以後は「外紀」または「外記簿」）と称した。ちなみに、満票簽処による満語の論旨記録を「上伝檔」（雍正七年以後は「上諭檔」または「上諭簿」）、満漢の両票簽処の合同による満漢合璧の総合記録を「綵綸簿」、とそれぞれ区別して呼びなした。

（十二）今後の研究課題としておきたい——本書第一版の公刊直後に発見された新出資料に関しては第三十三章（第二版出版時に増補）を参照されたい。

（十三）『紅楼夢新証』七〇一頁を参照されたい——同書同頁には、善因楼の刊になる『批評新大奇書紅楼夢』の書中に付された朱批のうち巻頭の一則が紹介されている。本文中に引用される文章はその一節。

〔十〕 満人と漢人

曹雪芹が「綺羅《きら》のころもを身にまとい、美食珍味に飽きはて」〔『紅楼夢』第一回〕ていた貴公子生活にとわの別れをつげたのは、およそ十六、七歳の頃とおぼしい。

繰り返しのべてきたように、彼の家門は代々にわたり内務府包衣《ボーイ》として旗籍に所属し、「富貴」にして「下賤」という一種特異な家系であった。しかしこの時をさかいに、彼の家柄は「富貴」の二文字とは縁もゆかりもなくなり、曹雪芹はその青年時代からというもの、たちまちにして別の世界、すなわち、地位も官職もないまま失意のなかで貧苦にあえぐ満州旗人の世界に身をおくこととなった（一）。

この「異動」により、曹雪芹の人生観と世界観とは目まぐるしく変化してゆく。

そうした曹雪芹を理解するためには、この時期における満州および八旗旗人の概況をあらかじめ把握しておくことが不可欠となろう。

雍正朝においては、皇族への弾圧にしろ粛清にしろ、あるいは彼らの抵抗闘争にたいする制裁にしろ、おそろしく念入りなもので、その諜報活動の峻厳さといい迫害手段の残忍さといい史上に例をみないほどの凄まじさであった。こうした皇室の内訌という醜態劇が乾隆朝初期にまで尾をひいたことは、すでに前文中にあらましを紹介した通りである。いっぽう乾隆帝は、外目にはいくぶん寛大そうに見えはしたが、皇族王公をあしらう手口にしても魂胆にしても、その最初期においては雍正帝となんら変わりはしなかった。こうした状況が直接にまねいた事態はといえば、満州統治集団上層部の急激な分裂にほかならなかった。それにともない、抑圧されていた中下層部も分裂にむかって動きはじめた。のみならず、こうした分裂がすすむにつれて満人内部の漢族化の動きにも拍車がかかり、なおのこと統治者を悩ませたのであった。――清朝統治者は、表向きこそ満人と漢人との待遇にいささかの差別もないことを誇示し、ことさら「満漢一体」の公平さを前面におしだしたものの、実際のところ、漢人を蔑視して満人が漢族の風習にそまることをひどく憎み、人であれ事であれ、満人と漢人とが合流しそうな関係をのこらず断ちきろうと躍起になった。あげくには、古くから八旗に帰属していた「漢軍」旗人にさえ蔑視をつのらせ、行政制度上からもさまざまな満漢分離策をもうけ、すべての漢族血統者に不信をいだくまでにいたった。当然の成り行きとして、漢軍旗人はしだいに八旗集団から離れはじめ、いっぽう満州旗人内部においてすら、こうした政策のもとで結束が強化されるどころか、皮肉なことに分裂と漢族化とがいっそう促進される逆効果がもたらされた。要するに、八旗集団内部の人々の考え方じたい、ますます多様化し複雑化していったわけである。

そんなわけで、乾隆帝は即位するや八旗政策をことのほか重視し、かずかずの改革案をうちだし、さらには詔勅をくだして『八旗満州氏族通譜』(一)を編修させるにいたった。こうした情勢のもと、郡王から貝子《ベイセ》〔前章訳注三参看〕に格下げされていた弘春(二)は、かつて八旗政務に不手際があったため、さらに「貝子を剥奪し出門を禁ず」る処分（この処罰は「在家圏禁」〔第八章訳注九参看〕ではないが外出行動を禁止する処分なので一種の軟禁の代替刑といえよう）を下されているし、正藍旗蒙古副都統の布延図《ブエント》は、「満と漢とを分別し、旗と民とを岐視《きし》〔差別〕す」との理由により厳飭《げんちょく》処分を受けている。また乾隆二年〔一七三七〕から同三年にかけて、包衣の佐領・管領（四）と八旗との通婚を許可〔同二年四月〕するいっぽう、かたや八旗の家奴が「戸《こ》を開く」（すなわち旗主から独立して自活生計の家をかまえる）ことを認可する条例〔同三年六月〕をさだめている。しかも同三年七月には内務府を査察する内務府御史（五）をもうけ、十一月には八旗包衣の科挙受験を漢軍所轄にあらためるよう命じている。①さらに乾隆六年〔一七四一〕十月、かさねて漢軍御史に漢人官員の欠員を回復するよう下命している。――すなわち、漢人官員の制度上の定額数を漢軍人員によって補充するよう下命しているのである。このことは、八旗所属の漢族血統者のことごとくを一般漢人と同等にあつかう方針を、乾隆帝がいっそう鮮明にうちだしたことを意味するものにほかならない。はたして、事態はさらに進展し、同七年四月、漢軍人員にたいする全面的かつ徹底的な措置を講ずる「上諭」が発布されるにいたった。その一節を次にひく。（六）

……朕おもうに、漢軍その初め、もとこれ漢人たりて、従龍《じゅうりょう》〔国祖に随行〕して入関せし者あり。（七）定鼎《ていてい》〔建国開朝〕ののち誠《せい》に投じて入旗せし者あり。また罪によりて入旗せし者と、かの三藩の戸下より帰入せし者とあり。内務府・王公の包衣より転出されし者、および招募したる砲手、過継《かけい》〔養子相続〕せし異姓のもの、ならびに母にしたがい親によりし等の類い、先後して帰旗したるはその情節一《いっ》ならず。そのなか、従龍したる人員の子孫あるは、みなこれ旧《ふる》く功勲ありて歴世すでに久しく、別議して変更するに及ばず。その餘の各項の人員、……もし原籍に改帰するを願う者あらば、それ該処の民人と一例にて保甲《ほこう》〔郷村組織〕に編入するを許す……。

この上諭において、とくに注意すべき点をいくつか記す。まず第一に、この措置は名目上こそ、「朕の意、すこしく変通をなし、もつてその謀生の路《みち》を広げんと欲す」という社会経済上の理由をかかげているものの、関連する諸状況をふまえて経緯をながめるなら、実際問題としては政治的・民族的な政策上の意図もこめられていることである。第二に、「上諭」そのものには、「旗を出ずるを願わずして旧《もと》のまま当差〔服務〕する者はこれを許」し、「なお各員に情願する所の有るやいなやを詢問《じゅんもん》」することが示され、さらにこの措置が、「なべて各員を逐い、これを旗から出だして民となさしめるものには非」ざることが特記されてはいるけれど、しかし同八年四月の、「諭《ゆ》す、漢軍同知および守備以上の任にあるものは民籍に改帰するに及ばず」、という上諭とあわせ考えるとき、文官の同知〔各府の副知事、正五品〕より下位のもの、および武官の守備〔各城市の治安長官、正五品〕より下位のものを旗籍から放逐して民籍にくりいれるこの措置こそ、じつは未曾有の規模をそなえた旗籍人員の分離整頓策にほかならず、その意味するところは、朝廷じたいが、日ましに分裂をつのらせる八旗人員の趨勢をふまえたうえで、しかもそれを規定に明文化することにより合法的に八旗の分裂を促進させたことである。第三に、乾隆帝は旗籍所属の多種多様の漢人たちを列挙するなか、「従龍したる人員の子孫あるは、みなこれ旧く功勲ありて歴世すでに久し」い者（すなわち内務府包衣人も含まれる）として特別扱いし、ほかの一般漢軍とは異なることを示していながら、当の乾隆帝じしん、内務府包衣を「漢軍」と呼びなしていることである。[2] こうした誤称こそ、それが認識上ないし名称上の混乱にとどまらず、乾隆帝の「思想感情」においてさえ、古くから満州に合流し、満州旗下に代々隷属したため抜きがたく満州化して幾久しい自家の奴僕たちまでをも、けっして「身内」とは考えておらず、かえって「漢軍」に帰属すべき人員と見なしていたことを裏付けるものにほかなるまい。この一事からしても、包衣人という身分が、主観的にも客観的にも二律背反の性格をふくむ微妙な立場にあったことを、なにより如実に見てとることができよう。

以上のほか、この時期においては前記のごとく、乾隆帝は着位そうそう八旗政務を整理して『八旗満州氏族通譜』を編纂させているが、それが一段落すると、つづいて満州郎中（中央官庁諸司の長官）の地方長官任用の制、満州進士の知県（県知事）選任の制、奉天（いま遼寧省）州県における旗員選用の制、皇族の進士取得の制、等々の制度規定をととのえ、そのうえ皇族と八旗人員とが「親《しん》にしたしみ族とむつむ」ようくりかえし勅諭し、満州の旧俗遺風を喧伝したばかりか、あわせて『盛京賦《せいけいのふ》』(八)を「御制」して満州の「祖宗の心」を発揚した……。こうした一連の政策は、満と漢、ならびに旗と民とのあいだに境界をもうけることに、まぎれもなく乾隆帝じしんが心血をそそいだ事実を物語っている。そのため、満人を地方長官に登用する新制度を施行するにあたり、給事中の楊二酉《ようじゆう》はいたく憂慮して諫言をのぼしたほどであった。案の定、まもなくして杭世駿《こうせいしゅん》(九)の事件（乾隆八年・一七四三）がおこった。――おりしも考選御史であった杭世駿は、帝からの政策下問にたいし、「意見〔判断〕を先んじて設けるべからず。畛域《しんいき》〔境界〕をはなはだ分かつべからず。満州に才賢多しといえども、これを漢人と較ぶればわずか十の三四たるに、天下の巡撫、(十)なお満漢は参半〔半々〕なれど、総督、(十一)すなわち漢人は一も無し。なんぞ満を内とし漢を外とするや」という見解をつきつけたのである。そのため杭世駿は乾隆帝から、「私心を懐挟《かいきょう》〔腹蔵〕し、あえて（満州を）軽視すること此のごとし」との指弾をうけ、厳重審議にまわされたうえ免職されるにいたった。これは清代史においても著名な事件の一つである。③

しかしながら、事態はけっして統治者が予想したほど、あるいは準備したほど単純なものではなく、統治者のさまざまな深謀遠慮や権謀術数にもかかわらず、当時の歴史的趨勢のもとで、満漢両民族が合流してゆく大潮流をくいとめることはできず、満人にたいする特権的な優遇にしても、彼らが直面していた政治的腐敗および社会的暗黒への不満と憎悪とを解消することはできなかった。――とりわけ憎悪という点においては、満漢両民族が合流してゆくさいの感情的連帯の一大共通項ともなったのである。乾隆二十年〔一七五五〕三月にもちあがった胡中藻《こちゆうそう》・鄂昌《オチヤン》の一大政治事件は、こうした実情を典型的に示したものといえよう。

胡中藻(十二)は広西のひとで、さきの宰相であった満人鄂爾泰《オルタイ》(十三)の門生であり、官をかさねて内閣大学士にまでのぼり、当時は湖南学政に任ぜられていたが、その著作『堅磨生詩鈔』(十四)が乾隆帝による詮議立てをこうむり、書名から片言隻句にいたるまで一々あら探しをされたあげく、ことごとくに風刺憤懣がこめられ国号・時政にたいしても誹謗のかぎりを吹聴するものと断定されたばかりか、彼の出題した試験問題「乾《けん》の三爻《さんこう》は龍にかたどらざる説（十五）」も、「乾隆」と同音の文字をつらねて曲解した批判文（すなわち弘暦〔乾隆帝〕は「これを望むも人君たるに似ず」を意味するもの）と解釈されるにいたった。いっぽう鄂爾泰の甥である鄂昌（十六）は、「満州の世僕」たる家柄の出身であるうえ、かつて広西巡撫に任ぜられていたにもかかわらず、広西のひと胡中藻の「悖逆《はいぎゃく》」を糾弾しなかったばかりか、はんたいに「心を喪《うし》ないてこれと与に唱和し、ひいては同調」したことは、極刑をもってしても償えない重罪とみなされた。その結果、胡中藻は「天にそむき道にもとりしは覆載《ふうさい》〔天地〕の容《ゆる》さぬところ」として処刑され、鄂昌も「恩にそむき逆徒に党《くみ》したり」として自害するよう厳命された（当時の言い方にしたがえば「自尽を賜った」）のであった。しかもこの事件には皇族詩人たる塞爾赫《サルヘ》（十七）の著『暁亭詩鈔』まで巻き添えをこうむっている。そんなわけで、乾隆帝は八旗にたいして勅諭をくだし、「敦僕《とんぼく》なる旧規をあがめることに務め、先民の矩矱《くわく》〔法度〕を失なうことなかれ。もし、名にたよりて読書し、無知なるに妄作し、口にまかせて吟詠し、みずから囂陵《ごうりょう》〔世俗〕の悪習にそまる者あらば、朕、必ずやその罪を重く治めん」と言いわたしたほどであった。さらに胡中藻・鄂昌の一件が落着してから、かさねて勅命をくだして次のごとく念をおす。

> 満州、もと性は樸実たりて虚名につとめざれば、すなわち漢文に通暁せんことを欲するも、わずかに清語・技藝を学習する暇《いとま》に、いささか心に留むるに過ぎざりしのみ。近年、満州は漢習に熏染《くんせん》し、つねに文墨に長ずるを思い、ならびに漢人と同年行輩《こうはい》〔科挙合格の次序〕を較論して往来する者あるは、ことさら悪習に属す。……（鄂昌は）また史貽直《しいちょく》（十八）が彼の伯父たる鄂爾泰の同年の挙人なるをも

ち、よつて漢人の習にならい「伯父」と呼びなす。卑鄙なること此にいたりても、なお人の類いに比すべきや。これらの習気、いたく懲治を加えざるべからず。以後、八旗満州たるもの、すべからく清語・騎射をもつて務めと為すべし。……もし漢人とたがいに唱和し、同年行輩を較論して往来する者ありて、ひとたび発覚したれば、決して寛貸《かんたい》〔容赦〕せず。本諭を部院・八旗に通行せしめ、これを知らしめよ。

——〔乾隆二十年五月十七日上諭〕

これいらい八旗の満人においては、詩を作ることも漢文を学ぶことも犯罪とみなされ、漢人との文学交際・結友関係・兄弟呼称のことごとくが「国法」の禁ずるところとなるにいたった。

かくして、封建的統治者は文学活動を骨抜きにしたばかりか、満人と漢人との離間策をめぐらしたわけである。満人の紓坤《じょこん》は『批本随園詩話』のなかに次のような逸話を書きのこしている。「時帆《じはん》の詩才たるや、近来の旗人中第一なり。かつて京察《けいさつ》〔中央官抜擢〕をもつて引見されしに、高宗〔乾隆帝〕、その漢人の習気に沾染《せんせん》したるを悪《にく》み、もつて記名〔登用〕せず」〔補遺巻六〕。時帆とは、ほかでもない内務府包衣旗人の蒙古のひと法式善《ほうしきぜん》（十九）のことで、まぎれもなく旗人のなかの最重要の詩人のひとりであった。しかも「漢人の習気に染まる」という点からするなら、じつのところ乾隆帝じしんこそ、まさしく恥ずるところなき天下の第一人者というべきで、あらゆる時いかなる場所においても題詩作字をほどこし、のべつまくなしに筆墨をふるい、古人の書軸画巻のうえにも、名園の湖石山谷のたもとにも、彼のいわゆる「壁のしみ」である御宸筆がくまなく残されている。これこそ「州官の放火はゆるすも、百姓《ひゃくせい》の点灯はゆるさず」〔『紅楼夢』第七十七回にも見える俗諺〕というべきところであろう。

以上のような事実経過については、もちろん従来の歴史家たちも目を向けてきたことではあるが、残念なことに例外なく、清代における満漢両民族の相剋および旗人制度下における漢人抑圧、という側面を強調するための歴史事例としてばかり運用されてきたため、こうした事実経過にふくまれている真の歴史的意義がしばしば見おとされる結果となり、もう一方のさらに重要な側面、すなわち、八旗満州集団の内部分裂および満漢の合流、という側面から歴史事実を把握することができなかったように思われる。したがって、乾隆帝崩御の十余年ののち、嘉慶帝が勅命をくだして宗室《そうしつ》および覚羅《ギョロ》姓のものたち〔二十〕と漢人との通婚を禁止するにおよぶや〔嘉慶十八年六月〕、すぐさま「林清《りんせい》の大逆」〔二十一〕〔同年九月十五日〕という重大事件が勃発するにいたった原因などについて、たちまち解釈不能におちいりかねないのである。④——この大逆事件は、畿南〔北京南方〕の八卦《はっけ》教の首領林清が滑県〔河南省〕の教首李文成《りぶんせい》と手をむすび、さらに漢軍旗人である曹綸《そうりん》・曹福昌《ふくしょう》の父子〔二十二〕の加勢をえ、そのうえ宮中の劉得才・劉金・張太・閻進喜をはじめとする多くの宦官、および御書房の「蘇拉《スラ》」〔無位無官の満州人下僕〕たちが内部から呼応し、わずか数十人をもって皇城に侵入し、まっしぐらに内宮奥ふかく進攻したものであった。この事件は計画不備にくわえ決行拙劣であったにもかかわらず、皇室の王公近侍のものが昼夜をおかず両日にわたって死力をつくし、やっとのこと掃討「平定」できた騒乱であり、皇帝の宝座すら一時は転覆しかかったわけで、その衝撃には甚大なるものがあった。このため嘉慶帝〔おりしも熱河避暑山荘から帰京途次〕（当初は北京に帰還する勇気すらなかった）は『己れを罪《つみ》する詔』〔同年九月十七日〕を発布し、なおかつ「寇賊の叛逆するは、いずれの代にかこれ無きや。今、事の起こること倉卒たれば、騒擾の宮禁におよびしこと巷間につたわり、人の聴聞を駭《おどろ》かしめたり。朕の不徳にあらざれば、何をもつてか此にいたるや」〔同月二十日上諭〕という本心を吐露せざるをえなかった。——しかしながら、この大逆事件はけっして突然に起こったものでも偶然に持ち上がったものでもなく、統治集団内部における深刻な分裂状態の、なにより明々白々たる具体例にほかならなかった。

曹雪芹を解説するにあたり、こうした出来事を細々と紹介することは「脱線」のようにも思われようが、それは「横道」と「本道」とをどう捉えるかという問題にむすびつく。たとえば、清のひと陳其元《ちんきげん》の『庸閑斎筆記』(二十三)（巻八）には次のような一節がみえる。

淫書は『紅楼夢』をもつて最たるものとす。けだし痴なる男女の情性を描摸《びょうも》するも、その字面には絶えて一つの淫の字をもあらわさず、人をして目想神遊せしめ、しこうして意を淫にうつさしむ、いわゆる「大盗は戈矛《かぼう》〔武器〕をあやつらず」なり。豊潤〔河北省〕の丁雨生《ていうせい》、江蘇の中丞巡撫たりし時、禁書を厳行するも、にわかには絶やすこと能わざるは、すなわち文人学士おおくこの書を好みし故《ゆえ》をもつてなり。余、弱冠のとき杭州にて読書せしに、聞くならく、某賈人《こじん》〔商家〕の女《むすめ》あり、明艶にして詩に工《たくみ》なるも、『紅楼夢』を酷嗜したるによって瘵疾《さいしつ》〔肺病〕を成すにいたり、まさに緜《めん》惙《てつ》〔危篤〕たらん時、その父母この書をもつて貽禍《いか》〔禍根〕となし、これを取りて火に投じたれば、女は床《とこ》にあれど、すなわち大いに哭していわく、「奈何《いか》んせん、わが宝玉を焼殺したり」と。ついに死す。杭州の人つたえて笑をなす。この書、すなわち康熙年間に江寧織造たりし曹練（楝）亭の子、雪芹の撰する所なり。⑤練亭は官に在して賢声あり、……嘉慶年間にいたり、その曽孫たる曹勲《そうくん》が貧のゆえをもち林清の天理教に入り、林が逆をなしたれば、勲もまた誅せられ、その祖宗をくつがえす。世のひと以為《おもえら》く、この書を撰したる果報たり、と。⑥

これは林清事件と曹雪芹とを関連づけた文献である。ここに記された曹勲とは、つまりは曹綸のこと。歴史家の考証にしたがえば、曹綸は漢軍正黄旗に所属し、その祖父の兄にあたるひとは名を瑛《えい》といい工部侍郎に任ぜられた官人で、「曹寅」と「曹瑛」の発音が似ているため混同されたものと思われ、じっさいには正白旗包衣人であった曹雪芹とはまったく無縁の人物とされる。純粋な考証学、ないし単純な正誤論からのべるなら、もちろん歴史家の分析は正しい。しかしながら、当時一般の世情心理、および八旗集団内部における漢族旗人の思想的分裂という実情をふまえて述べるとすれば、前引筆記に書きのこされたような、天理教の大逆と曹雪芹の『紅楼夢』執筆という二件事を一つに結びつけてしまう発想そのものに、やはりそれなりの社会的意味があるのであって、注目に値いするものと判断せざるをえない。⑦したがって、事件の経過をもうすこし略述するなら、曹綸・曹福昌父子の事件関与が発覚してから、前後して彼らの監督責任者である都統〔八旗各軍の長官〕の祿康《ルカン》はもちろんのこと、副都統たる裕瑞《ゆうずい》（二十四）（すなわち『紅楼夢』および曹雪芹の人柄についても記録をのこしている『棗窗閑筆《そうそうかんぴつ》』の著者）も、ともに皇族の資格を剝奪されたうえ、東北地方への即日放逐ならびに官界からの永久追放という処罰をこうむり、さらに前任の監督者であった福慶《フチン》・徳麟《デリン》・拴住《ソンジユ》たちも責任をとわれ、あるものは免職、あるものは罰俸に処せられ、しかも参領・副参領の職にあった者たちまで全員逮捕されて刑部の審議にまわされた。のみならず、「直隷地に屯居《とんきょ》〔圏地群居〕したる漢軍旗人は州県の管轄にゆだね、民人と同じく保甲に編入す」〔同年十月廿七日上諭〕との勅命がくだされたのであった。……この下命は、漢軍旗人を根こそぎ八旗外の部署にくりいれ、にどと帝室みずからの配下とは見なさないことを意味するものにほかならなかった。そればかりか予親王裕豊《ゆうほう》も、その所領である桑岱《そうたい》村の領民のうち、「包衣の閑散〔無位無官〕たる陳爽《ちんそう》（この事件の重要人物の一人）ら悪にくみせし多人、率先して逆をほしいままにし、九月十五日、紫禁城内にて謀叛したり」との罪条により罰俸十年に処せられ、あわせて、「各王および貝勒《ベイレ》・貝子《ベイセ》・諸公ら、以後おのおの所属の包衣佐領人らの稽査に留心し、……断じてしばしの隠匿をも許すべからず」〔同年十月廿日上諭〕という勅命が発せられた。（裕豊はのちに、自家の包衣である祝海慶が邪教叛徒の祝現と同族であることを隠蔽しようとしたため、王の爵位を剝奪されたうえ「王府外の空房に蟄居《ちつきょ》して出門を禁ず」との処分をうけている。ほかでもなく裕豊は『棗窗閑筆』を執筆して雪芹に関する記述をのこした裕瑞の兄であり、多鐸《ドド》の六世孫でもあった。）こうした出来事の全貌からして、なにより歴然と浮き彫りにされることは、当時の一部の八旗包衣・漢軍兵卒・宮中宦官・蘇拉《スラ》などの統治集団の下層人員、ないし奴僕階層〔天理教首領の林清も「家僮《かどう》」（子供の家奴）出身）のものたちが、たがいに民衆と結びついて秘密の叛乱組織にくわわり、行動をもって清朝の統治を転覆させようとした事実である。[8] いみじくも嘉慶帝じしん、『己れを罪する詔』のなかで「変は一時にして起こるも、禍は日をかさねて積もる」と述べているとおり、民衆に比較的ちかい立場にあった下層旗人たちは、絶望的な統治層の抑圧にたいする不満と悲憤から、ついには叛乱決起にくわわる勇断をくだしたわけであった。これは当時の封建的時代においてはゆゆしき非常事態であって、こうした人々の思想上の分裂が日ごとに進んだあげく、どれほど深刻な局面に立ちいたっていたかを見るに足りよう。

ここで確認しておくべきことは、清代の封建的社会における内部闘争の中核をなしたものが、満人入関後の初期においてはやはり民族間対立であったのにたいし、乾隆朝にいたると、その闘争は民族間対立を孕みながらも、中心はすでに階層間対立に移行していたことである。八旗集団に即していうなら、下層の旗員は上層の旗主・旗兵の強圧的支配下におかれていた。すなわち、下級旗兵たち、および軍事にしたがわず農耕にだけ従事する旗民（「餘丁《よてい》」と称された）たちは、苛酷な専制的支配と圧迫のもとに虐げられていたわけで、そのため種々の形で抵抗がこころみられ、逃亡やら旗籍離脱やら納税拒否やら、さらには個人的な統治者暗殺の企てなどをへ、最終的には組織的な武装蜂起への参加にまでいたったわけである。階層上の対立という側面から経過をながめるとき、旗人分裂と満漢合流という事態にふくまれる原因と意義とが、なおのこと明確に理解できよう。

以上のことは、けっして曹雪芹「こそ」曹綸の「先駆者」であるとか、あるいは曹雪芹が曹綸とまったく同じ「天理教思想」の持ち主であったとか、そうしたことを主張するものではなく、ひとえに、曹雪芹のような包衣旗人が一般的にそなえていた日常意識と、そうした意識を生みだすにいたった思想的来源を摸索するにあたり、当時の八旗人の分裂状態を把握しておくことが、そのための参考となることを指摘したにすぎない。ほかでもなく、かの時代の有為転変として激動する下級旗人のさなかにあったからこそ、思想家にして作家である曹雪芹のごとき人物が、はじめて誕生することができたものと考えられるからである。その意味からも特筆しておかねばならないことは、曹雪芹の友人のひとりである張宜泉《ちようぎせん》は、その著『春柳堂詩稿』の中にみずから記している若干の事跡から察するに、思想的にかなり「過激」な漢軍ないし内務府包衣旗人の一員であったらしいことである。この件に関しては後文〔第二十四章〕において取り上げたい⑨。

《原注》

① 清の『皇朝文献通考』巻四十八〈選挙考・二〉によれば、「乾隆三年、議准す。包衣人員には、投充せし荘頭《そうとう》〔荘園頭〕子弟の内務府管轄に属して上三旗に編入されし者あり。また旧漢人の内務府管領下にある者、および五旗王公所属の包衣旗鼓佐領内にある者あり。これらは原《もと》これ漢人なるも、満州都統の咨送《しそう》〔選考〕による者なれば、つねに満州の額内にて中式〔合格〕せし者あり。ことごとく改正を行ない、なべて禁止を厳行せんことを命ず」、とある。また巻六十四〈学校考・二〉には、「〔乾隆四年〕清、満州と漢軍との籍貫《せきかん》〔戸籍〕の制をあらたむ。以後、内務府および王公府所属の人員の考試のとき、内務府および八旗満州都統は、該官に逐一稽察《けいさつ》せしむべく

厳命につとめ、それ、投充せし荘頭子弟、および内務府管領下と下五旗王公府所属の旗鼓佐領内の旧漢人（すなわち入関以前に旗籍に入った漢人）とにつきては、ひとしく別冊にて送部し、漢軍額内の考試に帰入すべし。漢軍考試に帰すべき人を満州冊内に造入して咨送したる者あらば、該官たる都統および佐領を蒙溷《もうこん》造冊〔公文書濫用〕の例に照らして治罪す」、とみえる。こうした史料からしても、乾隆初期いらいの満漢弁別政策がいかに厳格なものであったか見てとれよう。しかもこれ以降、内務府包衣人はまったく「漢軍」同様に扱われることとなったのである。このことは、清代政治史における最重要の一件であるにもかかわらず、研究者は依然としてこの事件の本来の意義を理解できず、あいかわらず、包衣人を「満州」と称すべきか「漢軍」と称すべきか等々、皮相な議論に終始している。次注を参照されたし。

② 内務府旗籍にある漢姓人を「漢軍」と呼びなすような誤称は、乾隆以前においては極めて稀であった。乾隆以後、しだいに混乱して不分明となり、はては旗人自身さえ誤称を用いるまでにいたった。しかし制度上からするかぎり、「内務府旗漢姓人」と「漢軍」とは全く異なる二つのものであって、その身分にも大きな隔たりがあった点からしても、旗人研究にあたっては最大限注意して弁別する必要があろう。たとえば楊鍾羲《ようしょうぎ》の『来室家乗』には、彼の先祖で内務府旗籍にあった人が、引見されたときに満語が未熟であったため、勅命により漢軍旗におとされた事例が紹介されている。（歴史事例としては、康熙年間の三藩の乱時に、一部の漢軍人員を内務府の下役として配属させた例があり、また雍正年間の漢軍整備の際には、内務府包衣人を上三旗の欠員額内に充当させた例がある。）この件に関し、補足しておくべき事項が二つある。一つは、こうした区別をまるで理解しない方々が曹雪芹の家柄を「漢軍旗」に属するものと誤認すること。もう一つは、内務府の漢姓人が「漢軍」と称され「満州」とも称されるのであるから「実質的には全く同一のもの」であると見なし、したがって、このように名称を混用しても「いささかの混乱も生じない」と考えることである。しかしながら、後者の主張は比較的後期における誤

称の事例に流された考え方であって、実のところ、それが混乱以後の事態であることを知らない人々の主張である。錯誤によって錯誤を立証してはならない。さらに重要なことは、歴史における呼称混乱の事実を確認することと、これらの混乱誤称の弁別を考究することとは、全く異なる二つの事柄であって、しかも後者はわれわれの責任範囲にあることである。

③ 参考として龔自《きょうじ》珍《ちん》による『杭大宗逸事状』の一節をつぎに掲げる。「大宗〔世駿の字〕、筆を下すや五千言をなす。その一条に云わく、『わが朝は統一されて久し。朝廷は人を用うるに、よろしく満漢の見を滅すべし』と。この日、勅旨により刑部にわたされ、刑部は死罪を議定す。……乙酉の歳〔乾隆三十年〕、純皇帝〔乾隆帝〕南巡し、大宗が駕を迎うるに、召見して問う、『汝、何をもつて生けるや』と。答えて曰わく、『臣世駿、旧貨攤《たん》〔骨董品の露店〕を開かん』と。……帝は大笑し、『売買破銅爛鉄』〔ガラクタ商売〕の六文字を手ずから大書してこれに賜う。癸巳の歳〔乾隆三十八年〕、純皇帝南巡し、大宗が湖上にて駕を迎うるに、帝は左右を顧みて曰わく、『杭世駿、なお未だ死せざるや』と。大宗、舎に返り、この夕に卒す」。この記載には、このうえない森厳冷美の趣きがただよう。杭世駿が乾隆帝から憎悪されるにいたったのも、じつは世駿が度重なる南巡に反対したことに起因する。

④ これ以前〔嘉慶八年〕にも、「孤身の男子」とされる宮室廚房人の満州人陳徳《チエンデ》〔成得とも〕が刀を持って「駕を犯す」という「異事」が起こっている。陳徳は八卦教徒であった。

⑤ 雪芹を「練亭の子」とする説は、そもそも袁枚の『随園詩話』のなかの誤謬に由来するものと思われる。「楝」の字を「練」と誤記することも袁枚に始まるからである。既述のとおり、「楝亭」とは雪芹の祖父曹寅の別号。

⑥ 毛慶臻《もうけいしん》の『一亭考古雑記』も次のように記す。「乾隆八旬〔八十歳〕の盛典〔乾隆五十五年・一七九〇〕ののち、京板の『紅楼夢』、江浙〔江蘇浙江〕にて流行し、毎部とも数十金たり。翻印の日々に多きにいたり、低きもの二

両に及ばず。その書、『金瓶梅』にくらべ、ますます奇、いよいよ熱たりて、露わならざることに巧みなれば、士大夫は愛玩して鼓掌し、閨閣に伝入するに毫も避忌《ひき》すること無し。作俑者《さくようしゃ》〔悪弊の開祖〕たる曹雪芹、漢軍の挙人なり。……しかるに、陰界〔冥土〕に入りし者、つねに地獄の雪芹を治めること甚だ苦たるを伝うるも、人また憐れまず。けだしその身心性命を誘壊《ゆうかい》したる者、業力はなはだ大なれば、仏教の天堂にのぼることと、まさに反対をなしたり。嘉慶癸酉〔同十八年〕、林清の逆案をもつて牽《ひ》かれし都司の曹某、凌遅《りょうち》の刑をうけて族をくつがえしたるは、すなわち漢軍雪芹の家なり。余、始めその叛逆隠情に驚きしも、すなわち天の報ゆるに陰律〔冥界の法〕を以ってするのみならん。風教をやぶりし者、その罪いずくんぞ逃れんや」。また陳六舟《ちんりくしゅう》の『談異録』にも次のように記される。「（雪芹の）子孫、王倫の逆案におちいりて刑に伏し、後〔後裔〕は無し」。

⑦ あえて参考のため一例を挙げるなら、天理教徒の叛乱の鎮圧にあたった那彦成《だげんせい》は、奇しくも『紅楼夢』嫌いの最たる人であった。

⑧ 統治集団の上層部においてさえ、分裂化の免れられなかった例としては、前述した予親王裕豊などがその代表的人物であるが、さらに『嘯亭雑録』中の「大逆事件」に関する詳細な記述にしたがうなら、その著者たる昭槤《しょうれん》が理解に苦しむほど、「教匪」〔謀叛の教徒〕の捜索にたいして一部の皇族が奇妙なまでに冷淡な態度を示したことが一再ならず言及されており、おなじく皇族の前の大学士である祿康《ルカン》にいたっては、「その心じつに測りがたし」〔巻六〈癸酉之変〉〕とまで評されている。その後、さらに覚羅常鼐《チャンナイ》〔康熙朝に両淮総督をつとめた常鼐とは別人〕が満人の尼莽阿《ニマンガ》とともに邪教に帰服した事件も起こっている。

⑨ ほかに満州人小説家である和邦額《ヘボンゲ》の一例をひき、参考に供したい。蔣瑞藻の『花朝生筆記』は次のように記す。「乾隆年間、満州県令の和邦額なる者あり。『夜談随録』一書を著わし、みな鬼怪不経の事なれば、『聊斎志異』の轍にならわんとするも、文筆粗雑にして殊《こと》に及ばざるなり。しかれども陸生柟の獄〔本書第三章参照——引用者〕

を記すに、すこぶる直筆を持して隠諱《いんき》する所なきは、また能《よ》くし難きことなり。かの族人の手に出づること、とりわけて得がたし。『嘯亭雑録』〔続録・巻三〕いわく、『和邦額の此の条、ただちに悖逆《はいぎゃく》の詞をなして不法を指斥するも、すなわち敢えて公然と世に行なわれ、はじめ論劾するもの無し。僥幸の至りというべし』と。又いわく、『その狐《こ》と友となりし者を記して、汝らと友となりたれば終には害せらる、と云えるは、用意荒謬たり〔和邦額が「狐」をもって「胡」を暗示し、「汝ら」によって満州「胡人」を表わしていることを指す〕』と。礼親王が書を著わせば、いずくんぞ云わざるを得んや。そもそも人の度量のあい越ゆること、何ほどそれ遠なるや」〔『小説考証・続編』巻一に見える〕。和邦額もじつは内務府籍の人で、永忠《えいちゅう》〔清の宗室。曹雪芹についても〈墨香に因りて紅楼夢小説を観るを得、雪芹を弔う三絶句〉詩をのこす〕の詩稿〔『延芬室稿』抄本〕のなかに彼の題句がおさめられている。

【訳注】

（一）身をおくこととなった――「貧苦にあえぐ満州旗人」について補足。そもそも満州族はその入関に際し、華土における満州族所有地確保のため土地の没収ないし接収、所謂「圏地《けんち》」を行なった。そして朝廷の公用地「官荘」を設定したほか、満州各員に分配された接収地は「旗地《きち》」と称され、旗人の生活の経済的基盤をなす各家の「荘園《そうえん》」とされた。しかし旗地は有限であるのにたいし旗員の人口数は時代とともに増大したため、土地不足に起因する八旗人の生活苦という深刻な社会問題に直面した。こうした経済問題は圏地のほぼ停止された康熙二十年代から急浮上し、下文にも説かれるように乾隆朝におよんで八旗人員の「人減らし」政策のやむなきに至った。劉家駒『清朝初期的八旗圏地』（〈国立台湾大学文史叢刊〉之八・一九六四）あるいは楊学琛・周遠廉『清代八旗王公貴族興衰史』（遼寧人民出版社・一九八六）等に詳しい。ちなみに『紅楼夢』第五十三回にも、賈家の荘園頭の烏進孝《うしんこう》が寧国府に年貢を納めにくる興味深い場面が描きこまれている。

（二）『八旗満州氏族通譜』――雍正十三年に即位直後の乾隆帝が纂修を命じ、乾隆九年に成った欽定書。八十巻。編纂当時までの満州八旗所属各員の系譜を、姓ないし本籍ごとに集成。満文本と漢文本と両種あり。

（三）弘春――康熙帝の皇十四子たる胤禵の子。雍正九年に貝勒、同十一年に泰郡王に封ぜられたが、翌十二年に軽佻な行動を責められて貝子に降格。

（四）包衣の佐領・管領――「佐領」は第四章に説かれた「牛彔額真」（天聡八年に「牛彔章京」ニルイ＝ジャンギンと改称）の漢名。うち八旗都統属は正四品、各王府所属は従四品。「管領」は一般的には各王府（すなわち下五旗所属）の執事官のことで正六品。内務府（すなわち上三旗所属）の管領は「内管領」とも称され正五品。

（五）内務府御史――内務府稽査御史のこと。はじめ雍正元年に創置されたが同十一年に廃止され、乾隆三年にいたり都察院から稽査官を派遣するかたちで復活された。

（六）一節を次にひく――この前後の文脈は、言うまでもなく清朝官制における《満漢同数》の原則を前提として問題を論ずる。《満漢同数》とはいうものの、八旗人員内の漢族を満漢いずれに数えるか、等々の社会情勢と微妙にからむ難問がひそむためである。

（七）三藩の戸下――康熙十二年（一六七三）にはじまり同二十年（一六八一）に鎮圧された《（後）三藩の乱》の呉三桂・尚之信（尚可喜の子）・耿精忠（耿仲明の孫、継茂の子）らの三藩（雲南・広東・福建）の故地のこと。

（八）『盛京賦』――乾隆八年の七月から十月にかけ、乾隆帝が皇太后を奉じ、清国開祖の墓陵のある入関以前の満州国都「盛京」奉天（清の陪都、いま瀋陽市）に行幸した際、満州旧制の醇風美俗を賛美して御製した「賦」。「序」を冠し本篇は二千九百余字。

（九）杭世駿――一六九八～一七七三。浙江仁和の人。字は大宗。雍正二年の挙人。経史・詩文に精通した碩学で、乾隆朝下で編修となり武英殿十三経二十四史を校勘し『三礼義疏』を編纂す。乾隆八年にいたり、下文にも説かれるように政見を批判されて免職。

（十）巡撫——明清期における地方長官（従二品）。清にては一省一巡撫の制が確立され、清代のほぼ全期に八総督・十六巡撫が置かれ、直隷はじめ四省が総督の専管地、山東はじめ三省が巡撫の専管地、ほか十三省は両者の所轄とされた。巡撫は文官で民政を主としたが、総督の無任地では軍政をも兼担し、地域により河道・塩政・茶馬の政務をも兼職。

（十一）総督——明清期における地方最高長官（正二品）。巡撫が一省ごとであるにたいし、二・三省ごとに一総督が置かれ、清中期に直隷・両江・閩浙・湖広・陝甘・四川・両広・雲貴の八総督を設置。総督は始め軍政を主としたが、総督専管地では巡撫職をも兼任し、また地域ごとに様々な官職を兼担するのが常であったため実務において総督というは略称と見るべき。

（十二）胡中藻——？～一七五五。江西新建の人。堅磨生と号す。鄂爾泰の門生。乾隆元年の進士。内閣大学士を授かる。広西学政・湖南学政をはじめ各地の学政官を歴任したが、同二十年に『堅磨生詩鈔』が摘発されて以下の筆禍事件を招いた。

（十三）鄂爾泰——一六七七～一七四五。満州鑲藍旗の人。姓は西林《シリン》覚羅。字は毅庵。雍正初年以来の権臣。雲貴総督として活躍。雍正十二年に保和殿大学士。乾隆朝下においては満州官僚の重鎮として、漢族官僚の領袖たる張廷玉とともに官界における二大朋党を形成。乾隆八年、その子たる鄂容安《オヨンガン》の罪（前章訳注十参看）を引責して退官。

（十四）『堅磨生詩鈔』——その書中には、「一世に日月無し」「また一世を降して夏秋冬」、あるいは「斯文は蛮を被らんとす」（ちなみに満州人は漢人を「蛮子」と、また漢人は満州人を「達子《ターツ》」と蔑称）などの語が多見される。

（十五）「乾の三爻は龍にかたどらざる説」――「乾」「爻」ともに『易』の用語。『易』の解釈は千差万別であるため要点のみを記す。現行の『易』すなわち『周易』の卜筮法は⚊（陽爻）と⚋（陰爻）との二種の棒（「爻《こう》」と称す）六本を用い、その組み合わせ（「卦《け》」と称す）六十四種によって示される。ただし冒頭の「乾」卦䷀にも「乾下、乾上」と注される通り、『周易』以前の古い易では三本の爻による八種の卦（いわゆる「八卦」）しかなく、この古易の八卦を下段（内卦）と上段（外卦）とに組み合わせることによって『周易』の六十四卦が生まれた。しかも『易』〈説卦伝〉によれば、三爻を用いる古易の「乾」卦☰は、動物としては馬をあらわし、必ずしも「龍」を意味しなかった。これが字義上の「乾の三爻は龍にかたどらざる説」の主旨。

（十六）鄂昌――?～一七五五。満州鑲藍旗の人。鄂爾泰の甥。雍正六年の挙人。雍正年間に甘粛布政使・陝西巡撫を授かり、雍正十三年に罪を得たが程なく赦免。乾隆朝下でも広西巡撫・陝甘総督・江西巡撫を歴任し、甘粛巡撫の在任中に胡中藻事件が発覚。

（十七）塞爾赫――?～一七四七。賽爾赫とも。努爾哈赤の次弟たる穆爾哈斉《ムルハチ》の三世孫。字は暁亭ないし慄菴。北阡と号す。康熙三十六年に奉国将軍に封ぜられ、官は総督倉場侍郎。その没後、乾隆二十年三月の鄂昌邸の家宅捜査にさいし、その著『暁亭詩鈔』中に国事犯たる人の妾姫を讃える詩作が見出だされ非難を受く。

（十八）史貽直――一六八二～一七六三。江蘇溧陽の人。字は儆弦。康熙三十九年の進士。康熙年間に侍読学士。雍正朝下で吏部侍郎から戸部尚書に累遷。雍正帝に重んぜられ事を糾明すること無数。帝ために賜衣を遺す。乾隆年間に鄂昌事件に関わり一時退官帰郷。乾隆二十二年の南巡時に勅命により文淵閣大学士に復職。太子太傅を加えらる。

（十九）法式善――一七五三～一八一三。蒙古正黄旗の人。姓は伍堯氏。原名は運昌。字は開文。時帆ないし梧門を号とし、詩龕また陶廬を書室名として名画法帖を多蔵す。乾隆四十五年の進士。日講起居注官・翰林院侍読士・国史監祭酒を歴任。蒙古出身の清代詩人として最も名高い。

（二十）　宗室および覚羅姓の者たち——皇族の中でも、努爾哈赤の父たる塔克世《タクシ》の嫡系子孫たる直系皇族は「宗室」と称され、姓は愛新覚羅《アイシンギョロ》。いっぽう傍系皇族は「覚羅」を姓とした。両者は峻別され、宗人府の玉牒においても宗室は「黄册」に、覚羅は「紅册」に収録。第十六章および第十七章を参照されたい。なお「愛新覚羅」は「大金国（の血筋をひく）覚羅」の意。また「覚羅」は『清文鑑』によれば「獐（ノロ）の一種」と説かれ、『建州聞見録』所伝の《犬祖伝説》と関係ありとされる。

（二十一）　「林清の大逆」——嘉慶十八年における「八卦教の乱」のこと。第二章前出。

（二十二）　曹綸・曹福昌——『清史列伝』巻八十〈曹綸伝〉は子の名を曹幅昌に作る。

（二十三）　陳其元の『庸閑斎筆記』——陳其元は浙江海寧の人。字は子荘。庸閑斎と号す。その著『庸閑斎筆記』十二巻は、志怪小説ながら野史雑伝として民間俗事をも収録。一粟『〈古典文学研究史料彙編〉紅楼夢巻』もその書中から二条を引く。

（二十四）　裕瑞——一七七一～一八三八。姓は愛新覚羅。思元斎主人と号す。予通親王たる多鐸の五世孫。予良親王たる修齢の第二子。母は富察《フチヤ》氏富文の娘とされ、したがって明端・明琳の甥にあたり、曹雪芹の知人の身内と考えられる人物（巻末〈図表・一および四〉参照）。その著『棗窗閑筆』は曹雪芹ならびに小説『紅楼夢』に関する重要資料の一つ。なお後文にみえる予親王裕豊は本文に説かれるごとく裕瑞の実兄。

〔十一〕 正邪の両具

曹雪芹が、はたして「天理教思想」(一)に染まっていたかどうかは定かでないし、ましで彼は、かならずしも身を挺して「大逆」を武力断行するような、そういう類いの英雄豪傑ではなかったようである。しかしながら、彼が別種別様の「叛逆」的思想と「叛逆」的性格とを身にそなえていたことは、おなじ重みをもって、十分に注目されなければならない。こうした思想と性格の持ち主でなかったとしたら、『紅楼夢』という小説の創作など出来るどころか、夢にも思いつかない仕事であったにちがいないからである。

そこで、彼のこうした思想と性格とは一体どのようなものであったか、それを次に検討しなければなるまい。しかし、このテーマについての全面的解答を示そうとするなら、おそらく『紅楼夢哲学思想研究』といったような大部の専門書を出さなければ収まりがつかず（なぜなら『紅楼夢』だけが今日つたわる曹雪芹の唯一の著作なのである）(二)、この小著においてはとても扱いきれない厖大な作業となろう。ただし、その特徴的な一、二点について略述することは、本書においても可能なことであるし、また本書にふさわしいものと信ずる。

『紅楼夢』を読んだことのある読者なら、その開巻まもなく、次のような重要な会話のやりとりがなされたことを御記憶のことと思う。

そこで雨村〔賈家の縁者の賈雨村のこと〕は説きおこし、

「およそこの世に生まれた人というものは、大仁者と大悪人の二種をのぞけば、あとは似たりよったりでね。大仁者とは、つまり正運のもとに生まれついた人のこと。大悪人とは、つまり邪運のもとに生まれついた者のこと。正運はこの世に泰平をもたらし、邪運はこの世に変乱をもたらす。たとえばだ、堯・舜・禹《う》・湯王・文王・武王・周公・召公・孔子・孟子・董仲舒《とうちゅうじょ》・韓愈・周敦頤《しゅうとんい》・程氏兄弟・張載・朱熹など（三）というかたがたは、すべて正運のもとに生まれついた人たちだ。はんたいに、蚩《し》尤《ゆう》・共工・桀王《けつおう》・紂王《ちゅうおう》・始皇帝・王莽《おうもう》・曹操・桓温《かんおん》・安禄山・秦檜《しんかい》と（四）いったひとびとは、すべて邪運のもとに生まれついた者たちだ。だから大仁者は天下に泰平をもたらし、大悪人は天下に変乱をもたらす。それというのも、清明霊秀なるものこそ天地の正気であって、仁の人は生まれながらにこれを具えている。ところが、残忍偏屈なるものが天地の邪気であって、悪の人はこれを生まれつき具えておる。おりしも、いまは隆盛長久の御代のもとの太平無事の御時世であるからして、清明霊秀の気をそなえた人たちが、上は朝廷から下は草野にいたるまで、いたるところに溢れんばかり。そんなわけで、あまった秀気は落ちつき先さえままならず、あげくには甘露となり薫風となって津々浦々にまで行きわたっているわけだ。いっぽう、残忍偏屈な邪気のほうはといえば、この青天白日の世の中では好き勝手にのさばることもできず、しかたがないので凝り固まり、深山幽谷の奥底などに埋もれてはいるものの、時おり風にあおられたり雲にこづかれたりしたはずみで、どうかすると動きだしそうになることがあって、たとえほんの少しでも誤って世の中に漏れ出したりすると、そいつが折りあしく、たまたま通りかかった秀気に鉢合わせしようものなら、正は邪をゆるさず、邪もまた正をねたむ、というわけで互いに一歩もあとには引かない。こうなると風水雷電といっしょで、ひとたび地上で出会ったのが百年目、おたがい負けるわけにも譲るわけにもいかない、となれば、くんずほぐれずの大格闘をやらかさないことには、気のほうも尽きることができない格好になる。したがって、こうした気というものは、かならずや人にも具わるわけだから、そうなったら最後、うっぷん晴らしをしてとことん気が散じないかぎり収まりが着かないことになるね。だから男にしろ女にしろ、たまたまこの気を具えて生まれついたものは、いくら上りつめても聖人君子にはなれないかわり、どんなに下りきっても極悪凶賊になることもない。つまり、世のなかの億万の人々にあてはめていうなら、その聰明霊秀の気は億万人を上まわり、その偏屈頑迷の気が人情にそぐわないところは億万人を下まわる、というところ。こういう人が、王侯貴族の富家に生まれおちたら情痴のかたまりみたいな人になるだろうし、風雅清貧の家柄に生まれおちれば孤高の逸士となるだろうし、まんがいち恵まれない貧乏長家に生まれおちたとしても、ぜったい小間使いやら従僕やらとなって凡人の下働きにあまんずることはなく、さだめし俳優として娼妓として、名をあげること受け合いだ。たとえば古いところでは、許由・陶潜・阮籍《げんせき》・嵆康《けいこう》・劉伶・王氏謝氏の二族・顧愷之《こがいし》・陳の後主・唐の玄宗・宋の徽宗・劉希夷・温庭《おんてい》筠《いん》・米芾《べいふつ》・石延年・柳永・秦観(五)、また近いところでは、倪瓚《げいさん》・唐寅《とういん》・祝允明《しゅくいんめい》(六)、さらに、李亀年・黄《こう》旛綽《はんしやく》・敬新磨・卓文君・紅拂《こうふつ》・薛濤《せつとう》・崔鶯鶯《さいおうおう》・朝雲(七)、というような人々は、すべて場所こそ異なるものの同じ類いの者たちなのだよ」

それを聞いて子興〔雨村の知人の冷子興のこと〕は、

「お説によりますと、成功すれば王侯、失敗すれば賊徒、ということになりますな」

すると雨村、

「まさしくその通り。……」

――〔『紅楼夢』第二回〕

この一節の大弁舌を読むとき、すぐさま思い起こされるのは、明代中葉の進歩的思想家呂坤《りよこん》(八)〔字は叔簡、河南寧陵〔いま河南省寧陵県〕の人、一五三六～一六一八〕の次のような一連の哲学である。「天地万物、ただこれ一気の聚散《しゆうさん》にして、さらに別箇なし。形《けい》なるもの、気が附して凝結せるところ。気なるもの、形に托《たく》して運動するところ。気がなければ形は存せず、形がなければ気は住《とど》まらず」。「気なるもの、形の精華〔純粋な実体〕たり。形なるもの、気の渣滓《さし》〔のこりかす〕たり。ゆえに形の中に気あり。気がなければ形は生まれず。気の中に形なし。形があれども気は載らず。ゆえに無形の気はあるも、無気の形はなし」。なかんずく次のような考え方である。「無極〔宇宙の本質〕のさき、理と気と渾淪《こんろん》として分かれず。気化〔天地誕生〕ののち、善と悪と、源を同じくしつつ流れを異にす。……気運の天、すなわち後天《こうてん》〔いわゆる《二天の説》で理道の天である「先天」に対するもの〕たるや、三気あり。一にいわく、中正の気なり。それ一陰一陽、純粋たること精をもつてし、きわめて精きわめて厚、中和の氤氳《いんうん》〔和合充満〕するところにして、秀霊の鍾毓《しょういく》〔叢生群出〕するところなり。人これを得れば聖となり賢となり、草木これを得れば椿《ちん》・桂《けい》・芝《し》・蘭《らん》(九)となり、鳥獣これを得れば麟・鳳・亀・龍、騶虞《すうぐ》・鸑鷟《がくぞく》(十)とならん。二にいわく、偏重の気なり。それ孤陰孤陽、きわめて濁きわめて薄にして、各々その有餘〔余分なもの〕をほしいままにし、各々その所能〔可能なこと〕をもっぱらとし、邪をなし毒をなす。人これを得れば愚となり悪となり、草木これを得れば荊棘《けいきょく》・樗櫟《ちょれき》、鉤吻《こうふん》(十一)・断腸となり、鳥獣これを得れば梟《きょう》・鴆《ちん》・豺《さい》・虎、虺蝮《きふく》・蜒蜳《えんとん》(十二)とならん。三にいわく、駁雑《ばくざつ》の気なり。それ多陰多陽、少陰少陽、不陰不陽、あるいは陰陽雑揉《ざつじゅう》にして分かたれず。昏〔昏迷〕をなし、乱〔紊乱〕をなし、細〔卑小〕をなし、浮〔軽薄〕をなす。人これを得れば蚩《し》〔痴鈍〕となり庸〔凡劣〕となり、草木これを得れば虚散・繊茸《せんじょう》(十三)となり、鳥獣これを得れば羊・豚・燕・雀、蟣蠓《べつぼう》・蜉蝣《ふゆう》(十四)の属とならん」。「純粋にして雑ならず、これ理という。美と悪と同じからず、これ気という。……恒《こう》〔永遠不変の理〕を降してこれに命じ、その着きたる所にしたがう。清淑の気に着きたれば、すなわち上智とならん。頑濁の気に着きたれば、すなわち下愚とならん。駁雑の気に着きたれば、すなわち美あり悪あり。紛紜《ふんうん》〔衆多〕の気に着きたれば、すなわち庸衆とならん。ひとしく帝衷《ていちゅう》〔天の心〕なるに、しかして稟受《ひんじゅ》〔天授〕するところの殊《こと》なるは、値《あ》うところの気の然らしむるものにて、恒の性の嗇《しょく》〔吝嗇〕なるに非ざるなり①」。

さきに曹雪芹が賈雨村の口をかりて言いあらわした考え方を、ここに引用した講論とくらべてみるとき、驚くほどの類似点が、さらには共通点がみとめられる。

とはいうもの、たんに字面のうえの類似性から、呂坤が明代において反「道学」の立場をとった進歩的思想家なのだから、したがって曹雪芹の呂坤に類似した考え方もおなじく進歩的思想、と即断するのは強引にすぎよう。やはり慎重な比較分析が必要なところである。しかも呂坤を例にひいたことも、けっして曹雪芹の考え方が呂坤の思想をそのまま継承したものかどうかを検証するためではなく、たんなる説明上の都合にすぎない。曹雪芹の哲学思想がいったい何学何派から影響を受けているのか、こうした問題については重要な課題であるだけに、やはり専門家の研究を俟ちたい。

とにもかくにも、呂坤が反「道学」の立場をとり、おおくの根本的発想からして、ことごとく封建的「道統」の代表者である朱熹とまっこうから対立する思想の持ち主であったことは確かである。しかしながら、彼の思想における限界の最たるもの、そして反「道学」思想の論理的一貫性という面からしても最大の弱点は、その人性論《じんせいろん》(十五)〔人の性質論〕の部分にある。この分野に関するかぎり、彼は基本的に朱熹の観点から一歩も出ておらず、すこしばかり副次的な「改造」をしただけで徹底していないばかりか、ところどころ自家撞着にさえおちいっている。前引した若干の講論にしても、そうした矛盾の例証として読むことができよう。

それにしても、呂坤の言うところの「気」というものは、後世の哲学者のいわゆる物質的存在に相当し、その思想は一種の唯物論ともいえ、「造化《ぞうか》〔天地〕たるもの命《めい》〔原理〕は自然にしたがう」として自然こそが「主宰者」であると主張し、朱熹の説にみられるような「気」の上にもう一つの統治者たる「理」をすえる唯心的・神秘主義的な一連の論理体系を否定し、民間における厄払いや迷信などの俗習にも反対した。ところが彼の人性論においては、その唯物的な「気」による一元論にもかかわらず、依然として人には「義理の性」と「気質の性」とがあるとする朱熹の旧説〔訳注十五参看〕を踏襲したため、「気」のほかに、さらに一種の徳性をそなえた「天」の存在をみとめる結果におわった。彼もまた唯心論的二元論におちいったものと言わざるをえない。

したがって、彼のいわゆる「中和」「偏重」「駁雑」からなる《三気運》論も、実のところ、やはり朱熹の《気稟《きひん》》説〔同前訳注〕に由来するものといえよう。呂坤にさきんじて朱熹は次のように述べている。「まさに天地の気のごときは、運転してやむことなく、ひたすら層層たる人物を生出するのみにて、そのなかに粗あり細あり。ゆえに人物に偏あり正あり、精あり粗あり」。「問う、……貴賤・死生・寿夭《じゅよう》の命に不同あるがごとき、それ如何にしてか、と。いわく、すべてこれ天の命ずるところなり。精英の気を稟得《ひんとく》〔生得〕すれば、すなわち聖となり賢となる。すなわちこれ『理』の全きを得、『理』の正しきを得ればなり。清明を稟得したる者、すなわち英爽たり。敦厚を稟得したる者、すなわち温和たり。清高を稟得したる者、すなわち貴たり。豊厚を稟得したる者、すなわち富たり。久長を稟得したる者、すなわち寿〔ながいき〕たり。衰頽《すいたい》薄濁を稟得したる者、すなわち愚にして不肖《ふしょう》〔できそこない〕となり、貧となり、賤となり、夭〔わかじに〕となる。天にかの気ありて、一箇の人を生出しきたれば、すなわち許多《あまた》の物の彼にしたがいて来たるあり、と②」。このように、朱熹はあからさまに、人には種々様々な先天的品種があって、しかも一切は天命によって決定される、という哲学を高々とかかげているのである。

こうした経過から明らかになることは、この《先天的品種》という一点にかぎって論ずるとすれば、呂坤であろうと曹雪芹であろうと、朱熹の「弟子」であることに変わりはなく、両者とも《品種存在》説と

《天命決定》論とを承認していることである。

しかしながら、呂坤・曹雪芹と朱熹とのあいだの共通点ばかりでなく、両人と朱熹との相違点ないし似ているようで異なる点も、やはり看過するわけにはいかない。

呂坤が朱熹と相違する点は、彼が凛乎として運命論を否定しているところにあり、したがって彼のとなえる《三気》説のなかには、いわゆる「易者先生《えきしゃ》」式の「富貴貧賤、賢愚寿夭、ことごとく八字《はちじ》〔人の誕生した年月日時を干支で表わしたもの〕が算定す」といったような暴論はいっさい見あたらず、ひたすら「気質の性」一点のみから品種の不同を論じている。これはまぎれもなく一歩の前進にちがいない。

曹雪芹にいたっては、朱熹とくらべても呂坤とくらべても、さらに重大な相違がみとめられる。まず第一に、呂坤の主張するのが《陰陽三気》であるのにたいし、雪芹の主張するところは《正邪両具》であり、ひとまず呂坤の「中和」「偏重」の気がそのまま雪芹のいわゆる「正」「邪」ないし「仁」「悪」の気に相当するか否かはさておき、とりあえず呂坤の「駁雑の気」と雪芹の「両具の人」という観点からながめてみても、両者の相違にはすこぶる大きなものがある。呂坤のいう「駁雑の気」をそなえた者は「蚩となり庸」となって「取るに足りない」人々であるのにたいし、いっぽう雪芹の眼中からする「両具」の人たちといえば、許由・陶潜・阮籍・嵆康から卓文君・崔鶯鶯などにいたるまで、ことごとく歴史上において、性格気質からしても、才能情操からしても、また文学藝術からみても、いずれも強烈な個性をまばゆく発揮して一、二をあらそう人物ばかりであり③、呂坤のいう「蚩」や「庸」などとは正反対の人々なのである。

第二に、曹雪芹がこうした見解のもとに説き明かしているものは、その用語にしても、すべからく「伝統」的文章のように見せかけてはいるものの、そのじつ別個の意味内容がもりこまれた「仮語村言」（第三章訳注二十四参看）ともいうべき言葉ばかりであって、彼の記すところによれば、いわゆる「残忍」にして「偏屈」な「悪人」のそなえている「邪気」にしても、おりしもの「隆盛長久の御代のもとの太平無事の御時世」（あきらかに乾隆朝初期の中国を表わしている）、およびその「青天白日」の相い容れないものであり、そのため追いつめられて「深山幽谷」の奥底にかくれ「正をねたむ」、という気なのである。いかにも「ゴミくず」そのもののように思われよう。ところが、この気が暴発した時にこそ、はじめて「その聡明霊秀の気は億万人を上まわり、その偏屈頑迷の気が人情にそぐわないところは億万人を下まわる」という「両具」の人が誕生し、その代表が許由・陶潜・嵇康・阮籍・卓文君・崔鶯鶯といった人々だというのである。朱熹や呂坤が「痴」といい「愚」という場合は、それは本心から言っているのであって、そうした字句にたいする封建的社会の「正統」な定義にもとづき、それらは排斥されるべきものを意味する。ところが曹雪芹が「痴」といい「愚」という場合には、じつに「虚々実々」のところがあり、彼じしんの胸の内なる定義にしたがいつつ、尊敬すべき、賞賛すべき、さらには堪能すべきものをも意味しているわけである。

第三に、曹雪芹の前引したような考え方は、たしかに《先天的品種存在》説および運命論にはちがいないものの、けれども彼のそうした人性論の解釈には、朱熹とはおおきく隔たった意図がこめられている。たとえば朱熹は次のごとく述べる。「かつて謂《おも》うに、命《めい》は、譬《たと》えるなら朝廷の誥勅《こうちょく》〔勅命〕のごとし。心《しん》は、譬えるなら官人のごときと一般にて、差《つか》わして官となさしむるなり。性は、譬えるなら職事〔職務〕のごときと一般にて、郡守には郡守の職事あり、県令には県令の職事あり。……気稟《きひん》〔人がそなえた気質〕は、譬えるなら俸給のごとし。貴なるは官の高きもののごとく、賤なるは官の卑きもののごとく、富なるは俸の厚きもののごとく、貧なるは俸の薄きもののごとく、寿なるは両三年を一任してまた再任されしもののごとく、夭なるは任を終《まっと》うし得ざるもののごとし。朝廷が人を差わして官となさしむるや、すなわち許多《あまた》の物の一斉にしたがうあり」④。かくのごとく、彼の《気稟》説はみごとなまでに一幅の「封建的秩序構造図」をあざやかに描きだしている。それというのも、彼の哲学そのものが、こうした秩序の維持につとめて貢献することを本旨としているからである。いっぽう曹雪芹はといえば、おおいに主旨を異にする。彼の考えにしたがうなら、同じ「気稟」の人でも、王侯貴族の富家とか、風雅清貧の家柄とか、恵まれない貧乏長家とか、さまざまな階層に生まれおちるものであって、目にみえる現われ方が異なるだけであり、本質的にまったく同一の人品であるとする。したがって、「場所（おおよそ《階級》にあたる言葉であろう）こそ異なるものの同じ類いの者たち」⑤という言い方にしろ、「成功すれば王侯、失敗すれば賊徒」という言い方にしろ、階級というものがけっして《先天的品種》による産物でもなければ《天命決定》による措置でもないことを、いずれも大胆に喝破したものといえよう。だからこそ、陳の後主・宋の徽宗、さらに温庭筠・柳永、あるいは李亀年・黄旛綽などというひとびとが平等に並べられているのであって、すべて「場所こそ異なるものの同じ」者たちなのであり、たかだか「成功」「失敗」の（社会的・人事的な条件による）問題にすぎないわけである。⑥

以上のように、曹雪芹の考え方と朱熹の学派〔すなわち朱子学派〕とのあいだには絶大なる差異があり、雪芹の発想がいかに大胆な「邪痴」の説であるか、納得いただけたことと思う。――ただし忘れてならないことは、当時の清朝において、なにより尊ばれていたのは朱熹の哲学であり、朝廷は年々歳々いわゆる「理学〔朱子学〕の名臣」を輩出させることをもって自負し、士大夫たる者ことごとく朱文公〔朱熹のこと、文公は尊諡〕の聖像にむかい叩頭の拝礼をなしていた事実である。しかも、ほかでもない曹雪芹の「異端」思想が、そうした人々のさなかから誕生した事実である。

曹雪芹の思想が、理学家の立場からすれば「異端」であることは言うまでもない。ところが実際には、かくべつ理学家にかぎらなくとも、当時一般の士大夫にしても読書人にしても、彼のこうした考え方を理解して受け入れることの出来た人はいなかったようである。その一例として周春のことを記す。(十六)周春は南方における初期の紅楼夢研究家で『閲紅楼夢随筆』という最初の紅楼夢専門書〔乾隆年間の著作とおもわれる〕を著わした人物でもあった。⑦にもかかわらず、周春の目からしても曹雪芹のこうした考え方は理解できなかったらしく、次のような論評をのこしている。

全書の大旨、および賈《か》氏の一門、ともに冷子興《れいしこう》の口中より叙べ明かさる。しかるに宝玉を議論するに、古人に擬うるところ拉雑《ろうざつ》不倫〔支離滅裂〕たり。作者、よつて雨村の口より出ださしむ。かくなる所以《ゆえん》のみ。

――〔『閲紅楼夢随筆』〈紅楼夢約評〉第十則〕

「拉雑不倫」――当時の一般的な士大夫には曹雪芹の言わんとするところが呑み込めず、その考えを受け入れるすべのなかった何よりの明証といえよう[8]。

曹雪芹は、今日われわれのいう「階級」という概念こそ体得するまでには至らなかったけれど、彼の考えとしては、すでに『紅楼夢』随所において、この漠然としつつも具体的なテーマにまちがいなく肉薄していた。そして曹雪芹の《両具》の説こそ、彼の叛逆的思想の最先鋒をなすものであり、封建的社会とは相い容れない「邪痴」のひとびとについて、彼なりに思索をめぐらし解釈をくわえ、そうした封建的社会にたいし敢然と立ち向かっていった先人たちに敬慕の念をよせたわけなのである。――いうまでもなく彼じしん、当然ながら「両具の人」をもって自任していた。曹雪芹の平等思想にしても「成功失敗」説にしても、封建的秩序にたいする彼の勇敢な質疑であり攻撃であった。

つぎに、彼が実例としてかかげた諸人物は古今（もちろん雪芹の時代を「今」とする）にわたっており、「場所こそ異なるものの同じ」とする主張には、さらに「時代こそ異なるものの同じ」という意味が籠められているようにも思える。しかし、その本質を仔細に検討するなら、それら一連の「正邪両具して来たる」という「同種同類の人」たちにしても、実際としては雪芹が生きた時代において、当時新興の歴史的風潮にみあう資質をそなえた人々のうち一流の人物ばかりを例にひいていることが知れる。彼は、こうした驚愕すべき「邪説」を、哲学的認識ともいうべき域にまで高めながら小説全体を「統括」しているのであるから、彼が小説にひそませた意味の深長さのほどあいも、おのずと理解できよう。このことは、たとえば昔からしばしば取り沙汰されてきた「男は泥でできた体、女は水でできた体」(十七)(『紅楼夢』第二回)という有名な「警句」とくらべてみても、はるかに緊要重大なテーマであって、研究者のさらなる講究の欠かせないところである。

こうした人物が、「太平無事(?)の御時世」に生きながら、断乎として「隆盛長久の御代」に身を投ずることなく、あえて「青天白日」に背をむけ、「深山幽谷」に埋もれたものの、「動きだしそう」な気持ちにまかせ、とうとう「くんずほぐれずの大格闘」――という次第で、ついに小説『紅楼夢』一篇を書きあげたわけである。したがって次のようにも言えそうな気がする。すなわち、曹雪芹はその全生涯をかけ、彼じしんの思索と理想とにしたがいながら、辛苦にみちた、しかし光輝にあふれた道程を歩みぬくことを身をもって示すことにより、上記の一哲理を立証したのだ、と。

このような、いわば一種の「理論綱領」からふりかえるとき、曹雪芹の心中にあった最大の関心事といえば、ほかでもなく「人」(ないし人物論)についてであった、と解釈することができよう。しかも人がいったん誕生した場合に、その人がなしうる働きと価値、そしてその人の運命、そうしたことが雪芹の心をとらえて放さない何よりの関心事にほかならなかった。曹雪芹の目からみれば、世間のあらゆる人々が、彼じしんの《両具》の説によって「三大種」に類別され、そのうち「天下の治」をなす「大仁者」と「天下の乱」をなす「大悪人」との二大種については、彼は正面きって小説中に描こうとはしなかった(とはいえ、彼がこの両種の人々について何んらの興味も関心もまったく示さなかった、という意味ではない。実際には、この二大種の人々にたいし、彼にはさらに多くの考察、より深刻な思索があったにちがいない)。

——というのも、すこしでも彼らのことを描こうとすれば、いきおい『紅楼夢』は一篇の「政治の書」になりかわってしまい、しかもこの種の書物こそ、曹雪芹が小説のなかで開口一番、じぶんは書かないときっぱり宣言しているところなのである。事実としても、そうした「大賢人やら大忠臣やらが朝廷で政治をあずかり、治世にあたって善政をほどこし」云々（『紅楼夢』第一回）、といった類いのしかつめらしい良言正論を、彼は記さなかった（その表向きの理由は「世のなかの俗人で政治の書を好きこのんで読むものなんぞ滅多におりはしません」（同前）というもの）⑨。彼の意図したところは、「気楽な暇つぶしの読み物」（同前）の形をかり、みずから身近に親しんだ幾たりかの「両具して来」たる人々、すなわち「情にもろいとか痴《こ》けているとか、小賢しいとかちょいと気が良いとか」（同前）の「いっぷう変わった女の子」（同前）のことを描くことにあった。たしかに彼女たちは、「班姑《はんこ》や蔡女（十八）」（同前）などには及びもつかないものの、かりに「場所こそ異なるものの同じ」という観点からするなら、まぎれもなく紅拂・薛濤・朝雲・崔鶯鶯・卓文君たちに通じあう女性たちであった。しかしながら、小説中において彼女たちの運命をさだめる「冊子」（『紅楼夢』第五回にみえる「金陵十二釵《きんりょうじゅうにさ》正冊」等々）は、すべて「薄命司《はくめいし》」（『紅楼夢』にあらわれる女性たちの運命を司どるとされる仙界の役所）に所蔵されているのである。曹雪芹は彼女たちの身の上をなげき、心をいため、ついに彼女たちのことを後世につたえようと決意するにいたる。すなわち、「昔つきあった女性たちのことを思い出し、ひとつひとつの事どもをよくよく考えてみると、彼女たちの振る舞いといい思慮ぶかさといい、ことごとく自分より優れている。……女性たちのなかにも当然ながら立派な人物がいるというのに、自分が出来損ないだからといって恥をかくすため、自分ともども彼女たちのことまで世に埋もれさせてしまうことだけは、わたしには何んとしても出来ない」〈同前書〈甲戌本〉凡例〉というわけである。ここで見逃せないことは、中国の全文学史上という滔々たる大河のなかで、賢女才媛ないし淑女佳人の悲歓離合を描いた作品は数知れないものの、しかしながら、これほどまでに厳粛な態度と崇高な感情のもとに、しかも一種の「社会意識」ともいうべき高い次元の立場をふまえながら、「女性」問題と取り組んだ作者がいったい幾人いたであろうか、という疑問である。したがって『紅楼夢』という「邪説」の「淫書」を手にした読者が、まず最初に会得しなければならないことは、何よりも作者じしんの、こうした並々ならず時代を超越した思想の正体とその精神的境地にほかなるまい。

ところで、曹雪芹は「人」を描くことに重きをおいた、という場合の人とは、もちろん社会の内なる人のことであり、社会生活を抜きにして生活している人はこの世に存在しない。したがって、文学とは生活を描くものである、という場合にしても、とりもなおさず人の社会生活であること今さら言うまでもあるまい。曹雪芹の時代には、まだ「社会」という言葉(およびその概念)こそ成立していなかったものの、曹雪芹がまぎれもなく社会的観点および社会的関係において「人」を認識していたことは、『紅楼夢』書中において一目瞭然であろう。したがって曹雪芹が思索した「人」というものも、社会から孤立した《形態》とか《現象》とかの問題ではなかっただけに、雪芹が現実に即して思索をめぐらし、真剣に考察をかさねた問題たるや、さぞかし多岐にわたったにちがいない。さもなければ『紅楼夢』は、けっして今日あるような姿にはならなかった筈である。

かりに現代の言葉で述べるとすれば、宇宙・世界・人生・国家・社会・政治・道徳・宗教・倫理・制度・

風俗……そういったものまで、曹雪芹は考えぬいたにちがいない。たしかに彼は思索に思索をかさね、なおかつ一種の哲学的な解釈と解答とを求めていたように思われる。雪芹はその小説の説き起こしを、はるか女媧氏《じょかし》補天の神話の時代にまでさかのぼらせている。しかも、「話はいささか嘘めいても聞こえましょうが、しみじみ味わってくだされば、なかなかの趣きがございましょう」〔『紅楼夢』第一回〕という言葉が示すように、彼には執筆以前にすでに一種哲学的な構想があって、その意味内容はといえば、読者が「しみじみと味わって」こそ、はじめて理解できるような性質のものなのである。(十九)

いいなおすなら、曹雪芹はひとえに「家の奥向きの友達やら人情やら」〔『紅楼夢』〈甲戌本〉凡例〕を述べ、「離合の哀歓や世のうつりかわり」〔『紅楼夢』第一回〕を記すことにより、社会における生活や人々を描きだしたばかりでなく、さらには、そうした方法によって彼じしんの哲学をなんとか語り伝えようとしているわけである。

じじつ『紅楼夢』のなかには、史湘雲《ししょううん》と翠縷《すいる》の主従ふたりして陰陽二気の大道理について語りあう場面〔第三十一回〕があらわれるが、その場面ひとつをとっても、曹雪芹が事物の観察にすぐれていたばかりか、哲理の考察にもひいでていたことが見てとれる。彼の「正邪両具して来たる」という妙怪な論理にしても、事物（および人）の仕組みにあらわされた複雑さにたいし、雪芹なりの思索がもたらした解釈と説明にほかならない。はやい話、世界は矛盾した両面性から成り立っており、矛盾がなければ世界も存在しない。――もしも曹雪芹の《両具》の説をこのテーゼと照らし合わせるなら、十八世紀の前期において、はやくも雪芹はこの哲学的真理をおぼろげながら看取し、しかも、彼じしんの独創的な形式をもちいてその表現をこころみたもの、と言わざるをえない。

周知のように、「席を避けては文字《もんじ》の獄を聞かんことを畏《おそ》る、書を著わしてはみな稲粱《とうりよう》の謀《はかりごと》のためにす」〔〈詠史〉詩〕とか、「九州の生気は風雷を恃《たの》む、万馬ひとしく瘖《もだ》すこと究《つい》に哀しむべし」〔〈己亥雑詩〉其百二十五〕などという詩句をのこした龔自《きようじ》珍《ちん》〔二十〕のような文学者が、中国近代史の開幕期における啓蒙思想家とされている。上文のような見地から歴史をふりかえるなら、龔自珍に先んじた啓蒙思想家たちのなかでも、さしずめ曹雪芹は最前列の特等席にすわるべき偉人の一人にまちがいあるまい。

《原注》

① 以上の引用文は、それぞれ呂坤の『呻吟語』〔巻四〈天地〉〕・〔巻一〈談道〉〕、および『去偽斎文集』〔巻六〈説天〉・〈論性〉〕の順に分見する。

② 以上の引用文は『朱子語類』巻九十八および巻四に分見する。

③ こうした要約も、もちろん曹雪芹の当時の見解にしたがったまでで、その全体的な精神と傾向性とを概述したにすぎない。かりに今日、こうした多くの歴史的人物の一々を分析評価するとすれば、なかには当然ながら評価の分かれる人物も含まれよう。したがって、個別的評価となると煩瑣に過ぎるため本書においては割愛した。

④ 『朱子語類』巻四に見える。

⑤ 「場所こそ異なるものの同じ」の句は、テキストによっては「場所こそ易わるものの同じ」に作る。当時の旗人はしばしば好んで《同音異字》〔「異」「易」とも現代漢語音ではyi〕をもちい、その例は枚挙に暇がない。曹雪芹にもその癖があり、『紅楼夢』書中においても一例にはとどまらない。

⑥『板橋詩鈔』中の〈南朝〉詩序には次のように記される。「昔人おもえらく、陳の後主と隋の煬帝と、それ翰林〔天子の詔勅を司る学士〕となりたらば、自ずからまさに本領を行なうべし、と。燮《しょう》〔筆者たる鄭燮すなわち鄭板橋のこと、第三章訳注十七参看〕またおもえらく、杜牧と温庭筠と、それ天子となりたらば、また国を破り身を亡ぼすに足るべし、と。すなわち、幸いにして才人たり、不幸にして帝位を有する者たり、その遇不遇たるや、尋常の眼孔中には在らざるなり」。参考になる考え方と思われる。

⑦周春の紅楼夢研究家としての主張は、曹雪芹の『紅楼夢』は南京の靖逆襄壮侯であった張勇の家の事跡をモデルとした作品〔『閲紅楼夢随筆』〈紅楼夢記〉〕とする説であった。しかし、彼も他の分野においては若干の発見をしている。たとえば、「この書、曹雪芹の作する所なり。しかるに開巻にては宝玉〔通霊宝玉すなわち石頭〕に仮託するに似たり。けだし自己の姓名地位を点出する為ならん。曹雪芹の三字をすでに点出して後ち、ふたたびは宝玉の口吻に非ざるなり」〔同前書〈紅楼夢約評〉〕という指摘である。こうした指摘は当時の読者の直感力を証明するものと言えよう。しかし残念ながら、そもそも「石頭」が物語るという設定じたい仮託なのであるから、この指摘も見当外れなものと言わざるをえない。

⑧引用文における周春の解釈は、いささか理不尽に思われる。雨村は「議論」にかけては一家をなした人物であり、だからこそ雨村の口から「両具」の議論を開陳させているのである。どうして雨村の話だから「拉雑不倫」などと断定できるのであろう。「善人」「悪人」を機械的に色分けしたための誤解としか思えない。

⑨これは曹雪芹が小説を執筆するにあたり、特定の読者層を念頭においていたことを証するものと言えよう。——すなわち、雪芹は初めから「世のなかの俗人」、つまり民間の大衆を主たる読者と考えており、いわゆる「高級文人」を読者層としては予想していなかった模様である。

【訳注】

（一）「天理教思想」——中国の天理教はふつう白蓮教の一派と説かれ、のちに八卦教と改名。そこに統一された宗教原理を求めることは困難なようである。そもそも白蓮教からして東晉の慧遠《えおん》による白蓮社に起源するとされるが、元末における大乱以降は叛乱宗教の総称的名辞に変質している。鈴木中正『中国史における革命と宗教』（東京大学出版）および谷川・森（編）『中国民衆叛乱史』1～3（平凡社〈東洋文庫〉）参看。

（二）唯一の著作なのである——現在までに雪芹遺品と称される若干の文物資料が報告されているものの全て未確認。なかでも一九七三年に呉恩裕氏によって紹介された『廃藝斎集稿』中の『南鷂北鳶考工志《なんようほくえんこうこうし》』は雪芹の佚著として注目されたが今のところ確証無し。

（三）……張載・朱熹といったかたがた——尭・舜・禹は太古の伝説上の三聖帝。湯王は殷の、また文王・武王は周の建国のさいの一種伝説的な聖王。周公・召公は周公旦・召公奭のこと、ともに文王の子で兄たる武王をささえた賢人。孔子・孟子はいうまでもなく儒教の二聖。董仲舒は儒学の国教化に貢献した前漢の大儒。韓愈は唐代の文学者で唐宋八大家の一人。周敦頤は北宋の儒者で濂渓《れんけい》学派の祖。程兄弟は周敦頤の弟子たる程顥・程頤の二兄弟のこと。張載も北宋の儒者で横渠《おうきょ》学派の祖。朱熹は南宋の大儒、前掲四人らに代表される宋代儒学の新学風をうけ宋学（道学・理学）を集大成した朱子学の開祖。

（四）……安祿山・秦檜といったひとびと——蚩尤は古代伝説において黄帝に滅ぼされた諸侯。共工も古代伝説において高辛氏に滅ぼされた水神、一説に氏族名。桀王・紂王はそれぞれ夏王朝・殷王朝の伝説的な亡国の君主。始皇帝はもちろん秦の始皇帝のこと。焚書坑儒を行なったため昔時においては暴君の代表。王莽は前漢の帝位簒奪者で後漢の光武帝に滅ぼされた。曹操は後漢末の文武両道にひいでた豪雄。のち魏の武帝とされ、さらに宋代以降は蜀漢《正統》論の流行もあずかり漢の帝権蹂躙者として姦雄の典型とみなされた。桓温は帝位簒奪をくわだてて失敗した東晉の大将軍。安祿山は唐代の玄宗や楊貴妃の恩寵を裏切って大乱をおこした節度使。秦檜は南宋の宰相で、金との和睦のため主戦派の岳飛を殺すなどして反対派を弾圧した政略家。

（五）……柳永・秦観——許由は上代の逸士。堯から天下を譲るといわれ、潁川で耳を洗って箕山に身をかくした。陶潜はもちろん晉の詩人陶淵明。阮籍・嵇康・劉伶はいずれも竹林の七賢に数えられる魏晉時代の脱俗の名士。王・謝の二族は異才を輩出させた六朝時代の名門。顧愷之は桓温に仕えたこともある晉の画家にして博学の士。陳の後主は酒色に溺れて隋の俘虜とされた亡国の天子陳叔宝のこと。唐の玄宗は開元の治をもたらした名君ながら楊貴妃を溺愛して大乱をまねいた。宋の徽宗は北宋末の風流天子、金に捕われ東北の地に没す。劉希夷は初唐の美男詩人、世俗にとらわれず人の恨みをかい殺された。温庭筠は晩唐の詩人かつ詞人、明敏の才子ながら軽薄無頼の素行のため不幸に終わった。米芾は北宋の文人、多藝の才子であったが奇言奇行も数知れず米癲《てん》と称された。石延年も北宋の異能の詩人で流行にさからい盛唐杜甫の詩をめざした。柳永も北宋の詞人、遊廓にあそび零落して没したが、遊女たちが合力して葬儀を営んだと伝えられる。秦観もまた北宋の詞人、蘇軾に文才を見こまれてその妹婿となったものの、罪を得て左遷された。

（六）……唐寅・祝允明——倪瓚は元末の四大画家の一人、世事にうといので倪迂《う》とも呼ばれ数々の逸話をのこす。唐寅は明の多才な画家にして詩人、みずから江南第一風流才子と称し、酒を愛して奇行が多かった。祝允明も明の画家にして文人、右手指が一本多かったので枝指生と自称し、才能を認められながら官を辞し奔放な生涯を送った。

（七）……崔鶯鶯・朝雲——李亀年は唐の玄宗に仕えた楽人、寵愛を受けたが安祿山の乱ののち江南に流落。黄幡綽も玄宗に仕えた才人で滑稽をもって知られる。敬新磨は後唐の荘宗に仕えた楽士で、やはり滑稽によって名高い。卓文君は前漢の蜀の富豪の娘でありながら司馬相如と駆け落ちし、相如が武帝に認められるまで内助の功を果たした才女。紅拂は隋の名妓、唐の伝奇小説『虬髯客伝』に記され、のち明の戯曲『紅拂記』等さまざまに作品化されたヒロイン。薛濤は唐の蜀の名妓にして詩人、白居易・元稹など多くの著名な詩人と唱和す。崔鶯鶯は元稹の小説『会真記』中の張生の恋人、後さまざまに改作され王実甫の元曲『西廂記』のヒロインとして最も有名。朝雲は宋の蘇軾の愛人、杭州の名妓であったが蘇軾から文字を習い、書はおろか仏典にも通じたという才媛。

（八）　呂坤——新吾（一説に心吾）と号し去偽斎を室名とす。隆慶五年の進士。官は刑部左侍郎に至る。官人としては『実政録』の著が名高い。思想家としては号の示すように旧弊を嫌い、室名の指すごとく腐儒を憎み、朱熹の〈理気二元論〉をも陸象山の〈心学的理一元論〉をも否定して《気一元論》の立場に基づき、理道による「先天」と気数による「後天」からなる《二天説》を主張。その著『呻吟語』は日本においても江戸期から明治期にかけて洪応明の『菜根譚』とならび愛読される。

（九）　椿・桂・芝・蘭——椿は長寿の木として父（「椿堂」とも）に喩えられ、桂は玉ほどに価値ある木（「桂玉」）とされ、ともに徳ある樹木。芝は霊芝、蘭は蘭草のことで、芳香馥郁たるところから善人君子（「芝蘭」とも）に擬えられる。

（十）　麟・鳳・亀・龍、騶虞・鸑鷟——麟は麒麟のメス、鳳は鳳凰のオス、亀・龍とあわせて「四霊」とも称され、しばしば聖人賢者に比せられる。騶虞はいっさいの生類を口にせず、あらゆる生草を足にしないとされる黒縞白虎の姿をした義獣。鸑鷟は周朝の勃興時に出現したという小ぶりの鳳凰。いずれも瑞鳥神獣。

（十一）　荊棘・樗櫟、鉤吻・断腸——荊も棘もトゲのあるイバラ。樗はゴンズイの木、櫟はクヌギの木。樗櫟と並称され、役にたたない物ないし人に喩える。鉤吻は草と木との二種があり、いずれも食べると半日で死ぬほどの猛毒を有す。断腸は断腸草のことで、茶に似た花草ながら一葉でも口にすれば腸を断たれて死ぬ、と伝えられる毒草。
（十二）梟・鴆・豺・虎、虺蝮・蜒蚰——梟はフクロウ、母親を食べてしまう不孝の鳥とされる。鴆はその羽中に鴆毒を有する毒鳥。豺は狼の一種ヤマイヌ、しばしば虎と並称され邪悪の人に喩える。虺蝮はマムシ。蜒蚰も毒蛇の一種。
（十三）虚散・繊茸——虚散はむなしく散亡する草木。繊茸はほそぼそと生える植物。
（十四）羊・豚・燕・雀、蛾蠓・蜉蝣——羊・豚・燕・雀、いずれも一般的な鳥獣で、人に喩えるときは平凡ないし下賤の小人を指す。蛾蠓は空中に飛びかう小虫の類。蜉蝣は朝に生まれて暮れに死すという小虫、カゲロウ。
（十五）人性論——人の多種多様な性質の由来および原理についての解釈論。古くは孟子の《性善説》と荀子の《性悪説》にまで溯る。正統儒学では《性善説》が継承されたが、人の性質の不同をめぐって議論が絶えず、宋の朱熹の学説にいたり、人の性質は、万物の根源たる「理」（義理の性）に基づきながらも、各人が持って生まれた天地の順行を司る「気」（気質の性）によって最終的に決定される、という《気稟説》が唱えられた。そのご明の陽明学により《心即理》説の一元的人性説が主張され、清代にかけて一元論化への傾斜を深める。溝口雄三氏の「明清期の人性論」（『〈佐久間重男教授退休記念〉中国史・陶磁史論集』所収）に詳しい。
（十六）周春——一七二八〜一八一五。浙江海寧の人。字は松靄。芚兮と号す。乾隆十九年の進士。官は広西岑渓知県。博学にして著作多し。『古典文学研究資料彙編《紅楼夢巻》』巻三を参照されたい。
（十七）「男は泥でできた体、女は水でできた体」——『紅楼夢』第二回において紹介される主人公賈宝玉の口癖。宝玉の考え方を最もよく表わした言葉として有名。
（十八）「班姑や蔡女」——班姑は、兄の班固の遺志をついで『漢書』を完成させた後漢の班昭すなわち曹大家《そうたいこ》のこと。蔡女は、おなじく後漢の碩学たる蔡邕《さいよう》の娘で《胡笳十八拍》の詩作でも名高い蔡琰《えん》すなわち蔡文姫のこと。

（十九）　女媧氏補天――女媧氏は神話中の女神。天が裂けたとき五色の石を錬ってこれを補ったとされる。『紅楼夢』すなわち『石頭記』は女媧氏補天の話から説き起こされ、女媧氏が使いのこした一石の、その遍歴記という体裁をとる。

（二十）　龔自珍――一七九二～一八四一。浙江仁和の人。字は璱人。定庵と号す。清代中葉の文学者にして経世思想家。アヘン戦争前夜の中国の危機的世情を情感ゆたかな詩文に数多くのこし、清末の革命思想家に大きな影響を与えた。

〔十二〕　流浪転々

曹雪芹一族の江南における家産状況について、康熙帝にたいする曹頫の報告〔康熙五十四年七月十六日付奏摺〕はつぎのように述べている。「江南の含山県《がんざん》〔いま安徽省含山県、南京の西南西約七十五キロ〕の田地二百餘畝《ほ》、蕪湖《ぶこ》県〔いま蕪湖市、南京の西南約九十キロ〕の田地一百餘畝、揚州《ようしゅう》〔当時は府、いま揚州市〕の旧房一所」。また、曹頫の後任として江寧織造となった隋赫徳《スイヘデ》(一)の家産没収報告書〔雍正朝檔案に分類されるが年月日の記載なし、雍正六年か〕にはつぎのように記されている。「その房屋ならびに家人の住房十三所、合計四百八十三間《ま》。田地八処、あわせて十九頃《けい》六十七畝。家人たる大小男女、あわせて一百十四人。その餘、すなわち桌子《テーブル》・椅子・牀《しんだい》・杌子《こしかけ》・旧衣《ふるぎ》・零星《がらくた》等件および當票《しちふだ》(二)百餘張をのぞき、さらに別物なし。……他にあるは曹頫の缺損したる銀、元利合計三万二千餘両①」。ここに記されている家屋田地および老若男女の家人たちは、「皇上の浩蕩たる天恩を荷《にな》いこうむり、とくに賞賜に加え」〔雍正六年・隋赫徳奏摺〕られ、ことごとく隋赫徳に与えられてしまった。いっぽう北京方面における家産については、曹頫の報告〔前出〕によれば、「これ京中《けいちゅう》(三)の住房二所、外城《がいじょう》(四)の鮮魚口《せんぎょこう》〔いま前門南方東側〕の空房一所。通州《つうしゅう》〔いま通県、北京市街の東郊約十キロ〕の典地《たんぽち》六百畝。張家湾《ちょうかわん》〔いま通県の南約八キロ〕の當舗《しちや》一所、本銀〔手もと銀〕は七十両」とされる。さらに隋赫徳の没収報告書〔前出〕によれば、「曹頽の家族、恩諭をこうむりて少しく房屋を留められ、もつて養贍《ようせん》〔生計〕に資するをうる。今その家族、久しからずして回京す。奴才《ヌーツァイ》〔内務府員の自称〕、まさに在京の房屋家人をもつて酌量して撥給《はっきゅう》〔支給〕せん」と記される。したがって、曹家の北京方面の家屋と従僕については全部が全部没収されたわけでなく、さいわい、まだ召し上げとどめおきの旧財が若干のこっていた模様である。ただし、没収をまぬがれた資産の詳細については、残念ながら今や知るすべがない。（五）

そもそも曹家の北京における最初の住居は、曹寅の詩句〔『楝亭詩鈔別集』巻四〈送王竹村北試二首〉詩〕に付された自注によれば、（六）それは北京内城《ないじょう》（そのころ八旗人はすべて内城に居住し、外城は漢族民間人だけの居住地であった）の貢院《こういん》〔旧時の科挙試験場、いま東城区の中国社会科学院の地〕付近にあった。この住まいの南側には青葉ゆたかな柯樹《か》がしげり、門外には年をへた槐《えんじゅ》の老木がそびえ立っていた。その地は東南城隅に近いため、あおぎ見ると峨々たる城壁を望むことができ、しかも邸門は「寒城に面し」〔『楝亭詩鈔』巻一〈小軒闢除已移居其中有懐子猷〉詩〕て設けられ、邸内には芷園《しえん》と呼ばれる小園があって、園中には緑陰しげき花樹があふれ、大小さまざまな清流がながれ、苔むした白石が配置されていた。さらに西堂《せいどう》②・鵲玉軒《じゃくぎょくけん》・春帆斎《しゅんぱんさい》・懸香閣《けんこうかく》があって、桂樹あり、山海棠《やまかいどう》あり、合歓《ねむ》あり、垂柳《しだれやなぎ》あり、……という風情。この住宅園邸こそ、そのむかし、曹世選が多爾袞《ドルゴン》にしたがいつつ入関して北京を占領したさいの、初めての住宅であった。この一帯にはもともと明代からの古園旧庭がおおく、旗人たちは北京に到来するやいなや、それぞれ分配して自己の宅地としたのである。③

そのご曹家の住居として、さらに宮城西側にも（七）もう一つの住宅をかまえたらしい。このことについても幾つかの裏付けがとれる。すなわち、かつて康熙帝は幼少時に「天然痘よけ」の関係から宮城のなかでは養育されず、乳母たちに付き添われ、紫禁城の西華門《せいかもん》〔同城西門〕外から北西にあたる筒子河《とうしか》〔紫禁城をかこむ濠〕の西岸にあった、のちに福佑寺《ふくゆうじ》(八)とされた府邸中において育てられたのであった。そして康熙帝に信頼されて愛育撫養にあたった乳母こそ(九)、ほかでもなく曹璽の妻であり曹寅の母にあたる人——すなわち、のちのち康熙帝の南巡〔第六章前出〕にさいし、帝から「わが家の婆や」と称されて生きながら「一品夫人」に封ぜられた、かの孫《そん》夫人〔同前〕だったのである。④ のみならず、西華門より西のかた西安門《せいあんもん》〔紫禁城の外郭である皇城の西門〕にいたるまでの地域、すなわち皇城内の西側一帯は、まさに当時にあっては内務府の各衙門《がもん》の所在地にあたり、内務府人員の役所および住宅が密集していた場所であった。⑤ 以上の二つのことからしても、曹家のひとびとが昔どおり北京内城の最東南の住居から、この「西苑《せいえん》」〔北京皇城内西側一帯の古名、もと金朝の離宮〕の地まではるばる通っていたものとは、どうしても考えにくい。したがって、曹家はこの西城にも居所をかまえていたものと考えざるをえない。しかも、曹寅のべつの詩〔同前書・巻一〈咏花信廿四首〉中「李花」詩〕の自注によれば、「小園〔自宅の家園の謙称〕は上果園《じょうかえん》に近し、旧歳、〔皇帝の果園の李樹〕十五株を乞《こ》いて西窓のもとに植えし……」とされる。ここに記された「上果園」については二つの解釈ができる。一つは景山《けいざん》〔当時は果樹がおおく「百果園」⑥ とも称された〕〔すなわち今の景山公園〕とする解釈。もう一つは中海〔その北端東側〕にあった果樹のゆたかな蕉園《しょうえん》(十)とする解釈である。この二箇所に解釈される場所も、実際にはそれほど離れておらず、ほぼ同一地域といってよく、景山ないしその少し西手の地にあたる。じっさい曹寅の詩集および詞集のなかには、光明殿・雲《うん》機廟《きびょう》（いま巧機営と称す）・蚕池《さんち》……（十一）等々、この地一帯の景物を詠みこんだ作品が少なくない。そればかりか、『棟亭詩鈔』には、曹家の家園が「西苑」「掖垣《えきえん》」「左蔵《さぞう》」（十二）〔内庫のことで内務府広儲司《こうちょし》〔第九章訳注八参看〕をさし西華門内にあった〕などにほど近い場所にあって、公務ののち帰宅するさいには西華門から退出したことが明記されているのである。こうした事々をあわせ考えるなら、曹寅当時の曹家がこの地域に住宅をかまえていたことに、まず疑いの余地はあるまい。

しかし曹雪芹が北京に住まいした当時はといえば、曹家一門が家産没収やらさまざまな変事をへた後ちのことなので、前述したような場所に元どおり住居があったかどうか、なかなか断定しにくいところである。――それどころか、雪芹はほかの場所に住んでいた、とする伝説が数々のこされている。

たとえば、ある伝承にしたがえば、曹雪芹はかつて什刹後海《シーチヤホウハイ》の南岸にあたる大翔鳳胡同《フートン》〔後出「恭王府」の北側〕の北口の「水屋子《シユイウーツ》」地帯に住んでいたことがあり、しかも、この地こそ雪芹の「悼紅軒《とうこうけん》」（十三）があった場所だとされる。またほかに、雪芹はかつて外城の広渠門《こうきょもん》内の北、東便門《とうべんもん》（十四）内の南〔いま崇文区の白橋南里の地〕にあった臥仏寺《がぶつじ》（十五）を住まいとしたことがあり、画家の斉白石《せいはくせき》（十六）もかつてこの遺地を訪れたことがあって一幅の絵をえがき、しかもそれに、「風枝露葉は疏欄《そらん》〔朽ちかけた欄干〕に向かう、夢の断たれし紅楼に月は半残たり。挙火《きょか》〔生活〕は奇に称《かな》いて冷巷に居す、寺門は蕭瑟《しょうしつ》たりて短檠《たんけい》〔小ぶりの燭台〕寒し」（十七）という題詩をしたためた、と伝えるものもある。さらに、雪芹はかつて西城の旧刑部街〔いま復興門内大街の北側沿い〕に住んでいたとか、あるいは、北京西郊に小さな酒店を開いていたとか、さまざまな伝承がつたえられている。

ここに紹介した伝説のうち、最初の伝説について補うなら、地元の長老たちが代々つたえた口伝によれば、「東府」「西府」こそ曹雪芹えがくところの「栄《えい》国府」「寧《ねい》国府」（『紅楼夢』の主要舞台となる二大屋敷）のモデルである、という。こうした言い方は意外に道理にかなっていて、ここにいう東府・西府とは、西苑北海の北方、什刹前海《シーチャチエンハイ》の西方、後海《ホウハイ》の南方にあった清代の和珅《わしん》〔第三章前出〕の屋敷（十八）（それ以前に誰の邸宅であったか定かでないが、のちに慶王府さらに恭《きょう》王府とされた）（いま前海西街十七号、もと中国藝術学院紅楼夢研究所の所在地）、およびその東隣にあった蒙古羅《ら》王府⑦にたいする、現地のいわゆる「老北京」（北京ッ子）のあいだでの呼び名であって、大翔鳳胡同はその旧跡裏側に近く、胡同を抜けるとすぐそこが後海であり、「水屋子」の古井もちょうどそこに位置する。さらに第二の伝説について補うなら、張次渓氏の教示によれば、おおくの先学たちが同様の見解をしめしているという。その理由としては、広渠門は清代においては正白旗漢軍人が守備すべき所轄区域にあたり、しかも臥仏寺の境内にはかつて横庭があって、亭石花木がしつらえられて幽趣あふれる雅地となっていたため、曹雪芹は同旗所属（とはいうもの雪芹は漢軍ではなかった）の親友がこの地に住んでいた関係があったかして、なおかつ臥仏寺の閑静さを愛していたため、縁故をたよってこの地に住まいをもとめた、という所であろう。まんざら可能性のない話ではない⑧。つぎに第三の伝説について補うなら、この話はおそらく、曹雪芹がかつて右翼宗学《そうがく》〔第十六章参照〕に奉職したことと関係するのかも知れない。というのも、そもそも右翼宗学は西城の石虎胡同⑨（いま西単新華書店の南）にあったので旧刑部街とも間近く（両者はそれぞれ今の西単《シータン》北大街の東側と西側とにあたる）、勤務の都合から、雪芹がこの地に仮り住まいをしたか、あるいは宗学が宿舎を支給したか斡旋したか、いずれにしても十分に考えられる事態だからである[10]。

これらの伝説に関しては、当然のこととして、その信憑性はにわかには確定しがたい。しかし真偽のほどはさておき、こうした幾多の伝説は一つの状況を浮き彫りにしてくれる。すなわち、曹雪芹が自宅の園邸から否応なしにひき離され、そのごの一時期、まず城内の各処に落魄《らくはく》流浪し、生活のため一つ所に落ち着くことなく、つぎつぎと転居をかさねた事実である。なかでも特記しておきたいことは、ある老人のつたえる、曹雪芹はその貧窮のどん底において某王府の馬小屋に住んだことがある[11]、という伝承である。この言いつたえは、当時の曹雪芹の生活実態をほぼ言いあてていると思われるからである。

曹雪芹がこの時期において転々と流浪したことは、雪芹の生活環境の変化という面からすれば、たしかに耐えがたい難行苦行であったにちがいない。が、彼の精神上での成長という面からすれば、きわめて由々しい貴重な体験であったことも間違いない。曹家のような「奴隷奴才の家系」のひとびとは、世々代々にわたり、千辛万苦をなめつくし、満州統治集団の醜い内幕を知りつくし、数知れない喜劇やら悲劇やら痴態やら狂態やらを眼のあたりにしながらも、そもそもからして不平不満は胸におさめ、感慨無量とせざるをえない立場におかれていた。ところが、ようやく曹雪芹の世代のこの時期にいたり、はじめて本当の意味で統治集団の外なる世界と交わることとなり、そのため雪芹の視野は広げられ、考え方も刷新されたばかりか、かつての一種特別な狭い世界にたいする不平不満も、しだいに社会全体にたいする悲憤慷慨へと高まっていった。のみならず、雪芹の叛逆的な性格と考え方にしても、こうした時期の生活環境の中でますます鍛えぬかれ、彼の『紅楼夢』創作にあたっての緊要このうえない動機となっていったわけである。

《原注》

① 以上の二文献は、いずれも曹家が織造署の園庭のほかに別の園墅を所有していた、とは記していない。いわゆる随園についての記録としては、袁枚〔次章参照〕じしんの『随園記』が、随園は隋赫徳が始めて建園し、墻《へい》を築き、樹を植え……云々と明言するほか、洪亮吉の『巻施閣詩』巻八〈袁枚を随園に訪ぬ〉詩の自注にも、「その園、もと隋織造〔つまり隋赫徳〕の構する所なれば、よってその名にしたがう」と記される。すこし後ちの麟慶の『鴻雪因縁図記』中の〈随園訪勝〉にも、「璞山すなわち東に一塔を指していわく、これすなわち小倉山〔江蘇省江寧県の山〕なり、その麓に園あり、もと隋尚衣〔尚衣は織造官の古名〕の創業にして、その姓によりて命名す、乾隆年間に袁子才太史〔袁枚〕がこれを辟《ひら》いて新たにす」と記され、さらに舒坤《じょこん》〔愛新覚羅氏、字は夢亭、一七七二〜一八四五〕はその『批本随園詩話』の批文のなかで、「随園の先、もと呉姓に属す」と述べている。随姓にしろ呉姓にしろ、いずれにしても曹姓とは無縁である。曹寅の文集も該当する園邸について一字として触れていないことは無視できない一証といえよう。舒坤はさらに次のように記す。「余、十二歳のおり、家母にしたがいて随園にゆくこと三たび。飯後、その太夫人ならびに妾四人に見えるに、みな美《よ》しとせず、声を同じくして怨みつたえ、いわく、この処は好からず、四面に墻なく、鬼にさわぎ賊におどろき、人家また遠く、食物を買うにみな便ならず、鴟鴞《しきょう》豺狼は夜を徹して叫喚し、安睡すること能わず云々、と。また笑うべきなり」。〔この件については『説元室述聞』中に引用された記載のほうが詳細をきわめて躍如たるものがある〕。この記述は、袁枚みずからが『随園詩話』のなかで、「随園、地は曠《むな》しく樹木おおく、夜中の鳥啼はなはだ異、家人のおおくこれを怖る」と告白していることと一致し、その荒涼とした野園の有り様がうかがわれる。そもそも、随園と曹家とを強いて結びつけた最初のひとは、乾隆年間の富察明義〔第三十一章参照〕で、しかも注目すべきことは、のちに明義が

袁枚に和韻して作した〈八十寿言〉〔随園の自寿詩の韻に和す十首〕詩の第七首に、「新出の『紅楼夢』一書、あるいは随園の故址を指すならん」と自注し、この時すでに明義じしん疑問の余地を残していることである。のみならず、弁山樵子の『紅楼夢発微』〔民国五年発表、のち単刊〕上巻〈随園詩話之改竄〉の末尾に付された括弧つきの按語によれば、袁枚の「大観園なるもの、すなわち吾が家の随園なり」〔『随園詩話』道光刊本巻二〕という言葉を、同書の翻刻本および石印本はすべて載せないが、それというのも袁枚の子孫にあたる袁翔甫が、この言葉は「吾が祖の讕言《らんげん》なれば、ゆえに删《けず》らしむ」として削除させたからである、とされる。したがって袁枚の子孫もまた、この説が全く根拠のないものであることを認めているわけである。〔この資料は張玄浩氏の恵示によるものであること、明記して謝意を表したい〕。拙著『紅楼夢新証』旧版〔一九五三年刊〕四一九頁において、「随園もかつて曹家の所有であった可能性がある」としたのは誤りとしなければならない。

② これは北京における西堂である。のちに曹寅は南方にも別の西堂〔前出、第六章〕を造った。両者は同名ながら場所を異にする。〔こうした例はきわめて多く、乾隆帝の「抑斎《よくさい》」にしても各地にあって同名を用いる。〕

③ 最初に曹家の旗主となった多爾袞も、その府第は今の南池子〔故宮東側沿いの南池子大街〕と南河沿〔南池子大街のさらに東側の大街〕のあいだの瑪哈噶喇《マハーカーラ》廟の故地にあった。また多鐸の予王府〔のち協和医院に改築された場所がその遺地〕〔いま王府井から師府園胡同に入った突き当たりの地〕も、おなじく内城の東南隅に位置する。曹家が北京に入城して城内の東南隅に住んだことも、これらの事情と関連するのかも知れない。

④ 康熙帝の乳母は一人にとどまらない。しかし、それらの乳母のなかでも曹璽の妻である孫夫人が重きをなしていた。康熙帝の乳母として記録に名をとどめる者は、噶礼《ガリ》〔康熙朝の権臣〕の母のほか、さらに瓜爾佳《グワルギア》氏がいた〔抄本『八旗掌故』に見え、張玄浩氏の教示によって知りえた〕。〔なお奕賡の『寄楮略談』には、康熙帝の乳母は謝氏、雍正帝の乳母は瓜爾佳氏、と記されるが、奕賡は両者をさかしまに誤認したものと思しい。〕

⑤ 高士奇の『金鰲退食筆記』、および朱一新の『京師坊巷志稿』の記載に詳しい。参看されたし。

⑥ 百果園という名称は『列朝詩集』馬汝驥〈西苑詩序〉に見える。いっぽう『明宮史』には「北果園」の名も見える。おそらくは一音が訛った表記かと思われる。「御果園」にいたっては、そもそも城外にあったもので地域を異にし、本件とは無関係。

⑦ すなわち阿拉《アラ》善《シャン》王府のこと。劉蕙孫の『名園憶旧』（『文匯報』一九六二年六月二日所載）を参照されたし。羅王府というのは俗称で、のちには塔王府とも呼ばれた。中国人民大学『文学論集』第一輯所収の拙文〈芳園は帝城の西に向かいて築かる〉（のち『大観園研究〈資料彙編〉』〔中国文化部藝術研究院紅楼夢研究室・一九七九〕に転載）を参照されたし。

⑧ 唯一の難点は、乾隆時代においては内城外城の満漢分居の原則が厳しく、曹雪芹が外城に居住できそうもなかったことである。この禁令は道光年間に至り、ようやく廃れていった法制である。族兄の周紹良によれば、臥仏寺とは北京西郊の臥仏寺ないし西城の臥仏寺と関係あり、とする。あるいは伝承が変形されたものかも知れない。しかし『春游瑣談』第一集〈曹雪芹の故居と脂硯斎の硯〉の条は、「友人の陶北溟によれば、……曹〔雪芹〕は零落してのち千仏寺に住んだことがある、云々。……千仏寺は外四広安門《こうあんもん》内の棗林街七号にあった」と記す。これも実のところ臥仏寺伝説と源を同じくする一説であろう。臥仏寺は外城の広渠門内に位置し、広安門内に位置する千仏寺とあいまって東西に一対をなす。つまり、いずれか一方は誤記誤伝されたものに違いない。西城の臥仏寺はといえば、すなわち鷲峰寺《しゅうほうじ》のことで、その街東は旧刑部街につらなり、しかも南に向かえば太平湖畔にあった敦《とん》氏一家〔敦誠・敦敏兄弟の家。第十七章および第二十九章参照〕の槐園《かいえん》にも歩いて遠くない距離にあった。

⑨ 第十七章を参照されたい。

⑩ 一説によれば、旧刑部街に雪芹の妻方の実家があり、雪芹が貧窮してから妻の実家の世話になったことがある、

とも伝えられる。この説は徐恭時氏自作の『曹雪芹年譜簡篇』（手稿）の教示によって知りえた。ここに付記して謝意をささげる。

⑪　この某王府とは、のちに和珅の屋敷とされた邸宅の前身にあたる某王府のことではなかろうか。というのも、現在、ちょうど什刹海《シーチャハイ》（前海）の西岸（いま西半分は平坦に地ならしされて運動場となっている）にあたる該当地（後ちの楽家〔什刹海西岸の一宅〕による家屋土台の境界線が設けられている）こそ、かつて「和珅府」の馬小屋があった場所であることを、今日でも地元の長老たちは記憶しているからである。しかも曹雪芹は、この屋敷の向かい側にも裏手にも住んだことがあるものと推定される。

【訳注】

（一）　隋赫徳――綏赫徳とも。雍正六年三月、内務府郎中の肩書をもって曹頫にかわり江寧織造に着任。曹家没収の事後処理にあたった人物。袁枚の名高い山荘「随園《ずいえん》」もはじめ隋赫徳の造営であったための起名という。同八年に日食を奉賀した咎により譴責。さらに同十一年、老平郡王たる訥爾蘇に取り入ろうと贈賄して免職され北路軍台に謫戍される。

（二）　當票――後文にも「當舗」（質屋）が表われるが、清初には「當舗を開かずんば富家にかぞえず」という俗諺があった。『紅楼夢』の第三十七回および第五十七回にも皇商たる薛《せつ》家（宝釵の実家）が當舗すなわち質屋を営むことが記される。

（三）　京中――後出の北京内城のこと。北京城のうち紫禁城（今の故宮）をふくむ北半分の区域。正陽門（南正門いまの前門）・崇文門・宣武門によって外城と結ばれ、東は東直門・朝陽門、西は西直門・阜成門、北は安定門・徳勝門の全九門によって囲まれた城郭。内城は満州人が居住したため外国人からはTartar Cityとも称された。

（四）外城――北京城のうち天壇をふくむ南半分の区域。北は内城と三つの門（清末には和平門が増設されて四門）によって結ばれ、東は広渠門、西は広安門、南は永定門・左安門・右安門によって囲まれる。漢人が居住したため Chinese City とも。

（五）今や知るすべがない――そのご発見された史料により、北京外城すなわち崇文門外の蒜市口《さんしこう》にあった曹寅の妻名義の房屋十七間半および僕婢三対が、特恩により没収を免除されたことが判明。第三十三章参照。

（六）自注によれば――〈送王竹村北試二首〉詩の自注に「芷園小閣は試院に隣し寓公に利多し」と見える。

（七）宮城――皇帝の住居としての皇居すなわち紫禁城のことで、その外郭をなすのが諸官庁の所在地たる「皇城」。宮城（いま故宮）は東西南北をそれぞれ東華門・西華門・午門・神武門によって囲まれ、皇城は北海・中海・南海を擁しつつ一とまわり大きく、東西南北をそれぞれ東安門・西安門・天安門・地安門によって囲まれる。北京内城の中心部。

（八）福佑寺――遺趾は今の北長街后宅胡同の向かい側。もと「雨神廟」と伝えられ雍正年間に福佑寺と改称。現存する「福佑寺」の扁額は嘉慶二十三年重修時の御書。

（九）乳母こそ――正確には乳母ではなく保姆。原注にも「重きをなしていた」とあるように孫夫人の職掌は乳母たちを監督しつつ幼い玄燁の養育万端にあたる母親代わりの大役。第六章訳注五参看。

（十）蕉園――什刹中海の北端東側一帯にあった果園。今の北海公園入口の向かい側。

（十一）光明殿・雲機廟・蚕池――光明殿は今の西城区光明胡同の東側にあった大光明殿のこと。雲機廟は明代の宮人織錦所にあたり蚕池のなかに置かれ、その蚕池は什刹中海北端の西側の地にあった。

（十二）「西苑」「掖垣」「左蔵」――西苑は前出。「掖垣」は宮城の別称。「左蔵」は内庫のことで清代の内務府広儲司。曹寅は康熙二十九年に広儲司郎中に任ぜられている。

（十三）「悼紅軒」――『紅楼夢』第一回中において、曹雪芹が十年を費やし小説を完成させた場所として記されている寓居の名。

（十四）東便門――北京城には本章訳注に前記した各城門のほか、内城と外城とが接する城壁の東西両端の凸面部にそれぞれ東便門・西便門の通用門があった。

（十五）臥仏寺――臥仏寺に関しては第二十二章参照。ここは広渠門内の臥仏寺のこと。

（十六）斉白石――一八六〇～一九五七。名は璜。字は瀕生。湖南省潭県南郷白石荘の人。郷里にちなんで白石と号す。苦節独学して名を成し、一九四七年には全国文学藝術界連合会の委員に選ばれる。中国の文人画史上、近現代を生きた最後の名画家。

（十七）「……短檠寒し」――〈題『紅楼夢断図』〉詩。一九三一年、斉白石が張次渓氏とともに広渠門内の臥仏寺を訪れた時の作とされる。その画『紅楼夢断図』は遺失。

（十八）和珅の屋敷――今日では「和珅の屋敷」としてよりも『紅楼夢』書中の大観園のモデルの一つとされる「恭王府」として名高い。明代の創建とされるが、その府主が特定できるのは和珅の屋敷とされて以降。和珅の失脚とともに慶親王永璘《えいりん》（乾隆帝の皇十七子）に下賜され、咸豊二年に「恭親王」たる奕訢《えききん》（道光帝の皇六子）に分府されたため現名が残る。研究書として早くは単士元『恭王府沿革考略』（《輔仁学志》第七巻一～二期・一九三八）があり、周汝昌氏にも『恭王府考』（上海古籍出版社・一九八〇）の著がある。

〔十三〕　空室監禁

曹雪芹はやがて巷間に落ちぶれはて、世の中からも受けいれられず、封建的社会と対立衝突を繰り返すことしばしばであった。とはいうもの、彼が生涯にわたって受けつづけた弾圧と迫害たるや、いうまでもなく、すでにして若年期の曹家における家庭生活から始められていた。雪芹の叛逆的な性格といい考え方といい、また振る舞いといい、まずもって封建的大家庭内部の「防壁」に突き当たらざるをえなかったのである。そうした一連の防壁のまえに首うなだれて屈伏しないとするなら、雪芹はそうしたものと戦いつづけねばならず、しかも封建的秩序の保持につとめる家長にたいし真っこうから挑戦していかなければならなかった。

思うに、若き日の曹雪芹はそのように戦いつづけたものらしい。——さもなければ、のちの日の曹雪芹のような人物にも作家にも、生い立つことはなかったに相違ない。こうした経緯については、たんなる憶測でなく、それを裏付ける資料が無いわけではないので、曹雪芹理解の一助としてここに紹介する。

そもそも、曹雪芹のような人物は、第一に当時の封建的な士大夫連中から歓迎されるはずはなく、第二に彼じしん名望権勢とは縁もゆかりもなく、したがって人々の耳目をあつめるわけもなく、第三に政治犯として家産を没収された家柄の出自である彼のような危険人物のことが、あえて禁忌を犯してまで話題にのぼされることはきわめて稀であった。そんなわけで、この「名、経伝《けいでん》に見え」ざる人物についての伝聞は、すでに当時からして豊富であるはずがなかった（こうした事情も雪芹に関する文献資料のはなはだしく欠乏する一因となった）。しかしながら、当時においても「曹雪芹」という名、およびその人物像——たとえいかに曖昧模糊とした人物像であろうと、それらを承知している人々がいたこともまた確かである。乾隆・嘉慶年間の文人のなかには、しばしば意想外なことに、曹雪芹についての記録をわずかながらも書きのこしている文人が幾名かいるからである。

たとえば詩人として有名な袁枚《えんばい》(一)（一七一六〜九七）にしても、一再ならず曹雪芹のことを記し、そればかりか雪芹が曹楝亭《そうれんてい》（寅《いん》）の子孫であることを知っていた——もっとも、袁枚は世代を誤認して雪芹を曹寅の子であるとし、「あい隔たることすでに百年なり」〔『随園詩話』巻十六〕とのべているものの、そのじつ袁枚と雪芹とは同時代人なのであって、彼がそれを記した「丁未《ていび》」の歳（乾隆五十二年、一七八七）ないしその少し後年といえば、雪芹没後の二十数年にすぎない。これこそいわゆる「曖昧模糊」の一例といえよう。さらに、それよりのちの梁恭辰《りょうきょうしん》(二)や毛慶臻《もうけいしん》(三)などという人々も、やはり曹雪芹のことを承知していて、彼が「老貢生《こうせい》」あるいは「漢軍挙人《きょじん》」で、跡継ぎもなく、血縁のものも寥々たるありさまであること、等々を書きのこしている。しかも、そうした記録の大部分はほぼ事実と符合する。こうしたことから判明することは、当時においても雪芹についての若干の「口伝」が人から人へ語りつがれていた事実である。

長州〔いま江蘇省呉県〕の宋翔鳳《そうしようほう》[四]（一七七六〜一八六〇）は字を于庭《うてい》といい、乾隆期から嘉慶期にかけての名高い常州派〔第十五章参照〕の経学者であるが、彼もすこぶる重要な「口伝」をつたえているのでここに引用したい。彼はつぎのように記している。

　曹雪芹の『紅樓夢』、高廟《こうびよう》（乾隆帝）の末年に、和珅《わしん》がもつて呈上するも、しかるに指すところを知らず。高廟はこれを閲《けみ》して然りとし、いわく、「これ、けだし明珠《ミンジユ》の家がために作せしものならん」と。後ち、ついに此の書をもつて明珠の遺事となせり。曹とは、じつは楝亭先生の子にして、素《もと》から放浪し、衣食をも給せられざるに至る。その父、某を執らえて空室中に鑰《やく》〔監禁〕し、三年、ついにこの書を成す……①。

この記録は、一読するといかにも牽強付会の説のごとく思えよう。ところが実際には、この伝述はきわめて価値ある資料の一つであって、問題は、それをどのように解釈し、どれほど事実関係を闡明できるかにかかっている、といって過言ではない。

そこで宋翔鳳についておぎなうなら、龔自珍〔前出、第十一章〕はいたく彼のことを可愛いがり、「万人の叢中《むらなか》にて一たび手を握せば、我が衣袖《ころもで》を三年香わしうす」〔〈投宋于庭〉詩〕とほめ、「樸学《ぼくがく》〔清朝儒学〕奇材は一軍を張る」〔〈己亥雑詩〉其百三十九〕とたたえている。宋翔鳳は儒門の経学者ではあったけれど、風流な詩文をもたしなみ、しばしば奇才をひらめかせ、「少《わか》くして跳蕩《ちようとう》〔放縦〕し、挙子〔科挙〕

の業を楽しまずして古書を嗜読す。得ざるとき、すなわち衣物を窃《ぬす》み、もつてこれと易《か》う。祖父、これを夏楚《かそ》〔笞打ち〕するも禁ずること能わざるなり」〔『清代僕学大師列伝』第七〕とつたえられる。その性格たるや、まさしく曹雪芹と相い通ずるところがあった。こうした人物の言葉には十分注意を払わなければならない。② けれども、彼が雪芹のことを楝亭の子としている点については袁枚の誤解と同じく、ふかく立ちいる必要はなかろう。しかしながら、『紅楼夢』という小説がのちに乾隆帝の目にふれた件はおそらく本当のことであって、このことは小説の第八十回以降の重要部分が散失したことと密接に関係するものと思われるだけに、あらためて後文〔第三十二章〕において再述したい。したがって、ここで取りあげるべき問題点は、この伝説の後半部にある。

伝述のつたえる「素から放浪」したということは、ほかでもなく曹雪芹の前記したような叛逆的性格、および封建的礼教にたいする反抗的行動を指すものにほかなるまい。曹雪芹の友人のひとり張宜泉《ちょうぎせん》〔第二十四章参照〕は、その著『春柳堂詩稿』のなかで雪芹のことを、「そのひと素《もと》から性は放達」〔〈傷芹渓居士〉詩題注〕と述べており、まさしく宋翔鳳の伝述の正しさを裏打ちしている。宜泉のいう「放達」にしろ、翔鳳のいう「放浪」にしろ、意味するところはまったく同一で、ただ言い方が婉曲か率直か、また好意的にのべるか批判的にのべるか、それだけの違いにすぎないからである。いわゆる「衣食をも給せられざるに至」ったことに関しては、それが事実であること言うまでもなく、この件についての傍証たるや多数にのぼるため一々列挙するまでもなかろう。

以上からも明らかなように、宋翔鳳の記録の信憑性がすこぶる高いことは大いに注目にあたいする。しかし、重要なことはべつの指摘にある。

宋翔鳳の伝述は、さらに見逃しがたい二つの事情をつたえている。一つは、曹雪芹の「衣食をも給せられざる」窮乏生活も、けっして家門の受難が原因のすべてではなく、いわば「百足の虫は死しても倒れず」であって、曹雪芹がかりに「唯々諾々」として統治集団に身をまかせ、きまじめに彼らに服従しさえすれば、衣食の足不足などは取るにたらない小事であった。にもかかわらず「給せられざる」に至ったということは、とりもなおさず雪芹がひたすら「放浪」したために他ならない。もう一つは、曹雪芹がひたすら「放浪」した結果として衣食にも不自由したことは、どちらかといえば些細なことであって、むしろ重大なことは、彼がさらに「放浪」をつづけた場合、彼（あるいは彼の一族一門）がより深刻な事態に陥りかねなかったことである。——そんなわけで、封建的勢力の代表者である大家庭の家長たるものが、彼のまえに立ちふさがって事態収拾にのりだしたのであった。

「その父、某を執らえて空室中に鑰し、三年……」という伝述こそ、そうした背景を如実に物語るものであろう。

これらのことに関連し、二件ほど補足説明しなければなるまい。第一件は、空室のなかに監禁するなどという方法は、今日においてこそ奇妙に聞こえるかも知れないが、しかし当時にあっては別に珍しいことではなかった。そもそも皇帝からして、「分に安んぜず」して「騒動」を起こしがちな皇族宗室にたいし、こうした苛酷な懲罰をしばしば愛用したからである。すなわち、重罰としての「高墻圏禁《こうしょうけんきん》」（特殊な監獄幽閉）、すこし軽い在宅のままの一室圏禁、それに次ぐものとしてのいわゆる「出門禁止」、などの処分がそれであって、これらはすべて行動の自由を厳しく拘束するとともに、監獄における独房のごとき精神的苦痛を与えるものにほかならず、きわめて残忍な手段といわざるをえなかった。そんなわけで満州式の家門においては、「不肖」の子弟にたいする懲罰として常用された手段であり、すこしも奇異とするに及ばぬものであった。第二件めは、当然のことながら、こうした処罰もけっして「日常茶飯」のように軽々しく行なわれたわけではなく、かくのごとく一切から「隔絶」させる非常手段に訴える場合は、あくまでも万策つきた場合にかぎられ、したがって事態がそれほどまでに緊迫した段階に立ちいたっていたことを意味したことである。

また「三年」という期限については、それほど整然とした年数であったかどうか、やはり疑問の余地の残るところである。かりに「三年」という言葉が、かなりの年月にわたったことを意味するに過ぎないとなれば、ただそれまでの事だからである。しかし重要なことは、この伝説が、こうした期間におよぶ圏禁処分と『紅楼夢』の創作とを関連づけている点である。

もちろんのこと、『紅楼夢』ほどの長篇小説が「三年」ていどの歳月のあいだに書きあげられたものかどうか、すこぶる判断しにくい。しかしながら周知のとおり、『紅楼夢』という作品はその執筆にあたり、「読みなおすこと十年、手直しすること五たび」〈『紅楼夢』第一回〉と称され、しかもその最初期においては『風月宝鑑』〈同前〉と呼ばれる「雛型」ともいうべき初稿段階まであったことから推して、(五)曹雪芹はかなり早い時期からこの小説の構想をいだいていたことが知られるのである。したがって雪芹が、その若かりしころ「放浪」したあげく、監禁処分とされているあいだに『紅楼夢』執筆という大事業を思い立ち、その創作に日々を明け暮らすことによって遣《や》るかたない鬱憤をまぎらしたとするなら、心情からしても道理からしても十分納得できるものといえよう。

実際、こうした方法こそ彼流の封建的弾圧にたいする反抗の「しかた」であった。

そういうわけで宋翔鳳の伝述は、今までながらく注目も研究もされないまま看過されてきたけれど、けっして軽々しく等閑視すべきものではないと考える。というのも、曹雪芹の成長過程における生活状況・内面世界・創作動機・反抗精神、等々を理解するうえで、彼の伝述は貴重な手掛かりをいくつも与えてくれるからである。しかも、そうした理解を深めることこそ、このうえなく重要な価値をもつものと信ずる。

以上のような解釈および推論が当たらずとも遠からずであるとするなら、上記したような事情から、曹雪芹が浩瀚な長篇小説の構想をたてるのにさいし、封建的な一大家庭（および運命をともにする数家の親戚）の盛衰史をえらんだ理由も、さらには、『紅楼夢』書中において、賈宝玉《かほうぎよく》のように叛逆的性格を身にそなえ、事あるごとに悶着をおこし封建的遺制にたいして抵抗しつづけるような人々が、主人公ないしヒロインとして登場する理由も、ことごとく合点がいく。③

《原注》

① 蔣瑞藻『小説考証拾遺』所引の『能静居筆記』による。この筆記は徐珂の『雪窗閑筆』にも引かれ、趙恵夫『能静居随筆』に作る。その著者である趙烈文は字を恵甫（昔時の字において甫・父・夫の三字はしばしば通用）といい、その母にあたる方蔭華には『双清閣詩』の著作がある。

②　宋翔鳳のこの伝述の来歴については、荘存与《そうそんよ》〔第十五章参照〕、ないし張恵言および惲敬《うんけい》の二人が関係するものと考えられる。荘存与はかつて孫灝《そんこう》（字は虚川。それより以前に右翼宗学〔後出、第十七章〕の稽査官をつとめたことがあり、敦誠《とんせい》〔同前〕の先生格にあたる。曹雪芹は敦誠といっしょに宗学にいたことのある親友同士で、したがって孫灝とも面識があったに違いない）とともに上書房〔清朝皇子の読書処〕に勤務して皇子の教授にあたったことがあり、間接的に曹雪芹を知っていたか、ないし面識があった可能性がある。張・惲の両人については、雪芹没後に敦誠と交際があったらしいこと、敦誠の『四松堂集』に見える。荘存与の甥に荘述祖がおり、宋翔鳳は荘述祖の妹筋の甥にあたる。張恵言も惲敬も荘氏・宋氏とは師弟ないし友人として親密な関係にあった。しかも、張恵言は景山官学〔第十七章参照〕の教習をつとめたことがあり、惲敬も咸安宮《かんあんきゅう》官学〔同前〕の教習をつとめたことがあって、両官学とも内務府包衣にあたる旗家の子弟を教育するための学習所であったから、その関係者のなかには曹家の事情に通じていたもの、さらには曹家と昵懇のものも当然いたに違いない。そんなわけで、宋翔鳳の伝述が荘氏・張氏・惲氏などという筋から由来するものであること、ほぼ間違いあるまい。

のみならず、前記した人々はすべて常州派経学家として重要な人物ばかりであり、常州派経学は清代思想界において重きをなした学派であっただけに、前述のごとく、その誰もが『紅楼夢』およびその作者に関心をよせている点（惲敬が四色の筆をもちいて仔細に『紅楼夢』に批語をほどこしていること、第三十一章を参照されたし）、今後の研究課題とすべきであろう。いまだ披瀝するほどの自説がないため、付記するにとどめる。

③　これは、いうまでもなく曹雪芹という十八世紀の古典作家にそくし、なおかつ雪芹の精神活動および創作動機にそくして述べたものである。かりに作品、ないし作品の客観的内容に立脚してのべるとすれば、おのずから関連性はあるものの別個の見方ができよう。とくに作品に即した立場からするなら、もちろんのこと『紅楼夢』という小説は、たんに封建的一大家庭の問題、叛逆的一子弟の問題にとどまらず、はるかに広汎なテーマを包括し

ている。

【訳注】

（一）袁枚――一七一六～九七。浙江錢塘の人。字は子才。簡斎と号す。家園にちなみ随園先生と称さる。乾隆四年の進士。江蘇諸県の知県を歴任して官を辞し、小倉山麓に居をかまえ詩文を楽しむ。乾隆三大家の一人。その詩は《性霊説》を唱えて沈徳潜《しんとくせん》らと対立。その文は紀昀《きいん》と並び称せらる。『小倉山房集』および『随園詩話』『随園食単』など随園十三種の著をもって世に名高い。その家園「随園」と『紅楼夢』中の大観園との関係は前章原注①に既出。

（二）梁恭辰――生卒年不詳。道光年間に広西巡撫として活躍した梁章鉅の子。浙江温州府知府をつとむ。その著『北東園筆録』（同治五年刊）巻四〈勧戒四録〉中に、「……曹雪芹、実に其の人あり。しかるに老貢生をもつて牖下《ゆうか》（巷間）に槁死（餓死）す」云々と記す。

（三）毛慶臻――生卒事跡ともに不詳。その言辞は第十章原注⑥に既出。

（四）宋翔鳳――一七七六～一八六〇。江蘇長洲の人。字は于庭また虞庭。室名を浮谿精舎とす。嘉慶五年の挙人。官は湖南新寧県の知県。常州学派の開祖たる荘存与の後をついだ荘述祖の甥にあたる清朝公羊学の重鎮。門下から戴望を出だし、その『春秋公羊伝』とともに『易』を重んずる学風は清末公羊学の大成者たる康有為にも大きな影響をおよぼす。第十五章参照。

（五）初稿段階まであったこと――『風月宝鑑』の書名そのものは『紅楼夢』第一回中に示され、さらに《甲戌本》同回同所の行上注にも「雪芹、もと『風月宝鑑』の書あり、すなわち其の弟たる棠村の序するなり。いま棠村すでに逝く。余、新しきを睹《み》て旧きを懐《おも》い、故になおこれに因《ちな》む」という評語が見える。なお初稿段階を含め

『紅楼夢』成立史に関しては伊藤漱平氏の一連の論文（『伊藤漱平著作集Ⅰ・Ⅱ』汲古書院・二〇〇五、二〇〇八）、および船越達志氏『『紅楼夢』成立の研究』（汲古書院・二〇〇五）に詳しい。

〔十四〕 俳優に交わる

乾隆・嘉慶年間のひとびとによる伝承記録のおかげで、今日においても、曹雪芹とその封建的家庭とのあいだに持ちあがった対立衝突について知ることができる。しかし、事情のおおまかな輪郭と本質とはわりあい明らかに伝わるものの、その内情の詳細はつまびらかでなく、すでに想像することさえ困難になっている。

したがって、曹雪芹が封建的家庭と対立衝突をおこして抵抗をこころみた、というのは基本的に正しい言い方であろうけれど、そうした対立・衝突・抵抗の具体的事例なり行動なり、そのことごとくが現在においても賞賛にあたいするものかどうか、保証のかぎりではない。なぜかといえば、一つには、曹雪芹は聖人君子でも英雄豪傑でもなく、たかだか満州八旗家門の一子弟にすぎず、彼の思想感情そのものからして、きわめて複雑かつ矛盾したものであった。二つには、雪芹は二百年もむかしの封建的旧社会裏に生きた人物であって、当時の歴史的条件、社会的風潮、さらには旗人独特の伝統的習俗など、それぞれが同じ重みをもって彼に影響感化をおよぼしており、雪芹にしても、時代やら社会やらの「外側」へ「遊離」することは不可能事だったからである。そうしたわけで、その時代の一般的状況および具体的事例に沿いながら、いわば「傍証」的に曹雪芹のことを解説することこそ、やむをえない手段であると同時に、どうしても必要な方法になってくる。

　そもそも八旗人は、とりわけ満州人のなかでも上層部に属し、あらゆる面にわたって特権を与えられ、生活上においても至れり尽くせりの「優遇」を受けていた。官位に応じた俸禄〔歳俸銀・歳禄米〕、そして職務ごとの月々の手当て〔月餉銀〕はもちろんのこと、そのほか無位無官の人員にいたっても同じように北京城の内外に住宅をあてがわれ、京外五百里の畿内の地に土地をさずけられる、などは序の口で、七歳以上のものには「口糧《こうりょう》」〔食い扶持〕満額〔六歳以下のものには半額〕が支給され、さらに冠婚葬祭および季節ごとの「恩賞」(一)まで下賜された。①こうした数知れない寄生的な搾取生活をおくる人々〔その数たるや日ごとに増大し、おおまかな統計でも、入関いらい乾隆初葉までに八旗の人員数はおよそ六、七倍にも達していた〕は、ぶらぶら遊び暮らすことが仕事のようなもので、ひたすら錦衣美食をおいもとめ、とりどりの嗜好享楽に血道をあげ、趣向をこらした贅沢三昧というものが一つの風潮となるまでにいたった。

　そんなわけで、彼らの「収入」がとうてい彼らの浪費に追いつくはずはなく、まもなく「困窮」状態におちいり、八旗人員の「生計」問題〔これも搾取される側の旗人の生計的破綻、および搾取する側の旗人の浪費による経済的没落の二種に分けられるが、ここでは主に後者をさす〕が康熙・雍正・乾隆時代〔いうまでもなく本書は乾隆期までを扱う〕における大きな頭痛の種のひとつになった。朝廷はつぎつぎに「救済」措置をくりだし、たとえば「養育兵」(二)を編制するやら、欠損金を宥免《ゆうめん》するやら、地産売却を肩替わりするやら、接収資産を返還するやら、救済米の発給やら、下賜金の恩貸やら、さまざまな対策がほどこされた。それは康熙朝の二度にわたる一括賞賜金《しょうしきん》〔康熙九年および同十年〕だけをとってみても総額一千二百万両の巨額にのぼるものであった。その後のこまごました賞賜金・恩貸金・宥免金にいたっては枚挙にいとまなく、それらにしても一とたび数百万両を下ることはなかった。けれども、こうした「湯に火をくわえ火に油をそそぐ」ような方策は、衰退した八旗人員の「救い」になるどころか、はんたいに彼らの寄生的な依存性、および浪費散財の風潮をますます増長させる結果をまねいた。

このような背景のもと、八旗家門の上流子弟たちが続々と生みだされ、こうした「哥児《ゴル》」（三）〔わかとの〕たちは彼らにたいする「天子の浩恩と祖先の遺徳」そして自分たちの特権的地位をいいことに、何をするでもなく、くる日もくる日も遊びたわむれ、酒宴・賭博・観劇・唱曲②・女郎買い・稚児《ちご》あさり・物見遊山・縁日《えんにち》かよい〔当時の北京地方では毎日のように大小の寺廟で縁日が催されていた〕・闘鶏・馬あそび（四）……等々に明け暮れていた。彼らは仲間と誘いあって一団となり、まともな話は禁句も同然、小賢しいことばかりに熱中し、『紅楼夢』のなかにも描かれているように、「どこそこの家のお抱え役者がいいの、だれそれの御殿の花園がいいの、……だれの家の侍女がきれいの、どこぞの屋敷の酒食がうまいの、……だれが秘宝をもっているの、……どこに珍品があるの」〔第二十六回〕などという話題が彼らのもっぱらの関心事であった。——もちろん、こうした話題はまだしも「高雅」なほうで、なかには話にもならない話柄もありはしたが、いずれにしても当時における八旗上流子弟たちの「暮らしぶり」の実態を伝えてあまりあろう③。

こうした人々の群中にあっても、それぞれの人品は一様でなく、粗野な者、凡庸な者、下劣な者、悪辣な者も多かったが④、もちろん品のよい者もいた。さらには「高級」な人々もけっして少なくなかった。彼らは、見た目こそ、あるいは遊びたわむれる姿こそ似たりよったりであったけれど、しかしながら、遊び方および遊びの本質において大きく異なっていた。前者のひとびとは遊興歓楽をひたすら追いもとめ、文字どおり酔生夢死の身をもてあまし、快楽そのものが彼らにとっての唯一の浅ましい目的であった。いっぽう、後者のいささか「雅致」あるひとびとはといえば、もっぱら一種の「洗練された悪戯《いたずら》」を追いつづけ、遊びから始まるものの遊びには終わらない場合がしばしばであって、そうした「悪戯」は最終的に、彼らが信念をことよせたり、あるいは憤懣をあらわにするための手段と成りかわっていった。こうした遊びの「分化」がはぐくまれた原因なり背景なりについても、当然ながら入り組んだ事情がからんでいる。

しかも、これら後者のひとびとの中から傑出した藝術家や文学者が誕生し、それぞれの特技によって異彩をはなち、はるかに凡人を抜きんでて卓越した一家をなし、巨匠文豪となることがあった。――ほかでもなく曹雪芹こそ、その代表的存在といえよう。

そこで、そうした原因背景をさぐるなら次のようになろう。彼らは「方《ほう》は類をもつて聚《あつ》まり、物は群をもつて分かる」〔『周易』〈繫辞上〉〕という社会的風潮のもとで、幼少より耳目になじみ、ながらく薫陶をうけてきた「その筋《すじ》」にことのほか習熟していた。しかも、搾取にねざした寄生的生活のなかで、彼らは無為徒食のまま何であろうと労せずして手に入れることができ、したがって、それぞれが思いおもいに好き勝手なことに専念できた。のみならず、その恵まれた条件のもとで、彼らの才能をぞんぶんに巧緻の極みにまで高めることが容易であった。（たとえば、食品にしろ器具にしろ、さらにコオロギ籠にしろ、彼らが関心を示さなければそれまでのこと、いったん興味をよせたとなると、いきおい徹底して熱中し、その道にかけては余人の追随を許さないところまで行き着かなければおさまらない、といった有り様であったこと、なかなか一般人には想像のおよばぬところがある。）――こうした環境は、当時の社会における封建的階層に身をおく藝術的天才にとって、十二分に成長をとげうる土壌となることもあった。のちに清末にいたり、そもそも素人藝からはじまったその筋の愛好者が、やがて生活のために「業界入り」し、演劇やら雑技やらの藝能界において特殊技能をそなえた藝人となっていったが、そうした人々のなかで旗人出身者が大きな比重をしめたこともけっして偶然ではない。

そんなわけで、曹雪芹の放蕩生活にしても、彼の多藝多才ぶりにしても、上記のような八旗社会における風潮が直接にもたらしたもの、といって差し支えあるまい。

しかしながら、旗人たちの封建的家庭というものは「礼法」とか「家訓」とかについて最もやかましく、そうした家庭から無数の放蕩子弟が生まれはしたものの、それだけに、家庭における子弟教育は厳格をきわめ、まさしく「殿様まいにち子息を笞打ち」「声あららげて何んの躾《しつけ》やら、まるで盗人《ぬすっと》の取りしらべ」〔『紅楼夢』第四十五回〕というぐあいであった。しかも、こうした放蕩子弟たちの「不肖」の行状が、ひとたび一定の思想的傾向と絡みあうようになると、たちまち封建的勢力と「反」封建的エネルギーとの闘争、という構図があぶり出されてくるのである。曹雪芹はまぎれもなく、そうした事態にまきこまれた典型例といえよう。

もちろん封建的統治者も、こうした状況に目を光らせることを怠ってはいなかった。彼らが放蕩子弟たちをどのように見ていたかは、つぎに紹介する法令からも窺い知ることができよう。曹雪芹の時代においては、未成年者をふくめ、八旗人員の逃亡があいついだ。(五) 逃亡という行為じたい、事実上、旗丁《きてい》〔旗人の成年男子〕旗奴《きど》〔旗人の奴籍にあるもの〕による自分たちの主人にたいする一種消極的な反抗の試みにほかならなかった。そこで乾隆二十八年、おりしも曹雪芹逝去のとし、旗人の逃亡をとりしまる処罰条令が発布され、つづいて同三十一年、さらに八旗未成年男子の行方不明者に関する処理条令が公布された。後者の規定によれば、十五歳未満のもので、逮捕され身元の確認された場合はとくにお咎《とが》めなく、十五歳以上のものは成年男子の処罰に準ずるものとされた。また、十五歳未満で行方不明となり、十五歳以上となって帰還したものについては、「その失迷〔失踪〕せし時、もとより放蕩をこのみて不肖たること性となりし者のごときは、また逃人〔成年逃亡者〕の例にしたがいて処理すべし。愚蒙幼稚にして本《もと》もと悪習の無かりし者のごときは、つぶさに奏して旨《むね》を請うべし」と定められた。この一項の条令文からしても、当時の一部の八旗子弟による「放蕩」と「不肖」という行状にこめられた深刻な意味合いばかりでなく、統治者の彼らにたいする観点およびその監視ぶりが如実につたわってこよう。

ところで、曹雪芹の放蕩生活というのは一体どんなであったものやら、もはや知るすべのない事柄として諦めかけていたところ、はからずも一と筋の手掛かりがあらわれた。それは「滄海の遺珠《いじゅ》」の思いをつのらせるものには違いないが、やはり「不幸中の大幸」とすべきであろう。すなわち、『紅楼夢』の一旧本〔善因楼刻本『批評新大奇書紅楼夢』〕に付された評語のなかに、つぎのような一条が見当たるのである。

曹雪芹、揀《れん》（楝）亭寅の子なり。世家〔名門〕たりて文墨に通ずるも、志を得ず。ついに形骸〔憂き身〕を放浪せしめ、優伶のなかに雑じり、ときに演劇して楽しみとなすこと、楊升菴《ようしょうあん》（六）〔明の楊慎のこと、後文参照〕のなせしものの如し⑤。

これは短かな記述ではあるものの、重要このうえなく、きわめて貴重な史料であることに変わりはない。

周知のとおり、曹雪芹は『紅楼夢』のなかに演劇にまつわる多くの事柄を描きこんでおり、その一々はとうてい枚挙しきれるものではない。「演員」（これは現代漢語としての用語）ひとつを取ってみても、雪芹は三種類の俳優を描きだしている。一つは、富家所有の劇団のお抱え役者の少女たちで、たとえば芳官・齢官（七）といったような、蘇州から買いもとめてきた十二人の娘たちのこと。もう一つは、たとえば蔣玉菡《しょうぎょくかん》（琪《き》官）（八）のような男優で、王府などに所属する「使用人」のこと。最後の一つは、たとえば柳湘蓮（九）のように、じつは「職業俳優」ではなしに良家の子弟でありながら、素人俳優として舞台にものぼる好事家のこと。賈宝玉はこうした三種の俳優たちにたいし、いずれにも感嘆しつつ愛惜の念をもって共鳴している。あるものとは知己親友の間柄にさえなっている。あげくには、彼らとの親交を重んずるあまり厄介事をひきおこし、散々なめに遭うことさえあった。――宝玉が賈政《かせい》〔宝玉の父親〕から半死半生になるまで笞打たれた原因の一つは、琪官を「かくまった」ことによる。

当時においては、こうした俳優たちと交際しようとすること自体はなはだ「不体裁」なことであって、舞台人はといえば、俳優としても藝術家としても今日のように尊重されることはなく、しかも「戯子《シーツ》」〔芝居もの〕とよばれて蔑視され、社会的にもきわめて卑しい地位におかれた。――したがって、彼らとの交際などということは、のっけから「上流」社会人の「まとも」に取り合わないところであった。まして、身をもって俳優たちの中にまじりいり、みずから粉墨をほどこして舞台にのぼり「緋毛氈《ひもうせん》の上に姿をさらす」、などというに至っては、当時の封建的人士の目からすれば、文字通り腰をぬかさんばかりに破廉恥きわまりない家門の汚れとなる「醜態」にほかならなかった。

この一事をもってしても、曹雪芹がその少年時代、空室に監禁されたあげく、出門を禁じられて行動の自由を奪われたとしても、いっこうに不思議はない。

こうした「戯子」たちにたいし、曹雪芹がいだいていた彼一流の見解と評価とは、いわゆる《両具の説》を紹介したさいに触れたように、「まんがいち恵まれない貧乏長屋に生まれおちたとしても、ぜったい小間使いやら従僕やらとなって凡人の下働きにあまんずることはなく、さだめし俳優として娼妓として、名をあげること受け合いだ」〔前出、第十一章〕という言葉の示すとおりであったと考えられる。しかもこうした見解は、当時においては紛れもなく、すこぶる高い評価であったことを見逃してはならない。ほかならぬ曹雪芹こそ、そうした凡人の「下働き」――すなわち牛馬さながらの苦役労作に、けっして甘んずることのなかった人であった。

すこし後世のひと楊懋建《ようぼうけん》は、その著『京塵雑録』巻四のなかで、才能ある文人が失意のままに俳優たちと行動をともにしたエピソードを次のごとくつたえている。

さきの乾隆年間、黄仲則《こうちゆうそく》（詩人として有名な黄景仁）が京師に居《すまい》するに、落々寡合《かごう》（固陋狷介）にして、つねに虞仲に青蠅《せいよう》の翔びし感（賢者不遇の思い）あるも、権貴の人、能くこれを招致するものなし。日々ただ伶人《れいじん》（俳優楽士）にしたがいて食を乞い、時にあるいは、ついに紅氍毹《こうくゆ》（緋毛氈）のうえに種種《とりどり》の身《み》をあらわして説法し、粉墨《くまどり》すること淋漓《りんり》たり、登場して歌いつ哭きつ、謔浪笑傲《ぎやくろうしようごう》（ふざけ笑い）すること傍若無人たり。楊升菴（明の楊慎）の滇《てん》南（雲南の地）にありしときの如きは、酔いしのち、胡粉《おしろい》をば面《かお》につけ、満頭に花をさし、門生諸妓らが舁《かつ》ぎて市をよぎる。唐六如《とうりくじよ》（雪芹が《両具の説》中にかかげた唐寅）と張夢晉《ちようむしん》と、大雪のなかを虎丘（江蘇省の名山）に遊びしときの如きは、乞児《きつじ》をまねて「蓮花落《れんげらく》」（十）をうたう。才人の失意するや、ついに逾閑蕩検《ゆかんとうけん》（無法無頼）にいたる。これまた聖朝に際し、その傲兀《ごうこつ》（傲慢）を容《ゆる》されしのみ。

そうしたわけで曹雪芹の「放蕩」にしても、封建的礼教にたいする「逾閑蕩検」にほかならなかったこと、あらためて言うまでもあるまい。すなわち、こうした行状は一個人が好むか好まないかの問題にとどまらず、さらに「聖朝」が許すか許さないかの問題にかかわっていた。そして曹雪芹はといえば、まさしく放蕩のはてに「聖朝」によって許されざる者とされた、「君の才は抑塞《よくそく》されし」（敦誠〈佩刀質酒歌〉）失意の才人のひとり——しかも、不世出の藝術家だったのである。

《原注》

① 『紅楼夢』第五十三回の賈家の年越しの場面に、寧国府の家長である賈珍《ちん》が賈蓉《よう》を年賞銀の受け取りにつかわし、「『皇恩永錫《えいしやく》』の大きな四文字の印章のおされた黄色の木綿袋」をひとつ持ち帰り、それが「恩賜されたる永代春祀の祭祀料二柱分」であることが描かれている。旗家の年越しにたいする恩賞の事例といえよう。

② 当時は「唱檔子《チャンタンツ》」とも称された。乾隆期の詩人である蔣士銓の『忠雅堂詩集』には〈唱檔子〉歌があり、また「花檔小唱」の呼び名もあった。鄒熊『声玉山斎詩』巻四〈檔子行〉には、「華筵は開き、檔子の来たる。朱縄にて辮髪し金縷の鞋《くつ》、長袍《ながうわぎ》は窄袖《つつそで》にして呉綾〔呉のアヤギヌ〕の裁《こしらえ》。琵琶をかるく撥じける腕《かいな》は玉のごと、婉転として筵にあたり歌一曲。曲中に眉語《ながしめ》して目は情をつたえ、燭光が面を照らせば佯《いつわ》りて羞縮《はにかみ》す。朱門の子弟たやすく魂銷し、袖底の金銭を席上に抛ず……」云々、と描かれている。参看されたし。じっさい「朱門の子弟」たちにも唱曲の心得があったことは、『紅楼夢』書中においても宝玉みずからが琵琶をひきながら「紅豆」の曲をうたう場面〔第二十八回〕など、その一例となろう。

③ 盛昱『八旗文経』〈序〉は次のように記す。「和珅の政をほしいままにするや、およそその旗人を識抜するに、趨避《すうひ》〔自己保身〕に巧みなるをもつて工となし、鑽利《さんり》〔謀利貪財〕をもつて才となし、進退・周旋・俯仰〔変節順応〕をよくするをもつて礼を知るとなし、しこうして風気は一変す。第宅をいとなみ、衣服を美しうし、廚伝〔飲食宿舎〕をかざり、姫侍〔側室侍女〕をたくわえ、奴僕をとうとび、酒肉は衢《つじ》にすて、綺羅は市にてり、楼台あい接し、鐘鼓あい聞こえ、ほしいまま輦轂《れんこく》の下《もと》〔帝都〕に跳梁す」。しかしながら、こうした頽廃的な生活風紀というものも、たしかに和珅の時代に拍車がかけられはしたが、実は以前からあった悪習にほかならない。具体的事例としては、舒坤の『批本随園詩話』中にみえる次のような記載などが参考となろう。「わが親友中の鄂二爺祥〔鄂家の第二当主たる鄂祥〕のごときは、すなわち祖父およびその本人、みな戸部の銀庫をつかさどり、家資

は百万たるも、ただ鷹をやしない馬をやしない、飲食嬉遊するを知るのみにて、たえて親友を顧恤《こじゅつ》〔配慮愛念〕せず。いまだ十年におよばざるに家産のことごとく空たること、余の堂兄〔父方の従兄〕たる志書の行為とあい似たり。志書は年いまだ五十ならざるに、貧をもつて死し、子の六人あるも食を得るところなく、ただ賊をなすのみ」〔巻十二〕。こうした証例は、まことに枚挙にいとまがない。

④ 前注の舒坤のつたえる事例をもう一つ参考としてかかげる。「福康安《フカンガ》〔前出、第三章〕の死すや郡王に封ぜられ、その子たる徳麟《デリン》は貝勒を襲封するも、鴉片を吃食し、日々に南城の娼家にありて住宿し、白昼より睡をむさぼり、しばしば差使〔公務〕をあやまち、……ついに内庭より出だされ、淫蕩して死するに終わる。その子たる慶敏《チンミン》、貝子を襲封するも、依然として遊蕩し、鴉片を吃食し、……これみな福康安の淫悪をきわめ、孽《わざわい》をなすこと甚だ重くして、毒を子孫に流したり。もつて戒めとなすべし」〔『批本随園詩話』補遺巻七〕と記される。

⑤ 詳しくは『紅楼夢新証』七〇一頁を参照されたし。〔訳注（十一）〕

【訳注】

（一）「恩賞」まで下賜された――「恩賞」制度は在京官への正式俸給として乾隆二年に始まり、それ以前は「恩俸」と称す。地方在住の八旗人員には「親随名糧」なる恩俸があり、これも雍正二年以降の《養廉銀》制にあわせ乾隆年間から「養廉」の名により支給。

（二）「養育兵」――八旗の正式な兵員「額兵」（大別すれば親軍・驍騎・前鋒・護軍・歩軍の五種）に定められていた定額外に特設された予備兵。はじめ福祉政策の一環として発足したため雍正初期の制では幼年者を対象に養育費を支給。のち変質し、乾隆年間には実動部隊の補充兵としてジュンガル征討にも従軍。

（三）「哥児」――清代において貴族の子弟をいう言葉。清朝皇室の皇子をさす「阿哥《アゴ》」、あるいは民間の名家子弟をさす「少爺」（わかさま）とは区別される。

（四）……闘鶏・馬あそび――上記すべての遊興が小説『紅楼夢』中に登場するといっても過言でない（第四回・第九回・第二十九回・第七十五回など）。ただし小説の大部分が賈家の邸宅を舞台とするため設定上での制限は否めない。

（五）八旗人員の逃亡があいついだ――清初に強制的に投充させられた漢人に関しては、すでに順治三年、多爾袞が「（漢土に）入主して以来、逃亡せしもの既に十中の六七たり」と慨嘆している。さらに康熙年間の再度の《圏地停止令》（同八年・同二十四年）以後には壮年旗丁の大量逃亡までが相い次ぎ、田地は「荒曠」として「連年田穀は収まらず」という惨状に立ち至り、康熙三十八年には逃亡者への処罰緩和が画策されている。

（六）楊升菴――すなわち明の楊慎《ようしん》。一四八八～一五五九。四川新都の人。字は用修。升菴と号す。正徳六年の進士。経筵講官に充てられたが、嘉靖三年、忌に触れて雲南に謫せられ、戍所にて没す。博学多才で、その著は詩文・諺謡・音字・雑劇・散曲などにわたり広汎かつ多数。

（七）芳官・齢官――それぞれ『紅楼夢』第十七・十八回の元春帰省時に賈家に買い入れられた十二名の少女劇団の一員。のち第五十八回において老太妃の国喪に際し劇団は解散され、芳官は宝玉づきの侍女見習いとなり、齢官は賈《か》薔《しょう》と恋におちて以後不明。

（八）蔣玉菡（琪官）――『紅楼夢』書中で忠順親王府につかえる琪官という藝名の女形役者とされる若者。第二十八回に登場し親王府から逃亡をはかり、ために第三十三回にいたり下文に紹介されるような仕儀をまねく。

（九）柳湘蓮――名家の子弟でありながら芝居道楽が高じて舞台にも登る『紅楼夢』中の男立て。第四十七回に登場して薛家の馬鹿息子の薛蟠《せっぱん》にヤキを入れ、第六十六回にいたり婚約破棄をめぐる尤三《ゆうさん》姐《そ》の自刎に立ち会い、世の無情を感じて出家する。

（十）「蓮花落」——民間歌曲の一種。太平歌詞また什《シー》不《ブ》閑《シエン》とも。幾人かが一群となり、数人が婦人に扮し、さらに数人が女児に扮し、それぞれの掛け合いで拍板（びんざさら）や蛇皮線などのお囃しで俗謡をうたう演藝。旧時においては主に物乞いのための大道藝。

（十二）『紅楼夢新証』七〇一頁を参照されたし——同書同頁には、善因楼刻本『批評新大奇書紅楼夢』に付された朱批一則の全文が掲載される。本文引用の文章はその一節。

〔十五〕雑　学

曹雪芹は、その幼少時どのように読書勉学し、さらには長じてのち、どのように科挙受験〔一〕とかかわりあい、又いかなる職務をさずかったものやら、そうしたことの詳細については今日もはや知るすべがない。われわれに出来ることといえば、わずかに推測をめぐらし、読者の参考の資とするにとどまる。

そもそも清の前身である後金《こうきん》の満州統治集団は、勢力拡大のための抜きさしならぬ必要から、早い時期より人材の育成選抜に意をもちいはじめた。はやくは天聡《てんそう》五年（一六三一）、すべての貴族大臣の子弟のうち八歳以上・十五歳以下の者たちにすべからく読書せしめるよう下知し、しかもその二年前から、すでに生員《せいいん》〔県学・府学の学生〕を選抜するための院試《いんし》を実施〔正式には順治八年に制度化〕している。――しかし最初期においては、努爾哈赤《ヌルハチ》などは明朝の遼東地方を占領したさい、ひどく知識人を忌みきらい、捕虜にした書生秀才のことごとくを皆殺しにするようなこともあったけれど、しだいに殺伐とした風潮もおとろえ、やがて捕虜とされた読書人たちも庇護を受けるようになる。この時期になると、それぞれの貝《ベイ》勒《レ》および満州・蒙古の家々の家奴のなかから試験によって抜擢された者にたいし、布帛をあたえたうえ賦役を免除したりしている。こうした状況の変化は、満州貴族による統治政策のなかで、文化および知識人にたいする需要が日々に切迫してきたことを意味しよう。さらに入関してのちは、明朝の科挙制度をそのまま継承するにいたった〔順治二年《開科取士の令》〕。これも封建的中央政府が必然的にとらざるをえなかった手段であることは言うまでもない。しかしながら清朝においては、満州八旗人が科挙に参加すべきかどうか、そして参加する場合どのように受験すべきか、という問題が避けることのできない難題中の難題となった。満州統治集団はこの問題にたいして決断がくだせず、まさに朝令暮改そのままにつぎつぎと政策変更をくりかえした。この問題が難題となった理由は、ほかでもなく彼らが一つの矛盾を解決できなかったためによる。すなわち、一方では勢力拡大のための必要から、八旗集団、なかんずく満州内部の八旗集団において、可能なかぎり速やかに先進的な漢族文化を摂取しなければならなかった。にもかかわらず一方においては、漢族文化を摂取したばあい、当然のこととして満漢合流および満人漢族化の事態が予想されるだけに、満州の封建的統治者はみずからの不都合をまねくばかりか、さらには満人じしんが自己本来の弓馬武藝のみならず「淳朴《じゅんぼく》」の気風をうしなうことを最もおそれていたのである。そんなわけで、彼らはいつまでも妥当な解決策を見出だすことができなかった。——とはいうもの、歴史の歩みは彼らのためらいをよそに、やすみなく進んでいった。

康熙朝の前期においては、まだしも彼らの「淳朴」の面影が認められはしたが、乾隆・嘉慶年間の満人をみるかぎり、そうした気風はすでに昔語りになりはてていた。康熙帝は、満人入関ののち、ことのほか人材養成に力をそそいだ最初の皇帝といってよく、ほかならぬ康熙帝じしん好学の皇帝であったため、彼の身辺周囲のだれもかれもが選りすぐられた教養の持ち主ばかりで、包衣《ボーイ》家奴のみならず侍衛《じえい》御者にいたるまで例外ではなかった。康熙二十四年〔一六八五〕にいたり、「見るに内府に書射に長じたる者ついに無し」となげいた彼は、平生じぶんの「目のとどく」ところに書房《しょぼう》〔学習所〕を設立させ、内務府佐領・管領の子弟たちの①教育をつかさどらせることとし、清書〔満語文〕・漢書をそれぞれ学習させるため官学生を三百六十六名ずつ（のち漸次に定員増）選抜入学させるよう命じた。そして翌年、ついに景山官学《けいざんかんがく》(二)が設立されるにいたったのである。これは順治元年〔一六四四〕に設立された八旗《はっき》官学(三)いらい、最初の内務府上三旗の子弟のための専門学校というべきものであった。

雍正帝も康熙帝のあとをうけついで八旗の人材養成に意をはらい、八旗人員のための専門学校をいくつも増設した。(四)雍正六年〔一七二八〕には、景山官学のほかに咸安宮《かんあんきゅう》官学(五)を新設させることとし、内務府佐領・管領の幼童および官学在学中の学生のなかから優秀なものを選びだし、翰林《かんりん》〔庶吉士の肩書をもつ文人〕・烏拉《ウラ》〔女直の一部族〕・満州人などを教習ないし「諳達《アンタア》」(六)〔宗人府所轄の武術教官〕の任にあたらせ、それぞれに漢語・満語および弓馬武術を教授させるよう命じた。それをうけ、十三歳以上、二十三歳以下の学童九十名が選抜され、雍正七年に咸安宮官学が正式に発足したのである。

このような制度上の実情をふまえたうえで、曹雪芹が幼少時よりうけた封建的教育のさまざまな可能性、およびその概況を想像推測しなければならないわけである。

雍正六年〔一七二八〕、曹雪芹は北京に到着した。その当時、すでに曹頫は身柄を拘束され、家産は没収され、北京城内にわずかに若干の家屋と少数の家人とがのこされていたものの、このとき雪芹はたかだか五歳の幼児にすぎず、まだ就学の年齢(七)に達していなかった。すなわち、江南時代においては、雪芹がどれほど早熟の神童であったとしても本格的な教育を受けるほどの年頃にいたっておらず、また北京到着後の家庭状況からしても、みずから教師を招くほどの経済力はなかったものと考えられる。したがって、雪芹は同族の、あるいは親類の家塾において学習した可能性が大きい。彼の放浪癖からみて、彼はおそらく聡明快悟の人ではあったろうけれど、いわゆる苦学勉励するタイプではなかったようである。というのも、こうした性格の人においては「型どおり」に「小心翼々」として勉学にはげむことは考えにくく、さらに根本的なこととして、封建的教育における規格品製造のためのような一連の教科にたいし興味などさらさら起こさなかったものと思われるからである。当時の封建的成績評価からするなら、曹雪芹はまともに「朗読」もできない「劣等生」であったにちがいない。――『紅楼夢』冒頭にしるされた、「わたしは不学ではあるものの」云々〔《甲戌本》凡例〕という告白こそ、まさしく以上のような事情をつたえるものであろう。

ここで、当時のいわゆる「学」というものが一体どのようなものであったのか、それを説明しておかなければならない。

「学」というと、おおかたの読者は乾隆・嘉慶時代に盛行された「樸学《ぼくがく》」「漢学(八)」〔ともに清朝考証学のこと〕を思いうかべ、さらに曹雪芹がまさに乾隆時代の人であることを合わせかんがえ、そうした学術的風潮のもとに生きた人なのだから彼のいう「学」にしても「不学」にしても「樸学」「漢学」を指すにちがいない、と判断なさることであろう。ところが大違いなのである。

まず第一に、本来の漢学〔乾隆・嘉慶期の考証学〕そのものについて述べるなら、《呉派《ごは》(九)》は恵棟《けいとう》(十)によって始められ、恵棟は康熙三十六年の生、乾隆二十三年の没。それを受けついだ江声《こうせい》(十一)は康熙六十一年の生、嘉慶四年の没。《皖《かん》派》(十二)は戴震《たいしん》(十三)によって始められ、戴震は雍正元年の生、乾隆四十二年の没。《常州派《じょうしゅう》》(十四)は荘存与《そうそんよ》(十五)によって始められ、存与は康熙五十八年の生、乾隆五十三年の没。というように、こうした漢学諸派の「創始」者たちは恵棟をのぞくなら、最年長者でさえ曹雪芹の数歳年上といったぐあいで、彼らはまったく雪芹の同時代人といってよく、しかも雪芹は短命におわったため前掲漢学者たちより先に他界しているのである。したがって彼の生前においては、諸学の代表的著作はまだ公けにされていなかった。たとえば雪芹二十歳のとき〔乾隆八年〕、恵棟はようやく閻若璩《えんじゃくきょ》(十六)の『古文尚書疏証』を閲読することができたところで〔同書は当時未刊行で二年後に公刊〕、雪芹三十一歳のおり、かの脂硯斎はすでに『石頭記』を再度評述〔乾隆十九年〔一七五四〕甲戌〕〔いわゆる甲戌本のこと〕しているが、そのころの戴震はといえば、はじめて北京に上京して都の人士にようやく名を知られるようになったばかりであった。さらに雪芹が四十歳で死去したころ、戴震は会試〔科挙の中央試験〕に合格できないまま新安会館〔新安江一帯の同郷人クラブ〕に身をよせており、段玉裁《だんぎょくさい》(十七)が彼によって弟子として認められ、戴震のもとに教えを乞いにかよっている最中であった。そして戴震による『孟子字義疏証』の完成、および段玉裁による『説文解字注』の執筆開始がおなじく乾隆四十一年〔一七七六〕のこと、すなわち雪芹逝去の十年以上も後ちのことなのである。――事例の列挙はここまでとするが、上記からだけでも当時の学術界の動向のあらましは御理解いただけたことと思う。つまり当時にあっては、漢学諸派はいわば足場がための段階でまだまだ学派の別もはっきりせず、いわゆる何学何派という名称にしても後代のひとびとの考えによる命名であって、雪芹生前にはそうした分類が存在しなかったばかりか、また「漢学」そのものの勢力も、満州八旗人の生活圏に影響をおよぼすまでには至っておらず、旗人における「学」というものも全く別の道を歩むものであった。

さらに第二に、当時のいわゆる「漢学」にそくして述べるなら、そのころの漢学というものの学術的地位は、やがて「正統」学術として確立されてからのものとは程遠く、せいぜい「雑学《ざつがく》」の類いの一つにすぎなかった。そこで、「雑学」とは雲泥の開きのある「正学」とは何であったかというと、ほかでもなく科挙のための学藝、すなわち八股《はっこ》形式(十八)をもちいた時文《じぶん》〔科挙答案文〕の学問なのであった。曹雪芹より十四歳年下の章学誠《しょうがくせい》(十九)はそうした時勢について一文をしたためているが、すこぶる味読に値いするので次にひく。

> 前代明朝にては制藝《せいげい》(八股文)が盛行され、学問文章、とおく古えのごとくあらざるは、これ風気の衰えなり。わが国初においては実学が崇尚《すうしょう》され、とくに詞科《しか》〔博学鴻詞科〕を挙げ、史館の人をもとむること、待《たい》するに次〔官位次序〕によらず、通儒碩彦《せきげん》〔大儒碩学〕の磊落《らいらく》として相い臨むこと、一時の盛というべきなり。そののち史事の成を告ぐるや、館閣は事なく、雍正初より乾隆十年ばかりまで、学士また四書の文義〔科挙の正学科目〕をもつて互いに矜尚《きょうしょう》〔驕傲〕をなす。余、年のころ十五六のとき(一七五二〜五三)、なお老生宿儒が所業を自尊するを聞くに、経《けい》〔経籍〕に通じ古えにしたがうを目して「雑学」といい、詩古文辞《しこぶんじ》〔盛唐以前の詩風および西漢以前の文体〕を目して

「雑作《ざつさく》」というに至り、士たるもの四書に工《たくみ》ならざれば、文たるもの通《つう》〔達意〕たり得ず……。②

こうしたところが当時一般の「読書人」の代表的見解なのであった。章学誠じしん、乾隆甲戌〔十九年、一七五四〕の年に『韓文考異』(二十)一本を買いもとめたものの、塾の教師が科挙の受験勉強いがいの本を読むことを禁じていたので、彼はやむなく「篋笥《きょうし》〔ながもち〕」に匿蔵《とくぞう》し、燈窓〔灯ともし頃の窓辺〕にて窃《せつ》読《どく》」③したという。したがって、乾隆二十八年に他界してしまった内務府包衣旗人である曹雪芹にとって、家塾において学ぶことができたのは受験勉強いがいの何物でもなかったことは確かで、「経に通じ古えにしたがう」いわゆる「雑学」（すなわち今日からすれば乾隆・嘉慶期を代表する「漢学」）さえ彼にとっては無縁の学問であったばかりか、「詩古文辞」を作るなどという「雑作」すら、思いのまま公然となせる業ではなかったわけである。④

「六歳にて傅《ふ》〔師傅〕につく」とされる皇子、八歳で官学に入学できる覚羅《ギョロ》、十歳で官学に入学する一般の旗人、十三歳以上から選抜されて入学をゆるされた内務府所属の子弟、等々の例からみて、曹雪芹も十数歳になってから景山官学ないし咸安宮官学に入学した可能性がある。彼の資質からして「優秀なるもの」の部類にはいったことは間違いなく、しかも官学生は所轄官の選考によるものであって、選抜されたからには逃れようがなかったと考えられるからである。のみならず、官学生には公費の奨学金が支給されたばかりか、さらに官学修了後には「昇進」の道もひらかれていたため、当時の曹家の家産状況からみても、雪芹の官学入学ということは当然ながら家長にとって又とない望外の慶事であったにちがいない。

官学の実情については、乾隆時代の文献にこそ恵まれないものの、資料的価値としては大差なしと思われる晩清の記録にしたがえば、「教習の勤惰《きんだ》〔勤勉と怠惰と〕によりて賞罰あり。学生の優劣にしたがいて進退あり。歳ごと巨額が頒《わ》かたれ、もつて俸薪《ほうしん》〔給料〕・束脩《そくしゅう》〔学資〕・奨賞・膏火《こうか》〔灯油〕・紙墨・書籍・飲食の費となす。ために官学ついに人材の林藪《りんそう》となり、八旗子弟はおおよそ皆が入学したり。近ごろの数科〔数次の科挙〕にいたるや、つねに榜《ぼう》〔合格発表板〕の出だされるごと、官学の人材が半ばを占む。――しかれども許多《あまた》の心力を費やして造就《ぞうしゅう》〔錬成〕せしところは、挙業《きょぎょう》〔受験学業〕のみ。学の実において、もとより相当する無し[5]」、とされている。

曹雪芹がこうした「教育」にたいし、はたして興味を抱いたものやら。

どう考えても、雪芹は興味など起こさなかったにちがいない。しかし一方では、このような封建的制度によって用意された道を歩まなければならない必要もあった。ここにおいても、またもや彼と封建的環境とのあいだに対立衝突が生じたわけである。『紅楼夢』を一読するなら、書中の賈宝玉が「四書」を毛嫌いして八股文を目の仇にする姿のなかに、あたかも雪芹じしんを見る思いがするであろう。

曹雪芹の「科名《かめい》」〔科挙受験の登録名〕が有ったものかどうか、有ったとすれば授与された資格名、等々については手掛かりがなく、わずかに清代の一部のひとびとが彼のことを「貢生《こうせい》」「挙人《きょじん》」「考廉《こうれん》」〔訳注一参看〕などと記していることが知られるのみである。「考廉」とは「挙人」の別称（清代には「考廉方正」の肩書も用いられたが本件とは無関係[6]）。「挙人」説と「貢生」説のうち、わたしとしては後者のほうが事実に近いように思われるが、いまのところ結論をくだすのは控えておきたい⑦。締め括るとすれば、ひとつ明らかなことは、曹雪芹が封建的社会の要請にせまられて少年時代には科挙及第への道を歩まざるをえなかったものの、彼はたかだか一歩を踏み出したにすぎなかったこと。すなわち、正式には秀才〔貢生も生員すなわち秀才の一員〕に合格しただけで、そののち、「歩《ほ》を進める」ことをしなかったことである。

しかしながら、こうしたことを論ずる場合、あくまでも史実にそくして理解すべきで、かるがるしく一つの抽象的発想にもとづいて古人の事跡を「十把ひとからげ」に解釈してはなるまい。曹雪芹にしても、科挙というものを相手にしなかった、というのは本当であろうが、ただし彼が徹底して科挙受験を拒否した、という意味ではない。雪芹は小説のなかで「進士出身」〔訳注一参看〕のものたちを「まるで分かっちゃいない」〔『紅楼夢』第三十六回〕と嘲笑しているけれど、それは科挙がどうのこうのと言うよりも深い意味で、評価すべき人物とはどういうものかを論じようとする気持ちの表われであって、およそ才能のある人ならば、自分の才能を発揮できる場をもとめようとするのが道理というべきであろう。ところが科挙の時代にあっては、才能を発揮しようと願うからには科挙受験しか方策がなかったわけで、したがって才人たちは高位高禄を望む望まないにかかわりなく、おなじく合格発表に血眼《ちまなこ》にならざるをえなかったのである。しかも乾隆時代においては、さらに満州八旗大臣の子弟および内務府所属人員の受験参加問題もかさなり、その出願にたいする規制は厳格をきわめ、彼らが才能を伸ばすことはなかなか困難な状況におかれていた⑧。こうした事実をふまえてこそ、友人である敦誠《とんせい》〔第十七章参照〕が雪芹のことを、「君が才は抑塞《よくそく》されるも尚《な》お抜かんと欲す」〔『四松堂集』〈佩刀質酒歌〉詩〕とか、「三年下第《かだい》するも曾って我を憐れむ」〔『鷦鷯庵筆記』〈輓曹雪芹〉詩〕とか記していることなども、はじめてその意味を正しく理解することができよう。当時の歴史を心得ておかないと、敦誠は曹雪芹の人品を侮辱した、などという不当な言いがかりもおこりかねない。

いうまでもなく、曹雪芹みずからが選んだのは「科挙及第」への道ではなく、また「雑学」の道でもなかった。彼が選びとったのは「雑作」の道、あるいは「雑作」よりもさらに「低級」で文人たるものが足を踏みいれない道——すなわち小説執筆であった。

《原注》

① 内務府佐領と管領とは本来からすれば別々の身分である。そもそも前者は兵事担当の家人。後者は家事担当の従僕。曹家は内務府において前者に属した〔第十章訳注四参看〕。

② 『章氏遺書』〈答沈楓墀論学〉による。また劉禺生『世載堂雑憶』七七頁にも、「科挙の盛行されし時にあたり、その他の詩文はこれを『雑学』という」と記される。参照されたし。『潜研堂文集』の年譜中にもこの種の証例あり。「雑学」という言葉そのものは、『紅楼夢』第八回・第七十八回、および『儒林外史』第三回・第四十六回にも見える。あわせて参照されたし。

③ 前掲『章氏遺書』の〈朱崇沐刊「韓文考異」書后〉による。

④ 袁枚の『随園詩話』巻六に、「余、幼時に家貧しく、四書五経をのぞき、詩の何物たるかを知らず。一日、業師〔塾の教師〕の外出したるに、その友たる張自南《ちょうじなん》先生、書一冊を携えて館にいたり売るを求め、札〔てがみ〕を

とどめ師に致して云わく、『たまたま極需〔急要〕あり、《古詩選》四本を奉上し、押銀〔抵当銀〕二銭を求む、実に再生の恩をになわば、その感まことに言の尽くすところに非らず』と。余の舅氏〔母方の叔父〕章升扶《しょうしょうふ》これを見、語るに先ず慈しみ曰く、『張先生、二銭の故をもち、しこうして詞の哀たること此《かく》の如し。もとより宜しく与うべし。その詩を留むるも可、その詩を留めざるもまた可』と。余、年九歳、偶々これを閲して珍宝を獲たるが如し。古詩十九首に始まり、盛唐に終わる。業師の他出するをうかがい、あるいは歳終にて解館せし時、すなわち吟詠してこれを摹倣す。嗚呼、これ余が詩を学ぶことの始まりし所以なり。自南先生、それ我を益することすでに多ならざるや」、と見える。参看されたし。

⑤ 震鈞《しんきん》『天咫偶聞《てんしぐうぶん》』巻四による。官学の制度については『嘯亭雑録』巻九〈八旗官学〉の条を参照されたい。

⑥ 貢生説は梁恭辰『勧戒四録』巻三にみえ、比較的に早い所説である。挙人説はそれより遅れる。鄧之誠『骨董瑣記』巻三もまた貢生説をとる。〔訳注（二十一）〕

⑦ 朱南銑氏の『曹雪芹小像考釈』は、『八旗通志』〈学校志〉のなかに雪芹の名が見当たらないことに拠りつつ、「曹雪芹が貢生の一員であった可能性はないが、ただし、……単なる生員であって、したがって学校志には記載されなかったのかも知れない」と結論づけているものの、また一方では梁恭辰〔前注参照〕の説をも紹介し、梁恭辰の所論は、「おそらく父親の梁章鉅《りょうしょうきょ》の座師〔郷試及第時の考官〕である玉麟の語ったところに由来するものであろう」〔玉麟（一七六六〜一八三三）は満州正黄旗人で、上書房総師傅に任ぜられて右翼宗学を監督したことがあり、また両次にわたり内務府包衣三旗の事務を管理したこともある人物〕とのべ、さらに、「玉麟は内務府包衣三旗についての数々の伝承、ないし檔案に接する機会があったであろうから、この説にもそれなりの真実性が認められよう」と補足している。

⑧ 『紅楼夢新証』七三一〜七三二頁を参照されたし〔訳注（二十二）〕。

【訳注】

（一）科挙受験――本書には科挙関係の用語が頻出するため、本章に一括して概述する。清代における科挙は大別して「学校試」と「科挙試」との二段階にわかれる。予備試験たる「学校試」はさらに三段階から成る。第一段階は県ごとに実施される「県試《けんし》」。第二段階は府ごとの「府試《ふし》」。第三段階は各府城にて中央から派遣された提督学政《ていとくがくせい》（提学・学台とも）が行なう「院試《いんし》」。以上の「学校試」受験中の者は《童生《どうせい》》と呼ばれ、最後の「院試」に合格すると《秀才《しゅうさい》》として府学入学を許可され《生員《せいいん》》と総称。さらに本試験「科挙試」への受験資格が与えられた。ただし生員のまま仕官候補生として中央に抜擢・推薦される者もおり、これを《貢生《こうせい》》と総称。次の「科挙試」も三段階から成り、第一段階は三年ごと（子・卯・午・酉の年）の秋八月、各府城の貢院《こういん》において中央から派遣された正考官の主宰により実施される「郷試《きょうし》」。合格すると《挙人《きょじん》》の終身称号を授けられ、補欠合格者は《副榜《ふくぼう》》と称された。第二段階は「郷試」の翌年春三月に都城の貢院で礼部尚書の監督のもとに行なわれる「会試《かいし》」。合格すると《貢士《こうし》》と称される。最後の第三段階は宮城内の保和殿《ほわでん》において天子の御前で挙行される「殿試《でんし》」。これを通過して初めて科挙及第ということになり、《進士《しんし》》（正確には合格成績順に《進士》《進士出身》《同進士出身》の別あり）の終身称号とともに高級官僚への道が開かれた。ただし雍正朝以降においては「朝考《ちょうこう》」という天子による再試験が追加された。詳しくは宮崎市定氏の『科挙史』（平凡社〈東洋文庫〉・一九八七）、ないしそのダイジェスト版『科挙』（中公新書・一九六三）を参照されたし。

（二）景山官学――康熙二十五年、景山（いま景山公園）の前門左右に開設された上三旗子弟のための官学。内務府大臣の管轄下におかれ、満文・漢文・翻訳・射術を学び、在学十年の成績により「生員」の資格を与えられ、以後三回「科挙試」受験が認可さる。次に説かれる咸安宮官学の開設後はその分校的存在とされ、在学生もその次位に置かれた。
（三）八旗官学――順治元年に八旗を四区分し、それぞれに一官学を設置したその総称。各学とも伴読のもとに八旗子弟が勉学し、十日ごとに国子監（国立中央学府）に出向して試験を受け、春と秋とに射術実技も課せられた。八旗における官学の祖。
（四）増設した――雍正帝は「八旗官学」を整備し（雍正元年）、「八旗教場官学」「八旗蒙古官学」などを増設。雍正七年には「漢軍清字義学《ぎがく》」等の諸「清字義学」、同十年には円明園八旗子弟のための「学舎」を開設。
（五）咸安宮官学――雍正七年、宮城西華門内の咸安宮に開設された上三旗子弟のための官学。その制度は前出の景山官学と同じ。ただし咸安宮官学のほうが上位とされる。
（六）諳達――蒙古語で「仲間」を意味する言葉で武術教官のこと。いっぽう語文教官の「教習」は満州語で「瑟夫」（セフ、塞傅とも）と称され両者は区別された。次章参照。
（七）就学の年齢――旧時一般には数えどし八歳が就学の年齢、十五歳が元服すなわち成人の年齢。したがって八歳から十五歳までがいわば初等教育の習得期間とされた。
（八）「漢学」「樸学」――乾隆・嘉慶年間に盛行された学問、すなわち「乾嘉《けんか》の学」をさし、こんにち所謂「清朝考証学」のこと。学術姿勢として漢代儒学の学風を重んじたため「漢学」と呼ばれ、浮華をいましめ実直な素朴さを尊んだので「樸学」とも称された。細かく言えば、小学（文字学）・音韻学・金石学（考古学）・天文学・算学・地理学・楽律学・目録学・版本学・校勘学・典章制度を網羅し、大きく言えば経学・史学・文学を総動員して実証的に真理を究めんとする学。したがって「考拠学《こうきょがく》」なる言葉が当時から存した。
（九）《呉派》――蘇州を中心とする江蘇省（古代「呉」の地）の人々による学派。呉郡の恵氏三代（恵周惕《けいしゅうてき》・恵士奇《しき》・恵棟《とう》）、および恵棟をついだ江声、さらに完成者たる銭大昕《せんたいきん》らが出る。学派の特徴としては「実事求是」

を旨として法則化を嫌い、仏教・老荘の影響を排除した儒学本来の訓詁をめざす。

（十）恵棟——一六九七～一七五八。字は定宇。松崖と号す。諸学に博通し漢代易法による易学理論に最も優れる。主著に『易例』『易漢学』『周易述』『九経古義』がある。

（十一）江声——一七二一～九九。字は叔澐。艮庭と号す。恵棟の『周易述』を完成させ、尚書・説文に精通し疑偽古文の学を集大成。主著は『尚書集注音疏』『六書浅説』。孝廉方正に推挙されたが仕官せず。

（十二）《皖派》——前出《呉派》にたいし徽州を中心とする安徽省（古名は「皖」）の人々による学派。戴震および段玉裁、さらに王念孫《おうねんそん》・王引之《おういんし》らに代表され、戴段二王の学とも称される。その学風は法則を重んじ、訓詁に終わらず声音にも着目して古典の真義を追求。

（十三）戴震——一七二三～七七。字は東原。乾隆三十七年の挙人。訓詁学・小学の見識を銭大昕に認められ四庫全書編修官・翰林院庶吉士を授かる。主著は段玉裁によって『戴東原集』に編録され、その哲学は『孟子字義疏証』で知られる清朝考証学の代表的存在。

（十四）《常州派》——《公羊学《くようがく》派》とも。公羊学は古くから有るため清朝公羊学派は開祖たる荘存与の出身地にちなみ此の名で称さる。ほんらい公羊学は『春秋公羊伝』に基づき天下統一の理念「義理」を解明する学。荘存与は前漢の董仲舒の説によりつつ実学の必要性をふまえて修己治人の公羊学を展開。その説は従子の荘述祖《そうじゅつそ》、外孫の劉逢祿《りゅうほうろく》、さらに龔自珍・宋翔鳳・魏源《ぎげん》らに受け継がれ、この学派の集大成者たる清末の康有為によって戊戌変法の理論的基盤とされた。

（十五）荘存与——一七一九～八八。字は方耕。乾隆十年の進士。官は礼部侍郎。五経に通じ清朝公羊学を創始す。主著に『春秋正辞』『尚書説』『毛詩説』『易説』『周官説』あり。

（十六）閻若璩——一六三六～一七〇四。山西太原の人。字は百詩。潜邱と号す。『尚書』を読むこと三十余年。

『古文尚書疏証』八巻を著わして『古文尚書』十六篇および孔安国『尚書伝』の偽書たることを弁じた碩学。他に『潜邱劄記』等の著で知られる。

（十七）段玉裁――一七三五～一八一五。字は若膺。懋堂と号し経韵楼を室名とす。乾隆二十五年の挙人。景山官学の教習をへて知県となるも古学を志して官を辞し、説文学におおきく貢献。その注解は「段注《だんちゅう》」の名で世に知らる。主著は『説文解字注』のほか『六書音韵表』等。

（十八）八股形式――明代に成立した科挙答案用の文体形式。破題・承題・開講ののちに起股・虚股・中股・後股をつづけ大結でしめくくる。中核たる四股がそれぞれ両股に分かれて八股をなす所から生まれた名称。制藝・時文とも称される。

（十九）章学誠――一七三八～一八〇一。浙江会稽の人。字は実斎。乾隆四十三年の進士。浙東史学を代表する史学理論家。主著『文史通義』『校讎通義』等は『章氏遺書』に集録される。

（二十）『韓文考異』――正式には『別本韓文考異』。南宋の正伯大の撰。朱熹の『原本韓文考異』に諸家の音釈を補ったもの。唐の韓愈の文章を学ぶための基本書。

（二十一）また貢生説をとる――雪芹《貢生》説について補うなら、梁恭辰『勧戒四録』は「曹雪芹……老貢生を以つて牖下に槁死す」と述べ、鄧之誠『骨董瑣記』は「雪芹、名は霑、貢生を以つて終わる」と記す。また《挙人》説について加えるなら、葉徳輝『書林清話』巻九に「雪芹考廉」の語が見える。

（二十二）七三一～三二頁を参照されたし――同書同頁には乾隆二十四年七月の勅諭が引用され、八旗の三品以上の大臣の子弟が科挙受験する際には事前承認の必要とされる勅旨が再確認され、そのうえで僧保住《センボージュ》・伍齢安《ウリンガ》らの処罰された事例が紹介されている。

〔十六〕職務

とにもかくにも曹雪芹は内務府の旗人であった。したがって長じてのちの彼が、宮廷内のなんらかの職務〔一〕に従事したことはまず間違いない。しかしながら、雪芹がいかなる仕事をさずかったものやら、これまた不明とせざるをえない問題点なのである。今日つたわる伝承のなかには、内務府堂主事《どうしゅじ》をつとめたとする説があり、また侍衛《じえい》であったとする説もある。①もちろん、そうした可能性もたしかに考えられるが、それを立証しようとなると裏付けが取れないため、こうした伝説については説明も推測もできないのが実情である。おぎなうなら、内務府の諸部門のうち、堂上〔内務府の本庁〕と上駟院《じょうしいん》〔もとの御馬監、第九章訳注八参看〕とに堂主事〔正六品〕がおかれており、しかも雪芹の身分にも合致し、その官位は主事〔ないし堂郎中、正五品〕より下、筆帖式《ひっちょうしき》〔二〕〔七品〕より上で、おおよそ六部〔行政諸官庁〕の堂主事が各官庁における公文書管理の任にあたったのと同じく、内務府の堂主事は宮廷内公文書を管理する役職であった。いっぽう侍衛については、武官にはちがいないものの官位も職掌もじつに種々様々であって、いずれの侍衛をさすものか判断がつかない。②

実はもうひとつ、曹雪芹は宗学《そうがく》の職務にたずさわったとする説がある。この所説については、わたしは十分検討に値いするものと考える。③

そこで下文にさきだち、まず宗学（三）についての概要を紹介しておく。宗学とは宗室《そうしつ》（清の顕祖である塔克《タク》世《シ》の直系子孫にあたる皇族）のために特設された官学のこと。そもそも清初において、はじめ順治九年〔一六五二〕に宗学が設立されたものの、康熙十二年〔一六七三〕に「宗学の子弟おのおの本府〔自宅たる賜府〕につきて読書すべし」との勅命がくだされたため、いったん宗学は廃止されたも同然となった。しかし雍正二年〔一七二四〕にいたり再度開設されたものである。このときの制度にしたがえば、八旗宗室の右翼と左翼と（四）（清代の制度では八旗は左右の両翼にわけられ、左翼は鑲黄・正白・鑲白・正藍の四旗からなり京城の東半分〔東城〕に居住し、右翼は正黄・正紅・鑲紅・鑲藍の四旗からなり京城の西半分〔西城〕に居住した）のそれぞれに宗学が開設され、王・貝勒《ベイレ》・貝子《ベイセ》・公・将軍などの子弟、および無官位の宗室の子弟のうち十八歳以下のものを入学読書させ（十九歳以上のものも入学を許可した）、希望するものには在宅学習をもみとめた。そして、それぞれの宗学に王公一人をおいて総裁させ、そのしたに正教長（のちに総管）二人、副教長（のちに副管）八人をおき、宗室人員に分担させた。そして清書教習〔満語教員〕二人を閑職にある満人官吏ないし進士・挙人・貢生・生員のうち満漢両語に通じたものに担当させ、騎射教習〔武術教員〕二人を閑職にある官吏ないし護軍校・護軍（五）のうち射術に長じたものに担当させた。さらに漢書教習〔漢語教員〕は定員をさだめず、学生十人ごとに教習一人をおくものとし、挙人・貢生のなかから選抜して任にあたらせた（たとえば『儒林外史』第二十回には優貢生（六）が教習に選ばれる話がみえる（七））。いっぽう学生にたいしては、毎月一回の定期試験があり、春と秋には宗人府〔第九章訳注四参看〕による試験が課せられ、さらに五年ごとに大試験が行なわれた。また教長にのみ官俸が支給され、教習には銀米衣服があたえられ、学生にたいしては文房具および夏冬の氷炭などが月ごとに給付された。

ここでもう二件、曹雪芹を理解するうえで必要と思われることを補足しておく。

第一は、宗学の設立は名目上こそ宗室の人材養成のためとされていたが、その背後には、宗室の子弟たちを「教化」して「分に安んじ法を守る」ようコントロールしようとする実に深長な意図がこめられていた。それというのも、清代の皇室内部における対立紛争の複雑さと激甚さには想像を絶するものがあり、順治期の宗学に関する規定のなかで最大の眼目をなすものは、「礼法に循《したが》わざる者あらば、学師はつぶさに宗人府に報じ、小なるは訓責し、大なるは奏聞すべし」というところにあった。康熙朝前期にいたってこの点は和らげられ、彼らをそれぞれの私邸において勉学させたばかりか、さらには「文学秀逸の士」をまねき「学習に専念」するよう鼓舞激励した。ところがこの政策はやがて非常なる「厄介事《やっかいごと》」をひきおこした。すなわち、康熙帝のおおくの皇子たちが「嫡位争い」のために分裂結党し、それぞれの屋敷に召しあつめた名士才人によって派閥勢力を形成するにいたり、嫡位争奪をいっそう熾烈なものとさせる結果をまねいてしまったのである。ついで即位した雍正帝こそ、そうした争奪戦の当事者であり立役者の一人でもあったので、こうした事態の深刻さをだれよりも熟知していたため、彼は「宝座に初登」するや、一方では兄弟同胞《はらから》の掃滅をはかりながら、一方では「後生《こうせい》の逸材」からも目を離すわけにはいかなかったのである。——こうしたところが、雍正帝による宗学復活にこめられた実際的目的の内実であった。

したがって、宗学の教長・教習などというひとびとに課せられた責任は重大であった。じっさい雍正帝は、こうした教員にたいして次のような勅諭をくだしている。「朕おもうに、族宗の親睦にあたりては、まず教化に務むべし。もし教学を設立するにあらずんば、いずくんぞ能《よ》くこれらをして過ちをあらためて善にうつさしめんや。……今とくに義学を立て、汝らを揀選《かんせん》して宗室を教習し、……導くに礼儀をもってす。あるいは遵《したが》わざる者あらば、小なるは汝らみずから懲戒をおこない、大なるは宗人府に掲報し会同〔合同協議〕して奏聞せよ（この条は順治朝初期における規定とまったく同じい）。……汝らすでに簡任《かんにん》〔抜擢叙任〕をうく。つとめて慎重勉励を期し、つつしみてその職にそなえ、もって朕の宗親を篤厚ならしめ、教育を殷勤たらしめんとする至意に副《そ》いたまえ」〔『皇朝文献通考』巻六十三〕。要するに、宗室の子弟たちを管理統制することに手を貸し、そのために抜かりなく尽力してほしい、というわけである。

——また、そうしなければならないほど事態は重篤であったと言うこともできよう④。

さらに、宗学とも密接な関係にあって、しかも曹雪芹理解のためにも大いに参考となるのは、雍正七年〔一七二九〕に設立された覚羅《ギョロ》官学（八）である（覚羅も皇族にはちがいないものの、清代においては塔克世の直系子孫だけをとくに「宗室」と称し、傍系子孫は「覚羅」と呼ばれ、それぞれ「黄帯子」「紅帯子」の俗称によって区別された〔第十章訳注二十参看〕）。覚羅官学は制度も規模もあらかた宗学と同様であったが、その「上諭」は宗室のときほど仰々しいものではなく、「派出されし管轄人員は、随時に監査訓導し、もし内に品行不良にして法を守り分に安んずることを知らざる者あらば、ただちに宗人府の王らに通報し、当該八旗の衙門《がもん》にて居住学習せしめ、出門を禁止せよ」という明快なものであった。——ところがこの上諭においては、覚羅の子弟である学生のみならず、学生の家長である覚羅そのひとまでをも「学規」のなかに組み込んでいるのである（まことに奇妙としか言いようがない）。——すなわち、「八旗覚羅のうち、八歳以上より十八歳以下の子弟、ともに入学せしむ。覚羅のうち、行為の妄乱なる者あらば、また拘訓《こうくん》〔拘束訓戒〕をおこない外出を禁ず」というのである。いうまでもなく、こうした学規の「精神」は覚羅官学にとどまるものではなく、宗学にたいしても同じような取り締まり効果をおよぼすものであった。

曹雪芹はこのような宗学において、その職務に従事したものと考えられるのである。

第二に、すでに何度もふれたように日ましに深刻化する満人の「漢化」問題は、こうした宗学においてさえ、やはり解決策の見いだせない袋小路となった。順治朝において宗学の創設された三年目、すでに宗人府にたいして次のような勅諭がくだされている。「朕おもうに、漢書を習い漢俗に入るは、しだいに我が満州の旧制を忘る。……その漢字諸書を習うことを永らく停止せしむ」。順治帝は、満語訳された書物だけからでも、学生たちが「各項の漢書」を読むことはできるものと考えたわけである。もちろん、そうした素朴な考え方が通用するはずはなかった。したがって雍正朝の宗学においては、左右両翼にそれぞれ満学と漢学とをおき、在学生は清書ないし漢書を、「その志願にしたがい、分別して教授」された。けれども当時の規定によれば、清書教習が定員二名であるのにたいし、漢書教習は学生十人ごとに一名おかれるという特異なバランスを示している。こうした規定（もちろん実際上の必要から制定されたもの）じたい、逆説的ながら問題の本質そのものを浮き彫りにしていると言えよう。しかも雍正十一年〔一七三三〕には翰林官〔翰林院所属の侍従の官〕二名を追加派遣し、両翼宗学の教学を分担させ、「日を分かちて学に入り、経義を講解し、文法を指授」させているが、いうまでもなく漢文を教授させたのである。さらに乾隆三年〔一七三八〕には総稽《そうけい》宗学官〔左右両翼宗学の総監〕をもうけ、そして左右両翼それぞれに漢書教習二名を増員することを定めている。しかしながら同七年〔一七四二〕におよび、次のような「上諭」がくだされた。「我が朝は本務を崇尚するに、もともと弓馬清文をもつて重しとなし、しこうして宗室の誼《ぎ》〔情理〕の天子皇統に属すること、とりわけて切近〔緊密〕たり。従来、宗室子弟みな清文を講究し、騎射に精通す。まことに恐るるは、漢文を学習し、漢人の浮靡《ふび》の習に流るるを免れざることなり。これをもつて世祖章皇帝（順治帝）、その漢字諸書を習うを停止するを諭す。本実を敦《とうと》びて浮華を黜《しりぞ》ける所以《ゆえん》なり。……今後、宗室子弟あるいは漢文を学習すること能わざる者あらば、応《まさ》にその武藝に専精するを許すべし。……それ徒《いたず》らに章句虚文に務め、うたた本業を荒廃せしむるを致すより、武藝の実を崇《とうと》びて浮を黜けることに熟習し、国家有用の器に儲《そな》えなすに如《し》かざるなり」。こうしている間にも、いっぽうでは宗室の子弟が郷試・会試に参加すべきかどうかの問題について、乾隆八年には参加すべしとされ、同十七年には参加してはならずとされ、許可したり禁止したりという有り様であった。かくして乾隆二十一年〔一七五六〕にいたり、漢書教習九人を廃して翻訳教習にあらため、両翼それぞれに騎射教習一名を増員し、さらに同二十七年、各旗の覚羅官学ごとに、漢書教習一名をあらためて清書教習としたのであった。
——乾隆期における文教政策の情勢は、おおよそ以上からも見てとれよう。

しかるに乾隆三十七年〔一七七二〕、宗室の公（爵）である寧升額《ニシヨンゲ》を召見した乾隆帝は、寧升額が満語を話せないのを眼のあたりにし、ために宗人府に命じ、学生の満語学習と試験監査とを強化させるとともに、満語教育が「なお従前の責めを塞《ふさ》ぐに似たる」ままであることを厳禁したのであった。このことは、とりもなおさず従来の満語教育の実態が「おつきあい」ほどに形骸化していたことを意味し、なおかつ、満州旗人の漢族化というものが封建的統治者の力ではどうにもならない歴史的趨勢となっていたことを物語るものであろう。

　こうした概況をわざわざ紹介したのも、この時期における曹雪芹の生活を理解するためには、当時の状況をなるたけ正確に把握しなければならないからである。ここに要約した二件事にしても、曹雪芹の宗学における地位にたいし、あるいは境遇にたいし、万端にわたって影響をおよぼしたと考えられる社会状況にほかならない。

　けれども、曹雪芹が宗学において担当した職務は何であったか、という疑問に関しては結論のくだせないのが現状なのである。

　伝説によれば、曹雪芹は宗学教習であったと伝えられる。[5]かりにそれが真実であるなら、上述したような諸事実にもとづいて検証し、なおのこと多くの意味をそこから見出だすことも可能であろう。

　しかしながら、この伝説にも納得しかねる点がある。

　伝説のつたえる「教習」の原語は「瑟夫《セフ》」であり、[6]伝説者はそれを教師のことと理解している。この解釈は正しい。というのも、清代の公文書においては「塞傅」とも記されるように、それは教習のことを呼びなす満人用語だからである。(九)ところが、雪芹の親友のひとりである宗学学生の敦誠《とんせい》〔次章参照〕は、その詩作のなかで在学中に雪芹と交際したときのことにふれ、「接䍦《せつり》を倒《さかし》まに著くるも君の傲《おご》りを容《ゆる》す[7]」〔『四松堂集』〈寄懐曹雪芹〉詩〕と述べているのである。この口ぶりは、けっして学生が教師にむかって述べた言葉のようには思えない。一説によれば、敦誠は学生とはいうものの皇室の貴族であり、いっぽう曹雪芹は先生とはいうものの包衣という家奴の身分であったため、とする解釈もある。しかし忘れてならないことは、乾隆時代においても歴代各王朝とおなじように、私宅の家庭教師であろうと公任の官員教師であろうと、教師というものにたいする礼儀作法は破格に丁重なところがあって、その優遇にも特殊なものがあった（たとえば官吏のなかで教職にあるものは、いかに官位が卑しくても、公卿に会うのにさいし長揖《ちょうゆう》の礼〔拱手して胸先で上下させる挨拶〕だけでよく、跪拝《きはい》〔ひざまづき上半身をひれふす礼〕をするには及ばなかった。晩清においても書院(十)の開学典礼にあたっては、地方長官たる総督みずから諸生をひきい、まずもって教官にむかい跪拝の礼を行なわなければならなかった。さらに皇帝・皇子といえども教師役たる師傅《しふ》にたいしては厚礼をつくさねばならず、一般官僚と同じように応対することは許されなかった⑧）。したがって、師弟のあいだの関係と感情とにはきわめて独特のものがあり、それはあらゆる身分の差を「超越」まではしないにしても、部分的には「帳消し」にし、礼儀としては「圧倒」するに十分なものであった。康熙・雍正年間の権臣であった太傅《たいふ》〔最高栄官たる三公の一〕の馬斉《マチー》(十一)はあまり学問がなく、⑨招聘した家塾の教師がたびたび契約どおりに働かないのを見て、とうとう門下のひとびとに、「やとった先生はいっこうに気にいらぬ。そのうち別のを一人買おう。きっと仕事ぶりはもっとましじゃろうて」と語ったという。笑い咄として当時つたえられた話である。敦誠はといえば、こうした「醇風《じゅんぷう》旧俗」を「墨守」する満州人とは異なり、じぶんの教師であった孫灝《そんこう》〔第十八章参照〕・李情・徐培《じょばい》などという人々をなつかしく追想した詩篇のなかで、「鹿洞《ろくどう》したしく徽国《きこく》の席に依《よ》り、龍門かつて李君の車を御す。自《みず》から桃李の公門となりて後ち、春風に向かい更に花を著けんとせず」（十二）〔同前集「感懐十首」其四〈孫通政虚川先生〉詩〕、「依稀《いき》として尚お記《な》す南州の客、于鵠《うこく》かつて業を受けに来たり」（十三）〔同前・其五〈李考廉迂甫先生〉詩〕、「三年膏火《こうか》にて西黌《せいこう》の夜、一帳凄涼《せいりょう》たり東館の風」（十四）〔同前・其六〈徐明府秋園先生〉詩〕などという詩句をのこしている人なのである。これらの詩句と、さきの「接䍦を倒《さかし》まに著くるも君の傲りを容《ゆる》す」という詩句の口調をくらべてみるなら、その違いには歴然たるものがあろう。敦誠のような人物がいみじくも教師の一員にむかい、「君の傲りを容す」などと言ってのける姿は、どうしても思い浮かべられない。

そんなわけで、曹雪芹が宗学において教師をつとめたとする説には無理がある。彼の宗学における職務は、わりに地位のある雑務職員、たとえば抄書官とか学事輔佐役とか、そうした「助手」職であったのではなかろうか。そして、彼のように挙人ないし貢生の肩書をもっていたと思しい人、すなわち教習になれる資格を十分そなえていた人物が、宗学のなかで雑務員となるにいたった理由としては、なんといっても雪芹が、罪をえて家産を没収されたばかりか国事犯とも関わりのあった家柄の出自であることを忘れてはなるまい。こうした前科のある家門の子弟が、懲罰という意味から雑務職員におとしめられ、生活の糧のために否応なく宗学の庶務の任にしたがったものとするなら、しごく当然の成り行きのように思える。

曹雪芹の宗学における在職期間は明らかでない。着任年月の上限を考えるなら、はやくても乾隆九年（一七四四）前後、すなわち敦誠が宗学に入学した頃か、ないしそれより後ちのことと思われる。退職時期の下限を考えるなら、おそらく乾隆二十一年（一七五六）以前のことに間違いなかろう。なぜなら、そのころ雪芹はすでに北京の西方郊外の山村に転居してしまっていたからである。

《原注》

① 《内務府堂主事》説は英浩『長白藝文志初稿』にみえ、《侍衛》説は香山の張永海の口伝による。

② 伝説にしたがえば、曹雪芹が任じられたのは「前三門（正陽門・崇文門・宣武門をさす）侍衛」であったという。しかし前三門には守兵が置かれていただけで侍衛の制は無かった。あるいは「乾清門侍衛《けんせいもん》」の誤伝かも知れないが、しかし乾清門侍衛といえば御前侍衛《ぎょぜん》〔上三旗の侍衛から抜擢される定員なしの三品官〕に次ぐほどの高官であって、断言はできないものの、にわかには信じがたい。

③ この説の根拠は、敦誠が雪芹に贈った詩作中の、「当時虎門《こもん》にて晨夕を数《しばしば》し、西窗に燭を剪《き》りて風雨昏《くら》し」（〈寄懐曹雪芹〉詩）などの詩句にもとづく。そのうち「虎門」の意味については、従来ながらく看過されてきたが、拙著旧版『紅楼夢新証』三版本・六四〇頁〈補遺〉において『李卓吾先生読升庵集』〈虎門〉の条、および『周礼』地官〈師氏〉を引き、敦誠のいわゆる「虎門」は、国学国子監ないし侍衛の宮門宿直所をさす二つの解釈ができるものと推論し、さらに拙文を引くなら、「しかし、清代の八旗にはそれぞれ官学があったため国学を指すはずはなく、しかも敦誠は宗室であり雪芹は包衣であって同一官学に在学するわけがないので、国学説は適当でない」〔正確に言うなら、八旗官学は国子監〔国学の統轄官庁〕に属し、宗学は宗人府に属したので、もとより国学とは別個のものである、とすべきところ〕と考えたため、当時においては侍衛説に傾いた。ところが呉恩裕氏がこれを考察し、清代の宗室には「虎門」という言葉で宗学を表わす例があり、敦誠にもそうした使用例が認められることを指摘してくださったため、ようやく長年の疑問が氷解した。呉氏の説は『有関曹雪芹八種』三八～四四頁に見える。いうまでもなく、敦誠の詩を根拠とするだけでは、雪芹が宗学の人員であったことを断定するわけに

はいかない。そもそも「晨夕《しんせき》を数す」という表現は陶淵明の詩句〔〈移居二首〉詩・其一〕をふまえたもので、陶詩においては、転居して隣人に恵まれたことを喜び、朝夕を共にして親しく交際する意味に用いており、その意味からするなら、曹雪芹も当時は西城に居住していた模様なので右翼宗学にも程近いため、敦誠とも宗学のなかで親しく語らい合えたのかも知れない。この件についても軽々に結論はくだせない。

④　興味深いのは、やがて八旗官学の教習のなかからも「礼儀」に従わない人物が現われたことである。例えば乾隆・嘉慶年間のひと梅成棟の『吟斎筆存』巻一には「金果亭《きんかてい》先生、名は勇、亡妻の伯父なり。乾隆丙子〔二十一年〕の副榜〔郷試の補欠合格者〕にして、通脱不羈《ふき》たり。鑲黄旗教習に充てられて京にあるも、月餘をゆるがせにして館に赴かず。長班があまねく迹づけるに、ある人いわく、先生は櫻桃斜街〔宣武区琉璃廠東街の南方〕の勾欄《こうらん》〔妓楼〕中にあり、と。往きてこれを偵《うかが》い、見るに、琵琶を抱きて巨案〔大テーブル〕上に坐しつつ〈可憐曲〉を唱い、群妓これを環繞《かんじょう》し、奉じて師となし、粉香花影に酣嬉《かんき》〔酔遊〕して復た更に人世のあるを知らず」という記事がみえる。おおいに参考となろう。

⑤　張永海〔原注①参照〕の説である。

⑥　黄波拉・呉恩裕両氏の調査記録による。黄氏の報告は『羊城晩報』一九六三年四月二十七日～五月一日に掲載。

⑦　この詩句は李白の〈襄陽歌〉を典故としている。（これまで「接䍦を倒まに著く」の句は、帽子をさかさまに被ることと解釈されてきたが、じつは「接䍦」とは古代における鷺《さぎ》の羽で編んだ蓑《みの》のこと、すなわち鶴氅《かくしょう》〔鶴の羽でつくった外套〕の類いのことである。べつに私見もあるが今は保留しておく。）

⑧　たとえば『晩晴簃詩匯』巻二の乾隆帝の御製詩に付された案語は次のように記す。「感旧の什〔詩篇〕たり。けだし諸旧臣中よりその優れたるものを擇《えら》び、始めて詩篇に著わすなり。師傅は先生と称し、字《あざな》をもってして名をもちいず、とりわけ敬礼を致す」。乾隆帝御製詩には次のように記される。「席を懋勤殿に設け、拝師の礼を行な

わしむ」。まさに明証といえよう。また『天咫偶聞』巻一には、「国朝にては太宗より以後、太子を立てず、皇子の幼なるものと諸王世子とは共に上書房〔第十八章訳注四参看〕にて学び、詞臣〔文学の侍従官〕の学行ある者を選び、訓導するに厳なるを加え、民間の招く師と異なる無し」と記されている。さらに同書巻十には、旗人の屋敷の家法においては子弟の礼節にたいして厳格をきわめることが述べられ、「その師を敬すること、また然りたり」と記される。

⑨ この人物は傅恒〔第四章訳注二十参看〕の伯父であるとともに、明珠〔同前訳注十九参看〕・明琳《めいりん》〔第二十五章参照〕などといった人々の伯祖〔父親の伯父〕にあたり、しかも康熙・雍正両朝において、皇室の内訌および内務府の人脈いずれにも深く関わった人である。馬斉とその弟の馬武《マウ》とは、その権勢の一世を風靡すること、世に「二馬、天下の草を吃《た》べ尽くす」という俗諺が行なわれたほどであった。

【訳注】

（一） なんらかの職務——清朝の宮廷内職務は、乾隆時の制では既出の宗人府・内務府のほか、鑾儀衛〔車駕儀杖を司どる〕・侍衛処〔警護を司どる〕・向導処〔皇帝の出御行幸を司どる〕・御営処〔出御時の行宮を司どる〕・虎槍営〔皇帝の狩猟行囲を司どる〕・尚虞備用処〔狩猟時の随行を司どる〕・善撲営〔武藝の演習を司どる〕、以上九衙門が職掌を分担。

（二） 筆帖式——蒙古語「必闍赤」〔ビクチ、書記者のこと〕、満州語「巴克什」〔バクシ、読書人のこと〕に由来し、清朝下で「榜式」〔大学士〕および「筆帖式」〔翻訳官〕に転じた言葉。満漢公文書の翻訳を担当し、役目がら官衙の各部署に置かれた。第三十三章参照。

（三） 宗学——古くは唐代に始まり、宗学の名称は宋代から。明にも宗学における教習の制があり清朝はそれを継承したが、清においては宗人府管轄の宗学（および覚羅官学）と内務府管轄の官学（前章参看、ただし八旗官学だけは国子監所轄）とに区別した。

（四）右翼と左翼と――八旗における右翼・左翼の成立は古く、そもそも八旗制度が行囲（第四章前出）に起源した関係から左右両翼に分かれ、固山額真（後の漢名「都統」）の成立とともに左右両翼それぞれに梅勒額真（メイレン＝エジェン、後の漢名「副都統」）各一名が置かれている。

（五）護軍校・護軍――八旗人員のうち禁門守備と宮城警護の任にあたったのが八旗都統属下の護軍営。護軍校はその正六品官。護軍は護軍営の一般兵員。護軍営には満州・蒙古の八旗兵から精鋭が選りすぐられた。

（六）優貢生――優行貢生とも。学業品行ともに優秀なため生員の中から抜擢された貢生（前章参看）。

（七）話がみえる――優貢生のみならず、宗学の再開にさきだつ雍正元年には、すでに恩貢生・抜貢生・歳貢生・副貢生など諸々の貢生が八旗官学の教習に抜擢されている。

（八）覚羅官学――覚羅学とも。雍正七年、宗人府管轄のもとに各八旗衙門の署傍に設置され、覚羅の子弟のうち八歳から十八歳のものを入学させた。

（九）満人用語だからである――満州語「瑟夫」の指示する「教習」は教師のなかでも語文関係の教官を指す。前章に見えた「諳達」が武術教官を指すのに対する言葉。

（十）書院――旧時の公立学校。清末に近代的教育制度を導入してからは「学堂」と称す。

（十一）馬斉――一六五二～一七三九。満州鑲黄旗の人。姓は富察《フチャ》氏。康熙朝に理藩院尚書・兵部尚書・戸部尚書・武英殿大学士を歴任。胤禩推挙にからみ左遷されるも復職し太子太保。雍正朝に保和殿大学士および太保。乾隆年間にいたり三朝に仕えた功を讃えられ、死後に太傅を追贈さる。巻末〈図表・一〉参照。

（十二）「……著けんとせず」――大意「じきじき国の学問所において尊い方々の教育にあたられ、天子の都において司法の手綱をお握りになったこともある。にもかかわらず、先生の教え子たちが世に満ちあふれてからは、さらに恩沢に甘えて立身出世を図ろうともなさらなかった」。

(十三)「……受けに来たり」――大意「いまだに彷彿として覚えております、浙江の五虎と称された先生のこと、そして大志をもつ鵠《くぐい》がはるばると先生の教えを聞きに飛んできたことも」。

(十四)「……東館の風」――大意「三年奉職なされた右翼宗学の夜の折りおりを思いおこすにつけ、とばり一つの官舎を吹きぬける風はさぞかし寒々としたものであったでしょう」。

〔十七〕交友

曹雪芹の生涯のなかで、こんにち知ることのできる数少ない事跡のなかでも、宗学との関わり合いはなかなかに重要な一件といえる。本書においては、雪芹が宗学に在職したとする説にしたがって解説をすすめる。

曹雪芹は正白旗人でありながら、職務をあたえられたのが北京東城（白旗は左翼に属して東城に居住）の金魚胡同《フートン》〔東城区東安門大街の東〕（のち史家胡同〔東城区灯市口大街の東〕に移転）にあった左翼宗学ではなく、西城の西単《シータン》牌楼〔いま西単入口の地〕の北手にあった右翼宗学であった。その理由はといえば、雪芹は職員として宗学に入ったのであって、学生の場合のように左右両翼いずれに所属するかによって入学先が選別されたのとは事情を異にしていたからである。それにしても彼が右翼宗学に奉職するにさいしては、やはりそれなりの因縁があったにちがいない。おそらく、彼を宗学に紹介した人物が西城方面に住んでいたためか右翼四旗に所属していたためか、あるいは、曹雪芹じしん当時すでに西城に居住していたためと思われる。もしくは、そうした因縁が重なったことも考えられよう。

右翼宗学は創設いらい、瞻雲坊《せんうんぼう》（西単牌楼と俗称）以北の大通り〔今の西単北大街〕の東側四番目の横町、すなわち石虎《せきこ》胡同にあった。この建物の来歴はふるく、明代においてはまず常州会館〔江蘇省武進県一帯の同郷人クラブ」にあてられ、のちに太師〔最高栄官たる三公の一〕であった周延儒《しゅうえんじゅ》(一)の私宅とされた。清代になってから呉三桂《ごさんけい》(二)の子で額駙《エフ》(三)（駙馬〔皇女の夫〕の俗称）でもあった呉応熊《ごおうゆう》(四)に下賜されたものの、呉三桂が清に反旗をひるがえしたため、応熊も康熙十三年〔一六七四〕四月に「死を賜」わり、その屋敷も廃邸とされ、やがて右翼の官舎になおされた。そして雍正二年〔一七二四〕にいたり、そこに右翼宗学が開設されたのであった。――そのご乾隆二十一年〔一七五六〕ないしそれより少し前、右翼宗学が瞻雲坊より南方の絨線《じゅうせん》胡同〔西長安街の南方沿い裏通り〕に移転するにおよび、それまでの学舎は裘曰修《きゅうえつしゅう》(五)に下賜されるにいたった――が、これは後日譚といえよう。①

　曹雪芹は宗学に身をおくこととなって幾たりかの友人を得た。なかでも終生の友となったのは敦敏《とんびん》・敦誠《とんせい》の二兄弟であった。――雪芹の中年以降の有り様が、わずかながらも今日に伝えられているのは、まさしく彼ら二人のおかげである。

　敦敏(六)は字を子明といい、号は懋斎《ぼうさい》、雍正七年（一七二九）の生まれであるから曹雪芹より五歳年下で、卒年は嘉慶元年（一七九六）より後ち。敦誠(七)は字を敬亭といい、号は松堂、また慵閑子《ようかんし》を別号とし、雍正十二年（一七三四）の生まれで雪芹より十歳年下、乾隆五十六年（一七九一）の没。彼ら二人はもともと瑚玐《フーバ》（一七一〇～六〇）を実父とする同腹の兄弟であったが、敦誠のほうは十五歳のおりに父の従弟である寧仁《ねいじん》のもとへ嫡子として養子に出されている。彼らは、かの和碩《ホショ》英親王たる阿済格《アジゲ》〔第二章前出〕の五世孫(八)にあたる。

曹雪芹の解説にあたっては、この宗室のふたりの友人を省くわけにはいかない。しかもこの両友人を紹介するとなると、どうしても旧事の「宿縁」にふれながら若干の事情を説明しておかなければならない。

そもそも清の太祖たる努爾哈赤《ヌルハチ》には四人の弟がおり、そのうち第二弟の舒爾哈斉《シュルガチ》がもっとも強力なライバルで、かつて明のひとびとは努爾哈赤とあわせて建州都督《ととく》(九)と並称し、また朝鮮の史料においても同じように並び称せられ、両者は「老哈赤《ろうハチ》」「小哈赤《しょうハチ》」という通称によって区別された。しかし努爾哈赤と舒爾哈斉とは兄弟仲がわるく、努爾哈赤は弟に二心のあることを恐れてその子二人を殺し、さらには舒爾哈斉そのひとまで幽閉し、最終的には殺害するにいたった（のちに努爾哈赤の子の皇太極《ホンタイジ》も十六項目の罪科をかかげて舒爾哈斉の子阿敏《アミン》を誅している）。努爾哈赤じしんには十六人の実子がいて、彼が愛したのは「大福晉《タフジン》」〔忽剌温《フラウン》(十)〔満州女直の古族〕の直系子孫である烏喇《ウラ》貝勒(十一)の娘〕の生んだ三子、阿済格《アジゲ》・多爾袞《ドルゴン》・多鐸《ドド》であった〔第二章参照〕。努爾哈赤は第十四子の多爾袞を見込んでやがては後継者にと考えていたものの、努爾哈赤の死後、第八子の皇太極〔太宗〕が帝位を奪取するところとなり、烏喇母妃《ぼひ》〔すなわち「大福晉」〕に死をせまって努爾哈赤の墓に殉葬してしまった。その皇太極が没してからは、多爾袞と舒爾哈斉の第六子たる済爾哈朗《ジルガラン》とがともに摂政となり、皇太極の幼子である福臨《フリン》を帝〔順治帝〕にたてて「輔佐」することとなった。ところが清の入関にさいし、多爾袞たち三兄弟の活躍がもっとも花々しく威勢もおおいに上がったため、それだけに済爾哈朗派と多爾袞派とのあいだに軋轢も生まれ、のみならず皇太極派までが多爾袞派にたいして不信を抱くにいたり、のちに順治帝による親政〔順治八年正月〕が始められると、皇太極派は済爾哈朗の手をかりて多爾袞兄弟ら一派の隙をうかがい、たちまち攻めの一手に出たのであった。阿済格はといえば、もともと皇太極の帝位奪取について憤懣やるかたない思いでいたので、皇太極が崩御するにおよび、彼は多鐸といっしょに多爾袞に帝位につくよう説得を繰り返した。ところが多爾袞がなかなか承知しないうち、順治七年〔一六五〇〕の末、多爾袞はにわかに病没してしまった。かくして阿済格はこれが潮時とばかり、とうとう帝位を奪おうと事を起こしたわけである。結果、済爾哈朗たちによって逮捕された阿済格は、爵位をうばわれて幽閉の身とされ、家産の没収はおろか、諸子たちまでのこりなく宗室から放逐されたうえ、敵方の家に奴隷として賞賜されるにいたった。さらに同八年十月、阿済格《アジゲ》はこうした迫害に逆らいつづけ、監禁されていた牢獄への放火をくわだて、しかも小刀で地下道を掘りぬき脱獄しようとして獄吏に告発され、ついに自尽を「賜」わったのであった。②

これが敦敏・敦誠の「家祖」にまつわる因縁である。

多爾袞にしても、その没後においてさえ隠然たる勢力をのこしていたため受難をまぬがれず、死去の翌年〔順治八年〕二月にいたって「罪条」宣告がくだされ、爵位封地をけずられたばかりか家産まで没収され、その党派のことごとくが根絶やしにされた。――これまた曹雪芹の始祖にとっては旗主にあたる人物の、歴史舞台からの退場であった。

両家系において異なるところは、曹家のほうは、かえってこの大事変が幸いし、正白旗が上三旗に編入されたために内務府に所属することとなり、(十二) さらに孫夫人が康熙帝の乳母となるにおよんで六十年にわたる「全盛」を誇るまでにいたった。そして二度目の大事変――すなわち雍正帝による帝位簒奪ののち、本当の没落をむかえたわけである。いっぽう阿済格の家系はといえば、康熙元年〔一六六二〕に彼の第二子傅勒赫《フロヘ》(十三)が宗室にもどされて鎮国公〔第九章訳注三参看〕に追封されたことを別とすれば、ようやくのこと康熙五十二年〔一七一三〕におよび、彼の第三子〔伯爾遜〕・第八子〔佟塞〕・第十子〔鄂拝〕・第十一子〔班進泰〕の各子の家系にそれぞれ覚羅としての紅帯子が賜与され、ふたたび玉牒《ぎょくちょう》〔皇室の家系図〕にのぼせられたのであった。したがって阿済格第二子の傅勒赫の一家系、すなわち敦敏兄弟の家柄だけが公位に封ぜられたわけである。ところが雍正年間にいたり、ほんらい爵位をつぐはずの経照《けいしょう》(十四)〔敦誠の実祖父の弟で養子先の祖父にあたる人物〕、および恒仁《こうじん》(十五)〔字は月山《げつさん》、敦誠の実父の弟〕の両名ともに、「封ずべからず」とされて爵位を奪われてしまった。要するに、彼らの家柄は「浩蕩たる皇恩」をこうむり「庶人」から上げられて「皇族」の地位を回復しはしたが、姻戚関係にあった年羹堯《ねんこうぎょう》〔第八章前出〕の党禍にまきこまれ、ながらく年羹堯の妻として嫁いでいた経照の姪を実家がひきとるよう命ぜられたばかりか、その家門の地位としては「宗室平民」にとどめられ、いわゆる「王にあらずんば公たり」という宗室貴族からは縁遠い家柄とされたのであった。

　おぎなうなら、この種の宗室は「平民」にも及ばないことがあり、実際には「宗室奴隷」というべき場合もしばしばであった。こうした清初の制度については、後世のひとびとには想像しがたいところがあって、記録が伝わらないだけに関知しえない歴史的実情も少なくない。たとえば清朝宗室の一員は次のような記載をのこしている。「国初の宗室、その尊《そん》たるに及ばざるは、およそ下五旗〔八旗のうち鑲黄・正黄・正白〔すなわち上三旗〕をのぞいた他の五旗〕の宗室たり。いずれも本旗〔所属旗〕王公の包衣《ボーイ》の下に属して使役され、護衛・典儀より披甲《ひこう》〔兵卒〕・護軍にいたるまで職は等しからずも、出でては為《ため》にこれを引導し、処しては為にこれを守護す。かつ、選ばれて『哈哈珠塞《ヘヘジュサ》』（幼童従僕の意の満語）となり、日々に掃洒《そうさい》〔そうじ水まき〕に供し、巾櫛《きんしつ》〔髪けわい〕に侍するもの有り。しかも叔・伯・兄・弟を問わず、本旗の王公ことごとくこれを奴視す。その私怨せし者、あるいは謀《はかりごと》ありて遂げざりし者、日々に鞭撻されて従事するをもち、その苦しきこと万状、その賤《いや》しきこと類いなし」③。そういうわけで、雍正帝はこうした宗室王公の勢力をおさえるため、各王公府の包衣佐領の下におかれた宗室を「公中《こうちゅう》」（皇帝勢力内の人員）として働かせるよう命じ、それぞれの王公が私的に使役することを禁じたのであった。そのおかげで多くの宗室たちが「幸いにして水火〔災難〕より出づる」ことができた、と伝えられるものの、それにしても、ほんの少しましな「宗室奴隷」となったにすぎなかった。しかし乾隆四十七年（一七八二）にいたり、無官位の宗室もおしなべて四品待遇を受けることとされたため、やっとのこと宗室は、「冠《かん》してこれに冕《べん》〔冠のうえの板飾り〕し、堂々かつ皇々たり。――諸王公、また日々にますます自から謙《ゆず》り、つねに衆人中にて本族の叔伯に見《まみ》えるごと、かならず膝を曲げて参見《さんけん》（家族における老若の礼にしたがった挨拶）す。百数十年来、およそ従前の引導せし者、守護せし者、巾櫛に侍せし者、掃洒に応ぜし者、奴視されて鞭撻されし者、みな施施然《いいぜん》〔嬉々〕として諸王公とともに分庭亢礼《ぶんていこうれい》〔場所を分かちあう対等の相見礼〕したり④」となるにいたったのであった。

上記のことから、時代のひとつの縮図を垣間見ることができよう。すなわち、敦敏・敦誠の二兄弟が曹雪芹と交際した当時においては、両家門とも鞭撻奴視されるほどの立場にはなかったかわり、「冕冠《べんかん》〔美冠〕して堂皇〔壮麗〕たり」というほどの家柄でもなかったわけで、それぞれの家系の実状をてらしあわせるなら、なお曹家の家筋のほうが輝かしいものと言えた。しかし彼らの地位身分がどれほど特別なものであったとしても、おなじく鞭撻奴視された受難の経歴をもち、おなじように皇室の内紛にまきこまれて迫害された苦しみを両家とも分かちあっていたわけである。敦敏は、柳を詠ずるという詩題にことよせ、「龍舟《りようしゆう》〔天子の御船〕の南幸するに人いずくに在《あ》りや、汴水《べんすい》〔黄河にそそぐ古川の名、隋の煬帝《ようだい》が江南遊行にもちいた運河を含意す〕の東流すること路《みち》まさに長し」（十六）、「忍《しの》びんや上苑〔皇帝の御園〕の飛花の種をもち、空《むな》しく離宮の乱草の中に付するを」（十七）〔付記するなら、弟の敦誠は後者の両句を穏やかならずと考え、「新晴は緑に嫩《やわら》かなり離宮の里《さと》、翠色は烟《けぶり》に和したり上苑の中」と改筆して婉曲な表現にあらためている〕とうたい、彼じしんの「触忤《しよくご》〔あらがい〕の心情は転蓬《てんぽう》〔風にころがる枯れヨモギ玉〕に類います」（十八）という心境を書きのこしている。いっぽう敦誠も、兄と聯句した詩作のなかで、「世味は紗《うすぎぬ》よりも薄く、境遇は雹《ひさめ》のごとく冷し」（十九）という感慨をつづっている。彼ら兄弟にとっては、かの「長安の俗子は笑いて拍手し、軽肥《けいひ》〔軽衣と肥馬〕にて馳り過ぐ五陵《ごりよう》〔漢の五帝墓、ここでは豪遊の地に喩える〕の東」（二十）といったような貴族名家の連中は見るにたえず、「紈袴《がんこ》〔名門子弟〕は軽肥に侈《おご》り、布衣《ふい》〔無官位の平民〕は朴素に甘んず」（二十一）ことを肝に銘じていたのであった。もちろん彼らにしても、たまさか「無我夢中」になるような一と時もありはしたが、それもつかのま、「胡為《なんすれ》ぞ自《みず》から量るをせず、磊落《らいらく》として懐抱〔本志〕に負《そむ》くや」（二十二）と後悔し、「真妄《しんぼう》〔分別〕は栄辱を判《わ》け、静燥《せいそう》〔行動〕は拙巧を分かつ」（二十三）という思索をめぐらしながら、「此れより雲林を恋う、生を謀《はか》るは草草に非ず」（二十四）と決意するにいたっている。敦誠などは『枯林に繋《つな》がれし蹇《けん》（驢《ろ》）〔足なえのロバ〕の図に題す』の詩題をかり、「忍びんや羈縻《きび》〔縄縛〕せられて此の生を老い、東家〔主人〕に首を俯《た》れ一えに長鳴せしめらるるを。阿誰《たれ》か為に青糸の絡《つな》を解き、風雪に他《かれ》をして自在に行かしめん」（二十五）、と沈痛なまでの思いをあらわにしているのである。彼らは家柄による境遇のへだたりに思いをよせ、窮乏にくるしむ庶民と心をひとしくしていた。「去年の大水にて秋に穡《たくわえ》無く、田家は牛を売りて寒飢《ふゆ》に供《そなえ》す。今年は地湿《うるお》いて麦隴《ばくろう》〔麦畑〕に宜《よろ》し、牛の無くさらに種の無きを可奈《いかん》せん。屋《いえ》を拆《さ》きて種を買い牛を借りて耕すも、春寒に露の処《とど》まれば何為《なんすれ》ぞ生きん。——君は見ざるや、城中に大半なるは閑手足《かんしゅそく》〔無為徒食の輩〕、婦は綺紈《きがん》〔美衣〕を著け男は肉を食するを」（二十六）⑤。特筆すべきは、城中において錦衣美食をほしいままにしていた「閑手足」の大部分が、八旗所属の特権層のひとびとに他ならなかったことである。

こうしたことから察するに、曹雪芹が敦氏兄弟⑥と親友同士になるにいたったのは、おたがい意気投合して話が合ったためと思われる。——すなわち、彼らの経歴境遇といい思想感情といい、おおくの共通点を友情の土台にすることができたから、と言いなおすこともできよう。もちろん、彼らのあいだには共通点ばかりでなく相違するところも多々あったけれど、おたがい共通するところに比べれば相違など取るに足らないものであった。彼らはいずれも、（それぞれ方法は別様であったにしても）いわば悲憤慷慨して不平を鳴らし、おなじように身をもって「小政治」（統治集団の内部紛争）の醜悪さを思い知らされ、そのため視野を広げられ、さらには「大政治」（社会全体の行政問題）の暗黒までをも見抜いていたにちがいない。曹雪芹にしろ敦氏兄弟にしろ、たしかに二百年以上も昔の封建的社会のなかの統治層に生《お》いたった人たちではあるけれど、そうとしか理解しようがないのである。それだけに、彼らの考え方にしても物の見方にしても、当時の統治集団内部における実態にもとづいて把握することが、なおのこと必須の課題となってくるわけである。

《原注》

① 紀昀『閲微草堂筆記』〈如是我聞〉、『裘文達文集』〈行状〉、銭大昕『潜研堂詩集』巻四「題裘漫士少宰苑東寓直図」〈丙子詩〉第四首、および朱一新『京師坊巷志稿』巻上〈石虎胡同〉の条を参照されたし。また前掲の朱氏書〈宣武門大街〉の条には、「右翼宗学、ふるくは瞻雲坊北に在り、今は絨線胡同に移る」と記される。この瞻雲坊北とは、西単牌楼の北にあたる石虎胡同を指すものにほかならない。

② 談遷の『北游録』は阿済格についての如実な記録をおさめており、当時の北京における実見聞として参考となろう。

③ 奕賡『佳夢軒叢著』〈管見所及〉による。

④ 同前。

⑤ 以上引用の各詩とも、敦敏『懋斎《ぼうさい》詩鈔』および敦誠『四《し》松堂《しようどう》集』『鷦鷯庵《しようりようあん》雑記』に見える。以下、両兄弟の詩句の一々については特に注記しない〔訳注（二十七）〕。

⑥ 八旗においては漢姓人と習慣を異にし、人名を表わす場合、もっぱら名をもちいて姓を使わなかったため、便宜上、個人名の第一字をもって「姓」のごとくに代用させた。たとえば傅恒《フヘン》〔第四章前出〕の本来の姓は富察《フチャ》氏であるが、一般には「傅《ふ》公」「傅相」「傅文公」等々と称された。これは歴史上の特殊事例にはちがいないものの、理屈にはこだわらず史的習慣に従った。「敦氏」と記したのもこの伝である〔敦敏・敦誠はそれぞれ個人名で本姓

はともに愛新覚羅氏〉。

【訳注】

(一) 周延儒――一五九三～一六四三。明の万暦の進士。官は大学士に至り太師を授かるも、弾劾され死を賜る。

(二) 呉三桂――一六一二～七八。もと明の提督。清の親王。清入関時の功績を賞され、清初には平南王(広東)の尚可喜、靖南王(福建)の耿継茂とならび平西王(雲南)とされ、後三藩として強大な勢力を誇ったが、康熙十二年に《三藩の乱》を起こし同十七年に没。

(三) 額駙――額駙(エフ)は満州語で「王の娘婿」の意。漢語の「駙馬《ふば》」に相当。清朝も歴代と同じく異民族懐柔の一策として、しばしば公主(皇帝の娘)を異族の長(蒙古の王族など)に降嫁させ「額駙」の称号を与えた。しかし「公主」とはいえ実際には皇帝の養女とされた女官を降嫁させるのを常としたこと、また歴朝と等しい。ちなみに小説『紅楼夢』のヒロインのひとり探春も、失なわれた原作草稿では異族の王のもとへ嫁ぐ設定とされていた可能性が指摘されている。

(四) 呉応熊――順治九年に額駙とされたが《三藩の乱》に連座して本文のとおり康熙十三年に絞刑。

(五) 裘曰修――一七一三～七三。乾隆四年の進士。水利に功おおく礼・工・刑部の尚書を歴任した篤学の名臣。

(六) 敦敏――一七二九～九六?。字は子明。懋斎と号す。愛新覚羅氏。努爾哈赤の第十二子たる英親王阿済格の五世孫。瑚玐の長子。弟敦誠と右翼宗学に勉学し、乾隆二十年の宗学歳試に優等に列せられ、同二十二年に錦州税官、三十一年に右翼宗学副総管、四十年に右翼宗学総管に任ぜらる。同四十八年に病をもって退官。その居所は北京内城西南隅の太平湖《たいへいこ》畔にあり槐園《かいえん》を有す。雪芹と親交あって、その著『懋斎詩鈔』に数々の記録を残す。

（七）敦誠——一七三四～九一。字は敬亭。松堂、また慵閑子と号す。愛新覚羅氏。敦敏の実弟。叔父寧仁の養子となり、乾隆二十年の宗学歳試に兄とともに優等に列せらる。同二十二年に父命により喜峰口の松亭関税務を治め二十四年帰京。三十一年に宗人府筆帖式、ついで太廟献爵を授かるも、三十六年の母喪にあわせて退官。そのご居所西園《せいえん》に住まいし詩酒と交友とを楽しむ。雪芹と親交し、その著『四松堂集』『鷦鷯庵雑記』に貴重な記録を収める。

（八）五世孫にあたる——敦氏兄弟関係の家系略図として、巻末〈図表・三〉を参照。

（九）建州都督——明の官名、建州衛都督のこと。努爾哈赤は万暦十七年に明から建州衛都督僉事《せんじ》に任ぜられ、いっぽう舒爾哈斉は万暦二十五年に建州衛都督都指揮《としき》を授かった。両者とも建州衛都督の配下であったが「建州（衛）都督」までは肩書が共通していた。

（十）忽剌温——満州女直の古名。満州族の前身たる女直諸族は、祖先発祥の地とされるフラウン（忽剌温）江（いまの呼蘭河）の名にちなみ忽剌温を名乗り、清初においてもフルン（呼倫ないし扈倫）の子孫と自称す。

（十一）烏喇貝勒の娘——烏喇那拉《ウラナラ》氏のこと。「大福晋」とは満州語で正夫人のこと。一説に満州語「福晋」（または福金）は漢語「夫人」からの音訳とも。

（十二）所属することとなり——上三旗の「旗主」について補うなら、全帙抄本『永憲録』巻首には「上三旗。鑲黄は太子に属し、正黄は至尊（皇帝）に属し、正白は太后に属す」と記され、周寿昌『思益堂日札』巻一〈八旗次序〉も同様に述べる。

（十三）傅勒赫——？～一六六〇。阿済格《アジゲ》の第二子。順治二年に鎮国公に封ぜられたが、父の阿済格の失脚にともない同八年に庶人に降され、同十七年に卒す。しかし翌年に宗室籍を回復、さらに康熙元年、あらためて鎮国公を追封される。巻末〈図表・三〉参看。

（十四）　経照――傅勒赫（前注参看）の第三子たる綽克都《チヨクト》の第九子。康熙五十二年、兄の普照にかわって輔国公を襲封したが、雍正十年六月、普照（雍正元年に輔国公回復）が年羹堯からの収賄を摘発されたのと時を同じくし、護軍校銀両の公金横領の罪科のもとに爵位を剝奪さる。巻末〈図表・三〉参看。

（十五）　恒仁――恒冉とも。前掲の経照の甥。雍正元年、父たる普照が輔国公を回復した際あわせて爵位継承者とされたが、同三年九月、普照の爵位剝奪とともに爵位継承まで停止された。事の由来はすべて普照の兄娘が年羹堯の妻であったことに起因。なお恒仁は敦氏兄弟の文学面での師匠にあたる人物。巻末〈図表・三〉参看。

（十六）「……路まさに長し」――『懋斎詩鈔』〈春柳十詠〉其一「隋堤」詩。

（十七）「……中に付するを」――同前・其四「永豊」詩。

（十八）「……転蓬に類いす」――同前詩。

（十九）「……のごとく冷し」――同前書〈書懐聯句同敬亭用昌黎納涼聯句原韻〉詩。

（二十）「……五陵の東」――『鷦鷯庵雑詩』〈和子明兄典裘置酒賞桃花之作〉詩。

（二十一）「……朴素に甘んず」――同前々詩。

（二十二）「……懐抱に負くや」――『鷦鷯庵雑詩』〈冬暁書懐〉詩。

（二十三）「……拙巧を分かつ」――同前詩。

（二十四）「……草草に非ず」――同前詩。

（二十五）「……行かしめん」――同前書〈題枯林繋蹇図〉詩。

（二十六）「……肉を食するを」――抄本『四松堂集』〈春田吟〉詩。

（二十七）　特に注記しない――これは、厄介なテキスト問題が関わるだけに、無用の混乱を避けるための著者の配慮。訳者なりに要約すれば、現伝する敦敏の詩作はすべて抄本『懋斎詩鈔』一本に収録されるが、敦誠の詩集は今日判明する所でも刊本『四松堂集』（旧刊本も有りとされるが未見）・抄本『四松堂集』（また『四松堂詩鈔』とも）・抄本『鷦鷯庵雑記（志）』（旧名『鷦鷯庵筆麈』）および抄本『鷦鷯庵雑詩』が報告され、各々に異同あり。なお抄本『懋斎詩鈔』・刊本『四松堂集』・抄本『鷦鷯庵筆麈』残巻には文学古籍刊行社（一九五五）および上海古籍出版社（一九八四）による影印本がある。

〔十八〕　虎門にて燭を剪る

たがいの身の上ばかりでなく、それぞれの考えかた感じかたまで似かよっていたことが、敦氏兄弟と曹雪芹とのあいだの友情の土台をなしていたことに疑問の余地はなかろう。しかしながら、敦敏・敦誠の二兄弟が雪芹と知り合いになって、まず最初に注目したのは雪芹の才能風格であった。

曹雪芹がどういう人物であったかといえば、まさしく並大抵の人ではなかった。こんにち入手しうる関係資料はきわめて貧弱なものではあるけれど、その微々たる記録によっても、彼のおおまかな人間像を描くことは容易である。雪芹たるや、すこぶる魅力あふれる人物であった。

雪芹に接したものがまず気づくことは、彼が能弁家であったばかりか「物語り」の名手でもあったことである。雪芹は、機嫌の良いときには望みさえすれば、一日中でも話しつづけて疲れをしらず、そのうえ聞くものをも退屈させなかった。裕瑞《ゆうずい》の『棗窗閑筆《そうそうかんぴつ》』〔第十章前出〕には次のように記されている。「その人（雪芹）、身は胖《こ》え、頭は広くして色は黒く、よく談吐して風雅遊戯すること、触るる境《ところ》に春を生ぜしむ。その奇談するを聞くに、娓娓《びび》然〔朗々〕として人をして終日倦《う》まざらしむ、――是れを以つてその書、絶妙たりて致《おもむき》を尽くしたり」。

しかも彼の能弁には特徴があった。一つには、彼もちまえの不羈磊落な性格と明朗洒脱な器量とによって、おのずから彼の話しぶりには身ぶり手ぶりが入りみだれ、笑ったり怒ったり意気軒昂たるものがあった。これこそ古人のいわゆる「雄睨大談《ゆうげいたいだん》」〔雄然と放談す〕というもので、聴き手をうっとりと感動させてしまう話しぶりといえよう。二つには、彼は生まれつきの諧謔家で、その話しの面白味には定評があり、ろくに考えもせず放談したとしてもユーモアとセンスに満ちあふれ、説教をするにしても理屈をこねるにしても、あるいは物語をくりひろげるにしても、聞くものを抱腹絶倒に笑いころがしてしまうのであった。三つには、彼には彼なりの信念があって、けっして通俗に流されない見識をそなえており、いわば一本筋金がとおっていて、じぶんの同意できない物事にたいしてはたちまち喰ってかかり、一歩も譲ることなく容赦のない反駁をくわえ、相手が降参するまで立て板に水のごとく滔々とまくしたてたものの、どういうわけか言い負かされたほうも心底から納得してしまうのであった。四つには、彼は破天荒な硬骨漢であって俗物濁世というものをはなはだしく嫌悪し、およそ気にくわない人物や事柄にたいしては、とことん化けの皮をひんむいて正体をさらけ出させるまで思うぞんぶん嘲ったものだから、聞くひとは思わず快哉《かいさい》をさけぶのが常なのであった。

　このように幾つもの特徴が一つにないまぜにされた曹雪芹の談話というものが、いかに機知に富んだ絶妙の語り口でひとびとの意表をつき、どれほど魅力ある精彩にみちみちたものであったか、想像にかたくあるまい。まだ若輩であった敦誠が、雪芹に一と目あうなり、「奇談すること娓娓」たる「高談雄弁①」に魅せられ、たちまち彼のことが気に入ってしまったとしても、べつだん怪しむに足りない。

　やがて交際を重ねるにつれ、曹雪芹の魅力はそればかりでなく、彼の「器量」たるやまことに無尽蔵であって、「口」八丁にはとどまらず「手」のほうも並み外れた才人であることが明らかになってくる。雪芹と日々を共にすればするほど、ますます雪芹が並々ならぬ人物であることを思い知らされたわけである。こうして敦氏兄弟は宗学における数ある人々のなかから、たちまちのうちにこの非凡なる職員を見つけだし、しかも曹雪芹は彼ら二人にとって、いわば「一日《いちじつ》見ざれば三秋の如し」ともいうべき親友となるにいたったのである。

その当時の宗学における有り様はおおよそ次のようなものであった。

乾隆十一年〔一七四六〕以降、宗学の学生数は六十名とさだめられ、学規〔第十六章前出〕にしたがって六名の漢書教習がおかれていたが、そのうち敦誠の「クラス」の漢書教習を担当したのは黄克顕《こうこくけん》というひとであった。黄克顕は字を去非といい〔奇しくも黄氏の号は敦誠と同じく敬亭〕、江西瑞州の上高〔いま江西省上高県〕の人で、貢生のなかから選抜されて宗学の教習をつとめていた。敦誠は十一歳のとき〔乾隆九年〕に宗学に入学していらい、この黄氏に教えをうけたのである。黄氏は宋の大詩人黄庭堅《こうていけん》の子孫で、文学を愛して詩作をこのみ、凡百の文士にはあまんじない人物であった。のちに彼は四川省岳池県の県知事となり、教育を重んじて義学〔公衆のための特設学校〕を設立したが、その手になる碑文には、「少陵《しょうりょう》〔杜甫〕いわく、『書を読むに万巻を破《やぶ》る、筆を下すに神《しん》あるが如し』〔〈奉贈韋左丞丈二十二韻〉詩〕と。まことに誣《いつわり》ならざるなり。いま岳邑《がくゆう》〔岳池県下〕の士子の家に蔵書なく、人の力学すること鮮《すく》なく、その読む所は多くこれ庸熟《ようじゅく》〔凡庸陳腐〕の文字なりて、師はこれを以つて教え、弟子はこれを以つて学び、一とたび幸いにして司衡《しこう》〔節を守って諸生に終わった清の朱成點のこと〕の善節をとるも、ついには青衿《せいきん》〔秀才の着衣〕を博取する秘訣と奉じなし、英姿の汨没《こつぼつ》〔埋没〕して文体の日々に卑靡《ひび》〔頽廃〕することに惑《まど》い無し」と嘆きながら、「日々に漸《すす》み月々に靡《なび》き、旧習を力掃《りきそう》してこれを更張《こうちょう》〔改革〕せよ」とはげまし、「六藝《りくげい》〔儒学本来の学藝〕に沈潜し、その英華を咀嚼《そしゃく》せよ②」と力説している。〔彼の県知事としての功績もすばらしく、なにごとも県民本位の政務につとめたので、現地の人々は彼のために祿位牌《ろくいはい》〔官人の履歴を刻んだ顕彰碑〕を建立したばかりか、二賢祠《にけんし》(一)にまつって彼を慕うよすがとした。〕いっぽう敦氏兄弟の叔父にあたる恒仁《こうじん》も、清朝八旗を代表する詩人のひとりであって、敦敏・敦誠の二兄弟には幼少のころから文学修養をつませていた。そうした兄弟が、こんどは宗学において黄氏という師匠にめぐりあい、彼らは詩文の作風のうえで大いなる薫陶をさずかったわけである③。

　そればかりか、当時の稽査《けいさ》宗学〔宗学の監督官〕であった孫灝《そんこう》(二)〔字は戴黄、号を虚船ないし虚川といい、銭塘のひと。雍正八年〔一七三〇〕の進士。同年の進士である陳兆崙《ちんちょうろん》(三)と同じく、のちに上書房《じょうしょぼう》(四)にのぼせられ皇子の師傅に任ぜられた〕もまた詩人であった。しかも、『湖海詩伝』(五)巻四に収められている彼の詩〈撲満行《ぼくまんこう》〉(六)一首を例にとってみても、それは当時の政界にはびこっていた汚職貪財の悪習をてきびしく揶揄したものであって、のみならず後ちには、皇戚による権力をかさにきた数々の悪行、さらには皇帝じしんの度々なる南巡にたいして直諫をはばからなかったため乾隆帝の怒りをかい、乾隆二十三年〔一七五八〕、ついに厳しい問責をうけ、彼の上奏は「本朝の家法および我が満州の風俗人心」に反するものであり「その心そも如何なる心なるや(七)」と糾弾され、改職降級されるにいたった人物、というのであるからその人柄を窺い知ることができよう。敦誠は〈孫通政虚川先生〉詩〔第十六章前出〕を作して孫灝に深い感慨をよせている。このような宗学の長たる人物が、敦氏兄弟に影響を及ぼさずにはおかなかったこと、しかも、曹雪芹とも面識があったであろうことは、まず間違いあるまい。

ここでふたたび、この時期における宗学の教学事情をふりかえるなら、乾隆十年〔一七四五〕、稽査右翼宗学右通政の熊学鵬《ゆうがくほう》は、（八）学内の稽査官のことごとくが漢人なので満文・翻訳などにおける授業の状況がまるで呑みこめず（その種の教科における公文書の曖昧さが何よりそれを証する）、そのため満州の文官一名を追加派遣して参事役にあたらせるよう建議し、認可実施されている。そうした挽回策にもかかわらず、とうの学生たちはといえば、敦誠も記しているように、「同学ことごとく同姓〔愛新覚羅〕たり、五陵〔豪遊の士で有名な長安の古地名〕の馬と裘《ころも》と、文章は唐漢に溯《さかのぼ》り、詩賦は曹劉〔魏の曹操と劉楨〕を追う。或るものは李《り》昌谷《しょうこく》〔李賀〕たり、錦嚢《きんのう》の才は侔《たぐい》なし。或るものは李供奉《ぐぶ》〔李白〕たり、奏賦をもって冕旒《べんりゅう》〔天子王公〕に侍す。誰か謂《い》う吾が宗内、かつて古人に優らざると」（九）、というぐあいで、はなはだ漢文学を重んずる風潮がなおも大勢をしめていた。そもそも敦誠じしん、「ああ余は後学に愧《は》ず、操《そう》觚《こ》〔書字〕して吟謳に耽《ふけ》るを。雕虫《ちょうちゅう》〔推敲〕して小技を矜《ほこ》り、巻を撫して冥捜〔瞑想〕を恣《ほしいまま》にす」（十）、とみずから記しているように、授業のほかの余力のすべてを作詩の学習にそそいでいたのである。

これほどまでに詩を愛していた敦誠であったから、曹雪芹が驚愕すべき作詩の才能をそなえていることに気づいたときの彼の喜びたるや、察するにあまりあろう。ともかく彼らの友情がますます親密さを増していったことは確かである。そんなわけで、敦誠は放課後の余暇をぬっては、雪芹とともに歓談することを心待ちにしていたにちがいない。

ところで、宗学の校舎が古い由緒をもつものであることは前述した。が、さらに昔時の伝説にしたがうなら、その建物は北京でも有名な「四大凶宅」（十一）の一つであった。雪芹や敦誠と同時代のひと紀昀《きいん》（十二）は次のような記述をのこしている。「裘文達公《きゆうぶんたつこう》〔裘曰修のこと〕の賜第《しだい》、宣武門内の石虎胡同にあり。文達のまえ、右翼宗学たり。宗学のまえ、呉額駙《ごエフ》の府たり。呉額駙のまえ、明の大学士周延儒の第たり。閲年すでに久しく、深大広闊《こうかつ》なれば、時として変怪あるを免れず。しかれども人に害を為さざるなり。庁堂の西なる両《りよう》楹《えい》〔二間〕の小房、『好春軒』という④。文達の賓客と宴見せし地なり。その北壁の一門、また両楹の小屋に横通し、僮僕その中に夜宿するに、睡後おおく魅《み》がために舁《かつ》ぎ出ださる。鬼なるか狐なるかを知らず。ゆえに敢えてその中に榻《とう》〔寝台兼用の長椅子〕をおくもの無し」（十三）。こうした迷信は今でこそ信ずるひともいないけれど、ただし、当時の宗学の校舎のたたずまいを伝えている点では大いに参考となろう。――この老校舎のあった場所には、現在でも棗《なつめ》の大樹がそびえたっており、その樹齢は二百年をゆうに越えるほどの巨木で、この老樹はまちがいなく曹雪芹の姿を「目にした」ものと思われる。宗学の敷地内には一と園の花木山石も設けられていたが、それはとうの昔に取り除かれてしまった。

こうした大校舎のなかで、敦氏兄弟は学生として勉学の日々をすごし、曹雪芹は職員としての歳月をおくったのである。とはいうもの、校務に従事する曹雪芹が宗学側の手配した寓居に住まいしていたのにたいし、当時の学生たちは学規にしたがい校内の寮に寝とまりしていて、一定の期間ごとに孝養のため帰宅することを許された。そんなわけで敦氏兄弟と曹雪芹とは、日々の授業が終わって教員も引きあげたあと、日暮れてからは余暇にもめぐまれていたため、たびたび席を共にしては蠟燭の芯をきりながら何くれとなく話しに花を咲かせたことであろう。とりわけ秋風が立って残暑もさめゆく頃合いになると、長夜の灯下にひとしお風情がくわわり、さぞかし彼らの夜咄もいちだんと弾んだにちがいない。——年少の敦誠にとって、それは学校生活における最大の楽しみであったに相違なく、だからこそ、数年ののちにも忘れられない雅事として詩にも詠じ、いつまでも印象ぶかく心に刻まれていたわけである。

理屈からいえば、曹雪芹は包衣であり職員であり、したがって宗室でもあり学生でもあった敦氏兄弟にたいしては、うやうやしく侍立して丁重に伺候《しこう》すべき立場にあった。⑤——当時の旗人たちがもっとも重んじたのは体面上の礼儀だったからである。けれども彼らにあっては、たがいに意気投合しあった仲間としての交際であり、なによりも文人としての交わりであったため、あくまで各々の文学的才能にのみ重きをおいていた。敦敏・敦誠兄弟はふたりとも情熱にあふれた豪快な若者で、なおかつ自由斬新な考え方もできたので、慣習にとらわれず俗礼にもこだわらなかったのである。雪芹のほうも不羈磊落な性格で、世故《せこ》というものを目の仇にしていた人物であったから、敦氏兄弟とは馬が合って気さくにつきあうことが出来たわけであった。おまけに夜咄ともなれば、小皿はもちろんのこと酒盃もくわわったであろうから、ますます話題に座興もそなわり、そうとなると酔うほどに激情のほとばしる雪芹のこと、彼の三寸不爛の弁舌はいやがおうにも冴えわたったにちがいない。——こうした談席こそ、のちに敦誠が「接䍦《せつり》を倒《さかし》まに著《つ》くるも君の傲《おご》りを容《ゆる》す」〔第十六章前出〕と詠ずるにいたった事の実情とおもわれる。詩人の言葉には格別の妙味のあるのが常であって、彼らのいわゆる「容す」という言葉の本義も「楽しむ」と解するのが正しかろう。というのも、上記のような場面においてこそ、彼らは心ゆくまで曹雪芹の魅力あふれる娓娓たる奇談やら高談雄弁やらをぞんぶんに味わえたものと考えられるからである。

それにしても敦誠たちはたいへんな耳の保養にあずかったものである。惜しむべきは、彼らがいっさい記録をのこしてくれず、雪芹の珠玉の弁論が夜風のまにまに消えさってしまったことである。雪芹はどのように話し、いったい何を語ったのであろう。今となっては知るすべもない。

のちに敦誠は『閑慵子《かんようし》伝』〔『四松堂集』刊本巻三〕なる一篇をしたためて自伝的内省をこころみているが、そのなかに次のような一節がみえる。「常に旬《とおか》をへるも出《い》でず。……或るとき良友が酒食をもって相い招き、既にしてその人と談ずるを楽しみ、又その餔啜《ほせつ》〔飲食〕に頤《あご》をうごかせば、また出づ。出づれば必ず酔い、酔えば必ず談をほしいままにす。然れども、談ずるに巖廊《がんろう》〔朝政〕に及ばず、月旦《げったん》〔人物批評〕をなさず、また鬼《き》を説《と》かず」。ここには敦誠じしんの立てた「談話規約」三則ともいうべきものが認められる。一つには朝廷政治のことを話題にのぼさないこと。二つには人物批評をしないこと。――こうした規約は、当時の専制帝権下における「国事を談ずべからず」、「金人《きんひと》につきては口を三緘《さんかん》〔幾重にも厳封〕すべし」、などという無気味さがおのずと感じとれるので、なるほどと納得できる。⑥ところが三つめとなると、いささか意外な思いを禁じえない。なぜなら、「人に強《し》いて鬼《き》を説かしむ」(十四)〔むりやり人に幽霊咄をさせる〕(十五)というのは蘇東坡《そとうば》の故事であるけれど、いったいに鬼〔幽霊〕の咄というものは才子による佳話の一つにかぞえられ、その理由としては、蘇東坡などがそうした咄を好んだこともあり、昔時においては文学的空想力をやしなうものと見なされていたからである。にもかかわらず、敦誠はそれを逆手にとり、どういうわけか「また鬼を説かず」と、ことさらアンチテーゼを打ち出しているのである。――まさか彼が学生時代に「凶宅」で勉学したため、それで怖じ気づいたからとも思えない。

このアンチテーゼが、「凶宅」やら「狐魅《こみ》」などとは無縁のものであることは明らかであろう。敦誠のいわゆる「鬼《き》」とは、そうした伝統的な「鬼」(十六)の発想をかりて、そのじつ「人」を、すなわち「鬼のごとく蜮《いき》〔小鬼〕のごとく」陰険で下劣なひとびとを指すものにほかならない。つまり、そうした鬼蜮《きいき》のような連中にたいしては早々に見切りをつけ、口にするのも汚らわしいと決めつけているわけである。

このように、彼らの話題はおのずから領域がさだめられていて、しかも節度をそなえたものであり、けっして無分別な放言漫談であったわけではない。ただし忘れてならないことは、文人というものは諧謔を弄せずにはいられないもので、話すにしても書くにしても虚々実々、「本気《ほんき》」半分「洒落《しゃれ》」半分というところがある。したがって彼らにおいては、話したくないとわざわざ明言するところにこそ、じつは何より関心事のある場合がしばしばなのである。すなわち、巖廊にしろ月旦にしろ鬼蜮にしろ、表立っては彼らの論題にされなかったとしても、それだけに、彼らの心中においてはまさしく議論の焦点と目されていたこと疑いない。晉代の賢人たち〔竹林の七賢に代表される人々〕は、形骸〔肉体〕を放逸にし、酒をもって命《いのち》となし、佯狂《ようきょう》〔えせぐるい〕によって己をまっとうし、事のよしあしを口にしない、という人士であった。(十七)——こうした人たちこそ、敦氏兄弟ばかりでなく曹雪芹もまた思慕の念を寄せてやまない人物たちだったのである。しかも敦氏兄弟も曹雪芹も、みずから意図したかどうかはべつとして、嵇康《けいこう》やら阮籍《げんせき》やら、(十八)昔の名士たちがたどったのと同じような道をあゆみ、考え方といい振る舞いといい、また気質といい生き方といい、なにからなにまで似かよっている。考えてみれば、晉代の賢人たちによる「事のよしあしを口にしない」ことの真意も、まさに世俗にたいする悲憤慷慨の極致《ごくち》にほかならず、その点、清代の敦氏兄弟および曹雪芹による政治・社会にたいする反抗ともたがいに密接に通いあうものであった。しかしながら、実際には上記の「談話規約」というものも、けっして彼らの活動をまるごと束縛していたわけではなく、そのことは敦氏兄弟の詩文じたいが何よりの証左となろう。そして曹雪芹はといえば（残念ながら彼の詩文は現伝しない）、その生涯および小説という形をかり、いっそう深刻な彼じしんの「事のよしあし」を差し出しているのである。

《原注》

① 敦誠〔『四松堂集』嘉慶刊本巻一〕〈寄懐曹雪芹〉詩の「高談雄弁して虱《しらみ》は手にて捫《ひね》る」の句による。「虱を捫る」の出典としては『晉書』〈王猛伝〉に「桓温の入関したれば、王猛は褐《かつ》〔粗布の衣〕を被りてこれに謁し、一たび面するに、当世の事を談じ、虱を捫りつつ言ずること、傍若無人たり」とある。この典故を用いたことにも特別の含義があるように思われる。

② 以上の引用は『続増岳池県志』巻十八〈藝文志〉の黄克顕『建置義学田碑記』による。そもそも『岳池県志』の編纂は黄克顕に始まる。

③ たとえば黄克顕の〈岳門秋望〉詩は次のようなものである。「危峰高く聳えて勢い巍峨《ぎが》たり、馬に策《むち》し登臨したれば嘯歌に足る。幾樹たり楓《かえで》の明らかにして千嶂合す、一声たり蝉の咽《な》きて夕陽多し。遠村の野水は城に依りて尽き、近隴《きんろう》の黄雲に旅雁の過《よ》ぎる。竟日流連し行きまた止む、秋崖は削りし如く羅《あやぎぬ》よりも碧《あお》し」。おなじく〈虎頭仏刹〉詩は次のごとくである。「青山の古寺は傲遊するに足る、万木蒼蒼として境は最も幽たり。魚響〔木魚の

響き」は翻残《ほんざん》す千葉の雨、磬声《けいせい》〔飯時の石板音〕は敲破《こうは》す一天の秋。居民は遠く隔たる飛烟の外、雲影は斜に移り樹に触れて留まる。倩《こ》い得たり老僧の烹ぜし茗《めい》の熱きを、帰り来れば遅月は城頭に上る」。こうした詩句を敦氏兄弟の七律詩とあわせ読むなら、その風格のきわめて類似していることが見てとれよう。

さらに当時の宗学の教習のあいだにおいても、それぞれの学風の違いのため分裂しておのおの結党しあい、かなりの対立があったらしい。時期的にはやや後ちの『随園詩話』を例にひくなら、その巻九に次のような一則がみえる。「嘉禾〔湖南省嘉禾県〕の徴士〔仕官しない高士〕曹《そう》廷枢古謙《こけん》、葛卜元《かつぼくげん》とともに同じく宗学に教習す。葛、北方の人にて、考據〔考証学〕に長じ博雅を自負す。しかるに曹、もっぱら詞章に工たり。二人あい能《したし》まず。虞山蔣公、満州の世公たりて各々庇う所あるも、遂に相い参劾《さんがい》す。古人の洛蜀《らくしょく》の分〔宋代における洛・蜀・朔の元祐三党に代表される政争〕、みな門下の士により起こりしなり」。参考として付記。

④ 洪亮吉『更生斎文甲集』巻四〈書裘文達遺事〉にもこの「好春軒」についての記述がある。また鄧之誠『骨董瑣記』巻七第二条の記載もこの旧宅に言及している。ほかに『燕京訪古録』なども参考となろう。

⑤ 参考のために『清朝野史大観』巻二に引用されている記述を次にかかげる。「およそ各項の包衣ならびに小五処〔下五旗〕旗人、あるいは奴籍、あるいは重台《ちょうだい》〔従僕の従僕〕、例として宗室・覚羅と亢礼《こうれい》〔対等の礼〕するを得ず。もし必ず已《や》むを得ざるときは、かならず先ず半跪し請いて曰うべし、『一坐を賞されんことを求む』と。しかるのちに坐すれば、まさに礼に合うべし」。

⑥ 敦誠の『鷦鷯庵《しょうりょうあん》雑志』には次のように記されている。「閑居の楽、友を逾《こ》ゆるもの無し。友集の楽、これ談に在り。談言の楽、また奇諧雄弁、逸趣横生に在り。詞文書史は我に揮霍《きかく》〔散財〕を供す。これ談の上乗と謂う。杯をふくみ旧を話し、鉢をうち箋〔詩文用紙〕を分かち、興致また豪たりて雅言の間出す。これ談の中乗と謂う。知を尽くさざる政令を議論し、数うるに足るなき人物を臧否《ぞうひ》〔善悪評定〕す。これ談の下乗と謂う。没交渉の栄

辱を嘆羨《たんせん》し、無味の極みの是非を分訴するに至りては、これまた最下の一乗なり」。すこぶる興味ぶかい見解である。

【訳注】

（一）二賢祠――一般には各地に縁ある二賢者をまつった祠。ここでは雍正二年の勅命により各地に建立された「忠義孝悌の祠」「節孝婦女の祠」二祠のことかも知れない。

（二）孫灝――乾隆年間に荘存与《そうそんよ》（第十五章前出）とともに上書房の講学にあたる。同二十二年に左副都御史に上げられたが、その翌年に天子巡幸を直諫したため三品京官に降とされる。「風励清修」の声望あり。著に『道盥斎集』あり。

（三）陳兆崙――一七〇〇～七一。浙江銭塘の人。雍正八年の進士。官は大常寺卿にいたる。経学に造詣ふかく『世宗実録』『三朝実録』『続文献通考』等の編纂にたずさわり、文章をもって重んぜられ書の名手としても知られる。著に『紫竹山房集』あり。

（四）上書房――清朝皇子の学問所。宮城内の乾清宮左傍にあった。『嘯亭続録』によれば「皇子六齢にして即ち上書房に入り読書す」とされる。なお同殿右側にあった南書房は康熙帝の読書所で、のち翰林官の内宮詰所。

（五）『湖海詩伝』――四十六巻。清の王昶《おうちょう》の撰。王氏が四方遊歴して知りえた名流文人六百二十家の佳作詩篇を科挙及第順・地位年齢順に収録し、各々に略伝を付す。

（六）〈撲満行〉――その序文に漢の鄒長倩《すうちょうせん》の《三事喩《さんじゆ》》故事の一つ「撲満」を引き、「撲満なるは土をもつて器となし、以つて銭を蓄わう。みな入竅あるも出竅なし。満つれば則ちこれを撲《う》つ。土は粗物なり。銭は重貨なり。入りて出でず。積もりて散ぜず。故にこれを撲つ。土の聚斂して散ずること能わざる者あるは、まさに撲満の敗あらん」云々、と述べたうえで詠ぜられる長篇の五言古体詩。

（七）「……如何なる心なるや」——乾隆二十三年十二月一日勅諭。

（八）熊学鵬——?〜一七七九。江西南昌の人。雍正八年の進士。乾隆十年から翌年まで通政司右通政使。同三十八年に広西巡撫に任ぜられ土匪の乱を鎮圧して功あるも、ついで広東巡撫に任ぜられて失察。

（九）「……優らざると」——抄本『四松堂集』〈歳暮自述五十韻寄同学諸子〉詩に拠る。

（十）「……冥捜を恣にす」——同前。

（十一）「四大凶宅」——旧時北京において凶宅とされた場所は数多く必ずしも四つに限らない。「四大」とするのは「四」が凶数（死と音通）のため。代表的なところは西城石虎胡同のほか、西城の宝禅寺街・東城王府井の菜廠胡同・東城の南池子北部、以上四地。

（十二）紀昀——一七二四〜一八〇五。河北献県の人。字は暁嵐また春帆。石雲と号す。乾隆十九年の進士。官は協弁大学士にいたり太子太保を加えらる。四庫全書の総纂官をつとめた乾隆朝の重臣。戴震とも親交のあった博学者で志怪小説『閲微草堂筆記《えつびそうどうひっき》』の著あり。

（十三）「……おくもの無し」——『閲微草堂筆記』巻十〈如是我聞・四〉に見える。

（十四）「人に強いて鬼を説かしむ」——葉夢得『避暑録話』巻上・第七則に見える逸話。

（十五）才子の佳話の一つ——幽霊咄としては六朝時代の《志怪》小説が有名だが、その伝統は後世にも受け継がれ、清代においても蒲松齢『聊斎志異《りょうさいしい》』や紀昀『閲微草堂筆記』や袁枚『子不語』に代表される清代《志怪》が盛行されたこと、前野直彬「清代志怪書解題」（『中国小説史考』秋山書店・一九七五）に詳しい。

（十六）伝統的な「鬼」——「鬼《き》」の観念は日本の所謂「オニ」の形象と混同されやすいが、中国伝統の「鬼」とはあくまでも死者のすがた、すなわち幽霊のこと。竹田晃『中国の幽霊（怪異を語る伝統）』（東大出版会・一九八〇）および徐華龍『中国の鬼』（青土社・一九九五）を参照のうえ文彦生『鬼の話』（青土社・一九九七）等を併看されたい。

（十七）人士であった――竹林の七賢に代表される晉代の賢人たちの言行録として劉義慶『世説新語《せせつしんご》』が何より有名であるが、彼らの命懸けの奇行を知るためには魯迅の『六朝の気風および文章と薬および酒の関係』も必読文献。

（十八）嵇康やら阮籍やら――第十一章前出。両人とも敦氏兄弟の詩文に多見され、曹雪芹についての詩作中にもしばしば登場。

〔十九〕詩　胆

曹雪芹の名は、乾隆四十年〔一七七五〕頃からしだいに広くひとびとに知られはじめ、今日においては周知のとおり、名高い小説家としてあまねく人口に膾炙《かいしゃ》している。しかしながら曹雪芹の生前においては、彼はまったく無名の人であった。ただし、彼の友人たちが雪芹の小説家としての才能をまるで知らなかったわけではない。――かといって、雪芹が無名のままにおわったのは、小説がまだ十分に体裁をなしていなかったからとか、あるいは友人たちの鑑賞能力が劣っていたからとか、そうした仮定はいずれも実情にそぐわないため、その真因ともいうべきものが次に課題となろう。

この点については三つのことが指摘できる。第一に、当時における小説という文学ジャンルそのものが、まだ現代におけるような地位を獲得しておらず、小説の類いを「閑書《かんしょ》」〔閑つぶしの本〕とみなすのがおおかたの見方であって、せいぜい娯楽の道具にすぎず、当時の価値観からするなら「大雅《たいが》の堂」〔高尚な正統文学〕とは縁遠いものであった。したがって友人たちが雪芹のことを敬愛したからといって、かならずしも小説家としての才能ばかりを念頭においてはいなかったことである。第二に、曹雪芹の小説『紅楼夢』は、そのなかに籠められた意図がきわめて奥深く、しかも関わりあう事柄がはなはだ広汎にわたるため、当時のさまざまな政治状況や社会情勢からしても、かるがるしく公然と話題にできるしろものではなかった。曹雪芹とほぼ同時代の宗室である弘旿《こうご》（一）はつぎのような言葉をのこしている。「紅楼夢と第するは伝世の小説にあらず。余、これを聞きて久しきに、ついに一見するを欲せず。その中に碍語《がいご》〔さしさわりのある言葉〕のあるを恐るればなり」①。これこそ明証というべきであろう。したがって、近時の歴史家も指摘するように、「康熙五十三年〔一七一四〕に小説が厳禁され、書肆もひそかな刊行市販を自粛したため、明代いらいの小説盛行の風潮もこれ以降たちまち衰退した。そのご四、五十年して『紅楼夢』が出現したものの、わずかに抄本《しょうほん》（二）として閲読されるだけで、作者も読者も禁忌をはばかっていた」②というところに事の真相がふくまれよう。敦誠たちの詩文において、あきらかに『紅楼夢』を指すとおもわれる場合でさえ一字として書名を明記していないことなども、おそらくここに起因するものと思われる。第三に、曹雪芹はじつに多藝多才の持ち主であったから、小説のことは別としても、ほかの才能によって友人たちの注目と賛嘆とをあつめるには十二分であったことが挙げられよう。

一と言でいってしまえば、曹雪芹は敦氏兄弟たちの目からするなら、なによりも第一に詩人なのであって、ほかの文学的才能は二の次だったわけである。

このことについても確証がある。敦敏は雪芹生前における詩作のなかで、「詩を尋ね人は去れども僧舎に留む、画《え》を売り銭の来たれば酒家に付す」〔『懋斎詩鈔』〈贈芹圃〉詩〕とうたい、さらに雪芹没後の詩作においては、「逝《ゆ》く水は留まらず詩客は杳《よう》〔幽冥〕たり、楼に登り空しく憶う酒徒の非〔物故〕たるを」〔同前書〈河干集飲題壁兼弔雪芹〉詩〕となげいている。あきらかに雪芹を詩人として詠じていることはいうまでもない。敦誠にいたっては、宗学在学中の雪芹との出会いを思いおこしながら、おたがいの交際の一つのきっかけとなったのは、「君の詩筆に奇気《きき》あるを愛」(『四松堂集』〈寄懐曹雪芹〉詩)したためであったと告白し、さらに雪芹没後においては、知人らと聯句をなしたさい、すでに故人となってしまった友人たちを一人一人しのびつつ、「諸君について皆述べるべし、我輩らは漫《すず》ろに相い評す。宴集して疇昔《ちゆうせき》(往時)を思い、聯吟して晦明《かいめい》(あの世この世)を憶う」(同前書〈荇荘過草堂命酒聯句〉詩)との前置きのもとに、まず最初にかかげられるのが、ほかでもなく「詩は李昌谷(李賀)を追う」とされる「曹芹圃《きんほ》」(すなわち曹雪芹)のことなのである。のみならず、敦誠が自作の劇本である『琵琶行』伝奇についてのべた文章(『鷦鷯庵筆麈』第五十則)においても、「諸君の題跋は数十家を下らず」としたうえで、筆頭にかかげる文例こそ、曹雪芹の詩作にほかならなかった。——正確にいうなら、「数十家」にのぼる題跋のなかから、わずかに雪芹の詩句だけを唯一の引用としてかかげているのである。これらのことからして、敦誠の眼力にもとづくかぎり、詩人としての曹雪芹がいかに高い評価を受けていたかが知られよう③。

敦誠がどうして、曹雪芹の詩作をこれほど高く評価していたのかといえば、敦誠じしん詩人であったため、見る目をそなえていたので雪芹の詩才を認めることができた、とも言える。事実としても、曹雪芹の詩作は見事なもので、敦誠じしんのものより格段にすぐれていたため、敦誠としても感服して賞賛せざるをえなかったものと思われる。

清代においては、満州八旗が入関して間もないころより、かなりの実力をそなえた詩人たちがあらわれている。さらに雍正朝から乾隆朝をへて、詩人の活躍はますます旺盛となり、乾隆時代の詩壇においては、ふつう袁枚《えんばい》と沈徳潜《しんとくせん》とが（三）その時期の代表的詩人とされている。ところが袁枚はといえば、小才にものをいわせ、評判をもりたてて趣味道楽にふけり、しばしば軽薄にながれた市井凡俗の権力指向タイプのそしりをまぬがれず、「妝点《しょうてん》す山林の大架子《おおがまえ》を、庸に付す風雅の小名家」（四）とか、「翩然《へんぜん》たり一只《いっし》の雲間の鶴、飛び去り飛び来たるは宰相の衙《が》」（五）④などとからかわれた似非《えせ》名士であったし、沈徳潜のほうも、乾隆帝にとりいって名声をえようとし、はんたいに帝から罰せられて恥をのこした御用文人であって、ふたりとも真の詩人とはいいがたい人物であった。そのほかの詩人たちも数こそ多いものの、そうした人たちの風格はといえば、官僚風・学者風・名士風・才子風といったような気取りの目立つ詩人たちが大半をしめ、ほんとうに詩人の名にあたいする者はきわめて少数であった。では真の詩人――すなわち、人品もすぐれ詩風も格調のたかい詩人はといえば、ほかでもなく満州八旗のなかから輩出したのであった。その原因としては、けっして王国維（六）のいうように「自然の眼をもって物を観じ」⑤た結果によるものではなく、統治集団の内部紛争による常識をこえた苛烈さのさなかで政治的迫害をうけ、いやしがたい精神的打撃をこうむった人々のなかから、とりわけて悲憤慷慨するものは、「螈蠑《げんえい》は雲を吐きて龍に乗ぜられ、菱花《りょうか》は日に背《そむ》きて葵《き》の傾《かたぶ》くを笑う」⑥（七）、というまでの思いをいだくにいたり、統治層にたいして屈伏も服従もしないことをあからさまに言明する人々が現われたからである。もっとも、もうすこし老練なものたちは、世事のことはいっさい口にせず、もっぱら山水泉石のことやら詩酒書画のことやらに専念し、いわば「名は実にそう」というわけで、高潔な隠者とか孤高の逸士とかに身をひそめてしまった。⑦要するに、こうした人々のうちにこそ、当時の封建的社会のなかから生まれた詩人として、人品からしても詩風からしても、袁枚や沈徳潜などといった文人たちより十倍かた高級な詩人たちがいたのである。

すでに紹介したように、敦氏兄弟の叔父にあたる恒仁《こうじん》〔第十七章前出〕も一家をなした詩人であって、⑧敦敏・敦誠もかつて恒仁から詩をまなんだことがあり、彼らにとって詩作はいわば伝来の家学なのであった。敦氏兄弟ふたりに関してのべるなら、それぞれに個性があるように、おのおのの詩作にもそれなりの持ち味があった。敦敏はわりに奥床しい典雅なひとであったらしく、その詩風も唐代のものをめざし、格調をおもんじた簡明高遠な詩作がおおかった。いっぽう敦誠は豪快な情熱家で、いわば明朗快悟のひとであったらしく、彼の詩風は宋代のものをめざし、なかでも蘇東坡の影響がいちじるしく、その詩才には兄の敦敏をうわまわるものがあり、詩作の造詣にもすこぶる深いものがあった。しかし彼の限界ともいうべきものは、その生活領域がかぎられていたため作品の内容もおのずから狭められ、彼の詩才もぞんぶんには羽ばたけず、どうしても雄壮闊達な起伏万状というわけにはいかなかった所にあろう。

そうしたこともあって、敦誠はことのほか曹雪芹の詩作に惚れこみ感服したのであった。そこには、敦誠と雪芹との性格が似かよっており、しかも同じく宋詩を重んじていたため、賢人は賢人をいとおしむ、というようなところがあったかも知れない。さらには、雪芹の詩才が敦誠よりもはるかに抜きんでていたので、たがいの長短をくらべるほどに、ますます敬愛の念を深めていったにちがいない。

曹雪芹の詩作もまた、伝来の家藝をうけつぐものであった。じじつ彼の祖父たる曹寅《そういん》は康熙時代における名高い文人であり、詩・詞・曲いずれにも並々ならぬ才識をそなえていた。康熙朝の文壇においては有能の士がならび立ち、まさに百花繚乱の艶をきそいあい、そのころ少年八旗にすぎなかった曹寅はじぶんの特殊な身分をいかし、あまねく当時の大詩人たちと交際し、彼らの話しに耳をかたむけ、心ゆくまで詩を唱和しあい、生まれながらの才能のうえに飽くことなく研鑽をかさねたため、その詩才たるや、なみいる名詩人のさなかにあって少しも見劣りしないばかりか、大家たちをもしのぐ力量をしめして先輩たちを驚嘆させることもしばしばであった。朱彝尊《しゅいそん》(八)は曹寅の詩集に序文をよせ、次のようにのべている。「楝亭《れんてい》先生の吟稿、一字として溶鋳《ようちゅう》せざるは無く、一語として矜奇《きょうき》ならざるは無し。けだし藩籬《はんり》〔囲み〕を抉《けつ》破《ば》し、古人の窔奥《ようのう》〔深奥〕を直闚《ちょくき》〔直視〕せんと欲するならん。その意に称《かな》うに当たりては、時人の大いに怪しむを顧みざるなり」〔『楝亭詩鈔』朱氏序〕。たしかに、清初の詩壇における曹寅の地位と業績とは、まぎれもなく詞壇における納蘭成徳《のうらんせいとく》(九)をしのぐものがあった、と言わなければならない（けれども、さまざまな因縁により、納蘭成徳の虚名がたちまちのうちに実際以上のものとして喧伝されたのにたいし、⑨曹寅の詩歌はいまだに正当な評価をうけていないのが実情である）。

　こうした祖父曹寅にたいし、曹雪芹が思慕しつつ尊崇の念をいだいていたことは当然のことといえよう。雪芹は生前の曹寅に接することはできなかったものの、多彩な内容の楝亭遺文集を幾度となく読みかえしたにちがいない。かずかずの形跡からして明らかなことは、曹雪芹が祖父の詩文をくまなく熟知していた事実である。したがって、雪芹みずから積極的に祖父の詩文に学んだにしろ、くりかえし祖父の詩文に親しむうちに自然とその薫陶をうけたにしろ、雪芹の詩作が曹寅の詩風のおおきな影響のもとにおかれていたことは疑いない。曹寅の詩は、さまざまな詩体ごとに詩風も一様ではないけれど、それにしても六朝・

唐・宋の大詩人たちからそれぞれの長所を汲みとることが巧みで、しかも、とりわけ愛好していた宋詩から多大な影響をうけていたことは一目瞭然なのである。――このことは、とりもなおさず曹雪芹の詩作もまた、おなじく宋詩の風格をうけつぐもので、しかも「溶鋳矜奇」と称される作風をそなえていたことを物語るものにほかなるまい。

いうまでもなく、こうしたことも曹雪芹の詩風を形づくった要因の一つにすぎない。すでに生活環境やら人生経験やら才能性格やらにおいて、祖父曹寅とはまったく同一でありえなかった以上、おのずから曹雪芹には曹雪芹なりの詩作上の風格と特色とがあったのは勿論のことである。

この件についても、ひととおり検討しておくことが必要かとおもわれる。

まず第一に、曹雪芹はけっして軽々しく詩をつくる人ではなかった。彼の友人である張宜泉《ちょうぎせん》〈第二十四章参照〉は雪芹のことを、「君の詩いまだ曾つて等閑《なおざり》に吟ぜず」〈『春柳堂詩稿』〈和曹雪芹西郊信歩憩廃寺原韻〉詩〉とのべていることが一証となろう。無論この言葉は、雪芹が余り詩をつくらなかったので作品数がすくないという意味ではなく、彼が一度として無意味な詩作をなさなかったことを伝えるものである。詩というものは、作らずにはいられない所から生まれるものであって、そこには厳粛な使命というべきものがあり、やむにやまれぬ気持ちに駆られて深長な意味内容のそなわったときにこそ、雪芹ははじめて詩筆をにぎったわけである。したがって彼の詩には、いわゆる無病の呻吟やらおつきあいの社交辞令などは言うもおろか、ふるめかしい常套句の類い(十)もほとんど見あたらなかったにちがいない。

第二に、雪芹の詩はその着想がじつに斬新であって、なにより奇気がこめられていた。彼の詩風が新奇であったことについては、敦誠が自作の『琵琶行』伝奇にたいする雪芹の題詠を引用したさい、「白傅《はくふ》〔唐の白居易〕の詩霊まさに喜ぶこと甚だしかるべし、定めし蛮素《ばんそ》〔小蛮と樊素のこと、後出〕の鬼《き》をして排場せしめん」、という雪芹詩中の一聯を紹介し、敦誠はこの句を激賞して「新奇たること誦すべし」と褒めちぎっている〔前出『鷦鷯庵筆麈』〕。また彼の奇気については、前述したとおり、敦誠が宗学時代における雪芹との出会いを憶いおこしたさい、「君の詩筆に奇気あるを愛す」と述懐している。ここで心得ておくべきことは、「新奇」と「奇気」とはたがいに関連しあうものでありながら、しかもそれぞれに相違することである。すなわち、「新奇」という言葉は詩作そのものの作風について述べられたものであるのにたいし、「奇気」のほうは意味が広く、その内容もさらに奥行きが深い点である。

ここで思いあわされることは、唐代の詩人白居易〔楽天〕が、「老大《ろうたい》にして嫁《か》し商人の婦《つま》と作《な》り、しかも「商人は利を重んじ離別を軽んず、……去りてより来《こ》のかた江口《こうこう》にて空船を守る」〔〈琵琶行并序〉詩〕、という身上になるにいたった長安の名妓に憐れみの念をよせ、さらには九江郡《きゅうこう》〔いま江西省九江県〕の司馬〔地方長官の輔佐役〕に左遷されていたじぶんの境遇とかさねあわせ、「是の夕べ始めて遷謫《せんたく》の意あるを覚ゆ」「同じく是れ天涯淪落《りんらく》の人、相い逢うは何んぞ必ずしも曾つて相い識《し》らん」〔同前詩〕という感慨をうたいあげ、当時おおくの詩人たちの共感と同情とをあつめたことである（いうまでもなく白居易の原作『琵琶行』は当時における時代的意義と価値とをそなえていた）。清代の詩人である敦誠が、わざわざこの題材をとりあげて演劇に脚色したことも、まぎれもなく零落《れいらく》して不如意な生活をしいられているおのが身の上に感ずるところがあったからこそ、故事をかりてその心情を吐露したものにちがいない。したがって、その伝奇に題跋をよせた人々も「数十家を下らず」という多数にのぼりはしたが、それらの題跋の内容はといえば、じぶんの境遇をなげいておのれの不満をかこつ、そういう千篇一律のくりかえしが大部分であったことと思われる。[10]——そんなわけで厳密にいうなら、こうした作品じたい、すでに陳腐な常套旧語といいうるものであった。こうした旧套にいったん陥ってしまえば「新奇」（すなわち創造性）もなにもあったものではない。ところが、曹雪芹はそうではなかった。

前掲した曹雪芹の手になる題詩の全文が、いったいどのようなものであったのか、残念ながら敦誠による墨の節約のおかげをこうむり、[11]前引の一聯しかつたわらないため、今となっては想像するにも手掛かりすら得られない（この件に関するかぎり敦誠には大きな恨みがのこる）。しかし、一つだけ歴然としていることは、曹雪芹はけっして「他人の酒をかりて自分の渇きをいやす」ような真似をし、ひとの尻馬にのって「士は不遇たり」の「感」がどうのこうのと、そうした大見栄をいっさい切らなかったことである。それどころか、彼は題詩の眼目を、ひとが思いもよらない境地へとはこび去ったのであった。この一事からしても、まさしく曹雪芹の面目躍如というべきところであろう。

雪芹の前掲詩句を解釈するならつぎのごとくである。大詩人である白居易は、その身は死したものの魂はいまなお「地下」に健在で、このたび敦誠が白居易の名作『琵琶行』を脚色して伝奇一篇をあらわしたことを耳にし、おおいに喜びいさみ、おそらくや彼のあの歌舞上手のふたりの侍女、すなわち小蛮《しょうばん》と樊《はん》素《そ》(十二)に命じ、すぐさま台本どおりに上演させていることでしょうよ、というのである。——ここに描かれている楽しさは、ある作家が、じぶんの作品を目のまえで舞台にかけさせ（あるいは今日なら映画化させ）、おまけに登場人物のことごとくを思いのまま演出できるのと同種同様の痛快さといえよう。なんとも華麗なファンタジーである。

その着想の絶妙のところは、このファンタジーにおいては白居易が今しも生きているばかりか彼の侍女たちまで存命していて、あたかも彼らの生前さながらに一緒に暮らしており、のみならず在りし日とおなじく、それぞれ詩人として藝能家として、ともどもに風流な「韻事」を心ゆくまで堪能していることである。まことに奇想天外のファンタジーと言うほかない。すくなくとも、みずからの境遇をなげき不遇をかこつ、といった凡百の詩人たちには逆立ちしても思いおよばぬ発想にちがいあるまい。曹雪芹の新奇な詩風というものは、このわずかな詩句においてさえ如実に示されているのである。

こうした着想にしても描写にしても、先人の前例になびくことなく雪芹みずからが切りひらいた新境地であって、およそ陳腐な旧套とは無縁のものであった。曹雪芹という詩人の才能が、いかに自由奔放にして風流洒脱なものであったか、あたかも手にとって見るごとし、といえよう。さらに加えるなら、敦誠の『琵琶行』伝奇は長安の名妓が市井に落ちぶれたことをテーマとしているのにたいし、曹雪芹の題詠においては小蛮・樊素という二侍女に主眼がすえられ、そのため、気脈はあい通じながらも趣きはまったく異なったものへと変幻している。このことも、雪芹がその小説『紅楼夢』のなかで、「俳優として娼妓として名をあげる」〔第十一章前出〕ことを公然と賞賛してはばからなかったことと、けっして無関係ではあるまい[12]。

ここで、あらためて雪芹の詩風をふりかえるなら、まさしく「一字として溶鋳せざるは無く、一語とし

郵便はがき

1028790

料金受取人払郵便

麹町支店承認

6409

差出有効期間
平成23年11月
30日まで
（切手不要）

102

東京都千代田区
飯田橋二—五—四

汲古書院

行

通信欄

購入者カード

このたびは本書をお買い求め下さりありがとうございました。今後の出版の資料と、刊行ご案内のためおそれ入りますが、下記ご記入の上、折り返しお送り下さるようお願いいたします。

書　名
ご芳名
ご住所 ＴＥＬ　　　　　　　　　　〒
ご勤務先
ご購入方法　①　直接　②　　　　　　書店経由
本書についてのご意見をお寄せ下さい
今後どんなものをご希望ですか

て矜奇ならざるは無し」、という曹寅の詩風にたいする評語をそのまま充《あ》てはめることができよう。この評語はじつに厳粛な響きをそなえており、確固たる格調の高さを意味するものであって、けっして軽薄なそらぞらしさと同日に論ぜられるものではなく、また艶麗な媚態によって人を魅惑するだけが売りものの小才を意味するものでもないからである。のみならず雪芹の詩作もまた、まさに曹寅とおなじく、「藩籬を抉破」して「その意に称うに当たりては、時人の大いに怪しむを顧みざる」もの、と評さなくてはならないものであった。

こうした雪芹の詩にたいし、敦誠が「新奇」という評語をあたえたことは、まことに正鵠を射たものといえよう。なぜなら、雪芹はけっして世人の歓心をかうため勿体をつけ、ことさらに奇抜をてらったものではないからである。

以上をしめくくる意味でも、敦誠がさらに曹雪芹の「詩胆《したん》」について指摘していることを述べなくてはならない。

「詩才」とか「詩学」とか、あるいは「詩識」とかいう言葉はよく使われるものの、「詩胆」という言葉にはいささか耳馴れない感じがともなう。⑬ところが、ひとり敦誠は曹雪芹のことを、「君が詩胆の昔《もと》より鉄の如きを知る、刀穎《とうえい》と寒光を交じうるに堪《た》えたり」〔『四松堂集』〈佩刀質酒歌〉詩〕と詠じている。すなわち、雪芹の詩胆は鉄のように堅いばかりか剣のように鋭い、とたたえているのである。――こうした比喩じたい、はじめて耳にするような印象さえうける。

このことには、実はこのうえない重みがこめられている。というのも、まさしく当時においては、じぶんが本当に書きたい詩句を書くためには文字通りそうとうの胆力を必要としたからである。周知のように当時にあっては、「清風は字を識らず、何んぞ必ずしも乱《みだ》りに書を翻《ほん》するや」（十二）〔徐駿「詩文集」稿〕とか、「朱を奪うは正色《せいしょく》に非ず、異種ことごとく王を称す」（十三）〔沈徳潜〈紫牡丹を詠ず〉詩〕などという詩句をしたためた人は、例外なく大難をこうむっているのである。たとえ故人となったひとでも、のちに「問題」のある詩句が発見されれば「棺《ひつぎ》を剖《やぶ》りて尸《かばね》を戮《はずか》しむ」という時代であった。まして現に生きている人が詩作をするにあたっては、どれほど危険を覚悟しなければならなかったことやら。――くわえて、どれほど「詩胆」を必要としたことやら。おそらく現代のわれわれがやすやすと想像できるものではあるまい。ひとり敦誠だけが「詩胆」の二文字を雪芹にさずけたことの背景に、かなりの事情がひそんでいたことは確かである。

　上記のことから明らかなように、敦誠のいわゆる雪芹詩の「奇気」というものは、そのまま「詩胆」と表裏一体をなすものであって、その意味するところは詩の風格だけにはとどまらず、はるかに深遠な意義をそなえているのである。前引した曹雪芹による、「白傅の詩霊まさに喜ぶこと甚だしかるべし、定めし蛮素の鬼をして排場せしめん」という詩句にしても、上文においては手ばなしで褒めはしたが、それはあくまで詩風の「新奇」という見地からの評価であって、けっしてこの句が雪芹の最上の作とするものではない。それなら、敦誠はどうしてこの一聯のみを引用し、雪芹の詩胆が鉄のごとくであったことの証例を一字として紹介しなかったのであろう。あきらかに、敦誠はそうした詩句にたいし、あたかも兄である敦敏の〈春柳十詠〉詩〔第十七章前出〕に改修をほどこしたごとく、あるいはそれ以上の用心をめぐらし、あえて紹介することをはばかったものと考えられる。
そんなわけで、前引したわずか一聯のほかには、曹雪芹の貴重な詩篇は一字として今日につたわらない。――しいて例をかかげるなら、前掲した張宜泉の詩作〔〈和曹雪芹西郊信歩憩廃寺原韻〉詩〕によって、雪芹の詩題のひとつが『西郊《せいこう》に歩を信《まか》せ廃寺に憩《いこ》う』であったこと、および、その詩の脚韻が「吟」「深」「陰」「尋」「林」の五文字をもちいていたことが知られるにすぎない。そのほかは、ことごとく「蕩《ほろ》びて寒煙冷霧となる」〔雲散霧消の意〕というのが実情なのである。⑭
曹雪芹は傑出した小説家であるとともに、非凡なる詩人であった。⑮彼のかずかずの詩篇が失なわれてしまったことは、小説『紅楼夢』の第八十一回以降の遺稿が散逸ないし破棄されてしまったこととあわせ、おなじく中国文学史上における甚大このうえない損失であり、かつまた遺恨事である。しかも、この喩えようもない損失と遺恨事とは、おそらく永遠に回復されることも解消されることも無いにちがいない。

《原注》
① これは弘昨が、おなじく宗室である永忠の雪芹を追悼した詩〔〈因墨香得観紅楼夢小説弔雪芹三絶句〉詩〕に付した評語であり、『戊子初稿』に見える。
② 鄧之誠『中華二千年史』巻五下冊・五八二頁による。史実としては乾隆三年〔一七三八〕にも小説にたいする検閲発禁が実施されている。兪正燮『癸巳存稿』の記載を参照されたし。
③ 敦誠が雪芹を弔った詩〔輓曹雪芹・甲申〕詩〕には「故人は惟だ有り青山の涙」の句があり、「青山」は詩人の

墓をも意味する。（敦誠の詩集の一抄本は「青山」を「青衫」に作るが誤写と思われる。）

④ これは袁枚と同時代の詩人である蔣士銓《しようしせん》による伝奇『臨川夢』の劇中語であり、表向きこそ陳眉公をあざ笑うものとして用いられているものの、そのじつ袁枚を諷刺した言葉にほかならない。蔣瑞藻『小説考証拾遺』〈臨川夢〉条所引の『薬裏慵譚』を参照されたし。さらに舒坤なども『批本隨園詩話』のなかで再三ならず袁枚のことを批判し、「『詩話』中の鄂《がく》文端〔鄂爾泰〕・傅《ふ》文忠〔傅恒〕と論交すること、みな藉《か》りて江浙の酸丁寒士を嚇騙し、以つて自から声気を重んぜしむるのみ」〔巻九〕、「此れらの詩話、ただ是れ富貴人家（の為）の犬馬となるのみ。畢《ひつ》秋帆〔畢沅〕の家、もと棉花の巨商たりて、畢太夫人の詩すでに佳ならず。事として記すべきこと無かりしに、これを選びしは何の為なるや。鄭板橋・趙雲松が袁子才〔袁枚〕を斥けて斯文の走狗と為し、記を作してこれを罵りし所以たり。謬《あやまり》ならざるなり」〔巻十一〕等とのべている。

⑤ 『人間詞話』巻上にみえる納蘭成徳を論じた言葉。

⑥ 宗室である永憲《えいけい》の『神清室詩稿』巻上〈斉物〉にみえる句。

⑦ たとえば、李鍇・陳景元・馬長海などといった八旗詩人たちは、みなその顕著な例である。一般の中国文学史においては清代のこうした詩人たちのことについて、いまだ紹介すらされていない。

⑧ その著として『月山詩集』『月山詩話』等がある。『雪橋詩話』巻六に、「敬亭〔敦誠〕、理事官瑚玐《フーバ》の次子たり。出でて叔祖経照《けいしよう》のすでに物故したる子の寧仁《ねいじん》を継ぎ、その嗣となる。経照、字は定斎、普照《ふしよう》の胞弟たり。月山〔恒仁〕みずから謂う、学業は叔父経公〔経照〕から力を得ること多たり、と。経公、壬子のとし〔雍正十年〕奪取されて後ち、期をもって族中の子姪を家園に招き、飲酒して詩を賦す。月山、いまだかつて従わずんばあらず、あるいは春秋の佳日、轡を聯ねて近郊に遊び、句を得れば欣然として相い賞す。人は目して両書生となし、ともに故公なるを知らざるなり」とあるのが参考となろう。（『雪橋詩話』のこの記載は、ほぼ月山の子である宜興の

手になる『月山詩集』跋文にもとづく。）

⑨ 陳廷焯『白雨斎詞話』巻三に、「容若〔納蘭成徳の字〕の飲水詞、国初に在りてもまた作手に推され、……然れども意境は深厚ならず、措詞も浅顕たり。余の賞する所は惟だ……三篇のみ。その餘はみな平衍たり」とみえる。鄧之誠『中華二千年史』巻五にも、「納蘭成徳は宰相明珠の子で、すこぶる詞作を得意とした。……当時の文士たちは彼が権勢枢要の身分にあったため、賞賛しない者はいなかった。しかも成徳は、その師にあたる徐乾学にかわって『通志堂経解』〔徐乾学の伝是楼所蔵による諸経解をおさめて『皇清経解』の先駆をなす叢書〕を編纂刊行するにおよび、さらに名声を博した。そうした理由から、ついに納蘭成徳の『飲水詞』『側帽詞』の二集が清代詞家の代表作とされているものの、必ずしも妥当な評価ではない。『四庫全書』が彼の詞を載録しなかったことも、それなりの見解を示したものと思われる」と記される。こうした評価にしても、やはり旧来の価値観に根ざしたものに違いないが、それにしても真理の片端をつたえるものと言えよう。

⑩ 敦敏の題詩がひとつの好例となろう。次のごとくである。「紅牙と翠管と離愁を写す、商婦の琵琶するは湓浦《ぼんほ》の秋。楽章を読み罷《お》えて頻りに悵悵たり、青衫ひとり江州に湿すのみならざらん」（〈題敬亭琵琶行塡詞後二首〉詩・其二）。

⑪ 敦誠が詩の全篇を引用しなかったのは墨の「節約」のため、というのは、もちろん「筆のたわむれ」にすぎない。その本当の理由は、おそらく前六句のなかに、例により曹雪芹独特の奇矯な言辞ないし「碍語」が含まれていたため、敦誠が配意して省略したものと考えられる。

⑫ こうした考え方は、あまりにも白居易の一種享楽的な側面を美化し、雪芹の同様の欠点を過大評価することになろうか。検討ねがいたい。わたし個人の見解としては、雪芹のこの詩に関するかぎり、小蛮・樊素の二人に劇を「排場」（扮装上演）させたことは、あくまで彼女たちを藝術家と見立ててのことであって、けっして男子の歓

楽遊興や玩弄のための慰み者のように見下したものではないと信ずる。

⑬「詩胆」という発想も、その前例が皆無なわけではない。詩作としては、例えば唐の劉叉《りゅうさ》に、「酒腸の寛きこと海に似たり、詩胆は天より大なり」〔〈自問〉詩〕の句があり、韓愈にも賈島の作詩をのべたものとして、「身の大なるも胆には及ばず、……勇往し敢えてせざるは無し」〔〈送無本師帰范陽〉詩〕の句がある。詩論としては、例えば清の葉燮《しょうしょう》に、「才といい、胆といい、識といい、力という。この四者、この心の神明を窮めつくす所以なり」、「識の明らかなれば則ち胆は張り、その発宣するに任せて怯《ひるみ》をなすところ無く、横説竪説〔縦横放談〕するも左宜右有〔才徳兼備〕、もっぱら造化は手に在りて、一つとして物に肖《かたど》らざるは有る無きなり」〔『原詩』内篇下〕の語がある。しかしながら、敦誠がここで「詩胆」という言葉で表わしているものは、必ずしも上記用例とは同義でない点、十分に考察ねがいたい。

⑭しかるに『春游瑣談』第一集〈曹雪芹故居与脂硯斎硯〉の条は次のように記す。「友人徐邦達、余に告げていわく、『曾つて大なる手巻を見しに、なかに曹雪芹の題詩あるも、その手巻の名を忘る』と。また友人陶北溟、余に告げていわく、『その同郷のひと荘炎、字は荘漢、《海客琴樽図》巻を所蔵す。これ乾隆時……金某が奉じて中国に使となり、某画家に乞いて此の巻を作らしめ、遍ねく徴するに当時の士大夫の題詠すること無慮数十家、なかに著しく重んずべき者二人あり。曹雪芹と顧太清〔満州の女流詞人で奕絵《えきかい》〔乾隆帝の玄孫〕の側室〕の題詩たり』と。……按ずるに、邦達の称する所は、まさに即ち北溟の言う所の《海客琴樽図》ならん。暇日まさに邦達に質すべし」。〔梅曾亮『柏梘山房文集』巻十一に『海客琴樽図記』が収められている。その題記にしたがえば道光二十五年に李尚迪《りしょうてき》が清に使したとき描かせたもので、あるいは同名の別の図巻であろうか。〕この図巻については追跡調査の可能性も残されているため、もしかすると曹雪芹の手になる完全な詩篇一首が発見できるかも知れない。ところで、散佚した雪芹詩の「全篇」と称するものが、かつて世に流伝したことがある。それは実は一九七

○年にわたしが試作したもので、詩としても出来の悪いものゆえ本物と見做される恐れはないと信ずるものの、念のため、よろしく注意されたし〔訳注（十四）〕。

⑮　曹雪芹の『紅楼夢』という小説は、文学作品として幾多の特色をそなえているが、その特徴の一つとして叙情的性格が色濃く、詩的な境地やら情緒やらがすこぶる濃密であって、文学的手法としても作詩（古典的叙情詩）における描写ときわめて類似した場面が少なくない。これは作者じしんが詩人であったことと密接に関連しあおう。（ただし、このことも小説には必ずこの種の描写が不可欠であることを主張するものではなく、詩人でない作家が描いた小説には、こうした特徴が表われにくい事実を指摘したまでである。）

さらに、雪芹は小説中において、女性たちが詩社〔作詩の同人会〕をむすんで聯吟する光景をふんだんに描出しているが、ここにも時代的背景と社会的意義がみとめられる。というのも、明・清においては女流作家、とりわけ女流詩人（および詞人）の数が激増し、清代の記録にのこされた者にかぎっても三千余家の多数をかぞえ、歴代王朝にくらべ厖大な数にのぼったからである（袁枚も「近時の閨秀の多きこと、古えに十倍す」とのべている）。時によっては一門の母と娘、嫁と姑、相嫁同士、姉と妹のいずれもが女流詩人であった場合もあり（実例としては明末の葉《しょう》天寥〔紹袁〕、乾隆時の葉佩蓀《はいそん》・袁枚、道光時の麟慶の家などがあげられる）、また談遷の『北游録』は浙江の婦女たちが結社して吟詩する有様をつたえている。さらに、そうした女流詩人たちは小説やら劇本やらを愛読したばかりか、なかには「批家《ひか》」〔独自の文学観にもとづいて文学作品に論評批注をほどこす者〕となるものも現われた（清の呉舒鳧《ごじょふ》〔字は呉山〕の家の「三婦」〔一般に呉呉山三婦と称される〕による『牡丹亭還魂記』の合評、程夐《ていけい》による『繡牡丹』など、いずれもその顕著な例といえよう）。こうした風潮じたい、すでに封建的道徳にたいする大胆な挑戦ともいいうる重要な時代的意義をそなえていた。八旗のなかの女流詩人も相当数にのぼる（皇室や満州大臣の屋敷においては、女性の師傅をまねいて女子たちの教育を担当させた。例えば、山陰

〔いま浙江省紹興県〕の王端淑《おうたんしゅく》〔字は玉瑛〕は書画に巧みであったため、順治帝は彼女を宮中に召しいれ妃主たちの教育係にさせようとしたし『揚州画舫録』によれば、江都〔いま江蘇省江都県〕の王正は字を端粛《たんしゅく》といい、馬斉〔第十六章節前出〕によって屋敷にまねかれ女子たちの教育係をつとめた、とされる。伝説は諸説に分かれるのが常で、この言い伝えにも混乱があるかも知れない〕、また袁枚の大伯母の嫁ぎ先たる慈渓〔浙江省慈渓県〕の姚《よう》家の母なる人も、かつて宰相明珠の屋敷において姫君たちの教育にあたったという。いずれも皇室ならびに満州大臣の屋敷における女子教育の実例といえよう。〕そして、直接間接に曹雪芹の一族に縁のあるものとしては、納蘭成徳の妹で『繡餘詩稿』の著のある納蘭氏、敦誠の家筋のもので『冷吟斎初稿』の著のある氷月という女流詩人、克勤訥平郡王の曾孫女にあたる毓秀《いくしゅう》〔字は淑栄〕および文篁《ぶんこう》〔字は湘華、『佩蘭軒繡餘草』の著あり〕の姉妹〔雪芹の伯母方の子孫にあたる。雪芹の親戚友人の身内にも女流詩人の少なくなかったことが知れよう〕などがあげられる。のみならず、旧来の小説のなかに記された詩詞の類いは、どうしても第三者ないし作者じしんによる解説のごとき「附随物」的性格から脱しきれなかったのであるが、しかし『紅楼夢』にいたって、はじめて詩詞は小説の内容と有機的にむすびついた正式な構成要素となるにおよび、詩詞をもちいて人物描写や心理描写を緻密にすることが小説創作の目的の一つとなったものの、既述のとおり、当時において詩作愛好などは「雑学」「不才」というべき小道であって、八股時文による科挙の大道とは真っ向うから敵対するものであった。こうした時代的意味も、けっして軽視することは許されない。〔参考のため、《蒙古王府本》および《戚蓼生《せきりょうせい》序本》『石頭記』第三十七回の回前に付された脂硯斎による題詩を次にひく。「海棠をもって詩社に名づく、林と史と〔林黛玉と史湘雲〕は秋閨に傲《おご》る。たとえ才の八斗あるも、富貴の児に如かず」。〕

以上のような問題点の全て〔さらに清代の各種各層にわたる女性についての研究にあたいする状況、および曹雪芹が心をくだいて描きだした「閨閣のなかにも歴歴として人あり」〔『紅楼夢』甲戌本〈凡例〉〕ということのさまざまな意味合いの検討）は、残念ながら本書の紙幅の関係から論じつくせないため、せめて今後の研究課題の参考としてここに付記しておく。

【訳注】

（一）弘旿——康熙帝の皇二十四子たる胤祕《いんひ》の次子。

（二）抄本——これまで「抄本」という言葉を原文のまま説明なしに用いてきたが、漢語「抄本」は日本における「写本」の意。「刊本」の対意語。「鈔本」とも。したがって日本語「抄本」のように部分的写本を必ずしも意味せず、完本も残本も抜本もおなじく「抄本」と称す。誤解を避けるため「写本」と改字することも考えたが、『紅楼夢』版本中ではすでに固有名詞化されている場合も少なくないため、本訳書においては原語「抄本」のまま訳出した。注意されたい。

（三）沈徳潜——一六七三～一七六九。江蘇長洲の人。字は確士。帰愚と号す。乾隆四年の進士。官は内閣大学士・礼部侍郎に至る。詩人として一家を成し、袁枚の《性霊説》に対し《格調説》を唱える。著に『古詩源』『帰愚詩文鈔』等あるも『国朝詩別裁集』の編著が忌にふれ詮議立てをこうむる。第二十九章参照。

（四）「……風雅の小名家」——大意は、「隠者きどりの大見栄を世の中にふれてまわるものの、そのじつ俗流を追いかけまわす風流ぶったチッポケ文士」。

（五）「……宰相の衙」——大意は、「ひらひらと雲間にただよう一羽の鶴、飛びかうのは大臣官邸の上ばかり」。

（六）王国維——一八七七～一九二七。浙江海寧の人。字は静安ないし伯隅。静菴・観堂と号す。光緒二十七年から翌年まで日本留学。南通・蘇州の師範学堂で哲学を講ず。辛亥革命後、一時日本に亡命。再帰国し清の遺老を自称。清華研究院教授として古代史を指導したが、民国十六年に頤和園昆明湖で入水自殺。著作はショウペンハウエルの影響のもと『紅楼夢』の悲劇美を論じた『紅楼夢評論』のほか『宋元戯曲考』『人間《じんかん》詞話』など多岐にわたる碩学。

（七）「……傾くを笑う」——大意は、「トカゲは雲を吐き出しても龍が天に昇るのに利用されるばかりだが、明鏡にも喩えられるヒシの花は、日陰に身をおいているだけに、お日様しだいで向きを変えるヒマワリの姿が可笑しくてならぬ」。

（八）朱彝尊——一六二九～一七〇九。浙江秀水の人。字は錫鬯。竹垞と号す。康熙十八年に博学鴻詞科に挙げられ翰林院検討。『明史』編纂に参加。考証に秀で顧炎武・閻若璩らと並ぶ。詩は王漁洋と並称され、詞は清詞の主流たる《浙西詞派》の開祖。著に『経義考』『日下旧聞』『曝書亭集』『明詩綜』『詞綜』等あり。

（九）納蘭成徳——一六五五～八五。満州正黄旗の人。本姓は納喇《ナラ》氏。字は容若《ようじゃく》。ために成容若とも称さる。のち性徳と改名。楞伽《りょうが》山人と号し通志堂を室名とす。宰相明珠の子。康熙十五年の進士。官は乾清門侍衛。詩に長じ特に詞人として知られる。徐乾学に師事して宋元以来の経書注釈を集成し『通志堂経解』を刊行。著は『飲水詞』『通志堂詩文集』等。

（十）常套句の類いも——言い方は多少異なるが、いずれも一九一七年の《文学革命》において「無病の呻吟」「無物の言」「爛調套語」として排斥された創作態度。

（十一）小蛮と樊素——ともに白居易の侍女で、小蛮は舞にひいで樊素は歌にすぐれていたと伝えられる（孟棨『本事詩』）。なお両者とも現行本『紅楼夢』第九十二回に名が見える。

（十二）書を翻するや——字義上の大意は、「清らかな風というものはそもそも人の字を解さない、したがってやたらに書物の頁などひるがえさない」の意。時事上の大意は、「清朝の人々は漢字がわからない、だから無闇に漢籍を翻訳しても無益なこと」の意。

（十三）　ことごとく王を称す――字義上の大意は、「（牡丹の）朱色より鮮やかな色の花はまともな花ではない、それをまともと認めたならば様々な異色の花々がそれぞれ花の王座を競い合う」の意。時事上の大意は、「朱姓（すなわち明朝）を奪ったものは正統でない、ために異族が好きかってに王族を名乗りあう」の意。

（十四）　注意されたし――本訳書巻末の伊藤漱平氏「跋文」を参看されたい。なお一九七二年春、呉世昌氏が呉恩裕氏から示され、曹雪芹佚詩と判じて世に広めた句は、「唾壺崩剥慨當慷、月荻江楓満畫堂。紅粉眞堪傳栩栩、淥樽那靳感茫茫。西軒歌板心猶壯、北浦琵琶韻未荒。白傅詩靈應喜甚、定教蠻素鬼排場」の一首。

〔二十〕 文筆の日々

曹雪芹の作家としての活動は、まえ〔第十三章〕にも触れたようにかなり早い時期から始められ、さかのぼってはその少年時代、放蕩をかさねて空室に監禁された頃より、すでに（きわめて断片的な雛形ではあったろうけれど）小説執筆のきざしがみとめられる。そして乾隆十九年（甲戌・一七五四）には、はやくも『石頭記』と名づけられた小説が形をなしつつあったばかりか、すでに「再評」（評注者による再度の評閲）をへた草稿にまでまとめられていた。《甲戌本《こうじゅつぼん》》の名で世に知られている抄本こそ、基本的にはこの年にまとめられた草稿のおもかげを今日につたえるものである。（ただし、この抄本には後期の評語、たとえば甲午《こうご》年、すなわち乾隆三十九年（一七七四）の評語なども含まれてはいるものの、それは後ちのひとが晩期の別本から抄録したものか、あるいは評注者じしん原本に年々歳々つぎつぎに加筆していったものと考えられる。）(一) この《甲戌本》の冒頭には、その名も「凡例」と称されるものが冠されており、しかも、この「凡例」の最後の一則がそのまま小説第一回の「提要」となっている。（この「提要」も後世の通行本においては第一回冒頭に組みこまれて小説本文と見分けがつかなくなっている。）のみならず、この「提要」の末尾は、一首の「標題詩」によって締めくくられているのである。（小説原本には原則として各回ごとに「標題詩」が付されており、それぞれの詩の内容も該当する各回本文の内容と合致している。ところが、この「提要」結尾の第一首にかぎり、第一回の本文内容と合致しないばかりか、それよりも小説全体を総括した内容になっているのである。このことからも明らかなように、この第一首「標題詩」だけは、第一回の「提要」としての性質とともに「凡例」としての性質をも兼備しており、しかも「凡例」の締めくくりとなるべき内容をそなえていて、けっして転抄のさいに第一回冒頭から誤って「凡例」中に混入されたものではない。）その「標題詩」は次のごとくである。

浮生着甚苦奔忙
盛席華筵終散場
悲喜千般同幻渺
古今一夢盡荒唐
謾言紅袖啼痕重
更有情癡抱恨長
字字看來皆是血
十年辛苦不尋常

浮生　甚《なに》に着《よ》りてか苦《しき》りに奔忙す
盛席華筵も終《つい》には散場す
悲喜の千般なるも同じく幻渺《げんびょう》たり
古今の一夢はことごとく荒唐たり
謾《みだ》りに言う　紅袖《こうしゅう》に啼痕の重たしと
更に有り　情痴の恨みを抱きて長きこと
字字を看来たれば皆これ血
十年の辛苦は尋常ならず①

——〔『脂硯斎重評石頭記』《甲戌本》凡例・七律詩〕

〔大意〕　この浮き世でいったい何を好きこのみ齷齪《あくせく》するのやら、どんな花やかな宴会も何時かはお開きになるというのに。そもそも嬉し悲しの千々の思いもすべてマボロシ、昔から今にいたる事々もみんなタワゴト。涙にぬれた袖が重いと言ったところで無益なことだが、報われなかった馬鹿げた思いがなかなかに忘れられない。一字一字を血文字でつづった小説に、十年そそいだ苦労には並々ならぬものがある。

《甲戌本》においては、このあとにつづく第一回の本文中に、「脂硯斎《しけんさい》が甲戌のとしに抄写閲読して再評するにおよび、やはり『石頭記』の書名をもちいた」（この小説にあたえられた数々の異名（二）のなかからやはりこの書名を選んだという意味）、という言葉が見えることからして、「抄写閲読して再評」したとされる甲戌年の作業にしても、実際には定本作成における作業の一過程であったにちがいなく、したがって前引した「標題詩」も、この甲戌のとしに加筆されたものに間違いない。そんなわけで、曹雪芹がこの小説の執筆にとりかかってから、甲戌年までに少なくとも「十年の辛苦」を経ていることになるわけである。とすれば、雪芹による小説執筆の開始は甲戌の年より十年前、およそ乾隆九年（甲子・一七四四）のこととなろう。

関係史料がきわめて乏しいため、ほとんど推定にたよらざるをえない現状においては、ここに看過しえない一状況が浮かびあがる。すなわち、乾隆九年といえば、敦誠《とんせい》が宗学に入学した初年にあたり、さらに乾隆十九年といえば、敦誠が〈寄懐曹雪芹〉詩をつくり、宗学時代の雪芹との交際を回想しながら雪芹がすでに北京西郊の山村に転居してしまったことを詠じた、そのわずか二年前のことなのである。――したがって、雪芹が北京郊外へ移転した時期は、乾隆十九年からそれほど隔たっておらず、その前後であることが知られよう。しかも、宗学への敦誠の入学と雪芹の着任とがほぼ同時期とするなら、雪芹が十年がかりの辛苦をへて『紅楼夢』の執筆にとりくんだ期間は、ほぼ雪芹の宗学奉職中の期間と重なりあう。これほどの吻合《ふんごう》は、かならずしも偶然とばかり言いきれまい。

もとより、雪芹は宗学をじぶんにとっての「最適」の場所とは考えておらず、宗学において体験したことも心地好いものであろう筈はなかった。しかし、とにもかくにも宗学は教学施設であり、ほかの役所やら宮廷やらの場所柄とは大違いで、すくなくとも閑静の地にはちがいなく、官界の毒気うずまく伏魔殿にくらべるなら、はるかに清亮風雅な場所といえたであろう。のみならず、当時の宗学でなされていた「学業」がいかなるものであったにしろ、とにかく筆墨に親しむべき「文化」の地にほかならなかった。さらに、たしかに役職は下級であったにしろ、一定の収入が保証され、零落した曹雪芹の生活もそれなりに小康をたもつことができた。くわえて、彼の役職も劇務というほどではなく、時間的な余裕にもわりあい恵まれていた。こうした全てがあいまって、小説執筆のために都合のよい環境が彼にもたらされたのである。そんなわけで、彼にとってはなかなかに得がたいこの好条件を十分に利用し、長年の夢であった小説創作という事業を完成させようと、雪芹は決意するにいたった。——こんなところが当時の実情であったように思われる。

ところで、小説の執筆開始が乾隆九年とすると、そのとき曹雪芹はようやく二十歳をこえたばかりの年齢にすぎない。こうした若者に『紅楼夢』のような深刻にして壮麗な小説が書けたものかどうか、そうした疑問が当然もちあがろう。しかし、忘れてならないことは、執筆開始当初の『紅楼夢』がはじめから完璧に練りあげられていたわけではなく、事実としても、雪芹が鬼籍に入ってしまうまで、この小説はたえまなく営々と苦心惨憺して練られつづけていくのである。甲戌の年にいたり「再評」本が成書したとき、曹雪芹はすでに壮年期に達していたものの、この時にしても、彼が最終定稿を仕上げるにはまだまだ程遠い段階にあった。この甲戌年の「再評」本第一回に、「のちに曹雪芹が悼紅軒《とうこうけん》において、読みなおすこと十年、手直しすること五たび、目録をあんで各回にわかち」編纂した、と打ち明けられていることからも知られるように、この十年というものは、雪芹が倦むことなく書きつづけ、練りつづけ、作品の質を高めつづけていった歳月だったわけである。こんにち目にすることのできる多くの乾隆年間における旧抄本からして、『紅楼夢』においても、字句やら章節やらがまちまちであって、一組として完全に同一のものが無いこと『紅楼夢』がこやみなく書きなおされ練りなおされていった作品で、けっして一気呵成に完全な定本が仕上がったものでないことは歴然としている。曹雪芹は天賦の才能にめぐまれた聡明なひとで、しかも早熟であったから、二十歳そこそこで『紅楼夢』の創作を始めたとしても、なんの不思議もなかろう。②

曹雪芹はその特殊な家柄と経歴とのため、幼いころから苦労辛酸をなめつくし、無常の世のうつりかわりを骨身にきざまれ、さらに人情世態に通ずるにつれ、いよいよ大所高所より世間全体のさまざまな実相に目を向けるようになり、かくして、彼じしん憎悪し憤慨してやまない社会から、日ごとに離反する道を歩んでいった。そうした社会にあっては、彼じしん有意義な仕事をなんら為《な》しえないことを思い知らされたからである。しかも雪芹は、みずからの満心の感慨をこめ、文学的才能をあますところなく発揮するためには、いわゆる士大夫たちの没頭している文学形式によってはいかなる展望も開らけないことに気づき、ついに「無能なること天下第一、不肖たること古今無双」〈『紅楼夢』第三回〉であることに徹しようと覚悟をきめ、正統文学が相手にもしない「演義閑書」「小説稗史《はいし》」の著作執筆に生涯の精根をかたむけようと、決意を固めたようなわけであった。

雪芹がいったん決断を下してからは、もはや何ものも彼をはばむことは出来なかった。そのごの彼の生活は、『紅楼夢』執筆という仕事を抜きにしては考えられなくなったのである。香山《こうざん》〈次章参照〉付近につたえられる伝承のなかに、「曹雪芹は『紅楼夢』のために生きつづけた」という言い伝えがある。③この咄しは伝説者による「自作」かと疑われるが、仮りにそうだとしても、あまり教養の高くないと思われる伝説者でさえこうした咄しを考えつくことじたい、それだけ素朴な発想であるだけに、かえって説得力のある言葉のように思えてならない。

《原注》

① この標題詩は、おそらく脂硯斎の手になるものと推定される。現代人がこうした古人の題詩を読む場合、とりわけ細心の注意をはらって解釈しなければならない。この詩においても、かりに前四句だけを読むなら、あるいは一連の虚無的・悲観的な人生観、すなわち《紅楼夢「色即是空」テーマ論》と見なすこともできようし、あるいは曹雪芹の思想を歪曲するもの、という言い方もできよう。しかし、この題詩の書き手が評注者であろうと作

者であろうと、もしも本当に虚無的・悲観的な人生論者であるとしたら、評注にも創作にも、はじめから手など染めなかったに違いない。したがって、この標題詩においては後四句、なかんずく「啼痕」「抱恨」「字字皆是血」などの文字こそ詩中の眼目をなすものと見なければなるまい。

② 明清時代における早熟な文人の例はじつに数多く、それが誇張でないことの確証のあるものも枚挙にいとまがない。たとえば、袁枚は七歳で律詩絶句を作ることができたし（しかも十二歳で秀才に合格している）、また王士禛は八歳にして詩作をよくした。さらに呉興〔浙江省呉興県〕の幼女厳静甫《げんせいほ》は、九歳で書が巧みであったばかりか文学・音楽にも秀でていた。陳洪綬《ちんこうじゅ》〔明末清初の人で書画にすぐれ人物画に長ず〕は四歳で十余尺もあろうかという巨像を描くことができた。邵晋涵《しょうしんかん》〔字を二雲といい『四庫全書』編纂にくわわり官は侍読学士にいたる〕は五歳で排律詩を作れたし、龔自珍は二十三歳のときに政治論文を執筆している。のみならず、張岱《ちょうたい》〔剣州の人で『西潮夢尋』等の著者〕は亡父たる張耀芳《ようほう》について、みずから次のように記している。「少《おさな》くして極めて霊敏、九歳にして即ち人道〔男女の情交〕に通じ、病瘵《さい》して幾《ほと》んど死せんとするに、日々に参〔人参〕薬を服し、大父母これを夾持して同宿す。十六に至りてはじめて外傅《がいふ》〔教師〕に就く」（『瑯嬛文集』巻四〈家伝〉）。この記載は、まさか封建的時代下における子たるものが、虚偽のことを記してまで父祖を恥ずかしめる筈はなかろうから、まず事実とみて間違いない。最後の一例だけわざわざ資料を引用したことについて、はなはだ「失敬」でけしからん、とされる方々もおられよう。しかしこれは歴史事実なのであって、われわれは一つ一つの史実にまで清廉なる法律を適用して例証を自粛する必要はあるまい。

③ 張永海〔前出〕による所伝。

【訳注】

（一）　考えられる――今日《甲戌本》と略称される抄本は正しくは《脂硯斎甲戌抄閲再評本》といい、現伝十六回（第一～八回、第十三～十六回、第二十五～二十八回）の残巻本。所謂『脂硯斎重評石頭記』（第二十七回参照）と総称される『紅楼夢』初期抄本の中でも特殊な地位をしめる重要テキストの一つ。この抄本残巻は民国十六年（一九二七）に胡適が劉銓福から買いうけた旧抄本で、本書下文に示されるように抄本文中に「甲戌のとし（乾隆十九年・一七五四）に脂硯斎が抄写閲読して再評」云々と記される所から《甲戌本》と命名される。また本文にも説かれるように《甲戌本》中には可成り後期の評語も収録されるが、それも含め、この抄本をどう位置づけるかが『紅楼夢』研究中の重要課題。

（二）　数々の異名――『紅楼夢』第一回本文中には次のように記される。「石頭《いし》の話を聞きおえた空々道人、しばし思案ののち、この『石頭記』に再度じっくり目をとおし、……空から色を見、色より情が生まれ、情にしたがいて色に入り、色のなかから空を悟る、という次第でとうとう情僧と改名し、『石頭記』をも『情僧録』と改めました。そのご呉玉峯により『紅楼夢』と命名され、さらに東魯の孔梅渓が『風月宝鑑』と改題し、さいごに曹雪芹が悼紅軒において読みなおすこと十年、手直しすること五たび、目録をあんで各回にわかち、かくして『金陵十二釵』と名づけたのでした」（訳文は《甲戌本》に拠る）。因みに、さらに後の光緒年間には禁書を憚り『金玉縁』なる変名も生まれている。

〔二十一〕 山村いずこ（一）

けっきょく曹雪芹にとって、宗学《そうがく》は一時の雌伏休息のための仮り住まいにしかすぎず、けっして安住の場とはなりえなかった。とにかく彼は、「ぜったい小間使いやら従僕やらとなって凡人の下働きにあまんずること①」のない人だったのである。まして宗学というところは、皇室がその一族の子弟たちを「教化」しようとする施設であって、学内にはとくに稽査官《けいさ》まで設けられ、教師および学生の「成績」を審査すべき責任をにないつつ、じっさいには管理監督する役目をもはたしていた。——このような場所に、いきなり曹雪芹のような酒好きの放逸な詩人が職員としてのりこんだとしたら、それこそ「教化」も何もあったものではなかろう。したがって、曹雪芹が宗学当局者のおメガネにかなわず排除されるであろうことは、はじめから予想されたことであった。そんなわけで、やがて彼は宗学をはなれ、ほかに身の置きどころを探さなければならなくなった。

曹雪芹は、あちらこちらを転々とわたり歩いたのち、いったんは海淀《かいてん》〔北京城外西北の地、いま北京市海淀区〕あたりの地をへ②、最終的に西方郊外の一山村に落ち着いたものらしい。今日につたわる事跡からみて、彼はそのごの歳月の大部分をこの北京西郊の山村で過ごし、また、この地でその生涯を閉じることとなる③。

ところで、いわゆる西郊の山村とは一体どこなのやら、すでに時代もへだたり、昔日の遺跡もおぼろげになってしまった現在、なかなかに確定しがたい。けれども現伝する多くの伝説においては、香山《こうざん》〔北京西郊の名山〕付近の健鋭営《けんえいえい》〔後出〕の地とするものが大多数をしめ、なかには、かなり明確にどこそこと地点まで特定するものもある。こうした伝説の出所はかならずしも同一とは限らないのに、これほどまでに一致しているところを見ると、どうやら基づくものがありそうで全部がぜんぶ作り咄とも思えないため、それなりに注意をはらわなければなるまい。あまりにも文献的資料ばかりを重んじて民間の口碑伝承を軽んずるとしたら、とりわけ曹雪芹のような人物についての調査方法として妥当なものと言いがたいからである。

とはいうもの、曹雪芹が健鋭営のなかに住んでいた、という言い伝えには、どうしても解釈困難な点がふくまれている。

そもそも健鋭営というものは、その起源は雲梯兵《うんていへい》にあった。雲梯兵とは、高所にのぼって城郭を攻撃するための専門訓練をうけた兵員のこと。さらに健鋭営の創設について補うなら、乾隆十三年〔一七四八〕の夏、清朝が金川《きんせん》の乱（一）〔一七四七～七五〕を鎮圧するのに手こずったさい、雲梯（二）〔高楼形の戦車〕をもちいて金川軍のトーチカ（三）を攻撃することを考えつき、香山のふもとに岩城《いわじろ》をきずいて軍事訓練をおこなうよう勅命がくだされた。それをうけ、やがて訓練を終了した二千人の雲梯兵が誕生したが、これらの兵員はことごとく八旗の前鋒《ぜんぽう》・護軍の両営（四）のなかから選びぬかれた精鋭たちであった。この雲梯兵たちが金川を平定して「凱旋」するにおよび、もしも解散させてしまったなら、せっかくの特殊兵力の失われてしまう恐れがあったため、ついに雲梯兵による専門部隊を一営として独立させ、そのまま永続させることが決定されたのであった。時に乾隆十四年のこと、正式名称は「健鋭雲梯営」とされた。（五） あわせて、岩城のかたわらに実勝寺《じつしようじ》が建立され、そのわきに満・漢・蒙・蔵の四種の文字のきざまれた四角柱の巨大な石碑が立てられて、石碑をおおう大亭《たかやね》も築造された。④ さらに、実勝寺の両翼（香山から北山ぞいの東にかけてが左翼、西山ぞいの南にかけてが右翼）には、それぞれ家屋が建設されて兵舎とされた。そのうえ、大練兵場のなかには皇帝が観兵するための包囲戦用の演習台がもうけられ、その前面には皇帝の御座所として黄色の琉璃《るり》瓦をふいた殿閣まで造営されたのである。

以上からも明らかなように、これはじつに大掛かりで斬新な兵営であり、しかもこの健鋭営はすべて八旗の将兵からなるものであって、そのなかに内務府包衣《ボーイ》の人員が含まれることはなかった。というのも、健鋭営所属の八旗将兵と内務府所属の包衣人とは、それぞれ管轄がまったく別系統のもので、たがいに混同されることはなかったからである。したがって、曹雪芹が城内から西郊に移住してきたからといって、この地に住まいを定めることはまず不可能事であった。――たとえ雪芹みずから「希望」したとしても、健鋭営は関係者以外がたやすく住みこめる場所ではなかった。

しいて制度上からの可能性をさぐるなら、わずかに二つだけある。一つは、乾隆十七年〔一七五二〕、健鋭営のもとに「養育兵」〔第十四章前出〕百名が増設されたさい、上三旗と下五旗とからそれぞれ五十名ずつ採用編入されたことである。いわゆる「養育兵」とは、雍正初年から始められた「制度」の一つで、貧窮して「その妻子を養うこと能《あた》わざる」までにたちいたった無職の満州人および八旗人たちを、兵役という名目によって軍営に収容し、月ごとに銀二両から三両を支給するものであった。もっとも乾隆十八年には定員増にともない、支給月額は一両五銭にひき下げられた。そんなわけで、名目上こそ「技能訓練」とされたものの、じっさいには一種の経済的救済策にほかならなかった。もう一つは乾隆十八年（一七五三）、健鋭営に水師《すいし》教習・漢人侍衛《じえい》各十名が増設されるのにあわせ、さらに水手《すいしゅ》数十名（六）が外部から徴集されて内務府正黄旗の旗鼓佐領《きこさりょう》のもとに置かれたことがある（すなわち、こうした水手たちは内務府包衣の身分とされたわけである）。――これこそ、健鋭営と内務府とのあいだに「接点」の生まれた唯一の事例である。かりに曹雪芹の健鋭営入居が事実とするなら（伝説における雪芹の入営も乾隆十六年前後とされて時期的に接近している）、この二つの可能性だけがのこされるわけである。そして「養育兵」と「水手」とをくらべるなら、もちろん前者のほうが曹雪芹の場合には可能性が高かったものと思われる。しかしながら、この件についての伝説は何もつたえておらず、それどころか、雪芹は罰せられて健鋭営に配属されたと言いなすものまである。⑤いずれにしろ、伝説の解釈はどうであれ、敦《とん》氏兄弟によってのこされた詩句の描写からみるかぎり、雪芹の西郊山村における住居が、この新設されたばかりの健鋭営の兵舎であったことを匂わせる文字は、ひとつとして見あたらないのである。

そのほかに考えられることとして、もう一つの可能性がある。それは、郊外に転居したとはいうものの、もともと西郊にあった曹家伝来の旧宅に移住した可能性ものこることである。伝説においても、曹雪芹がはじめて香山に住まいしたのは「祖居」であり、いわば「帰宅」したのである、という言い方がたびたび認められる。伝説のこうした言い方じたい、雪芹の転居先が健鋭営兵舎であったと明言していることと自家撞着するものにはちがいないが、⑥ここで取りあげた可能性とは期せずして符合するものとみなせよう。事実としても、当時においては郊外の先祖代々の墓所をたよって移住する旗人たちが日ごとに増加し、そのなかには、「官職を剝奪され家産を没収され」たためついに「赤貧」洗うがごとくとなり「先人丘壟《きゅうろう》の側《そば》に寄跡⑦」したものもいたし、また、「近日は生歯《せいし》の日々に繁きこと墳塋《ふんえい》に移住せざるを得ざる勢い⑧」にしたがったものもいた。曹雪芹にしても、零落して郊外の山村にうつったとするなら、やはり「先人丘壟の側に寄跡」したもの、と解釈するのが最も自然な考え方とおもわれる。（たとえ家産を没収された場合でも、祖先の墓地とその経営維持のための祭田だけは留めおかれて没収されなかったことは、小説『紅楼夢』中にも描かれている制度である。(七)）けれども、この可能性にも疑問点がのこる。もしも雪芹が祖先の墓所をたよって転居したとするなら、曹家は正白旗に所属していたから墓所は東郊にあるのが定例であって、西郊のはずがないのである。かりに、雪芹が父祖伝来のふつうの一般家屋にうつったものとしても、さき〔第十二章〕に紹介したように曹顒・曹頫らの家産状況についての自奏文のなかには西郊の家産のことが記されておらず、よしんば有ったとしても、家産没収のさいに召し上げられずには済まなかったことであろう。

結局のところ、曹雪芹はどうして西郊に移転したものやら、また西郊のどこに転居したものやら、そうした疑問にたいする的確な明答の得られないのが現状なのである。上に述べたことも、さまざまな可能性をたどることにより、雪芹の生涯における重要な転機をめぐっての原因と経過とについて、わずかに推論を試みたものにすぎない⑨。

ところで、敦誠《とんせい》がはじめて、西郊にうつってからの曹雪芹のことを詠じた詩作のなかに、「君に勧む食《しょっ》客《かく》の鋏《つるぎ》を弾ずること莫かれ、君に勧む富児《ふじ》の門を叩くこと莫かれ。残盃冷炙《れいしゃ》に徳色《とくしょく》あり、黄葉《こうよう》の村にて書を著わすに如かず」（八）〔『四松堂集』〈寄懐曹雪芹〉詩〕という句の見えるところからすると、曹雪芹は宗学をはなれてから西郊にうつるまでのあいだ、どうやら知り合いの家に居候《いそうろう》をしていたか、もしくは富家の家庭教師ないし幕客《ばっかく》となっていたか、そうした一時期があったものらしい。

このように困窮して進退きわまり、いわば「羽振りのよい親戚」とか「顕職にある友人」とかに、やむをえず一時の救いをあおがざるをえない焦眉の急におちいった経験を、おそらく曹雪芹はいくたびか味わったにちがいない。曹家一族に裕福な親戚の少なくなかったことは前述したとおりである。平郡王府を例にとるなら、曹雪芹の母方の従兄である福彭《ふくほう》〔第九章前出〕は乾隆十三年〔一七四八〕十一月に他界し、翌年三月、その長子慶寧《けいねい》が爵位をついだものの同十五年九月にこれまた死去し、享年わずかに十九歳であったため嫡子がおらず、その叔父福秀《ふくしゅう》（九）の長子たる慶恒《けいこう》（十）が養子となって福彭の跡継ぎとなり、同年十二月に平郡王を継承し、さらに同十九年八月には鑲紅旗《じょうこうき》漢軍都統に任ぜられた。この王府こそ、曹家の一族中第一の顕門にほかならなかった。そのほかの縁者も枚挙しきれないほど数おおく、彼らの境遇もことごとく当時の曹雪芹よりどれほど恵まれていたことやら想像もつかない。しかしながら、ふたたび平郡王府にかぎって述べるとしても、乾隆十五年〔一七五〇〕以降、その爵位継承者はもはや母方の血縁者ではなく、おのずからその関係もはるかに薄いものとなってしまった。まして封建的社会のもとの名利にさとい人々が、罪をえて家産を没収されたあげく零落して貧苦にあえいでいた曹雪芹〔慶恒からすれば祖父の甥〕にたいし、どれほどの情けをかけたものやら。さだめし雪芹は、こうした親類縁者の「富児」のひとびとから手あつい侮辱と軽蔑とをさずかったことと思われる。

小説『紅楼夢』のなかには、物語の描写や小説本文にたいする評注という形をとおし、作者である曹雪芹ばかりでなく合作者ともいえる脂硯斎《しけんさい》の筆によって、こうした世態人情の有り様やらそれにたいする彼らの感慨などが、いたる所にしたためられている。たとえば第六回においては、郊外の老農婦である劉婆さんがはるばる栄国府に物乞いにくる場面が描かれているが、その回末結尾の聯句は、「羽振り良ければ人助け、恩を受ければ親も同然」（十一）というものである。また《蒙古王府本》〔第二十七章参照〕および《戚蓼生《せきりょうせい》序本》〔同前〕の『石頭記』同回の回前詩にも、「惚《ほ》れた腫《は》れたは嘘でも楽し、貸した借りたは身内もつらし。うきよ心は尽きせぬものを、夜咄きわまり涙ぽろぽろ」（十二）と記されている。さらに小説本文において、王夫人〔賈宝玉の母親〕が劉婆さんのことを、「あの人たちがこうして挨拶に寄ってくれるのも好意によるものなのですから、けっして粗相があってはなりません」と述べるくだりに行間評語がほどこされ、「窮したる親戚の訪ね来るはこれ好意なり、と。余《よ》もこれを石頭記中に見いだし、嘆々たり」〔《甲戌本》行間批〕と記され、おなじく行頭の評語には、「王夫人の数語、余をして幾《ほと》（んど）哭出《こくしゅつ》せしめたり」〔同前本・眉批〕と記されている。しかも、劉婆さんが王熙鳳《おうきほう》にむかって借金の申し出をいいだしかね、言葉よりもさきに顔を赤らめてしまう場面においては、行側に、「開口して人に告ぐるは難《かた》し」〔《蒙古王府本》行間批〉、また行頭に、「老嫗《ろうおう》に忍恥《にんち》の心あり。ゆえに後ちに大姐《たいそ》を招くなるの事あり。（十三）作者ゆめゆめ虚写せず。あわせて親に求め友に頼るものに一棒の喝《かつ》を下したり」〈《甲戌本》眉批〉という評語がそれぞれ記されている。さらに、劉婆さんが王熙鳳の「都合がわるい」のどうのという言葉を小耳にはさみ、もはや望みはないものと思いこみ、「心臓がどきどきとはちきれんばかり」というくだりの行側には、「憐れむべし、嘆ずべし」〈同前本・行間批〉という評語がみとめられる。いずれをとっても、きわめて味読にあたいするものと言わざるをえない⑩。

そもそもこの第六回本文の回前〈標題詩〉からして、「朝《あした》に富児《ふじ》の門を叩き、富児なお未だ足らず。千金の酬《むくい》なしと雖も、嗟《あ》あ彼は骨肉に勝《まさ》る（十四）」とされている。ところが、この結句における「骨肉に勝る」という言葉は、これにつづく本文内容とはなんら繋がりの無いものなのである。したがってこの句は、おそらく作者じしんの似かよった体験に基づくもので、しかもその体験は、「骨肉」すなわち身内にまつわる体験であろうことが知られる。その句の意味も、「富児」ではあっても他人のために「なけなしの財布をたたく」ような人がいるかと思えば、かえって「骨肉」とはいうもの、他人である「富児」にも劣る連中のいることよ、というふうに読めよう。推測されることは、かつて曹雪芹が苦境におちいり身内に助けを求めざるをえなくなった時、縁者や友人などに頼るより、はるかに酷《むご》い仕打ちを受けたことがあったものと考えられる。こうした体験は、曹雪芹やら脂硯斎やらに、「財勢のために一哭《いっこく》すべし」〈同回評語〈《甲戌本》双行夾批〉〉という感慨をふかぶかと刻みつけたにちがいない。

こうした事情の詳細については、今日もはや知るすべがないものの、しかし敦敏《とんびん》が雪芹のために作した詩句、すなわち、「燕市《えんし》の哭歌に偶合《ぐうごう》を悲しむ」〔『懋斎詩鈔』〈贈芹圃〉詩、第二十五章参照〕という寥々《りょうりょう》たる一句のなかに、あるいはわれわれの想像を絶する体験と出来事とがひそんでいるのかも知れない。この詩句はもうすこし後ちの作ではあるけれど、それにしても、雪芹の西郊移住以前の生活にあてはめてみても、なかなかに適合する内容のように思われる。

　曹雪芹はこのような骨肉との体験において、つぶさに辛酸のかぎりを嘗めさせられはしたが⑪、どうやら彼は、まもなく世情の常を知りつくし、富児の門をたたくことも食客の鋏を弾ずるような真似も、二度とするまいと決意したものらしい。しかし、世間のつれなさも権勢のつめたさも、むしろ彼にたいしては発奮と教訓とを与えたにすぎず⑫、彼の硬骨《こうこつ》たるやますます強靱なものへと鍛えられていった模様である。いわば富児たちが雪芹を冷遇すればするほど、雪芹のほうもまた富児たちへの侮蔑の念をふかめていったわけである。そして、とうとう彼はそうした卑しい俗物連中と袂をわかち、毅然としてみずからの道を歩んでいったものと見てよろしかろう。

　ところで、香山一帯につたわる伝説のなかには、「富《ふう》を遠ざけ貧《ひん》に近づき、礼を以って相い交わる」云々とか、「親を疏《うと》んじ友を慢《あな》どり、財に因《よ》りて義を絶つ」云々などという、きわめて俗臭芬々《ふんぷん》たる一と組の対聯《ついれん》を曹雪芹にむすびつけた言い伝えもあることを、いちおう紹介しておかなければなるまい（十五）。さらに曹雪芹の名をかりて、「君子は道を楽しみ貧に安んず」といったような道学者ばりの文字をつづった来歴不明の資料もある（十六）。ここで指摘しておかなければならないのは、こうしたマガイ物によって曹雪芹を「持ち上げ」ようとすることは、とりもなおさず雪芹にたいする甚だしい歪曲にほかならないことである。たとえば、順境にあるときの「善を楽しみ施しを好む」とか「老を惜しんで貧を憐れむ」とか、逆境にあるときの「義利を弁ず」とか「貧素を守る」とか、そうした類いの、いわば凡庸そのものの地主道徳を曹雪芹の身にまとわせることは、無用の混乱をまねくばかりか、この非凡な思想家の面目に泥をぬりつけるものであることを重々肝《きも》に銘じていただきたい。『紅楼夢』の開巻後まもなくに明記されているように、とにかく曹雪芹というひとは、「ゆえもなく愁い恨みを好きこのみ、ときとして愚にも狂にもさぞ似たり」「世間知らずのだらしなさ、勉強ぎらいの意地っ張り」「贅沢三昧あきたらず、貧乏暮らしは身がもたぬ」「無能なること天下第一、不肖《ふしょう》たること古今無双」〈第三回〈西江月〉詞〉という人なのである。雪芹がこうした一種叛逆的な考え方の持ち主であったからには、前引したような伝説資料を捏造した方々がたとえ一生かかっても理解できない人物なのであって、とうてい「道を楽しみ貧に安んず」るはずもなく、まして「慈善事業」を生涯の仕事とするような人種でなかったことは確かだからである。

とにもかくにも、曹雪芹はさまざまな遍歴ののち、西山《せいざん》の山麓に居をさだめ、新たなる生活を始めることとなる。

《原注》

① 『紅楼夢』第二回中の言葉〈第十一章前出〉。この言葉を、曹雪芹が身分上の偏見によって小間使いやら従僕やらを蔑視したもの、と誤解なさる読者もおられようが、じつは真反対であって、この言葉のなかには雪芹独自の特殊な意味合いがこめられている点、彼じしん包衣の身分であり、まさしく「凡人の下働きにあまん」ぜざるを

えない家柄の出自であったことを合わせ考えれば自明のことであろう。いわばこの語は憤懣やるかたない抵抗の言葉なのである。

② わたしが北京市海淀区に居住したさい、曹雪芹はかつて海淀地域に住んでいた、とする伝説が当地の人によって語り継がれていることを知った。確証はないものの、あながち可能性のないことではない。当時においては、その地に円明園《えんめいえん》駐防上三旗が設けられていて、しかも内務府の円明園管理処に所属し、管理大臣・郎中・主事・庫掌・苑丞《えんじょう》・筆帖式などの官職がおかれ、その下役として、さらに庫守・学習筆帖式・効力柏唐阿《バイタンガ》〔無品級の雑役夫〕・園戸頭目・園戸・園隷・匠役《しょうえき》などの職目がおかれていた。かりに曹雪芹がそうした筋の仕事なり友人なりに関係したことがあるとすれば、いずれにしても海淀地区に居住したことと思われる。〔内務府包衣の名高い詩人である法式善〔第十章前出〕も、乾隆十九年に祖父が辞職して家門が一時凋落したさい、この海淀地区に移り住んだことがあり、しかも彼の継父にあたる和順が円明園の庫掌をつとめていたことなども一参考となろう。〕雪芹が西山の山麓に転居したことについても、いきなり遠路をおして一直線に移住したというより、だんだんと転宅をかさねて辿り着いたもの、と考えるほうが自然であろうから、道理からしても、どのみち海淀地区を経過したことは間違いあるまい。さらに、『石頭記』《庚辰本》にみえる脂硯斎評語〔第四十三回・双行夾批〕には「剛丙《ごうへい》廟」のことが触れられており、剛丙とは正しくは剛炳《へい》のこと、すなわち剛鉄とあだ名された明代の司礼太監をつとめた宦官のことで、〔当時は〔雪芹が言うところの〕「金持ち宦官」が廟作りに熱中してみずからの生祠《せいし》〔生きている人の祭廟〕建立が流行した〕その剛炳廟の所在地は、いまの北京大学の東部にあたり、もと燕京《えんけい》大学の「燕東園」〔俗称「東大地」〕と呼ばれた地の内部に位置すること、かつて古地図によって確認した。この地も海淀地区にある点、いくぶん参考となろう。また「園戸」については、紀昀《きいん》の『閲微草堂筆記』〔巻二第八則〕に「苑戸の常明」とか「海淀の二格」などといった人々のことが記されており、震鈞《しんきん》の『天咫偶聞』〔巻九〕にも「老園

戸」のことが記されている。

③ 曹雪芹はいちど北京西郊の蔚《うつ》県において私教師をつとめた、とする伝説もつたえられている。

④ 実勝寺はあらたに建立されたものではなく、古寺を改築したものであって、旧名は表忠寺ないし鮑家《ほうか》寺と称された。その碑亭はじつに雄大なもので、さいわい近頃まで残存していたにもかかわらず、残念なことに破壊されてしまった。

⑤ 張永海のつたえる伝説によれば、鄂比《オビ》という者が健鋭営鑲白旗に住んでいて、いわば雪芹にとっての貧中の義友であったというが、定かではない。舒坤の『批本随園詩話』批語によれば、「鄂西林（名高い満州宰相であった鄂爾泰《オルタイ》〔第十章前出〕のこと。詩作により文字の獄に陥った鄂昌《オチャン》〔同前〕はその甥にあたる）、詩学は家伝たり。その公子鄂容安《オヨンガン》、字は修如。鄂容安の弟、十二公子たる鄂溥《オプ》、その詩とりわけ佳たるも、耳の聾《ろう》なるを以つて筆帖式に終わる。三等伯を世襲するもの有りといえども、しかるに子弟みな窮酸傲慢〔俗劣尊大〕にして、鄂氏ついに衰微したり」という。張永海のつたえる鄂比という人物も、この「窮酸傲慢」な鄂氏の衰微した末裔のひとりであったかも知れないが、しかし鄂氏は満州鑲藍旗の所属であって、伝説中の鄂比が鑲白旗に居住していたことと合致しない。また健鋭営における鑲藍旗の宿舎は西側のはるか南方にあたり、すこぶる距離もへだたる。

⑥ 張永海による伝説にしても、後ちの言い伝えにしても、すべて正白旗の一住居を曹雪芹の「故居」であると特定しているが、その正白旗の住居とは健鋭営の正式な兵舎にほかならず、健鋭営の大兵営のさなかに位置し、敦氏兄弟が詩作に記している雪芹の村舎のたたずまいとは似てもにつかない。いずれも付会の説に由来するものと思われ、いささか信じかねる。

⑦ 敦誠〈璞翁将軍哀辞・引〉〔『四松堂集』刊本巻四〕による。

⑧ 奕賡『管見所及』による。文康《ぶんこう》の『児女英雄伝』〔訳注（十七）〕第一回にも、旗人である安学海について、「一

族の故宅はもともと後門〔地安門〕の東不圧橋ちかくにあったのですが、……〔学海の父〕ご本人だけ先祖の墓所にうつり住んだのでした。その墓所というのが他家とは異なり、西山ちかくにあって、……そもそも安家伝来の地所だったのです」と記されている。これも当時の実情を写しとったものといえよう。

⑨ 以上の推論は、すべて曹雪芹の故居が健鋭営「内」にあったとする伝説を前提としたもので、したがってこのように記した。わたし個人の見解としては、かならずしも兵営内部にこだわる必要はなく、むしろ健鋭営の付近一帯〔次章参照〕と考えたほうが辻褄が合うように思われる。というのも、当時、香山・玉泉山一帯の「三園《さんえん》」管理処は内務府のもとに所属し〔次章参照〕、管理大臣・郎中はもちろん、さらに静宜・静明の両園にそれぞれ員外郎・苑丞・苑副・筆帖式などの官職が設けられ、そのしたに催長・柏唐阿・披甲人・園丁・園隷・廟戸・園戸・木匠・花匠・……閘軍《こうぐん》・蘇拉《スラ》などの役職がおかれていた。曹雪芹が内務府包衣人としてこうした下級職務に任ぜられることは、じゅうぶん可能性のあったことだからである。

⑩ 『石頭記』《蒙古王府本》第九回には「憐れむべし、開口して人に告ぐる。終身これ玷《きず》たり」、第六回には「その身その境に臨みし者にあらざれば、知らず」〔小説本文の「お食事のときが一つのネライ目です」をさす〕、「還不請進来〔まだ呼んでこないの〕の五字、天下が窮したる親戚を待《たい》〔原抄本は「代」と誤記〕する態度を写し尽くしたり」などの評語がみえる。すべて同類の評語といえよう。

⑪ 潘徳輿《はんとくよ》の『金壺浪墨』は、曹雪芹のことを、「衣食なく、親友の家に寄宿す」と記している。参照されたし。潘徳輿は満州人鍾昌の屋敷でひさしく家庭教師をつとめたことがあり、しかも鍾昌は字を汝毓といい、号は仰山、正白旗に属し嘉慶十四年の進士であった。したがって、この記述も潘氏が正白旗の満州人から耳にした雪芹の逸事と考えられ、かなり信憑性は高いと思われる。

⑫ 『石頭記』《蒙古王府本》第七回には、「これ作者の一大発泄《はっせつ》〔鬱憤の一大発散〕の処たり。貧富の二字が人を限

ることを知るべし」、「総べてこれ作者の大発泄の処たり。これを借り、以ていかほどの不楽を伸ばせしや」などの評語がみえる。看過しえない言葉であろう。

【訳注】

（一）金川の乱――四川省懋功県を中心としたチベット系土司の乱。金川とは大渡河《たいとか》上流の二支流たる大金川と小金川の総称。隋代に金川県が置かれ、山河険悪の天然の要害にチベット系部族が居住し、歴代にわたり中国化されずにきた地域。清朝下で勢力をたくわえ乾隆十二年に近隣へ進攻を開始。乾隆十四年に清朝と和議をみたが同三十六年に再開戦。同四十年に金川を制圧した清朝は同地に《改土帰流》政策〔第二章訳注十二参看〕を徹底せしめた。

（二）雲梯――伝説では春秋時代の魯の巧匠たる公輸班《こうしゆはん》（公輸盤、公輸般、魯班とも）が考案したとされる城郭攻撃用の移動式ハシゴ戦車。『墨子』『列子』『戦国策』等にみえ、明の『武備志』は〈雲梯図説〉をそなえる。

（三）金川軍のトーチカ――かりに「トーチカ」と訳したが原文は「碉堡《ちようほ》」。歴史的には「戦碉」と称される石壘製の戦闘用楼壁。金川人は日頃から岩屋の中に居住していたため石築工事にすぐれ、地勢険阻および気候劣悪にくわえ清軍を大いに悩ませた。

（四）前鋒・護軍の両営――ともに八旗の左右両翼に各々設置された親衛兵。前鋒は天子の御駕・御営の警護を司る。護軍は第十六章前出。それぞれ前鋒統領・護軍統領が指揮。

（五）「健鋭雲梯営」――本文にある通り「健鋭営」と略称され、健鋭営総統の指揮下に置かれた。

（六）水手数十名――水手も水師教習も《金川の乱》の経験をふまえて清朝が増設。金川一帯の地は峡谷をぬい大小の両金川が蛇行し、現地人は獣皮のブイをつけた筏《いかだ》で水行するか吊り橋で往来。吊り橋を落とされて犠牲を重ねた清軍は水軍整備の必要性を痛感。

（七） 描かれている制度――『紅楼夢』第十三回中にて王熙鳳《おうきほう》の夢枕に立った秦可卿《しんかけい》は、「たとい罪をとわれる立場におちいり、家財まるごと召し上げられましょうとも、こうした先祖祭祀のための田地ばかりは留めおかれるのが定め」云々、と遺言する。

（八） 「……著わすに如かず」――大意は、「あなたに忠告したいのですが、戦国時代に斉の孟嘗君の食客となっていた馮諼《ふうかん》のように不平を鳴らして剣を弾ずるような真似も、唐の杜甫が嘆いたように金持ちの屋敷の門をたたいて世話になるような真似も、どうかなさらないでください。おなじく杜甫も述べているように、飲みのこしの酒やら冷たい肉やらを口にするほど落ちぶれたとしても、あなたの姿からは誇りが消えていないのですから、むしろ黄葉しげれる村里において小説執筆に励むべきです」。

（九） 福秀――訥爾素《ネルス》〔第八章前出〕の第四子。福彭の弟。

（十） 慶恒――乾隆十五年に平郡王を継承し右宗正に任ぜられ、同二十七年に公金横領の罪により解職のうえ降格されたが同四十年に爵位回復。同四十三年に克勤郡王を授かる。

（十一） 「……親も同然」――原文は「得意濃時易接済、受恩深處勝親朋」。

（十二） 「……涙ぽろぽろ」――原文は「風流眞仮一般看、借貸親疏触眼酸、総是幻情無了處、銀灯挑盡涙漫漫」。

（十三） 大姐を招くなるの事――この件は現行本には見えず、散佚したとされる八十一回以降の原作部分中の内容と考えられ、賈家の没落にさいし劉婆さんが王熙鳳の娘たる大姐を引きとり恩義に報いる筋立てとなっていた痕跡の一つと目される。

（十四） 「……骨肉に勝る」――大意は、「いきなり富家をたずねて頼み事をしたが、富家といえども台所事情はなかなかに苦しい。そんなわけで千金の恵みこそ無かったけれど、ああ、あの人たちは身内よりも有り難い」。

（十五） 紹介しておかなければなるまい――張永海の所伝によれば、曹雪芹の友人の鄂比という人物が、「遠富近貧、以礼相交天下有」および「疏親慢友、因財絶義世間多」からなる一対の聯句を雪芹に贈ったとされる。

（十六） 来歴不明の資料もある――未詳。本文後続の内容から推して第十一章訳注二に紹介した『南鷂北鳶考工志』を指すものと思われるが、同書が雪芹自筆（原伝するのは模写）として伝える同類の言葉は、いずれも本文引用語と若干の相違あり。

（十七）『児女英雄伝』――清の代表的な長篇通俗《女俠》小説、全四十回。「十三妹《シーサンメイ》」の名で知られる才色兼備のヒロイン何玉鳳が、安学海の孝子たる安驥《あんき》と、美貌の張金鳳とを救い出して夫婦にさせ、やがて敵討ちから解放された十三妹自身も安驥の妻となり、二美女そろって夫を科挙に合格させ一家繁栄をもたらす物語。作者の文康も満州鑲紅旗の八旗人で、一説に『紅楼夢』に対抗するため全て正反対の趣向をこらした作品とも称される。

〔二十二〕　山村いずこ（二）

西山《せいざん》、という名称はあまりにも漠然としており、広義においては河北省内の太行《たいこう》山脈全体を総称するものである。清初の傑出した地理学者である顧祖禹《こそう》（一）はつぎのように説く。「太行山、また西山という。順天府〔北京都城〕の西三十里にあり。志〔大明一統志〕にいわく、太行の首《はじめ》は河内《かだい》（二）〔河南省の黄河以北〕に起こり、北は幽州〔北京一帯の地〕にいたる、と。いま広平・順徳・真定・保定の西をへ、回環して京都の北にいたり、引《の》びて東し、ただちに海岸にいたる。延袤《えんぼう》たるや二千餘里、みな太行たり」〔『読史方輿紀要』巻十〕。全体的な地勢の概略として、これほど簡にして要をえた記述はあるまい。いつの日であろうと、雲霞ひとつないほど空の冴えわたった折り、北京の見晴らしのきく処から西へ目をむければ、緑なす山々が屛風のように並びそびえる。北に首をめぐらせば、遠山が連綿とひきもきらず東へつらなり、目路のかなたまで果てしない。すこし説明をくわえるなら、北京西方にあるのが小五台山および百花山、北京北方にあるのが軍都山、薊県《けい》〔北京城東約八十キロ〕より東方にあるのが燕山と呼ばれており、ほかの小山名にいたっては枚挙にいとまがない。そのうち最もふつうに西山と呼ばれているのは、たいてい区々たる一地域のことで、永定河《えいていが》の東にあたる山岳地帯をさす。その西山のなかでも、ほんとうに「西山」の字にあたいするのは翠微《すいび》山・平坡《へいは》山・盧師《ろし》山の三山であり、いわゆる「西山八大処《はちだいしょ》（三）」と呼ばれる景勝の地にめぐまれた場所である。やや北にかたむき、おなじく甕山《おうざん》（万寿山《ばんじゅさん》）・玉泉山・香山《こうざん》の三山がある。――これこそ乾隆時代においては、それぞれ清漪園《せいいえん》（四）（のちの頤和園《いわえん》）・静明園《せいめいえん》（五）・静宜園《せいぎえん》（六）のいわゆる「三園」（七）のあった山々にほかならない。①

曹雪芹は西山わたりの山村に住まいしたとはいうもの、居をさだめたのは一体どの地であったのやら。

彼の友人たちの記すところによれば、その山村のありさまは、「今にして環堵《かんと》たり蓬蒿《ほうこう》の屯《むら》（八）」〔敦誠『四松堂集』〈寄懐曹雪芹〉詩〕、「碧水《へきすい》青山に曲逕遐《はる》かなり、薜蘿《へいら》の門巷は烟霞に足る（九）」〔敦敏『懋斎詩鈔』〈贈芹圃〉詩〕、「廬《いおり》を西郊に結びて別様に幽たり（十）」〔張宜泉『春柳堂詩稿』〈題芹渓居士〉詩〕、そして晩春から初夏にかけては、「謝草《しゃそう》の池辺に暁露香《かぐ》わし（十一）」〔同前〈傷芹渓居士〉詩〕、さらに厳冬にいたれば、「野浦《やほ》に凍雲深し、柴扉《さいひ》に晩烟薄し。山村に人を見ず、夕陽《せきよう》寒く落ちんと欲す（十二）」〔敦敏・同前書〈訪曹雪芹不値〉詩〕、というたたずまいであった。雪芹の住んでいた小さな村舎は、そのかたわらに野川がながれ、ヨモギにおおわれた小道のかよう、そうした人影もまばらな荒涼たる僻地にあったことが、これらの詩句から見てとれるのである。

前章においては、八旗における曹雪芹の身分という立場から、伝説のつたえる健鋭営《けんえいえい》内居住説の問題点をとりあげたが、ここに紹介した詩句のつたえる山村の情景からしても、伝説内容にはかなりの無理のあることが納得いただけよう。健鋭営といえば、当時においては人波のたえない最新式の一大兵営であったわけで、そもそもからして雪芹の村舎とは無縁のものであった。それでは、前述した「三園」の地はどうかというと、これまた隅々までことごとく皇帝の行宮《あんぐう》やら御苑《ぎょえん》やらのあった禁制の地で、そのうえ折りにふれ皇帝が閲兵したり巡遊したりする聖域でもあった。② 規定にしたがえば、ふだん香山の静宜園の宮門は健鋭営の衛兵によって守備されていたが、皇帝来駕にさいしては親衛兵による警護にあらためられ、[十三] 健鋭営の衛兵はしりぞいて碧雲寺の「孔道」[十四] の守備にあたった。この孔道はいまでも現地のひとびとによって「御道《おなりみち》」であった道筋として知られている。当時においては、西直門《せいちょくもん》〔北京内城の西北門〕から出城して北西にむかうと、街道ぞいに、緑柳紅桃やら蒼松翠柏やらがひきもきらず、数知れない寺院仏閣が輪奐《りんかん》の美をきそいあって俗に「三百寺」と称され、その麗姿が山林のあちらこちらに見えかくれする風情たるや、とても人影もまばらな荒涼たる僻村とは比べようもなかったことと思われる。——すくなくとも、二百年をへだてた今日みられるような、旧時下の兵乱やら諸外国の列強連合軍やらによって[十五] 度重なる毀損をこうむったのちの荒廃した光景とは、とうてい比較にならない威容をほこっていた。したがって、曹雪芹が「御道」ちかくの（はじめは）正白旗、（のちに）鑲黄旗の兵舎あたりに住まわったとする伝説が、どれほど前掲した詩句のつたえる淋しげな山村の有り様とかけ離れたものであるか、すでに説明の必要もあるまい。

おぎなうなら、前記したもう一つの「三山」やら「八刹《はっさつ》」などのあった西山のほうは、曹雪芹の居住した可能性もじゅうぶんに考えられる。というのも、その地域は「三園」のあった西山とはまったく趣きを異にした幽静の地であり、しかも禁制地でもなかったからである。しかしながら、実際問題としてはなかなか解釈しにくい疑問点ものこる。例をあげるなら、敦敏・敦誠両人の文集には西山に遊んだことをしるす詩文が数々のこされているものの、そうした山遊びと雪芹とをむすびつける文字（たとえば、道すがら雪芹を訪ねるとか、彼と山遊びを共にするとか、あるいは彼の没後に故地をおとなうとか追念するとか）が、いっさい見あたらないのである。のみならず、敦敏は乾隆二十六年（一七六一）四月の詩作において、「平生より西山の路《みち》を識《し》らず、望眼して一霽《いっせい》の顔に逢うを欣《よろこ》ぶ」（十六）（『懋斎詩鈔』〈八里荘望山〉詩）という詩句をのこしているし、敦誠も乾隆二十八年の秋に、「西山三十里、朝《あした》に発《た》ち午《ひる》にして至り、しこうして二十年の中《うち》、始めて其の屐《げき》に三蠟《さんろう》す。これ軟紅《なんこう》の面目のみを知り、久しく山霊《さんれい》に笑われし客なれば、すなわち数日の眺遊《ちょうゆう》、数客の暢詠《ちょうえい》といえども、あに言い易《やす》からんや」（十七）（『四松堂集』〈秋山遊紀〉）と記している。こうした記載からすると、彼らがしばしば訪れたという雪芹の村舎のあった山里は、この地域でありそうもないのである。③

ところで注目すべきことに、伝説においては、当時の曹雪芹の故宅《こたく》付近にひとむらの竹林のあったことが伝えられている。これはまことに大きな手掛かりとなる重要事である。というのも、曹雪芹が竹にたいして特別な感慨をよせていた（十八）ことと関係するかも知れないからである。けれども、北京地区において竹林として知られる処といえば、ぜんたい華北の土壌は竹の生育に適していないため、ときおり幾株かは目にするものの、竹林といえるほど名のあるものを耳にしたことがない。かりに北京西郊の地に竹林として知られるものが見あたるとすれば、かなりの発見といえよう。

じつは、かつて北京の香山地帯に、こうした竹林の景勝地があったのである。

明末のひと劉侗《りゅうとう》および于奕正《うえきせい》の著わした『帝京景物略』巻六（西山・上）〈水尽頭〉の条につぎのよう

な一節がみえる。

観音石閣(十九)より西。ことごとく渓《かわ》〔谷川〕にして、渓みな泉《いずみ》の委《すえ》なり。ことごとく石にして、石みな壁〔谷壁〕の餘《あまり》なり。④その南岸、ことごとく竹にして、竹みな渓が周《めぐ》りて石これに倚《よ》る。燕〔北京地方〕、もともと竹そだち難きも、ここに至るや林林畝畝《りんりんぼうぼう》たり。竹、丈《じょう》〔一丈〕にして始めて枝《えだ》たり。筍、丈なるもなお籜《かわ》〔竹皮〕たり。竹の粉は節より生まれ、筍の梢《さき》は林から出で、根の鞭《つる》は籬《まがき》から出で、孫は母より大なり〔竹の根は横にのびて鞭《べん》となり、鞭の末端からさらに小竹が派生し、それを孫竹《そんちく》とよぶ〕。

隆教寺(二十)を過《よぎ》りてまた西すれば、泉声《せんせい》の聞こゆ。泉《いずみ》の流れは長くして声《おと》は短し。下流の平らかなればなり。花なるは、泉に渠《みぞ》つけて花に役《つと》む。竹なるは、泉に渠つけて竹に役む。ゆえに声に暇《いとま》あらざるなり。花竹いまだ役めざれば、泉、なお石泉《いわみず》たり。石隙《いわま》の乱流《あれみず》、衆声《みなおと》は澌澌《しし》〔淙々〕たりて、人が石を踏みて過《よぎ》るに、水珠《しずく》は衣《ころも》を漸《ひた》し、小魚《こうお》は石縫《いわかげ》の間《ひま》に折折《あざやか》たるも、跫音《あしおと》を聞けばすなわち荁《みなくさ》に、また沙《すな》に伏《かく》る。雑花水藻《のばなみなも》にいたりては、山僧《やまぼうず》も園叟《にわおきな》も名をいうこと能わず……。

この記載にしたがえば、竹林と渓流とがこの地の風景のおおきな二特色となっている。同書はこの引用文にひきつづき、春の花の盛りをえがき、秋の葉〔柿葉〕の美しさをしるし、さらに明代の詩人による題詠を紹介する。たとえば黄耳鼎《こうじてい》の、「鱗鱗として柿は輝光し、実と葉とは丹《あか》にあい属《つら》なる。……泉ごと一枝を分かち、竹なす万竿《ばんかん》は緑たり」(二十一)〔〈遊臥仏寺尋山泉発源処〉詩〕という詩句。張学曾の、「柿林《しりん》の影は靺鞨《まつかつ》たり、竹圃の声は琅玕《ろうかん》たり」(二十二)〔〈遊臥仏寺至水源〉詩〕という詩句。あるいは李元弘の、「水を得たる竹光は日と争《きそ》いて好《うつく》し、秋に矜《おご》りし柿粉《しふん》は霜に飽《み》ちて紅《くれない》たり」(二十三)〔〈水源贈僧〉詩〕という詩句などをかかげる。すべて実景の描写とみてよかろう。そして文章はさらに西へと筆をすすめ、高処にのぼり、ついに現地のひとびとが「水尽頭《すいじんとう》」(二十四)と呼びなす泉の水源にたどりつく。そこは、「鳥と樹と声は壮《さかん》なるに、泉《いずみ》の唶唶《さくさく》たりて驟《にわか》には聞くべからず。坐すること久しくして始めて別《わ》かち(やっと聞き分けられ)、いわく、彼《か》は鳥の声《こえ》――彼は樹の声――此《こ》は泉の声なり、と」〔『帝京景物略』同前〕という佳境なのであった。こうした幽玄の地は、さぞかし人の心を引きつけてやまない別天地であったにちがいない。この地こそ、こんにち桜桃溝《おうとうこう》(二十五)ないし退谷《たいこく》と呼ばれている場所にほかならない。⑤かの王漁洋(二十六)は康熙十一年(一六七二)にこの退谷にあそび、「渓南なる万竿の竹、歳久しくして漸《ようや》く蒙密たり」(二十七)という詩句をのこしており、⑥康熙初年においても依然としてこの地の竹林の美観がたもたれていたことが知られる。そればかりか、敦誠も雪芹の死後、〈臞仙《くせん》(宗室の永忠)(二十八)が雪中に寿安寺(臥仏寺)(二十九)に往き蓮上人を訪ね、東坡(蘇軾)の「臘日《ろうじつ》遊孤山《こざんにあそぶ》」の韻を用いて寄せらるるを以つて即《ただ》ちに次韻して酬《むく》い奉《たてまつ》る〉詩〔『四松堂集』巻二〕において、「退翁亭上に風竹は合《がっ》し、臥仏庵前に石磴《せきとう》は紆《う》たり」(三十)と詠じており、その上句こそ、まさしくこの臥仏寺の西なる「退谷」(明末のひと孫承沢の山荘)(三十一)および「烟霞窟《えんかくつ》」(三十二)を描いたものなのである。すなわち、乾隆年間にいたっても竹林の健在であったことが知られるばかりか、のみならず、敦誠がこの場所にすこぶる通暁していたことも明らかになるわけである。

さらに注目すべきことに、この場所は香山や碧雲寺から北へ五里ばかり行ったところにすぎず、しかも伝説がつたえる、香山東方の健鋭営の正白旗および鑲黄旗の兵舎にも程近く、その裏手から小道をつたって通える位置にあった。くわえて、その地は兵営の「背後」にあたるものの、かなり山深くわけいった谷間《あ》いなので、明代のひとが「山転凹《さんてんおう》」と呼びなした場所であり、清代の道光時のひとも「荒寂《こうせき》たること殊に甚だし」⑦とのべており、乾隆時においても「繁華」の地であろうはずはなく、山の表の兵営一帯とはまったく趣きを異にした幽邃境《ゆうすいきょう》だったのである。孫承沢はその地を描写してつぎのように記している。「京西《けいせい》の山、太行の第八陘《けい》なり。西南より蜿蜒《えんえん》として来たり、京に近づき列をなし香山の諸峰《みねみね》となる。すなわち層々として東北に転じ、水源頭の一澗《いっかん》〔たにがわ〕にいたり、最も深きところ、退谷の在するなり。後ろに高嶺《たかね》ありてこれを障《さえぎ》り、しこうして臥仏・黒門の諸刹《てらでら》〔第二十八章参照〕がその前を環蔽《かんぺい》〔めぐりかくし〕し、岡阜《おかおか》が回合して竹樹の深蔚《しんうつ》〔鬱然〕たること、幽人の宮なり」⑧。こんにち臥仏寺を訪れる人々のなかでも、その傍らにこのような閑静幽玄の雅地のあることを知るひとは数少ない。しかし雪芹は、この西山の佳境、すなわち「幽人の宮」がいたく気に入ったらしいのである。

この地をえがいた明代の詩人たちの題詠としては次のようなものがある。「一泉《いっせん》は碧《へき》を分かち精藍《せいらん》を繞《めぐ》る、雲壑《うんがく》は逶迤《いい》たりて策を振るいつ探る。崖《がけ》は細流を転ぜしめ乱石を生ず、風は清響を廻らして蒼嵐を下す」(三十三)〔陳瓚〈従臥仏寺縁澗至水源〉詩〕。「薜蘿《へいら》の深き処に一泓流《いちおうりゅう》、砕石疏花に曲磴《きょくとう》は幽たり」(三十四)〔文肇祉〈登五花閣〉詩〕。「山まさに枯去《こきょ》せんとして晩煙は肥たり、茅屋《ぼうおく》の人家に紅葉《こうよう》飛ぶ」(三十五)〔倪元璐〈秋入水源〉詩〕。「黄葉《こうよう》は樹間に棲《す》み、鳥鳴は時に一墜《いっつい》す」(三十六)〔譚貞黙〈水源〉詩〕などなど、これらの詩句は敦氏兄弟たちによって残された文字、たとえば「薜蘿の門巷」「曲逕遐かなり」「黄葉村にて書を著わす」などと、いかにも似かよった雰囲気をつたえている。

そんなわけで、この地と曹雪芹の足跡とは、きわめて密接な関係にあったもののように思えてならない。たとえば、張宜泉がその『春柳堂詩稿』のなかに収めている〈曹雪芹の「西郊に歩を信《まか》せて廃寺に憩う」原韻に和す〉詩という一首の詩題にしても、この桜桃溝の奥まったところ、すなわち山あいの峡谷を行きつめて高みにのぼったところに、じつは有名な廃寺があって名を広泉寺《こうせんじ》といい、明・清の詩人による題詠も数おおく、あるものは「広泉廃寺」とよびなし、あるものは「廃寺」とだけのべ、この点においても一致点が見いだせるのである。⑨雪芹の村舎も、ここからさして遠くではありえなかったのではなかろうか。

——そして、山麓の健鋭営の兵舎からそれほど離れていなかったため、「健鋭営」に居住したとする伝説もそこから生まれたのではなかろうか。すくなくとも、渓流竹林と健鋭営とをむすびつける場所が、ここをおいて他に見あたらないことは確かなのである。こんにち知りうる手掛かりの全てを思いあわせるなら、すこぶる検討にあたいする地点といわざるをえない⑩。

ともあれ、いずれにしても曹雪芹は北京西郊の山村にうつり、そこに終《つい》の住処《すみか》をさだめたのであった。その地は、たしかに太行山中のささやかな一隅のうち、北京城に程近い小さな「山ふところ」にすぎなかったものの、その有り様にしろ風情にしろ、このうえない山間奇勝の地であって、はるかに見やれば数知れない山々が幾重にもかさなりあい、樹木が鬱蒼としげり、ちかくに目をうつせば谷あいに渓流がせせらぎ、木立ちのなかに竹林が奥ぶかく、とりどりの草花が咲きほこっていた。わずか東方三十里の北京城、すなわち「帝城」ないし「皇州」とよばれた繁華の地とくらべるなら、まさに別世界としか言いようのない幽谷であった。曹雪芹は「紅塵みなぎる」都城に別れをつげてこの地に移り住んでからというもの、文字通り耳目を一新させられ、のびのびとした気分になり、どれほど心はずんだことやら思いにあまりある。雪芹の味わった世渡りの心労やら生計の困苦やら、そうした世間事における懊悩《おうのう》辛酸のことごとくも、たとえ一時にしろきれいさっぱり忘れさり、嬉々としてこの山里暮らしを楽しみ、にどと流浪生活にもどろうなどと考えもしなかったにちがいない。

この地において、曹雪芹はその晩年を過ごすこととなるのであるが、生活上の貧窮はますますつのり、それにもかかわらず、彼はその生涯の事業である小説執筆にいよいよ心血をそそいでいったわけである。

雪芹じしん吐露しているように、「いまや、カヤぶきの草屋にヨモギづくりの塀囲《へいがこ》いという荒ばら屋のなかで、カワラの竈《かまど》にナワの床《とこ》という貧乏暮らし」〈『紅楼夢』甲戌本〈凡例〉〉をして生活苦は絶えなかったけれど、「それにしても、風そよぐ朝やら、月さえわたる夕べやら、あるいは階《きざはし》ぎわの柳やら庭の花々やら」〈同前〉、かえって小説執筆のための瞑想推敲の折りおり、なによりの慰めになったことと思われる。

《原注》

① 清代の人々がこうした地域にたいして特殊な感情をいだいていたことは、たとえば龔自珍が『説京師翠微山』の一文中につぎのように記していることなども一参考となろう。「翠微山なるは、朝《ちょう》に籍〈記録〉あり、朝に聞

〔名声〕あり、忽然として小なるを慕うも、感慨は高なるを慕い、隠者の居する所なり。山高は六、七里ばかりにして、絶高ならず。絶高にして京師を俯臨することを敢えてせざるなり。……阜成《ふせい》門〔北京内城の西門〕を出づること三十五里、敢えて京師を遠のかざるなり。……香山の静宜園と相い絡み相い互いし、触れず背かず、三山に列せざるをもって懟《うら》みとなさざるなり。西山とまた離れまた合し、主峰となるを欲せず、また西山に付するを恥ずるなり」。当時のひとびとが「三山」「八刹」「西山」などにたいし、それぞれ異なる位置づけをしていた一証ともなろう。

② 『雪橋詩話・三集』巻六にはつぎのように記されている。「香山は円明園より距たること十餘里、乾隆乙丑（十年・一七四五）、行宮になして修葺し園となし、いわく静宜。おおむね含暉堂に憩い、章奏を披閲し、庶官を引見す。坤一《こんいつ》〔銭載のこと、乾隆十七年の進士、官は礼部左侍郎〕の〈静宜園暁直〉の句にいわく、『堯台と舜館とは朝陽に藹たり、邃谷と修竹とは太行に擁さる』と。西山は太行の東幹をなし、香山はその奇挺《きてい》〔秀逸〕の処なり。乾隆中、香山にて閲兵すること、歳ごと定数なし。嘉慶中、歳ごと香山に幸すること二次。一たびは春に柳絮を避け、一たびは重陽〔九月九日〕に高みに登る。香山寺は金の大定の間〔一一六一～八九〕に建てられ、……園の内外に幢刹《とうさつ》〔幢幡のはためく寺院〕こもごも望み、鈴鐸梵唄《ぼんばい》〔大小の鈴と仏教功徳歌〕の声あい聞こえ、近きものは臥仏・法海・宏教、遠きものは華厳・慈恩……（すべて仏寺の名）」。

③ 伝説のなかには、曹雪芹の故居は杏石口（ふるくは杏子口）にあったとするものもある。周維群『曹雪芹的故居和墳地在哪里』（『北京晩報』一九六二年四月十八日～二十一日）を参看されたし。この杏子口とは、ちょうど京城からむかって西山八大処の入口のところに位置する。かりに曹雪芹が当時そこに住んでいたとするなら、たとえば敦氏兄弟たちが山遊びをするさい、雪芹の居所を通らずにはすまなかった筈なのである。

④ 同書同巻の前一条〈臥仏寺〉には、つぎのように記されている。「〔寺に〕遊ぶ者は〔裟羅〕樹を匝《めぐ》ればすなわ

ち返り、泉を知らざるなり。右に転じて西すれば、泉は呦呦として石渠に来たり……泉は池に注ぎ、……池の後ろに一片の石、……石上なる観音閣、屋は複〔二層の堂造り〕のごとく台は層〔重構造の楼台〕のごとく、閣の後ろは複壁〔二重の壁〕にして、斧刃して側は削しく、高さ十仞、広さ百堵《と》〔一堵は一丈四方の広さ〕たり。壁を循りて西に去ること三、四里、みな泉なり、みな石なり」。本文の引用はこれに続くものである。

⑤ いわゆる「桜桃溝」とは後世の俗称。さらに、碧雲寺の西方にもべつに桜桃溝という地名があり、ここと混同しやすいため注意されたし。

⑥『漁洋続詩』巻二〈晩入退谷却寄北海先生〉詩による。

⑦ 前掲『漁洋続詩』による。この地は乾隆五十二年（丁未・一七八七）に道路が補修されるまで、きわめて歩行しにくく、なかなか人の通える場所ではなかった。その丁未のとし、如意館〔第二十八章参照〕の人員ならびに宦官たちが資金をつのって補修工事をほどこし、いらい通行は便利になったものの、それまでの幽深険奥たる天然のたたずまいは損なわれざるをえなかった（かつては事の経緯のきざまれた小石碑が置かれていた）。しかも民国期にいたり、周肇祥が私的な山荘をこの地にいとなみ、さらに修築をくわえたため、いっそう本来の面目は失われてしまった。そのうえ最近では大規模な開墾工事が施行された関係から、おおくの奇樹怪石なども一掃されて平坦地にならされ、すっかり現代風の「大通り」と化してしまった。およそ園林の雅地というものは、度重なる災厄にみまわれるのが世の常で、この地にも昔日の面影はもはや無い。

⑧『天府広記』巻三十五〈岩麓〉に付された〈退谷〉の条による。

⑨ 廃寺が広泉寺を指すことの論証としては、徐恭時氏による専論がある。とりわけ注目にあたいするのは、明代の于奕正の題詩〈広泉廃寺〉の脚韻が、それぞれ陰・音・心・林をもちい、李元弘の同題の詩作も、それぞれ森・音・心・林をもちいていることである。しかも、康熙年間の宋犖《そうらく》、および乾隆年間の曹雪芹の詩作においても、

やはり脚韻はおなじく「侵」韻をもちいている点である。

⑩ 退谷の竹林の南、しかも伝説が雪芹の住まいしたとする「鑲黄旗北営子」の北手にあたる所に、名を「北溝」という小村があり、地点としては最も理にかなう場所かと思われる。

※ 桜桃溝の管理者である牛氏から聴取したところによれば、ある旅行客(海軍所属)は、ここで曹雪芹が詩作をなした、と語ったことがあるという。また、ある老人は石に坐りながらその同行者に、「ここは曹雪芹が来たことのある場所」と説明していたともいう。

【訳注】

(一) 顧祖禹——一六三一~九二。江蘇無錫の人。字は景范また復初。廊下を号とし宛渓先生とも称さる。年少時に明滅亡にあい明を国朝とよんで遺民をまもり、二十年がかりで中国歴史地理の名著『読史方輿紀要』を完成。晩年は『清一統志』編纂にも従事した。

(二) 広平・順徳・真定・保定——いずれも明代の府名。それぞれ今の河北省の永年県・邢台市・正定県・保定市の地。

(三) 「西山八大処」——「三山八刹」とも。西を翠微山、北を平坡山、東を盧師山によって囲まれた北京西郊四平台の八つの古刹、すなわち長安寺・霊光寺・三山庵・大悲寺・龍王堂(龍泉庵とも)・香界寺・宝珠洞・秘魔崖《ひまがい》(証果寺)の総称。それぞれ南にひらけた眺望と四季をつうじた風光明媚の妙地として名高い。

(四) 清漪園——今の頤和園。金の海陵王たる完顔亮の金山行宮が起源とされ、金山下に金海を造成。元代に甕山・甕山泊と称さる。明中葉の弘治七年に好山園が営まれて造園本格化し、清初に甕山行宮とされ、乾隆十五年に万寿山および昆明湖と命名。翌年に清漪園と総称。そのご光緒十五年に改築改称されて今日に至る。

（五）　静明園——金の章宗の玉泉山行宮たる芙蓉殿が起源とされ、元代に昭化寺、明代に華厳寺が置かれる。清の康熙十九年に大規模な造園がなされ澄心園と命名されたが同三十一年に静明園と改称。園中の山泉をもって知られ「天下第一泉」と称された。

（六）　静宜園——いま香山公園の地。遼の阿勒弥の私宅地に、金の世宗が大永安寺を創建したのが行宮の起源とされ、明代に洪光寺が置かれる。清の康熙十六年から香山行宮とされ、乾隆十年から翌年にかけての大修築をへて静宜園と改名。紅葉の名勝地。

（七）　「三園」——円明園・暢春園とあわせて「五園」とも総称。清朝天子の御苑は一般に内務府奉宸苑の所轄下に置かれたが、「三園」は総理清漪園園務大臣（乾隆十六年設置）の管轄。また円明園・暢春園の二園は円明園護軍営掌印総統大臣（同年設置）の管轄。

（八）　「……蓬藁の屯」——大意は、「いまや住まいとする壁ばかりの茅屋があるのはヨモギの茂る草ふかい村」。

（九）　「……烟霞に足る」——大意は、「緑なす川と青々とした山に曲がりくねった小道がはるばると続き、ツタやカズラにおおわれた村里こそ山水をめでる隠栖の地としてふさわしい」。

（十）　「……別様に幽たり」——大意は、「西の郊外にこしらえた草庵は思いもよらぬ清境の野趣にあふれている」。

（十一）　「……暁露香わし」——大意は、「草花の様変わりしてゆく池の端になんとも朝露がかぐわしい」。

（十二）　「……落ちんと欲す」——大意は、「野の水辺に冷えびえとした雲がたれこめ、侘び住まいには夕げの煙りもたよりない。山里の村には人影もみえず、はや夕日もさむざむと山かげに没しようとしている」。

（十三）　警護にあらためられ——清代の天子行幸に際する警護は前鋒営の上三旗兵が担当。ただし円明園一帯の地にかぎり円明園駐防の上三旗兵が担当。したがって、ここに言う親衛兵は通常なら前者。円明園から来駕した場合は後者。

（十四）碧雲寺の「孔道」――静宜園（いま香山公園）北門外の碧雲寺内に通ずる道。碧雲寺のなかにも乾隆十三年に行宮院が設置された。

（十五）旧時下の兵乱やら諸外国の列強連合軍――所謂「三園」の地は清末のアロー号事件時の第二次英仏連合軍（一八六〇）により円明園や暢春園とならび甚大な被災を被り、義和団事変（一九〇〇）に際しても残党が北京西郊に立て籠もったため「西山八大処」とともに戦場と化し、八カ国連合軍（日・露・英・米・独・仏・墺・伊）による破壊も目に余ったと伝えられ、さらに日中戦争下（一九三七～四五）の損害が追い撃ちをかけた。

（十六）「……逢うを欣ぶ」――大意は、「日頃から西山の道筋に親しむことが無かったので、晴れやかな山色をはるかに眺めては心をときめかせていた」。

（十七）「……言い易からんや」――大意は、「西山までの三十里、朝立ちして正午に到着、かくして二十年のうち今回はじめて、三日にわたる山歩きを楽しんだ。ながらく繁華の地ばかりに馴染んで山の神に笑われるような新参者なので、わずか数日の山遊びに気の合った連中と詩を作りあっただけなのに、なかなか言葉に尽くしがたい体験であった」。

（十八）竹にたいして特別な感慨――曹雪芹の小説『紅楼夢』のなかで竹および竹の形象は特別な地位を占め、最も顕著な例としては、小説中第一のヒロインたる林黛玉《りんたいぎょく》の形象が、竹のイメージで幾重にもシンボライズされている点が挙げられよう。

（十九）観音石閣――後文にみえる臥仏寺の西北隈なる天池（いま荷花池）のさらに北手にあった観音閣のこと。かつては臥仏寺から水尽頭に向かう入口に位置す。原注④参照。

（二十）隆教寺――観音石閣から水尽頭にいたる道筋の北側の丘陵地にあった寺院。

（二十一）「……万竿は緑たり」――大意は、「きらきらと柿は照りかがやき、実も葉もいちめん丹のいろ。……泉流のため竹林は千々に区切られているけれど、万なす竹々はことごとく緑一色」。

（二十二）「……声は琅玕たり」――大意は、「柿林のありさまは靺鞨に産する美玉のように見あきない、竹園にひびく竹声は朗々たる玉の音のように澄みわたる」。

（二十三）「……霜に飽ちて紅たり」――大意は、「水にめぐまれた竹林のはなつ照り返しは陽光ときそいあって美しい、秋天に冴えわたっていた柿の色合いも今やしとどに霜をふくんで紅化粧」。

（二十四）「水尽頭」――水源頭とも。後述される桜桃溝の最も奥まった地点。今も「水源頭」三文字を刻んだ石碑がのこる。一説に金の章宗の行宮の一つ「清水院」の故地とも。

（二十五）桜桃溝――いま桜桃溝公園。後述される臥仏寺（寿安寺）の西北廊から通うことができ、寿安山とその西方の老虎洞との二峰にはさまれた渓谷。その入口に「退谷」の石碑と「鹿岩精舎」の小門が置かれる。臥仏寺から桜桃溝にいたる山道の途次に岐路があり、西山北麓の白家疃《はくかたん》に通ずる峰越えの険路とされる。

（二十六）王漁洋――一六三四～一七一一。清初の大詩人。本名は士禛《ししん》、雍正帝の諱を避け士正《しせい》と改めたが、乾隆帝から士禎《してい》の名を賜わる。字は貽上。阮亭また漁洋ないし漁洋山人と号す。山東新城のひと。順治十五年の進士。官は刑部尚書にいたる。詩才は一代の正宗として朱彝尊とともに南朱北王と称さる。神韻説の首唱者。著に『帯経堂集』『漁洋詩話』『池北偶談』『古詩選』等あり『漁洋山人全集』に収録される。

（二十七）「……漸く蒙密たり」――大意は、「渓流の南岸にある万株の竹林、長い歳月をへたからこそ濃密に茂っている」。

（二十八）永忠――第三十一章参照。

（二十九）寿安寺――本書中すでに幾つかの臥仏寺が登場したが、本来「臥仏寺」は「臥仏」すなわち側臥した釈迦涅槃《ねはん》像を本尊とする寺院の総称。この西山臥仏寺が北京では最も有名。正名は十方普覚寺（山名にちなみ寿安寺と俗称、また別称を黄葉寺とも）。唐の貞観年間に建立された兜率寺に起源。元代に寿安寺、明代に永安寺とされ、清の雍正十二年に上記名に改称。現存臥仏は元代の鋳造。園内の沙羅双樹も唐代の天竺渡来の双樹とは別物。

（三十）「……石磴は紆たり」――大意は、「退翁亭の高台にて風と竹とが奏であい、臥仏寺の前にかよう石畳坂はつづら折り」。

（三十一）孫承沢――一五九二～一六七六。字は耳伯。北海または退谷と号す。崇禎の進士。官は刑科都給事中。清においても同職。さらに要職を歴任し太子太保を加えらる。順治十一年に老をもって退官。余生は水源頭に退谷また退翁亭をいとなみ述作に専念。その著『天府広記』『春明夢餘録』は名高い。

（三十二）「烟霞窟」――かつて水源頭にあった名所。退翁亭から東に登った地とされる。

（三十三）「……蒼嵐を下す」――大意は、「一つの泉から幾筋も清流がながれいで寺院をめぐり、雲ふかい谷間にうねうねとつづく山道を馬策を杖がわりにして辿ってゆく。山壁のため曲がりすすむ細い谷川には岩石があふれ、谷風がすずやかな響きとともに蒼々たる山気をはこんでくる」。

（三十四）「……曲磴は幽たり」――大意は、「ツタやカズラが鬱蒼としげる深山に清流ひとすじ、さまざまな岩石ばかりで花もまばらな隈坂には人里はなれた山趣がただよう」。

（三十五）「……紅葉飛ぶ」――大意は、「今しも秋枯れる山景色のなかに夕餉の煙がゆたかに広がる、見れば山間いの貧しげな村屋にも紅葉が舞っている」。

（三十六）「……時に一墜す」――大意は、「黄葉がからくも木立にとどまっているのに、鳥の鳴き声がときとして思いもよらず落ちてくる」。

〔二十三〕　黄葉のもとの執筆

ところで敦誠（時に二十四歳）は、乾隆二十二年（一七五七）二月、親族にしたがって任地におもむき（山海関《さんかいかん》の税関事務にともなう徴税官に着任）、喜峰口《きほうこう》（河北省遵化県）に身をおくこととなったものの、（一）折りにふれ曹雪芹のことを思いおこし、とうとう秋をむかえてから雪芹に寄せる詩（〈寄懐曹雪芹〉詩）一首をつくり、はるかに想いのほどを託したのであった。その詩の冒頭には、唐の大詩人杜甫がかつて画家である曹覇《そうは》将軍に贈った詩（〈丹青引〉詩）のなかで曹将軍のことを「魏武（三国魏の武帝たる曹操）の子孫」と称した典故をふまえ、（二）雪芹もまた魏の武帝の子孫でありながら、いまや貧乏暮らしで草屋はヨモギにうもれ、世間から遠ざかり、かつての揚州の夢もさめはて、あたかも司馬相如《しばしょうじょ》（漢の武帝に重んぜられた蜀の辞賦作者、前一七九？～前一一七）が犢鼻褌《とくびこん》を身にまとった故事（司馬相如が貧窮して酒屋をひらいたとき、相如じしんは「犢鼻褌」という卑しい仕事着を身につけて食器を洗いながら酒をうり、妻（蜀の富家の娘である卓文君）は帳場をあずかった）と同じような清貧にあまんじている、と先ずのべる。ついで詩のなかばでは、雪芹の詩筆が奇気にあふれ、その詩作は唐の才人李賀《りが》の真髄にもせまっていることに敬愛の念をあらわす。さらに宗学在学中、ともに過ごした歳月のなつかしい思い出をつづり、それにつけても今にして、それぞれ地を異にし、むなしく思慕するばかりだ、と嘆く。そして詩の結尾にいたり、すでに紹介したとおり、「君に勧む食客《しょっかく》の鋏《つるぎ》を弾ずること莫かれ、君に勧む富児《ふじ》の門を叩くこと莫かれ。残盃冷炙《れいしゃ》に徳色《とくしょく》あり、黄葉《こうよう》の村にて書を著わすに如かず」〔第二十一章前出〕としるす。この詩句からも明らかなように、曹雪芹が西山に転居してからというもの、彼のおもな仕事が『紅楼夢』執筆にあったことを、敦誠はとくと心得ていたのである①。

現代の小説家、とくに若手の作家たちには想像しにくいことと思われるが、二百数十年も昔における曹雪芹の小説執筆は、こんにちの小説創作とくらべ、きわめて異なる条件下におかれていた。時代そのものからして相違すること甚だしいため、そもそも比べることじたい無理なところも多い。しかし、あえて若干の事情をとりあげて少し比較しておきたい。現代の作家は、ひとびとから絶大な尊敬と愛慕と支持と応援とをうけ、なおかつ党や国家や社会から、創作活動のための環境やら援助やらをさずかっている。しかも、印刷・出版・流通などの技術的進歩によって日ましに好条件がつのりつつある。また、作家たちに与えられる精神的な励ましにも多大なるものがあって、経済的な報酬も生活に見合うものとなっている。ところが、こうしたものは全て、曹雪芹の時代には手にするどころか夢にも望めないものであった。曹雪芹がその生前、手に入れることのできたものといえば、上記したものとはことごとく相い反するものばかりであった。

小説を書くということは、いうまでもなく世の中の数知れない読者を念頭において書くのであって、じぶんが読むために書くものではない。ところが曹雪芹の場合、かならずしも読者にたいして多くの期待をいだいていなかった。これはけっして誇張ではない。ためしに『紅楼夢』開巻まもなくして記されている作者の言葉を思いおこしていただきたい。たとえば、「満紙《まんし》たり荒唐の言、一把《いっぱ》たり辛酸の涙。みな云わく作者は痴《こけ》と、誰か解さん其の中の味《あじわい》を」〔全編あふるる戯言なれど、そこに染みいる涙の辛さ。作者は痴と声をそろえし、その味わいを知るは誰ぞ——第一回・五言詩〕、「そんなわけで、わたくしのこの物語も、世のひとびとから珍しいの面白いのと褒められたいとか、あるいは熟読玩味していただきたいとか、そんなことはゆめゆめ望んでおりません。ただ、世のかたがたが食べあきたり飲みあきたり、さもなければ世事につかれて憂さ晴らしがしたい、なんぞという折りにでも、ひとつ暇つぶしに手にとって……」〔第一回〕、「ですので心得たお方でないと、その真味もわからない仕組み。おそらくあなたにも、まだ本当にはお分かりいただけますまい」〔第五回〕、「聞きおえても、何が何やらとりとめもなく、どこが妙味やら見当もつきません。……そこで由来やら因縁やらはさておき、ひとまず退屈しのぎ、と思いさだめたような次第」〔同前〕などなど。当時において曹雪芹は、そのころの小説「閑書」というものの地位、および「市井の人」にすぎない読者の水準をじゅうぶん知りつくしていたので、彼の『紅楼夢』という作品にこめられた様々な奥ふかい意図やら、慎重に配意された表現上のアヤなどがなかなか伝わりにくいことを気づかい、あらかじめいろいろと工夫をこらし、いくえにも謎解きのヒントを織りこんでいるのである。

ところで、曹雪芹の友人である張宜泉《ちょうぎせん》〔次章参照〕は〈分居歎《ぶんきよのたん》〉詩なるものを作し、両親とも死別して兄嫁夫婦たちからも見捨てられ、「亡家《ぼうか》に一身を剰《あま》す」というまでの沈痛な思いをしたためているが、そのなかの一聯において、前句には「飲むを縦《ほし》いままにして原《もと》もと多放たり」としるし、その下に、「自供するに其の不才たるものの一つ」という「評語」（ないし自注）が付されている。さらに後句には「毫《ふで》を拈《ひね》りて只《ひたす》ら苦吟す」としるし、その下に、「自供するに其の不才たるものの又一つ」という「評語」がつづく②〔『春柳堂詩稿』前掲詩・其二〕。これらから読みとれることは、張宜泉が兄嫁夫婦たちによって厄介者あつかいされたのは、彼が詩や酒にふけるばかりで名利にも出世にもまるで関心のない「不才」だったからであって、そのために家族たちからも同居をゆるされず、「分居」すなわち別居させられたわけである。ここでいう詩にしろ酒にしろ、まぎれもなく雪芹が命のごとく愛してやまなかったものに他ならない。当時の社会通念からするなら、詩を苦吟することも酒を痛飲することも、おなじく「不才」のきわみの振る舞いだったのである。したがって雪芹が、その心血のことごとくを「閑書の執筆」にそそぐことじたい、当時の人々からすれば、どれほど仰天すべき「不才」にして「不肖」の行状であったことやら想像に余りあろう。そんなわけで、雪芹が『紅楼夢』を執筆するにあたっては、とても「尊敬崇拝」〔乾隆時代のひとが聞いたら一日じゅう笑いころげるに違いない〕されるどころか、かえって蔑《さげす》まれ罵られたあげく、こう呼ばれたのであった――「瘋子《フォンツ》」〔うつけもの〕と③。

そもそも、中国古典小説（および戯曲）においては文学史上の特殊な伝統があって、作家が登場人物を作りだすにあたっては、なんらかの故事、ないしは既存の人物にもとづきつつ、そのうえで作家独自の構想による潤色をほどこすのが定石とされていた。したがって六朝・隋・唐いらいの古典小説では、いわゆる「モデル」詮議がしばしば取り沙汰され④、作品が発表されるたび、たちまち無数の憶測のとびかうことも日常茶飯であった。曹雪芹の時代においても、やはり一般の読者たちの小説観は似たようなもので、明・清にいたっても何んら変わりはなかった。こうした事情もてつだい、曹雪芹の小説執筆には思いもよらぬ煩わしさと難しさとが加わった。

まず懸念されたことは、雪芹じしんの封建的大家庭の一族のみならず、同じような境遇におかれた家柄の親族たちから、雪芹は故意にじぶんたちの家門に泥をぬろうとしている、などという戸惑いと憤りの声のあがることである。ついで心配されたのは、統治層から目をつけられ迫害をうけることであった。とりわけ後者の不安は、『紅楼夢』全篇のうち第八十回より後ちの原作部分が秘せられ、こんにちに伝わらないという一大遺恨事をまねいたことと密接に関係するものと考えられる。その理由としては、『紅楼夢』第八十回までの内容が全篇中において不可欠の重要な構成部分をなしていることは勿論であるが、それも結局のところ、第八十一回以降の内容を用意するものであって、つまりは終局にもうけられた「事の裏側」に流れこむための御膳立てにとどまり、それより何層倍も重大な内容をはらむクライマックスはことごとく第八十一回以後に収められていた。この八十回より後ちの部分には、小説中の封建的一大家庭が罪をえて家産を没収される経過が描かれており、（三）となると、いきおい政治上のもろもろの実情に触れざるをえなかったことと思われる。『紅楼夢』が流布しはじめた当初、この屋敷はどこそこがモデルとか、この人は誰、あの殿さまは誰々などと、さまざまな憶測の飛びかった状況のもとで、⑤統治層が神経をとがらせたのもむしろ当然のことと言えるのである。

要するに、曹雪芹が『紅楼夢』という「世をうらみ時をののしる書」を執筆するという仕事じたい（たとえ作者じしん小説冒頭において、いくら口実をもうけて弁解し、いかに予防線をはりめぐらして目眩《めくら》ましをしたにしても）、あえて多くのひとびとの激怒をかい、なおかつ自分の命まで危険にさらすことを覚悟したうえでなくては、とうてい為せる業《わざ》ではなかった。そうした難事業にいどむことは、われわれ現代人の予想をはるかに超えて、どれほど大胆な勇気と、いかほど堅固な信念と、いかばかり剛毅な気力を必要としたことであろう。

　さらに、金銭面にしろ物品面にしろ、生活上の貧苦もかさなったにちがいない。以前わたしが北京西郊の海淀《かいてん》区で勉学していた当時、つぎのような伝説を耳にしたことがある。曹雪芹は『紅楼夢』を執筆するにあたり、紙を買うお金がなかったため、古くなった皇暦《こよみ》〔中国旧時の暦、黄色の紙を用いたため「黄暦」とも記す〕をばらし、その紙を裏返しに折りたたんで冊子をこしらえ、暦の裏に文字をしたためた、というのである。こうした伝説の信憑性はかなり高い。たとえば潘徳輿《はんとくよ》(四)の『金壺浪墨』は次のように記している。「或るものいわく、伝聞するに、この書（『紅楼夢』）を作せし者は少《わか》くして華膴《かぶ》〔贅沢〕を習いとし、老いては落魄して衣食なく、親友の家に寄食し、晩ごと灯《ともしび》を挑《かか》げてこの書を作すも、紙の無きことに苦しみ、日暦の紙背をもって書を写し、いまだ業の卒《お》わらざるにこれを棄て、末《すえ》十数巻は他人の続けしもののみ、と。余いわく、いやしくもこの如くなれば、これ良《まこと》に悲しむべし、と。吾、ゆえにいわく、その人は奇《く》しき苦のありて鬱〔愁悩〕にいたりし者なり、と」。また奉寛《ほうかん》による『蘭墅文存と石頭記《らんしょぶんそん》』(五)の「注十一」にも、「故老あい伝うるに、紅楼夢を撰《あらわ》せし人は旗籍世家《せいか》の子たりて、書中の一切の排場《はいじょう》〔筋立て〕、身をもってその境を歴《へ》たるものに非ざれば、一字として言う能わず。書を作《さく》せし時、家はただ四壁《しへき》のみにて、一几《き》〔つくえ〕、一杌《ごつ》〔こしかけ〕、一禿筆《とくひつ》のほか他物なし」と記されている。これらの記録によっても、『紅楼夢』という大著執筆にあたっての必需品やら経費からして、曹雪芹にとっては並々ならぬ大問題であったことが了解されよう。
　こうした幾重もの悪条件にかかわらず、曹雪芹は命のかぎり初志をつらぬいて倦むことをしらなかった。ふつうの人であったなら、妻子たちが飢えと寒さにあえぐほどの生活苦におちいった場合、ほかにも「冠《かん》冕《べん》して堂皇たり」〔第十七章前出〕という仕官への道がのこされていたとすれば、そこまでは望まないにしても、世間から「盲詞小説」「稗官《はいかん》野史」などと蔑視されていた小説の執筆に心血をそそいで取りくむ、などという心境にはとうてい至らなかったにちがいない。この一事からして、曹雪芹は文字通り「瘋子」にして「傻子《シャーツ》」〔おろかもの〕であったばかりか、まこと英雄の名にあたいする人物であったといえよう。まさしく、「字字を看きたれば皆これ血、十年の辛苦は尋常ならず」〔第二十章前出〕と言うほかはない。その人に本来する精神の量りしれない意志力にささえられないかぎり、一篇百万言にもおよぶ『紅楼夢』という長篇小説の執筆など、夢にもおぼつかない大事業だったわけである。

《原注》

① この詩にいう「著書」とは小説執筆のことを指す。詩人が作品をあつめて文集となすことを「著書」とは称さないからである。また敦誠のこの句は、康熙年間の王苹《おうへい》の「黄葉の林間にて自ずから書を著わす」という詩句をふまえている。王苹のこの句は王漁洋から賞賛されたため、世人は王苹のことを「王黄葉」と呼びなしたという。そもそも「黄葉村」という言葉じたい、宋の蘇軾の〈書李世南所画秋景〉絶句中の「家は江南の黄葉村に在り」という句にもとづいている。

② いわゆる詩作と、科挙のための八股時文とが相い対立するものであったことについては、『随園詩話』巻十六のなかの陳熙《ちんき》（梅岑）についての記載中に、「性は吟詩を愛し、時文を愛さず」とあり、また『初月楼聞見録』における童鈺《どうぎょく》（二樹）についての記載に、「挙子の業を治むるを喜ばず、もつぱら詩を攻ず」とあることなどが参考となろう。

③ 伝説のなかにもこの言葉がつたわる。

④ 魯迅の『中国小説史略』を通読すれば、この伝統の史的脈絡を明確に把握することができよう。

⑤ この種のモデル詮議は乾隆年間にすでに見られる。たとえば明義の『緑煙瑣窗集』中の〈題紅楼夢〉詩序、周春の『閲紅楼夢随筆』、および裕瑞の『棗窗閑筆』などの記述のなかから、当時の状況の一斑がうかがわれよう。しかし実際には、本格的なモデル詮議は『紅楼夢』が一般に流布してから始められた。

【訳注】

（一） 身をおくこととなったものの——乾隆二十二年二月、敦氏兄弟の実父である瑚玐《フーバ》が山海関の監督官に着任するのに伴い、実兄の敦敏は錦州（遼寧省錦州府）に、敦誠は喜峰口にそれぞれ徴税官として赴任した。両名とも翌二十三年の夏に帰京。

（二） 典故をふまえ——この典故に関する著者の見解は巻末〈付録二〉「曹雪芹の生家と雍正朝」に詳しい。

（三） 経過が描かれており——これら散佚した原作部分の内容は、現伝する諸抄本に残された脂硯斎評語、および初期抄本の実見者による筆記中にその痕跡が散見され、諸学によって未伝部分の再構築が様々に試みられている。兪平伯『紅楼夢辨』（亜東図書館・一九二三）がその先駆的論作。

（四） 潘徳輿——一七八五〜一八三九。字は彦輔または四農。江蘇山陽のひと。道光八年に四十四歳で挙人。知県を授かったが赴任前に没。その著『養一斎詩話』は清代詩話として名高い。本文引用の『金壺浪墨』は嘉慶十六年の自序、および嘉慶二十五年と道光七年との両自跋を有す。第二十一章原注⑪参看。

（五）　奉寛『蘭墅文存と石頭記』——近人の奉寛による『蘭墅文存与石頭記』（『北大学生』一九三一年・第一巻第四期掲載）は清末人から聴取した聞き書きを収録する。第五章原注①参看。

〔二十四〕　村塾の友

曹雪芹がつきあった友人たちは、かならずしも満州宗室の人々ばかりとはかぎらない。雪芹が北京西郊に住まいした折り、村塾の先生をつとめる一人の朋輩ができた。友は姓を張《ちょう》といい、名はつまびらかでないものの字を宜泉《ぎせん》といい、やはり旗人であったことだけが知られている。この張宜泉についてひととおり紹介しておくことも、曹雪芹理解のために有意義なものと信ずる。

この張宜泉という人物の際立った特徴としては、その経歴に汚点があり、家門にも仔細があって、酒ずきで詩をこのみ、世人からみれば落ちこぼれの不孝者といえ、不遇の生活苦にあえぎながらも孤独のうちに悲憤慷慨してやまず、その人柄にしても、気宇壮大な硬骨漢でありながら不羈磊落なユーモリストで、しかも社会から疎外された人物であった。こう記せばお分かりのように、程度の差こそあれ、あらゆる点にわたって雪芹と似かようところが多く、そうしたところが彼らの友情の基いをなしていたことは疑いない。

張宜泉は、みずから「先世より曾つて国恩を累受《るいじゅ》す」〔〈閑興四首〉詩其二・自注〕とのべているが、これは旗人がおのれの家系をのべる場合の常套句であって、当時の一種独特の言い回しにほかならず、彼の家柄を推しはかるなら、おそらく雪芹とおなじく内務府包衣《ボーイ》の旗籍にあったものと思われる①。張宜泉は十三歳のときに父をなくし、ようやく成人したところで母をうしなう悲しみに見舞われ、しかも兄嫁夫婦たちから嫌われて別居せざるをえなくなり、かといって生活のめども立たないので、しかたなく村童たちをあつめて塾をひらき、自活の手立てをもとめたわけであった。もともと彼には一男二女があったが、不幸にして天然痘のため幼児のままに次々と亡くし、一女をのこすばかりとなったものの、のちに男児をもう一人もうけた（彼は再婚しているのでその男児が前妻の子か後妻の子かは不明）。彼より十五歳年上の長兄は、母のあとを追うように他界し、ひきつづき長兄の遺女もまた天然痘のため夭逝し、さらには兄嫁が再婚したため、とどのつまり彼の居場所もなくなってしまったわけである。（一）張宜泉は、みずからも記しているように、「家門は不幸たり、書剣〔八旗文人の必需品〕も飄零《ひょうれい》たりて、三十年来、百に一つも就《な》る無し」〔『春柳堂詩稿』自序〕（これは『紅楼夢』冒頭に「作者みずから云う」として記されている「一技として成る無く、半生は潦倒《りょうとう》〔失意落魄〕たり」〔第一回〕なる述懐とまさしく同義の文章といえよう）、という有り様であった。そんなわけで、時によっては「横逆《おうぎゃく》〔没義非道〕を避けて出門」〔〈春仲盂二先生枉訪時避横逆出門未及延疑因成寄謝〉詩〕せざるをえない窮地においこまれ、そのため来訪してきた友人に応対することが出来なかった、というのであるから、その惨状は推して知るべしと言えよう。そして平生から、「奇窮《ききゅう》〔不運逆境〕は一とたびにして収まらず」〔〈閑興四首〉詩其三〕、しかも「気を吐くこと何《いず》れの年にか在らん」〔同前詩・其二〕、という気概をいだきながら不遇のうちに悶々としていた心境たるや、ほとんど曹雪芹と同じ心持ちといって差し支えあるまい。

前章において触れたように、張宜泉は詩と酒とをこよなく愛し、彼じしん「自供するに不才たり」と告白しているのも、ほかでもなく詩と酒とにたいしてであった。それだけに彼の詩作のなかにはなかなか見事なものがある。たとえば、「市《いち》の近くして飛塵起《お》こり、人の多くして小利を争う」〔〈南各庄暁望〉詩〕とか、「霜花の暗《ひそ》かに払われて心花冷《つめ》たし、日影の旋《たちま》ち移りて人影孤《こ》たり」〔〈送同学張次石帰東安〉詩其五〕とか、「一声たる籠鳥は曲はじめて罷《や》め、数片たる瓶花は香おのずから来たる」〔〈自嘲〉詩〕、あるいは「丘壑は村に連なりて多く磊落〔高大〕たり、桑麻は巷《みち》を塡《ふさ》ぎて亦た蕭条たり」〔同前々詩・其四〕などの詩句は、ことごとく佳作と称してよかろう。また、じぶんの鬱陶しい病態をなげいたあとに、「幸い得たり今にして煙景《えんけい》〔春景色〕の好ろしきを、野花は零落《ほそぼそ》たるも吾が廬《いおり》に在り」〔〈四時閑興〉詩其二〕とつづけたりもしている。彼のうらぶれた淋しい境涯が、ことさら賑やかな筆致とくつろいだ感興のうちにつづられているので、いっそう読むものの心を打つ。

しかしながら、注目すべきことは別にある。彼の詩にはほかにも特色があった。

まず一つには、彼は詩中において好んで諧謔を弄したことである。例をあげるなら、〈壁《かべ》を鑿《うが》ちて光《あかり》を偸《ぬす》む〉詩という試帖《しちょう》排律詩〔科挙受験用の律詩〕(二)においてはその結句にいたり、やにわに、「高東《あるじ》は誠に憫《あわ》れられたまえ、当《まさ》にことごとく油を添えしむべし」とのべる。これは村塾の先生がケチな大家にむかって注文をつける言い草にほかならない。夜の灯火の油をもうすこし気前良くよこせ、そうすれば本がもっと読めるのに、というわけである。また彼の老妻が病床にふせたときの様子をえがいた詩作では、じぶんの妻のことを、「瘦容《やつれみ》は島魅〔島にすむ化物〕と争い、脱髪《ぬけがみ》は庵尼〔仏庵の尼僧〕と誤《あやま》つ」〔〈見老妻病起作〉詩〕とするす。さらに子供たちがリンゴを奪いあう有り様をえがき、「怒り叫びて容《かお》みな白し、急《せ》き争いて眼ことごとく紅《あか》し」〈〈書禧児与弟争食蘋菓以此示之〉詩〉とまで言ってのける。その赤裸々な描写はまさに仰天もので、彼が天性のユーモアの持ち主であるばかりか自由奔放、しかも貧乏生活のさなかにありながら自嘲気味に笑いとばすことにより、みずからを慰めているのが見てとれる。そこには世間を世間ともおもわない雄々しさとあわせて、世俗への憤りもこめられていた。「正統」詩人や「官僚」文人は、けっしてこのような詩を作らなかったし、また作れなかった。

つぎに二つめの特色として、張宜泉は恵まれない知識人としての立場から社会をながめ、その不公平を見ぬき、おなじく貧苦にあえぐ庶民と思いをひとしくし、しかも人々をどこまでも喰いものにする統治者たちの腐敗堕落を嘆いてやまない人であった。たとえば、その春遊の詩〈〈暮春郊遊四首〉詩〉においては、「犢《こうし》を駆るは誰が家の牧《うしかい》や、竿《さお》を垂らすは若箇《いずこ》の人や」と問いかけ、「独り憐れむ菜《な》を拾う女《むすめ》を、地を繞《めぐ》りて歩みは逡巡《おずおず》たり」とえがく。また〈劉二弟と閑話す〉詩においては、「王侯は容易に福《ふく》たり、乞丐《こつじき》は自然に貧たり」と憤りをかくさない。そして〈西宮即事〉詩のなかでは、「薪《まき》を拾う子はことごとく蓬頭《ほうとう》〔ざんばらがみ〕を慣《なら》いとし、蕒《あじか》を荷《にな》う人は多く赤脚《せききやく》〔はだし〕に流《した》がう」と目にふれたままの情感をのべる。こうした詩句も、「盛世」と称される乾隆時代の一側面をいつわりなく写しだしたものと言えよう。ほかにも〈四時閑興〉詩其四はつぎのように記す。

午床簟展小堂空　　午床《ごしよう》に簟《てん》を展《の》べて小堂空《むな》し
積悶難消睡課中　　積悶の消し難きは睡課《すいか》の中

柴米只争終日貴
人家益較去年窮
妓樓鮮潤榴裙雨
僧寺清涼蒲笠風
怪煞先秋蟬噪急
一聲聲出碧梧東

柴米は只《ひと》えに終日を争いて貴《たか》し
人家は益《ます》ます去年に較べて窮す
妓楼は鮮潤たり榴裙《りゅうくん》の雨
僧寺は清涼たり蒲《ほ》笠《りゅう》の風
怪煞《かいさつ》す秋に先んじて蟬噪《せんそう》の急なるを
一声たる声の出づるは碧梧《へきご》の東より

〔大意〕昼寝をしようと小さな母屋に竹ムシロをひろげたもののどうしても心穏やかには眠れない。寝るべき夜もつのる憂いが頭からはなれずに眠れない。薪にしろ米にしろ日ごと値上がりする一方で、われわれ庶民の暮らしは年ごと苦しくなってゆく。とはいうもの、遊廓では雨がふっても深紅の衣裳が麗しく、仏寺では日照りがつづいてもガマの編み笠が涼しげだ。それにしても何んとしたことか、時節を守ることにかけては信徳のあるセミの鳴き声が秋にもならぬのに喧びすしく、ひっきりなしに、泰平の御世にオオトリが鳴くとされるアオギリの東辺から聞こえてくる。

これは時世を悲憤してやまない貧乏教員がその思いのかたはしを洩らしたもの、と解してよかろう。この面からしても、張宜泉の感覚と表現とは、敦氏兄弟のものよりはるかに強烈であったと言いうる。これは無視しえない重要事である。

以上を要するに、最後の三つめの特色、すなわち張宜泉の《政治意識》こそが検討されるべき課題としてのころう。

張宜泉の詩集〔『春柳堂詩稿』〕の巻頭には律詩や試帖詩がおおく収められ、これらの詩作は科挙のための受験勉強の一環としてつくられたもので、見るべき内容もなく、ひたすら典故をかさね、技巧をきわめたものを「上出来」とし、しかも科挙答案用の詩作の定型として、詩の中央と末尾とにおいてかならず「頌聖《しょうせい》」〔天子の徳をたたえる句〕を記すことになっていた。張宜泉のものも例外ではない。そのため彼のこうした詩作もまた「声《こえ》を和して国家の盛《さかえ》を鳴らす」〔同前書・自序〕もの、と見なすひともいる。しかしながら事情はいささか異なる。たとえば〈東郊春草色〉詩の後半において、張宜泉はつぎのように記す。

日彩浮難定　　日彩《につさい》は浮《ふ》たりて定まり難し
煙華散不窮　　煙華は散《さん》じて窮まらず
……　　（中略）
幾度臨青道　　幾度か青道に臨み
凝眸血染空　　眸《ひとみ》を凝らせば血染《けつせん》の空し

〔大意〕陽光は漂うばかりで落ち着かず、春景色はあちこち入り乱れ取りとめもない。……一体いくたび野辺の春道に出喰わしたことやら、しみじみ春草に目をやれば〔葉刀で傷をこさえた者でもいるのか〕むざむざと血痕だけが残されている。

この結句における十文字（本来なら「頌聖」となるべきところ）、――まことに驚くべき言葉といえよう。ほかの例をも以下にかかげる。

錦瑟離宮曲　錦瑟《きんしつ》するは離宮の曲
朣笳出塞聲　朣笳《せんか》するは出塞《しゆつさい》の声
〔大意〕美しい琴がかなでるのは宴遊する外殿の曲。羊角の笛がならすのは国を守る出陣の響き。

――〈驚秋詩十二韻〉詩

同聲相與應　同声は相い与《とも》に応ず
殊類故難參　殊類は故《もと》より参《まじ》わり難し
〔大意〕言葉の同じ人々とはたがいに交際もできようが、異族とはそもそも仲間にはなりにくい。

――〈蕭然万籟含虚清〉詩

莫厭飛觴樂　厭《いと》う莫《な》かれ飛觴《ひしよう》の楽しみを
于今不是唐　今にして是《こ》れ唐《とう》ならざるも

〔大意〕さあ盃をかわしあう楽しみを味わいましょう、もっとも今は唐の御代のようには参りませんが。

――〈美花多映竹〉詩

亭　沼　非　秦　苑　　亭沼《ていしょう》は秦苑に非《あら》ず
山　河　詎　漢　家　　山河は詎《いずく》んぞ漢家《かんか》たらん

〔大意〕園亭も池水も秦代のものとは異なり、山にしても川にしても漢朝のものではなくなった。

――〈閑興四首〉詩・其四

ここにいたって首をかしげてしまう。これらの詩句は、まぎれもなく当時の満州貴族の治世にたいする怨嗟《えんさ》の文字にほかならないからである。乾隆時代においては、こうした字句が詩文集にくりかえし表われるまでもなく、わずかに一句たりとも摘発されれば、たちまち本人のみならず一族郎党の命さえ危険にさらされた。② ――しかも、そうした《文字の獄》の事例からみても、ことごとく比喩とか諷刺とかであって、前引した詩中に見られるような露骨なまでに過激な言葉は、かつて前例のないものと言えるのである。

張宜泉の詩作のなかには他にも吟味しなければならない作品が数々あるものの、ここでは紙幅の関係上、とりわけ顕著な例をかかげるにとどめる。彼の〈読史有感〉詩はつぎのごとくである。

拍手高歌嘆古今
閑披青史最驚心
阿房宮盡綺羅色
銅雀臺空弦管音
韓信興劉無剩骨
郭開亡趙有餘金
誰似尼山功烈永
殘篇斷簡尚堪尋

拍手高歌《こうか》して古今《ここん》を嘆き
閑《すず》ろに青史を披《ひら》き最も心を驚かす
阿房宮《あぼうきゅう》に尽《つ》きたり綺羅《きら》の色
銅雀台《どうじゃくだい》に空《むな》しうす弦管《げんかん》の音
韓信《かんしん》は劉を興《お》こして骨を剰《あま》すこと無し
郭開《かくかい》は趙を亡《ほろ》ぼして金を余《のこ》すこと有り（三）
誰か尼山《じざん》に似て功烈の永《なが》からんや
残篇断簡《だんかん》も尚《な》お尋ぬるに堪《た》えたり

〔大意〕手をうち声高《こわだか》に歌っては時の移り変わりをなげき、たまゆら史書をひもといては世々代々の出来事に愕然とする。秦の始皇帝がこしらえた阿房宮はたちまち焼かれてしまったが贅《ぜい》の極致を尽くしていたというし、魏の曹操がきずかせた銅雀台に奏《かな》でられた楽曲もつかのまの音。漢の韓信は建国の功臣でありながら賊徒として誅せられ、趙の郭開は亡国の佞臣でありながら財をなしたとか。かくのごとく有為転変きわまらぬ世のなかで何時までも讃えられるのは孔子様おひとりという有り様。だからこそ散りぢりにされた破《や》れ本といえども探しもとめて味読する価値があるのだ。

いうまでもなく、これは当時における政治批判の詩作にほかならない。彼の硬骨漢としての面目には躍如たるものがあり、その衰えを知らない雄志はおりにふれて発露される。それは時として「首陽《しゅよう》〔周の武王の出兵に抗議して伯夷叔斉兄弟が餓死した山名〕は欣《よろこ》んで躋《のぼ》るところ」（いわゆる「周粟《しゅうぞく》を食《は》まず」の意）〔〈分居歎〉詩其一〕、という形によって示されることもあるし、さらには「兎《と》を驚《おどろ》か」して「鼷《けい》〔はつかねずみ〕を射《い》」(四)、「虎豹《こひょう》を獵《かり》」して「虯龍《きゅうりょう》〔みずち〕を樵《や》」く(五)〔〈同李二甥婿沈家四世兄登天台山夜宿魔王寺〉詩〕、というような野生の荒馬さながらの猛々しい言葉によって、日頃の思いを紙上に躍らせることもあった。それらはいずれも、かろがろしい常套旧語と同列に論じられるものではない。こうした驚愕すべき詩句の数々を考えるなら、張宜泉の政治意識にはおおいに研究の余地あり、と言わざるをえない。③

したがって、曹雪芹の友人である張宜泉もまた、彼なりの反抗精神と叛逆思想とをそなえた人物だったわけである。こうしたことも、それが彼らの友情の基いをなしていただけに、雪芹の人柄と考え方とを知るうえで無視するわけにはいくまい。

張宜泉の詩集中には、曹雪芹のことに筆をおよぼした作品も少なくない。雪芹の姓名字号を詩題のなかに明記したものもあれば、わずかに「友」とだけ記して暗示したものもある。④張宜泉と曹雪芹との交際はかなり親密なもので、ときには雪芹が宜泉をたずね、宜泉は雪芹をひきとめて家に泊まらせ、ふたりして「破竈《はそう》〔やぶれかまど〕に新火を添え、春灯に細花《さいか》〔燭芯のかす〕を剪《き》る」〔〈春夜止友人宿即席分賦〉詩〕などし、おなじ硯《すずり》で詩作を楽しんだり、魚をつつきながら酒を酌みかわしたり、夜更けて月のかたむくまで寝るのも惜しんで語りあうこともあった。或るときは宜泉が雪芹のもとへ、琴と酒とをたずさえつつ、道をへだてる渓流をものともせず、「張皇《ちょうこう》して過《よ》ぎるに便ならず、軽く移すは戴を訪ぬる舟」〔仰々しく渡るのは都合がわるいので、六朝晉の王徽子《おうきし》が興にのりて雪夜に戴逵《たいき》をたずねた時のように、わたしも小舟で流れをわたる――〈晴渓訪友〉詩〕というふうに訪問したりしている。どうやら彼らは人目をさけながら交際し、あまり世間に知られたくなかったらしい。ときにより宜泉は、雪芹のいる仏寺を探しもとめてまで会いに出掛けたり、(六)さらには時として、どうにも会いたい気持ちが抑えきれず、雪芹を迎えるために小道を掃ききよめたうえで蓆《せき》を設けたものの、そのご「書を封ずるも雁《かり》に畀《あた》うること遅し」〔〈懐曹芹渓〉詩〕、と述べているところを見ると、この時はなにか事情があって手紙を出さなかったらしく、前句につづけ、「何《い》つか当《まさ》に常に聚会し、膝《ひざ》を促《まじ》えて新詩を話《わ》すべし」〔同前詩〕と嘆息している。また、あるとき敦氏兄弟たちが郊外の雪芹のもとを訪れたさいには、雪芹はわざわざ宜泉をも招いて酒席をともにさせている。(七)しかも張宜泉は、雪芹が統治者のもとに伺候しようとせず、孤高をつらぬいて山里ふかく侘び住まいしていることを賞賛し、(八)のみならず雪芹没後にいたっては、雪芹の故居をおとずれ、二度と会うことのできない悲しみに涙があふれ、雪芹の詩やら画やら、琴にしろ剣にしろ、そのすべての才能が無に帰してしまったことを嘆いてやまず、それにつけても粗末な箱におさめられた形見の剣だけが、雪芹なきあとも、あたかもその反骨精神の不滅を物語るかのように、煌々とかがやくのを眼のあたりにしている。その張宜泉の詩をつぎにかかげる――。

謝草池邊曉露香
懷人不見淚成行
北風圖冷魂難返
白雪歌殘夢正長
琴裹壞囊聲漠漠
劍橫破匣影鋩鋩
多情再問藏修地
翠疊空山晚照涼

謝草《しゃそう》の池辺に暁露《ぎょうろ》香わし
人を懐《おも》えど見えず涙は行《こう》を成す
北風《ほくふう》の図は冷やかに魂は返り難し
白雪《はくせつ》の歌は残りて夢まさに長し
琴は壊嚢《かいのう》に裹《つつ》まれ声の漠漠《ばくばく》たり
剣は破匣《はこう》に横たわり影の鋩鋩《ぼうぼう》たり
多情なれば再び問う蔵修《ぞうしゅう》の地
翠《みどり》の畳《かさ》なりし空山に晩照涼《うす》し⑤

〔大意〕草花の様変わりしてゆく池の端にはなんとも朝露がかぐわしいのに、なつかしい人の姿は見あたらず涙ばかりが流れてやまない。君のえがいた絵は漢代の北風図さながらに見るものの心を冷えびえとさせ、君がにどと帰らぬことを思い知らす。君がうたいあげた詩篇の数々は俗物には唱和できない楚国の高雅な白雪歌そのままに、君の思いの果てしなかったことを教えてくれる。主《ぬし》なき今となっては形見の琴も古袋につつまれたまま昔のような音は聞こえず、その剣ばかりが破れ箱に横たえられ元どおり鋭々たる光芒をはなっている。わたしは未練がましく又もや故人生前の地を訪ねてきてしまったが、幾重にも青葉のしげる人気のない山辺には、折りしもの黄昏どきの薄明かりが人の心も知らず寒々しい。

雪芹の友人はこれほどまでに、彼のことを敬愛していたのであった。

《原注》

① 『春柳堂詩稿』影印本〔訳注一参看〕の〈出版説明〉によれば、張宜泉は「漢軍旗人」とされているが、これは『八旗藝文編目』の記載に従ったものと思われる。乾隆時代以降、内務府旗籍にあるものは「漢軍」のように誤認されることが多く〔第十章前出〕、その例は数知れない。

② 第十九章を参照されたし。

③ 張宜泉の詩集中の記載〔〈赴張家湾尋訪曾祖柩〉詩〕にしたがえば、その曾祖父の柩《ひつぎ》は張家湾〔北京城の東方約二十五キロの地〕の廃廟のなかに放置されている、と記されるものの、現地調査をしたが発見できなかった。その死因も不明で、柩も長年にわたり張家湾に放置されるうち散失したものと思しい。事の詳細にいたっては、なおのこと不明である。張宜泉の先祖は公言しえない事由によって処罰された可能性もあり、彼の人柄にしても、こうした事情と関係があるのかも知れない。

④ 『春柳堂詩稿』の詩の配列法は、原則として内容にしたがって分類されている。たとえば、〈和曹雪芹西郊信歩憩廃寺原韻〉詩・〈為過友家陪飲諸宗室阻雪城西……〉詩・〈題芹渓居士〉詩・〈傷芹渓居士〉詩の四詩篇はあい連なって収められ、そのうち「陪飲諸宗室」とは敦氏兄弟と酒席を共にしたことを意味し、「友家」が雪芹の家を指すことに疑問の余地はない〔張宜泉にはそれほど友人が多くなく、しかも宗室と交際のある友人となると雪芹をおいて他にいなかったからでもある〕。これも雪芹を「友」と記した例の一つに数えられよう。さらに〈春夜止友人宿即席分賦〉詩・〈晴渓訪友〉詩・〈懐曹芹渓〉詩の三作も連続して収録され、しかも前二作の内容は明らかに雪芹のことと符合するため、これらの「友」ないし「友人」もまた雪芹を指すものと判断される。

⑤　原詩は『春柳堂詩稿』四十七葉に見える〈傷芹渓居士〉詩。

【訳注】

（一）居場所もなくなってしまったわけである——以上、張宜泉の経歴に関する記載は、原注①の推定を除き、全てその遺稿集『春柳堂詩稿』光緒年間刊本（文学古籍出版社影印・一九五五、上海古籍出版社重印・一九八四）中に見える。

（二）試帖排律詩——科挙受験用の長律詩。ほんらい五言十二句をもって正形とし、二句ずつ順に起聯・頷聯・頸聯・腹聯・後聯・尾聯と称し、出題された韻を用い、かつ後述されるように頸聯と尾聯に天子の徳をたたえる「頌聖」を詠みこむのが基本。清代においては腹聯中に二聯を増益した十六句を常例とした。

（三）金を余すこと有り——この郭開の一句については下文に通釈を示したが、別解として前句にあわせ「韓信は（劉）漢朝の建国の功臣でありながら賊徒として生涯を閉じ、郭薬師《かくやくし》は（趙）宋朝の亡国の賊将でありながら金国への道を開いたとか」のようにも読めること、訳者の私見として付記しておく。字数の制限にもよろうが、郭薬師を郭開と言ってのける言葉遊び（薬師《やくし》→鑰匙《やくし》（カギの意）→開）をふくめ、著者の所謂「諧謔家」「硬骨漢」としての張宜泉の人柄が偲ばれるためである。なお郭薬師は敦氏兄弟の文集中でも議論の的とされている。ちなみに郭薬師は、遼朝の軍人出身ながら、宋に寝返り金に寝返り、ひいては北宋を滅亡へと導いた姦雄。

（四）「兎を驚か」して「鼷を射」——原詩句は「弾剣能驚兎、抨弓可射鼷」（剣を弾じて能く兎を驚かし、弓を抨《はじ》きて鼷を射るべし）。山中での獣狩りとして描かれるが、「兎」は「鼷」と対をなしつつ月宮の住人（月兎）として後宮の女官とも、月桂にむらがる科挙受験者とも解される語。「鼷」は小さな鼠のこと。鼠はしばしば君側の姦臣に喩えられる所から「鼷」ともなればチンピラ役人の含義をもつ。

（五）「虎豹を獵」して「蚪龍を樵」く――原詩句は「虎豹何堪獵、蚪龍未易樵」（虎豹なんぞ獵するに堪《た》えん、蚪龍いまだ樵くに易《やす》からず）。わざわざ自注が施され、「虎豹」は奇岩怪石の喩え、「蚪龍」は老樹曲木の喩え、のごとく解説される。言うまでもなく「虎豹」には凶暴な権力者の含義、「蚪龍」には器ならざる天子の含義がある。

（六）会いに出掛けたり――『春柳堂詩稿』〈和曹雪芹西郊信歩憩廃寺原韻〉詩に拠る。

（七）酒席をともにさせている――同前書〈為過友家陪飲諸宗室阻雪城西借宿恩三張秀書館作〉詩に拠る。原注④参照。

（八）侘び住まいしていることを賞賛し――同前書〈題芹渓居士〉詩に拠る。第二十八章参看。

〔二十五〕　年余の一別

曹雪芹が北京西郊に住まいしてから、たしかに城内への足こそ遠のいたものの、けっして敦敏・敦誠との親交まで途絶えたわけではない。ところが乾隆二十五年（庚辰・一七六〇）の初秋、長雨のふりそぼる夕べのこと、かの敦敏は部屋にこもって悶々とし、ひとり盃をかたむけながら来し方を憶ううち、ふと、すでに一年余り会っていない雪芹のことに思いいたる。敦敏は感慨ひとしお深く、そこで次のような詩作をものした。

短檠獨對酒頻傾
積悶連宵百感生
近砌吟蛩侵夜語
隔鄰崩雨墮垣聲
交故一別經年闊
往事重提如夢驚
憶昨西風秋力健

短檠《たんけい》に独り対して酒頻《しき》りに傾く
積悶《せきもん》は宵《よい》に連なりて百感の生ず
砌《みぎり》に近く吟蛩《ぎんきょう》の夜を侵《おか》す語
隣に隔《へだ》つ崩雨《ほうう》の垣《かき》に堕《お》つる声
交故《こうこ》は一別して年を経《へ》て闊《さか》る
往事《おうじ》を重ね提《おこ》して夢の如く驚く
昨《さく》を憶《おも》うに西風は秋に力健《たけ》し

看人鵬鶚快雲程　人を看《み》れば鵬鶚《ほうかく》の雲程《うんてい》に快《はや》し

〔大意〕低い燭台を相手にひとり酒をあおっていると、平生からの鬱憤がつのり夜の更《ふ》けるにつれ千々に思い乱れてならない。その秋夜に染みいるように、軒下の石畳あたりからコオロギの鳴き声が聞こえてくる。外では相い変わらず大雨の垣根に落ちる音がするからコオロギも雨宿りでもしているのだろう。思えば旧友とも一別いらい一年以上も会っていない。それにつけ、昔の事どもをまたぞろ思い浮かべると、はっと驚いて夢から覚めた心持ちになる。たしか昨秋にも、万物をゆたかに育むという西風が力強く吹いていた。この一年のあいだにも人はといえば、あたかもオオトリが雲路《くもじ》はるかに羽ばたくように風をえて雄飛してゆく。

――〔『懋斎詩鈔』〈閉門悶坐感懐〉詩〕

そのご重陽《ちょうよう》〔旧暦九月九日〕ののち間もなくし、彼がたまたま友人である明琳《めいりん》①の家、養石軒《ようせきけん》(一)を訪れたところ、ふいに中庭ごしに快談高語する声がとどいてきた。敦敏はその声を耳にするやいなや、これほど耳馴れた意気軒昂たる声の主は一人しかいない、とばかり駆けつけてみると、案にたがわず曹雪芹がそこに来ていたのである。ふたりは顔をあわせ、あまりの奇遇におたがい喜んだり驚いたり。そこで明琳の屋敷にすぐさま酒席を支度させ、ひとしきり昔語りに花を咲かせたのであった。そのときの感興を、敦敏はつぎのような一首の詩につづっている。

可知野鶴在鶏群　知るべし野鶴《やかく》の鶏群《けいぐん》に在るを
隔院驚呼意倍慇　院《にわ》を隔て驚呼して意の倍《いよい》よ慇《ねんごろ》たり
雅識我慚褚太傅　雅識　我は慚《は》ず褚太傅《ちょたいふ》
高談君是孟參軍　高談　君は是《こ》れ孟参軍《もうさんぐん》②
秦淮舊夢人猶在　秦淮《しんわい》の旧夢に人猶《な》お在り
燕市悲歌酒易醺　燕市《えんし》の悲歌に酒醺《え》い易《やす》し
忽漫相逢頻把袂　忽漫《すずろ》に相い逢いて頻《しき》りに袂《たもと》を把《と》る
年來聚散感浮雲　年来の聚散《しゅうさん》は浮雲を感ぜしむ

〔大意〕竹林の七賢人のひとり王戎《おうじゅう》がめぐり逢った嵆紹《けいしょう》さながらに、ニワトリの群れの中に超然として野のツルがいるごとく、衆人のなかにも逸士のいることを思い知らされた。まして中庭をへだてての出会いだったので、おもわず大声で呼びかけてしまったが、それだけに懐かしさはひとしおだった。それにしても、私は人物を知ることにかけて六朝晉の褚裒《ちょほう》におとるものの、君の高論は褚裒が見抜いたという孟嘉《もうか》の才そのままではないか。南京城中のことは昔の夢物語になり果てたけれど、人はいまでも健在なのだ。それにつけ、この北の都で悲憤慷慨の歌をまじえながら酒をのむと、ついつい深酔いしてしまう。おまけに思いがけず再会できたので手に手をとって話しもはずむ。それもそのはず、これまでの離合集散たるや浮き雲も同然だったのだから。

――〔同前書　〈芹圃曹君別來已一載餘矣、云々〉詩〕

敦敏の詩句の切実さからしても、また感きわまった喜びようからしても、この一年余にわたる別離が彼らにとっては希有な体験であり、しかも並大抵の別離ではなかったことが読みとれる。

そこで問題となるのが、いったい曹雪芹は一年以上もどこに行っていたのか、という疑問。また、どういう事情があって、雪芹はにわかに北京西郊から離れる必要があったのか、という疑問である。〈かりに雪芹が北京西郊にいたとするなら、その間ただの一度も敦氏兄弟と顔をあわせないことなど到底ありえないことは、そのごの彼らの行動がなによりの証左となろう〉[3]。

ここで大きな手掛かりとなるのは、彼らにとっては数少ない長期にわたる別離ののち、思わぬ再会をはたし、驚きつ喜びつ手をとりあって話しがはずんださい、おたがいの話題となったことが、「酒を呼びて旧事を話」〈前引詩題〉し、さらにそのため「感じて長句を成」〈同前〉し、しかもその詩中において明らかなように、彼らの話しの内容が「燕市の悲歌」と対をなす「秦淮〈南京城中の河〉の旧夢」にほかならなかったことである。このことからして、雪芹のこのたびの別離は、彼の父祖たちが南京において織造官をつとめていた当時の事情と、なにがしかの繋がりのあることが知られるのである。

のみならず、この再会ののち翌年の夏から秋にいたるまで、敦敏・敦誠の両兄弟はふたりとも雪芹をその山村にたずねて詩文をしたためており、そうした詩作の眼目をなすものが、やはりこの一件事から離れないのである。ふたりは異口同音に、「燕市の哭歌《こくか》に遇合《ぐうごう》を悲しみ、秦淮の風月に繁華《はんか》を憶《おも》う」〈敦敏『懋斎詩鈔』〈贈芹圃〉詩〉とか、「衡門《こうもん》〈隠者の家〉の僻巷《へきこう》に今雨《きんう》を愁い、廃館の頽楼《たいろう》に旧家を夢みる」〈敦誠『鵪鶉庵雑記』〈贈曹雪芹〉詩〕などといった聯句を読みこんでいる。これはとうてい偶然とは思えず、上にのべた推定をなにより裏付けるものと考えられる。——そうではなく、ありきたりの思い出話しであったなら、つきあいの長い敦氏兄弟にとって、雪芹の家系にまつわる数々の因縁などべつだん耳あたらしい話題ではなく、いまさら会うたびに念をおすほど問題となるはずもなく、いかにも不自然な繰り言といわざるをえないからである。

　したがって、こうした事実をふまえて判断するなら、曹雪芹はこの一年余のあいだに南京の「旧宅」一帯の地におもむき、あらためて見聞をひろめ、いっそう深刻な感慨をふかくして帰京したものと考えられるのである[4]。

　いっぽう、小説の定稿作成にたずさわっていた脂硯斎《しけんさい》にそくして述べるなら、折りしもこの年、すなわち庚辰のとしの秋月、彼は四閲『石頭記』評本[二]〔略称《庚辰本》〕をまとめあげているが、それに先立つ一期間、あたかも雪芹の不在を利用してかのように、この評注作業と原稿整理とにいそしんでいる。しかも、そうした評語のなかに、雪芹が他出し、いまだ帰宅していないことを匂わせる文字も認められるのである。このような脂硯斎による評本の状況から、上記の事跡を辿ることもまた可能であろう。

　そこで、雪芹の長旅のくわしい経緯についてであるが、敦敏はなんらの記載ものこしておらず、慎重このうえないように見うけられる。——もっとも、弟の敦誠がのちに敦敏の詩集稿本に手をいれ、憚りのある詩句を墨で塗りつぶし、場合によっては一首まるまるを抹消してしまっているから、そうしたことなども大いに関係するのかも知れない。したがって目下のところ、残念ながら糸口のたどりようがない。乾隆帝の南巡にしても、第二次が乾隆二十二年〔一七五七〕、第三次が同二十七年〔一七六二〕に行なわれているので、乾隆二十四年から翌年にかけての雪芹の南遊とは関係がありそうもない。そんなわけで、現段階において推測される雪芹南行の理由としては、つぎの二つに絞られよう。一つは、曹家の旧宅は六十年の久しきにわたって南京にあったため、その遠縁ないし親類のものが土着化し、本家にあたる曹頫一族が家産を没収されて北京に引き上げてからも、そのまま南方に住みついていて、そうした縁者との関わりあいから処理すべき案件が生じ（たとえば、曹家の家産没収時において他家への貸し出し金が三万二千両ものこっていた事実〔三〕などから推し、そのほかの細々とした事項にいたっては未清算のままであったに違いない）、同族旧友の援助をうけ、事務決裁のために南方へ赴いたのかも知れない。もう一つは、人の幕客となって南方へ出むき、江南において幕職に従事したことである。

ところで近年、鎮江《ちんこう》〔江蘇省鎮江市〕付近において、このとき曹雪芹が南下するにあたり、瓜州鎮《かしゆうちん》〔江蘇省江都県南の渡し場で長江南岸の鎮江と対峙す〕と鎮江〔長江と大運河とが交叉する当時の交易の重要港〕とのあいだで天候不順のため長江の渡しに足止めされたさい、絵を描いて人に贈った、とする伝説が報告されているものの、いささか矛盾する点もあることを付記しておく⑤。

いずれにしても、上述したような推測が史実に近いものであるなら、雪芹はこのときの南遊により、身をもって山河を遍歴し、この機会をかりて曹家ゆかりの故地を訪れたばかりでなく、みずから往時の事跡の見聞をひろめ、現地でなくては得られない貴重な資料を手に入れるとともに、人生経験をも個人的感慨をも、いよいよもって深めてきたに違いない。そして、こうした体験は、彼の『石頭記』後半部の執筆に大きな影響をおよぼしたものと考えられる。

曹雪芹が北京西郊に帰着してからというもの、敦敏・敦誠との往き来はいちだんと足しげくなった。乾隆二十六年（一七六一）の晩夏から初秋にかけて、敦氏兄弟はふたりして山村に雪芹をたずね、雪芹は彼らを引きとめて酒を酌みかわし、それぞれ詩作をなしている。⑥ さらに同年の冬、敦敏がふたたび訪問したところ、あいにく雪芹は外出中で会うことができず、おりしもの黄昏どき、野辺の川をおおう雲もさむざむとし、雪芹のいない草庵の庭のわびしげな佇まいに、敦敏も無念の気持ちをおさえきれなくなり、つぎのような絶句をのこしている。

野浦凍雲深　　野浦《やほ》に凍雲《とううん》深し
柴扉晩烟薄　　柴扉《さいひ》に晩烟《ばんえん》薄し
山村不見人　　山村に人を見ず
夕陽寒欲落　　夕陽《せきよう》寒く落ちんと欲す

〔大意〕野の水辺に冷えびえとした雲がたれこめ、侘び住まいに夕げの煙りもたよりない。山里の村に人は見あたらず、はや夕日がさむざむと山かげに没しようとしている。

――〔『懋斎詩鈔』〈訪曹雪芹不値〉詩〕

雪芹はこうした荒涼とした山村において、事々に不自由をあじわいつつ尋常ならざる生活をおくりながら、『紅楼夢』執筆という生涯の大仕事をつづけていったのである。

《原注》

① 明琳その人については拙著『紅楼夢新証』を参照されたし〔訳注（四）〕。

② これは『晉書』〈孟嘉伝〉の伝える、褚裒が孟嘉の器量を見抜いた故事をふまえている〔訳注（五）〕。

③ 別の見方をすれば、敦敏のほうが北京を離れていたことも考えられよう。しかしながら、敦敏は乾隆二十三年戊寅の夏に錦州〔遼寧省錦県〕から帰京していらい、北京を離れていないことは、その詩集中の記載からして明白なのである。したがって、この点からしても雪芹の離京しか可能性としては残らない。

④ 巻末〈付録三〉「曹雪芹と江蘇」（原載『雨花』一九六二年・第八期）を参照されたし。また、呉蘭徴『絳蘅秋』伝奇（嘉慶十一年丙寅・撫秋楼刊）序文中に、曹雪芹がかつて南京へ赴いたことが言及されていること、阿英氏の教示によって知ることができた。参看されたい。

⑤ この伝説については鎮江の江慰廬氏による詳細な報告がある。『紅楼夢新証』七九三〜七九四頁を参照のほど〔訳注（六）〕。

⑥ 旧版『紅楼夢新証』四三一〜四三二頁、および新版本七三五〜七三六頁を参照されたし〔訳注（七）〕。（呉恩裕氏はその著『有関曹雪芹八種』において、わたしが敦氏兄弟二人の訪問を「冬」としていることを根拠に拙論を否定しておられるが、これは誤解にもとづく。わたしが「冬」としているのは敦敏が〈訪曹雪芹不値〉詩を作した同年における別の訪問のことであって、その点、拙著原文の記述はすこぶる明瞭であるので確認ねがいたい。）

【訳注】

（一）養石軒――養石軒は明琳の家園名。明琳については第三十一章訳注五参照。

（二）四閲『石頭記』評本――ふつう《庚辰《こうしん》本》と略称されるテキスト。現伝抄本は十回づつ八冊に分装（第七冊中の第六十四・六十七の両回を欠く）。全七十八回。毎冊巻頭に「脂硯斎凡四閲評過」と表題され、第五冊の表題下に「庚辰秋月定本」と記される。現存する《脂硯斎評本》（第二十七回参照）のうち最も整った抄本とされ、紅楼夢研究所校注本『紅楼夢』全三冊（人民文学出版社・一九八二）もその底本に用いる。

（三）のこっていた事実――曹家没収時における隋赫徳の雍正帝への奏摺（第七章前出）中に、「また家人の供出するに、外に有るは、曹頫に缺（借）したる所の銀、本利を連ねて共計三万二千余両」と見える。

（四）『新証』を参照されたし――同書（一〇八頁・七三三頁）によれば、明琳は生卒年未詳ながら満州鑲黄旗の人。姓は富察《フチャ》氏、傅恒の甥、明義の従兄、明瑞の実弟で、曹家と親族関係にあったと思われる人物。曹雪芹および敦氏兄弟と親交があった。巻末〈図表・一〉参看。

（五）故事をふまえている――孟嘉（孟宗竹の故事で有名な孟宗《もうそう》の曾孫）が晋の太尉たる庾亮《ゆりょう》につれられ朝賀に列したとき、豫章太守であった褚裒（晋の康帝の康献皇后の父）が庾亮にむかい、「江州には孟嘉ありという評判でしたが何処におられますかな」と尋ねたので、庾亮は居ならぶ配下の衆をしめし、「その中におりますから当ててごらんなされ」と答えたところ、褚裒は見わたすなり孟嘉その人を指さした、と伝えられる。

（六）七九三～七九四頁を参照のほど――同書同頁には、一九七三年に呉恩裕氏のもとに寄せられた鎮江の江慰廬氏の報告文に基づき、鎮江在住の沈《しん》家の所伝が紹介される。所伝内様は本文の通り。かつて瓜州の名家であった沈家に一月余り逗留して歓待をうけた雪芹が、手ずから描いた『天官図』一幅（既に迷失）を返礼として沈家に与え立ち去ったという。また矛盾する点とは、そのご沈氏が言を翻し、上記所伝を雪芹北帰時の出来事としたこと。雪芹北帰時の事とすれば、長江の渡しとの関係で南北の位置が逆転し辻褄が合わない。

（七）七三五〜七三六頁を参照されたし——『紅楼夢新証』旧版の該当頁には「乾隆二十六年……敦敏・敦誠、各有贈詩。冬、敦敏見訪郊居、不值、敦敏有詩紀事」と記し、つぎに敦誠〈贈曹芹圃〉詩・敦敏〈贈芹圃〉詩を引用解説し、最後に敦敏〈訪曹雪芹不值〉詩を付す。また同書新版の該当頁には、「乾隆二十六年……敦敏・敦誠、来訪、留飲、敏・誠、各有贈詩。冬、敦敏再見訪、不值、敦敏有詩紀事」と記され、以下も旧版に準ずる。

〔二十六〕南遊

雍正朝から乾隆朝にかけて、すこぶる声望たかく、しかも民衆からの信頼もあつかった地方官僚が二人いた。尹継善《いんけいぜん》(一)と陳宏謀《ちんこうぼう》(二)とである。そのうち尹継善は満州人で、姓を章佳《ジャンギア》氏といい、上三旗のなかの鑲黄旗に属し、父親の尹泰《いんたい》もまた大学士〔皇帝直属の閣僚〕に任ぜられたので昔の文人の言葉をかりるなら、まさしく「両世《りょうせい》に平津《へいしん》たり」〔父子二代にわたり閣僚にのぼる〕といえた。しかも、継善の娘が乾隆帝の皇八子永璇《えいせん》(三)に嫁いだため、いわば皇室の親戚として家門もおおいに栄えた。その尹継善の屋敷は北京西城の大護国寺と什刹海《シーチヤハイ》とにはさまれた定府《ていふ》大街〔いま西城区定阜街〕にあって、邸内には絢春園《けんしゅんえん》とよばれる家園もあった。

尹継善は雍正元年〔一七二三〕に進士となり、その後わずか五年にして国家防衛の要職〔広東按察使〕に任ぜられたが、ときに彼はまだ三十余歳。継善は才学に恵まれた温厚なひとで、雍正朝当時の官界の風潮があらゆる面にわたって酷烈をきわめていたにもかかわらず、彼はそうした時勢に流されることはなかった。記録の伝えるところでは、あるとき雍正帝が彼にたいして官人たるものの仕官の道を説き、李衛《りえい》・田《でん》文鏡《ぶんきょう》・鄂爾泰《オルタイ》の三人〔いずれも雍正帝が重んじた寵臣〕に見習わせようとしたところ、尹継善は毅然としてつぎのように上奏したという。「李衛(四)、臣《しん》〔皇帝にたいする臣下の自称〕はその勇〔大胆〕に学ぶも、その粗〔粗雑〕に学ばず。田文鏡、(五)臣はその勤〔勤勉〕に学ぶも、その刻〔苛酷〕に学ばず。鄂爾泰、(六)よろしく学ぶべきところ多し。然れども、臣はまたその愎《ふく》〔自信過剰〕に学ばず」〔『嘯亭雑録』巻七〈尹文端公〉〕。じつに鋭い洞察力により、三人の寵臣たちそれぞれに的確な評価をくだし、しかも勇気と見識とをそなえた見事な受け答えぶりのため、さしもの雍正帝も継善にたいしては為すすべを知らなかったと伝えられる。

　雍正六年〔一七二八〕、尹継善は内閣侍読《じどく》学士に任ぜられるとともに江南における治水事業の副監督を命ぜられ、さらに同年秋にいたり、江蘇巡撫の代行にあてられた〔翌年に「真除《しんじょ》」すなわち正式に任命〕。――この雍正六年こそ、曹頫一族が世職剝奪のうえ家産没収の憂きめに遭った年にほかならない。そして同九年、尹継善はこんどは両江総督の代行にあてられ、同十年には江寧将軍の参事官ならびに両淮塩政〔同十一年まで在職〕を兼任することとされた。つづいて乾隆八年〔一七四三〕、ふたたび両江総督の代行を命ぜられ、同十年には正式に叙任〔同十三年まで在任〕。さらに同十六年、かさねて両江総督に着任し〔同十八年まで在任〕、同十九年、またも両江総督代行を命ぜられて同二十一年には正式に任ぜられた〔同三十年まで在任〕。かくのごとく、継善はその生涯のうち四度までも両江総督をつとめたわけである。(七)

　尹継善がはじめて南京に赴任したのは、おりしも曹家一族が北京にひきあげた直後〔雍正六年八月〕であったけれど、彼が両江総督として住まいした総督衙院《がいん》は、ほかでもなく曹家の「旧宅」と隣接しており〔第六章前出〕、しかも彼は両淮塩政をも兼任したため、その点からするなら、楝亭《れんてい》すなわち曹寅のはるかな後任者といえた。さらに南京暮らしをつづけるにつれ、曹家一族が三世数代、六七十年もの久しきにわたり江南一帯において確固たる人望をたもち、その仕官ぶりの並々ならぬものであったこと、のみならず、曹家一族がこの地にのこした文学事業における業績と影響の大きさにも予想をしのぐもののあることを、彼は日ごとに思い知らされていった。もともと尹継善は曹寅にたいして敬慕の念をよせていたうえ、くわえて南京に住まうようになってからは、任地も官職も曹寅と同じような立場におかれ、しかも継善じしん好文の人であったため、本人が意識するとしないとにかかわらず、おのずから曹寅の顰《ひそ》みにならい、継善もまた中国東南の地における風雅の道の立役者となったのであった。

こうした尹継善の心情からすれば、彼が曹家一族の現況やら曹寅の子孫たちの行方やらについて折りあらば知りたしと心がけたことも、きわめて自然な成り行きといえよう。

じつは尹継善は、進士に合格する以前、のちに雍正帝によって曹頫の「後見役」とされた怡《い》親王〔第七章原注⑨前出〕の、その王府において記室〔書記官〕をつとめたことがあり、したがって継善はかなり早くから曹家一族と関わりのあったことも推測される。そんなわけで、おそらく乾隆十九年〔一七五四〕、両江総督への再着任にともなう人材登用にさいし、彼はその機会を利用して曹寅の子孫たちを徹底的に追跡調査しようと決意したものらしい。いっぽう雪芹は、ちょうどその頃、小説『石頭記』を《脂硯斎抄閲《しょうえつ》再評本》〔所謂《甲戌本》、第二十章前出〕という形でまとめあげ、さらに小説の出版をめざして刊行費用の出資者をさがしている時期にあった。こうして両者両様にあいまち、事の次第もさして難しいことではなく、しかも尹継善は才士愛好家でもあったので雪芹を丁重にまねき、雪芹のほうもこの好機をいかし、自分が幼少期をすごした曹家の故地を訪れることができれば一挙両得、というわけで、尹継善からの招きに応じたものと考えられる。

ところで、雪芹の江南への旅はどうやら一度だけではなかったらしい。というのも乾隆二十一年〔丙子・一七五六〕、すでに彼には南京へおもむいた形跡があり、だからこそ、敦誠は翌二十二年の詩作〈寄懐曹雪芹〉の中において、「君に勧む食客《しょっかく》の鋏《つるぎ》を弾ずること莫かれ、君に勧む富児《ふじ》の門を叩くこと莫かれ。残盃冷炙《れいしゃ》に徳色あり、黄葉の村にて書を著わすに如かず」〔第二十一章前出〕という文字をしたため、雪芹に遠出することを戒めた、とも解釈できる。すくなくとも、この詩句がけっして他愛のない言葉遊びでないことは確かである。なぜなら同年〔乾隆二十一年・一七五六〕、乾隆帝は漢族旗人にたいする政策を意図的にあらため(八)〔第十章参看〕、包衣人にたいし旗籍から離れて自立することを認可しており、この政策変更は雪芹の生涯のなかでも非常なる重要事の一つと目されるからである。ところが乾隆二十四年の秋にいたり、雪芹の生活がいよいよ逼迫してきたことからも小説の刊行がいそがれ、そのため再度南行のやむなきに至ったものらしい。したがって、このときの雪芹は用心に用心をかさねるよう忠告をうけ、切羽詰まった状況にかんがみ、ひとまず世の風波をさけて小説原稿をまもりぬく意味からも、今度ばかりは敦氏兄弟も雪芹の南行にたいして賛同したばかりか、旅支度のいっさいの面倒までみたのであった。

雪芹が江南に到着すると、尹継善はたちまち雪芹の才能のほどに感服させられ、曹寅の子孫の名に恥じぬもの、とばかり安堵の胸をなでおろした。そんなわけで、はじめは主客ともどもに満足し、その情誼からしても親密このうえないものであった。折りしも、そのころ揚州に在住していた雲間《うんかん》〔江蘇省松江県〕の陸厚信《りくこうしん》(九)〔字は艮生〕という画家が南京にやってきて、おなじく尹継善の屋敷に身をよせたことがあり、雪芹と知り合いになるや彼はぞっこん雪芹に惚れこみ、雪芹のために小肖像画を一幅えがいたばかりか、その画上につぎのような五行におよぶ題記を書きそえた。

雪芹先生、洪才《こうさい》〔あふれる才能〕は河に瀉《そそ》ぎ、逸藻《いっそう》〔すぐれた文才〕は雲に翔《か》ける。
尹公望山《ぼうざん》〔尹継善〕、時に両江を督し、通家〔親交〕の誼《よしみ》をもつて幕府に羅致《らち》〔招聘〕す。
案牘《あんとく》〔公務〕の暇《いとま》、詩酒を賡和《こうわ》〔応酬〕し、鏗鏘《こうそう》〔金玉の雅音〕として雋永《しゅんえい》〔甘美かつ深遠〕たり。
余、私《ひそ》かに忱《まこと》に欽慕《きんぼ》し、爰《ここ》に小照〔小像〕を作し、其の風流儒雅の致《おもむ》きを絵《えが》き、
以つて雪鴻《せっこう》の迹《あと》を誌す、云爾《しかいう》。

これは一時のことにしろ、当時の実情を伝えるものにほかならない（十）。

しかるに、雪芹をとりまく周囲の状況たるや、いずれの地においても複雑微妙なものがあった。このときの南遊における事の成り行きにしても、雪芹にとっては不本意このうえない行き違いがさまざまに生じたのである。

いみじくも敦敏がその詩作のなかで、雪芹のことを「野鶴の鶏群に在るを知るべし」〔前章既出〕と評したとおり、雪芹の才能の並大抵でないことは誰の目にも明らかなものであっただけに、かえって誰からも妬まれやすく、幕僚のなかでも取るにたりない仲間うちから彼にたいする中傷の声が日ましに高まっていったらしい。いっぽう尹継善はといえば、有能の士を愛好して保護養成したとはいうものの、彼は根っ

からの正統派の文人であって、彼の目からしても、雪芹一流の言行はしだいに厭わしいものに見えはじめた。とはいうもの、尹継善はあくまでも君子であって、彼は彼なりの好意から、すなわち彼なりに正統とする価値観から、雪芹がここまで身を落としたのは「これを正しきに導く」べき人がいなかったため、と判断し、継善はあれこれと雪芹の「更生」策を講じようとした。ところが雪芹にしてみれば、こうした「更生」策は彼にたいする策略としか思えず、とうてい受け入れることのできない仕打ちに他ならなかった。こういうわけで、それぞれの好意と信念とが裏目にでて、たがいの行き違いによる誤解がくりかえされるうち、二人の関係は後戻りのできないところまで悪化してしまった。元はといえば、一方は本人のために良かれと願う一心から、そして一方は自己の生き方をつらぬこうとする信念のため、両者の関係がこじれてしまったわけである。つまり、雪芹は自分に正直であろうとすれば、自身の目からみて低俗なものに身を汚すわけにはいかず、となると、傍目《はため》からすれば平然として恩義にそむく人非人のごとく見なされることも、場合によっては避けられないことであった。人々が理解できないほど思索をたかめた文豪というものは、その人が偉大であればあるほど、いやがうえにも孤独と寂寞の思いを深めざるをえないものである。――「みな云わく作者は痴《こけ》と、誰か解さん其の中の味《あじわい》を」〔『紅楼夢』第一回五絶詩・第二十三章前出〕。このことこそ、雪芹にとっては最も大きな、そして最も深い悲しみであったにちがいない。

そもそも、雪芹がはるばると南下したのは『石頭記』一書のためであったが、この旅が終わりを告げたのも、皮肉なことに『石頭記』一書のためであった。

当時の数年間というもの、乾隆帝はもっぱら軍事上の整備拡張に国家財力をかたむけていたが、にもかかかわらず頭痛の種は、あいかわらず筆禍事件と科挙対策――すなわち「文治」面における政策にほかならなかった。乾隆二十年〔一七五五〕、胡中藻《こちゅうそう》の「詩獄」事件〔第十章前出〕がおこって中藻は誅殺され、同二十二年、段昌緒《だんしょうしょ》（十一）が清初に反清挙兵をよびかけた呉三桂の檄《げき》文を所蔵し、のみならず檄文中に圏点をほどこし評讃をくわえていたことが発覚して処刑され、ひきつづき、彭家屏《ほうかへい》（十二）が明末の野史を所蔵していたため、その子ともども監候〔本決待ち〕（十三）処分とされたうえ家産を没収され、事はそれにとどまらず、家屏はそののち『大彭統紀』を著わしたため死を賜わっている。さらに注目されるのは、乾隆二十四年三月にいたり、大学士の蔣溥《しょうふ》に命じて張照《ちょうしょう》（十四）の子たる張応田《おうでん》の屋敷を家宅捜査し、張照の遺文書を押収したばかりか、その詩作には怨嗟の心がこめられ、その文章たるや支離滅裂、まぎれもなく張照は「心を喪《うしな》いたる人」ときめつけたうえ、「ふたたび顕秩《けんちつ》〔高官〕に躋《のぼ》り、殊恩《しゅおん》〔厚恩〕を累受するにおよぶに、いやしくも人心《じんしん》あらば、すなわち従前の骯髒《こうそう》①激烈の語、まさに猛省して鏟削《さんさく》〔訂正削除〕すべきを、しかるに必《もっぱ》ら此れをもって刊刻流伝せんとするは、その居心《きょしん》また問うべきにや」〔乾隆二十四年三月一日勅諭〕との裁定をくだしたことである。そんなわけで、ここに宣告された「人心」問題について、一時は都をあげての大騒ぎとなり、「人心」の二文字を耳にしただけで誰も彼も顔色を変えるほどの事態におちいった。

　そのころの乾隆帝といえば、さながら「外」に事おおく「内」に悩みたえず、といった有り様で、とりわけ皇八子の永璇が若年にもかかわらず礼法にしたがわないことに最も頭をなやまし、永璇の教育係である孫灝《そんこう》〔第十八章前出〕は乾隆二十三年〔一七五八〕、すでに別件によって罷免されていた。同二十四年の秋にいたると、永璇の義父にあたる尹継善もまた、まえもって認可をうけないまま子弟に郷試の受験資格をさずけた咎により、やはり弾劾を受けている。さらに同二十五年の春、皇子の監督を厳しくするため、やむなく乾隆帝みずから永璇の屋敷に「行幸」するにいたったが、その目的は実情視察にほかならなかった。清代においては、各種制度上の規定がはなはだ厳格に定められ、皇帝みずからが皇子の邸宅を訪れることはきわめて稀な特例であったため、史官は必ずこれを記録にとどめた。したがって、このときの永璇邸への行幸も史料によって確かめられる。

このような当時の状況からするなら、昔から伝えられている次のようなエピソードも、すこぶる注目にあたいすると言わざるをえない。すなわち、あるとき乾隆帝が某満州人の屋敷にお出ましになったさい、たまたま『石頭記』をみつけ、その一冊を小脇にはさんでお帰りになった[2]。恐れおののいた某は、おおいそぎで書き直させた『石頭記』一書をあらためて乾隆帝に献上した、というのである。——いうまでもなく、これは『石頭記』がいまだ刊本化されず、あまり一般には流布していない頃の出来事であったにちがいない。

そして時期的に推量するなら、わずかに永璇邸への行幸だけが、この出来事の舞台として想定されるのである。

なによりの「悩みの種」であった永璇が、当時のいわゆる「邪書」を盗み読んでいたことを、みずから出幸した立ち会い検査の現場でまのあたりに知った乾隆帝が、驚きと怒りのためにどれほど身をうち震わせたことやら想像に余りある。おそらく乾隆帝は、そうした「淫詞《いんし》小説」のことごとくを根絶やしにしようと、このとき決意したにちがいない。この騒動の余波はすぐさま永璇の義父方、すなわち尹継善のもとにも伝えられたであろうから、さぞかし継善は開いた口がふさがらなかったことと思われる。なにしろ、ほかでもなく『石頭記』の作者そのひとが自分の幕下にいたのであるから——。そんなこんなで、喧々囂々《けんけんごうごう》、戦々兢々、たちまち継善の身辺は修羅場と化したこと疑いない。しかしながら、やはり尹継善はどこまでも君子であった。彼は楝亭の子孫を「売る」ような真似はせず、ただちに事の実情を雪芹に知らせるとともに、すみやかに然るべき口実をもうけて離職させ、ひそかに身を他所へうつすよう雪芹にすすめた。そうすることによって、罪に連座することを最低限にくいとめ、事情が必要以上にややこしくなることを阻んだわけである。

そんなわけで、もはや万策つきた雪芹は、旅荷をまとめて北帰の道をあゆんだのであった。

不幸中の幸いというべきは、永璇には権勢があったため、あちこち彌縫《びほう》策をめぐらして根回しをし、しかも八方手をつくした辻褄合わせにより、この時ばかりは大事にいたらずに済んだことであった。こうした経緯をふまえるなら、かの敦敏が重陽の節句ののち、思いもよらず雪芹と再会できたさい、なにはさておき、「秦淮《しんわい》の旧夢に人猶《な》お在り、燕市《えんし》の悲歌に酒醺《え》い易し。忽漫《すずろ》に相い逢いて頻りに袂《たもと》を把る、年来の聚散は浮雲を感ぜしむ」〈前章既出〉という万感の想いのこもった哀切このうえない詩句を詠じたことも、なるほどと合点がいくのである。

《原注》

① 骯髒（kang-zang）という語は、ひたすら剛毅直正をまもって屈することも媚びることもない有り様を意味する〔現代漢語における「骯髒」は一般にang-zangと発音し「きたならしい」「けがらわしい」の意〕。曹雪芹は『紅楼夢』のなかで妙玉《みょうぎょく》のことを記すにさいし〔第五回〕、この言葉をこの意味でもちいているが、今のひとは真義がわからずに勝手な解釈をくわえている。古来この語が、この発音でこの意味に使用されてきたことについては、乾隆期における鄭燮・潘逢元らの詞句の実例、たとえば「飄零したるも骯髒たり」〔鄭燮〈玉女揺仙珮〉詞〕、「風塵にて骯髒たる」〔潘逢元〈金縷曲〉詞〕などを引きつつ拙著『紅楼夢新証』一〇五五頁に指摘しておいた。乾隆帝による本引文の用法なども、その顕著な使用例といえよう。

② 第三十二章を参照されたい。

【訳注】

（一）尹継善——一六九六〜一七七一。満州鑲黄旗の人。姓は章佳《ジャンギア》氏、字は元長、望山と号す。雍正元年の進士。同五年に戸部侍郎ついで広東按察使。翌年に内閣侍読学士。いらい江蘇巡撫・両江総督をはじめ雲貴・広西・雲南・川陝・陝甘各地を督して声望あり。官は文華殿大学士。才学・行政ともに秀でた希有な満州官僚。著に『尹文端公集』あり。

（二）陳宏謀——一六九六〜一七七一。広西臨桂の人。字は汝咨、榕門と号す。雍正元年の進士。各地の巡撫を歴任し、とりわけ雲南苗族の教化に功あり。乾隆帝が廻避《かいひ》の制〔官員が出身地を避けて地方長官となる制度〕を退けてまで両広総督に任じた能吏。官は東閣大学士にいたる。著は『培遠堂偶存稿』に集成さる。

（三）永璇——一七四五〜一八三二。乾隆四十四年に儀郡王。嘉慶四年に親王。同二十四年、政務に失策あるも老齢の故をもち内廷行走に留めらる。諡は儀慎親王。
（四）李衛――一六八六～一七三八。江蘇銅山の人。康熙年間に捐官により員外郎。雍正朝下で雲南塩駅道・浙江巡撫・両淮塩政・浙江総督を歴任。塩務を整理し、捕盗および弾劾に辣腕をふるい官界で重きをなす。官は直隷総督にいたる。
（五）田文鏡――一六六四～一七三二。漢軍正黄旗の人。もと雍正帝藩邸の荘頭と伝えらる。康熙年間に内閣侍読学士。雍正朝下で山西飢饉に際し布政使として吏才を発揮。そのご河南の布政使・巡撫・総督をつとめ大いに治績をあげる。官は兵部尚書・太子太保。
（六）鄂爾泰――第十章訳注十三参看。
（七）両江総督をつとめたわけである――地方長官たる巡撫（従二品）・総督（正二品）については第十章参照。両淮塩政は両浙・長蘆・河東の各塩政と同じく、両淮における塩務行政の長官。また江寧将軍とは同地駐防の満州八旗の長官（従一品）。
（八）政策を意図的にあらため――乾隆二十年までの漢族旗人政策に関しては第十章既出。乾隆二十一年二月における勅諭ではさらに漢族の旗籍離脱を奨励。すなわち八旗檔案に別記される者（すでに開戸した家奴が別戸として旗籍に収録されている者）および養子の開戸したもの等にたいし旗籍から離籍することを認可。
（九）陸厚信――第三十三章および巻末〈付録一・五〉参照。
（十）ほかならない――なお陸厚信〈雪芹小像〉に関しては別人の画像とする説も根強く、発見いらい真贋論争が続いている経過をも含め、最新の情報を紹介した第三十三章、ならびに著者の立場を記述した巻末〈付録一・五〉を参照されたい。訳者の印象を記せば、現在の陸氏〈雪芹小像〉が改竄されている点は現物を実見した伊藤漱平・松枝茂夫両氏の感想からも確かなようであるが、〈雪芹小像〉が真物にしても贋物にしても、いずれにしても不可解な点が多く、問題はいつの時点で改竄されたかの中に事の真相が求められよう。著者は発見側の一員とされるために一貫して真物を主張。この経験から本書中で再三にわたり新出文物にたいする真贋判定に警告を発する著者の言葉は重い。

（十一）段昌緒――河南夏邑県の生員。事の発端は乾隆二十二年四月、後出の彭家屛が河南の水害を直奏したため同地当局の不手際が判明し、所轄官を整頓するに及び現地の生員として段昌緒が駆り出されたため以下の事件が発覚。段氏は同年六月に斬刑。

（十二）彭家屛――布政使にも任ぜられた李衛門下の旧官。当時は河南省夏邑の郷紳。乾隆二十二年五月、前出の段昌緒につづいて以下の事件が発覚。『大彭統記』は「狂妄の語」多しとされた彭家屛所刻の族譜で、同六月に摘発。

（十三）監候――「監候」とは地方官により極刑を求刑された者が本決待ちの身柄として拘禁される処分。清代の地方当局による死刑判決は立斬（即時斬刑）と監候（中央裁決待ち）の二種にわかれ、重要な案件は「監候」とされて朝廷の最終裁定をあおいでから結審した。朝廷による裁決は毎年秋に行なわれ「秋審」ないし「秋決」と称される。

（十四）張照――一六九一～一七四五。江蘇華亭の人。清初の大書家にして音楽にも通ず。康熙四十八年の進士。雍正年間に刑部尚書。権臣たる鄂爾泰と対立し雲貴の苗族制圧に失策あり。また乾隆帝即位時の不手際により投獄されたが復官して刑部侍郎。その書は清初帖学派の大宗とされる。死後に本文の事件が起こされる。

〔二十七〕 脂 硯

ありとあらゆる嘲《あざけ》りの声にかこまれ、かぞえきれない蔑《さげす》みの目にさらされ、しかも、生計の助けも心の慰めもいっさい無いまま、曹雪芹はひたすら小説を書きつづけたわけであるから、その辛苦のほどは察するにあまりある。とはいうもの、雪芹には親密このうえない味方が一人いて、かけがえのない唯一の支援者となってくれた。この人物の氏素姓はさだかでなく、わずかに「脂硯斎《しけんさい》」という別号が伝わるだけであること、いままでの記述からも御理解いただけよう。この脂硯斎から、雪芹は助けと慰めを得ることができたのであった。当時の曹雪芹の境遇からするなら、脂硯斎のような人が身近にいてくれたことじたい、まことに有り難いこと計りしれず、われわれは脂硯斎にたいして感謝の念とともに最大級の敬意をささげるべきかも知れない。

ところが一方では、脂硯斎という人物ばかりか、脂硯斎が『紅楼夢』にほどこした評語の価値までをも、なるたけ低く評価しようとする意見もある。(一)その主な理由はおおむね次のように要約できよう。すなわち、脂硯斎によってしめされた見識は全部がぜんぶ秀逸にして正確なわけでなく、そもそも脂硯斎の『紅楼夢』評注活動そのものからして、金聖嘆《きんせいたん》(二)による『水滸伝』評注の亜流にすぎず、しかも昔時の《評点派》(三)の手になる文章というものは筆の戯れの駄文がほとんどであって、とりたてて評価するほどの価値はない——

という見解である。

脂硯斎の評注をめぐる諸問題（四）に関しては、本書の紙幅上の都合からもすべてを詳述するわけにはいかないが、ここでは無視することのできない若干の問題点について指摘しておく。まず一つには、二百年も昔の小説評注家の考え方にたいしては、批判的に弁別し、それぞれに的確な評価を下さなければならないこと無論である。しかしながら、そのことと、軽々しくまるごと抹殺してしまうこととは全く意味合いが異なる。二つには、いわゆる小説における《評点派》と呼ばれるひとびとの評注内容には、たしかに現代人によって手直しされなければ意味をなさない駄文が少なくないものの、巨視的観点からするなら、そうした駄文もまた、「これを大衆に通ぜしむ」るための、伝統文藝における批評鑑賞の庶民的な文学スタイルの一種であったことは事実なのであるから、その価値は価値とし、それなりに相応《ふさわ》しい評価をあたえるべきであり、むきになって否定すれば良いというものではあるまい。つぎに三つめに、たとえば金聖嘆のような人物は、早い話、『水滸伝』が多くの人々によってながらく読みつがれてから現われた後世の一読者にすぎず、小説の作者とか作者の人柄とか創作過程とか、そうした観点から見るかぎり、金聖嘆じしん全く「無関係」の第三者だったわけで、したがって彼の『水滸伝』評本（五）というものも、そうした第三者の手になる一連の作品群から一歩も出るものではない。それにたいし、脂硯斎に関するかぎり、金聖嘆と同列に論ずるわけにはいかない。なぜなら、脂硯斎は『紅楼夢』の作者と同時代人であったばかりか、作者とも昵懇の間柄にあった縁者であり、のみならず、脂硯斎は『紅楼夢』の創作過程をくまなく熟知していたうえ、みずから作者の執筆活動に直接かかわった協力者でもあったからである。最後に四つめとして、金聖嘆は一種封建的な立場観点から『水滸伝』に評注ないし改竄をくわえたが、脂硯斎はといえば、作者の立場観点と完全に同一といえないまでも、金聖嘆とは比較にならないほど作者と心情をひとしくし、作者の意図と主張とを貫きとおした人、と言って差し支えなかろう。① ——このような評注家にたいし、かりに金聖嘆のような評点家たちと同じ扱いをするとしたら、それはけっして妥当なものとは言えまい。忘れてならないことは、このような得がたい評注者による評本が書きのこされたからこそ、幸いにして『紅楼夢』という小説が今日にまで伝えられ、しかもその評語が『紅楼夢』研究のうえで譬えようもない貴重な資料とされている事実である。(六) こうしたことは古今東西の文学史上からみても類いまれな異例事としか言いようがない。したがって、上述したような文学的意義は十分に考慮されなければならない。

前文からも明らかなように、脂硯斎のなによりの功績は、おりしも孤独と寂寞のさなかにあった曹雪芹にたいし、力づよい支えとなり励ましとなり、さらに小説創作における協力者の役目を果したことにある。

そこで、脂硯斎は曹雪芹に協力したとはいうものの、具体的にどのような仕事をしたのかといえば、さしあたり次のような諸事項があげられよう。

第一に、脂硯斎は小説の書名をさだめた。実情にそくして述べるなら、脂硯斎は小説を「再評」したさい、小説にあたえられた数多くの異名のなかから『石頭記』を正式な書名として採用し、曹雪芹の同意をえたうえで、その因縁を小説巻頭の「楔子《せっし》」〔まえ口上〕にあたる本文中に書きくわえた。② じっさい乾隆年間に流伝された最初期の抄本『紅楼夢』には、すべて『脂硯斎重評石頭記』の名が冠されている。(七)

第二に、脂硯斎は小説中のかなり重要なプロットを書きあらためるよう提案したりもしている。たとえば、小説原稿第十三回の本来の回目〔タイトル〕は「秦可卿《しんかけい》が天香楼にて淫喪《いんそう》すること」とされていて、その本文内容も、賈珍《かちん》〔賈家寧国府の当主〕と秦可卿〔賈珍の子賈蓉の妻〕とによる義父と嫁との密通事件がえがかれ、その現場を侍女によって目撃された秦可卿が首をつって自害する筋立てになっていた。しかし脂硯斎の意見により、この事件のあからさまな描写は削ることとし、それとなく匂わせるにとどめたため、同回だけが他の各回より短かなものとなり、回目もまた穏やかなもの〔現行本では「秦可卿が死して龍禁尉に封ぜらるること」〕に改められたのであった[3]。

第三に、脂硯斎は清書した抄本を小説原稿とつきあわせながら校正した。《庚辰《こうしん》本》の第七十五回の回前に一行、「乾隆二十一年五月初七日対清《たいせい》」〔「対清」は原稿文と抄本文とが正しく合致する意〕と記されていることなどが確たる一証となろう。

第四に、原稿を整理して創作の進行状況をおさえ、未完のところや欠落している部分を指摘して作者の執筆をうながした。たとえば、小説第七十五回においては、そもそも「中秋を賞して新詞に佳讖《かしん》を得ること」〔同回回目〕がこの回の後半部のテーマとなっているのだが、宝玉・賈蘭《からん》〔宝玉の甥〕・賈環《かん》〔宝玉の異母弟〕の三人が賈政の命をうけて順々に詩作をなす場面において、三人それぞれの詩句を紹介する言葉である「道是《いうはこれ》」〔その詩はといえば……〕の二文字は記されているものの、かんじんの詩句がいずれも見あたらない〔「道是」の次が空白にされて下に続くべき詩句のあることが暗に示されている箇所もある〕。そこで脂硯斎は、その回前に「中秋詩を缺《か》く、雪芹に俟《ま》つ」〔《庚辰本》同回回前批〕という作者への注文をしたためている。
第五に、そうした未作箇所は一例にとどまらず、なかには雪芹の急死のため未作のまま残されてしまい、やむなく脂硯斎が代筆した部分もある。前掲した中秋詩などは、かなり晩期の抄本においても詩句がなく、さらには「道是」などの字句まで除かれ、未作であることの痕跡すら消されてしまっている。したがって、この中秋詩三首は未作のまま代作もされなかったらしい。いっぽう第二十二回の「燈謎《とうめい》を製して賈政が讖語《しんご》を悲しむこと」〔同回回目〕の件りにおいては、回末が惜春《せきしゅん》〔賈家の四姉妹の末娘〕による謎語《めいご》〔なぞなぞ〕までで中断されており、その行上に朱筆で、「この後は破失す、再補を俟つ」〔《庚辰本》同回行上注〕と記されている。しかも、それにつづく一葉全頁には、わずかに宝釵《ほうさ》〔黛玉とならぶ主要ヒロイン〕による謎語本文、すなわち七言律詩一首だけが「暫記《ざんき》」され、そのあとに、「この回いまだ成らずして芹《きん》は逝《ゆ》きたり、嘆々たり」〔《庚辰本》同回回末総批〕と記されている。したがって、さらに晩出の抄本のなかで第二十二回の回末におぎなわれている一節は、雪芹の逝去をなげきつつ、脂硯斎みずからが補作したものと考えられる。④
第六に、脂硯斎は部分的な欠落をおぎなったばかりでなく、場合によっては一回分まるごと全部の補作までしている。それというのも、もともと『紅楼夢』の原草稿はずいぶんと知人のあいだで回し読みされたらしく、時として原稿の失なわれることがあった。たとえば《庚辰本》第二十六回の行上注のなかに、「獄神廟《ごくしんびょう》の回、茜雪《せんせつ》・紅玉《こうぎょく》〔二人とも大観園の侍女〕らの一大回の文字ありしに、(八)惜しいかな迷失して稿を無くす、嘆々たり」とか、「惜しいかな衛若蘭《えいじゃくらん》〔他家の貴公子の名〕の射圃《しゃほ》の文字(九)は迷失して稿を無くす、嘆々たり」などと記されているのはその証例といえよう。また第六十七回の一章にいたっては、のちの高鶚《こうがく》〔第三十二回参照〕の言葉をかりるなら、「此れに有り、彼れに無し、しかも題の同じくして文の異なること、まさに燕石《えんせき》〔当否〕を弁ずべからず」〔乾隆五十七年壬子刊《程乙本》引言〕という有り様で、《庚辰本》にもこの第六十七回は無い。正確にいえば、《庚辰本》においてはその第七冊めに小説の第六十一回から第七十回までが収められているはずなのだが〔第二十五章訳注二参看〕、実際には八回分しか収められておらず、しかも第七冊巻頭には「うち六十四・六十七回を缺く」と明記されているのである。そしてこの両回こそ、《庚辰本》すなわち《庚辰秋月定本》においては例外的な欠落回であり〔庚辰のとしは乾隆二十五年〔一七六〇〕にあたり雪芹は存命中〕、さらに晩期の抄本になると第六十四回も第六十七回もすべて完備されるにいたる。そのうち、第六十七回などは後人の偽作とみなす研究者もおり⑤、根拠として指摘している不整合な箇所などもなかなか理にかなってはいるものの、そのじつ、こうした「偽作」というものは、作者と無縁の後世の人々にはとうてい成せる業《わざ》ではなく、第六十七回の成立した年代からしても、また内容の質からしても、脂硯斎の手になるものと考えるほかない⑥。

第七に、脂硯斎は小説原稿の各回の構成をかんがえ、時によっては構成の変更を提案したりもしている。たとえば現行本の第十七・十八の両回は、《庚辰本》においても元来は連続したままの不分回で、一回分の章節としては長大なものとなっているため、脂硯斎はその第十七回の冒頭に、「この回よろしく両回に分けてこそ妥《だ》〔妥当〕なるべし」〔現行《庚辰本》第十七回・回前総批〕と注記している。後期の抄本においては、この注記どおり二つの章回に分かたれているものの、抄本によって分け方がまちまちで、これなども恐らくはあれこれと分け方を試みた結果と思われ、これまた脂硯斎の手によるものと考えられるのである。

第八に、小説中の言葉あそびや隠語、さらには難解な文章や字句などにたいしても、脂硯斎は注解をほどこしている。たとえば、賈家の四姉妹である元春《げんしゅん》・迎《げい》春・探《たん》春・惜《せき》春の名前の上字、「元」「迎」「探」「惜」の四文字には、じつは発音のおなじ「原応嘆息」〔もとまさに嘆息すべし〕の意味がこめられていること〔《甲戌本》第二回・行間注〕、あるいは、秦可卿の葬儀に列席した六つの「国公」家の姓名には十二支名があてられていること〔第十四回〕、等々を注釈している。これらは、よほど作者と通じあっている人でなければ汲みとりにくい寓意であろう。⑦ こうした例は数多く、すべては列挙しきれない。字句についての例としては、「金蜼彝《きんるいい》」にたいして「蜼の字、音は壘、周の器なり」〔《甲戌本》第三回・行間注〕と注し、「玻璃盒《はりかい》」にたいし「盒の字、音は海、酒を盛る大器なり」〔同前〕と注記したりしている。こうした例もまた少なくない。

第九に、脂硯斎は小説全篇のために「凡例《はんれい》」を執筆して巻頭におき、あわせて小説全体の要綱ともいうべき題詩をそえた。すなわち、すでに第二十章において紹介したように、「字字を看きたれば皆これ血、十年の辛苦は尋常ならず」の句でしめくくられる七言律詩一首である。この題詩により、曹雪芹が小説執筆にそそいだ心血がどれほど惨憺たるものであったか、いっそう鮮烈にわれわれの脳裏にきざまれる仕組みになっている。

第十に、脂硯斎は小説全部にわたり評語をほどこした。そもそも小説原稿の初作いらい、脂硯斎はすぐさま評注活動を開始し、さらには雪芹の没後にいたっても、小説を読みなおすたび二三年に一度ずつは評語をくわえつづけ、その生涯のうち、少なくとも八九回は小説全篇にわたる評注作業をくりかえした勘定になる。こうした脂硯斎による評語の内容はといえば、曹雪芹の小説執筆時の心境・創作方法・藝術的技巧などなど、およそあらゆる方面に筆をおよぼしている。これらの評語が、のちのち有らずもがなの「余計物」扱いされようとは、曹雪芹も脂硯斎もおそらく夢想だにしなかったに相違ない。いずれにしても小説の抄本がひとたび世に出まわるやいなや、まぎれもなく『脂硯斎重評石頭記』の形によって巷間に伝えられたのであった。とにかく、乾隆四、五十年以前においては、脂硯斎の評語のない小説本文だけの抄本というものは存在しなかったのである⑧。この一事からしても、脂硯斎による『紅楼夢』評本が、ほかの小説評本(たとえば『三国演義』『西遊記』『水滸伝』等々の評本)とは、おのずから性質を異にすることは自明であろう。にもかかわらず、脂硯斎評語の意義について、いまだ十分なる認識がゆきとどいていないように見受けられる。

以上のことは、わずかに今日つたわる形跡からみて確認できる事項にすぎない。ほかに脂硯斎がいかなる協力をなしたものか、軽率な憶測は許されないものの、けっして前掲した十項目にとどまるものではなかろう。したがって脂硯斎が、曹雪芹にとって重要このうえない協力者、ないし合作者であったことはまず間違いない。すくなくとも『紅楼夢』執筆という仕事のなかに、脂硯斎の尽力と功労とが含まれていることは、疑いようのない事実なのである。

曹雪芹が貧苦のさなかにおいて小説を執筆するにあたり、脂硯斎のような、親友にして同志ともいうべき縁者が傍らにいてくれたことじたい、心中なによりの慰めと励ましになったであろうこと、あらためて言うにはおよぶまい。彼らふたりの旧来からの親しさにくわえ、小説執筆における共同作業をつうじて培われた情感には、さぞかし並々ならぬものがあったに違いない。それだけに、雪芹が他界してしまったあと、のこされた脂硯斎の悲しみたるや一通りのものでなく、やるかたない無念の思いを評語の中にもしばしば洩らし、「書いまだ成らざるに、芹《きん》、涙尽きしために逝《ゆ》く。余、かつて芹がために哭《こく》し、涙また尽きんとす」〔《甲戌本》第一回・行上注〕、「五件(十)の事の未完なるを読み、余、声を失して大哭するを禁じえず。三十年前、書を作せし人いずくに在りや」〔《庚辰本》第十三回・双行夾批〕、「今より後ち、ただ願わくは造化主《ぞうかしゅ》の再び一芹一脂を出だしたれば、この書いかにか幸《さいわい》ならん。余ら二人もまた大快たりて心を九《きゅう》泉《せん》〔冥土〕に遂げん」〔《甲戌本》第一回・行上注〕などの痛悼《つうとう》の言葉をしたため、⑨さらには題詩のなかにも、「茜紗《せんさ》公子(十一)は情け限り無し、脂硯先生は恨み幾多《いくた》ぞ」〔《庚辰本》第二十一回・回前詩〕とまで記したものがある。

そうしたわけで、曹雪芹を解説するにあたり、脂硯斎のことを抜きにしては、その全体像を物語ることなど到底おぼつかない。⑩

《原注》

① 一部の研究者は、現代のさまざまな理論・見解・観点から脂硯斎を評価判断し、現代的基準に合致していない場合には、脂硯斎は『紅楼夢』を理解していないとか誤認しているとか、たちまちに結論を下してしまう。それ

もまた脂硯斎研究の一方法には違いなかろう。しかしながら、研究というものは事実から出発すべきものであって、だんじて抽象的概念から出発すべきでない、というのがわたしの考えである。

② 甲戌本『石頭記』第一回に見える〔第二十章参照〕。

③ 甲戌本『石頭記』脂硯斎評語のなかに見える。あわせて兪平伯『紅楼夢辨』一五九～一七八頁の〈論秦可卿之死〉を参照されたし。

④ 乾隆三十年から四十年にかけての旧抄本である《蒙古王府《おうふ》本》や《戚蓼生《せきりようせい》序本》など〔訳注七参看〕においても、すでに同回回末の「つけたし」が認められる。これが余人による補作でないことの理由については、本注⑥を参照されたい。のみならず、補われた謎語にも原作謎語と同様に脂硯斎評語がほどこされているのである。

⑤ 周煦良『紅楼夢第六十七回是偽作』（『文匯報』一九六一年九月九日）を参照されたい。

⑥ 現伝する《蒙古王府本》および《戚蓼生序本》の『石頭記』にも、すでに同回はそなわっている。これらの抄本は乾隆三十年から四十年にかけての旧抄本であり、当時まだ脂硯斎は生きていて、おりしも原稿整理や『紅楼夢』評注にいそしんでいた期間にあたるため、この時期において、無関係の第三者の手になる一回分の偽作が原作中に混入流布することはまず考えにくい。

⑦ こうした名辞にたいする解釈法は、一見いわゆる《索隠派》〔第一回訳注一参看〕による注釈と同じように見えるかも知れない。しかしながら、脂硯斎の評語は原作者が作中に仕組んだ謎かけ（こうした例は中国古典の小説・戯曲において珍しくない）の真意を明らかにしたものであって、いわば小説の原作内容の一部ともいえ、したがって一種「唯心論」的な《索隠派》のものとはおのずから性格が異なる。

⑧ 乾隆四十九年〔甲辰・一七八四〕の《夢覚《むかく》主人序本》〔すなわち《甲辰本》〕いらい、脂硯斎評語はその大部分が删去され、保存されたものは数えるほどとなったが、ただし同本は脂硯斎評語を削除したことを明記している。

⑨《蒙古王府本》の『石頭記』第三回には、宝玉が通霊玉を地面にたたきつける一節にほどこされた脂硯斎評語のなかに、「彼が天生に帯び来たりし美玉、彼みずからは愛惜せず。われら書を看《み》る人すら切実に心痛してやまず、覚えず人に背して一哭し、もつて作者に謝す」とあり、その語調にはきわめて特異なものが感じられる。とりわけ検討に値いするのは、これほど雪芹と親密な関係にあった共同作業者が、敦氏兄弟の詩文集のなかに全く姿をあらわさないことである。

⑩脂硯斎は雪芹といかなる関係にあった人物か、という問題については、おおいに議論の分かれるところである。わたし個人の見解としては、あらまし拙著『紅楼夢新証』増訂本〈第九章〉八三三〜九四〇頁に記したとおり、ひとりの女性で、小説中の一登場人物のモデルともなった人物とかんがえている〔訳注（十二）〕。

【訳注】

（一）意見もある——最も極端なものとして脂硯斎を雪芹と無縁の人とみなす歐陽健氏の意見（『紅楼夢学刊』一九九五年四期）もある。ただし同氏の見解も基本的に諸先学による従来の脂硯斎研究の成果（ないし不備）を踏まえたもので、研究上の裨益を何らもたらさず、今のところ健全な学説とは言い難い。

（二）金聖嘆——一六〇八？〜六一。正名は金喟。もとの名は張采とも、一名に人瑞とも。字は若采、聖嘆と号す。江蘇呉県の人。清初の文藝評論家。独自の文学観に基づき『荘子』『離騒』『史記』「杜甫律詩」『水滸伝』『西廂記』の六種を《天下才子書》と豪語。それらに評注を施した金聖嘆評本が江湖に広まり新たな文藝思潮の提起者として後世に大きな影響を及ぼした。

（三）《評点派》——「評点派」なる言葉は中国文学史において必ずしも一般的な用語でなく、もっぱら旧「紅学」中の一派名として常用されるが、前出の金聖嘆に代表される一連の小説評論家は明代から現われ、主に「評注家」「批書家」「批家」などと称される。

（四）脂硯斎の評注をめぐる諸問題――著者は簡潔に要約しているが、正確にいえば雪芹の原稿上に残された評語の署名は脂硯斎一名にとどまらない。他に「畸笏《きこつ》」「松斎《しょうさい》」「棠村《とうそん》」等の名も散見される。ただし今日それらも含めて一般に《脂硯斎評語》と総称。著者は《靖応鵾《せいおうこん》蔵抄本》の発見いらい脂硯斎・畸笏別人説を唱えているので、本章本文もそうした評者問題を念頭においての措辞と思われる。

（五）彼の『水滸伝』評本――旧来『水滸伝』テキストには各種（不分回本・百回本・百二十回本等）が存したが、金聖嘆は百八人の豪傑が梁山泊に結集する七十回を小説の大尾とし、以後を删除して評注を施した。以来この金聖嘆七十回評本『水滸伝』が清朝一代を風靡。

（六）貴重な資料とされている事実である――脂硯斎評語が小説本文の一部のごとく研究対象とされている件については第二十三章訳注三に既述。したがって研究者の便に資すため各抄本に散在する脂硯斎評語の集成書が重要抄本発見のつど編纂され続けている。主なものに兪平伯『脂硯斎紅楼夢輯評』（上海文藝聯合出版社・一九五四）、陳慶浩『新編紅楼夢脂硯斎評語輯校』（香港中文大学紅楼夢研究小組出版・一九七二）、朱一色『紅楼夢脂評校録』（斉魯書社・一九八六）等あり。

（七）『脂硯斎重評石頭記』の名が冠されている――《脂硯斎重評石頭記》と総称される初期抄本は《脂硯斎評本》ないし《脂評本》《脂本》と略称され、目下のところ主要なものは以下の十三種（発見順――Ⅻまで馮其庸主編『脂硯斎重評石頭記彙校』に従う）。

Ⅰ『戚蓼生《せきりょうせい》序「石頭記」』――改名《国初鈔本「原本紅楼夢」》。略称《戚本》《戚序本》または《戚張本》《有正《ゆうせい》本》。八十回。張開模《ちょうかいぼ》の旧蔵。石印後に焼失とされる。一九七五年に上海発見の前四十回本が同本とも。（初出本は公刊され、上海有正書局石印大字本・一九一二、同小字本・一九二〇、小字本再版・一九二七。人民文学出版社大字本影印・一九七五）。

Ⅱ『乾隆甲戌《こうじゅつ》「脂硯斎重評石頭記」』—略称《甲戌本》。十六回残巻本。劉銓福《りゅうせんふく》の旧蔵。一九二七年に胡適《こてき》が入手。現、米国コーネル大学所蔵。（台湾商務印書館影印・一九六一、同再版・一九六二、胡適紀念館重印・一九七五、上海古籍出版社重印・一九八五）。

Ⅲ『己卯《きぼう》冬月「脂硯斎重評石頭記」』—略称《己卯本》。三十八回残巻本。董康《とうこう》の旧蔵、そのご陶洙《とうしゅ》が入手。現、北京図書館所蔵。後さらに三回分および両回の半分部が発見され、現、歴史博物館所蔵。（上海古籍出版社影印・一九八〇、増訂版・一九八一）。

Ⅳ『庚辰秋月「脂硯斎重評石頭記」』—略称《庚辰本》。七十八回。徐星曙《じょせいしょ》の旧蔵。現、北京図書館所蔵。（文学古籍刊行社縮刷影印・一九五五、人民文学出版社原寸影印・一九七四）。

Ⅴ『戚蓼生序「石頭記」南京図書館蔵本』—略称《戚寧《せきねい》本》《戚序南京本》。八十回。《戚本》と同種本で沢存書庫の旧蔵。現、上海図書館所蔵。

Ⅵ『夢覚主人《むかくしゅじん》序「紅楼夢」』—略称《甲辰《こうしん》本》。八十回。現、北京図書館所蔵（書目文献出版社影印・一九八九）。

Ⅶ『乾隆抄本百廿回「紅楼夢稿」』—略称《紅楼夢稿本》《百廿回稿本》または《楊本》。百二十回。楊継振《ようけいしん》の旧蔵。現、中国社会科学院文学研究所図書館所蔵。（上海中華書局影印・一九六三、上海古籍出版社重印・一九八四）。

Ⅷ『蒙古王府《もうこおうふ》蔵「石頭記」』—略称《蒙古王府本》または《蒙府本》。もと八十回。のち補われて百二十回。現、北京図書館所蔵。（書目文献出版社影印・一九八七）。

Ⅸ『舒元煒《じょげんい》序「紅楼夢」』—略称《舒序本》《呉暁鈴旧蔵本》または《己酉《きゆう》本》。四十回の残巻本。呉暁鈴《ごぎょうれい》の旧蔵。朱南銑《しゅなんせん》の影抄本が伝わり、現、北京図書館所蔵。（遼陽出版社影印・二〇〇八）

Ⅹ『鄭振鐸《ていしんたく》蔵抄本「紅楼夢」』—略称《鄭振鐸蔵本》ないし《鄭蔵本》。第二十三・二十四の両回のみの残巻本。鄭振鐸の旧蔵。現、北京図書館所蔵。

Ⅺ『靖応鵾《せいおうこん》蔵抄本「石頭記」』—略称《靖蔵本》ないし《靖本》。八十回。揚州の靖応鵾の旧蔵。のち紛失。

Ⅻ『レニングラード東方学研究所蔵抄本「石頭記」』—略称《レニングラード蔵本》《列蔵本》《列本》あるいは《サンクト=ペテルブルク蔵本》《聖彼得堡蔵本》《彼蔵本》。八十回、うち第五、六の両回を欠き七十八回が現伝。ソビエト科学院東方学研究所レニングラード分所旧蔵。（北京中華書局影印・一九八六）。

ⅩⅢ『卞亦文《べんえきぶん》蔵抄本「紅楼夢」』—略称は旧蔵者にちなみ《林眉盦《りんびあん》蔵本》《眉盦蔵本》《林本》また現蔵者にちなみ《卞亦文蔵本》《卞本》など未だ一定しない。二〇〇六年六月に上海で発見された残抄本。第一回から第十回までの本文と第三十三回から第八十回までの回目のみ存す。（北京図書館出版社影印・二〇〇六）。

（八）一大回の文字ありしに——茜雪・紅玉ともに現行本にも登場する賈宝玉づきの侍女。迷失された原作原稿においては獄神廟に投獄された宝玉を両人らがたすける筋立てになっていたものと推定されている。

（九）衛若蘭の射圃の文字——衛若蘭は現行本第十四回に一度だけ登場する貴公子。失なわれた原作部分において宝玉の遠縁の従妹にあたる史湘雲《ししょううん》と結ばれる設定になっていたと推測される人物。

（十）五件の事——《庚辰本》第十三回の批注箇所の小説本文には、王熙鳳《おうきほう》が思いめぐらした賈家寧国府の宿弊として五つの事項（人が多すぎ物がよく紛失すること、仕事の分担があいまいで責任の所在が不明なこと、諸経費がかかりすぎ請求支払いが出鱈目なこと、役目に上下軽重がなく割り振りがいい加減なこと、使用人が勝手にふるまい年配者が年下を抑えていること）が列挙されている。

（十一）茜沙公子——小説中の賈宝玉をさすと解されるが下文の脂硯先生と対をなさないため、しばしば議論の的とされる。一種ドラマチックな展開をみせ日本における紅楼夢研究水準を世に知らしめた一連の伊藤漱平氏の論文、「紅楼夢首回、冒頭部分の筆者に就いての疑問─覚書」正・続（『東京支那学報』第四号・第八号──一九五八・一九六二）、および同名論文〈訂補〉（同前第十号──一九六四）を参看されたい（上掲論全て『伊藤漱平著作集Ⅰ』〈汲古書院・二〇〇五〉所収）。

（十二）　人物とかんがえている──同書該当頁には、脂硯斎なる人物は女性であること、しかも『紅楼夢』書中の重要ヒロインの一人である史湘雲のモデルとされた女性、とする著者の所説が考証をふくめて展開される。ただし脂硯斎の正体に関しては各研究者ごとに一家言ありといって過言でなく、いまだ定説をみない。

〔二十八〕　苑　　召

『紅楼夢』の執筆こそが、西山に住まいしてからの曹雪芹の何よりの生きがいであり、じっさい主な仕事であった。とはいうもの、雪芹はあくまでも非凡な藝術家であって、彼の生活はなかなか単調一途というわけにはいかなかった。とにかく雪芹は芝居を演じ、詩詞をうたい、琴をかなで、書をしたため、画をえがき、さらには剣舞をまうことが出来た。①これらのことも確証のあるものを掲げたにすぎず、おそらく彼の才能技藝は以上にとどまるものではなかろう。したがって雪芹は、けっして「机上」にしがみついて「書籍の山」にうもれているような、そうした型どおりの文人学士ではなく、それどころか生気溌溂として風趣をおいもとめる藝術家気質《かたぎ》だったわけである。西郊の山村に移ってからというもの、雪芹のこうした諸々の技藝にとっても、あらたな生活感情と都合のよい環境に恵まれ、彼の並々ならぬ藝術的な才能と見識とをぞんぶんに発揮し、ますます磨きをかけることが出来るようになった。

友人同士の仲間うちでは、雪芹の二つの技量が、とりわけ高い評価をうけていた。詩作と絵画とである。このことについては、友人たちの意見が期せずして異口同音に一致し、詩作と絵画とにおける雪芹の才能がどれほど友人たちに強烈な印象をあたえていたかが窺い知れる。

たとえば張宜泉はつぎのように詠じている。

門外山川供繪畫　門外の山川は絵画に供《そな》う
堂前花鳥入吟謳　堂前の花鳥は吟謳《ぎんおう》に入《い》る

〔大意〕家の外なる山や川はそのまま画材となり、家の内なる花や鳥はそのまま詩題となる。〔本詩全篇は後出〕

——〔『春柳堂詩稿』〈題芹渓居士〉詩〕

また敦敏はつぎのように詠ずる。

尋詩人去留僧舍　詩を尋ね人は去れども僧舎《そうしや》に留《とど》む
賣畫錢來付酒家　画《え》を売り銭《せん》の来たれば酒家《しゆか》に付《ふ》す

〔大意〕詩趣をもとめて訪ねてきた人が立ち去っても、僧院にはその手になる題詩が残され、絵を売ってお金が入っても、まるまる酒屋の支払いで手許には何も残らない。〔詳細は後文参照〕

——〔『懋斎詩鈔』〈贈芹圃〉詩〕

両詩とも、雪芹の詩作と絵画とを並べかかげている。ほかの例句はここでは割愛させていただく。
この二首にかぎって述べるなら、張宜泉と敦敏とはそれぞれ別の立場から事柄をとりあげ、着眼点も異なり、したがって詩句の趣きもおのおのである。かりに文脈を無視して比べるなら、張氏詩のほうは単調で底のあさいもののように見え、敦氏詩のほうは奥行きがあり内容も重いもののように読める。しかし実際には、必ずしもそうとばかり言いきれない。というのも、詩句というものは、それぞれ上句と下句との関わり合いによって重きをなすべき「眼目」も変わるもので、そのなかの一句二句をとりあげ、脈絡をぬきにして単純に「判定」を下すことができないからである。そんなわけで、この点については後文にゆずり、記述の都合上、まず敦敏詩についての検討から始めたい。

曹雪芹が北京西郊の山村に暮らすようになってから、心持ちだけは大いにのびのびしたものの、生活はいよいよ窮迫していった。当然すぎるほど予想された事態の推移ではある。雪芹が陶淵明《とうえんめい》と同じタイプの文学者というつもりはないが、雪芹の西山への転居には、なにかしら陶淵明の隠栖と同じようなニュアンスがつきまとう。しかしながら、隠逸《いんいつ》詩人として高潔をたもつためには、どれほど脱俗の風雅を身にそなえ、いかに非凡の節操を持ちあわせていようとも、やはり最低限の生活の糧《かて》がなくては立ちゆかない。陶淵明はみずから耕田して生計をたてたけれど、それも耕作する田畑あっての話であり、曹雪芹はといえば耕すべき土地すら無かった。雪芹の窮乏ぶりたるや生半《なま》可なものではなく、敦敏の弟である敦誠の言葉にしたがえば、「日々に西山を望み暮霞《ぼか》を餐《さん》す」〔『鷦鷯庵雑記』〈贈曹雪芹〉詩〕というほどのものであった。もちろんこれは詩人の詠嘆であり豪語であって、実際に曹雪芹が「西山の爽気《そうき》」を食卓にのぼしていたはずはなく、生きるにはまず食べねばならなかった。

敦誠はさらに雪芹の貧苦について、「径《みち》に満つる蓬蒿《ほうこう》は老《お》いて華さかず、家を挙げて粥《かゆ》を食し酒は常に賒《おぎの》る」〔同前詩〕とのべている。こちらのほうは（もちろん詩作としての含蓄はあるものの②）現実にちかい一種の生活描写といえよう。とりわけ、当時における雪芹の酒の渇きにいたっては見るに忍びないものがあったらしい。（筆者の体験からしても、むかし富家の子弟であったものが晩年に零落し、ひたすら酒を賒り、すなわち掛け買いし、「飢えをしのぐ」有り様を目撃したことがある。）しかも雪芹は、かつて「珍味美食」にあけくれて舌の肥えた人であり③、すこしでも口に合わないとなると、すぐさま酒をもって食に代えようとしたに違いない。まして旧時の文人たちの生活にしろ公子たちの習性にしろ、とうてい山野の村人農夫たちと同日の談でなく、その嗜好の贅沢さにいたっては雲泥の開きがあった。そこで問題となるのが雪芹一家の生活費の出所である。

この点について、敦敏の詩句がひとつの事実をつたえている。すなわち売画である④。

もちろんのこと、曹雪芹の家計のすべてが絵を売るだけで支えきれたものかどうか、それは定かでない（当時にあって雪芹の絵にどれほどの買い手がついたものやら、また、どれくらいの値で売れたものやら、いずれもが重要問題となってこよう）。しかしながら、すくなくとも彼の生活費の来源の一つは明らかになるわけである。

じつは雪芹の画才というものも、彼の詩作とおなじく、いわば伝来の家藝というべきものであった。そもそも彼の祖父曹寅からして書画の名手にほかならなかった。しかるに曹寅は、同腹の実弟である曹《そう》宣《せん》（一）（字は子猷《しゆう》、号を筠石《いんせき》ないし芷園《しえん》といい、のちに康熙帝の名の「玄」の文字をはばかり「荃《せん》」と改名

〔「玄」と「宣」とは音通〕）〔巻末〈付録一・三〉参照〕の画法を褒めたたえ、自分はとてもかなわない、と一日おくのを常としていた。さらに曹寅の甥にあたる曹頎《き》（二）もまた、すこぶる「その業」をうけつぎ、梅花図の能手としておおいに画才を発揮したという。そんなわけで、雪芹が詩作ばかりでなく絵画にも長じていたからといって、べつだん怪しむには足りない。しかも雪芹のえがいた絵を、みずから目にした近人も一人二人にとどまらない⑤。わたし自身、ある人から雪芹の絵一幅を所蔵している由を知らされたが、残念ながらいまだ実見する機会にめぐまれない。したがって誠に遺憾ながら、雪芹の絵がいかなる流派に属し、どのような風格をそなえていたものか知らない。ただ、張氏・敦氏など友人たちの詩句から推察するかぎり、雪芹は好んで山水をえがき、また石の絵を得意としたらしい。たとえば敦敏は〈芹圃《きんぽ》が石を画《えが》くに題す〉詩なる絶句一首をものしている。次のごとくである。

傲骨如君世已奇　　傲骨《ごうこつ》たること君の如きは世すでに奇《めずら》し
嶙峋更見此支離　　嶙峋《りんしゅん》として更《さら》に此の支離《しり》を見《あら》わす
醉餘奮掃如椽筆　　酔余《すいよ》に奮掃《ふんそう》するは椽《たるき》の如き筆
寫出胸中磈礧時　　胸中の磈礧《かいらい》たるを写し出《い》だすの時

〔大意〕あなたのように不屈の気骨を持つ人は世の中に少なくなってしまった。とにかく、あなたは険しくそそり立つような人物でありながら、しかも肩肘はることなく風体をくずして平然としている。そして、酔った座興にぞんぶんに揮うタルキのような大筆は、六朝晋の王珣《おうじゅん》が夢のなかで授けられた神筆さながらの霊妙なうごき。これこそ、心中にわだかまる如何んともしがたい悲憤を石の形にして描き出だす時。

敦敏は詩人の眼をもって、雪芹が石の絵をえがく有り様を、あたかも石の風変わりな形と一徹な堅さをかり、画家じしんの世俗にあらがう心意気と満腹の憤りをあらわすもののごとく見なした。まことに納得できる見解である。雪芹の絵というものも、おそらく彼の詩作と同様に、けっしてなおざりに描かれたものでなく、それぞれに思うところの秘められた作品であったにちがいない。その意味でも、敦敏の詩は得がたい証例となっている。

さらに、この敦敏詩はべつの意味からも、もうひとつ貴重なことを教えてくれる。すなわち、雪芹というひとの精神的な風貌がみごとに活写されている点である。この詩篇からは、つぎのような光景が彷彿として浮かんでこよう。曹雪芹は酒席において痛飲したのち、したたかに酔払って上機嫌となり、あふれんばかりに生気みなぎり血気にはやり、すぐさまその場で着衣を脱ぎはらうと、紙をひろげて筆をしめらせるやいなや、手にした大筆を走らせること自由奔放、雄渾無比、たちまちのうちに驚嘆すべき一幅の図柄がひとびとの眼前に姿をあらわす、そんな光景である。雪芹は満座のものを見わたしながら高らかに弁じつつ、満足のゆく絵の描けたときには四隣にひびきわたる奇声をも発したことであろう。[⑥]そして、罰杯を大盃でさらに数杯あおぐと、そこで酒席での思いを墨にひたし、口角あわを飛ばさんばかりに談ずるままに、やがて紙上にそのまま一首……。

おそらく雪芹は、こんなぐあいに絵をえがき題詩をしたためる、そうした藝術家の一人であったと思われる。なぜなら、こうした八旗人藝術家は、当時けっして少なくなかったからである⑦。

曹雪芹の画才について、もう一つのことを補うにあたっては、やはり前引した張宜泉による〈芹渓《きんけい》居士に題す〉詩を省くわけにはいかない。その全篇は次のごとくである。

愛將筆墨逞風流　筆墨を将《も》つて風流を逞《たくま》しうするを愛す
廬結西郊別樣幽　廬《いおり》を西郊に結びて別様に幽たり
門外山川供繪畫　門外の山川は絵画に供《そな》う
堂前花鳥入吟謳　堂前の花鳥は吟謳《ぎんおう》に入《い》る
羹調未羨青蓮寵　羹調《こうちょう》　未《いま》だ羨《うらや》まず青蓮《せいれん》の寵《ちょう》
苑召難忘立本羞　苑召《えんしょう》　忘れ難し立本《りつほん》の羞《しゅう》
借問古來誰得似　借問《しゃもん》す古来誰か似ることを得んや
野心應被白雲留　野心は応《まさ》に白雲に留《とど》めらるべし⑧

〔大意〕筆と墨をもちいて風流をぞんぶんに楽しむ君が、その草庵を北京西郊にかまえているとは、なんとも味わい深いことよ。家の外なる山や川をそのまま画材とし、家の内なる花や鳥をそっくり詩題とする、そんな暮らしぶりなのだ。詩人としては、羹《あつもの》の味加減を気づかうほどに皇帝から懇《ねんご》ろに寵愛された青蓮、すなわち李白《りはく》のことなど、なにも羨むに足りない。画家としては、宰相にも任ぜられた人でありながら画才があったばかりに、春苑に召しだされて恥をうけた閻立本《えんりつほん》のことが思い起こされる。それにひきかえ、いったい古人のなかに君のような人物がいただろうか。そんな君がこうした山里に侘び住まいしているのだから、峰々の白雲が君の天性に惚れこんで引き留めているとしか思えない。

一見、この詩にはなんの面白味もないように思える。ところが実際には、浅せから深みへ沈潜するごとく味読をすすめるにつれ、その奥底にひそんでいる詩中の真意が否応なしに浮かびあがってくる。なかなかの伎倆をそなえた詩人の手法である。張氏の詩は、まず全体の大筋ともいうべき「筆墨」から説きおこし、「詩」と「画」という二つのテーマを引きだす。しかるのち、それぞれのテーマごとの叙述を、関連あるが如くなきが如く、二つながら並べあわせて進めてゆく。そのなかで、唐代の詩人李白《りはく》および画家閻《えん》立本《りつほん》の故事が用いられる。李白にしろ閻立本にしろ、それぞれ未曾有の天才藝術家として、皇帝やら貴妃やらのために「供奉《ぐぶ》」(三)とか「応制《おうせい》」(四)とかの形で数々の名作をのこしたものの、李白はといえば一時の寵愛をうけたのち迫害され、閻立本はといえば、「栄誉」にいたる先にすでに恥辱をこうむっている。⑨要するに、昔時の封建的支配者のために力をつくした藝術家たちにたいしては、いずれにしても恵まれた結幕は用意されていなかった。――そして曹雪芹はといえば、彼らの二ノ舞いを演じようとはしなかったのである。

そんなわけで、張宜泉詩のなかの「苑召」の二文字を重んじ、曹雪芹は当時の宮廷画院から招聘されたにもかかわらず、それを謝絶したことがあるのではなかろうか、と推測する研究者もいる。

この仮説については、肯定も否定もできないのが現状である。しかしながら、張宜泉の原詩にもとづくかぎり、詩と画とが並列されているわけであるから、一方の「羹調いまだ羨まず青蓮の寵」という詩句によって雪芹が宮廷の「応制詩人」であったことが立証できない以上（雪芹の時代にはこうした制度も習慣もなかった）、片方の「苑召」一句だけを実事のように扱うわけにはいかない。けれども見方を変えるなら、詩人というものは、実事をえがくに際し、それと対をなす虚事をならべて虚実一対として記す手法をも、しばしば用いるものなのである。たとえば、かりに「応制」のことも「苑召」のことも両方とも存在しなかった架空事とするなら、どうして張宜泉はそれらの虚構を思いつき、しかもそれらを詩作の中心に据えたのであろうか。まして、皇子王公たちのあいだで画家や詩人を幕下にまねくことが流行していた当時の風潮をかんがえるなら、雪芹のことを知り、彼を推薦する人があらわれ、つぎつぎとパトロンができ、そんなこんなで宮中の如意館《にょいかん》（五）にも噂がつたわり招聘されるにいたった——ということも、あながち不自然なことではなかろう⑩。

いずれにしろ、そうした招聘があったにしても、それを雪芹が謝絶したことだけは間違いない。こうした拒絶こそ、敦敏の〈芹圃が石を画くに題す〉詩がつたえる「傲骨」とも通いあい、詩作の背景としておおいに考えられる事態だからである。そうした観点に立つなら、張宜泉の詩句にしても、かの李白や閻立本でさえ、この一事において君にかなわないのだと、雪芹の人品気骨を褒めたたえているものとして読めよう。いったい君は、どうして富貴をゴミくず同然に見捨て、おまけに山村に埋もれてこんな貧乏に甘んじているのか。おそらくは山中の白雲が、浮き世ばなれした君の天性自然そのままの生まれつきに惚れこみ、恋しくて放そうとしないからに違いない——というように解釈できるわけなのである。⑪

まさしく、曹雪芹の敬服すべき人品の、その片鱗をつたえるものと見なせよう。

ところで、曹雪芹が山村において、困窮のあまり粥を食したり売画をしたことは既述のとおりである。しかも、ときおり親友である敦氏兄弟が北京城内からはるばる訪ねてきたとしても、雪芹には彼らを歓待するだけの財力がなく、どうしても「司業《しぎょう》の青銭《せいせん》にて客を留め酔わしむ」〔前出・敦誠〈贈曹雪芹〉詩〕、という具合にならざるをえなかった。——すなわち、唐代の鄭広文《ていこうぶん》〔鄭虔〕が貧乏のために酒を買うお金がなく、蘇司業《そしぎょう》〔蘇源明〕にたよって「時時酒銭《しゅせん》を乞う」⑫、という耐乏生活をしたのと同じように、雪芹の生計をよく心得た友人たちは、時によって救いの手をさしのべたりもしている。したがって、そうした友人たちによる援助金も、雪芹の「収入」の来源の一つにかぞえて差し支えなかろう。

さらに、敦誠詩のなかには見逃すことのできない詩句がある。すなわち、「阿誰《だれ》か肯《がえん》じて与《とも》に猪胆《ちょたん》を食せんや、日々に西山を望みて暮霞《ぼか》を餐《さん》す」⑬〔敦誠・同前詩〕という二句である。この句にしても雪芹の窮状を詠じたものであろうが、句中わずかに閔仲叔《びんちゅうしゅく》と安邑《あんゆう》の令《れい》との典故だけを用いているところなど、⑭ゆめゆめ根拠のない措辞ではあるまい。おそらく、この詩句は恵まれない有能の才士に心をよせる地方官のいない現実を嘆いただけのものではなく、事実としても、曹雪芹が所轄の役人からひどく迫害されたことを意味するもので〔家産没収の前科ある家柄の出自である雪芹はとくに目をつけられ、厳重監視と嫌がらせとを受けていた可能性がある）、ただそれが、前掲詩句のように極力おさえて表現されているだけなのかも知れない（敦氏兄弟の詩作は大部分がこうした調子で、雪芹にかかわる詩中ではなおのこと曖昧さがくわわり、明言することを慎重に避けているのが読みとれる）。こうした出来事が実際にあったとするなら、支配層の手先にも屈しない雪芹の傲骨というものがいっそう歴然とするばかりか、敦氏兄弟による、「歩兵《ほへい》〔三国魏の阮籍〕の白眼《はくがん》は人に向かいて斜《なな》めなり」〔敦誠・同前詩〕とか、「燕市の哭歌《こくか》に偶合《ぐうごう》を悲しむ」〔敦敏〈贈芹圃〉詩〕とか、「新愁《しんしゅう》と旧恨《きゅうこん》と知ること多少ぞ」〔同前〕などといった詩句にもかなりの含蓄の籠められていることが、疑いようもなく明白になるのである。ただし今日のわれわれには、そうした事柄の背景を明らかにする手立てがない。

ところで、曹雪芹が所轄官から迫害されたとする仮説が、いささか牽強付会に過ぎると思われる方には、庚辰本『石頭記』第二十一回の一節にほどこされた朱筆の行上注を一読ねがいたい。次のようなものである。

趙香梗《ちょうこうこう》先生の『秋樹根偶譚《ぐうたん》』〔この書名は杜甫の詩句「読書す秋樹《しゅうじゅ》の根」〔孟氏詩〕にもとづく〕の中に次のごとく見ゆ。兗《こん》州〔陝西省長安県〕の少陵台に子美祠〔杜甫をまつったヤシロ〕あるも、郡守のために毀《こぼ》たれ己《おの》が祠《ほこら》〔郡守の生祠〕と為さる。趙先生の嘆くに、子美《しび》〔杜甫の字〕は生きて喪乱に遭《あ》い、奔走して家も無かりしに、いずくんぞ料《はか》りき、千百年の後、その数椽《すうえん》の片瓦《へんが》のなお貪吏《たんり》の毒手に遭うを。甚だしきかな才人の厄《やく》とは、と。因《よ》りて公〔杜甫〕の〈茅屋《ぼうおく》が秋風の破る所と為る歌〉数句を改め、少陵《しょうりょう》〔杜甫の号〕がために嘲《あざけ》りを解《と》きていわく、「少陵の遺像は太守に欺《あなど》られ、力無ければ忍《しの》んで能《よ》く対面して為さる。盗賊は公然と拆《やぶ》り充《あ》つるも己が祠に非ず、傍人に口あるも呼び得ず。夢に帰来して嘆息の聞こゆ、白日に光り無く天地は黒し。安《いず》くんぞ得ん曠宅《こうたく》千万間、太守これを取るもことごとくは歓顔《かんがん》を生ぜず。——公の祠は毀《こぼ》たるるを免《まぬが》れて安きこと山の如からん」、と。これを読むに、人をして感慨悲憤せしめ、心を常に耿耿《こうこう》〔恐々〕たらしむ。壬午《じんご》〔乾隆二十七年・一七六二〕九月、書を索《もと》めらるること甚だ迫《せま》りたれば、姑《しば》らく此《ここ》に志《しる》す。『石頭記』を批《ひ》したるに非ざるなり……。

この奇妙なほど唐突な文章は、「書を索めらるること甚だ迫り」という理由のもとに、内容的には詩人杜甫とまったく無関係の第二十一回行頭にあわただしく書きこまれ、才人の受難をなげくいっぽう、官吏の悪辣さに憤りをあらわにしているのである。これは他でもなく、現実において曹雪芹という才人が、おなじような厄災をこうむった事実に基づくものと考えて間違いなかろう。そうとすれば、敦氏兄弟の詩句中にしばしば認められる不可解な言い回しなども、合点のゆくものとして了解されるからである。さらに、そうした事情の真相としては、雪芹の『石頭記』を無きものにするため、所轄当局の「上司」が雪芹の村舎を損壊させる手段にうったえ、彼を「奔走して家も無」い苦境に追いこもうとした事態が予想されるのではなかろうか。

にもかかわらず雪芹は、貧苦やら艱難やら迫害やらに、そうやすやすと音《ね》をあげるような人ではなく、あいかわらず得々として狂歌し、超然として俗世間を見くだし、彼の明朗闊達な性格といい不羈磊落なユーモリストぶりといい、すこしも衰えることはなかった。雪芹は心から意気投合した友人ができると、たちまち詩酒にふけり、こころゆくまで談笑を楽しんだ。かと思うと、気にくわない俗物連中にたいしては遠慮えしゃくもなく白眼視し、彼らを身近に寄せつけもしなかった。そんなわけで、雪芹はじぶんが汚点のある家柄の出であることなど気にもかけず、また憚ることもなかった。敦誠が雪芹のことを「阮《げん》歩《ほ》兵《へい》より狂《きょう》たり」〔『四松堂詩鈔』〈荇荘過草堂命酒聯句〉詩〕と詠じているように、阮籍《げんせき》の風狂もさることながら、雪芹の風狂ぶりもまた可成りのものであったようだ。とにかく雪芹はみずからの辛苦の涙を、けっして人に見せることもなく胸中におさめ、ひたすら筆墨にのみ注いだのであった。そして、雪芹が人目にさらした精一杯の不満の姿はといえば、せいぜい「一酔毷氉《ぼうそう》〔憤悶〕たりて白眼斜めなり」〔敦敏〈贈芹圃〉詩〕というものであった。

　こうした雪芹ではあったが、すずろな折りには散策をたのしみ、景勝の地をもとめてめぐり歩いた。彼が住まいした西山一帯には、もともと古寺名刹や雅致ある廃院が数おおく、大伽藍やら小寺院やら、山間渓流ぞいの至るところに佇んでいた。たとえば碧雲寺・臥仏寺・観音閣・紅門〔普福庵〕・黒門〔広慧《こうけい》庵〕・五華寺・普済寺・水塔寺・太和庵・円通庵・天仙庵・広応《こうのう》寺・宏化寺・宏法寺・隆教寺・広泉寺・関聖廟……などなど。こうした数々の寺院が、香山・寿安山・聚宝山・普陀《ふだ》山・玉泉山の一帯の地にひしめきあい、俗に「三百寺」と称されていたわけである〔第二十二章参照〕。これらの寺々には、世に知られた名僧も庵住していて、例をあげるなら臥仏寺の青崖《せいがい》和尚とか蓮筏《れんばつ》和尚とか、甕《おう》山の無方《むほう》和尚とか、あるいは人に知られぬ隠れた高僧大徳が幽居しており、雪芹は暇をぬっては彼らをたずね、清雅な話に半日をすごしたりもしている。雪芹は、いわゆる宗教的迷信とは縁もゆかりも無いひとであったが⑮、そうした浮き世ばなれした話し相手を得がたい逸士とみなし、もちろん宗教談義を繰り広げることもあったろうし、ときには敦誠も述べるように、「暇時《つれづれ》に両三の貝葉〈仏典〉を閲《けみ》し、あるいは一二の老宿と相いともに荒林古刹の中に嘯傲《しょうごう》し、もって少しく世縁《せいえん》に息《やす》みしのみ⑯」、というような場合もあったであろう。のみならず、雪芹のおとずれた廃寺荒庵には人影すら見あたらない場合もあり、そんなときは周囲の景物に心をうばわれて帰るのも忘れ、いにしえの面影を偲びつつ、感ずるままに題詩をものしたかも知れない。すなわち、ときには「詩を尋ね人は去れども僧舎〈舎字、一に壁に作る〉に留む」〈前出〉、という敦敏の詩句のように、あるいは「君の詩いまだ曾つて等閑《なおざり》に吟ぜず、破刹《はさつ》に今し遊びて興を寄せること深し」〈〈和曹雪芹西郊信歩憩廃寺原韻〉詩〉、という張宜泉の詩句のように、崩れかかった石碑やら朽ちはてた土壁のあわいから、「蟬《せみ》は荒径《こうけい》〈荒れ小道〉に鳴きて遙かに相い喚《よ》び、蛩《こおろぎ》は空厨《くうちゅう》〈人無き厨〉に唱《うた》いて近く自《みず》から尋ぬ」〈同前〉、というような風情を読みとっていたのかも知れない。そうした清浄の地こそ、「寂寞として西郊に人の到ること罕《まれ》なり、誰か杖を曳《ひ》き煙林を過《よぎ》る有らん」〈同前〉と詠ぜられた場所にほかならず、そして雪芹だけが、そうした閑静な場所をこよなく愛して徘徊し、そこから尽きることのない感興を汲みとっていたものと考えられる。

ほかに、雪芹が愛してやまなかった場所といえば酒屋である。つねづね彼は、酒屋から酒を掛け買いして家に持ちかえり、時によってはその場で地面に坐りこんで渇きをいやし、払いの日までツケをためておき、絵を売っては金をかせいで借金を帳消しにしていた。伝説によれば、臥仏寺の東南にあたる佟峪《とうよく》村の関聖廟のまえに、むかしは小さな居酒屋があって、雪芹はいつもその酒屋でくつろぎながら杯をかたむけ、今昔の四方山咄しに花を咲かせていたという[17]。

以上が、雪芹が西山において明け暮らした日々について、こんにち知りうる、あるいは想像しうる、彼の生活のあらましである。

《原注》

① 曹家の家柄は、その眷族のことごとくが文武両道にわたる技能を具えることを旨としていた。それは康熙帝が文武兼備の人材をとりわけ重視したことに由来し、曹寅も「読書と射獵とおのずと両《ふた》つながら妨げ無し」〔第六章原注②前出〕と明言している。——かりに、さらに溯って考えるなら、曹家は三国魏の武帝曹操の末裔と目されるところからして、昔より「秋夏に読書し、冬春に射獵す」〔同前〕を家法とする文武両道の「名門」であったことも考えられよう。〔巻末〈付録二〉「曹雪芹の生家と雍正朝」参照〕

② 「家を挙げて粥を食す」という句は、顔真卿《がんしんけい》の法帖〈乞米帖《きつべいじょう》〉の典故をふまえているだけに、軽々しく解釈してはなるまい。『顔魯公文集』巻十一〈与李太保帖〉には次のように記されている。「生事に拙《つたな》く、家を挙げて粥を食することすでに数月たりて、今また罄竭《けいけつ》〔蕩尽〕し、ただますます憂煎《ゆうせん》〔焦慮〕するのみ……」。ただし、もともと「粥を食す」とは、南方人の米食の習慣に基づくもので、貧しい者が米の乏しいときに「乾飯」〔米飯〕を炊くことができないため、「稀飯」〔おじや〕にして飢えをしのいだことを意味する。清人の文集中にも粥を食す事例は多見され、それぞれ清貧の暮らしぶりとして一日に両粥一飯することが描かれている。乾隆時代の北方人、

とりわけ満州人の場合は麦粉を好んだので、必ずしも米を主食としてはおらず、なおさら貧者が米を入手することは困難であったと考えられる。（『清朝野史大観』巻二に、満州人の食料としての米および麦粉について記載一則が見える。）（斉白石の〈紅楼夢断図〉に題詩した冒效魯《ぼうこうろ》氏の詩句中に「汁《しる》を啜《すす》る」の語があり、その自注の文に、「豆汁《とうじゅう》を呑みて飲茶とし兼ねて腹を満たす。北方の貧者にこの習慣あり。京劇『鴻鸞禧《こうらんき》』に見ゆ」との記述があること、張次渓氏の教示によって知りえた。すなわち、「粥を食す」という字面にこだわる必要はなく、また張氏の見解に啓発されるところ多大であったことを付記しておく。）

③ 裕瑞の『棗窗閑筆』には次のような記載がある。「また聞くに、其れ（すなわち雪芹）かつて戯語をなして云わく、もし我が書を快《ただ》ちに見たしと欲する人あらば、難《かた》くなし、ただ日ねもす南酒《なんしゅ》〔紹興酒〕・焼鴨《しょうおう》〔かもやき〕をもつて我を享《もてな》さば、我すなわち為《ため》に書を作さん云々、と」。これは、もちろん雪芹の冗談に違いなかろうが、その気の毒なまでの零落ぶりは隠しようもない。一部には、この話は雪芹が鴨料理を口にすることが出来なかっただけで、ほかの料理は食べていたことを意味する、と解釈する人もいるけれど、雪芹の言葉をそのように理解するのは些か無理があろう。

④ 原詩の句「売画銭来付酒家」は、陸游《りくゆう》の詩句「売花得銭付酒家」〔花を売りて銭を得れば酒家に付す——〈城南上原陳翁以売花為業……〉詩〕をふまえ、テーマを「画」に改めたものにすぎないが、これは基づくべき事実に即した改作である。陸游の詩句については本章末尾の《付記》を参看されたし。

⑤ 呉恩裕『有関曹雪芹八種』〈考稗小記〉を参照されたし〔訳注（六）〕。しかし、その文中一一二頁に記された「芹圃」とだけ署名した人物については、さらに検討を要しよう。というのも、当時の江南には名を莘開《しんかい》という別の画家がいて、おなじく芹圃を号としていたこと、『履園叢話』および『墨林今話』に見える。しかも、ほかに帰安〔浙江省呉興県〕の人で字を季張《きちょう》というものが、やはり芹圃を号としていたらしい。したがって、「曹」とい

う姓、ないし記載なり捺印なり他の傍証が無い場合には、芹圃という署名だけで曹雪芹のことと即断することはできないからである。

⑥ たとえば、満州詩人の賽爾赫《サルヘ》〔第十章前出〕が〈八藝詠〉のなかで、郎中の平弼侯のことを、「清影《つきかげ》に常に書するは『白練裙《はくれんくん》』〔明の鄭之文の伝奇名〕、釵《かんざし》を折り沙《すな》に画くは『屋漏痕《おくろうこん》』〔唐の顔真卿の法帖名〕、觴《さかずき》を挙げ狂叫して四隣を驚かす」と詠じているのは同類のことと言えよう。

⑦ 拙著『紅楼夢新証』増訂版八九頁に引用した甘道淵・恒益亭ら旗人たちの事跡を参照されたし。これら一群の詩人・能藝たちについて、見事なまでの縮図を描きだしているのは鄭板橋（彼じしん八旗中の高才逸士と交際することを何より好んだ「奇人」であった）〔第三章前出〕の〈音布《インプ》〉詩にほかなるまい。その全篇をつぎに掲げる。

「むかし予の老友たる音五哥《インごか》、書法は峭崛《しょうくつ》〔険峻〕たりて阿那（アダすなわち婀娜）を含む。筆鋒の下れば九地〔深奥の秘地〕を挿して裂き、精気の上れば雲霄《うんしょう》とともに摩《ま》す。顔〔顔真卿〕を陶し柳〔柳公権〕を鋳して欧薛《おうせつ》〔欧陽詢・薛紹彭〕に近し、黄〔黄庭堅〕を排し蔡〔蔡襄〕を鑠して顛坡《てんは》〔張旭・蘇東坡〕を凌《しの》ぐ。墨汁は四五斗を長く傾け、残毫《ざんごう》は数駱駝《らくだ》に載《の》すべし。時時に草〔草書〕を作せば怪変をほしいままにし、江は翻り龍は怒り魚は騰梭《とうさ》〔雄飛〕す。予と飲酒すれば意は静重たり、人物を討論して偏陂なし。衆人みな言う酒に失すること大なりと、予は信《まこと》ならざるを執《と》り偽訛《ぎか》に嗔《いか》る。大致〔風格全貌〕は蕭蕭として風範に足り、細端〔一挙一動〕は瑣砕として寧《むし》ろ苛《こま》かし。郷里の小児はにわかに志を得、好んで家世〔家柄〕を論じ甲科〔科挙〕を談ず。音生は顧みずして輒ち嚔唾《ていだ》〔唾棄〕し、至親戚属あい矛戈《ぼうか》〔非難〕す。ますます老いますます窮したればますます怫鬱《ふつうつ》たり、しばしば顚《ころ》びしばしば仆《たお》れて蹉跎《さた》〔挫折〕をなせり。秀才を革去〔剝奪〕され騎卒に充《あ》てらるるに、老兵と健校とは相い遮羅《しゃら》〔包囲〕し――先生と群呼して地に拝し、酒を坌《あつ》め大肉をば青莎《せいさ》〔青ハマスゲ〕に排《なら》ぶ。音生は瞠目して大いに歓笑し、狂鯨の一吸すれば千波を空しうす。酔い来たれば筆を索《もと》め紙墨を索め、一揮《いっき》すれば百幅が江河を成す。群争して衆《おお》くは拱璧〔巨玉〕のごときを奪い、反つて珍愛〔佳品〕の多きを得るを知る無し。昨《さく》に老兵の劇しく窮餓したるに遇うに、頗る売字を以つて釜鍋《ふか》を温たむ。談じて音生の旧時の事に及べば、頓足《とんそく》し嘆き恨みて双《ふた》りながら涕沱《ていだ》す。天は才人に好しき花様を与う。此の如き行状はまさに不磨《ふま》なるべし。嗟《あ》あ予が詩を作すは怨《うらみ》を写すに非らず、前賢の逝《ゆ》きたるや将《は》た如何《いか》んすべき。世上の才華もまた尽きず、咤叱《しった》して幺麽《ようま》〔微小〕とすること慎みて勿《な》かれ。此れら自《おの》ずから公輔《こうほ》〔宰相〕の器に非らざるも、山林に雲霞《うんか》の窩《すみか》を点綴《てんてつ》す。泰・岱・崇・華おのずから五岳たるも、あに別の嶺《みね》の高きこと嵯峨《さが》たるもの無からんや。巻帙《かんちつ》に大書して世に告げ、書し罷《お》わり茫茫として浩歌を発す」。――この音布という人物は、満州人で字を聞遠といい、臨終のさいにも「柳板の棺材に破袪《はきょ》〔古袖〕を蓋《おお》い、紙銭は蕭淡として轜車《じしゃ》〔柩車〕に掛かる」、という有り様であったと伝えられる。まことに、もう一人の曹雪芹というべきであろう。こうした記録は曹雪芹の人となりを理解するうえでも、かけがえのない傍証的価値をもとう。（さらに『天咫偶聞』がつたえる徐退《じょたい》、『墨林今話』がつたえる陳垣《ちんえん》〔内務府人〕など、いずれも参考となる人物であるが、ここでは割愛させていただく。）

⑧ 張宜泉の詩はすべて『春柳堂詩稿』に見える。したがって一々の注記は省略する。ただし、ここに引用した詩中第六句の「立本」を、原刻本は「本立」に作る。誤倒と思われる。

⑨ 『旧唐書』巻七十七〈閻立徳伝〉に付された閻立本伝は次のように記す。「太宗、かつて侍臣・学士とともに春苑に舟を泛《う》かぶ。池中に異鳥あり。波とともに容与《ようよ》〔悠悠〕たり。太宗は撃賞し、……立本を召し、写さしむ。時に閤外のもの伝呼す、画家閻立本、と。〔立本〕時すでに主爵《しゅしゃく》郎中〔吏部の封爵担当の事務次官〕たるに、奔走して流汗し、池側に俯伏《ふふく》し、手にて丹粉《たんぷん》〔顔料〕を揮《ふる》い、座賓を瞻望《せんぼう》す。愧赧《きたん》〔赤面〕に勝《た》えず。退きて其の子に誡《いまし》め曰わく、吾れ少《わか》くして読書を好み、……ただ丹青《たんせい》〔画技〕を以つて知られ、厮役《しえき》〔奴役〕の務を躬《み》ずからす。辱しめこれより大なるは莫し。汝よろしく深く戒《いまし》むべし、此の末技《まつぎ》を習うこと勿かれ、と」。

⑩　諸々の皇子王公の屋敷に招聘された画家・書家・文人・詩人の例としては、はじめ慎郡王府の客となったのち平郡王府にまねかれた朱文震《しゅぶんしん》、あるいは寧郡王府で数十年も幕客となっていた汪蒼霖《おうそうりん》（詩にも書にも秀で敦敏・敦誠兄弟とも親交があったので曹雪芹とも昵懇であった可能性がある）、さらに康親王府にまねかれた袁古香《えんここう》、氷玉主人（怡親王弘暁）府に十余年も客となった張　堯峰《ちょうぎょうほう》（明義とも交際があった）、などが挙げられよう。こうした人々のなかには八旗人もふくまれ、礼親王府にまねかれて記室をつとめた汪　松《おうしょう》は佐領であったし、如意館で供奉をつとめた唐岱《とうたい》は内務府人であった。唐岱は満州籍のひとで、字を静岩といい、山水画を得意として乾隆帝から重んぜられ、その著に『絵事発微』がある。

⑪　張宜泉詩の末句には『宋史』〈魏野《ぎや》伝〉の典故がひそませてある。魏野は詩が巧みで性格は放達、のちに徴せられたが拒否して出仕せず、使者にむかい、「野心すでに山中の白雲に留住せられたり」、と返答したという。野とは、もちろん魏野の自称であって、原語「野心」は詩においてさまざまな意味に用いられるものの、ここでは深く考える必要はあるまい〔訳注（七）〕。

⑫　杜甫〈戯呈鄭広文（虔）兼呈蘇司業（源明）〉詩にもとづく。しかし、敦誠の詩句における「司業」が誰のことを指すものか、いまだ諸説紛々として定説がない。したがって本文においては杜甫の原詩によりつつ解釈した。

⑬　「霞を餐す」とは、もともと道家における修行鍛錬にもちいる用語であるが、ここでは貧窮をあらわす言葉として借用されている。

⑭　『後漢書』〈周黄徐姜申屠列伝・序〉に見える〔訳注（八）〕。

⑮　曹雪芹がどれほど低俗な迷信をきらい嘲笑の槍玉にあげたかは、『紅楼夢』書中にかずかず記されており、ここに引例するまでもなかろう。

⑯　『四松堂集』〈答養恬書〉による。

⑰　桜桃溝《おうとうこう》〔第二十二章前出〕すなわち退谷《たいこく》〔同前〕の南口を出て、すこし歩けば佟峪村に着く。佟峪村は健鋭営のなかの正白旗と鑲黄旗の北営との中間に位置し、北溝村《ほくこう》にも程近い。佟峪村から東にむかえば四王府《しおうふ》にいたる。四王府一帯は、昔時においては甜醤〔あま味噌〕と小菜〔漬物野菜〕の名産地として知られていたので、酒の肴には事欠かなかったことと思われる。雪芹がこの村の居酒屋の常連であったかどうか、参考のため若干補足。鄭板橋〔前出〕が保禄《ポール》〔満州人で字を雨村といい筆帖式をつとめた〕に贈った詩中に、「無方《むほう》の去りし後ち西山遠し、酒店の春旗は何処《いずこ》に招くや」〔絶句二十一首〈保禄〉詩〕とある。無方とは甕《おう》山〔いま頤和園の一帯〕に住まいしていた僧侶のこと。当時の北京西郊においては、酒屋の青帘《せいれん》〔黒旗じるし〕も一つの名物であった。

《付記一則》

陸游について盛如梓『庶斎老学叢譚』巻二は次のように記す。「公〔陸游〕が文集に載するところ。城南の陳翁《ちんおう》、売花をもつて業とし、得たる銭《せん》ことごとく酒家に供す。独飲すること能わず、人と逢えば輒《すなわ》ち強《し》いてともに共飲す。一日、その門を過りて訪ぬれば、敗屋《はいおく》一間、妻子は飢寒《きかん》したるに、この翁《おきな》すでに大酔したり。殆《ほと》んど隠者たり。ために詩一首を賦していわく、『君見ずや会稽《かいけい》城南の売花の翁、花をもつて糧《かて》と為すこと蜜蜂《みつばち》の如し。朝に売るは一株の紫《むらさき》、暮に売るは一株の紅《くれない》。屋《おく》は破れて青天の見ゆ、盎《おう》中の米は常に空《むな》し。花を売りて銭《せん》を得れば酒家に付す、酒を取りて尽くる時また花を売る。春春に花の開くこと豈《あ》に極《きわ》み有らん、日日に我の酔うこと終《つい》に涯《は》て無し。また知らず天子の殿前に白麻《はくま》〔辞令〕を宣するを、また知らず相公の門前に堤沙《ていさ》〔就任記念の砂道〕を筑くを。客来たりて与に語らうも答うる能わず、ただ見る酔髪《すいはつ》の面《おもて》を覆《おお》いて白きこと鬖莎《さんさ》たるを』、と」。私見をのべるなら、敦敏の〈贈芹圃〉詩中「詩を尋ね人は去れども僧舎に留む、画を売り銭の来たれば酒家に付す」の句は、まぎれもなく陸游詩の故事をふまえたもので、雪芹の事跡に照らしてもことごとく吻合する。敦氏兄弟の詩句は分かりやすいように見えるものの、そのじつ相当の含蓄をそなえており、事情を心得た人でないとなかなか理解しきれない所がある。

庚子上元後二日〔一九六〇年一月十七日〕しるす。

【訳注】

（一）曹宣――巻末〈付録一・三〉参照。

（二）曹頎――曹宣の子。康熙年間に二等侍衛に任ぜられ、官は佐領にいたる。その梅花図は名高く、引く手あまたで家蔵品は一幅も残らなかったと伝えられる。

（三）「供奉」――もともと貴人に近侍する者の総称。唐代においては才藝により天子の御用をつとめる者の異称、すなわち翰林供奉《かんりんぐぶ》の略称。

（四）「応制」――応詔とも。唐・宋において主に応制と称し、天子の命を奉じて詩文書画を作すこと。またその作品。

（五）如意館――清朝宮廷の藝術院。啓祥《けいしょう》宮の南にあり、画家・彫刻家などの工藝家や詩人・史官たちが藝術的ないし装飾的作業に従事した工房。清朝は歴代王室のような宮廷画院をとくに設けなかったが、如意館をもってそれに充当させた。

（六）〈考稗小記〉を参照されたし――呉恩裕『有関曹雪芹八種』（中華書局・一九五七）中の〈考稗小記〉は曹雪芹および『紅楼夢』関連の新出資料・伝承・文物についての呉氏による覚え書き風の記録集。雪芹作とされる書画の記録も数々おさめる。原注の示す箇所には、湖北省武昌の骨董商が発見した「芹圃」とだけ銘のある山水詩画扇子に関する陶北溟氏の報告を載せる。なお呉氏同書には増訂本『有関曹雪芹十種』（一九六三）もある。

（七）考える必要はあるまい――この「野心はまさに白雲に留めらるべし」の典故としては、魏野に先んずるものとして、宋初の陳摶《ちんたん》（希夷）による「一片の野心はすでにして白雲に留住せらる」〈五朝名臣言行録〉の故事が挙げられる。

（八）〈周黄徐姜申屠列伝・序〉に見える――『後漢書』は次のように記す。「太原の閔仲叔《びんちゅうしゅく》なる者、世に節士《せっし》と称せられ……安邑《あんゆう》に客居す。老い病みて家は貧たり。肉を得る能わず、日々に猪肝《ちょかん》一片を買うも、屠者あるいは与うるを肯《がえん》ぜず。安邑の令《れい》これを聞き、吏を勅《いまし》めて常に給せしむ。仲叔は怪しみこれに問い、知る。すなわち歎き曰く『閔仲叔、あに口腹を以って安邑を累《わずら》わさんや』と。遂に去り、沛《はい》に客し、寿《じゅ》を以って終わる」。

〔二十九〕 佩刀質酒

曹雪芹が乾隆二十五年〔一七六〇〕に南京から帰京してよりこのかた、彼の胸中にはすでに万感の思いがあふれていた。にもかかわらず、その前後数年にかけて、つづけざまに大小さまざまな事件やら風聞やらが世間をさわがし、いっときに雪芹の心労をつのらせたことと思われる。すなわち、さかのぼって同二十三年の秋、両江総督の尹継善〔第二十六章前出〕を筆頭とした高官たちが合議のうえ、「河工は竣《しゅん》を告《つ》げ、年穀は豊収なれば、臣民ら、幸《みゆき》を望む情の懇《ねんご》ろたり」〔乾隆二十三年九月三十日奏〕との上奏文をたてまつり、乾隆帝の三度目の「南巡の令典」を「庚辰《こうしん》の歳」〔同二十五年〕に挙行するよう進言したものの、おりしも兵事継続中とて天子不在のゆるされない状況にあり、延期して同二十六年に挙行することとされた。(一)いっぽう、もと宗学の教職にあった謹厳実直な孫灝《そんこう》〔第十八章前出〕が、上書房における彼の同僚である程景尹《ていけいいん》(二)とともに罪をえて譴責され、いずれも皇子の教育役を解任された。(三)のみならず、慎《しん》郡王允禧《いんき》(四)の逝去にともない皇六子の永瑢《えいよう》(五)が爵位をついだのにたいし、若年から放蕩をかさね「問題児」となっていた皇八子永璇《えいせん》は、いっこうに「正軌」にしたがわないため乾隆帝をひどく悩ませ、上書房の師傅たちに累をおよぼしたばかりか、とうとう皇帝みずから永璇の屋敷に「行幸」し、じきじきに検分をおこなう事態を招くまでにいたった〔第二十六章前出〕。やがて、戦役も勝利のうちに終結し、(六)「紫光閣《しこうかく》」(七)に功臣たちの大肖像画がいとなまれて間もなく、同二十六年九月のこと、こんどは先の刑部主事であった余騰蛟《よとうこう》が（八）「詩辞は狂悖《きょうぼう》たり」との誣告をこうむり、にわかに文字の大獄があやぶまれたところ、ほかでもなく乾隆帝みずからが、「毛《け》を吹きて疵《きず》を求むる」〔あら捜しをする〕ばかりでは「以つて其の心を服《ふく》せしむること無く、しかも「およそ詩を為す者、いきおい必ずや敢えて一語をも措《お》かざるに至るなり」〔乾隆二十六年九月二十三日諭〕との裁断をくだしたために事態は収拾された。――ところが、わずか一と月ののち、つづいて沈徳潜《しんとくせん》による『国朝詩別裁集』（九）の大案件がもちあがり、江寧に駐在していた尹継善までが「佯《いつわ》りて知らざると為す」〔同年十一月六日諭〕との理由により叱責されるにいたった。そして乾隆二十七年壬午《じんご》〔一七六二〕におよび、前約をふまえ、やむなく二年も再延期されていた南巡〔第三次〕が挙行されたのであった。この年、江南一帯は水害に見舞われていたにもかかわらず、南巡の行路を「予《あら》かじめ備え」るため、「ことごとく多く修整を重ね加え、意を競勝に存」〔乾隆二十七年三月九日諭〕せしめ、「彩亭灯棚《とうほう》、一切の飾観の具《そなえ》……華《はな》を増すを勝角《きそ》わしむ」〔同年三月三十日諭〕という有り様に、さしもの乾隆帝も再三にわたり「止むるよう戒」めたほどであった。また同年の五月、曹家の姻戚にあたる平郡王慶恒《けいこう》が（十）「欺罔して隠匿」〔同年閏五月二十日諭〕したとの罪科によって爵位を剥奪され、その同僚にあたる納延泰《ナヤンタイ》（十一）は家産をも没収されている。さらに同年六月、「もと漢人」である漢軍旗人にたいする刑法まで強化された。（十二）

そもそも、当時の諸王にしろ皇子にしろ、その動静にははなはだ不穏なものがあり、しばしば「無礼」の行状におよんだばかりか、織造官・塩政官などと通じあい、珍宝を収得したり俳優たちを買いあさったり、しかもその多くは強要によるもので、あげくには内務府の旗員と結託して「朝政に干預《かんよ》〔越権関与〕」〔乾隆二十八年五月十三日諭〕するまでになっていたのである。

こうした情勢はすべて、そのまま康熙朝末年における雪芹の祖父曹寅の時代の再来のように見えた。乾隆帝の思いも同じであったらしく、「皇祖〔康熙皇帝〕臨御してより六十余年、聖寿の崇高なるも、諸王らおのおの閹僕《えんぼく》〔宦官〕がために翻弄され……互いにこもごも相い傾軋《けいあつ》〔反目〕して至らざるところ無し」〔同前勅諭〕という旧弊にふれて、「まさに康熙末年の劣習を今よりふたたび萌《きざ》さしめんとす。朕はなはだ懼《おそ》れたり」〔同前〕、との嘆息までもらすにいたった。

曹雪芹はといえば、はるか城外の山村に身をおいてはいたものの、こうした世情にたいし、彼なりの感慨を深めていたにちがいない。

かててくわえて、あたかも天までが時世を嘲笑するかのように、この二年あまりの水災つづきは農民たちの苦しみに追い打ちをかけた。このとし――乾隆二十七年〔一七六二〕――もまた、年初から雨天がつづき、夏を迎えてからも雨雲は途切れることなく、くる日もくる日も愁雨がふりつのった。

曹雪芹はこのような世情時節のもとで、ことさら気勢のあがろう筈もなく、毎日ひたすら筆をにぎって憂さを晴らしていたのである。脂硯斎のほうも同じような心境から、この年の四月から九月にかけ、通閲すること五度目の『紅楼夢』評注をすすめていた。こんにち《庚辰本》中の随所にみとめられる「壬午夏、雨窓」などと記された一連の評語が、その間の事情をつたえている。

この年の秋もおそく、曹雪芹は山村をはなれ、北京城内へと足をのばした。

北京内城の最西南隅には、太平湖《たいへいこ》とよばれる池があり、内城の東南隅にあった曹家旧宅付近の泡子河《ほうしか》とはるかに対をなしていた。この太平湖一帯の地は、清末にいたっても風色にめぐまれ、「平流は十頃《けい》にわたり、地は興慶《こうけい》の宮〔唐代長安にあった玄宗時の美宮〕かと疑わる。高柳は数章におよび、人は曲江《きよくこう》の苑〔唐代長安の東南隅にあった雅地〕に誤まつ。夕陽が堞《ひめがき》を銜《は》むに当たりては、水は涵楼《かんろう》〔城壁の角楼〕を影じ、上下みな臙脂《えんじ》色をなし、とりわけ過《よ》ぎる者をして留連し去る能わざらしむ①」、と詠ぜられたほどであった。その太平湖のほとりに、敦敏《とんびん》の寓居である槐園《かいえん》があった。雪芹は敦敏をたずね、その槐園に身を寄せたのである②。

北京の秋といえば、一年の四季をとおして最も麗わしい時節で、日々の気象がかくべつ平静なうえ、碧空に白雲がうかび、明光に清風がそよぎ、木立ちはいっそう青々と茂りそろい、花々もひときわ美しく咲きほこり、時として春よりもはるかに「明媚」な景観が冴えわたる。――いわゆる「悲しきかな秋の気をなすや、草木は揺落して変衰す」〔『楚辞』宋玉〈九辯〉〕という季節の味わいは、じつは冬になってからの風情なのである③。正確にいうなら、旧暦でいう霜降《そうこう》〔二十四節気の一。西暦の十月二十三日頃〕から立冬《りつとう》〔同前。西暦の十一月七日頃〕にかけて天候は一変し、凄風と霖雨とが始まり、草木は色あせ、ようやく「揺落」の気配がおとずれる。俗に言うところの「立冬の天気を閙《かも》す」である。雪芹が北京城内の槐園をたずねたのは、まさにこうした頃合いであった。

雪芹は槐園に客となったものの、おそらくは心中わだかまるものがあったかして夜中に安眠できず、その日も未明のうちから目覚めてしまい、もはや横になる気もなく、ひとり床をぬけだすと屋敷内を歩きまわり始めた。いまだ敦敏家の人々はのこりなく夢の中で、家じゅう静寂につつまれている。しかもあいにくと空模様が変わったため、夜半より冷雨がそぼ降りはじめ、それに厳しい寒風もくわわり、槐園にあふれる楡《にれ》にしろ柳にしろ雨にうたれ風にふかれ、園内の病葉《わくらば》はいっせいに乱れ散った。心に憂いをもつ人が、こうした光景を眼のあたりにすると、その思いたるや筆舌に尽くせないほど次から次へ、もろもろの悩みが深まるものである。雪芹が城内に足をふみいれた折りには、おそらく気候も晴和の盛りで（そのじつ冬到来の前兆にほかならない）冬着の用意もなく、身には薄着をまとっていただけであったろうから、なおのこと夜明けの寒さは骨身にこたえたに違いない。のみならず早朝に起床したため空腹をかかえていた。命のごとく酒を愛した曹雪芹のことである。このときも、何はさておき酒を思いうかべたに相違ない。——酒さえ有れば、寒さをはらうことも飢えをしのぐことも、さらには憂い悩みをのぞくことさえ出来る。万事が「うまくいく」のである。しかし屋敷の主人も家人も眠ったままでは、どうすることも出来はしなかった。

この時のことである。突然、雨着をはおり笠をかぶった人物が屋敷に入ってきた。——じつに意想外のことではあったが、敦誠《とんせい》が兄の家をたずねて来たのである。

敦誠のほうも、おそらくは夜来からの悪天候にやりきれなくなり、夜明けを待たず雨天をおして、兄の敦敏に会いに訪れたものと思われる。まして彼は、ここに雪芹がいることなど思いも寄らなかった。雪芹にしても、この時この場に敦誠が現われようなどとは夢想だにしなかった。二人とも、どれほど驚きあい、いかほど喜びあったことであろう。

当然ながら、彼らはくどくど言葉をかわすまでもなく、以心伝心、たがいに会心の笑みを浮かべたにちがいない。そして家の主人をわずらわすまでもなく、そのまま二人して近くの居酒屋にもぐりこみ、たがいに盃をかわしあった。

雪芹にしてみれば、悶々としつづけた果ての思いがけない出会いであっただけに、気分一転、いやがうえにも機嫌は上々とならざるをえない。おまけに酒を数杯あおったものだから、すでに生気も十二分にみなぎる。雪芹の高談放論たるや、縦横無尽にくりひろげられ、場所柄などはさらさらお構いなし。敦誠の言葉を借りるなら、まさしく彼らは「出《い》でれば必ず酔《よ》い、酔えば必ず談《だん》をほしいままにす」〔敦誠〈閑慵子伝〉・第十八章前出〕といった有り様で、時によっては痛飲したあげく、「叫囂《きょうごう》の声、隣人これがために色を失う」〔敦誠〈寄子明兄〉〕という狂態を演ずることもあった。この日のこうした彼らの出会いにしても、ふだんは酒にうるさい両人が小店のひさぐ酒の良し悪しなどまるで気にもせず、ひたすら「それ満《まん》眼《がん》〔大量〕に酣《さけか》いて軟飽《なんぽう》〔飲酒〕をなす、誰か斉高《せいかく》の低昂《ていこう》〔酒の良し悪し〕を分かつ暇《いとま》あらんや④」〔同前〈佩刀質酒歌〉〕という呑みっぷりで、自分たちの無頓着じたい、たがいの座興の笑いの種にされたことと思われる。

この日の一種劇的な出会いは、じつはもう一つの事件がかさなったため、なおのことドラマチックな出来事となった。というのも、二人ともお金を持っていなかったのである。雪芹のこのたびの入城は、おそらく「家計いまだ冬支度とどのわず」、その金策のための上京であったと思われるだけに、彼に持ち合わせ金などあろう筈はなく、いっぽう敦誠にしても未明早々に「身内」の家を訪れたわけであったから、まさか散財の場に出喰わそうとは思いもおよばず、おなじく財布のなかは空であった。そんなわけで、酒屋の勘定をすます段になり、敦誠は金銭のかわりに身におびていた一と振りの佩刀《はいとう》を解きほどき、払いのカタとして酒屋に置いてきたのであった⑤。雪芹と敦誠のふたりは、こうした失態までをも、またとない痛快事として語りあかしたに違いない――言うまでもなく互いにそれぞれの感慨をこめて……。そこで敦誠は、あらまし次のような弁舌をふるった。すなわち、この明光秋霜のごとき佩刀にしても、それで物を買うとなると牛一頭も買えはしない（牛は農耕もするし繁殖もする）。まして、それを手にして戦陣にのぞみ「賊徒」を斬りたおすことなど、われわれの身分には縁のないこと（まさに当時は連年にわたり戦役のつづいた時期にあたり、「軍功」を立てたものが栄誉をきわめ鳴り物いりで「持て囃《はや》」された時節であったが⑥、敦誠らは殺戮の血に手をそめることなど本気に考えておらず、それがまた時勢にたいする風刺ともなっている⑦）。ならば僕たちは、その佩刀を払いのカタに「のどを潤し⑧」てこそ本望、云々。

　雪芹はこの日、すでに敦誠のもてなしと心づかいにひどく感激しているところへ、さらに敦誠のこうした熱弁を聞かされたものだから、吾が意を得たりとばかり、大音声に「快哉《かいさい》」の叫びを連呼せずにはいられなかったことであろう。おまけに酒の酔いも手伝い、おのずから詩想も湧きいで、たちまちのうちに一首の長歌を口ずさんだ。――雪芹は歌唱にも長じていて、しかも当時の詩というものは曲調に合わせて吟唱するものであった。（これは旧時の詩人における歴代の習慣であり、当時の吟詩というものは「話し言葉」の声調を用いて「朗読」するものではなく、したがって今日のような口語の声調による「朗誦」は行なわれていなかった。）そこで雪芹は、その場で「石を撃《う》ちつつ歌を作⑨」し、朗々として吟じ、彼の抑えがたい激情をあますところなく迸らせたのであった。

この時この場で、「詩筆に奇気あり」〈敦誠〈寄懐曹雪芹〉詩〉しかも「詩胆は昔《もと》（ここでは平素の意）より鉄の如し」〈同前〈佩刀質酒歌〉〉、とつたえられる雪芹によって即興でつくられた詩歌が、一体どれほど精彩に満ちて人の心をゆさぶるものであったか、残念ながらわれわれはそれを知りうる幸運に恵まれない。わずかに、敦誠が雪芹の長歌に和してつくった〈佩刀質酒《ちしゅ》歌〉一首が今日につたえられ、そのおかげで、上述したような事の経緯のあらましを知ることができるのみである。——敦誠の〈佩刀質酒歌〉一篇だけでも、まことに珍宝というべきであろう。⑩

《原注》

① 震鈞『天咫偶聞』巻二による。

② 槐園の故地は、おそらく後ち醇《じゅん》親王府〈訳注（十三）〉の北側に設けられた花園の地と推定され、現在は中学校の敷地となっている。以前には大きな老槐樹がえびえていたが、すでに伐採されてしまった。回廊や池亭のあった故地も、いまでは埋め立てられて平地にならされ、池亭のあった場所は一般住宅地にあてられている。

③ こうした季節感覚は、さらに南方ではもっと時期的に遅くなり、李恩綬が鎮江〈江蘇省鎮江市〉において作した文章中には、「小雪《しょうせつ》〈西暦の十一月二十二日頃〉の前二日、落葉すること雨の如し」と記されている〈蒙古の巴哩克・杏芬女史の『京師地名対』序言による〉。鎮江は揚子江の南岸に位置する。参考となろう。

④ 斉とは臍〈へそ〉、鬲とは膈すなわち横隔膜のこと。つまり、良酒はヘソの低さにまで達するのにたいし、劣酒は横隔膜の昂〈たか〉さにしか届かない意味。

⑤ 当時の満州人が帯刀していたことに関しては、康熙帝の「刀を身から離さざるは、すなわち満州の故俗たり」という言葉が参考となろう。

⑥ 昭槤〔礼親王〕『嘯亭続録』巻三〈流俗之言〉の条には次のように記される。「『避暑録話』の載するところ、宋時には流俗の言はなはだ喜ばれ、しこうして致す可からざるものを、云わく『燕《えん》王の頭を獲るがごとし』と。けだし当時は燕〔金に占領された河北の地〕を取るをもつて急務と為せばなり。雍正中、かつて準夷《じゅんい》〔ジュンガル〕と兵を搆うるに、里巷、自ずから伐〔軍功〕を矜《ほこ》るものを鄙《いや》しめ、必ず曰わく『汝は策《さく》王〔ジュンガルの首領ガルダン＝ツェリン〕を擒《と》らえ得て至りしや、何んぞ自ずから誇張すること此の如からん』と。……余、わかき時、老嫗婦の猶おこれに言い及ぶを聞く」。この記載から推して、乾隆時における巷間の俗言のなかには、「某々の所を破りたり」とか「某々の人を擒らえたり」、などという類いの囃し言葉が相当数にのぼったものと思われる。現に『紅楼夢』書中においても、「賊徒をとりこにし」云々〔第五十八回〕といった当時流行の俗語の痕跡と思しきものが認められる。

⑦ 敦誠の『鷦鷯庵雑詩』のなかには、「匈奴なお未だ滅びず、臣子なんぞ家を為さん。……男児が身を許して国に報ずるは正しく今日たり、纓《えい》を請《こ》うに路なく空しく咨嗟《しさ》す」、などという詩句も見あたるものの、これは〈従軍行送元如叔〉詩〔この詩は同書刊本においては削除されている〕のなかの、まったく異なる状況と条件下における言葉である。たしかに敦誠にも情熱的な愛国少年としての時期はあったろうし、こうした詩作もそうした若年期の面影を伝えるものであろうが、そうした熱情はやがて敦誠から消え失せてしまう。のみならず、彼が雪芹と語りあう場合と、宗室の年長者と論じあう場合とでは、おのずと話しぶりも変わったであろうから、本文中の言葉も、風刺の反語的表現と理解しなければ意味が通じない。かりに、その言葉を額面どおりに受け取るとしたら、それにつづく「未だ若《し》かず一斗また一斗、この肝肺《かんぱい》〔誠心〕をして角芒《かくぼう》〔光芒〕を生ぜしむるに」、あるいは「曹

子は大笑して快哉を称《とな》う」〔いずれも〈佩刀質酒歌〉中の字句〕などという詩句が解釈不能に陥ってしまうからである。（『鶺鴒庵雑詩』原本は張次渓氏の恵示によって参閲がかなった。ここに深甚の謝意を記しおく。）

⑧ ちなみに『紅楼夢』第五十四回に、「お酒が冷えてしまい……一と口のどを潤して……」という言葉が見える。

⑨ 「石を撃ちつつ歌を作す」〔撃石作歌〕は、敦誠詩のなかの原語である。「石を撃つ」とは、調子にあわせて拍子をとることであるが、どのように石を撃つのやら、また如何なる石を用いるのやら、いずれも定かでない。一説によれば、旧時の北京の酒屋には、俗に「酒缸《しゅこう》」と呼ばれる酒のカメが置いてあり、それらのカメはすべて石板によってフタがされていて、その石板が客たちのテーブル代わりになっていた、という。有力な説と思われる。

⑩ 同詩は『四松堂集』〔刊本巻一第十五葉〕に見える。曹雪芹理解のための重要資料の一つといえよう。また『月山詩集』巻二〈夏日閑居詠志五首〉詩の第五首には、弓を習うことを詠じたなかに、「佩刀を賭取《としゅ》し酒に換うるを催《うなが》す」という句が見える。参考となろう。もっとも、この場合は弓の腕前をきそいあう勝負としての「賭け」であって、その点、敦誠による雪芹をもてなすための「佩刀質酒」とはおのずと事情を異にする。

【訳注】

（一） 兵事継続中——当時ジュンガルのアムルサナの乱（一七五五～五七）につづく霍集占〔回部の首領ホジ＝ハン〕に率いられたウィグルの乱（一七五八～五九）に応戦中。

（二） 程景尹——?～一七八〇。江南武進の人。字は聘三。乾隆四年の進士。侍読学士・内閣学士をへて同二十年に兵部侍郎。乾隆十四年いらい上書房行走すなわち皇子の師傅役をつとめ、同二十三年に解任さる。のち続文献通考副総裁・四庫全書館総裁に任ぜられ、官は文淵閣大学士。

（三） 解任された——名目上では、孫灝は南巡に異議を唱えた咎により、また程景尹は木蘭《もくらん》行囲〔清朝において毎年八月に皇帝出御のもと今の河北省囲場県で挙行された巻き狩りの行事）に参加しなかった咎により、両名とも乾隆二十三年十二月に解任。

（四）慎郡王允禧――康熙帝の皇二十一子。雍正十三年に慎郡王。乾隆二十三年没。

（五）永瑢――乾隆帝の皇六子。允禧に嫡子が無かったため允禧没時にその継嗣となる。

（六）勝利のうちに終結し――清朝は乾隆二十四年十一月までに西方のジュンガルおよびウィグルを平定。

（七）「紫光閣」――北京宮城西苑内の殿閣。漢の麒麟《きりん》閣、唐の凌《りよう》雲《うん》閣にならい、乾隆二十五年に閣中に五十功臣の画像が掲げられた。

（八）余騰蛟――江西武寧の人。同地の県志を編修して譏訕の詩詞おおく、乾隆二十六年八月に同郷人から告発されたが、下文の経過をたどり同十二月に無罪放免。

（九）『国朝詩別裁集』――沈徳潜の撰。同氏『列朝詩別裁集』中の一種。『清詩別裁集』とも。三十二巻。補遺四巻。正集は清初から乾隆二十四年までの詩人七百八十九家、補遺は二百七家を収録す。乾隆帝が排斥した銭謙益の詩編を巻首にすえるなど数々の失態があり問題化。老齢につき沈徳潜の処分は軽減されたが、勅命により再編されたため同書は二種が存す。

（十）平郡王慶恒――第二十一章前出。

（十一）納延泰――前出平郡王慶恒による公金横領事件当時の鑲藍旗蒙古都統。慶恒と共謀した咎により、すでに物故していたにも拘わらず、生前の官位剝奪・事跡抹消のうえ欠損金補塡のため家産没収の厳罰を下される。

（十二）刑法まで強化された――もともと八旗人員にたいする刑法上の処罰は、原則として軍流（遠地従軍）と徒刑（遠方放逐）の二種しか無かった。ところが乾隆二十七年の前記貪財事件を契機として、「近来は八旗の生歯の日々に繁ければ悪習に漸染し」、「ほとんど漢人と異なる無し」との理由のもと、同年六月六日の勅諭により、満州旗人にたいする処分に旗籍抹消を加え、漢軍旗人にたいする処分には旗籍抹消のうえ平民一律の刑罰を課すことが定められた。

（十三）　醇親王府——光緒《こうしょ》帝の父たる醇親王奕譞《えきけん》（一八四〇～九一）が賜った邸宅。北京内城の最南西、西便門に接する内城の城壁沿いにあった太平湖の東側、旧時の名でいえば宗帽頭条胡同の南手にあった。

〔三十〕 文星隕《お》つ

前年中においては、曹雪芹の身の上はまだしも気分の良し悪しでかたづけられたが、年があらたまって乾隆二十八年（癸未・一七六三）をむかえると、いささか事情が異なってきた。というのも、春の訪れとともに、あたかも「落花狼藉」さながらに万事が万事ままならない事態が相い次いだからである。

前年、前々年と、二年にわたり水災が続いたにもかかわらず、この年になると一転し、春先から甚だしい日照りつづきにみまわれた。乾隆帝は「禱《とう》雨《う》」〔雨乞い〕の儀式をおこない、さらに「蠲《けん》賑《しん》〔免租救民〕に虚辰《きょしん》〔閑暇〕なく、常平より百万石、度支《たくし》（一）より千万緡《びん》①」をほどこし、しかも十カ所に救済施設をもうけて災害対策にのりだしはしたが、結局のところ、「貪官汚吏」たちが私腹をこやす好機がおとずれたようなもので、下々の庶民たちにどれほど恩恵がおよんだことやら保証のかぎりではない。とにもかくにも、穀物は珠玉のごとく貴しという有り様で、物価はことごとく高騰し、貧しい者はいよいよもって窮乏をきわめた。当時のひとの記録によれば、「このとき飢民は郷里を去り、十家中八九すでに扃《とざ》〔閉家〕す。犂《すき》と鋤《くわ》とを拋棄して渚沢《しょたく》〔水辺〕に付し、榱《たるき》と棟《むなぎ》とを折り輦《にな》いて神京に来たる②」と伝えている。こうした生活難の日々のなかで、雪芹はいよいよ困苦をかさねていた。すでに彼の肉体にも老いがあらわれ、精神的な衰えにも目にみえて明らかなものがあった。

そんなわけで、例年ならば春になって花の時節をむかえると、友人たちと集《つど》いあい花を愛《め》でながら盃をかわし、その有り様を詩画にのこし文章にもしたため、にぎやかに楽しみあう雪芹であったが、今年ばかりは一言も華やいだ話をもちださなかった。

しかるに、三月一日は敦誠の誕生日であった。おまけに今年は、おりしも敦誠三十歳の縁年にあたっていた。③兄の敦敏にしてみれば、弟の「而立《じりつ》」という人生の大きな節目にあたり、気心の知れあった友人たちを幾たりか招き、敦誠のために誕生祝いを盛大に催してやろうと思いさだめていた。そこで招待すべき親しい人となると、身内の者はべつとし、友人としては雪芹のことを真っ先に思い浮かべたにちがいない。ところが敦敏は、雪芹の境遇を心得ていただけに、彼が祝儀の出せないことを百も承知していた。しかも、雪芹が手許不如意だからといって義理を欠くような人物ではないことをも、とくと承知していた（とりわけ八旗人は礼儀作法を重んじていたのである）。したがって、誕生宴であることを明言すれば、雪芹が祝儀のために苦心惨憺することは目にみえていた。そんなこんなで敦敏は一策をめぐらし、敦誠の誕生日より数日前に雪芹のもとへ手紙をとどけさせ、その文面としては五言律詩を一首だけしたためた、無用のことはいっさい記さなかった。その五言詩は次のごとくであった。

東　風　吹　杏　雨　　東風《こち》は杏《きょう》雨《う》に吹く
又　早　落　花　辰　　又《な》お早し落花の辰《とき》に
好　枉　故　人　駕　　枉《ま》ぐるに好ろし故人の駕《こし》

來看小院春　来たり看よ小院《わがにわ》の春
詩才憶曹植　詩才は曹植《そうしょく》を憶《おも》う
酒盞愧陳遵　酒盞《しゅさん》は陳遵《ちんじゅん》に愧《は》ず
上巳前三日　上巳《じょうし》の前三日
相勞醉碧茵　相い労《ねぎら》わん碧茵《へきいん》に酔うを④

〔大意〕春風が杏《あんず》の花を雨のようにちらしていますが、落花にはまだ早い時候。お出掛けにはちょうど良い季節、わが家の春の風情を見物にお越しください。詩才にかけては魏の大詩人たる曹植さながらの君をもてなそうとしても、車のクサビを抜きとって井戸に投げこみ、客が帰れぬようにして振る舞ったという漢の陳遵のようにはなかなか参りませんが、もしお出でくださるなら、年内の厄払いをするという上巳の節句〔旧暦三月三日〕の三日まえ、緑のしとねで心ゆくまで共に酔いたいものです。

――〔『懋斎詩鈔』〈小詩代簡寄曹雪芹〉詩〕

このように、敦敏の心づかいには並々ならぬものがあった。

しかし敦敏の深謀遠慮もさることながら、雪芹の眼力をあざむくわけにはいかず、どうやら一日で見ぬかれてしまったらしい。

前年には五月の閏《うるう》月があったため、この年の暦めぐりは月まわりに比べてかなり早足で、昨歳の祭竈《さいそう》節〔カマド祭・第六章前出〕の前夜にはすでに立春をむかえた関係から、この年は二月二十二日にもう清《せい》明《めい》節〔二十四節気の一。ふつう旧暦の三月初すなわち西暦四月五日頃〕、三月八日には穀雨《こくう》、二十四日には早くも立夏《りっか》をむかえた。前年には二月二十五日にやっと春分となり、三月十二日にようやく清明節がおとずれたのに比べるなら、およそ二十日ほど暦の季節めぐりが早かったわけである。「ようよう二月になったばかりで、去年の今ごろは花の影さえ見あたらなかったのに、今年はもう山々の桃や杏がいましも花盛りというのだから、なんと花暦の早いことよ。⑤——それにしても、どうして三月一日にわざわざ来いと言ってよこしたのだろう。そうだった、ことしは敬亭《けいてい》⑥の三十歳の誕生日だったはず」。雪芹はそう見当をつけたにちがいない。

いつもであれば、曹雪芹は何はさておき喜びいさんで馳せ参じたところであろうが、この年ばかりは、とうとう雪芹は宴席に顔を見せなかった。したがって敦敏の言葉にしたがうなら、「阿弟《あてい》は家宴を開き、樽《さかだる》は北海の融《ゆう》（二）〔孔融〕を喜ぶ」とされた集いに、「会せし者これら七人、あたかも竹林〔竹林の七賢人〕と同じ」とされる七人とは、彼の叔父にあたる額爾赫宜《エルホイ》（三）、弟の宜孫《ぎそん》・敦奇《とんき》、友人の朱淵《しゅえん》・汪蒼霖《おうそうりん》、および敦誠、そして彼じしんの七名であった。⑦

雪芹が来られなかった理由については、経済的事情にしても諸般の状況にしても、敦敏も敦誠もふたりとも十分に承知していた。

俗諺に「福《ふく》は双至せず、禍《わざわい》は単行せず」〔幸運はふたりで来ない、不運はひとりで来ない〕という言葉がある。これは実際よくあることで、逆境にあるときには次から次へと不祥事がつづくものである。

この年の春から夏にかけ、北京城一帯の地に、百年に一度あるかないかの大惨事がもちあがった。天然痘が猛威をふるったのである。

そもそも、現在一般の種痘《しゅとう》という天然痘の予防方法は嘉慶《かけい》年間から始められたもので⑧、それより以前においては、天然痘にかかることは生きるか死ぬかの一大関門であった。子供と大人とにかかわらず、この関門を通りぬけてこそ、どうにか生きのびる目処がついたものと見なされたわけである。伝説においては「五台山に出家」したとされる順治帝にしても、じつは天然痘のために落命したのであった〔第四章訳注十一参看〕。満州の大将軍たちにしても、軍陣における勇ましい戦没ではなく、天然痘の病床で息をひきとった人々も少なくなかった。そんなわけで、満州人たちは天然痘をことのほか恐れていた（たとえば蒙古の王公たちにしても、天然痘にかかったことのある人、すなわち「熟身《じゅくしん》」と呼ばれる者のみが北京における入朝「謁見」を許され、天然痘の免疫のない者は「生身《せいしん》」と称されて謁見を許可されなかった）(四)。したがって天然痘は、いつの年どこの家でも発生していた伝染病ではあったが、この年ばかりは空前の大流行という惨事を招くにいたった。

この年の三、四月から十月にいたる間に、北京城の内外において天然痘によって死亡した児童の数は万単位にのぼった。そのため詩人の蔣士銓《しょうしせん》は、(五)わざわざ詩を作してつぎのように嘆いている。

三四月交十月間　　三四月の交から十月の間
九門出兒萬七千　　九門⑨より児を出だすこと万七千

郊閼痘殤莫計數　郊関《こうかん》の痘殤《とうしょう》は数を計る莫し
十家襁褓一二全　十家の襁褓《むつき》は一二全《まった》し⑩

〔大意〕三月末四月初から十月にかけ、北京内城の全門から運び出された子供の遺体たるや、なんと一万七千もの多きにのぼった。北京城門外の天然痘死亡者にいたっては、それこそ数も知れない。とにかく、幼児のうちで命をとりとめたのは十家のうち一、二にすぎない有り様なのだから。

敦誠もこの惨事について、「燕中〔北京〕に痘疹《とうしん》が流疫し、小児のこれに殄《てん》〔病死〕する者ほとんど城を半《なか》ばす。棺《ひつぎ》に盛り帛《きぬ》につつみ、肩にする者、負《せお》う者、道左を奔走して虚日なし」、「はじめ阿卓《あたく》が痘を患らい、余、往きてこれを視るに、途次にて稚子《おさなご》の小棺《こひつぎ》を負う者の奔走すること織るがごとくを見、即《ただ》ちにこれを悪《にく》む⑪」と記している。このときの天然痘大流行がどれほど凄まじいものであったか、その一端をうかがい知ることができよう。

雪芹の友人の家筋のもので、このときの天然痘の毒牙にかかったものは、ひとつ敦氏兄弟の家にかぎっても五人をかぞえる。すなわち、敦誠は「阿卓が先んじ、妹がこれに次ぎ、姪女《いとこ》⑫これに継ぐ。痘を司《つかさ》どる者は何物ぞ。三たび其の毒手を試みしや」〔〈哭妹姪姪女文〉〕と嘆き、さらに阿芸《あうん》を失うにいたり、「一門のうち、汝の姑《おば》、汝の叔《おじ》、汝の姉、汝の兄のごときは、相い継いで殤《しょう》〔夭折〕し、吾が心かつ傷《いた》みかつ悪《にく》むも、竟《つい》に以つて避くるに計なく、汝また終《つい》に此の荼毒《とどく》に遭うや」〔〈哭芸児文〉〕と悲しんでいる。そのため、「即ち目睫《まつげ》のいまだ干《かわ》かざるの涙を以つて、これに続くるに哭《こく》を以つてす……。私《ひそ》かに謂《おも》へらく、茲《こ》れより以往《のち》、睫痕《なみだめ》を浄《きよ》めるべし、と。意《おも》はざりき、涙を索《もと》むる者の後ちに相い継ぐとは……。涙の有ること幾何《いくばく》や、寧《いずく》んぞ涔涔《しんしん》として已《や》むなきや」〔同前々文〕とまで記している。さらに張宜泉兄弟〔第二十四章前出〕の両家においても、その子供たち四人のうち一人だけが命をとりとめる、といった惨状なのであった。

じつは、雪芹には一粒だねの愛児がいて、まことに良くできた男の子であったばかりか前妻の忘れ形見でもあるため、母なし子の憐れさも手伝い、雪芹はこのうえなく可愛いがり、いわば雪芹にとっては逆境のなかの唯一の心の慰めともいうべき、たった一人の血縁者であった。天然痘が猖獗《しょうけつ》をきわめたこの年、家々の子供たちはその日の命もおぼつかない有り様で、誰もかれもが戦々兢々としていた。したがって雪芹もまた、文字通り居てもたってもいられない心境であったに違いない。——そうしたわけで、友人に会うため北京城内へ出かけたりして感染でもしたら、それこそ万事休すになりかねなかった。

しかしながら、雪芹だけが「幸運」に恵まれるわけはなく、彼のもっとも恐れていた事態がおとずれた。最愛の息子がとうとう天然痘にかかったのである⑬。ところが雪芹には、子供のために「牛黄《ごおう》〔ウシの胆石〕や真珠を餌《じ》すること無数⑭」、などという真似をしてやれる財力も無いまま、手をこまぬいて息子がみるみる重態に陥ってゆくさまを見守るよりほかに策はなかった。およそ秋の頃おい⑮、愛し子は世を去った。

われわれも敦誠とおなじように、「痘を司どる者は何物ぞ」、と問いかけずにはいられない。この「病魔」は雪芹の愛子の命を奪ったばかりではなかった。——ひいては雪芹の命をも奪い去ったのである。

息子を失ってのち、雪芹の悲しみたるや測りしれず、伝説によれば、くる日もくる日も墓参りに出かけては立ちさりかねて墓のまわりを徘徊し、涙のとまる暇もあらばこそ、前にもまして狂ったように酒をあおり、友人たちが慰めてもいっこうに効き目はなかった、と伝えられる。――この話には、伝説をつたえた人の思い入れも籠められていよう。しかし結局のところ、愛息の死がひどく雪芹を痛めつけ、そのうえ様々な気苦労もかさなり、ほどなく雪芹じしんもまた病いに倒れたことは確かなようである。

日頃から「家を挙げて粥を食」していた雪芹にとっては、ただでさえ楽な生活ではなかったのに、病床で滋養をとることなど望むべくもなく、まして薬や治療にいたっては夢のまた夢であった。友人たちのなかには援助の手をさしのべられる者もおりはしたが、たとえば敦氏兄弟にしても、この年ばかりは身内に不幸がうちつづき、涙のかわく間もないほど自分のことで手一杯で、とても城外数十里の西山山麓に住まう曹雪芹の身の上にまで思いをはせる余裕などありはしなかった。あるいは彼の存在すら忘れていたかも知れない。そもそも雪芹の病いは心に根ざすものであって、さらに周囲の悪条件がそれに拍車をかけたわけであるから、好転するはずはなかった。秋から床にふせった雪芹の病状は、日ましに悪化の一途をたどった。

乾隆二十八年癸未《きび》のとしの除夜（西暦では一七六四年の二月一日にあたる）(六)、おりしも他家のひとびとが爆竹をにぎやかに打ち鳴らし、年越しの歓談に笑いさざめいている頃おい、雪芹は凄惨をきわめた境遇のただなかで、この世ならぬ人となったのであった⑯。

その時その場の――ひとりの不世出の文学者が生涯をかけて奮闘し、しかも大晦日の晩にこれほどまでに貧窮して病没した――このうえない沈痛な出来事を語るため、われわれは一体どのような言葉をもちいて哀悼の念をささげたら好いのだろう。いかなる文字も空々しく思われてならない。こころみに小詩を一首したため、ひとまず本章の締めくくりとしたい。

哀樂中年舐犢情　哀楽《あいらく》の中年にして舐犢《しとく》の情
盧醫寧復卜商明　盧医《ろい》も寧《いず》くんぞ復せん卜商《ぼくしょう》の明を⑰
文星隕處西山動　文星の隕《お》つる処に西山も動く
燈火人間守歳聲　灯火せし人間《じんかん》には守歳《しゅさい》の声

〔大意〕哀しみも楽しみも心得つくした中年にいたってもなお子供を盲愛するとは、たしかに春秋時代の盧の名医たる扁鵲《へんじゃく》でさえ、孔子の弟子で子供を亡くして失明したという卜商の病気は治せなかったであろうから仕方あるまい。それにしても、文星にもたとえられる曹雪芹が落命したとき、西山さえ動揺したであろうに、おりしも除夜の灯火に照らされた巷間にあふれていたのは年越しの賑わいだった。

《原注》

① 敦誠〈刈麦行〉詩〔『四松堂集』刊本巻一〕による。

② 蔣士銓『忠雅堂詩集』巻十「癸未・上」〈蔡観亭観瀾侍御以十年前不寐旧作属和時侍御督賑東垻因次其韻〉詩による。

③『愛新覚羅宗譜』には、「敦成（誠）、雍正十二年甲寅、三月初一日の亥時……生まれし所の第二子」と記される。雍正十二年から乾隆二十八年まで（一七三四～六三）にちょうど三十歳をかぞえる。もちろん旧時の年齢は、現代の満年齢と異なり、生まれた年を一歳とする「かぞえ年」である。

④『懋斎詩鈔』〈小詩代簡寄曹雪芹〉詩による。この詩に先立つ三首前の題詩下には「癸未」と注記してあり、この書全部の収録詩作の配列年次からして、この小詩もまた癸未年〔乾隆二十八年・一七六三〕の作であることに疑問の余地はない。さらに、癸未の年に作られた詩作全篇の題目や内容にしめされる干支めぐり・時事・交遊などの事跡からしても、この小詩が癸未年の作であることは裏付けられ、例外も矛盾も見当たらない。拙文『曹雪芹卒年辯』（『文匯報』一九六二年五月六日掲載）を参照されたい。

⑤この件については曾次亮氏によって正確な指摘がなされ、その見解は同氏の『曹雪芹卒年問題的商討』（『文学遺産』第五期所収）に示されている。

⑥敬亭とは敦誠の字。

⑦『懋斎詩鈔』〈飲集敬亭松堂、同墨香叔・汝猷・貽謀二弟暨朱大川・汪易堂即席以杜句蓬門今始為君開分韻得蓬字〉詩による。その詩中の「阿弟は家宴を開く」とは、ほかでもなく敦誠の誕生祝いを意味する。さらに同詩中には、「中和（二月一日）は上巳（三月三日）に連なり、花柳の烟《けぶ》ること溟濛《めいもう》たり」という句も見え、作詩の時期が上巳の節句に近いことからしても、本文に引用した詩中の「上巳の前三日」の句と符合している。

⑧丘熹『引痘略』自序によれば、嘉慶元年（一七九六）に外国人医師〔英国人ジェンナー〕が牛痘種痘法を考案し、同十年（一八〇五）、マニラ経由の船に種痘を接種した嬰児を乗せて澳門〔マカオ〕に痘苗がつたえられた、という。丘熹の自序は嘉慶二十二年〔一八一七〕に記されている。

⑨「九門」とは、北京内城の九つの全城門をさす〔第十二章訳注三参看〕。

⑩ 上句「郊関」とは、城門外の「城門隣接地」一帯のこと。引用詩は『忠雅堂詩集』巻十一「癸未・下」〈痘殤嘆〉詩による。

⑪ それぞれ〈哭芸《うん》児文〉〔『四松堂集』刊本巻四〕・〈哭妹姪姪女文〉〔同前〕にみえる。次注をも参照されたし。

⑫ 「姪女」とは敦敏の娘のこと。なお敦敏にも癸未年九月の作として〈哭小女四首〉詩があり、まさしく互いに合致する。

⑬ 敦誠による〈輓曹雪芹〉詩の第三句には自注が付せられ、「前数月、彼の子が殤したり。因《よ》りて傷《かな》しみに感じ疾を成す」、と記されている。この子こそ、この年の天然痘大流行のさなかで夭死した愛児に間違いあるまい。この件に関しては、呉恩裕氏の教示によれば、すでに曾次亮氏が同様の見解を示しているものの、いささか具体的論拠に欠ける憾みがあった。本文にも引用した蔣士銓の詩を証例としてこそ、その不備を補うことができよう。伝説のなかには、雪芹の子は「白口糊」によって死亡した、と伝えるものもある。しかし満州人専門家による検討の結果、「白口糊」は口腔内潰瘍の一種にすぎず、ある程度成長した子供には発病することがなく、しかも死亡するほどの重病ではないことが判明している。また、伝説のなかには「白口糊」を白喉症〔ジフテリア〕と解釈するものもあるが、抄本『效験諸方総記』によれば、白喉症は「喉間に白く腐症のごときを起こし、その害は甚だ速やかたり。乾隆四十年以前にこの症は無し。以後それ有りといえども少なし。近来これを患らうもの頗る多く、小児とりわけ甚だし……」とされる。したがって白喉症説も成立しにくい。

⑭ 敦誠〈哭芸児文〉〔前出〕のなかの言葉。『儒林外史』第六回にも、天然痘の治療に犀角《さいかく》〔サイのツノ〕・黄連《おうれん》〔キンポウゲ科の多年生草本〕・人牙〔ヒトの歯。『本草綱目』には「人牙は痘瘡を治し陥伏せしめること称して神品となす」とある〕を使用する場面が描かれている。これらはすべて、当時における解熱や鎮静のための高価な漢方薬をもちいた天然痘の治療法。

⑮　敦誠詩の自注〔本注⑬参照〕によれば、雪芹の子の夭逝は雪芹他界の「前数月」とされる。とすれば秋頃のこととなろう。

⑯　『香艶雑誌』第十二期に掲載された「紅楼夢発微」所収の〈曹雪芹先生伝〉一文は、雪芹の父祖たちの名といい本籍といい所属旗籍といい、記すところは甚だしく史実から乖離しているものの、「平生より栄利に淡白にして仕官を楽しまず」、しかも「性は任侠たりて、郷里のために不平事をすすぎ、ほとんど文网《ぶんもう》〔法規〕にかかる。交友するに道義おおく、吝《お》しまざる無きを通有し、暮年には窮乏せしといえども、なお琴書を質典《しちてん》〔質屋いれ〕して故人の急に応ず」、さらに「晩年には酒を嗜み、終日酔郷の中に沈酣《ちんかん》し、にわかに是れをもつて殞《いん》〔落命〕をいたす（拙著『紅楼夢新証』旧版四三六頁において、敦誠〈輓曹雪芹〉詩の「鹿車は鍤《すき》を荷《にな》いて劉伶を葬す」の句から考えるなら雪芹の他界は大晦日の晩に酒をほしいまま狂飲したための頓死かも知れない、と推測した仮説とたまたま一致する）。子なし。著作はなはだ富むも、散佚してほとんど尽きたり、云々」という記述だけは、きわめて事実に接近していよう。参看されたし。（以上のこと、張玄浩氏の恵示による。）

⑰　卜商は字を子夏といい、孔子の弟子のひとり。『史記』〈仲尼弟子列伝〉に、「その子死すに、これを哭して失明す」と記される。また敦誠の〈輓曹雪芹〉詩に、「一病なるも医の無くして竟《つ》いに君に負《そむ》く」とあるのは、はんたいに医者さえいれば雪芹の病死は防ぐことができたとする考え方である。——しかしながら、雪芹の死はこれだけが原因の全てではない。

【訳注】

（一）常平・度支——常平は常平倉のこと。政府が主に穀物を売買して物価を常に平準にたもつ物価調整のための倉庫。起原は古く、宋代以降は社会政策的な義倉の性格を濃くした。清朝は順治年間より各地に設置。また度支は、時代とともに意味が多様ながら、ここでは各省司戸部の会計担当たる度支部のこと。また石は穀物単位で十斗すなわち百升。緡は貨幣単位で銅銭一千枚すなわち一貫文のこと。

（二）北海の融――北海（今の山東省北中部）の相をつとめた後漢の孔融《こうゆう》のこと。建安七子の一人。来客を好んで常に酒樽を満たしておいたという。

（三）額爾赫宜――一七四三～九〇。しばしば号により墨香《ぼくこう》と称さる。敦敏より年少の叔父。乾隆二十四年頃に侍衛、同四十三年に頭等侍衛、さらに翌年に鳳凰城守尉を授かる。明義（次章参照）の従姉の夫にあたる人物。巻末〈図表・三〉参看。

（四）許可されなかった――この天然痘の経験未経験による謁見上の区別は、北京紫禁城のみならず、熱河離宮における謁見時にも厳格に峻別された。

（五）蔣士銓――一七二五～八五。江西鉛山の人。字は心余また苕生。蔵園と号す。乾隆二十二年の進士。官は翰林院編修。文人にして戯曲作家。その伝奇十六種が存し《蔵園九種曲》が名高い。詩は趙翼・袁枚とともに江左三大家と称され『忠雅堂集』の著あり。

（六）（……二月一日にあたる）――曹雪芹没年《癸未説》に拠る。所謂《壬午説》については次章参照。あわせて巻末〈付録一・一〉を参看されたい。さらに今日では《甲申説》も提出されていること、すでに第二章訳注一で紹介した。

〔三十一〕　のちの事（一）

曹雪芹が分別ざかりの中年において、最愛の子の死をいたむあまり、みずからも病いを得てあわただしく生涯をとじてしまうとは、あまりにも酷すぎる末期ではある。しかしながら、愛し子を失なったことだけが雪芹落命の唯一の原因ではない。まして根本的死因でもない。脂硯斎の言葉をかりるなら「涙尽きしために逝」ったのである。しかも、雪芹が涙をそそいだのは亡子の一身上にとどまらなかった。いうならば彼の一生じたい、「新愁」といい「旧恨」といい（一）、新旧とりまぜての悲恨の人生だったわけである。したがって、「痘を司どる者」が雪芹父子の命を奪ったというよりも、なにより当時の絶望的な時代そのものが、雪芹が生きのびることを許さなかったと言うべきであろう。

雪芹の死後、縁者として後添いの妻だけが一人のこされた。① ほかに遺品として残されたものは、幾束かの残稿と粗末な筆硯ばかり、という哀れなほどの侘しさであった。そこで生前に好しみのあった二、三の旧友たちが香奠をよせあい、心づくしの葬儀をいとなんだ。西山のいずこか、吹きさらしの枯れ野の荒涼たる墓地の一隅。（二）そこが、この文豪にとっての久遠の栖《すみか》となった。②

このとき、かの敦誠は亡友のために二首の挽詩をしたためている。③ うち一首を次にかかげる。

四十蕭然太瘦生
曉風昨日拂銘旌
腸廻故壟孤兒泣
涙迸荒天寡婦聲
牛鬼遺文悲李賀
鹿車荷鍤葬劉伶
故人欲有生芻弔
何處招魂賦楚蘅

四十にして蕭然たり太瘦生
暁風は昨日に銘旌《めいせい》を払う
腸を故壟《ころう》に廻らすは孤児の泣
涙を荒天に迸《ほとばし》らすは寡婦の声
牛鬼　遺文に李賀《りが》を悲しむ
鹿車《ろくしゃ》　鍤《すき》を荷《にな》い劉伶《りゅうれい》を葬る
故人は生芻《せいすう》の弔《とむらい》を有《も》たんと欲すれど
何処《いずこ》にか招魂して楚蘅《そこう》を賦さん

――〔『鷗鵜庵雑詩』〈輓曹雪芹〉二首詩・其一〕

〔大意〕四十歳でむなしくなってしまった太瘦生《おおやせくん》〔李白が杜甫にあたえた呼び名〕よ、きのうは朝風が君の名を記した葬儀旗をはためかせていた。墓地からは君に先立った御子息の泣き声が聞こえてくるようで堪えがたかった。残された奥方の涙はほとばしって天に悲しみの声があふれた。生前の作品を目にしたなら、牛頭の鬼神でさえ悲しむ李賀ほどの奇才をそなえていた君よ。「死んだら埋めてくれ」と従者に鋤をかつがせて鹿車〔小グルマ〕に乗っていた劉伶さながらの君よ。君を慕う旧友は、漢の徐穉《じょち》が郭太《かくたい》の徳をうやまい生芻〔青草〕一束を捧げた故事にならいたいのだが、一体どこに魂を招いて楚蘅〔香草。一説に『楚辞』の歌々〕を捧げたら好いのだろう。

じつに見るにしのびない光景としか言いようがない。

また、雪芹の死を「涙尽きしために逝く」と言いあらわした脂硯斎の言葉をまえに引いたが、その評文は次のごとくである。

能く解する者、まさに辛酸の涙ありて、此の書を哭し成すべし。壬午《じんご》〔乾隆二十七年〕の除夕《じょせき》(三)。書いまだ成らざるに、芹、涙尽きしために逝く。余、かつて芹を哭し、涙また尽きんとす……。④

すなわち、雪芹は遺恨をいだいて瞑目し、とりわけ小説全篇中の部分々々が未作のままであることに、何より未練をのこしていたことが読みとれる。と同時に、雪芹は小説執筆をじぶんの畢生の事業と心得ていて、その一事の達成をめざし、ひたすら孤軍奮闘しつつ生きながらえてきたものの、ついに力つき、そのライフワークを脂硯斎ひとりの手に託さざるを得なくなったことも了解される。

曹雪芹は『紅楼夢』執筆に生涯をかけ、あまりにも早く死が訪れたとはいえ、とにもかくにも今日に不滅の名作をのこしたわけであるから、まだしも彼の魂は浮かばれよう。けれども、なんといっても不幸の極みであるのは、『紅楼夢』第八十一回以降の雪芹による原作原稿が失なわれてしまったことである。

原作原稿が借りだされて閲覧されるうち、いくつかの章回が散佚してしまったことについて、脂硯斎はしばしば嘆息をもらしている。⑤こうした欠損も、たしかに『紅楼夢』八十回抄本が一般に流布してのち、八十一回以後の原作部分が公けにされなかった理由の一つにはちがいない。しかしながら、それは大した問題とはならない⑥。第八十一回以降の公表がはばかられた本当の原因は、じつは別にあった。

ほかでもなく、『紅楼夢』という小説が封建的社会にひそむ罪悪の数々をくまなく白日の下にさらし、曹雪芹の叛逆精神が封建的勢力の身中ふかくに痛手をおわせたため、当時の統治集団内部の大立者までもが『紅楼夢』に注目せざるをえなくなったことこそ、その真の原因だったのである。——結果、脂硯斎が八十一回以降の小説後半部を公表するのにさいし、そうとうの危険があやぶまれ、予想以上の困難に出喰わしたのであった。

というのも、封建的陣営は曹雪芹と『紅楼夢』とを目のカタキにし、あらんかぎりの言葉をもちいて罵りちらし、『紅楼夢』を「邪説詖《ひ》行《こう》の尤《ゆう》」⑦〔邪言非行の最悪書〕ときめつけたばかりか、曹雪芹はその罪により、あの世において「地獄」の責め苦にさいなまれている⑧、とのデマまで飛ばして雪芹を辱めているのであるから、彼らの「言いたい放題」の悪辣さについては説明の要もあるまい。あげくには、雪芹が子供を失なって跡継ぎの絶えたことまで、彼らはいい気味とばかり快哉をとなえていた⑨。——けれども、今日のわれわれから見るかぎり、彼らのこうした応対こそ、雪芹の小説がどれほど反封建的思想に貫かれているかを見事に証拠立てるもの、と考えられるのである。彼らの悪口雑言は、曹雪芹と『紅楼夢』にとって、何にもまさる讃辞と賞賛にほかならなかった。

いずれにしても、『紅楼夢』にこめられた思想性および藝術性のもたらす力は、そのご二百年余にわたって数知れない読者たちを魅了しつづけ、後世における反封建的な新勢力にとって底知れない精神面での起爆剤となりつづけたのであった。雪芹の没後、敦誠らと知り合いになった宗室の永忠《えいちゅう》〔四〕（雍正帝にとって不倶戴天の政敵であった胤禵〔第七章前出〕の孫にあたる）は、敦誠の年下の叔父である墨香《ぼくこう》〔額爾赫宜のこと、第三十章参照〕の手をとおして『紅楼夢』に接し、曹雪芹にいたく共鳴し、その小説に感動したあまり、雪芹を弔う詩をわざわざ三首もつくっている。⑩ その一首を次にかかげる。

傳神文筆足千秋　　伝神の文筆は千秋に足る
不是情人不涙流　　これ情人ならずんば涙流せず
可恨同時不相識　　恨むべし時を同じうして相い識らざるを
幾回掩巻哭曹侯　　幾回か巻を掩《おお》いて曹侯を哭す

——〔『延芬室集』〈因墨香得観紅楼夢小説弔雪芹三絶句〉詩・其一〕

〔大意〕その真実を描きだした文章は千載につたえる価値があり、実情を知る人は涙を流さずにはいられない。残念なことに、同じ時世に生まれあわせながら面識を得る機会にめぐまれず、小説を読むたびに幾度となく書をとざし、曹先生をしのびながら号泣するばかりだ。

また雪芹と面識があったと思われる明義《めいぎ》〔五〕にしても、『紅楼夢』に題詩したさい、その末尾において次のように詠じている。

莫問金姻與玉縁
聚如春夢散如煙
石歸山下無靈氣
總使能言也枉然

金姻と玉縁とを問うこと莫かれ
聚《あつま》るは春夢の如くして散るは煙《けぶり》の如し
石は山下に帰りて霊気無し
総使《たとよ》い能く言うも也た枉然《まおうぜん》たり

饌玉炊金未幾春
王孫痩損骨嶙峋
青蛾紅粉歸何處
慚愧當年石季倫

玉を饌《そな》え金を炊《かし》いで未だ幾春ならず
王孫は痩《や》せ損《そこな》われて骨の嶙峋《りんしゅん》たり
青蛾紅粉《せいがこうふん》　何処にか帰る
慚愧《ざんき》す　当年の石季倫《せききりん》に

——〔『緑煙瑣窗集』〈題紅楼夢二十首〉詩・最末二首〕

〔大意〕金玉の因縁〔『紅楼夢』中の宝玉と宝釵との因縁〕にしても木石の因縁〔『紅楼夢』中の宝玉と黛玉との因縁〕にしても、どちらも春の夢のような一時の盛りののち、煙のごとく散りぢりになってしまった。そうした体験をへた霊石も、もとの山のふもとに帰ってからは神通力が消えうせ、口がきけても無駄なこととなりおおせた。

〔大意〕玉よ金よの王侯暮らしから幾年もたたないのに、かつての貴公子は骨が浮きでるほどに痩せ衰えてしまった。そのむかし花やかに着飾っていた美少女たちも今やどこでどうしているものやら。かの石崇さながらの物語に心をよせるにつけ、なんとも胸が痛んでならない。

このうち前者の「石の言」には、じつは『春秋左氏伝』昭公八年の典故がもちいられており、「宮室は崇侈《すうし》にして、民力は雕尽《ちょうじん》し、怨讟《えんとく》ならび作《おこ》り、その性を保つこと莫し。石の言うもまた宜《よろ》しからずや」(六)、という深刻このうえない社会的意義がこめられている。さらに後者における「石季倫」とは、いうまでもなく六朝晉代の石崇《せきすう》(七)のことで、石崇が財力にまかせて贅沢をきわめ、金谷別墅《きんこくべっしょ》に安住していたところ、政争にまきこまれて官職剝奪のうえ一族皆殺しにされるなか、石崇の愛妾であった緑珠《りょくじゅ》(八)が楼から身をなげて殉死した故事をふくみ持つだけに、やはり言外にこめられた政治的含蓄はなかなかに奥深い。また、前者がもっぱら小説のことを詠じているのにたいし、後者はどうやら曹家の事情を心得たうえでの詩作であって、その意味からも、初期における貴重な題詩であり⑪、曹雪芹と彼の小説とにたいして格別の思い入れをしめした吟詠といえよう。

さきの永忠とおなじく、雪芹の死後に敦誠と知りあった惲敬《うんけい》(九)(一七五七〜一八一七、字は子居、陽湖《ようこ》派(十)の名文家)にいたっては、手ずから『紅楼夢論文』⑫を著わすのにさいし、わざわざ黄・朱・黒・緑の四色の墨をもちいて執筆するという、すこぶる精緻な技工をほどこしている。まことに李葆恂《りほうじゅん》の言葉どおり、「子居《しきょ》〔惲敬〕の文を為すに、自ずから云わく、司馬子長〔遷〕以下、北面〔師事〕するもの無し、と。しかして曹君の小説においてをや、傾倒すること此の如し。真に文章の甘苦を知る者にあらずんば、能く是の如けんや⑬」、というところであろう。

かくして『紅楼夢』が江湖に迎えられてからというもの、小説に寄せられた《評》《題》《図》《詠》の類いたるや、まことに「汗牛充棟」というべき厖大な数にのぼり、(十一)小説はじまって以来（文学はじまって以来といっても差し支えなかろう）かつて例のないほど、読者たちのあいだに空前の大衆的反響を捲きおこしたのであった。(十二)

こうした事実こそ、『紅楼夢』を口をきわめて罵った人々への、なによりの返答にほかなるまい。

曹雪芹の一生は不遇の一語につきる。偉大な文学藝術家でありながら、ふさわしい名声をも栄誉をも生前に授かることなく、ようやく死後において、その光輝が日ましに増しつつある巨匠はけっして一人二人にとどまるまい。けれども曹雪芹のように、生きて寂しく、死してなお侘しいものは、きわめて異例のことと言わざるをえない。とにかく、われわれが曹雪芹の名前を知ってそれに親しみはじめたのは、たかだか《五四運動》〔一九一九〕いらいこの数十年の出来事にすぎない。したがって、われわれの曹雪芹にたいする知識にしても、正直なところ遙かな旅路へのささやかな一歩にすぎず、理解をふかめるための調査研究といえども、まさしく葦《よし》の髄から天をのぞくものに他ならない。こうした曹雪芹にたいし、彼のすべてを知るための攻究に生涯をささげようとする人が現われるならば、それは価値あることと信ずる。

なぜなら、あらゆる国のひとびとが中華民族の大いなる文化を理解しようとするとき、何はさておき、曹雪芹が「編述一記」した小説『紅楼夢』を読み解かなければならないことを、誰しも否定できないからである。さらに、曹雪芹研究において得られた成果にしても発見にしても、それらは言わば全世界にむけての貢献となるのであって、まぎれもなく中国内外のひとびとが努力をわかちあうべき課題だからである。(十三)

《原注》

①『四松堂集』抄本が収める敦誠の〈輓曹雪芹・甲申〉詩には異文が認められ、「新婦の飄零たりて目あに瞑せんや」の句が見えるところから、雪芹の未亡人が新婦、すなわち継妻であったことが知られる。

②雪芹の墓は健鋭営一帯の地にあったとする伝説が様々につたわるものの、それらが伝える位置は一様でなく、今のところ確定しがたい。

③『鵯鶫庵雑詩』に見える。この二首の詩はのちに改作されて一首にまとめられた。『四松堂集』抄本の収める詩篇がそれである〔訳注(十四)〕。

④甲戌本『石頭記』第一回、行上注。

⑤脂硯斎評語のなかには、「茜雲〔第二十七章前出〕の『獄神廟』に至ること、まさに正文に呈すべし。襲人《しゅうじん》〔宝玉の侍女頭〕につきては正文標目に曰わく、『花襲人、始め有りて終わり有り』と。余、かつて一たび謄清《とうせい》し時わずかに見るに、『獄神廟にて宝玉を慰む』等とともに五、六稿、借閲せし者がために迷失せらる。嘆々たり」〔《庚辰本》第二十回・行上注〕などという注記も見えるが、「迷失」されたとはいうものの、それも韜晦《とうかい》の言葉のように思われる。

⑥たとえば《庚辰本》などはまるまる二回分が欠落しているのに、そのまま流布されている。

⑦梁恭辰『勧戒四録』巻四に引かれた那彦成の言葉。

⑧毛慶臻『一亭考古雑記』による。

⑨本注⑦に同じ。

⑩『延芬室集』〔稿本・第十五册〕に見える。

⑪『紅楼夢』に題詩したものとして、満州人のなかで最も早い例は、明義による『緑煙瑣窗集』中の〈題紅楼夢〉二十首詩が挙げられよう（乾隆三十年頃から四十六年の間の作と考えられる。理由は別記した〔訳注（十五）〕。この明義の文集について、筆者はかなり以前に友人から知らされていたものの、当時は他出していたため、旧版『紅楼夢新証』においては四四七頁に参考として紹介するにとどめた。一九五四年に帰京してのち、人の手をへて閲読がかない副本を作製した次第である）。そのなかの「石季倫」の一句は、楊升庵（楊慎のこと、第十四章前出）の詩句、「及ばず当年の石季倫に」（〈海估行二首〉詩・其二）をふまえている。さらに漢人のなかでは、周春（第十一章前出）と鍾大源《しょうたいげん》の二師弟による作が最も早い例として挙げられよう。周春が〈題紅楼夢〉〈再題紅楼夢〉七律詩あわせて八首を作したのは、乾隆五十九年（一七九四）であったこと、その著『閲紅楼夢随筆』に見える。また鍾大源が〈紅楼夢曲〉を作したのも同年であること、その著『東海半人詩抄』および周氏書の引文に見える（『東海半人詩抄』抄本は張次渓氏の恵示によって閲覧しえた。謹んで謝意を表したい）。周氏は当時の学者であるが、その七律詩は甚だ見劣りがする。いっぽう鍾氏による七言古体詩はすこぶる見事なもので、初期における『紅楼夢』題詩のなかの佳作といえよう。また当時、早くも「紅楼夢」の三文字が名家の詩作中に詠みこまれた例もあって、孫星衍《そんせいえん》『芳茂山人詩録』「冶城遺集」中の〈口占贈荘公子逵吉〉詩における首句、「青山の絲竹に紅楼夢」云々などが参考となろう。さらに、女流詩人による題詩についても紹介すべきことが数々あるものの、それだけに、これらは専門的にそれぞれ研究課題とされるべきものと考え、ここで略述することは控えたい。

⑫当時のいわゆる「論文」とは、文学作品にたいする鑑賞評論のことであって、評点家たち、すなわち作品にたいして評注をほどこす者たちも、「某々が論文す」などと記すのが常であった。したがって今日一般に「学術研究のための論作」の意味でもちいる「論文」とは、同字ながら意味の異なる用語である。

⑬『旧学庵筆記』に見える。（この資料は一九五五年、友人の黄裳氏の教示によって知りえた。）

【訳注】

（一）「新愁」といい「旧恨」といい――敦敏『懋斎詩鈔』〈贈芹圃〉詩中の句、「新愁と旧恨と知ること多少ぞ」に拠る。

（二）墓地の一隅――本書刊行後、一九九二年七月に北京「東郊」の通県張家湾から〈曹雪芹墓石〉と称する粗石の発見が報告され、たちまち真贋論争が起きたが、未だ納得のゆく結論をみない。馮其庸（主編）『曹雪芹墓石論争集』（文化藝術出版社・一九九四）参看。

（三）壬午の除夕――この脂硯斎評語の記年に従い、雪芹は乾隆二十七年壬午のとしの除夜に他界した、とするのが曹雪芹没年《壬午説》。巻末〈付録一・一〉参照。

（四）永忠――一七三五～九三。清の宗室詩人。字は良輔また敬軒。臞仙ないし蕖仙を号とし栟櫚道人を別号とす。康熙帝の皇十四子たる胤禵の孫。多羅貝勒弘明の子。官は宗室総管・満州右翼近支第四族教長。爵は輔国将軍。著に『延芬室稿』あり。

（五）明義――生卒年未詳。明我斎とも。満州鑲黄旗の人。姓は富察《フチャ》氏。傅恒（第四章前出）の甥。父方の従兄弟に明琳（第二十五章前出）がいる。巻末〈図表・一〉参看。官は上駟院執鞭差事に終始す。著に『緑煙瑣窗集』あり。また本文にも言及される〈題紅楼夢二十首〉詩中には現行本と合致しない詩篇もまま認められ、これは明義が閲した『紅楼夢』と現行百二十回本との内容上の差異によるものと考えられている。

（六）「……宜しからずや」――大意は「宮廷が華美を競いあい、庶民の力は底をつき、恨みつらみのため人らしい心がすっかり失なわれてしまったので、人ならぬ石がものを言うのも無理からぬこと」。昭公八年（前五三四）、おりしも宮殿を造営中であった晉侯（平公）が石が口をきいた噂を聞き、その理由を尋ねた時の師曠（子野）

の返答。

（七）石崇――二四九～三〇〇。河北南皮の人。字は季倫。西晉の大富豪。官は衛尉に至る。洛陽北西の金谷に豪奢な別荘（金谷別墅とも金谷園とも）を営み、文友墨客を招いて歓を尽くしたが、趙王倫が賈后を弑するに及び賈后側の石崇もまた金谷に攻め込まれて殺された。

（八）緑珠――笛の名手とされる石崇の愛姫。石崇が殺害された際、金谷園の高楼から身を投げて殉死したと伝えられる。伝奇小説『緑珠伝』等に脚色され、蒙求の標題としても名高い。

（九）惲敬――一七五七～一八一七。江蘇陽湖の人。字は子居。簡堂と号す。乾隆四十八年の挙人。官は咸安宮包衣官学の教習をへ江西呉城県同知。明の帰有光が『史記』を評注したのに倣い『紅楼夢論文』を執筆したと伝えられる。著に『大雲山房文集』等あり。

（十）陽湖派――清代散文家の一派。清朝一代を風靡した桐城派の分派とされ、惲敬らが創始し、また惲敬の郷里（江蘇陽湖）の者がおおくを占めたため此の派名がある。

（十一）厖大な数にのぼり――『紅楼夢』に材をとる詩詞題詠の類いは、小説流布の当初から清末にいたるまで、旧紅学の中に《題詠派》なる一派が生まれたほど数多い。一粟（編）『〈古典文学研究資料彙編〉紅楼夢巻』（全二冊、中華書局・一九六三）巻五からもその一斑が窺われよう。

（十二）捲きおこしたのであった――その流行振りを伝える資料は枚挙にいとまが無い。程偉元（次章参照）もその刊本序文のなかに、「好事家、つねに一部を伝抄するたび廟市中に置くに、その値を昂げて数十金を得る。脛《あし》無くして走るというべき者なり」と抄本期の異常な人気を記し、刊本化されて後は「家ごとに一編を置く」（西清『樺葉述聞』）という有り様で、当時民間では「開談するも紅楼夢を説かずんば、詩書を縦読するも枉然たり」（楊懋建『京塵雑録』）なる竹枝詞が流行したという。清末には西太后も『紅楼夢』を熱愛し自身を賈母（小説中の賈の後室）に擬らえている（景梅九『石頭記真諦』）所から、西太后の頤和園への愛着を『紅楼夢』書中の大観園と関係づける論者もいる。さらに標準語（普通話）成立以前の民国期において、王力は『中国現代語法』（上冊・一九四三、下冊・一九四七）のなかの中国現代語の標準として『紅楼夢』書中の会話文を採用するほど全国的に支持され、新中国においても国民的愛読書としての『紅楼夢』の地位は揺るぎない。

（十三）　課題だからでもある――日本にかぎって補うなら、日本における『紅楼夢』研究の足取りは伊藤漱平（編）『「紅楼夢」研究日本語文献・資料目録』（『明清文学言語研究会会報』単刊6・一九六四）によってその最初期から辿れるが、ただし一九六四年九月までの文献にとどまるため、それに続く文献目録としては篤志の業余研究者たる千賀新三郎氏による『「紅楼夢」研究日本語文献資料目録・一九六四～一九九一年（試行本）』の労作がある。また日本と『紅楼夢』の関係史についても伊藤漱平『日本における「紅楼夢」の流行〈幕末から現代までの書誌的素描〉』（『中国文学の比較文学的研究』〈汲古書院・一九八六〉、および『伊藤漱平著作集Ⅲ』〈同・二〇〇八〉所収）が参考となろう。しかし上記諸論作にしても中国にては既にあまねく紹介されているのに、当の日本においてはごく一部専門家にしか関知されていない。数ある外国文学中の一作品にすぎぬものゆえ当然事かも知れないが、中国での挙国流行ぶりを思うと珍妙ではある。その意味からも、周汝昌氏の訴えは誇張でも社交辞令でもない。

（十四）　詩篇がそれである――『鷦鷯庵雑詩』が収めるもう一篇の挽詩は次の如し。「篋を開けば猶お存す氷雪の文、故交の零落として散ること雲の如し。三年下第するも曾つて我を憐れむ、一病なるに医の無くして竟いに君に背く。鄴下の才人まさに恨み有るべし、山陽の残笛は聞くに堪えず。他時痩馬にて西州の路、宿草の寒煙は落《らく》曛《くん》に対す」。また『四松堂集』抄本の収める挽詩は次の如し。「四十の年華にして杳冥に付す、哀旌《あいせい》の一片に阿誰か銘さん。孤児の渺漠たりて魂まさに追うべし、新婦の飄零たりて目あに瞑せんや。牛鬼遺文に李賀を悲しむ、鹿車鍤を荷い劉伶を葬る。故人ただ有る青山の涙、絮酒《じょしゅ》生芻もて旧坰に上す」。いずれも《輓曹雪芹》と題し、『四松堂集』抄本所収詩は題下に「甲申」と記年す。

（十五）理由は別記した――著者が根拠とする理由は『紅楼夢新証』〈付録編・第七節〉（一〇六七〜一〇七六頁）に示され、明義の〈題紅楼夢二十首〉詩そのもの、および『緑煙瑣窗集』全篇の収録記事を、当時の歴史事項・各種類似書の記載により点検し、作詩年代の時代的上限と下限とを考証す。

〔三十二〕　のちの事（二）

乾隆二十五年〔一七六〇〕庚辰のとしの春、乾隆帝は永璇の屋敷においてはじめて『石頭記』を目にしたものの、そのときには小説全体を通読しておらず、まだ事情の仔細を十分には呑みこめずにいた。けれど、それが事の発端となるにいたった。同二十七年〔一七六二〕壬午のとしの九月にいたり、脂硯斎は「書を索めらるること甚だ迫」る〈第二十八章前出〉との理由のもとに一段の評文をしたため、杜甫の祠《ほこら》の受難事件にことよせながら、雪芹が所轄官吏から迫害され安住の地をおびやかされていることに、憤激の情をあらわにしているよう見受けられる。その間の事のいきさつはかなり明瞭に推察されよう。脂硯斎はあわただしく「四閲」抄本の校訂にいそしみ、雪芹はいそぎ南方から逃げかえり、小説原稿の保全のために粉骨砕身していた模様なのである。

しかし、乾隆帝は「最終的」にいったい誰の手をへて小説「全篇」を通読することができたものか。それは和珅《わしん》〈第三章前出〉をおいて他にいない。その経緯についてはすこぶる意味深長のところがある。「唯我《ゆいが》」と名のるひとが、胡子晉《こししん》『万松山房叢書』第一集の〈飲水詩詞集〉末尾の跋文のなかに、次のような一節をしたためている。

……某筆記、それ『紅楼夢』刪削《さんさく》〔改竄〕の源委〔顚末〕を載《しる》していわく、某時、高廟〔乾隆帝〕が満人某家に臨幸するに、たまたま某は外出し、検籍したれば『石頭記』を得、その一冊を挟《たばさ》みて去る。某は帰り、大いに懼《おそ》る。急ぎ原本をば刪改して進呈す。……

さらに、郭則澐《かくそくうん》『清詞玉屑』巻二にも次のように記される。

……すなわち是の書を作すに、太虚幻境〔『紅楼夢』書中の仙界の名〕というは、その辞を詭《いつわ》りしものなり。初め、甚だしくは隠さざるも、たまたま車駕が邸に幸《みゆき》し、微かにこれを睹《み》たり。――亟《すみや》かに竄易《ざんえき》して進呈し、……

こうした記載をあまねく蒐集するなら、おそらく大同小異の文章がさらに見出されるに違いなく、それぞれの内容には根拠があり、おのおのの記述にも出所のあることを知るべきであろう。その一つの証左ともいうべきは、《戚蓼生序本《せきりょうせい》》八十回『石頭記』の原本が、実見したものの説によれば、黄色い綸子《りんず》によって装幀された大型の冊子本で、まさしく皇帝への「進呈」本の体裁をとっており、そればかりか「脂硯斎」などという字面はのこらず除去され、書中の卑語の類いがすべて書き直されている点からしても、ことごとく進呈のための工作と目されることである。のみならず、同じく重要なことは、宋翔鳳〔第十三章前出〕が伝述するところの一件事で、それは次のようなものである。

曹雪芹の『紅楼夢』なるは、高廟の末年、和珅が以つて呈上するも、しかるに指す所を知らず。高廟は閲《けみ》してこれを然《しか》りとし、曰わく、「此れは蓋し明珠《ミンジュ》の家がために作せしなり」と。後ち、遂に此の書を以つて珠の遺事と為したり。……

事の真相はここに含まれよう[二]。

今日さらに知りうることは、和珅は生家がまずしく内務府配下の使用人の家柄で、英廉《えいれん》[三]の母方の甥にあたり、その英廉にしても逆臣たる馮銓《ふうせん》[四]の子孫にほかならず、馮銓の死後に内務府籍に編入されて奴僕とされた（これは満州の遺制に基づくもので清初にのみ残されていた旧制度による）、そうした人物だったことである。伝説によれば、あるとき乾隆帝が輿にのって出御したさい、和珅は近侍の一員として輿をかついで帝の身辺にいた。たまたま帝から御下問があり、扈従《こじゅう》のものたちが誰も答えられずにいるので和珅が《四書》の一節を引きながら返答したところ、その受け答えの敏捷かつ巧妙なのを見て、帝はいたく和珅が気に入り、以来とんとん拍子に出世した[五]、というのである。この伝説においても明らかなように、和珅というひとは学問にかけても中々のもので、しかも小賢しさに物をいわせ、あの手この手で相手方にとりいり、あげくには信任を得てしまう。そうしたわけで、乾隆帝がひそかに巷間の物品を入手したいときは、何事によらず和珅の助けをかりていた。永璇邸への行幸事件ののち、しばらく『石頭記』のことが念頭から去らなかった乾隆帝は、そこで例により和珅に調査手配を命じたのであった。

そこは悪知恵にたけた和珅のこと、『石頭記』という小説の氏素姓のみならず、「聖上」が『石頭記』を気にかける理由から思惑まで、たちまち知り尽くしてしまった。しかるのち、彼は雪芹の所轄官たる八旗役人にわたりをつけ、雪芹の全原稿を手に入れさせたわけである。ところが、『石頭記』という小説は第八十回までしか流布していないことが判明したとき、彼の脳裡に一つの策略が浮かんだ。すなわち、『石頭記』の「全貌」をそこなうことなく、しかも聖上のお褒めにあずかれる「すり替え」の策――要するに、小説にたいする補筆改作を隠密にやってのけようという計略であった。その方法としては、適当な人材を探しだし、八十回以後を偽作させ、前八十回とあわせて「完本」としたうえで、さらには『四庫全書』の精神にのっとって前八十回にもこっそり「潤色」を施そうというものであった①。

こうした謀略が実行されたとして、その証拠について若干のことを補う。

光緒三十三年〔一九〇七〕に出版が開始された『小説林』に、「蛮《ばん》」という筆者による〈小説小話〉一篇がおさめられ、その文中に次のような無視しがたい一節が見あたる。

『石頭記』原書の鈔行〔写伝〕せられるもの、林黛玉《りんたいぎょく》〔『紅楼夢』の主要ヒロイン〕の死において終わり、後篇は忌《き》に触るること太《はなは》だ多きにより、いまだ敢えて流布されず。曹雪芹なるは、織造某の子にして、もと一とりの失学せし紈袴《がんこ》〔名門子弟〕たり。都門〔北京城下〕にて前編を購《あがな》い得てより、重金をもつて文士を延《まね》き、これを続成せしむ。すなわち今に通行の『石頭記』是れなり。――無論、書中前後の優劣は判然たり。すなわち続成の意恉《いし》〔意図〕、また書中に表顕す。世俗は察せず、漫《みだ》りに此の書を指して曹氏の作となし、しこうして『後《こう》紅楼夢』（六）を作せし者、かつ横《ほしい》まま蛇足を加うること、尤《とりわ》けて笑うべきなり。

清朝も末期のひとびとは、紅学における幾多の実情（今日すでに実証済みの件もふくむ）をあまり心得ておらず、この「蛮」と名のるひとの記述にも不正確な箇所（雪芹原作が林黛玉の死によって終わること等々）が含まれているのは致仕方のないことで、雪芹・高鶚《こうがく》（七）それぞれの原作者・続作者の関係についても混乱がみとめられる。とはいうもの、ここで注目すべきことは別にある。なにより重要な点は、「蛮」氏の文章が彼ら清代のひとびとのあいだで代々つたえられてきた一事実を明々白々に記録していることである。すなわち、『石頭記』の後篇（つまり補作された後四十回）は、あるひとが大金をはらい文士たちをまねいて続成させたもの、という事実である。――しかも、この続成された書、すなわち後篇の欠落をおぎなうために続作して仕上げられた「完本」こそ、一般坊間に通行された百二十回本にほかならない、と指摘している点である。

本書の読者各位なら、曹雪芹が別人の手になる「前篇」を「購入」し、さらには執筆料として「重金」（まさか「掛け」ではなかろう）をはらい、ひとに代作を依頼したなどと言っても、誰ひとり信ずるものはなかろう。要するに、「蛮」氏が記録した事の経過は、じつは和珅が資金を出し、程偉元《ていいげん》（八）・高鶚らに「完本」を偽造させた陰謀の、その内幕を伝えたものにほかならない。

世のなかは一事が万事、まことに「人に知られたくなくんば、みずから為さざるにしかず」である。

『紅楼夢』の完本を捏造するなどという陰謀は、当時においても後世においても隠しおおせるものではなく、また人の目を欺ききれるものでもない。

かくのごとく、乾隆帝の下命をうけた和珅が、ひそかに人をまきこんで仕組んだペテンの真相は、あらまし歴然としてくるわけである。

そうした次第で、乾隆五十六年（一七九一）辛亥のとしにおよび、『紅楼夢』完本の脱稿にあわせ刊本の出版まで成しとげるにいたった。（九）さらに翌五十七年壬子のとし、程偉元と高鶚とは改訂本の出版（十）にさいし、「引言」をしたためて次のように吐露している――。

是の書、詞意の新雅にして、久しく名公巨卿《きよけい》に賞鑑せらる。……

――〈萃文書屋刊『新鐫全部繡像紅楼夢』乾隆壬子本・巻首〈引言〉〉

ここにいう「名公巨卿」とは、乾隆五十年代の文字として読むとき、ほかでもなく和珅にこそ当てはまる言葉にちがいない。さきの宋翔鳳の伝述を念頭におくなら、まさしく合致する措辞といえよう。

とりわけ符合する点をのべるなら、さきの「唯我」氏はさらに次のように記している。

……高廟、すなわち（『紅楼夢』を）武英殿《ぶえいでん》の刊印に付す。書、わずかに四百部。ゆえに世に多くは見えず。今本すなわち武英殿の刪削《さんさく》本なり。

この記載によって事情はなおのこと明瞭なものとなる。すなわち、ここでいう「武英殿刊本」[十一]とは、「宮中御用達」のための刊本をさす世間一般の俗称であって、ほかでもなく皇帝みずからの下命をうけた和珅の指図による民間出版を意味するもの、と目されるからである。しかも活字組版について補うなら、ほんらいなら武英殿修書処のように大木活字をもちいて組版するところを、『紅楼夢』百二十回刊本は小活字をもちい、まして《程本《ていほん》》〔程偉元刊本の略称・訳注九参看〕の場合、「辛亥《しんがい》の冬至《とうじ》の後五日」〔西暦一七九一年十二月三日〕から「壬子《じんし》の花朝《かちょう》の後一日」〔西暦一七九二年二月十三日〕にかけて、わずか三ケ月たらずで改訂版を仕上げている。[十二]こうした短期間のうちに、百二十回もの大部な書物にこまごまと修正をほどこして改訂本〔すなわち《程乙《おつ》本》〔程偉元刊本第二版の略称・訳注十参看〕を再刊行したとなると、坊間書肆の尋常な作業においては考えられない放れ業であったにちがいない。したがって、皇帝ないし和珅のような「名公巨卿」がパトロンについていなければ、とうてい無理な出版だったのである。

最後に指摘しておくべきことは、乾隆帝みずからが百二十回『紅楼夢』完本にたいし、「閲してこれを然りとす」、という態度をしめしていることである。すなわち、乾隆帝がこの「完本」を賞賛している事実である。このことの意義について、いまだ十全なる考察がなされていないことを強調しておきたい。

ところで乾隆帝は、さんざんに改竄されつくしたこの「新版完本」の仕上がりぐあいに、心から満足したばかりでなく、さらには紅楼夢研究史上において最初の紅学家《こうがくか》〔紅楼夢研究家〕となるにいたった。すなわち、『紅楼夢』は「聖祖仁《じん》皇帝」康熙帝のもとで相国《しょうこく》〔宰相すなわち清代の大学士〕をつとめた納《のう》蘭《らん》明珠の家事をえがいたもの、と判定を下したのは彼なのであった。

こうした経緯を今日につたえる宋翔鳳の伝述は、はなはだ筋道立ったものと言えよう。なぜなら、明珠がモデルである、などと主張するものは以前には一人もいなかったのに、この乾隆帝の御託宣いらい、誰も彼もがそうした言い方しか出来なくなったことは確かな事実だからである。

じつは、こうしたカムフラージュも乾隆帝と和珅との共謀によるものと思しい。というのも、『紅楼夢』が近時の実話に取材した「時事小説」であって、ひとえに文筆の冴えのおかげで真相がボカされていることくらい、当時の人々にとってはいわば常識だったからである。したがって、「時事小説」であることは認めるとしても、一計を案じ、小説のモデルを時代的にすこし溯らせて康熙朝のこととし、おまけに誰にも馴染みぶかい「明珠の屋敷」を「身代わり」にたて、かくして小説『紅楼夢』の「時事性」を、消せないまでも薄めることに成功したわけであった。

これは中国文化史における特筆すべき陰謀といえよう。とにかく、そのご《索隠派《さくいん》》(十三)の紅学家たちは、例外なくまんまと乾隆帝の術策にはまってモデル詮議にあけくれる病弊におちいり、その後遺症たるやのちのちまで長らく尾をひき、ようやく治療が始められたのはつい最近のこと、といって差し支えないからである。

曹雪芹は、辛酸のかぎりを嘗めつくしながら小説執筆に一生をついやし、しかも不遇のうちに息をひきとった。のみならず、死後もなお、信じられないほどの受難の日々がつづいている。ふりかえって思うとき、虚々実々の『紅楼夢』という小説をめぐる多種多様の鬩《せめ》ぎあいには、ただただ慄然とするばかりである。

こうした慄然とするばかりの闘ぎあいこそ、まぎれもなく曹雪芹の思想的力量ならびに藝術的伎倆の非凡性を物語るものにちがいない。しかしながら、それにしても中国文学史上きわめて稀にみる、しかも想像を絶する闘ぎあいなのであって、今日においてさえ、いまだに全貌の解明しきれないほどの異常事態をまねいている。

曹雪芹の思想と藝術との両面にわたる巨大さについて、われわれは今後ともたゆみなく考究を深めていかなければならず、又そうすることによってのみ、日々に新たな謎を解きすすめていくことが出来るものと信じて疑わない。

一九七九・十二・十四——己未冬十月廿五夜、擱筆

《原注》

① 乾隆から嘉慶にかけてのひと呉雲は、花韻庵主人の『紅楼夢伝奇』のために序を作し、「『紅楼夢』……『四庫書』の成を告げし時にあたり稍々流布するも、おおむね皆抄写されしものにして完帙《かんちつ》は無し。すでにして高蘭墅《らんしょ》（鶚）、陳（程）某とともにこれを足成するに、まま多く原文を点竄《てんざん》し、続貂《ぞくちょう》（巧美なものに粗悪なものを続ける意）の誹《そし》りを免れず。……」と記している。すこぶる重要な記載といえよう。というのも、周知のように『四庫全書』の編纂は各原書を大掛かりに改竄したもので、それがまさしく当時の時代的風潮だったわけで、本来なら

一種の文化的陰謀ともいうべき大事業にほかならなかったからである。

【訳注】

（一）《戚蓼生序本》八十回『石頭記』の原本——第二十七章訳注七に列挙した現伝《脂硯斎評本》のうち石印公刊後に焼失したとされるⅠ『戚蓼生序「石頭記」』の原本のこと。なお一九七五年に上海で発見された前四十回《戚本》が同原本の前半部ともされる。

（二）ここに含まれよう——『紅楼夢』第八十一回以降（いわゆる後四十回）の続成問題および出版問題については数々の疑問点があり、その解釈としても諸説がある。以下に述べられるのは著者周汝昌氏の見解。

（三）英廉——?～一七八二。内務府漢軍鑲黄旗の人。字は計六。雍正十年の挙人。乾隆朝の名臣。雍正年間に内務府主事。河工に失策し一度解任されたが乾隆初年に同職復官。官は直隷総督にいたり太子太保を加えらる。漢軍が漢大学士を授かるのは英廉に始まる。

（四）馮銓——一五九五～一六七二。順天府涿州の人。字は振鷺。万暦四十一年の進士。明末の寵臣たる宦官魏賢忠《ぎけんちゆう》のもとで武英殿大学士にいたり魏賢忠失脚とともに下野。清の順治元年、招かれて大学士のまま清朝に仕官。たびたび奸官として弾劾されながら重職を歴任。中和殿大学士にのぼり太子太保を加えられたが死後に家産を没収された。

（五）出世した、というのである——陳焯『帰雲室見聞雑記』巻中に見える。

（六）『後紅楼夢』——逍遙子《しようようし》の撰。三十回。乾隆・嘉慶の交の刊行と思しい。百二十回本『紅楼夢』に連続する筋立てにより作中において不幸に終わった黛玉・晴雯・元春らが目出度く報われる大団円を内容とする。『紅楼夢』刊本が流布されて以後、おびただしく続作された所謂《続書《ぞくしよ》》群中の最初期の一書。なお一粟（編）『紅楼夢書録』（古典文学出版社・一九五八）は『後紅楼夢』をはじめとする三十種の続書を収録。

（七）高鶚――一七六三～一八一五。現行本『紅楼夢』百二十回のうち後四十回を「補」した〈張問陶〈贈高蘭墅同年〉詩〉とされる人物。内務府鑲黄旗漢軍の人。原籍は遼東鉄嶺。字は蘭墅《らんしょ》。紅楼外史を別号とす。張船山《ちょうせんざん》として知られる張問陶《もんとう》の妹婿。乾隆五十六年辛亥、程偉元とともに『紅楼夢』最初の百二十回刊本を出版して巻首に〈『紅楼夢』叙〉を記す。また翌五十七年壬子の改訂版刊行に際しては巻首に程偉元と連名で〈引言〉を叙す。乾隆六十年の進士。官は漢軍中書・都察院江南道監察御史をへて刑科給事中に至ったが、嘉慶十八年の林清大逆事件時の不手際により級三等を減ぜられ、同二十年に卒。現伝著作としては『月小山房遺稿』・『吏治輯要』・『蘭墅硯香詞』稿本・『蘭墅文存』稿本・『蘭墅十藝』稿本・『唐陸魯望詩稿選鈔』手稿本などがあり、また『高蘭墅集』・『蘭墅詩鈔』の書名のみ八旗文経・清史稿にそれぞれ分見される。近時に影印出版された『高蘭墅集』（文学古籍出版社・一九五五）は前掲同名書とは別個の現伝諸書を集成した著作集。

（八）程偉元――一七四五？～一八一九？。江蘇蘇州の人。字は小泉。南方文人の家門に生まれ、文才あって詩画を善くす。北京上洛ののち各種『紅楼夢』抄本の捜集につとめ、乾隆五十六年にいたり高鶚とともに『紅楼夢』最初の刊本たる『新鐫全部繡像紅楼夢』百二十回木活字本を萃文《すいぶん》書屋から出版。巻首に〈序〉を冠す。つづき翌年に同書の改訂版たる第二次刊本を再出版。嘉慶五年におよび盛京将軍晉昌の幕下に加わり大いに重んぜられ、同七年に晉昌の詩集『且住草堂詩稿』を代編。さらに盛京一帯の文人たちと親交を深め、晩年は遼東に没す。

（九）出版まで成しとげるにいたった――前注既述の第一次『新鐫全部繡像紅楼夢』百二十回木活字本のこと。「新《しん》鐫《せん》」は新刊、「全部」は完本、「繡像《しゅうぞう》」は絵入りの意。この程偉元による刊本は《程本《ていほん》》と略称され、さらに第二次刊本と区別する場合は《程甲《こう》本》ないし出版年次の干支により《辛亥《しんがい》本》とも称され、そののち清一代をとおして広く行なわれた数々の『紅楼夢』百二十回本の祖本と仰がれる。この《程甲本》系統の主要な刊本を、主に評注者による分類にしたがって以下に掲げる。

○『新増批評繡像紅楼夢』―嘉慶十六年、東観閣《とうかんかく》重刊（重刊とするのは東観閣がすでに程甲本の出版直後に海賊版にちかい刊本を刊行しているため）。ほぼ程甲本の体裁に従う。《東観閣本》と略称され《王希廉本》以下の直接の底本と思しい。嘉慶二十三年・道光二年にも重印。

○『繡像紅楼夢全伝』―嘉慶二十三年?、金陵（南京）藤花榭《とうかしゃ》刊。巻首を程甲本より簡略化。藤花榭とは額勒《エル》布《ボ》（一七四七～一八三〇。字は履豊。約斎と号す。索佳《ソギア》氏の満州正紅旗人）の書室名。《藤花榭本》と略称。

○『新評繡像紅楼夢全伝』―道光十二年、双清仙館刊。巻首に王希廉《おうきれん》の〈批序〉〈論賛〉〈総評〉等を加えた評本。王希廉（字は雪香。護花主人と号す。江蘇呉県の人）は嘉慶朝から咸豊朝にかけての旧紅学「評点派」を代表する一人。《王希廉評本》と略称。

○『繡像石頭記紅楼夢』―光緒七年、湖南の臥雲山館刊。巻首に張新之《ちょうしんし》の〈序〉〈読法〉〈自題詩〉等を加えた評本。本書の原形は道光末年までに成立していた『妙復軒評石頭記』なる抄本。張新之（太平閑人と号し妙復《みょうふく》軒《けん》を書室名とす）は嘉慶・道光年間に活躍した人物。一時おおいに盛行された評本。《張新之評本》と略称。

○『増評補図石頭記』―光緒年間、上海広百宋斎による鉛印本。王希廉評本に姚燮《ようしょう》の評を加えたもの。姚燮（一八〇五～六四。字は梅伯。復荘と号し、別号は大某山民・二石・野橋など。浙江鎮海の人）は詩詞駢文にすぐれ画をも得意とした文学者で旧紅学「評点派」を代表する一人。《王姚合評本》と略称。

○『増評補像全図金玉縁』―光緒十年、上海同文書局の石印本。王希廉・張新之・姚燮の三家の評を集成したもの。《三家評本》と略称。

他に特異なテキストとして『本衙蔵版』もあるが、以上が《程甲本》を祖とする百二十回刊本の主たるバリエント。その他の諸刊本は上記いずれかを粉本とする再派生本と称して差し支えない。この系統の諸版本が清朝一代を風靡し、次注に記すごとく民国期に胡適が《程乙本》を再刊行するまで《程甲本》一色の観を呈したが、今日では《程乙本》が一般化したため逆に閲覧し難くなった《程甲本》系の主な出版書を以下に列挙しておく。

○『紅楼夢索隠』――一九一六年、上海中華書局。王夢阮・沈瓶庵（撰）百二十回《索隠本》。
○『〈新式標点〉紅楼夢』――一九二一年、亜東図書館初排。汪原放・胡適（校）百二十回《亜東一次標点本》。
○『石頭記』〈万有文庫〉――一九三〇年、商務印書館。《王姚合評本》系の百二十回本《万有文庫本》。
○『程甲本新鐫全部繡像紅楼夢』〈紅楼夢叢書〉――一九七七年、台湾広文書局。影印六冊。
○『程甲本紅楼夢』――一九九二年、北京・書目文献出版社。《程甲本》影印、全六冊。

（十）　改訂本の出版――乾隆五十七年壬子における改訂版たる『新鐫全部繡像紅楼夢』刊行のこと。第一次刊本を《程甲本》と称するのにたいし、この第二次刊本は《程乙本《ていおつほん》》ないし干支により《壬子《じんし》本》と略称。最初の刊本たる《程甲本》が急速に江湖に普及したため、《程乙本》は民国期にいたり胡適によって称揚されるまで長らく等閑視されたが、胡適による再刊行以後の『紅楼夢』出版は《程乙本》依拠が標準化されている。したがって現行テキストは枚挙に暇がないが、混乱を避けるため初期の主たるものを以下に列記する。

○『〈新式標点〉紅楼夢』――一九二七年、亜東図書館重排。汪原放・胡適（校）百二十回《亜東二次標点本》。
○『〈足本〉紅楼夢』――一九三四年、世界書局。百二十回。《足本》または《世界書局本》。
○『紅楼夢』――一九五三年、北京・作家出版社。繁体字縦組、百二十回。《作家本》。
○『紅楼夢』――一九五七年、北京・人民文学出版社。簡体字横組、百二十回。《人民本》。

（十一）　武英殿――宮城西華門内、内務府より南の宮殿。宮中の修書処として知られる。したがって宮中出版所としては後文にあるごとく武英殿修書処と称すのが正しい。ふつうは武英殿修書処刊本を「武英殿本」ないし「殿版」と称す。

（十二）　改訂版を仕上げている——《程甲本》の高鶚〈序〉末尾に「乾隆辛亥冬至後五日」と署され、《程乙本》の程偉元・高鶚〈引言〉末尾には「壬子花朝後一日」と署される。これほどの短期間に《程甲本》から《程乙本》への改訂がなされた事じたい、『紅楼夢』研究においてしばしば争点となる疑問の一つ。この難問にたいし周汝昌氏は本文に説かれるような回答を示す。別解として、改訂作業は一挙に成されたものでなく、近来《程本》の異版が《程乙本》のみならず《程丙本》等かずかず報告されているごとく、改訂部分を逐次配本ないし抄配していった可能性もある。

（十三）　《索隠派》——『紅楼夢』に描かれた人物・事物・字句文言に隠された真意の解明に重きをおく《旧紅学》中の一派。周春によるモデル詮議（第十一章原注①前出）等によって広まり、賈宝玉を納蘭成徳のこととする明珠家モデル説はかなり民間に流行したが、清末民初にいたり単なる憶測を超えようと更に自覚的《索隠派》が盛行された。王夢阮・沈瓶庵の『紅楼夢索隠』、および蔡元培『石頭記索隠』がその代表的著作。

〔三十三〕 余　音㈠

本篇を閉じるにさいし、いくつか最新の資料と手掛かりとをおぎなっておく。読者および研究者各位の熟読玩味をお願いしたい。曹雪芹研究においては、かほそい小道といえども、そこから実にさまざまな遠景やら秘境やらに辿りつくこともしばしばだからである。

まず最初にあげるべき重要資料は、はじめ面識のなかった康承宗《こうしようそう》氏の御恵送によるものである。同氏は、什刹海《シーチヤハイ》研究のため北京地域における旧時の定期刊行物を調査するうち、すこぶる貴重な文献を発見された。しかも発見ののち秘蔵することなく、その一部始終をわたしに知らせてくださった。そこで検討のうえ、ここに披露する次第である。氏の篤学の志はおおいに称揚されるべきものであり、つつしんで敬意を表したい。

以下は康氏の発見による新資料についての報告ならびに若干の解説――。

民国二十四年〔一九三五〕刊の第一八七期『立言画刊《りつげんがかん》』に掲載された一文は、タイトルを『染碧湖波雪浪、澹黄官柳煙霞――什刹海浄業湖――風景幽静極適遊覧』といい、文中二つのサブ・タイトルがもうけられ、それぞれ〈後海幽僻名刹林立〉および〈李広橋濃陰如画絶似江南水国〉とされる。筆者の署名は「槐隠《かいいん》」。その後篇の文中に、次のような一節がみえる。

……雪芹、官は内務府の筆帖式《ひつちようしき》たりて、学問は淵博。かつて明相国の邸中に西賓《せいひん》となるも、文あるも行《こう》なきに因り、ついに逐客《ちつきやく》の令〔屋敷払い処分〕を下され、のち貧困をもつて死す。伝聞は是の如くなれど、確《しか》や否やを知らず。……

この槐隠という人の文章は、けっして詳細なものでなく、きわめて片々たる記述にはちがいないが、正面きって雪芹の人柄と生活とをつたえる文献のなかでも、わたしの見るかぎり最大級に貴重な価値ある資料と考えられる。

いま試みにこの記載の要点を整理し、わたしが貴重とし、価値ありと判断した理由をしめしたい。

第一に、まず雪芹の生まれた曹家の旗籍に関して。御存知のとおり、二十年代初頭において胡適が『紅楼夢考証』〔一九二一〕を発表していらい、ようやく曹家は旗人に属することが一般に知られるようになったものの、それにしても「漢軍」であるかのように誤認され、しかも、そのまま久しく誤解されたままであった。四十年代にいたり、わたしは曹家が内務府籍に所属するもので、漢軍ではないことを力説した。そして曹家が内務府に属することを基礎とし、そのご曹家と満州皇帝とのかずかずの特殊な関係が明らかにされ、現在ではこの史的修正がひろく公認されるにいたっている。けれども今なお一部のひとびとは旧説を奉じ、「漢軍」の呼称にこだわる人もいるし、内務府説は誤りと反駁する論者もおり、さらには内務府人も漢軍人も同じことで両者に区別はないと見なす者……等々、いろいろな考え方があって混乱がつづいている。この件については拙著『紅楼夢新証』一二六～一三八頁を参照していただくとし、ここでは繰り返さない。ともかく、ここに紹介した新資料は、雪芹を内務府の人であると明言した記述として、目下のところ民国以降もっとも早い文献と言えよう。当時はといえば、まさしく胡氏の所説〔曹家漢軍説〕がもてはやされている最中であったから、この「槐隠」氏のつたえる伝聞が、それなりに独自の根拠に基づいていることは自明である。

そこで、曹雪芹が筆帖式であった、とする件について触れておかなければならない。

内務府籍に身をおくひとは、およそ文墨のたしなみのある者なら、だれしも筆帖式を仕官の振り出しにするのが通例とされていた。そんなわけで、わたしは以前から、雪芹もかならずや内務府づきの筆帖式を勤めたことがあるに違いない、と目していたものの、どうにも資料不足のために断言できずにいた。——そうした苦情を友人と語り合うのが毎度であった。いわば長年来、雪芹研究の空白部分の一つとされきた懸案事項だったわけである。したがって、わたしは今般ようやく一証を手にしえた喜びのあまり、資料提供者である康氏に次のような蕪詩をしたためて返礼とした。

什刹清波垂柳風　　什刹《シーチヤ》の清波に柳風の垂る
辛勤獨自覓遺踪　　辛勤して独自に遺踪を覓《もと》む
雪芹身是筆帖式　　雪芹の身これ筆帖式
探得驪珠第一功　　探し得たり驪珠《りしゆ》　第一功たり

雪芹が筆帖式であったことが判明しただけでも、その文献の資料的価値がきわめて高いことを知らせ、康氏の功績に報いたかったのである。

ところで、筆帖式とはどういう役職かといえば、そもそもこの言葉は満州語からの音訳語なのであって、蒙古語にもそれに相当する名詞があり、漢字でしるせば「必闍赤」〔ビチクチ。文字を記す人、の意〕となり、早くは元代に「比闍出」というものがあった。満州語でいうなら「巴克什」〔バクシ。読書人のこと〕――のちに転じて「傍式《ぼうしき》」となるものの、語源をおなじくする同義語である。清人がまだ入関する以前、巴克什の地位はかなり高いもので、文官にたいする一種の賜名〔君主から下賜される尊名〕であった。ところが入関してのち、漢字に改められて筆帖式となってからは、内務府のほかにも役所の各部門ごとに設置され、翻訳・繕本・貼写などの名称もくわわり、それぞれ上奏詔勅にかかわる満・漢両語の公文書の翻訳などの公務にたずさわり、七品どまりの官位とされ、文官のなかでも最も「ありきたり」の小官職となった。とはいうもの、旗人たちは筆帖式を手始めに、つぎつぎと昇官するのが常であって、じっさい八旗高官のおおくは筆帖式出身者で占められていた。いっぽう一般の漢人はいかなる筆帖式にもなることを許されず、まして内務府の筆帖式には、一般の漢人はもちろん漢軍でさえなることが出来なかった。こうしたことは清代の諸制度に照らしても歴然としており、内務府籍と漢軍籍との区別さえ定かでない方々には、その弁別法を呑みこむ好い機会となろう。

雪芹が内務府の包衣人として仕官するとなれば、おそらく筆帖式から始まったであろうことは、彼の文学的才能からしても家藝の学業からしても、上司の抜擢をうけるのに十分であったところから、いわば当然のことと言えるのである。

しかしながら、藝術的才能というものは、かならずしも学問とは一致しない別物である。曹雪芹みずからが「わたしは無学にして文才もない」〔『紅楼夢』第一回〕と洩らしているのも、その両方について述べた言葉にほかならない。ただし、雪芹は「無学」と自称しているけれど、『石頭記』一書からも彼の博学ぶりは容易に知られ、それが謙遜の辞であることは言うまでもない。ところが旧来の資料のなかには、雪芹の学識に関する直接的記載が一字として見あたらなかった。その意味においても、彼の学識が「淵博」であったことを伝える最初の文献として、ここに紹介した新資料は画期的内容をそなえている。

つぎに確認しておくべきことは、新出資料が雪芹のことを、「明相国」邸の西賓〔食客のこと。西席とも〕であったとしている点である。既述のとおり、雪芹については「某々府の食客」であったとする説が昔からさまざまな形で伝えられ、この資料もさらに一例を加えるものといえる。けれど、それが「明相国」府であったとする点については明らかに誤伝ないし付会の説が混入したものと思われる。なぜなら、明珠は順治・康熙年間に相国（すなわち清の大学士）をつとめた人物で、雪芹とは時代が離れすぎ、とうてい雪芹が関係を持ちえない人だからである。そこで当然のこととして、雪芹の時代に、前海《チエンハイ》・後海《ホウハイ》（什刹海）湖畔の地に屋敷をかまえていた相国とは誰か、という疑問が生まれよう。推定してゆくと、ほかならぬ尹継善の屋敷が浮上してくるのである。尹家といえば「両世に平津たり」〔第二十六章前出〕と称されたとおり、尹泰・尹継善の父子ともども相国に任ぜられ、継善が相国になる以前より、その屋敷は相国府と呼ばれていたからである。この点については槐隠氏も思いおよばなかったらしく、あいかわらず《索隠派》の古めかしい妄説にまどわされ、雪芹が招かれたのは明珠の屋敷であると、早合点してしまったのであろう。さいわい相国府の当主についての矛盾は、年代やら地点やら歴史的経過などを総合することにより解決できる問題であった(二)。

もちろん、だからといって雪芹が食客となったのは一度かぎり、という意味ではないし、まして一貫して尹家の相国府で食客となりつづけた、という意味でもない。すでに指摘しておいたように、敦誠は乾隆二十二年丁丑のとしの詩作〈寄懐曹雪芹〉において、「君に勧む食客の鋏を弾ずること莫かれ、君に勧む富児の門を叩くこと莫かれ。残盃冷炙に徳色あり、黄葉村にて書を著わすに如かず」〔第二十一章前出〕とうたい、戦国時代に孟嘗君の幕客となっていた馮諼の「弾鋏《だんきょう》長歌」の典故をもちいているごとく、敦氏兄弟の詩作のなかには雪芹食客の件についてそれぞれ証拠立て合う例句がみとめられる。そうした詩句から判明することは、すくなくとも乾隆二十二年の秋には、雪芹がすでに北京西郊の山村に移り住んでいたことである。しかも既述のとおり、雪芹の山居はみずから望んだものではなく、また「山林隠逸」の「楽」などというシャレたものでもなく、切羽詰まって身の置きどころさえ失なわれ、やむをえず幾度となく転宅をかさねながら次第に郊外の山村へと追い込まれていったものなのである。今次の新資料によれば、相国府から逐客の令が下された、という。相国府から追い出されたとなると、あまねく北京城内にスキャンダルとして広められたであろうから、誰ひとり知らぬものはなく、雪芹の「名声」もこれを境に「一敗地に塗れ」たにちがいなく、しかも雪芹が住んだとされる水屋子・馬小屋・寺院・番小屋などの数々の伝説を考えあわせるなら、万策つきた雪芹は、城内では身をよせる場所にも不自由するようになり、つぎつぎと寓所をかえながら、ついには郊外へ移り住まざるを得なくなったものと推測できるわけである。

さらに、新資料において最も重要なことは、「文あるも行なし〔有文無行〕」とされる記載である。その意味内容を考えれば、それは雪芹が相国府から追い出される理由となったばかりでなく、彼が当時の社会から疎外されることとなった根本的原因と思われるからである。すなわち、そうした記載の背景には、まさしく封建的士大夫たちの雪芹にたいする「解釈」と「評価」とが潜んでいるためである。ここでいう「行」とは、去声に読むべき名詞で「行為」というほどの意味。したがって「行なし」とは、さしずめ「品行不良」「人格劣等」というところ。たとえば「無行の文人」といえば、旧時において常用された罵り言葉で、たいていは司馬相如にはじまり李商隠・柳永・唐寅・龔自珍……などといった人々まで、いちどは頂戴したことのある言葉にほかならない。つまり彼らは、その抜群の才能のため俗物連から妬み嫉みをかう立場にありながら、しばしば突拍子もない常識破りの考え方やら振る舞いやらをしでかし、時によっては封建的道徳にむかって敵意をむきだしにしたため、渡りに船とばかり「文あるも行なし」なる罪状がこしらえられたわけである。——じじつ、雪芹が「文あるも行なし」であった実例をかかげるとすれば、小説『石頭記』の執筆こそが又とない証例となろう。

とはいえ、雪芹が当時の封建的道徳論者を激怒させた行状は、けっして一件にとどまらなかったことと思われる。たとえば、かの脂硯斎という謎の人物の身分といい性別といい（わたしは早くから脂硯斎女性説〔第二十七章原注⑩参照〕を唱えてきたが、現在この説は日ましに支持されつつある）、および彼女と雪芹との「特殊な関係」といい、ひとびとから「文あるも行なし」として非難される恰好の攻撃材料とされたにちがいない。

「文あるも行なし」という記載。そして「貧困にして死す」という記載。これら両者のあいだに直接の因果関係があることを、新資料はいっそう明白な形でしめしてくれたわけである。本書〔第三十一章〕において、わたしは雪芹の根本的死因が当時の社会そのものに根ざすことを指摘した。そうした観点からするなら、簡略ではあるものの、いまや疑う余地のない文献的根拠を手にすることが出来た、といっても過言ではなかろう。

こうした事柄の一つ一つが、たとえようもない重要事なのである。これほどまでに貴重な資料を発見してくださった康承宗氏にたいし、あらためて感謝の念をささげたい。

第二の資料は、尚養中《しょうようちゅう》氏の提供によるものである。尚氏は清初の平南王〔所謂《三藩》の一〕たる尚可喜《かき》〔三〕の子孫で、「六部口《りくぶこう》の尚家」といえば、北京ッ子なら誰しも聞き覚えがあろう〔六部口とは北京西城区の地名〔西長安街の電報大楼の向かい側〕〕。尚氏の一族も太平湖・花園宮一帯の地を代々の住居としていたことがあり、尚氏の語るところによれば、年羹堯の屋敷もまた太平湖付近にあって、敦敏の家にも程近かったという——年氏・敦氏の両家は姻戚関係にあった。尚氏一族の家譜における世代ごとの命名法はいまでも保持されていて、最古四世代の命名法はそれぞれ「継」「学」「可」「之」の文字がもちいられ、平南王の尚可喜には七子が生まれ、その一人を之隆といい、之隆の末裔が尚養中氏である。尚氏は「久」

字の世代（養中は尚氏の字）に属し、「之」字の世代から起算するなら九代目にあたり、「久」字世代の一代前は「其」字の世代であったという。

その尚養中氏が、張白駒《ちようはっく》先生の八十歳祝賀宴の会場において、曹雪芹にまつわる若干の事情をつたえたい旨、わたしに告げてくれた。そのご尚氏の来訪をうけ、したしく口述を授かり、最後には手ずから資料をしたためてくださった。尚氏の原文は氏の承諾を得てから、本書改訂のさいに全文を収録することとし、ここではその概略を紹介するにとどめる。

尚氏の語るところによれば、氏の年少時、家に曹大哥《そうターコ》と呼ばれる人がいて、本名を曹久恭《きゆうきよう》といった。尚家と曹家とは昔から近しい関係にあり、この大哥すなわち曹久恭は住む家が無かったため、尚家に身をよせて家族同様に暮らしていた。久恭は尚家の「久」字世代と同世代であった。この人物は一風変わっていて、ふだんから談笑を好まず、いつも独り飄々としていたけれど、その人柄は温厚でつつましく、文才学識も豊かであった。そんなわけで、尚家一族のひとびとは大哥（おおあに）と呼びなし、誰もが敬意をはらっていた。あるとき尚氏が『紅楼夢』を読んでいて、分からないところを曹久恭に教えてもらおうとすると、久恭は顔色をかえて返答をこばみ、ひとこと「ダメ……」と言う。その後しばらくして、たまたま同じことが話題になったとき、尚氏がしつこく久恭の答えをせがんだところ、久恭もやむなく尚氏にすこし打ち明け話をしてくれた。その曹久恭の話によれば、彼はそもそも雪芹の子孫であって、雪芹はそのむかし、ある侍女とのあいだに一子をもうけたものの、家族たちから子供の合法的地位が認められず、捨ておき処分にされてしまった。雪芹の没後、正妻の生んだ幼子もすでに夭逝してしまったため、その闇に葬られた子供の血筋だけが「家系外」の庶出子孫となったわけである。その庶出の「直系」子孫が曹久恭だというのである。このことを知る人はすでになく、彼じしんも公けにされることを望まない、とのことであった。久恭は語りおえると、ひどく落ちこんで痛々しい姿だったという。

尚氏の話によれば、曹久恭はほかのことも語り、花園宮一帯の地もかつては曹家旧宅の一つで、邸内には園池もあったという。そこは尚氏も幼少の頃しばしば遊んだ所で、その当時には池水湖石などの旧跡もまだ残されていたとのこと。現在はすでに新興住宅地とされている場所である。

そのご曹久恭がどうしているのかを尋ねたところ、尚養中氏の返答は次のようなものであった。久恭はやがて長蘆鎮《ちょうろちん》〔河北省青県〕における製塩事業の関係で天津市にうつり、いらい尚家を離れてしまった。そのご、久恭には男の子がひとり出来たものの、天津へ転居してまもなく、久恭じしん他界してしまい、未亡人は寄るべのない身の上となったため子供をつれて他家に嫁ぎ、今となっては嫁ぎ先の名字も在所も知るすべがない。したがって、この時をもって、文字通り雪芹の子孫は行方知れずになってしまった、という。

こうした顚末を聞き終えたわたしの心境はといえば、感慨無量としか言いようが無かった。ここに尚氏のつたえる話の概要をしるし、読者の参考としたい。これはあくまでも口述の略記であって、聞き違いやら書き違いなどがあるやも知れず、やがて公表されるであろう尚氏の原文をもって基準とすべきこと、念のため付記しておく。

以下に紹介する情報は、かつて方行《ほうこう》氏が提供してくださったもので、事の起こりは一九六三年、同氏が陸厚信のえがいた雪芹小像を発見し、われわれが手紙のやりとりをしていた頃、氏がわたしに報告してくれた出来事についてである。すなわち、あるとき方行氏は南京において、高校受験にきていた一青年の話により、南京で起こった民事訴訟事件が、曹雪芹の生家の末裔たちによる遺品争いの裁判沙汰であることを聞き知ったのである。氏がその青年の姓名と住所とを知らせてくれたので、わたしは即刻その情報提供者に手紙をしたためて詳細な事情を問いあわせたところ、返信は来たものの、内容はわたしの所望した具体的な状況説明になっておらず、大部分は雪芹家系とは無関係の文面であった。——どうやら、その青年には何がしか事情があり、もうすこし報告をひかえておく必要があったものらしい。わたしの記憶もいまや薄れつつあるものの、要するに、当時においては調査をすすめる妙策が思いつかず、この糸口はそのまま途絶えてしまった。

ここ数年にかけて、徐恭時《じょきょうじ》氏が雪芹小像に関する件でいくたびか方行氏のもとを訪れ、雪芹小像という貴重な文物発見当時のあらゆる状況について、方氏から詳細な事情聴取をおこなう機会があった（というのも、雪芹小像を保管している河南省博物館の調査報告〔後出〕が、一九六三年に方氏が初見したときの同品の状況と大きく喰い違っていたからである）。方行氏は経過を報告するなかで、あわせて上記の件を思い起こすにいたったが、とにかく歳月をへだてての事なので、方氏じしん事の詳細はなんら思い出せず、そこで徐恭時氏に依頼してわたしの所へ問いあわせて来たのである。そんなわけで、徐氏は何度もわたしのもとへ足を運ぶ仕儀とあいなった。ところが、わたしの手許にあった当時のおびただしい書簡資料は、張元済《ちょうげんさい》・呉則虞《ごそくぐ》・呉宓《ひつ》などといった多くの著名人の書札もふくめ、かの《文化大革命》の嵐のなかでことごとく散佚し、そのご幾度となく回収につとめたものの、いずれも行方知れずのままなのである。

そうした現状ではあるけれど、上述の情報がもしも本当のことであるなら、曹家の子孫が南京にいることの確証となるだけに、ここに紹介しておく価値ありと信ずる。この手掛かりをもとに、有志の方々の調査によって新たな糸口が見いだされ、さらなる「展望」のひらける可能性もなしとしない。以上の経過を付記した所以である。

つぎに紹介する画期的な資料は、ちかごろ南京方面から報告されたものである。私事にそくして述べるなら、一九八二年七月『江蘇紅学論文選』所収の黄龍氏の論文『曹雪芹と莎士比亞《シェークスピア》』によっておおよその概要を知り、さらに同十月に上海で開催された同年度の全国紅楼夢学術討論会の席上において、呉新雷氏の論文『曹頫史料初探』に接した次第である。この二論文を総括し、事のあらましを以下に記す。

一九四七年ごろ、金陵大学〔いま南京大学〕の研究生であった黄龍氏は、あるとき中央図書館（現、南京図書館）において図書を閲覧中、“Dragon's Imperial Kingdom”〔『龍の帝国』〕なる英文書のなかに、曹頫および彼の「子息」についての記載があることを発見した。けれども黄氏は紅学家ではなかったし、ましてて当時はシェークスピア劇研究のさなかでもあったため、シェークスピアに関係する記載だけをメモにとったのであった。そのご三十余年をへ、偶然にこのメモを発見した黄氏は、はじめて事の重大性に気づいて上記論文をしたため、一九八二年七月三十一日『南京日報』増刊『周末』紙上に発表し、大きな反響をまきおこしたわけである。黄氏はその原文をも掲示しており、きわめて質のよい十八、九世紀の英国人の手になる文章なので、あらためて拙訳を次にかかげる。

この帝国は、五つの爪をそなえた金色の龍をもって国家のシンボルとしているが、龍は伝説上の一種の爬虫類であって、この世に実在しない動物である。さらに、この国の数ある物産のなかでも、養蚕による絹がもっとも名高く、ためにこの帝国は東方における「シルクの国」という呼び名をほしいままにしている。ところで、わが家に代々秘蔵されてきた伝世の家宝ともいうべきものは、江寧織造局において手作りされた龍鳳文様の織物一品で、度かさなる兵乱にもかかわらず、さいわい戦火をくぐりぬけ現伝されている。わが祖父フィリップが織物交易を手がけて中国に滞在していた折り、彼は幸運にも当時の江寧織造の監督職にあった曹頫氏と知りあい、のみならず曹氏の招聘によって紡織工藝の技術指導員の役をおおせつかったのである。この雇い主はすこぶる慇懃に客をもてなし、しばしば即興で詩をつくり、思いのたけを披瀝するのが常であった。そこで祖父のほうも厚意にむくいるため、『聖書』を朗読したりシェークスピア劇の筋立てをことこまかに物語ったりし、その話しぶりは見事なまでに生き生きとしたものであったという。しかしながら、婦女子たちは聴衆にくわわることを許されなかった。にもかかわらず、曹氏の子息はこっそり盗み聞きしているところを見とがめられ、ひどくムチ打たれて説教を受けたそうである。

わたしは早くから、当時の曹家がヨーロッパ人と交際する用向きも少なくなかったことを指摘し、ヨーロッパの文献のなかにも曹家関係の記録があるにちがいないと考え、たんねんに調査すれば必ずや関係資料が発見できるものと信じてきた。けれども、わたしは教会に保管されているキリスト教伝道士の日記や書簡や報告文などにばかり気をとられ、イギリスの一商人についての回想録風の著作の中にこうした興味深い記載があろうとは思いもよらず、それだけに資料出現の喜びには望外のものがある。この書物の原著名は、繰り返しになるが〝Dragon's Imperial Kingdom〟、著者は引用文中にも言及されているフィリップすなわち Philip の孫にあたる William Winston〔ウィリアム＝ウインストン〕、出版年次は一八七四年、出版元は Douglas〔ダグラス〕社である。この著作には、ここに引用した一節のほかにも曹頫に関する記録がまだまだ収められているに違いない。あらゆる国の方々にたいし、この著作の検索をお願いするとともに、さらに数多なる史実の判明することを切念してやまない(四)。

ところで、断片的ではあるものの、ここに紹介した意義深い資料を一読したなら、おそらく誰しもが、文中に登場するヨーロッパ人の話を盗み聞きしてムチ打たれたという曹頫の子息のことを、まぎれもなく曹雪芹その人と考えよう。なぜなら、ここに記録されている状況の全て――すなわち、その子の性格といい行動といい父子関係といい、ことごとく小説『紅楼夢』中に描かれている宝玉と賈政との有り様におどろくほど酷似しているからである。おそらく曹雪芹も、幼いころから文学物語を耳にするのを喜び、父親の定める家法を破ることさえ辞さなかったに相違なく、いっぽう雪芹の父親も、こうした一種天才的な息子を愛しがりながら、それだけに息子の不埒な振舞いが口惜しくてならず、毎日のように厳格なお仕置きを絶やすことが出来なかったことと思われる。

呉新雷氏は、前掲論文において、この英文資料に関して別の見解をしめしている。すなわち呉氏は、この「曹氏の子息」を曹顒の「遺腹子」と見なし、曹頫の子ではないとする説をたてている。その主な理由として次の三点をかかげる。第一に、原文においては「子息」をさす場合「曹」の家名だけを用い「曹氏の子息」としるし、けっして曹頫とは明記していないばかりか、代名詞によって「彼」とさえ限定していないこと。第二に、雪芹は曹頫の子で雍正二年（初夏）〔一七二四〕の生まれ、とする《甲辰説》〔〈付録一・一〉参照〕に触れたうえで、仮りにそうとすれば、曹頫が織造官として江寧に着任していたのは雍正五年までで、その翌年には罪を問われて免職されているのだから、雪芹がフィリップの講釈を盗み聞きして叩かれたとするなら、それが雍正五年のこととしても、雪芹はたかだか四歳にすぎず、いかにも幼なすぎて「そもそも『盗み聞き』するなど話にもならない」――したがって、このエピソードが成り立つためには、少なくとも十歳前後でなければならないこと（呉新雷氏は以上のように推理し、雪芹が「盗み聞き」した年齢を十二から十七歳のあいだと結論づけている）。第三に、英語原文は、たしかに講釈の聴衆にくわわることを禁じた対象を掲げているものの、それには juvenile という単語をもちいており、その意味は「青少年」であって、幼児は含まれていないこと。

以上の三点について拙見をのべるなら、これら三件の指摘は、いずれも結論を左右するほどの論拠とはなりえないものである。第一に、英文の叙述法からして、文章中において特定の人物をフル＝ネームで紹介した場合、つぎに同一人物のことを記すさいにはファミリー＝ネームだけを用いる、すなわち「曹」の文字だけをもちいるのが通常なのであり、この点、呉新雷氏の判断はあべこべと言わざるをえない。――もしも書き手が別人のことを持ち出す場合には、そのときこそ書き手はその人物の別のフル＝ネームを示し、そして前掲人物と区別するのが英文における叙述法なのである。呉氏はさらに、原文においては「彼の子息」という記し方をしていない点を指摘している。これまた理由にもならない指摘で、英文における「彼」という単語は、文脈のなかで指示するひとが明白な場合にだけ用いられ、だからこそ「代名詞」の役割をはたすのである。そこで問題となるのが原文中にあらわれる「彼」――それは、ほかでもなく著者の祖父にあたるフィリップをさす代名詞として用いられている。曹頫を代名詞「彼」で表記できない理由は説明するまでもあるまい。第二に、呉氏が雪芹の年齢を幼なすぎるとしている点については、すでに本文〔第二十章原注②参照〕中において、明清時代の異常なまでに早熟な天才の実例をかかげながら論じたとおりで、大画家たる陳洪綬が四歳にして十数尺の巨大絵画をえがき、邵晉涵が五歳にして排律詩（作詩上の規則がもっとも厳格な詩形）をつくり、袁枚が十二歳にして秀才に合格した（しかも七歳にして律詩を作っている）というのに、十二歳を越えなければ話を聞いても分からなかったとするなら、小説界の文豪もずいぶんと舐められたものである。第三に、juvenileという単語は、じつのところ意味のひろい婉曲語なのであって、juvenile booksなどという場合にはまぎれもなく「児童」の意味となる。したがって黄龍氏が「婦孺」と漢訳し、juvenileに「孺」の文字をあてているのは、氏が英単語の意味と語感とをよく心得ている証拠といえよう。

要するに、呉氏のかかげる三件の反証はことごとく論拠となりえないもので、この英文資料のつたえる

「子息」が曹頫の子であることは、いっそう明確になった感さえする。

最後に、本書の第二十六章〈南遊〉中に引用した陸厚信の手になる雪芹小像および五行題記に関し、その真贋問題について触れておかなければならない（五）。それというのも、一九八二年の十月、上海市で開催された全国紅楼夢学術討論大会の席上、河南省博物館の代表が公式に上記文物に関する調査報告をおこない、同文物は「偽物」云々、との判定をくだしたからである。ここまでくると学術審議などと言えたものではないが、それにしても、わたしは本文中において、いやしくもこの文物を資料として解説しているわけであるから、わたしなりの見解を示すことにやぶさかではない。――とはいうもの、もはや「学術考証」などという次元の問題ではないため、事の根幹をなす要点から実質的反論をこころみたい。以下、三項目について記す。

〈I〉河南省博物館の調査報告（以下《報告》と略す）は、次のように述べる。ⓐ同博物館が当該文物を購入した当初より、同品は見開き頁の一枚紙であった。ⓑ同品がもともと冊子本中の一頁で、はやくに分散したものであることに疑いは無い。その原形は冊子本中の一画像で「後ろから第二頁め」に位置し、その前頁は全面「兪瀚《ゆかん》が自作詩をみずから書」したもので、画像の後頁（すなわち最終頁）には「張鵬《ちょうほう》」によって兪氏画像に題詠された「四首の七言絶句」があった、云々。

あらためて記させていただくが、この報告内容はまったく事実に反している。というのも、方行（同画像の発見者）および黄苗子《こうびょうし》（一九六二年における原物の実見者）の両氏それぞれの証言を互いにつきあわせて照合してみても、両者は完全に一致しているからである。彼らの証言によれば、原品は、河南省博物館にあった時も、はじめて北京に送られた時も、おなじく一冊の完備された冊子本であって、しかも冊子本の内容も、《報告》が述べるところと全く異なり、おおくの清代の人物画像をおさめたもので、それぞれの画像には尹継善の題詩が付されていた、という。方行氏からの最初の来信には次のように記されている。「ほかの各画像に関しても、おそらく当時の尹氏〔尹継善〕の幕客ないし縁者と思われますが、もし必要あれば、どうか鄭州（河南省博物館の所在地）に御足労のうえ確認ください」（一九六三年六月七日付書信）。いっぽう黄苗子氏もおなじく次のように記している。

陸〔厚信〕氏の手になる雪芹小像は、当時、河南省博物館が郭《かく》翁〔郭沫若〕に郵送で鑑定を依頼してきたもので（同博物館の公式書簡が同封されていた）、郭翁はただちに当時の曹雪芹展覧会準備事務局（おりしも故宮の文華殿に設置されていた曹雪芹逝世《せいせい》二百周年記念展覧会の準備事務局のこと。阿英《あえい》氏が主席責任者をつとめ、黄苗子氏が事務担当の常駐員であった）に転送して寄こしたため、わたしも冊子本原物を実見することができた。しかし雪芹の画像が第何頁にあったものか、すでに記憶にないものの、ただ各頁ごとに尹継善の題詩が付されていたことだけは覚えており、それを見て阿英氏は、この人物たちはすべて尹継善の幕僚たちかも知れない、と推定していた。（一九八二年十二月四日付文書）

黄苗子氏はさらに、「張鵬四首詩」については記憶がないと記している。このように、方氏と黄氏とはそれぞれ南と北とに身をへだて、しかも一面識もないというのに、最初に実見しただけに印象が強烈だったためであろうか、彼らの証言はみごとに一致している。わたしが厳粛に指摘したいことは、上記の状況に照らしてみても、《報告》の根拠とする資料にしろ公表内容にしろ、ことごとく事実に反するもので、実情に即したものとは言いがたいことである。こうした証言に基づくかぎり、河南省博物館が紹介するところの「偽作」過程など、単なる辻褄合わせとしか考えようがない。

〈Ⅱ〉陸厚信の五行題記について、書画鑑定の専門家である謝稚柳《しやちりゆう》・鄭為《ていい》の両氏は、同題記は旧時のもので近人が新作したものではない、との同一判定をくだしている。これは一九八二年十月二十四日の鑑定作業部会においての結論である。そればかりか、ひとり表具のベテラン華啓明《かけいめい》氏だけは、部分的な補修の可能性をしめしているものの、公安当局によって正式鑑定（この用語は治安公務上での筆跡照合を意味するもので、筆法や文物にたいする鑑定をさすものではあるまい。いうまでもなく両者は区別されねばならない。なぜなら、紙や墨の新旧を無視するとしたら、筆跡を酷似させることなど達筆者なものにとっては容易だからである）のための貸し出しは拒否されている、という。さらに加えるなら、ある方は、あくまでも個人的意見で公安当局を代表するわけではないが、と釘をさしながら、河南博物館が陸厚信題記の「偽作者」と断定した朱聘之《しゆへいし》の筆跡は、かなりの偏や旁の部分において陸厚信の筆跡とは喰い違うようだ、と洩らしている。（参考のため記せば、照合に用いられた朱聘之の筆跡は原物ではなくコピー写真の類いであり、このことなども信憑性という点からして疑問の余地がのころう。）

〈Ⅲ〉いわゆる「張鵬」という人物についても、いまでは身許が判明している。彼は順治十八年（一六六一）辛丑のとしの進士で、諫院〔天子のいさめ役の官署〕に身をおき、官は吏部左侍郎にいたり、位は貳卿《じけい》〔侍郎の別名、正二品〕にのぼり、康熙二十八年（一六八九）に没した人である。ところが《報告》が「張鵬題詩」として「伝」えるものは、なんと尹継善のことを「望山〔継善の号〕師」と尊称しているばかりか、みずからを兪瀚の「知音」と自称している（念のため、尹継善も兪瀚も乾隆朝の人である）。それにしても、尹継善が宰相になったのは、張鵬が進士に合格してからはるか百年後の事なのである。《報告》が公表した原物と称するもののなかへ「張鵬題詩」を収めたところに、そもそもの無理があったように思われる。①

贅言を重ねるまでもなく、以上からも明らかなように、原品たる册子本が散佚したのは最初に発見された一九六三年以降のことであり、その頃すでに原物は河南省博物館の所轄にもどされていた。しかも当時においては、北京の無数の専門家たちのなかに異議をとなえるものが皆無に等しかったことも、本をただせば原本全頁に陸厚信による画像と尹継善による題記とが完備されていたために他ならず、そもそも「題記偽作」などという疑惑も起こりようが無かったからである。――ただし当時においても、画像は「兪《ゆ》雪芹」を描いたもの、とする説があるにはあったが、②それにしても陸厚信の題記が信じられていたわけで、題記の記すとおり「雪芹」の画像であることに疑念をいだくものは誰一人いなかったのである。

上記のことを総括し、結論めいたことを示すとすれば、それは次のごとくである。

河南省博物館の調査報告は、いっさい根本的に成立しえない。陸厚信が描いたとされる雪芹小像は、数知れない書画・文物の専門家たちの鑑定によって、まぎれもなく乾隆時の人の手になるもの、との一致した判定結果が出されているのである。もともとは完備された冊子本であった原物が、そのご分散され、いまや一頁のみを残すこととなった原因については、不明としか言いようがない。

以上の経過をふまえるとき、本書第二十六章〈南遊〉の記載にはいささかの訂正も必要ないばかりか、こうした摩訶不思議な騒動をへて、その指摘の重要性はますます鮮明にされたものと信ずる。

こうした事どもを記しながら、わたしはつくづく嘆息せざるをえない。曹雪芹研究という仕事は、たとえ何事であろうと、まことに想像を絶するイバラの道といってよく、じつに容易ならざる所がある。おりしも冬寒の深夜にあたり、あらためて一九七九年十二月にしたためた後記を読みかえし、ひとしおの感慨をふたたび深めている。

さらに一件、きわめて重要な資料、すなわち最近発見された一檔案資料について補足しておく。この檔案は雍正七年七月二十九日、曹頫に関する案件を、刑部が内務府へ「移会」〔書面伝達〕したものである。その内容の要点をまとめて以下にしるす。

〔一〕曹寅はかつて趙世顕《ちょうせいけん》から八千両の借財をうけていて、この時にも、その返済要求が曹頫の身にふりかかった。

〔二〕しかし曹頫は、この時すでに罪を得て、家産没収のうえ首枷をはめられた身とされており、資産・家人（奴僕）ものこらず雍正帝の命により織造府の後任者である隋赫徳に「賞与」され（この件はすでに拙著『紅楼夢新証』中に指摘）、したがって京城にも南方にも「あて」にできるものは誰一人いなかった。

〔三〕　隋赫徳は曹寅の妻を哀れにおもい、雍正帝に奏上し、彼に賞与された資産・家人のうち、彼女の家筋だけは没収を一部留め置きとし、どうにか生活できるよう配慮することの認可を得た（この点も紹介済み）。このたび知りえたことは、この際の「特恩」措置によって支給されたのが、彼女一所帯分の住まい、すなわち、計十七間半の房屋および僕婢「三対」であった事である。この住宅は崇文門外の蒜市口《さんしこう》〔今の崇文門外大街の中程〕にあった。北京における十七間半といえば、ほぼ小さな四合院〔旧時北京の標準的民家の造り〕ほどの住まいである。

〔四〕　そのとき南京において、この借財未返済の案件を担当していたのが、ほかでもなく江蘇巡撫署理たる尹継善であった。曹頫の表向きの罪科は「駅站《えきたん》を騒擾せし」咎（この件についても『新証』中に既述）というものであったが、もちろん雍正帝がこじつけた罪状であり、事を起こすための「言いがかり」にすぎず、真の理由は政治上の紛争にまつわる下級人員の処分にあったことは言うまでもない。その経緯に関しては拙著『紅楼夢新証』中の考証を参照されたい。（一部の研究者は、曹家の処罰はあくまで経済的事由によるものと強調するが、いささか無邪気に過ぎるのではなかろうか。）

この新出の檔案資料をめぐり、特に読者の注意をうながしたい点として、さらに二件事を指摘しておく。

一つは曹雪芹の旗籍について。このたびの新資料により、曹家を所轄する官署は内務府および正白旗満州都統であったことが、あらためて確認されたことである。これにより、曹家がかなり早い時期から正白旗満州旗籍の内務府包衣人であったことが裏付けられたわけである。清代公文書の記載によれば、曹家がはじめて八旗に入籍したときの第一代、すなわち旗籍曹家の初代にあたる曹錫遠が「正白旗包衣人」であったことは確かなため、いらい旗籍変更は無かったことになる。（この新出檔案を根拠とし、曹家はやはり「漢軍」であったと主張する者もいるが、それは史的制度にたいする単なる誤解にすぎない。）

二つめは、曹雪芹が幼時に家産没収という大難にみまわれ、流浪の身となってから、最初に落ち着いたところが北京の崇文門外の蒜市口であったことである。この事実は重要このうえない。なぜなら、雪芹が住まいとした地点をじっさいに確定できたのは、これが始めての事なのである。――そればかりか、雪芹は本来の居住区たる内城ではなく、内城の外側へ出されていたのであった。

事はそれにとどまらない。本文中〔第十二章〕にも紹介した画家の斉白石氏がつたえる雪芹についての遺聞――すなわち、雪芹が貧窮のさなかで臥仏寺に身をよせたとする伝聞なども、あらたな意味をそなえてこよう。臥仏寺といえば、おなじく崇文門外にあって、まさしく蒜市口の北東にあたり、さして遠からぬ場所に位置するからである。わたしは今まで、斉白石氏のつたえる伝聞を基本的には信じてきたものの、一つだけ疑問がのこっていた。つまり前文中にも指摘しておいたように、内務府旗人は原則として外城に居住することが出来なかった（というより禁止されていた）ためである。ところが新資料の発見により、そのむかし、幼少期の雪芹は北京へ到着するやいなや、崇文門「外」の蒜市口、すなわち外城に住まわされていたことが判明したわけで、そうとなると、そののち窮迫した雪芹が蒜市口の住宅までをも失ない、やむなく臥仏寺にしばらく仮り住まいしたとしても、すこしも史実に矛盾しないばかりか、その可能性はますます大きくなったと言えよう。この疑問点が氷解しただけでも、まことに祝福すべき一大発見といえるのである。

ちなみに崇文門とは、北京内城の「前三門」のうち左手の城門、つまり内城南面に設けられた三座の正門のうち東大門にあたる城門のことである。西大門にあたるのが宣武門で、「宣南《せんなん》」と称されるのは宣武門の南側の外城地区をさし、古来より文人墨客や名士たちが数おおく住まいし、それだけに重要な地域であるとともに繁華な市街となっていた。いっぽう崇文門南側の外城地区、すなわち「崇外《すうがい》」と称される地域は、「花児市《かじし》」（蒜市口の北にあたる）〔いま花市百貨商場の地〕は別とし、かくべつ賑わいのない閑散とした町並みで、いわば「貧民街」さながらの場所さえ少なくなかった。とはいうもの、名所古跡の類いには恵まれていた。こうしてみると、雪芹がつねづね敦氏兄弟らとともに東便門外の「二閘《じこう》」（六）などといった所へ好んで遊びに出掛けたことも、おのずと納得がゆき、おそらく雪芹幼少時からのお気に入りの場所であったに違いない。

こうしたあらゆる新事実は、前にもまして、われわれを果てしなく遙かな想いへと誘ってやまない。

《原注》

① 尹継善がはじめて協辦大学士を拝命したのは乾隆十三年〔一七四八〕十月のこと。ただし、まもなく川陝総督を命ぜられて赴任したため同年のうちに解職されている。つぎに文華殿大学士に任命されたのが乾隆二十九年〔一七六四〕四月のこと。専門家が商丘〔河南省商丘県、下記郝心仏の居所〕におもむいて調査したところによれば、この張鵬による四首絶句を「伝」えたとされる郝心仏《かくしんぶつ》氏じしん（この四首詩全篇を「実見」して「記憶」しているのは同氏一人である）、能詩の人であるばかりか、その詩作の風格にしても平仄上の癖にしても、いわゆる

「張鵬四首詩」にきわめて酷似しているという。このへんに事の真相が含まれよう。

② 目下のところ、兪瀚の号が「雪芹」であったとする証拠は何ひとつ見当たらない。しかも、この号名は彼に関する史料と矛盾するのである。さらに、そのご解明された成果にもとづけば、兪瀚はいちども尹継善によって幕客とされたことがなく、わずかに尹氏のもとに短期間だけ身をよせ、「祝儀ねだり」の客となったことがあるにすぎない。尹氏の詩文中にも兪氏と詩を唱和した形跡は認められない。こうした情況からして、「兪雪芹」説は今日ますます成立しにくくなっている。

【訳注】

（一） 余音——本章は『曹雪芹小伝』の初版（百花文藝出版社・一九八〇年刊）には無く、第二版（同社・一九八四年刊）にいたって新たに追増された章節。

（二） 明相国——『嘯亭雑録』によれば、乾隆・嘉慶年間において「明相国」といえば富察明亮《めいりよう》のことを指し、「明太傅《たいふ》」と称された明珠とは当時すでに明らかに区別されていたこと、著者自身が本書第二版の「後記」中に補記して訂正している。明亮の屋敷も什刹海の近くにあった。さらに、人の官名に関しては在世中の最高官位で示すのが当時の通例で、曹雪芹が「西賓」となった時に必ずしも明亮が「相国」であった事を意味しないこと、および雪芹と富察（傅）家との間には様々な関係があった可能性を著者は付記し、『紅楼夢新証』の併読を読者に懇望している。新たな検討課題であろう。

（三） 尚可喜——康熙年間の《三藩の乱》（第十章訳注七参看）の一藩たる平南王に始めて任ぜられた尚可喜のこと。尚之信の父。

（四） 切念してやまない——本文中に引用された〝Dragon's Imperial Kingdom〟原著の捜集調査につとめた馬幼

垣氏の報告が同氏「曹雪芹幼聆莎翁劇史事存疑」（『中華文史論叢』）〈一九八四年第二輯〉所載）に見える。

（五）真贋問題――以下は、周汝昌氏が本書第二十六章において曹雪芹小像として解説している画像について、一九八二年十月に同文物を収蔵する河南省博物館が、画像は曹雪芹ではなく兪瀚なる人物を描いたもの、との最終鑑定を下したことに対する周氏の反論。一九六三年の発見時以来の論争がからむだけに一々を注記しえない。いずれにしても、一九八一年夏に鄭州の河南省博物館において現物を実見した伊藤漱平・松枝茂夫両氏の感想は前記した通り。また、問題は改竄が為されたとするなら、いつの時点で改竄が為されたのかの一点に尽きること、前述のとおり変わりはない。第二十六章訳注十を参看されたい。

（六）二閘――すなわち通恵河慶豊閘の俗称。東便門外にあった通州へかよう船の渡し場のこと。旧時においては南京の秦淮河をおもわせる遊行歓楽の地であった。『北京風俗図譜』等を参照されたい。

〔付録二〕補　注

本書において解説すべき事柄はかなり込みいっており、しかも本書の体裁からして、本文中の随所各項に一々注記をほどこし説明考証をくわえることには無理があったため、とくに巻末に補足事項をまとめ、その不備をすこし補いたい。

（一）　曹雪芹の生年・卒年について

曹雪芹の没年については二説がある。一つは「壬午説《じんご》」——すなわち、脂硯斎評本《甲戌本》〔第一回〕の行上評に、「壬午の除夕、芹、涙尽きしために逝く」、と注記されるところから、雪芹は乾隆二十七年壬午のとしの除夜〔西暦一七六三年二月十二日〕に没した、とする説である。もう一つは「癸未説《きび》」——すなわち、敦敏『懋斎詩鈔《ぼうさいししょう》』が〈小詩代簡寄曹雪芹〉詩を癸未のとしの作として収めるところから、その前年の壬午のとしに雪芹が他界しているはずはなく、しかも敦誠の〈輓曹雪芹〉詩がまさに詩集中の甲申《こうしん》のとし〔乾隆二十九年〕年頭第一首であることからしても、雪芹は癸未のとし、すなわち乾隆二十八年の除夜〔西暦一七六四年二月一日〕に死去したのであり、脂硯斎の記載は干支を一年誤記したもの、とする説である。

さらに壬午説は、脂硯斎が干支を誤記するはずはなく、〈小詩代簡〉詩の編年にこそ問題があり、甲申年の〈輓詩《ばんし》〉は一年後の作ないし越年葬のときの作、とする。

いっぽう癸未説は、干支の誤記はしばしば見受けられることで（雪芹と同時代の人が母を亡くして間もなくに没年の干支を一年誤記している例などを一証とする）、また〈小詩代簡〉詩の編年は信憑性がすこぶる高く、壬午論者が反証として掲げるものも実際には癸未作詩説を否定する理由にならない。なぜなら、『懋斎詩鈔』においては〈小詩代簡〉詩に先立つ二首前の詩題下に「癸未」と明記されているばかりか、癸未年に編年された詩作はすべて内容的にその年にかかわることが明らかで、すこしも矛盾が認められない。また〈輓詩〉の語調は一年後のものと見なしがたく、とりわけ「暁風は昨日に銘旌を払う」の句意は明瞭で、しかも旗人に越年葬の習慣が無かったことは、旧時旗籍に身をおいた古老たちの多くの関係者に質しても証言が一致している、とする。

暦法の専門家である曾次亮《そうじりよう》氏は、〈小詩代簡寄曹雪芹〉詩に描かれている旧暦の月日めぐりが、花々の開花時期をも含め、ことごとく癸未のとしの季節状況に一致し、壬午のとしのものとは符合しないことを夙に指摘している。しかも今日においては、さらに〈小詩代簡〉詩は敦誠の三十歳誕生宴に雪芹を招待するための詩作であったことが判明しており、となると、壬午のとしでも他の年でもなく、まぎれもなく癸未のとしの作でなくてはならない。のみならず、癸未のとしの晩春から初冬にかけて、北京では天然痘が猛威をふるい、児童の死亡率が八、九割にのぼり、雪芹の知人宅からも多くの被害者が続出していることからして、雪芹他界の数ケ月まえに愛子が夭逝したのも天然痘によるもの、と推定できるのである。以上のような諸々の事情を勘案するなら、癸未説にはあらゆる面で整合性が認められるものの、いっぽう壬午説は成立しにくい、と判断せざるをえない。

そうしたわけで、本書においては癸未説にもとづき、雪芹は乾隆二十八年の大晦日に物故した、とする立場にしたがった。

生年についても二説がある。一つは「乙未《いつび》説」——この説は、康熙五十四年（一七一五）乙未のとし三月七日付の曹頫の奏摺文のなかに、亡兄曹顒の妻馬《ば》氏が「現に懐身して孕《はら》み、已《すで》に七月に及ぶ」との記載があるところから、この馬氏がそのご出産した子供こそまぎれもなく曹雪芹であり、とすれば、張宜泉がその〈傷芹渓居士〉詩に「年未《いま》だ五旬ならずして卒《しゅっ》す」と自注している雪芹の享年とも合致する、とする説である。[1]もう一つは「甲辰《こうしん》説」——この説は、敦誠の〈輓曹雪芹〉詩が二度にわたって雪芹没時の年齢を「四十年華」と明記しているところから、卒年癸未説により逆算し、雪芹の生年を雍正二年（一七二四）甲辰のとし、とする説である。

「乙未説」の問題点は次のごとくである。（1）曹頫が奏上した馬氏の懐妊をもって、にわかに雪芹「遺腹子」であると断定できないこと。つまり、実際に生まれたとしても男子か女児かの確率は半々で、もしも「遺腹女」であった場合は「まぎれもなく」曹雪芹ではない。（2）かりに馬氏が男子を出産した場合でも、それが曹雪芹であると、必ずしも即断できないこと。[2]（3）もしも雪芹がほんとうに康熙五十四年に生まれたとするなら、彼が没した癸未のとしには四十九歳であったこと（これは生卒年を一七一五〜六三とした場合の旧暦による「かぞえ年」の享年であり、したがって西暦との年月差の問題も度外視できる）。そうとするなら、四十九歳で亡くなった雪芹にたいし、当時の通念からすれば「五十年華」と表現するのが常識的と思われるのに、③どういうわけか字句の異同の甚だしい敦誠の二種の〈輓曹雪芹〉詩において、「四十年華」という文字にだけは変更がない。それが「整数」として掲げるための概数であるにしても、あまりにも懸け離れた年齢といわざるをえない。

そもそも「年五旬ならず」という言葉の真義は、五十ちかくまで生きた、という意味ではない。旧時においては五十歳を「中寿」と称し、「五十たれば少亡〔若死〕に算《かぞ》えず」という成句さえあった。したがって逆にいうなら、五十に満たずして死亡した場合には、ことごとく「少亡」と見なされたわけである。康熙年間の陸隴其《りくろうき》『三魚堂日記』巻下に、「〔康熙二十三年〕十月廿三、『涇野集』第一巻を読み、始めて知る、五十は不夭と称し、七十は古稀と称するも、これ衰世がために言われしものにて、通論に非ざるなるを」、と記されている。さらに書画家の鄭板橋による乾隆七、八年の詩作のなかに、「年五十を過ぎ、孩埋《がいまい》〔夭没〕を免るるを得たり」④、という言葉が見えることなども、この語の真義をつたえる一例といえよう。すなわち、これは当時の慣用句的表現なのであって、それを知らない現代人が、「年五旬ならず」という言葉を「四十八、九歳」の意味に誤解しているにすぎない。したがって、「少亡」を意味する「未だ五旬ならず」という表現によって指示される人々は、おおむね四十代であろうけれど、甚だしくは三十代でも構わないわけである。したがって、雪芹が四十前後で死去したとしても、張宜泉はやはり「年未だ五旬ならずして卒す」、と表現したこと間違いない。

そこで、より正確な年齢を明記した敦誠〈輓詩〉が無視できないものとなる。とはいうものの、「四十年華」という言葉も詩語であって、当然のこと公文書の記録とは異なる。したがって、もちろん雪芹の享年が四十歳ちょうどであったとは限らず、若干の出入りは予想される。しかしながら、九歳も喰い違うとはとても思えない。それでは何歳くらいの出入りが適当かとなると、目下のところ決め手がない。かといって、以前ある人が提案したように「折衷」方式で「四十五歳」と決めつけてしまうのも恣意的に過ぎる。そんなわけで、ひとまず享年四十歳と暫定し、雍正二年をもって雪芹の生年とする、というのが甲辰説のあらましである⑤。

総合的に判断するなら、曹雪芹が曹顒の遺腹子であった可能性は薄く、やはり曹頫の子と見なすべきであろう。曹頫は曹顒とくらべてはるかに年若く、康熙五十四年の奏摺のなかで「黄口にして無知」と自称しているとおり、当時たかだか十余歳にすぎなかったことと思われる。したがって雍正二年の甲辰のとしに、曹頫はようやく二十代というところで、雪芹の生年として妥当な年頃といえよう。こうしたところからしても、雪芹の年齢をいたずらに「年長」とすることには無理がともなう。

（二）　雪芹の字および号について

張宜泉の〈題芹渓居士〉詩の原注には、「姓は曹、名は霑、字は夢阮《むげん》、芹渓《きんけい》居士と号す」、と記されている。この記載により、多くのひとは「夢阮」が雪芹の「字《あざな》」であると信じてきた。

しかし、この点には大いに疑問がのこる。名と字とのあいだには、典籍にもとづく字句上の意味的関連を持たせるのが定例である。ところが、かりに「霑」と「夢阮」とのあいだに強いて「関連」を見出だそうとすれば、それは次のようにしかなるまい。

すなわち、霑から「霑酔《てんすい》」〔泥酔〕という言葉を思いおこし、つぎに「酔」が「酔人」に結びつき、さらに再び「酔人」から六朝晉代の阮籍《げんせき》を連想する。しかるのち、「夢阮」〔阮籍を夢みる〕という二文字をこしらえて本名の霑と「関連」のある「字」とした。

しかしながら、こうした字の取りかたは前代未聞といえる。回りくどいうえにコジツケも甚だしいからである。旧時においては、字はその人の「徳を表わす」ものとされ、およそ男子たるもの「弱冠」にして成人する日が近づくと、家長格のものが典故をふまえて字を授け、それよりのち、同輩たちは本名を口にすることなく字をもって呼びあい、敬意を表わしたわけである。曹雪芹にとって封建的な家長格にあたる人物が、こうした常識破りの挑発的な「字」をわざわざ雪芹にあたえたとは、とうてい考えられない。

ところで、敦誠らは雪芹のことを記すにさいし、おおく「雪芹」をもちい、「芹圃《きんほ》」がそれに次ぐものの、「夢阮」をもちいた例は見あたらない。張宜泉は「雪芹」および「芹渓」をもちいる。脂硯斎も「芹」「雪芹」「芹渓」を併用しているが、「夢阮」の使用例は皆無である。「雪芹」が号であることは明らかで、もっとも多用され、なにより親しげに使われている。そして「芹圃」こそ雪芹の字にほかならず、旗人の字としても「圃」の字をもちいる例が最多数で、「定圃」「瑤圃《よう》」「学圃」「春圃」「玄圃」「筠圃《いん》」「芝圃」「芸圃《うん》」……等々、枚挙にいとまがない。とりわけ最後の三例は「芹圃」を考えるうえでも参考となろう。

雪芹の「芹圃」という字は、実際に使われる回数が少ないだけに、どちらかといえば格調高く用いられている[6]。「芹渓」は、号のなかでも最も後出のもので、おそらく雪芹が晩年に山居した村舎のほとりの渓水と関係するものであろう。

そこで再び「夢阮」についてであるが、それは雪芹が張宜泉のために詩画をしたためたさい、いわば思いつきで署名した別号を、宜泉が「字」と勘違いしたものと考えられる。こうした字の取り違えこそ、雪芹の張宜泉との交際が、敦氏兄弟との交際よりはるかに浅かったことを証拠立てるものといえよう。このように、張宜泉の記述には正確さを欠く場合もある。「夢阮」というような言葉遣いは、あきらかに雪芹が名を伏せるために思いついた筆名にちがいなく、たとえば敦誠〈歳暮自述五十韻〉詩には、「酒は飲むこと阮歩兵《ほへい》〔阮籍〕、詩は夢みる康楽侯《こうらくこう》〔謝霊運〕」という句が見える（ちなみに敦誠の一室名は「夢陶《むとう》」〔陶淵明を夢みる〕）。「夢阮」もまた同じ意図によるものにすぎず、家長格にあたる人物が「徳を表わす」ために雪芹に授けた字とは、いずれにしても認めにくい。

雪芹の名「霑」は、「霑洽《てんこう》」〔潤おいなごむ〕・「霑溉《がい》」〔潤おいわたる〕・「霑霈《はい》」〔潤おいあつし〕などの意味をもち、ながい旱魃ののち、慈雨の喜びにちなんで名づけられたものである。曹雪芹に「芹圃」という字を授けた人の意図としては、まぎれもなく「雨露」が「芹圃」〔セリの園〕を霑〔うるお〕した、という連想がはたらいていたに相違ない。しかも『詩経』魯頌〈泮水《はんすい》〉に、「思《ここ》に泮水を楽しむ、薄《いささ》か其の芹《せり》を采《と》る」〔人々は諸侯の学宮である泮水のほとりに憩いあい、すこしばかり水辺のセリの恵みにあずかる〕とあるのに基づき、旧時の文人たちが「芹を采る」とか「泮に遊ぶ」などの言葉によって科挙合格を表わす、そうした世俗的配慮もこめられていた。

おそらく雪芹にしてみれば、こうした「祿蠹《ろくと》〔祿ぬすびと、『紅楼夢』第十九回語〕の文字」の俗悪臭が染みこんだ名にしても字にしても、はなはだ気に入らなかったに違いない。そこで自分なりに、蘇轍《そてつ》の「園父初めて挑《かか》ぐ雪底の芹《せり》」〔〈新春〉詩〕、あるいは范成大《はんせいだい》の「玉雪たる芹芽《きんが》の薤《にら》を抜くこと長し」〔〈四時田園〉詩〕などという詩句にちなみ、「芹」のうえに「雪」をかぶせて「圃」の一字をのぞき、いわば「祿蠹の文字」から「風雅な呼称」「高潔な名号」へと豹変させたものであろう。こうした些細なところにも、一見分かりにくくしてはあるが、雪芹らしい反封建的な主張がふくみ持たせてあるように思われる。

（三）　曹雪芹の血縁上・続柄上それぞれの祖父および父の関係について

曹雪芹は曹寅の直系孫ではなく、じつは弟の孫であり、雪芹の父親は曹寅の養子であった。この点に関してはいままでに様々な見解が出され、曹雪芹は曹寅の独子曹顒の遺腹子で直系孫にあたる、とする説もある。この件についてはすでに前文に拙見を示しておいた。新たに発見された『五慶堂重修曹氏宗譜』には、曹顒の子は名を曹天祐《てんゆう》といい、官職は州同〔州の事務官主任、従六品〕であった、と記されている。この記載が事実とするなら、曹雪芹は曹顒の子ではなく、したがって直系孫ではないことが証明されたわけである。

論証をつづけるなら、曹雪芹は曹頫の子である可能性しか残らないことになろう。ところが、曹頫の父親の名、およびその父親と曹寅との関係、といったことが今までは判然としなかった。

曹寅に実の弟がいたことは確かな事実である。けれどもその弟は、字を子猷《しゆう》といい、筠石《いんせき》および芝園《しえん》と号したことが伝わるだけで、その名が不明であった。しかるに、『八旗満州氏族通譜』のなかには「曹寅」「曹宜《ぎ》」の二名が並列連記されているため、いままでは曹宜こそ曹寅の弟子猷であり、すなわち曹頫の実父にあたる人物、と目されてきた。

ところがその後、われわれの研究により、曹宜は子猷でありえないこと、しかも子猷の名は「曹宣《せん》」でなければならないことが考証されたのである。⑦したがって曹宜は曹寅のもう一人の弟ということになった。⑧そして、曹宣こそ曹頫の実父であり、曹雪芹にとっては血筋のうえで祖父にあたる人物、とされた。

さらに、そののち故宮から発見された満州語檔案の音訳によって、曹頫は「曹荃《せん》」なる人物の第四子、とする新資料があらわれ、しかも「曹荃」の名は『八旗満州氏族通譜』においても確認されるにいたった。そんなわけで、曹寅の弟子猷こそ、この曹荃なる人物にほかならないとし、「曹宣」の存在を否定する研究者もあらわれた。

しかしながら、『八旗満州氏族通譜』のなかで曹荃は曹爾正の下代に記されており、しかも「荃」という文字からして、「寅」や「宜」などの「宀」（ウカンムリ）の名をもつ排行と同じくない。したがって、曹荃は曹爾正の子であり、曹寅にとっては従弟にあたる人物、というのがわれわれの見解であった。そもそも曹寅には実弟の子猷がいて、しかも子猷には多くの子息がおり、おまけに曹寅は生前その甥たちをこよなく愛惜していたと伝えられる。とするなら、曹寅が養子を迎えるとすれば、文句なしに自分の甥たちの中から選んだはずで、わざわざ「従弟」曹荃の第四子にまで思いを及ぼすわけがない。さらに「荃」という名を考えるなら、字を「子猷」とする典籍上の字義的関連がまるで見あたらず、子猷を曹荃の字と見なすことには無理があった。[9]――いずれにしても、この問題には結着がつけられなかった。

とかくするうち、故宮檔案館の一研究者が次のような仮説を思いついた。すなわち、曹宣の字を子猷とすることに問題はない。また、曹寅に養子を迎えるとなれば、なにより実弟曹宣の子息のなかから選んだであろうことも、まず間違いない。ところが檔案や公文書のなかに、もうひとり「曹荃」という人物が現われるところから混乱が生ずる。そこで思うに、曹宣の「宣」という文字は、あきらかに康熙帝の「御名」である玄燁《げんよう》の「玄」の文字と同音 xuan で禁忌にふれるばかりか、[10]まして曹宣は康熙帝の側近につかえる侍従の一員であったから、名前が呼ばれるたび禁忌にふれるのは穏やかでなく、やむなく発音の似た quan に改めたものの、漢字にあてる段になって「宀」部首のなかに適当な文字がなく、しかたなく「荃」の文字を名としたのではなかろうか、と思いついたわけである。[11]すなわち、従来の諸説が全て「宣」と「荃」とを二人の人物と見なしてきたのは、そもそもが『八旗満州氏族通譜』の記載にもとづく誤解であって、「曹荃」だけを認めて「曹宣」を否定するのは完全な誤説、と考えたわけである。

この仮説は、そのご馮其庸《ふうきよう》氏によって康熙年間の写本『江寧府志』が発見され、そのなかの曹璽の略伝中に彼のふたりの子息名、すなわち寅と宣とが明記されていたため、資料的にも立証されるにいたった。このようにして、曹雪芹の血筋のうえでの祖父は、曹寅の実弟である曹宣（のち曹荃と改名）であり、また父親はその実子曹頫である、との結論が得られ、じつに入り組んだ関係が解きほぐされるに至ったのである。かくして、まことに想像を絶する研究経過の紆余曲折も、ようやく一段落した次第である。

上記の一事からも明らかなように、絶えまなく資料を発見することの重要性もさることながら、発見された資料をどのように解釈し、いかにして相互検証するかという方法論もまた、何にもまさる重大事なのである。慎重に検討することなく即断したり、個人的悪意にもとづいて反論を繰り返すとしたら、かならずや誤った結論に陥るからである。

(四) 曹雪芹の祖先の本籍地について

この問題について、本書本文はもちろんのこと、本付録の各節に記すところも、すべて曹寅『楝亭詩鈔』中の記載と『豊邑《ほうゆう》曹氏族譜』(別名『南昌北直曹氏宗譜』、光緒三十四年武恵堂刊本)とを照合したうえで判断したものであり、豊潤〔河北省豊潤県〕の曹氏および遼東〔遼寧省遼河以東の地〕の曹氏については、ともに明の永楽二年〔一四〇四〕に江西から北上してきた二人の兄弟それぞれの子孫にあたる、という見解を基本としている⑫。ところで、ちかごろ北京において発見された抄本『五慶堂重修曹氏宗譜』(別名、『遼東曹氏宗譜』)一本は、その序言の冒頭において、本譜の曹氏は元以前については未詳、としているもの の、それにつづけて、「惟《こ》れ元時、揚州府儀真《ぎしん》〔いま江蘇省儀徴県〕の人たり。元末、群雄並起するに、鼻祖の良臣《りょうしん》〔曹良臣、明開国の功臣〕、衆を聚めて自ずから保つ。後、明の太祖が淮右《わいゆう》〔淮水の西〕に起《た》ち、元統を承くるに値《あ》い、衆を率いて帰付し、累《しき》りに征伐に随い、……元勲を以つて安国公に封ぜらる。

長子の泰《たい》は宣寧侯を襲う。次子の義《ぎ》は豊潤伯に封ぜらる。三子の俊《しゅん》は、功を以つて指揮使を授けられ、懐遠将軍に封ぜられ、遼東を克復して金州守御に調せられ、継《つ》いでまた瀋陽中衛に調せらる。遂に世々ここに家す」（順治十八年春、十一世孫曹士琦《しき》の撰[13]）、と記している。さらに『宗譜』の記載にしたがうなら、曹家が五系に分家したのは、曹良臣の第三子曹俊の五人の子息それぞれに起源するものであり、曹雪芹につながる家系は曹俊第四子の曹智《ち》の嫡系にあたるものとされる。かりに大略を図示するなら左記のようになろう。

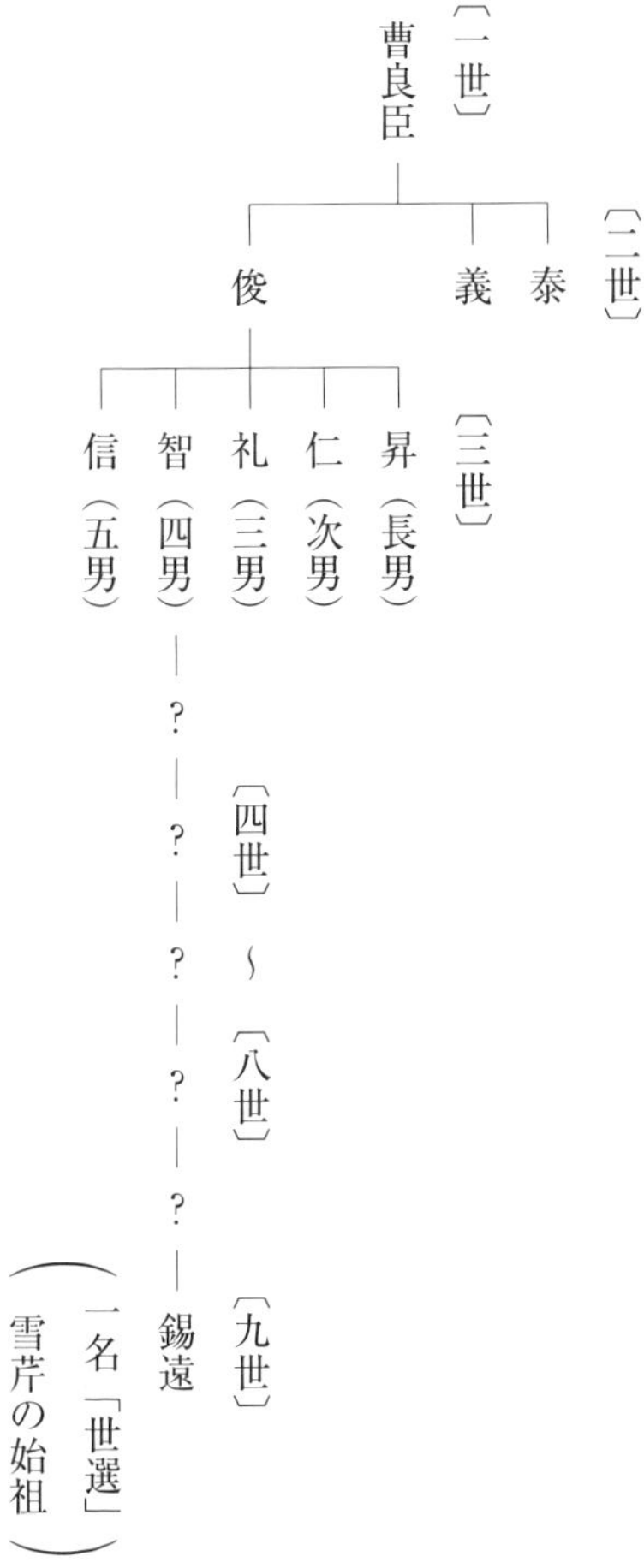

この宗譜の発見は、もちろん貴重なもので十分研究に値いすること疑いない。しかし、われわれの観点からするなら若干の疑問点がのこる。以下、参考までに列記する。

第一に、本籍の記載は、九世の曹錫遠《せきえん》から十四世の曹天祐にいたるかぎり、人名といい続柄といい、完全無欠といってよい。ところが曹錫遠より前代、すなわち八世から溯ること四世まで、あわせて五代のあいだが見事なまでに空白となっている。にもかかわらず、突如として三世四房の曹智の家系にいきなり九世以下が接続しているのである。すでに五代二百年ものあいだ、いっさい由《よし》知らずとされてきた家柄について、一体いかなる人がどのようにして解明したものか。不思議としか言いようが無い。

第二に、本譜の記載する曹雪芹の一家系についての人名は、曹錫遠から曹天祐にいたるまで、その一々が申しあわせたように『八旗満州氏族通譜』の人々と合致し、その記載には一人として出入りがない。この点はなはだ奇妙に思われる。というのも、家譜というものは『通譜』のような紋切り型の公文書と異なり、「官職」のある者だけを抜粋して収録し、その他はまとめて省略、などという体裁はとらないものだからである。こうした書式の家譜は見たことも聞いたこともない。

第三に、本譜はつぎのように連記する。「(十二世) 寅、……一字は楝亭、……二子を生み、長は顒、次は頫」。すでに解説したように、曹頫は曹寅・曹顒があいついで没してから養子に迎えられて家督をついだ人である。こうした経緯は、墓碑銘をつくる場合でさえ「行状」をふまえ、「子一《ひとり》、某《なにがし》、卒《しゅっ》す。某の弟某の子某を以って嗣《あとつぎ》と為す」、のように記すべきところなのである。ところが、この「家譜」なるものはこうした重大事すら明示しておらず、のっけから曹寅は二子を「生」み、「長」は某、「次」は某としている。どうにも理解しがたい。

第四に、一般に家譜においては、妻帯者ならば妻の姓、そして本人の生卒の年月日時、および字と号、さらに女児のある場合は嫁ぎ先の姓氏、等々を記すのが定型である。ところが本譜においては、こうした記載がいっさい見あたらず、まるで家譜の体裁をなしていない。唯一の例外として曹寅の字号を載せているが、それも「一字は楝亭」というもので、やはり誤認している。曹寅の字は「子清《しせい》」であって、楝亭というのは晩期の別号の一つにすぎず、「楝亭」を「字」とみなすのは事実に反する。⑭

第五に、本譜はその巻末に若干の曹寅関係資料を収録するものの、それらも一般に流布された『熙朝雅頌集』など坊間通行本の内容を一歩も出るものではなく、⑮しかも、当時の封誥《ほうこう》とか、「御製」の賜詩とか賜文とか、一般には知られないもので「栄誉」を増すために家譜には必ず収録されるべき家系直伝の事項が一字として見あたらず、それればかりか、われわれの知りえた幾多の資料さえ、本譜においては完全に欠落している。これまた理解に苦しむところである。

前記したように、本譜は順治十八年（一六六一）に「重修《ちょうしゅう》」されたものであり、その時点で、曹士琦が後世の曹寅の一家系をあらかじめ記入できる筈はなく、しかも乾隆年間に重修された形跡も認められない。ところが本譜の本文中には、いきなり下って「同治《どうち》十三年」（一八七四）の記年が見出だされるのである。以上からも明らかなように、この『五慶堂重修曹氏宗譜』は、清末において改筆がほどこされた家譜にほかならない。種々の痕跡から推測するに、本譜所載の第四房に関する家系の出典はかなり後世のものと思われ、おそらくは閲覧可能な当時の資料（公文書をふくむ）から転抄したものが大部分と考えられるが、それも定かではない。したがって、この家譜において「九世」と称する一系統が説明もなしに二百年昔の三世第四房のもとに接続している点、途中経過がはなはだ不明瞭なことも含め、慎重を期し、さらなる検討が必要であろう。ここでは従来どおり、雪芹の祖先たちの移住経過を「江西―豊潤―鉄嶺《てつれい》〔遼寧省鉄嶺県〕」とする説にしたがう。

――〔以上は一九六三年旧版「補注」原稿の改筆であり、以下あらたに補足をくわえる。〕

前文に関し、追記しなければならない件が二つある。まず第一件。前掲『五慶堂重修曹氏宗譜』をわたしが初見したのは、当時、故宮文華殿に設けられていた曹雪芹逝世二百周年記念準備事務局においてであった。そのときの印象として鮮明に記憶にのこっているのは、第四房の曹智の下が五代にわたって空白とされたのち、唐突につなげられた曹錫遠の一家系の部分だけが、筆跡にしても墨色にしても、同譜中のほかの部分と明らかに異なっていたため、同箇所は後人による加筆ではなかろうか、という疑念をいっそう深めたことである。ところがその後、さらに同譜の「副本」と称するもの一本が出現し、記載内容も完全に同一で、しかも筆跡といい墨色といい、全篇にわたって統一されたものであった。関係者に質したところ、まえに発見されたのは「転抄本」で、今度のものこそ「原本」であり、だから墨色筆跡にも乱れがない、という返答であった。わたしはその報告を信じ、『紅楼夢新証』増訂本〔五六〜五七頁〕のなかにも上述のように論じたわけである。意外なことに、さらにその後べつの研究者から、最初に発見された筆跡不統一の抄本がやはり原本であって、後出のものが転抄本である。との連絡を受けた。こんなぐあいに、いっきょに問題は複雑化してしまった。しかし、その後わたしは両抄本を照合して検討する機会にめぐまれないため、目下のところ原本がどちらであるか判断が下せない。いずれにしても、そのうち一本を抄写した者が、いかなる理由で曹錫遠につらなる一系族の記入を中途でうちきり、又どうして別人が異なる筆墨によって再び書きそえる必要があったものか、同じ問題が依然としてのこる。すくなくとも、その経緯のなかに事の真相が秘められていることは間違いない。

もう一件。これは馮其庸氏の教示によるもので、同氏は曹氏の各種家譜を調査し、当初は『五慶堂重修曹氏宗譜』の曹良臣に関する記載を信用したものの、丹念に検討をかさねるうち、じつは曹良臣には一子しかおらず、名を泰といい、したがって義とか俊とかいう次子も三子も実在しないことを考証し、最終的に曹良臣を始祖とすることには疑問あり、との結論を得たのであった[16]。そうとするなら、そもそも清代における家譜編纂というものからして、その始祖にいたるまで訳のわからぬ人物を取り込んでしまうような怪しげな所があったから、曹寅ほどの著名な家柄ともなれば、まるで無縁の家譜のなかに持ち込まれたとしても何の不思議もなかろう（じっさい、旧時の家譜「修訂」においては同様の作業がツキモノで、家譜「修訂」の「代作」を職業とする専門家にいたっては、成り上がり家門の注文に応じて家譜を「寄せあつめ」る細工など日常茶飯事であった）。

こうした事情をふまえるなら、あらためて次のような点が重要問題になろう。

第一に、豊潤の曹氏族譜のなかの数々の記載にしても、また清初の名士たちによる豊潤の曹氏についての記述にしても、のこりなく同家を宋朝開国の功臣曹彬《ひん》の子孫としていることは、すでに拙著『紅楼夢新証』〔一一四～一二二頁〕に列挙したとおりである。最晩期における豊潤の曹姓の人でさえ、その来歴を承知していた。第二に、馮其庸氏の発見した康熙年間写本『江寧府志』のなかの〈曹璽伝〉においても、「その先、宋の枢密武恵王彬《ぶけいおう》〔曹彬〕より出づる」、と明記されている（この『江寧府志』の発見は馮其庸氏の一大功績である）。そこで第三に、かりに『五慶堂重修曹氏宗譜』の曹氏が、その家譜の説くとおりの家柄であったとするなら、どうしたわけで自家一族が曹彬の子孫であることを知らず、それどころか家門の祖先は「元末」までしか溯れない、などと公言したのであろう。この一事からして、事情はきわめて歴然としよう。

もちろん、『五慶堂』抄本の伝える曹氏が、豊潤の曹氏、すなわち曹雪芹の家門である正白旗包衣の曹氏と、まったく無関係の家柄と決めつけるつもりはさらさらない。ただ、『五慶堂』抄本が現われたからといって、ただちに盲従し、それを根拠に雪芹の祖先を豊潤の曹氏とする説まで葬りさるとしたら、それは愚かに過ぎよう、と言いたいだけである。まして、曹鼎望《ていぼう》は豊潤の曹氏族譜に序をしるし、次のように明記している。

けだし明の永楽の間、始祖〔曹〕伯亮《はくりよう》、予章武陽渡《ぶようと》〔いま江西省南昌県〕より弟と協《あわ》せて江を溯《さかのぼ》り北してより、一は豊潤咸寧里《かんねいり》に卜居し、一は遼東の鉄嶺に卜居す。——遼陽の一籍に至りては、闕《けつ》たりて未だ修めざること、なお憾事に属す。

このように、彼は「鉄嶺」の地名に触れながら、そのまま「鉄嶺の一籍、闕たりて未だ修めず」とは述べず、含みをもたせて「遼陽の一籍に至りては、闕たりて未だ修めず」、と記している。その理由について、すこしく思いを廻らしてみても差し支えあるまい。まず知るべきことは、満州人入関後の清朝のもと、その草創期における関外〔山海関以東の地〕の有り様をかたることは久しくタブーとされていたことである。なぜなら、努爾哈赤《ヌルハチ》が鉄嶺一帯を殲滅させてからというもの、康熙朝晩期にいたって『鉄嶺志』を編纂する時におよんでも、なお同地方は廃城をのこすのみの人里まれな荒涼地のままだったからである。まして、すでに包衣の身分とされていた曹氏一門が、鉄嶺が原籍であるなどと言える筈もなかった。わずかに遼東とか瀋陽やらの地名をかかげることにより、「往時」の実情を匂わせている所、このうえなく慎重な筆法なのであって、とかく安易に考えがちだが、現代人が思いのまま処かまわず放言大書して憚らない現況とは、おのずから大きな事情の相違があったのである。

また康熙年間の抄本『江寧府志』は、曹家のことを「後《のち》、襄平《じょうへい》に著籍《ちゃくせき》す」、と記しているが、この記述は雪芹家の開祖がその本籍を遼陽に定めたことを意味するものではない。襄平とは、近時の史実を避けるため、漢代の地名を借りて「遼東」の二文字を伏せたものにすぎず、しかも「著」は「占著《せんちゃく》」というのに等しく、住所を当地の籍にうつすことを意味し、先祖代々の本籍の意味とはあきらかに異なるからである。

さらに無視できないのは、初期における曹家のひとびとの本籍についての記録である。曹世選（すなわち曹錫遠）は「瀋陽地方に世々居す」〔『八旗満州氏族通譜』〕とされ、『白山詞介』は曹寅のことを「瀋陽県の人」と著録する。こうした記録は、世選（一本は宝に作る）が「瀋陽に令《れい》たりて声《せい》有り」〔『上元県志』

〈曹璽伝〉〕とされる「令」の文字と合わせ考えるとき、ほかでもなく曹世選がひとたびは瀋陽地方の監督職にあったことを物語るものではなかろうか。その子たる曹振彦の本籍については、あるものは「遼陽」〔『山西通志』『浙江通志』等〕としるし、あるものは「遼東」〔『吉州全志』『大同府志』等〕としるす。いうまでもなく「遼東」とは、地域名ではあるものの漠然とした汎称で、その点まさに「襄平」というのと変わりなく、かりに彼の先祖代々の本籍が「遼陽」であったとするなら、なにも漠然とした表記を用いるまでもなく、きちんと特定して明示したに違いない。

以上のことを要するに、曹家の本籍地〔貫籍〕を考察するにあたっては、単純な発想法にたよるかぎり、とうてい正確な結論を望むわけにはいかない。

（五）曹雪芹小像について

一九六三年六月七日の朝、とつぜん王士菁《おうしせい》氏から写真二枚にそえて、上海文化局の方行氏が王氏によせた手紙〔便箋〕二枚を受けとった。それに目をとおし、予想もしなかった雪芹小像という資料発見の知らせに、わたしは喜びを禁じえなかった。そこで、すぐさま『天津晩報』紙上に文章二篇を発表して新資料について論じ、うち初めの一篇〈関于曹雪芹的重要発見〉は香港の『文匯報《ぶんわいほう》』にも転載された。これが、発見の経緯と現物の状況とを紹介しつつ内容を検討した、曹雪芹小像に関する最初の論文となった。

はじめて上記の写真をわたされた際、同席していた周紹良氏もいたく感激なされ、「やはり雪芹は南方に行っていたんだね」と仰言られた（すでに『雨花』一九六二年第八期所載の論文において、わたしが雪芹南行の仮説を提出していたからであった）。そのおり、わたしはただちに呉恩裕氏にも事情を報告し、氏の所望により、同写真一組を持参して検討に供し、その席で初歩的な意見交換もおこなった。やがて同氏はその著『考稗小記』中に一文（〈陸絵雪芹先生像〉）をしたためたが、それは基本的に、当時われわれ二人のあいだで合意をみた共通見解をまとめたものである。こうした事をわざわざ記すのも、当時においては、周紹良氏や呉恩裕氏をはじめとする紅学家たちが、いささかの疑念もなく、こぞって雪芹小像の重要性を認めていた事実を伝えるために他ならない。

ところが、そのご事態はややこしくなってしまった。要約すれば次のごとくである。

（1）尹継善の詩集を調査したところ、雪芹小像に後続する尹氏の題詩二首は同氏詩集の刊本にも収録されているものの、その標題は「兪楚江《ゆそこう》の照に題す」とされており、したがって雪芹小像は、曹雪芹のものではなく「兪雪芹」のものである、という説が現われた。兪氏は名を瀚《かん》といい、かつて尹氏の幕下にいたことは事実である。（2）さらに、小像の左側に記されている陸厚信による五行の画像題記は「偽作して補添」されたもの、という見解も現われた。その根拠としては、画像というものは別人に流用され、画像主が改竄されることもあるから、というのである。これは厳密には論証などといえるものではなく、この見解も正式には公表されておらず、論者も原物を見ないまま可能性を指摘したにすぎない。（3）ひいては、以上のような所見にかんがみ、画像も題記も「補作」されたもので、例の見開き頁の半葉はもともと白紙であった云々、とする説まで現われた。

たかだか上記のような理由から、雪芹小像を「偽作」であると断定するのであるなら、いっそのこと李でも張でも好きな名前を画像にはりつけて、曹雪芹とはいっさい無関係のもの、としてしまうのが最善策かも知れない。

しかしながら、現在にいたるまで、「兪雪芹」論者は兪瀚が「雪芹」を号としたことの物証を何ひとつ見出だせないでいる。それどころか、「兪雪芹」説を主張する研究者たちは雪芹小像および題記の信憑性を根本的に否定しきれずにおり、「補添」論者にいたっては自家撞着にさえ陥っている。というのも、あるものは画像を信じて題記を疑い、あるものは画像をも疑う、という支離滅裂さだからである。——そもそも専門家による鑑定でさえ判定にかなりの幅があるというのに、まして「補添」の確証を提出できる者などおりはせず、「白紙」説にいたっては文字通り「思いつき」ばかりで、論証というべきものすら見あたらない。——こんなぐあいに、まことに軽々しく雪芹小像を「否定」しさっているのが実情といえよう（個々の論者のなかには仰天するほどの暴論を吐く人さえいる）。

ここで、事の発端となった方行氏が、王士菁氏に宛てた最初の手紙を引用しておく。

この五月〔一九六三年〕、わたしは西安に出掛け、その帰りしなに鄭州に立ち寄ったところ、河南省博物館において、装丁のかなり古びた清代の人物画冊一部を見いだし、書中には数十人が描かれ、そのなかに雪芹小像——顔と手の部分は黒く変色——および尹継善の詩、あわせて一対がおさめられていましたが、折りあしく旅程せわしい匆々の間でしたので、ほかの画像はくわしく見る暇がなく、前記の雪芹小像と関係のあるものかどうかは不明です。ちかごろ上海で友人たちにその話をしましたところ、時代的に考えても、また、曹雪芹と尹継善と、どちらも旗籍にあったばかりでなく両家同士に交誼のあったことから考えても、それは曹雪芹の画像にちがいない、と皆が言うのです。しかし、作者とされる陸艮生《こんせい》〔陸厚信のこと。問題の画像題記には「雲間の艮生陸厚信ならびに識す」と署されている〕について何種類かの『松江府志』をめくってみたのですが、いまだに記録が見当たりません。貴殿と周汝昌氏とはいずれも紅学に造詣のふかい専門家ですので、もしそれが本当に曹雪芹の肖像画であるとするなら、べつの肖像画〔一九五四年に発見された王岡の筆になる曹雪芹画像と称された「独坐幽篁図」のこと〕についての論争にも結着がつけられるかも知れないと考え、とくに写真をお送りする次第です。なにとぞ周氏に考証していただき、真贋のほどが判明しましたなら、よろしく御教示くださいますようお願い申し上げます。ほかの各画像に関しても、おそらく当時の尹氏の幕客ないし縁者と思われますが、もし必要あれば、どうか鄭州に御足労のうえ確認くださいますよう。周氏の著書はかねがね愛読しており、まだ面識こそありませんが、読者の一人として関係資料を報告するのも義務のうちと信じ、以上したためました。貴殿から御転送いただければ幸甚に存じます。

さらに方行氏は、その後の手紙のなかで事情をおぎなって説明している。それらによれば、彼が所用で鄭州におもむいたさい、ある文物内覧会に出席し、展示品を見終わったときには日も暮れはてていたけれど、ほかに倉庫に見るべき文物がないかどうか尋ねたところ、博物館員がその冊子本を持ち出してきた、という。そして冊子本のなかに雪芹小像を発見したさい、彼はわざわざ館員に写真撮影の協力を依頼し、さらに該当箇所にシオリをはさんで撮影のための目印にさせたそうである。その場にいあわせた人々の名前も挙げられるという。そのご上海に帰ってから、彼は写真二枚を受け取り、大きさの若干異なるそれら二枚の写真をそのままわたしに郵送してくれたわけである。――もちろんのこと、わたしの雪芹小像に関する調査報告も、その写真に基づいたものに他ならない[17]。

ところが、その冊子本というものが、そののち見開きの一枚紙に姿を変えてしまったのである。

この謎を解明するため、わたしは友人である黄苗子氏を訪ね、その当時の状況を確認したところ、氏はただちに次のような明答をしめした。すなわち、問題の画像はその当初、公式書簡とともに鄭州から初めは郭沫若《かくまつじゃく》氏のもとに郵送され、郭翁は通覧したのち、そのまま故宮内の曹雪芹記念準備事務局に転送してきた、というのである。しかもその際、黄氏も現物が冊子本であったのを目撃しており、記憶によれば体裁は八丁の見開き頁で、各頁ごとに肖像画その他がしたためられ、筆跡はすべて乾隆期の人の手になるものであった、という。のみならず同氏の調査によれば、陸厚信はおもに揚州地方を中心に活躍した乾隆期の画家、という記載を某書において確認したとのことであった。

さらに裏付けをとるため、わたしは当時の準備事務局において黄苗子氏とともに常時駐在員をつとめていた劉世徳氏にも事情を問いあわせたところ、同氏の確答もおなじく、頁数までは記憶にないものの、けっして単独の一丁ではなく、現物は一部の冊子本であって、それぞれの頁に書画がしたためられていたが詳細な内容までは思い出せない、とのことであった。

ここで念を押しておきたいことは、上記の両氏とも、当時現物を手にした当事者であって、しかも証言がかくまで一致している事実である。これは、とうてい「孤立資料」などと称して片づけられる問題ではない。まして、黄苗子氏は藝術史の専門家であるとともに書家にして画家でもあり、その蘊蓄の深さからしても、氏の鑑定眼が並みのものとは思えないだけに、その黄氏が、問題の冊子本の画像は乾隆期の人の手になるものと判断したからには、その鑑定の重みは否定しえない。ためしに、その雪芹小像はもともと白紙であった見開き頁の半葉に民国時代のひとが書き加えたもの、との考え方ができるものかどうか、それを彼に質したところ、それは有りえない、あれは八丁で一組とされた乾隆期の冊子完本なのだから、というのが彼の答えであった。そして、例の陸厚信についての記載をおさめた書籍についても、折りにふれ検索に心掛けることを約束してくれた。

事の経過は以上のごとくである。一つの問題を攻究するにあたっても、時として（時として常に）、予想だにしない奇怪な事態やら複雑な状況やらに出喰わすものなのである。そんなわけで、実情をくだくだしく述べてきたのも、大方の参考に供するためと諒解していただきたい。要するに最も肝要のところは、黄苗子氏の見解と証言とが、もののみごとに方行氏のものと吻合している一事であろう。ここで研究者および鑑定家各位に希望しておきたいことは、こうした文物資料の一切にたいし、先入観にとらわれることなく、虚心坦懐かつ冷静沈着に、真偽を見誤ることなく、取り違えることなく、科学的に正しい結論を導き出していただきたいことである。

この問題に関するわたしの個人的見解としては、目下のところ、画像の主は曹雪芹ではないと否定できるだけの有力な反証が出てこない以上、やはり雪芹小像はかけがいのない貴重な文物と考えざるをえない。一部には、曹雪芹が人の幕客になることなど「ある筈がない」し「あり得ない」とする研究者もいるが、率直にいうなら、それは一種現代的な発想にもとづいた史実の解釈、としか言いようがない。この点については、乾隆二十二年に敦誠が雪芹に、「食客の鋏を弾ずること莫かれ」と忠告している事実を指摘すれば、それで十分に事足りよう。――敦敏『懋斎詩鈔』の〈送汪易堂南帰省親〉詩においても、「燕市に長《ちょう》鋏《きょう》を悲しむ、西湖に旧廬《きゅうろ》あり」という一聯が見える。汪易堂《おうえきどう》は名を蒼霖《そうりん》といい、銭塘《せんとう》のひとで、当時おりしも北京の寧郡王府に西賓となっていた人物である。かくのごとく、「鋏を弾ず」という典故は決してぞんざいに使われるものではなく、まして誤用される筈のないものだからである。

ところで『尹文端公詩集』によれば、幕客のなかに詩にも画にも秀でた、その名も曹西有《せいゆう》という人物のいた記載がみとめられる。これは雪芹の偽名とも疑われる点、重要な検討課題と考えられる（「西有」は豊作を意味し、「霑」の名が豊作をもたらす慈雨への感謝の念に由来するところと一脈相い通じよう）。しかも曹西有の記載が現われるのは、乾隆二十一年丙子、および二十四、二十五年の己卯から庚辰にかけての間なのである。尹継善は彼のことを褒めたたえ、さらに西有に子供が生まれた時には名付け親ともなり、その子に虎頭鎖《ことうさ》〔虎頭をかたどった子供用お守りペンダント〕まで贈っている。この件については、かつて史・宋〔史樹青・宋謀瑒〕両氏とも語り合ったことがあり、彼らの研究成果に期待したい。

思いつくまま略述したので、いささか長々しくなった。余事については拙著『紅楼夢新証』七八五～七九四頁を参照していただくとし、ここでは贅語を省きたい。

《原注》

① この説は〈重新考慮曹雪芹的生平〉(『文学遺産』第六一期)(はじめ一九五五年七月三日『光明日報』紙に掲載された王利器氏の論文)をもって嚆矢とする。その後、この説に従うもの、ないし同じ結論をくだすものは数多い。したがって、ここにその一々は列挙しない。

② 新たに発見された『五慶堂重修曹氏宗譜』は、曹顒の子として曹天祐をかかげ、その官は州同であった、と記す。すなわち、曹顒が男子を生んでいたとしても曹雪芹とは別人、ということになろう(いうまでもなく曹雪芹の名は霑であり、しかも州同に任ぜられた形跡はない)。

③ 参考のため、同時代の八旗詩人である李鍇《りかい》の『睫巣後集』第九葉〈懐人七絶句〉石東村〉詩を例にとるなら、その自注に「年四十九……」と記しながら、詩中では「韋曲《いきょく》にて相い逢うは竟《つい》に幾春ぞ、今に及び五十たりて閑《すずろ》身《み》を楽しむ」と詠じている。一つの傍証となろう。

④ 『鄭板橋集・詩鈔(范県作)』〈止足〉詩に見える。中華書局の新編本に付された「年表」は、この詩を西暦一七四三年・乾隆八年癸亥の作としている。妥当なところと思われる。

⑤ さらに参考として、敦誠の〈璞翁《はくおう》将軍(席特庫《シトク》)哀辞・引〉には次のように記されている。「今、翁の位、かつて都統、将軍たり。翁の年、八十有五なり。亦たまことに以つて頑俗を炫《かがや》かし世人の欲する所を尽したるなり。然れども、其の中に大いに然らざる者有り。翁、少《わか》くして王の長史となるも、積年にして遷擢され、五十にして始めて都統となり、六十にして将軍となるに、旋《たちま》ち罷去せられ、二万里の辺陲《へんすい》に馳駆するも、復び職を褫《うば》われ、其の家は籍《せき》せられ、翁、遂に赤貧たりて、先人丘壟の側に寄跡したり。妻孥子孫、幾《ほと》んど三百指(すなわち三十人)、毎に嗷嗷《ごうごう》〔囂々〕たるに至る。また二十年を然《しか》せし。翁の半生を以つて、台輔《たいほ》〔宰相の任〕に拠り大年を享

く、と謂わざるべからず。而るに其の情状の哀れむべきこと此の如し。況して、位は翁の崇《たかき》に及ばず、年は翁の半《なかば》に及ばず、而して其の遭いし所の是の如き者、また何んぞ道《い》うに勝《た》うべけんや」。以上の文章が伝えるような境遇を生きぬいた者として、敦誠が熱知し嘆息してやまなかった人物といえば、なにより曹雪芹をおいて他になく、とりわけ文末の一節は、雪芹のことをも念頭において記したもの、と見なしてまず間違いあるまい。とするなら、璞翁の享年は八十五であるから、「年は翁の半に及ばず」とされる年齢はほぼ四十歳（ないし四十強）ということになり、この点からも符合するのである。

⑥ 清初の姜宸英《きょうしんえい》による『湛園未定稿』巻四〈与馮元公書〉には次のように記される。「蓋し古えは、既に冠して成人すれば字あり、以って其の徳を表わす。夫子《ふうし》〔孔子〕の春秋を作すに、凡そ賢卿大夫なれば、則ち之を字して名せず、示予《しょ》〔垂範〕する所以なり。……子貢〔孔子の弟子〕、〔字を〕以って其の師を称す。子思〔孔子の孫〕、以って其の祖を称す。袁種《えんしゅ》〔漢の名臣〕、以って其の祖父を称す。屈原・班固の書、以って其の父を称す……。今は則ち然らず。凡そ今の俗、直《ただ》ちに之を字するを以って軽しと為す。……また古人、名と字との外に、別号《べつごう》と云う者有り、直だ一時の意興の寄托せらるる所にて、是れ必ず少く可《か》からざる事と謂うには非ず。また未だ嘗て此れを以って人を称せざるなり。……今人、其の稍《すこ》しく尊貴する所の者に、敢えて字の謂いをせざれば、則ち其の号の下に一字を又し、所謂『庵《あん》』と『斎《さい》』となすは、而して復び易《か》うるに『翁《おう》』かつ『老《ろう》』の称を以ってするなり」。以上、清代のひとの名・字・号の三者にたいする考え方、および実際の使われ方をうかがい知ることができよう。

⑦ 『紅楼夢新証』五七～六七頁を参照されたし。

⑧ 当初においては、わたしも従来の大家たちの説を踏襲し、曹宜を曹寅の実弟とする見解にそって考察したため、曹寅・曹宣・曹宜は三兄弟であると見なしていた。ところがその後、新資料により曹宜は曹璽の兄曹爾正の子で

あることが判明した。そのため、われわれの主張する曹宜と曹子猷とは別人である、という説がかえって強化される結果となった。そんなわけで以前の大家たちが、曹宜の一族を曹爾正の家系に結びつけることが出来なかったことも、無理からぬところがあろう。

⑨　名を宣とし、字を子猷とすることについては、『詩経』大雅〈桑柔〉の「心を秉《と》ること宣猶《せんゆう》（古代において猶と猷とは同一字）」を典拠とする。

⑩　一九六三年十月、中央檔案館明清部の杜衿南《ときんなん》氏からの来信には次のように記されている。「曹荃の原名は曹宣である可能性がきわめて高いように思われます。と言いますのも、宣の名は康熙帝の正名〔玄燁〕の玄の文字と同音で諱に触れるため、そこで荃の文字に改めたものと考えられるからです。……このように考えますと、以前に私たちは討論しあったのですが……諸々の疑問点がことごとく氷解してしまうのです。私の初歩的な調査によりますと、曹荃は……十五、六歳のときに御前侍衛〔宮中の近衛兵〕をつとめ、康熙三十八年には真州〔江蘇省儀徴県〕に赴任したらしく、そののち都城にて司庫〔内務府の物品出納をつかさどる正六品官〕に任じられた模様です。……彼には少なくとも四人の子息がいたようで、曹順が長子ないし次子と思われ、曹頫が第四子、さらに幼名を桑額《そうがく》という一子がいたらしいのですが兄弟順は不明です」。この書信中に言及されている諸事情に関する檔案資料の数々は、そのご整理され、すでに公刊されている〔『関於江寧織造曹家檔案史料』中華書局（一九七五）・『李煦奏摺』同上（一九七六）〕。

⑪　曹宣は「荃」と改名してのち、おそらく自分で「芷園」という号を選んだものと思われる。「荃」と「芷」とは字義的に関連しあうからである。

⑫　李西郊『曹雪芹的籍貫』（『文匯報』一九六二年八月二十九日所載）を参照されたし。あわせて拙著『紅楼夢新証』一一一～一四〇頁を参看ねがいたい。

⑬　曹義・曹俊・曹士琦らについては、すでに旧版『紅楼夢新証』一一九頁・一二〇頁に言及しておいた。

⑭　『八旗文経』巻五十七〈作者考〉甲篇十一葉にも同様の錯誤がみとめられ、「曹寅、字は子清、一字は楝亭……」と記す。ただし、これはかなり後世の編者による誤解であって、家譜の場合には考えられない誤謬である。詳しくは『紅楼夢新証』〔四三～四五頁〕に列挙した各資料を参照されたい。

⑮　この件は前注の事項とも関連する。前注⑭参照。

⑯　馮其庸氏による詳細な年譜研究がなされつつあり、まもなく専門の著作が出版される予定なので〔『曹雪芹家世新考』上海古籍出版社・一九八〇年七月既刊〕、ここでは略記するにとどめる。

⑰　そのご雪芹小像の写真が公刊されたさい、またもや一部で物議をかもし、仄聞するところによると、わたしが故意に大小二種の写真をこしらえて云々、という趣旨のものらしかった。さらに小像現物の寸法に関しても、わたしの報告は不正確と非難する研究者もいたらしい。実のところは既述したように、わたし自身も報告を受けた立場にある。

——〔本節は今次新版本のための新たな補説であり、一九六三年旧稿本のものは再録しなかった。〕

〔付録二〕　曹雪芹の生家と雍正朝

曹雪芹の生家は三国魏の武帝曹操《そうそう》を先祖とするもの――ちかごろ、そんな思いを深めている。とはいえ、どこから話を始めたらよいものやら、かの、大胆にも『古文尚書』に偽書の疑いをはさんだ経学の大家閻《えん》若璩《じゃくきょ》は、かつて曹寅に詩を贈り、そのなかで「漢代に元功を数《しばしば》す、平陽《へいよう》〔漢の曹参の封号〕ら十八〔功臣十八侯〕中。伝来すること凡そ幾葉《いくよう》、世職たるは司空を少《か》く。……」〔『潜邱箚記』巻六〈贈曹子清侍郎四律〉詩其一〕と詠じ、あきらかに曹寅のことを曹参《さん》の子孫とみなしている。閻若璩といえば、年長の顧炎武《こえんぶ》もその教示をあおぎ、徐乾学《じょけんがく》も『大清一統志』を編纂するにあたって協力をもとめた人物であり、一家をなした歴史地理学者であるばかりか、系譜の学にもくわしい大儒であった。――ついでながら、康熙四十三年〔一七〇四〕（このとし曹寅は初めて両淮巡塩御史に着任）いらい、閻若璩は安親王馬爾漢《マルハン》にねんごろに招かれてその王府の幕客となっている。馬爾漢は、呉三桂の乱を平定した大将軍岳楽《ヨロ》（努爾哈赤の孫）の第五子であり、おなじ第八子には岳端《ヨドン》〔蘊端・袁端とも記す〕がいた。岳端といえば有名な『玉池生稿』の作者紅蘭《こうらん》主人（長白十八郎・東風居士とも号す）にほかならない。ところが幸か不幸か、岳楽からすれば孫にあたる馬爾漢の娘が、やがて胤禩《いんし》に嫁いで正妻福金《フジン》となり、彼女が胤禩を後押しして皇子時代の雍正帝と対立させたため、雍正帝が帝位に「登極」してよりのちは、胤禩が毒殺されたばかりか彼女福金まで厳しく懲罰され、あげくには安親王一門の封爵もことごとく剝奪されるにいたった。こうした経緯からすれば、閻若璩も「姦党」の一味にみなされて然るべき人物なのであった。——このような閻若璩による言葉が、まさか事実無根のものとは思えないのである。しかも、詞人として知られる納蘭成徳《のうらんせいとく》が『楝亭図』によせた〈満江紅〉詞のなかにも、「藉甚《せきじん》〔盛名〕たる平陽、羨ましきは奕葉《えきよう》〔歴代〕に、芳誉を流伝す。……」〔『飲水詞集』〈満江紅〉其四〕と記され、さらに張淵懿《ちょうえんい》の題詩においても、「高門は世沢を衍《の》ぶ、貴冑《きちゅう》〔貴族の子孫〕は平陽に属す」〔第一巻跋詩〕と述べられている。どういうわけで、これほどまでに諸家の言葉が一致しているのであろうか。かりに、こうした人々の口振りが『姓氏典』の類いを借用したものにすぎないなら、そうした粉飾は昔時の詩人においての常套であったから、なにも論ずるほどの事はない。じっさい旧時における『姓氏典』援用の例は数知れない。けれども、「奕葉」と明示し「世冑」と断言してまで、ひとの祖先をことさらに美化する必要があったものであろうか。ところで『三国志』〈魏志〉の冒頭には次のように記される。「太祖武皇帝、沛国譙《しょう》の人なり。姓は曹、諱は操、字は孟徳。漢の相国参〔曹参〕の後たり」。しかし、この曹操の家系については曲学の徒による潤色として広く知られているだけに、『楝亭図』に題するさいの典故としては適わしくなく、やむなく遠まわしに曹参にまで家祖を溯らせたもの、と考えられるわけである。それならば、『楝亭図』中において例外は無いのであろうか。じつは有る。たとえば徐秉義《じょへいぎ》の題詩は、「曹公の種えし徳は無窮に垂《なんなん》とす、清門は済美にして班資《はんし》〔官位俸祿〕は崇《たか》し。譙国の一家は黼黻《ふふつ》〔天子の御衣〕を光《てら》す、……」〔『楝亭図』第一巻跋詩〕と記し、まぎれもなく曹操の一家をかかげ、とりわけ「清門」の二文字は、かの杜甫の詩句、「将軍〔曹覇〉は魏武の子孫、今に於いて庶《しょ》となるも清門たり」（〈丹青引〉詩）をふまえている。――さらに敦誠の〈寄懐曹雪芹〉詩のなかにも、「少陵〔杜甫〕は昔に曹将軍に贈り、曾って曰く魏武の子孫と。君もまた無乃《むし》ろ将軍の後、今にして環堵たり蓬蒿の屯《むら》」という言葉があり、句意からしても典故の用い方からしても、杜詩の後塵を拝している。けっして偶然の事ではあるまい。

いっぽう曹寅は、自作の伝奇『続琵琶記』のなかで、魏の武帝すなわち曹操のことを特筆し、みずから次のように描きだしている。

我輩のことを人はいう、帝の位をうかがいて漢の神器に涎《よだれ》する、と。嘆かわし、天下に見せたし胸のうち。この戦乱を鎮めたならば、国に帰って鎧《よろい》を解くのみ、どこぞで王を名のろうと、だれぞが帝を称そうと、我輩のあずかり知らぬこと。今日のこの宴、めでたく両者がそろったからには、酒樽《さかだる》をあいてに英雄たらん。

――『続琵琶記』第三十一・台宴〈北酔花陰〉

曹寅は一体どういうつもりで、当時わざわざ世間に悪評たかい曹操のことを持ち上げたりしたものか。劉廷璣《りゆうていき》はこの伝奇劇を論じ、「説く者、銀台《ぎんだい》（すなわち通政使の曹寅）と同姓なるを以つて、故に遮飾《しやしよく》〔粉飾〕せりと為す。……」（『在園雑志』巻三）とする説を紹介している。この「同姓」云々という言い方にしても、世間向けの当たりさわりのない言い廻しにほかならない。いうまでもなく、曹寅が曹操をたたえたこととの背後には、なによりも曹寅じしん、それを借りて訴えたい所があったことは確かであろう。ところが当時一般に「同姓」については同祖とみなす社会通念があったことを、劉廷璣の記述は裏書きしている。したがって、趙執信《ちょうしつしん》が詩作のなかで曹寅のことを、「槊《ほこ》を横たうる心情は阿瞞《あまん》〔曹操〕を憶う」〔『飴山詩集』巻十三〈題王竹村詩巻二絶句〉其二〕とまで詠じていることも、べつだん怪しむには足りないものとされた。

ところで豊潤の曹氏〔付録一〈補注〉四参照〕について、『溴陽《こうよう》曹氏族譜』は宋初の曹彬《ひん》の第三子瑋《い》の子孫としている。『宋史』にしたがうなら、曹彬は真定霊寿〔いま河北省霊寿県〕のひと、とされる。そこで注目せざるを得ないのは、『魏志』の記載によれば、文帝曹丕《ひ》が即位したあと、諸王は「みな国に就き、そのうち中山〔いま河北省定県〕の恭王袞《こん》は、太和六年〔二三二〕に濮陽〔いま河南省濮陽県〕から中山に封を改められたものであったし、有名な白馬王彪《ひょう》にしても、その世子たる嘉《か》が常山〔いま河北省正定県〕の真定王に封ぜられていることである。というのも、霊寿とは中山真定〔戦国時代の中山国にあたる〕の地にほかならないからである。こうした諸々の史実を総合するとき、豊潤の曹氏はこの文帝諸王の末裔と考えられるのではなかろうか。しかも曹寅みずから、つねづね「読書と射獵と、自ずと両つながら妨げ無し」〔『清史列伝』〈李鍇伝〉付〕を口癖にしていたという。このことは、もちろん康熙帝が文武両道を重んじていたことと無縁ではないにしても、そのじつ、曹操の『譲県自明本志令』のなかの、「秋夏に読書し、冬春に射獵す」という言葉をふまえていることは自明だからである。このように、きわめて幽かな形跡ではあるけれど、わたしには看過することのできない筋道のように思われてならない。

以上のような見地から、曹雪芹は敦誠の詩句がさりげなく示すとおり、魏の武帝曹操の子孫、というのがわたしの推測なのである。

そうとするなら、魏の武帝のはるかな末裔のひとり、しかも曹雪芹という非凡な子孫は一体どうしたわけで、「今に於いて庶となるも清門たり」どころか、「今にして環堵たり蓬蒿の屯」というほどの身上にまで立ちいたったものであろう。

それこそ雍正帝の「賜物《たまもの》」にほかならなかった。

そもそも雍正帝とはいかなる人物であったのか。彼の正式な尊名は「世宗《せいそう》敬天昌運建中表正文武英明寛仁信毅睿聖大孝《たいこう》至誠憲《けん》皇帝」とされる。

この「憲皇帝」はどうして「雍正」をみずからの朝号としたものやら。彼は康熙十七年〔一六七八〕に生まれ、同四十八年〔一七〇九〕に和碩雍《よう》親王に封ぜられている。すなわち「雍正」とは、ほかでもなく彼じしんの「雍」という名号こそが最も「正」しいという意味なのである。

それなら、彼はほんとうに「大孝」であったのか、「至誠」であったのか。さらに「雍」という名号はほんとうに「正」しかったのか。まさしく俗諺で言うところの「天のみぞ知る」である。

一説によれば「父を謀《はか》りて位を奪う、雍正は不正たり」とつたえられる。

とすれば、彼はどのようにして「父を謀」り、どうやって「位を奪」ったものか、そこから説き起こさなければなるまい。——しかし、この件についての記録はいっさい残されておらず、わずかに伝わる史料によれば、ほかの皇子たちはことごとく出来が悪く、むかしから雍親王だけが最も冷静、最も優等で、最も親兄弟を思いやり、最も康熙帝から愛され、しかも「皇考〔先帝〕付托《ふたく》の重」に最も堪えうる皇子であった、とされている。

まことに珍妙な話なのである。

そこで、「大孝至誠」なる憲皇帝のことはさておき、ひとまず高斌《こうひん》という人物について触れておきたい。このひとは内務府所属の鑲黄旗人で、字は石文、東軒と号し、内務府郎中から江南河道総督に累遷し、官は文淵閣大学士にいたり、「文定公」と謚《おくりな》された人である。彼は好学のひと（とはいうもの彼の愛読書はもっぱら聖賢による経伝と「先儒の語録」にかぎられる典型的な正統儒学の徒）で、詩作をこのみ、彼の文集も《四書》中の「固哉高叟」〔「固《かたくな》なるかな高叟《こうそう》―〈『孟子』告子篇〉〕という語句にちなみ「固哉《こさい》草堂集」と名づけられている。愚考するなら、おなじ内務府鑲黄旗に属し、のちに『紅楼夢』後四十回を補ったとされる高鶚《がく》その人も、この「文定公」高斌の子孫ないし同族の子孫ではないかと疑われる。後ちのことはともかく、高斌について記すなら、雍正十一年〔一七三三〕、彼は江南織造および巡塩御史の官にくわえ、河務監督の兼任を命ぜられている。一般論として、さきに同じ役職にあった曹寅はおおいに世間に顔がきき、きわめて羽振りもよく、すこぶる実入りに恵まれていたように考えられている。しかしわたしの見るかぎり、けっして曹寅は顔がきいたわけでもなく、羽振りも実入りも、言われるほどに恵まれてはいなかったようである。たとえば高斌が前記官職に任ぜられた同年の十月、大学士の張廷玉《ちょうていぎょく》は休暇をたまい、南方へ帰郷するにあたり、雍正帝から張氏の実家の祖廟祭祀料として金一万両を下賜され、そのうえ皇帝「御用」の衣冠裘帯、および貂皮と人参、そして宮中御用達の緞子・麻布、さらに内廷用の書籍五十二種まで拝領している。これほどまでの下賜品はあまり前例がなく、それればかりか、ほかでもない織造官の高斌じしんが、これらの品々を官用船で張氏の実家があった桐城〔安徽省桐城県〕まで運漕しているのである。

ところで、こうした「殊栄《しゆえい》たること異数《いすう》」とされる下賜品が、どうして張廷玉の手許にころがりこんだのかというと、これまた味わい深いところがある。そもそも張廷玉は、雍正帝の命により康熙帝に関する『聖祖実録《じつろく》』の主編をつとめた人物だったからである。

張廷玉が格別の恩賞をたまわった意味をさぐるなら、彼が『聖祖実録』編纂の任務をまっとうし、しかも仕上がり具合がじつに見事で、なによりも雍正帝が至極満悦したことを物語るものと考えられる。そこで、張廷玉の編集がどういうぐあいに見事であったのか、ひとつの統計資料が真実をつたえてくれる。

次にかかげる統計は、清代各皇帝の『実録』の巻数をそれぞれの在位年数で除算したもので、各朝の一年分の記載にあてられた平均巻数をしめす数字である。

①順治――一・七　②康熙――一・一　③雍正――三　④乾隆――六・二
⑤嘉慶――四・四　⑥道光――五　⑦咸豊――九　⑧同治――一〇・七　……

ここで読者に一考をねがいたい。康熙年間においては、文治軍政の両面にわたり、内には領土統一をひかえ、外には夷狄駆逐をはかり、治水工事やら水漕陸運やら災害救済……などなど諸事万般、有りとあらゆる政務の山積していた時期にあった。にもかかわらず、どういうわけで他の各朝『実録』にくらべ、これほど微々たる巻数に収まってしまったものか、その理由こそが問題となろう。

俗説にしたがうなら、雍正帝がなにより有り難く思っていたのは隆科多《ロンコド》と年羹堯《ねんこうぎょう》の二人にたいしてで、それというのも、そもそもこの二人のおかげで天子に即位することが出来たから、とされている。けれども実際はおおいに異なる。雍正帝の胸のうちで、彼にとっての最大の功労者と目されていたのは、まぎれもなく大学士の張廷玉なのであった。じじつ雍正帝はその崩御にさきだち、特に「遺命」をのこし、張廷玉のことを太廟〔天子の祖廟〕に合祀させている。雍正帝にしてみれば、官職上の地位はどうであれ、年羹堯や隆科多とは比べものにならないほど張廷玉の功労を評価していたわけで、彼にたいする感謝の念たるや、祖宗の廟に付祀して供物をそなえるほどの栄誉を授けなければ気の済まない、それくらい大きなものだったわけである。

そう見るとき、織造官の高斌がおおせつかった張廷玉のための大仕事にしても、なるほどと納得がゆこう。したがって次に、やはり雍正帝にまつわる因縁、とりわけ帝位奪取をめぐっての奇々怪々な経緯について述べなくてはなるまい。

雍正帝は即位してのち、しばしば臣下の者たちにたいし、自分がいかに一筋縄では行かない天子であるかをことさらに印象づけている。たとえば雍正五年の春、彼は孫文成《そんぶんせい》（康熙帝配下の生き残りとして杭州織造の職にあった老臣で、曹寅の同僚でもあり親戚筋にもあたる人物）にたいし、浙江地方における民間事情および官界情勢について密奏するよう厳命した（そもそも、雍正帝にたいする反感は浙江人士のあいだで最も根強く、それだけに雍正帝は浙江のひとびとを憎悪し、わざわざ李衛《りえい》・王国棟《おうこくとう》という二人の敏腕な配下を派遣して取り締まりにあたらせた）。恐れおののいた孫文成は、浙江地方のすべての人々にとって、すなわち、巡撫・将軍・郷紳・庶民、兵員と民間人、旗人と漢人たちにとって、あらゆる意味で都合のよい美辞麗句を書きつらね、しかも次のような賛辞をささげて上奏文をしめくくった。「……兵民は法を畏れ、すこぶる戢睦《しゅうぼく》〔和合〕を思う。これ皆わが皇上の徳化は深厚、声教は普被《ふひ》〔広汎〕たるの致す所なり。謹みて奏す」。雍正帝はこの密奏文を閲し、つづけて朱筆で次のようにしたためた。「凡百の奏聞、もし稍《いささ》かも不実あらば、恐らくは爾《なんじ》、罪を領するにたえざらん。須《すべか》らく知るべし、朕は深宮にて生長したる主にあらず、これ四十年世情《せじょう》を閲歴《えつれき》せし雍親王なるを」。雍正帝のこうした物言いは、言い方に多少の違いこそあれ、群臣にたいして数えきれないほど繰り返し発せられている。たとえば、ある時には次のように語られる。「……須らく知るべし、今日の巍然《ぎぜん》として上に在る者、尋常の深宮に生長したる主にあらず。――すなわち三十年、外にて諸艱《しょかん》を歴試《れきし》し、備《つぶ》さに情偽を知りたる雍親王なるを。もし常にこの心の存さば、おおむね長らく恩眷《おんけん》を取るべし」。この言葉に「聞く者みな息を悚《ひそ》」めた、とつたえられる。こうした言葉を聞いて皆がみな「息をひそめた」とは思えないものの、雍正帝はたしかにオドシているわけなので、息をひそめた人々をいちがいに臆病者と決めつけるわけにもいくまい。ところで、野心もなく事もかまえず、しかも老成して温厚、のみならず富貴にして高邁、とされるこの「雍王府」に育った人物は、深宮に育った人々と一体どこがどう異なっていたのやら。さらに、いかなる「艱」を「試」み、どういう「情」を「閲」したところが他の諸王とは違う、と言いたかったのやら。

雍正帝のいわゆる「三十年」ないし「四十年」ものあいだ、彼が「歴試」して次々と体得したものはといえば、詭弁をもちい、陰謀をめぐらし、手下をはなち、間諜《かんちょう》をつかい、刺客をかかえ、毒薬をしこみ、さらには煉丹術やら呪術符術とりまぜて、さまざまな権謀術数を自家薬籠中のものとしたこと以外の何物でもない。（ここでも張廷玉のことが思い起こされる。すなわち、河東按察使となった王士俊《おうししゅん》が任地におもむく際、都を出るにあたり、大学士張廷玉みずからの推薦によって屈強の下僕をしたがえることが出来たものの、のちに判明したところでは、この下僕こそ雍正帝のはなった密偵で、王士俊はそのために「股《こ》栗《りつ》〔戦慄〕すること累日」という窮地にまで追いこまれることとなった）。

ところで、康熙帝の皇太子である胤礽《いんじょう》は、けっして等閑《なおざり》に帝位継承者に立てられた人物ではなかった。じっさいガルダンの乱にさいし康熙帝みずからが出征するにあたっては、一再ならず胤礽に京城の留守《りゅうしゅ》〔行政代理〕を命じているが、胤礽の政務ぶりはことごとく的をいた見事なもので、のちに康熙帝から褒めの言葉をたまわっている。ところが、やがて胤礽は発狂してしまう。しかも乱行を重ねるばかりで正気にもどる兆しがいっこうに見えないため、康熙帝もやむなく胤礽を廃嫡するにいたる（一時は胤礽の殺害まで考えるほど康熙帝は怒りくるったという）。公文書によれば、これは長兄の胤禔《てい》が仕組んだもので、胤礽を発狂させ、世継ぎの御子たる東宮になり得ないようにさせた、と伝えられる。ところが、こうした事態のそもそもは、ほかでもなく皇子兄弟にとって最も「友たり」と称されていた雍親王の企みで、胤禔はその身代わりの生け贄にすぎない、とするのが歴史家の見解なのである。

康熙帝にはそのへんの事情が呑みこめず、なおかつ皇太子を救おうとし、ままならずに廃立を繰り返したあげく、最後にやむなく、心中ひそかに帝位継承者として胤禩《てい》に白羽の矢を立てたのであった。胤禩といえば、雍親王にとってみれば同腹の幼弟にあたり、したがって人格高邁なる実兄の胸のうちには、同腹の弟にたいする嫉妬の炎が燃えさかった。その後の成り行きは、「諸艱」を「歴試」しつくした雍親王が、またぞろ彼なりの新境地を開拓したまでのことであった。

おりしも康熙五十一年〔一七一二〕の秋、かの曹寅がにわかに病没し、つづいて十月、皇太子胤礽が廃嫡された。曹家にそくして述べるなら、政情といい家運といい、いずれもが大きな転換点に立ちいたったわけである。この時を境に、曹家は日ましに没落の一途をたどり、その惨状は筆舌にあまりある。

そのころ、康熙帝のお気に入りの場所は暢春園《ちょうしゅんえん》というところで、その園内でくつろぐのを常としていた。そこ（現、北京大学西側一帯の地〔いま同大教職員用の暢春園楼ビルが立つ〕）は宮中では俗に西花園《せいか》とよばれ、曹寅が江南に赴くまえ、まだ内務府の広儲司郎中の職にあったころ、曹寅みずから造営を手がけた花園であった。康熙六十一年十月のこと、康熙帝はその花園のなかで倒れ、にわかに病にふせった。当時、胤禵は撫遠大将軍に任ぜられ、身ははるか西寧〔いま甘粛省西寧県〕の地（のちに胤禩の死所となった地）にあった。そんなある日、康熙帝は皇子や大臣たちを召しよせて話しあおうと思いたち、病床でふと目をあけると、なんと眼前に雍親王胤禛《しん》がいる。——康熙帝は意外に思いながらも、これは変だと気づき、やにわに腹立たしくなって体を起こそうとしたものの力がもう無い。たまたま手近にあった数珠《じゅず》一連をさぐりあてると、死にものぐるいで胤禛に投げつけた。皮肉なことに一連の数珠。たとえ狙いが正しくても、体力頑強な胤禛に当たるはずはなかったし、まして病人に命中させるほどの余力は残っていなかった。胤禛はおもむろに数珠を拾いあげると、この数珠こそ「父皇」が帝位をさずける伝国の大宝、と口ずさむ。事の真相はともかく、これが康熙帝の臨終となったことだけは確かである。――このとき京城の内外は、すでに胤禛の配下隆科多のひきいる軍兵によって幾重にも包囲され、警戒は厳重をきわめ、水も洩らさぬ鉄壁の布陣がしかれていた。しかも域外の地においては、年羹堯と延信《えんしん》とが、ぬかりなく大将軍たる胤禵の動静を見張っていたのである。

のちに言い囃された風説によれば、胤禛は康熙帝の遺言に、「伝位十四子」（位を十四子に伝う）と記されていたところを、「伝位于四子」（位をば四子に伝う）と書き改めた、とつたえられるが、その出所はいっさい不明である。そうした記録が文献中に見当たらないばかりか、さらには張廷玉との関わりあいも、そこからは見出だせない。われわれの立場からするなら、こうした巷間の俗説にもとづく『清朝秘史物語』のなかにはフィクショナルな部分の含まれていることを指摘せざるをえない。なぜなら、康熙帝の生前没後を問わず、雍正帝はその生涯中「皇四子」であったためしがなく、彼は終生「皇十一子」であったし、いっぽう胤禵は皇二十三子なのであった。この件については、かつて清史館（清朝史編纂のための資料管理処）の館員が『皇清文典』に照らして確認し、すでに立証済みの事なのである。とするなら、「二十三」を「十一」に書き改めるには相当の困難がともなおう。しかも、帝位継承という国家の重大事にさいし、姓名をもちいずに排行のみを記すことからして、そもそも無理があるように思われる。

かといって、こうした野史伝説の類いを、ことごとく信憑性なしと葬りさってしまうのも考え物である。野史というものは、いちいちの末節においては様変わりしやすいものの、往々にして根幹においては原形の保たれている場合が多く、そのてん事実無根の作り話とはおおいに異なるからである。すなわち、東宮に目されていた皇二十三子の「胤禵」という名はじつは改名されたもので、もとの名は「胤禎《てい》」であった。「禎」の字を「禛」に書きなおそうと思えば、これほど簡単なことは又となく、しかも見破られる恐れもほとんど無かったであろう。そこで思い合わされることは、雍正帝が「御名」の禁忌に触れる人名を改めさせる場合のやり方である。漁洋《ぎょよう》山人として知られる王士禛《おうししん》を「王士正《しせい》」と改名させたことは納得できる。ところが、曹寅の岳父にあたる李士禎《りしてい》のことまで「李士正」と改名させているのは、これまたどうした訳であろう。いささかなりとも「禎」の文字に似かようものは、ことごとく抹殺しなければ収まらない有り様なのである。おおよその察しはつこう。いわゆる「憲皇帝」は、「禎」の文字ばかりか、それと似かよう文字を目にしてさえ不安な気持ちに駆られるほど、「禎」の文字に恐怖心をいだいていたのである。その理由は説明するまでもあるまい。ともかく、胤禛がすでに胤禎になりかわった以上、胤禎のほうにも胤禵にかわってもらう必要があった。王士禛や李士禎などの名前についても、おなじく「窮すれば変ず」〔『周易』繋辞下〕というわけで、どうしても改名させなければならない事情があったのである。

もしも遺言改竄がなされたとすれば、上述のように解釈したほうが事実に近かろう。しかも、父を同じくする実兄弟のあいだで、禔と禵と、わざわざ同音〔ｔｉ〕の名前をつけたとするなら、口頭で呼ぶ場合には区別のつけようがあるまい（いっぽう禎と禛とは北京の口頭音では明瞭に区別される）。まして三十余人の兄弟のなかには、「示」偏の世代として「胤祿《ろく》」や「胤祥《しょう》」までいるというのに、「禎」の文字だけ用いられなかったとは考えにくい。（一説によれば、曹雪芹は『紅楼夢』書中に、大胆無比にもわざわざ「頼藩郡余禎《よてい》」〔第十五回〕という一句を書きこんで二重の意味〔「郡王さまの余福にあやかり」の意味と、「郡王たる余禎さまのおかげで」の意味〕を含ませている、とする。考えすぎのようにも思われるが、《庚辰本》は「禎」の字を「貞」に改め、《戚本》は「余禎」を「提携」に改め、《程本》にいたっては「余恩」に改めているところを見ると、あるいは正論なのかも知れない。）

閑話休題。雍正帝は宝位に「鎮座」してからの十年間というもの、朝な夕なに小心翼々と、寝食を忘れるほど仕事に忙殺された。まず、もと東宮であった胤礽が、圏禁されていた咸安《かんあん》宮のなかで死亡した。ついで胤禩――すなわち「阿其那《アキナ》」が保定〔いま河北省清苑県〕において、また胤禟《とう》――すなわち「塞思黒《サスヘ》」が西寧〔いま甘粛省西寧県〕において、それぞれ迫害と屈辱と辛苦とを嘗めつくしたあげく、あいついで絶命している。胤䄉《が》〔康熙帝の皇十子〕や胤祉《し》〔同皇三子〕などといった人々も、つぎつぎに高墻のなかに幽閉された。しかも、いわゆる諸王の獄は、年羹堯・隆科多の大逆事件ののちに本格化したのであった。諸王たちはおのおの数十条にわたる「大罪」を科せられ、それぞれの罪条によって死を賜わり、あるいは幽閉されるところとなる。雍正帝が日々に万件をこなすほど没頭していた仕事とは、こうした政敵にたいする捜査・没収・拷問・処罰および殺害・監禁にほかならなかった。

このような雍正帝から、もっとも恩寵をうけて時めいていたのは、鄂爾泰《オルタイ》・李衛・田文鏡《でんぶんきょう》の三人であった。（なかには雍親王時代に王府の荘園頭であった者も含まれている）。そのうち田文鏡はといえば、つぎつぎと立身出世をかさねるにあたり、つねに一人の幕客が側近にひかえていた。その幕客の名は烏思道《うしどう》、字は王路《おうろ》。もっぱら字をもちいて烏王路と呼ばれ、浙江慈谿《じけい》〔浙江省慈谿県〕の人であった。清朝の『名臣奏議』においては田文鏡の上奏文が最多をかぞえ、それというのも雍正帝がその一篇を閲するたび、かならず激賞せずにはおかなかったからである。あるとき雍正帝は、田文鏡の上奏文のうえに「烏先生は安らかなるや否や」と下問をしたためた。すなわち、帝みずからの「天語」として「先生」と称し、しかも安否を気遣ったわけなので、朝廷内外の人々はおおいに仰天し、一体いかなる「奇縁」によるものかと不思議がったものである。そんなわけで、つねづね傲慢をもって鳴らしていた田文鏡も、ひとり烏先生にたいしては丁重をきわめ、いかなる急場にさいしても烏先生にお伺いをたてることを怠らなかった。あげくには烏先生と碁を打つ場合でさえ、たとえ勝てる手があっても攻めに出て御機嫌を損なうような真似はせず、いつも先生の手を待って勝負を避けるのが常であった。ところがある時、どうしたわけか烏先生はいたく立腹し、旅支度をととのえるやいなや、何処ぞへか立ち去ってしまったのである。したがって田文鏡の上奏文も、別人が代作の代作をせざるを得なくなった。あにはからんや雍正帝は、その代々作の上奏文を一読するなり、たちどころに次のごとく宸筆をはしらせた。「これ烏先生の手筆にあらず。汝は文義を解さず。あに朕もまた解さざるや」。これには田文鏡も返答に窮し、やむなく、あの烏王路はぬけぬけと年ごとに八千両もの給金を要求するので雇いきれません、と言いつくろったところ、雍正帝の言葉がこれまた妙答、「これらの幕賓《ばくひん》、万金といえどもまた得るに値いするなり」。田大臣はひたすら恐れいり、おおわらわで烏先生を探しだして平身低頭、「頓首しつつ過ちを謝す」というていたらくであった。そんなわけで、あらためて烏先生の手になる上奏文をたてまつるに及び、ふたたび帝の覚えめでたきを得た、という。――こうした椿事が物語るところは、田文鏡などという凡器には、とうてい隆科多の「罪」を摘発するほどの大義名分をひねりだす頭なんぞ無いことを、だれより雍正帝じしんが知りつくしていた事実である。すべては烏先生が入れ知恵し、ことごとく烏先生が取り仕切っていたことを、雍正帝はとくと承知していた。

いずれにしろ、年羹堯も隆科多も罰せられたとなると、かの傅鼐《フナイ》にしても不穏な立場におかれた。傅鼐といえば、開国の名将であった富察氏額色泰《フチヤエスティ》の孫にあたるばかりか、曹寅からすれば妹の夫でもあった。しかも彼は十六歳で右衛〔鑲白旗侍衛〕に抜擢され、雍親王府に配属されていたので、けっして雍正帝と疎遠であったわけではなく、いわば王府いらいの古参の配下ともいえた。にもかかわらず雍正帝と昵懇というわけでもなく、年羹堯や隆科多を擁護したため、事もあろうに流罪に処せられるにいたった。そもそも、年羹堯が処罰されると連座するものが後を絶たず、その「党羽《とうう》」千万とも称され、罪跡を摘発するのも雍正帝に媚びへつらい、さながら皆殺しにしなければ気が済まぬ、といった惨状をまねいた。このような修羅場のさなか、傅鼐は大胆にもそうした風潮をいましめる進言をなし、そのため諸王大臣たちは「平反《べんぱん》さるるは無算《むさん》」〔冤罪を撤回されたものは無数〕にのぼったと伝えられる。ひきつづき隆科多が「失脚」してしまうと、その子の岳興阿《ヨヒンガ》にも重罪が科せられた。かつて隆科多が権勢をきわめていた当時、岳興阿は傅鼐にたいし礼をつくして接していたものの、傅鼐のほうは交際を望まなかった。にもかかわらず事ここにおよぶや、傅鼐は岳興阿の無罪を力説したのであった。雍正帝はおおいに立腹し、とうとう傅鼐と隆科多とは結託すること緊密なり、との裁定をくだすにいたった。それというのも、「傅鼐もともと性は巧詐《こうさ》たりて、本分を守らざるに因り、かつて旨をくだし隆科多に時ならず稽査せしむるに、そもそも伊《かれ》ら二人は居址《きょし》の相い近く、査訪に便」なれど、あにはからんや「隆科多と傅鼐とは私《ひそ》かに匪党を結び、三年内の傅鼐の所行劣迹《れっせき》をば、ことごとく為に隠瞞《いんまん》し、かつ朕の前にては傅鼐はなはだこれ安静たりと称《たた》う」、というのが雍正帝の言い分なのである。時に雍正四年〔一七二六〕八月のこと、おりしも盛京《せいけい》の戸部侍郎の職にあった傅鼐は、ただちに鎖を打たれて北京へ護送され、刑部による処分待ちの身とされた。

ここで重ねがさね念を押しておきたいことは、「鎖《くさり》を打たれる」〔鎖拿〕という言葉。これは雍正年間において冗談事で済むものではなかった。しかも傅鼐の場合、「九鏈《きゅうれん》」の鎖だったのである。九鏈とは、首・両手・両足にそれぞれ九条の鉄鏈を繋がれるもので、それはそれは並大抵の重さではなく、「すなわち看守せざれば、また寸歩も移すこと難《かた》きなり」というほどのものであった。

しかし傅鼐もまた天っ晴れ、九鏈に繋がれながら顔色ひとつ変えなかった。そこで刑部が誅殺しようとしたところ、雍正帝は「寛仁」をしめし、黒龍江への謫戍《たくじゅ》〔流罪としての辺境配備〕処分におさえた。傅鼐はまことに毅然たるもの、「聖断」を受けるやいなや出立し、「書一篋《ひとはこ》を負いて歩み往」き、流刑地においては童僕とともに「薪《まき》を斧《き》りつつ自炊」する日々をすごした。

ふたたび念を押しておきたいことは「謫戍」という処分。これまた雍正時代においては決して戯《ざ》れ事ではなかった。馮景《ふうけい》による記述にしたがうなら、「いま烏喇《ウラ》〔本文第七章原注⑦参照〕に流罪を得たる人、縄を頸《くび》に繋がれ、獣これを畜《やしな》う。死せば則ち裸にして野に棄てられ、鳥鳶《ちょうえん》その肉を食し、風沙その骨を揚《あ》ぐ」〔『解春集文鈔』〕という惨憺たるものであった。傅鼐が黒龍江に流された翌年〔雍正五年・一七二七〕には、曹寅の義理の兄にあたる李煦《りく》もおなじく烏喇に流されている。——しかも当時の李煦といえば年七十をこえた老身で、わずか一年余にして労苦のすえ死去している。さいわい傅鼐は年もわかく体力もあり、おまけに筋金入りの硬骨漢であったため、どうにか持ちこたえられたような訳である。

この雍正四年には、傅鼐ばかりでなく、曹家の親戚筋にあたる平郡王訥爾素《ネルス》やら甘国壁《かんこくへき》やら、康熙朝において国家統一のために赫々たる勲功のあった人々にまで、もれなく毒手がのびている。こうした人々の一々について、拙文ではとうてい記しきれない。

ところで、江寧織造の職にあった曹寅が病没してからも、やがて養子とされた甥の曹頫《ふ》が継任し、蘇州織造であった李煦にしろ、さらには杭州織造であった孫文成にしろ、三家ともども同僚であるばかりか親戚関係にあり、しかも曹寅の母孫《そん》夫人は康熙帝から乳母頭として特別の恩顧をこうむっていた。しかし、雍正帝が即位してから二年目のこと、李煦は公金欠損の咎により官職剝奪のうえ投獄され、さらに家産を没収されるにいたった。あらためて念を押しておくが、雍正年間における家産没収とはけっして尋常一様の事態ではなく、たとえば兪鴻図《ゆこうと》という学政〔提督学政のこと、学台とも〕が摘発されたさいには、「上は震怒し、逮問〔逮捕尋問〕して籍没〔家産没収〕するに、妻まず自尽し、幼子も恐怖して死す」〔『永憲録続編』〕と伝えられる。李煦の妻子の場合はどうであったかと言えば、記録には残されていないものの、彼の子女に関するかぎり家人従僕の数にいれられ、あわせて二百余名が蘇州において競売にかけられている。しかし、一年たっても誰ひとり買い手となるものが現われないため、とうとう北京の内務府送りとされた。そして道中で病没した男女幼女の三名をのぞき、のこり二百二十七名のうち、十名が李煦の妻子婦女であったという。ところが没収家産の売却による欠損補塡が始まると、塩商人たちが次から次へと欠損金の賠償をもうし出で、協力しあって李氏一族の救済につとめたため、李煦の欠損も清算され、さらには十名の妻子婦女も李煦のもとに戻されたのであった。ただし、ほかの家人従僕たちは大将軍たる年羹堯がめぼしい者を徴収したのち、崇文門《すうぶんもん》監督〔北京の崇文門に置かれていた税務署長〕にわたされて再び競売にかけられた。

では曹頫の場合はどうであったか。雍正三年十二月に年羹堯が「死を賜」わってから雍正四年まで、李煦の後任として蘇州織造をつとめたのは胡鳳翬《こほうき》というひとで、そもそも彼と雍正帝とは「姉妹をつうじての義理の兄弟」すなわち「あい婿」の間柄にあった〔胡鳳翬の妻年《ねん》氏は雍正帝の「温粛《おんしゅく》皇貴妃」〔年羹堯の妹〕の実姉〕――が、「年羹堯事件」の火の粉がふりかかって帰京を命ぜられるや、家をあげて戦々兢々、胡鳳翬は妻妾ともども梁に縄をかけて縊死してしまった〔その後任として前述の「文定公」高斌が着任〕。あけて雍正五年の正月、雍正帝から新たに恩寵をうけていた両淮巡塩御史の噶爾泰《ガルタイ》は、はやくも雍正帝に密奏し、「曹頫に訪ね得たるに年少にして無才、事に遇いて畏縮す」、「臣、京にて遇見すること数次、人また平常たり」云々、と報告している。それにたいし雍正帝はいちいち「宸筆」でこたえ、「もともと器を成さず」、「あに平常に止《とど》まるのみならんや」などと返辞をしたためているのである。曹頫にたいする雍正帝の「聖心」がいかなるものであったか、一読判然といえよう。

李煦は雍正五年〔一七二七〕にいたり、「阿其那〔胤禩〕と交通す」との罪条によって再度投獄され、一死はまぬがれたものの烏喇への流罪とされた。ひきつづき曹桑額《そうがく》〔曹頫の実兄弟〕もまた烏喇に流されて狩猟人員に落とされている。このとき内務府の長官たる内務府総管の職にあったのは、さきに両江総督をつとめていた査弼納《さひつのう》であった。彼は字を石侯といい、満州鑲藍旗人で、もともと雍正帝と対立していた一派であったことから両江総督を罷免され、かの傅鼐とおなじく「九鏈」の鎖をかけられて北京送りとされた。ところがこの査弼納は意気地のない人で、命乞いのため大泣きになき、雍正帝に取り入るため大勢の親戚知人を「売った」のである。そのため雍正帝から温かい「お言葉」を頂戴したばかりか、この男はまだまだ「役にたつ」との御託宣までたまわったのであった。査弼納といえば、南方においても北京においても曹家とは昵懇の間柄にあった人物であり、そうした人が、この時こともあろうに内務府総管にとりたてられ、曹頫の身をとりしきる長官に着任したわけであるから、こうした事態が曹家にいかなる運命をもたらすものか、「識者に俟つ」までもなく容易に察しがつく。

本題にもどり、雍正五年の十二月、ほかでもなく「竈《かまど》の神さま善いこと告げに天にゆく〔竈王爺上天言好事〕」とされる竈祭りのその日のこと、勅命がくだり、命をうけて江南総督の范時繹《はんじえき》が曹頫の家産を差し押さえたのであった。どうやら「年越えさえもままならぬ」、というのが曹家のひとびとの宿命なのであろう。そればかりか、曹頫の後任とされた隋赫徳《スイヘデ》は、やがて江寧織造府のかたわらから、胤禟が曹頫に与えたという高さ六尺にもとどく大きな銅製鍍金の獅子像一対を発見したのである。――この金獅子は皇帝用の御物にほかならず、いったい胤禟は何に使おうとしたものか。仰天した隋赫徳はただちに奏上におよんだ。これほどの大事件にくらべたら、李煦の罪条とされた一件、すなわち「蘇州女子」を数百銀で買いもとめて阿其那すなわち胤禩に届けたことなど、取るにたらない些事ともいえた。織造府における職務を罷免されたうえ北京に送還された曹頫は、さんざん獄中で油を絞られたにちがいない。残念ながら関係公文書はほとんど伝わらず、記録はあらかた失なわれている。別件の史料の伝えるところでは、雍正帝の乳母の子にあたる海保《ハイポ》という人も織造官に任ぜられていたが、乾隆帝の即位とともに、おなじく家産没収のうえ投獄の憂き目にあっている。そのときの話では、五月の猛暑を迎えたというのに、海保はあいかわらず逮捕された時に着ていた狐裘《こきゅう》〔キツネの皮ゴロモ〕を身につけていた。江蘇巡撫の徐士林《じょしりん》は見るにみかね、葛衣《かつい》〔クズカズラの単衣の夏着〕を持ってきて与えたところ、総督は激怒して巡撫を叱責した。そこで徐士林は訴え出て、「罪は重しといえども、律〔法律条文〕においては五月に裘《かわ》を衣《ころも》とせざるなり」、と熱弁をふるったという。——したがって曹頫たちも、さぞかし獄中においては辛酸のかぎりを嘗めさせられたに相違ない。

さらに奇怪なことに、この曹頫の案件は李煦の場合とはまるで異なる展開をみせたのであった。その事情の背後には、さだめし一方ならぬ因縁があったことと思われる。そもそも雍正帝が即位するやいなや、はやくから康熙帝に仕えてきた側近の宦官たちは誰も彼も首を吊って自死している——じっさい、彼らには生きのこる手立てなど用意されてはいなかった。ところが曹頫のこととなると、おそらく雍正帝もにわかには彼の汚点を暴くことが出来ず、したがって「言いがかり」をつけることも出来ず、そこで曹頫の身柄を怡《い》親王胤祥《いんしょう》〔康熙帝の皇十三子〕にあずけ、その「後見」のもとに置かざるをえなかったもの、と考えられるのである。そのうえ雍正帝みずからが、「王子〔怡親王〕はなはだ汝を痛憐す」などという言葉まで付け加えている。（ちなみに、のちに小怡親王弘暁《こうぎょう》〔胤祥の世子〕の家の者たちはひそかに曹雪芹の『石頭記』を書写している。）もともと、曹家のひとびとは荘親王胤禄《いんろく》〔康熙帝の皇十六子〕とも古くから馴染みがあった。そうした経緯をふまえるとき、曹頫のことを逮捕尋問した総督の范時繹が、やがて雍正帝から、開国の漢軍功臣である范文程《はんぶんてい》の「不肖」の子孫として指弾され、「江南の任内において、その居心は詐偽たりて、事を弁ずるに瞻徇《せんじゅん》〔私情に拘泥〕す」、「甚だしきは、姦悪不法の徒と私かに相い往来し、曲げて袒護《たんご》〔庇護〕を為すにいたる」などと決めつけられている所からしても、おそらくは、そうした罪状のなかに曹家にたいする情実も含まれていたことと考えられる（一説によれば范家と曹家とは親戚関係にあったとされる）。さらに隋赫徳にいたっては、曹家の家産家人を拝領したのち、あろうことか老平郡王たる納爾素に取り入ろうとしたことが発覚している（納爾素といえば、かの胤禵の片腕ともいえ、胤禵にかわって大将軍の職責を代行したこともあり、雍正帝によって在家圏禁に処せられた人物で、曹寅にとっては長女の婿にあたる）。一部の研究者によれば、隋赫徳と傅鼐とはそもそも同じ富察氏の出で、やはり曹家の親戚筋にあたるという。とりわけ問題となるのは傅鼐その人で、雍正帝はガルダン＝ツェリンの叛乱にさいし傅鼐の良言を退けたことをいたく後悔し、あらためて傅鼐を召還して再登用することに思いさだめた。そんなわけで、流刑地から戻された傅鼐は、案にたがわずジュンガル征討において数々の軍功をうちたて、その英雄ぶりを遺憾なく発揮したのであった。したがって、雍正帝に諫言してはばからなかった傅鼐ほどの人物が、義理の兄にあたる曹寅一族の家運について、雍正帝にいっさい口出しをせず、座視したまま救いの手をさしのべなかったとは考えにくい。このように、じつに複雑をきわめた諸々の因縁がかさなりあい、曹頫一家はどうにかこうにか雍正九年、十年と持ちこたえることが出来たのであった。――そして、政情といい家運といい、とうとう新たな局面を迎えるにいたる。

雍正朝一代の政局は、雍正九年、十年〔一七三一〜三二〕の境が一つの分水嶺をなしている点、つとに乾隆帝が指摘している。今日のわれわれの研究分野からしても、この指摘は正確なものと思われる。その理由をしめすなら、この時期にいたると雍正帝は仇敵と目される人々をあらかた滅ぼしつくし、すでに確固たる統治体制を手中におさめていた。しかも「名声」は保たなければならない〔雍正帝が曹頫を始めとする一連の人々に監視をおこたらなかったことも、元をただせば「若《も》し少しくも一歩を乱さば、朕の名声を壊《こぼ》つ」という恐れの一念につきる〕。ところが事態は、「すでに倦《う》まれし所」と言われても仕方がないほど、ほとんど興醒めの趣きを漂わせはじめていた。のみならず、そのころ宝親王弘暦《こうれき》〔のちの乾隆帝〕がしだいに帝位をうかがう勢力を蓄えつつあり、否が応でもいささか挽回策を講じなければならない段階に立ち至っていた。青州〔山東省青州府〕詩人としてもっぱら王士禛〔山東省済南府の出身〕と張りあっていた趙執信〔王士禛の甥婿〕は、ほかでもなく雍正十年に、李煦のことを夢に見たため沈痛な物思いにとらわれたと称し、詩一首をつくり、「三十年中の万なる賓客、豈《あ》に一箇として肯《うべ》ないて君を思うもの無からんや」〔原句〈三十年中万賓客、豈無一箇肯思君〉、後句は「豈に一箇として肯《あ》えて君を思うもの無からんや」とも読める〕、という詩句を詠みこんでいる。

「豈に一箇として肯ないて君を思うもの無からんや」とは、まことに好くぞ言ったものである。詩人の本心からするなら、「豈に一箇として敢《あ》えて君を思うもの無からんや」、と言いたかったに違いない。「肯〔うべ〕なわず」でないなら、「敢〔あ〕えてせず」としかならないからである。趙執信の立場からしても、この時期にいたって初めて、李煦にたいする哀悼の念を「敢」えて表明することが出来たわけであろう。

しかもこの詩句は、どうみても昔時の交際をなつかしむだけでなく、そのなかには詩人の政治的感慨と主張とが籠められている詩作である。

曹家のその後の経過についても、やはり康熙・雍正・乾隆と交替した三朝それぞれの政治的推移がそのまま事態の根幹をうごかした。他件を例にひくなら、「至孝無比」と称される雍正帝はひとたび宝位を手中におさめるなり、康熙帝が若いころに断罪した鰲拝《オーバイ》の処分を撤回し、のみならず鰲拝のために祭祀をいとなんで顕彰碑まで建立している。さらに前述した大学士の張廷玉にいたっては、「先帝」の遺言を守りぬいた功績により、その死後には太廟に列せられる栄誉にあずかったものの、つぎの乾隆帝の代におよぶや、太廟から所払いされる恥辱をこうむっている。こうした古事旧聞をいちいち言挙げすれば切りがない。かくのごとく、康熙朝から乾隆朝の初期にいたる政情を明らかにしたうえで、あらためて三朝各代の有為転変をふりかえるとき、出来《しゅったい》したあらゆる人事世態の奥底には、それぞれの王朝ごとに、それぞれに異なる政策方針の厳存していた根本的事実を見きわめることができよう。

〔付録三〕　曹雪芹と江蘇

十八世紀の中国には、ほとんど時を同じくし、しかも南と北とのそれぞれの地から、おのおの異彩をはなつ二大文学作品が誕生している。――すなわち、当時における思想性からしても藝術性からしても前人未踏の新境地をひらいた二つの長篇小説――『儒林外史《じゅりんがいし》』と『紅楼夢《こうろうむ》』とである。

『儒林外史』の作者呉敬梓《ごけいし》は、安徽省の出身ではあるが金陵（今の南京市）に移住し、ながらく揚州に客居して江南各地を旅した。すでに熟知の読者も多いので説明するまでもなかろうが、そんなわけで呉敬梓と江蘇《こうそ》地方とは切ってもきれない関係にある。いっぽう『紅楼夢』の作者曹雪芹と江蘇との関係については、あんがい御存知でない読者もおられよう。

じつは浅からぬ因縁がある。しかも、呉敬梓と江蘇との関係に優るとも劣らない因縁なのである。曹雪芹と江蘇との因縁が如何なるものであったのか、これについては理づめで箇条書きにするよりも、思いつくまま筆を走らせたほうが説明に便がよかろう。

まず、なにより直接の関係といえば、曹雪芹が江蘇省で生まれたことである。

曹雪芹が江蘇で生まれたことについては疑問の余地がない。しかしながら、江蘇のどこで生まれたか、となると諸説がある。一般には、曹雪芹が生まれたのは父親の曹頫《そうふ》が在職していた江寧織造、すなわち現在の南京市内とされている。かつて江寧織造署は南京市の利済巷《りさいこう》大街にあった。

この曹雪芹の誕生の地こそ、康熙・乾隆の両年間において皇帝南巡時の行宮《あんぐう》とされた場所にほかならない。とりわけ康熙帝の南巡にさいしては、南京に行幸する場合、かならず織造署を行宮とした。おりしも雪芹の祖父曹寅《いん》の在任当時のことである。康熙帝の孫にあたる乾隆帝も、康熙帝にならって南巡をおこなうため、乾隆十六年（一七五一）に南京の江寧織造署を正式な行宮に改造した。――そのころ、すでに曹家のひとびとは織造の職を罷免され、北京に転住してから二十四年目をむかえていた。

さらに乾隆三十三年（一七六八）にいたり、織造官の舒《じょ》某というものが民家を買得し、南京の淮清《わいせい》橋の東北にあらたな織造署を新築した。が、これは雪芹の死後五年目のことであり、もとより雪芹とは何んら関係のない建物である。ところが、この新署のほうを雪芹生誕の地と勘違いするひとが今でも少なくないので、念のため付記しておく。――たとえばの話、かりに南京市が曹雪芹記念館を開設するような場合、くれぐれも淮清橋付近に建築なされませぬよう。

ただし伝説のなかには、曹雪芹は南京で生まれたのではなく、蘇州の帯城《たいじょう》橋にあった蘇州織造の署内で生まれた、と伝えるものもある。

こうした口伝にはユニークなところがあって、実はわたしにもこの伝説を否定するだけの自信がない。というのも、曹雪芹にとっては祖母の兄にあたる李煦《りく》が、康熙三十二年（一六九三）から同六十一年にいたるまで、三十年間も蘇州織造の任にあったからである。もしも雪芹が康熙六十一年（一七二二）以前に生まれたとする説が本当であるなら（この説には疑問がのこるものの）、何がしかの事情があって雪芹の母にあたる人が蘇州の李家におもむき、そこで雪芹を生み落とした可能性もなしとしない。——もちろん常識からすれば、臨月にある身重の女性がかるがるしく親戚訪問に出掛けるわけはなく、まして旧時においては他家で出産することを「忌諱《きい》」する風習があった。けれども、常識をこえた出来事がしばしば起こるものである以上、前記伝説の可能性もいちがいに否定し去ることはできまい。

いずれにしても、上文からも明らかなように、雪芹が江蘇の生まれであることだけは紛れもない事実なのである。

事はそれにとどまらない。かりに曹雪芹一個人の立場からすれば、たしかに彼は江蘇で生まれはしたが、わずか数歳にして父親の免官および家産没収に遭い、そのまま一族ともども北京送りにされているため、雪芹と江蘇との因縁はさして深くなかったことになる。ところが実際には、それほど単純なものではない。曹雪芹という人物、および彼にまつわる様々な出来事を理解するためには、けっして視野をせばめ、雪芹の誕生から他界までの四十年という区々たる期間にこだわってはならない。さらに大きな視野に立たないかぎり、諸々の事柄の真の姿が見えてこないからである。——事のつながりを残りなく視野におさめるとき、曹雪芹と江蘇との因縁がどれほど分かちがたく奥深いものであったか、一目瞭然に見定めることが出来よう。

そこで事のつながりを問題にするとすれば、やはり織造という官職のことから説き起こさなければならない。

織造《しょくぞう》という職名は明代に始まる（ただし、それに相当ないし類似する職掌は明以前からあった）。しかも、明代においては最も「悪名高い」制度の一つに数えられている。周知のとおり、明代の統治集団ははなはだ腐敗をきわめ、封建的統治者というものが、いずれにしろ「カラスさながら腹黒い」ものとしても、明代における腹黒さたるや「非凡」なる「出色」の趣きをたたえていた。当時にあっては宦官が朝政をほしいままにし、全国軍政の大権まで彼らが一手におさめ、その貪婪《どんらん》ぶりと酷烈さは頂点に達していたためである。そうした宦官たちのうち三人のものが、織造監督として江南に派遣され、それぞれ南京・蘇州・杭州の三地に分駐した。その職掌としては、皇帝着用の御衣、および祭祀・加封・恩賞などに用いる織物の製造、という名目にすぎなかったから、なにも驚くほどの役職ではないもののように思えよう。ところが実態はおおいに異なった。この三名の「欽差《きんさ》」〔勅命特使のことで権限は地方長官より上〕の宦官が江南において占めた地位たるや、いわば「地方皇帝」とも称すべき専横ぶりで、奪いたい放題やりたい放題、およそ悪行のかぎりを尽くしたのであった。すなわち、織造の仕事にかこつけて調達・贈与・献上など様々な口実をもうけ、この地方一帯の人々から民財をしぼりとり、それを帝室に上納しながら自分たちの私腹をこやすことも怠らなかった。清初のある人は、明代における織造監督の宦官たちを、北宋末年における朱勔《しゅべん》——すなわち「花石綱《かせきこう》」献上にことよせて三呉《さんご》地方〔江蘇から浙江へかけての地域〕に暴政をふるった悪徳官吏——になぞらえているものの、わたしの見るかぎり、かの朱勔でさえ織造宦官にくらべたら「物のかず」ではない。

そのご清が建国され、すべての面で明代の遺制が襲用されるにいたり、織造官もおなじく継承された。ただし清代においては宦官の勢力が早々に衰退したため、やがて織造官へは内務府の人員が派遣されることとなった。内務府といえば、清朝帝室の「家事取り締まり処」ともいうべき役所にあたり、内務府所属の人員はことごとく皇帝「私宅」の家僕にほかならなかった。曹雪芹の生家は、そうした内務府人員として旗籍に属する家柄であった。

曹雪芹の曾祖父は名を曹璽《そうじ》といい、その妻孫《そん》氏は宮中にめされて皇子玄燁《げんよう》の保姆〔乳母頭〕役をつとめた人である。その玄燁が即位して康熙帝となるにおよび、自分の保姆の夫たる曹璽をとりたて、とくに江寧（南京）織造監督に登用したのであった。康熙二年（一六六三）、曹璽は北京を旅立ち、江寧織造として南京に赴任した。この年いらい、曹家と江蘇地方とは断ちがたい因縁で結ばれることとなる。

曹璽は江寧織造に着任してからというもの、そのまま二十二年もの久しきにわたり同職にあった〔蘇州・杭州の両織造はその間にたびたび人員更迭がおこなわれている〕。そして康熙二十三年（一六八四）にいたり、曹璽は任地で没した。翌年五月、曹璽の長子たる曹寅〔雪芹の祖父〕は父の柩《ひつぎ》をまもり、南京をはなれて北京へと戻った。曹家にとっては二十二年をすごした江蘇地方との、これが最初の、そしてしばしの「別れ」であった。

それから五年の歳月がながれ、康熙二十九年（一六九〇）の四月、こんどは曹寅が蘇州織造に任ぜられて北京を旅立った。かくして曹家は江蘇地方との「旧縁」を取りもどしたわけである。

さらに二年余ののち、康熙三十一年（一六九二）十一月、曹寅は蘇州から江寧織造への転任を命ぜられ、とうとう彼は父曹璽「ゆかり」の官職と任地とに回帰したのであった。曹寅転出後の蘇州織造には、やがて彼の義兄の李煦が着任した。

ただし康熙四十三年（一七〇四）以降は、曹寅は李煦とともに一年交替で両淮巡塩御史《りょうわいじゅんえんぎょし》を兼任したため、同年からは南京と揚州との両地を行ったり来たりという日々を送るうち、康熙五十一年（一七一二）七月、曹寅は揚州において病没した。

曹寅の死後、康熙帝は特命によって曹寅の子曹顒《ぎょう》をひきつづき江寧織造の後任とした。ところが曹顒もまた康熙五十三年の冬に病没したため、康熙帝はふたたび特命により、曹寅の甥の曹頫《ふ》を養子とさせたうえ、かさねて江寧織造に着任させたのであった。——この曹頫こそ、雪芹の父親にあたる人物である（とはいえ、これはわたしの見解で、ほかに雪芹を曹顒の遺腹子と見なす説もあり、さらに検討の余地をのこす）。

曹頫は康熙五十四年（一七一五）正月に江寧織造に着任し、在職すること八年にして雍正朝をむかえ、雍正五年（一七二七）十二月、政治案件にからんで処罰され、免職のうえ家産まで没収され、つづいて翌年、曹家のひとびとは否応なしに北京に転住させられるにいたった。私見によれば、曹雪芹が五歳のときの出来事と思われる。

こうして曹家は江蘇地方から引き離されたのであった。

振り返るなら、曹璽が一六六三年に南京に到着してから一七二七年にいたるまで、その間一度だけ短かな中断がありはしたが、曹家四代にわたる人々は江蘇という名勝の地において六十年の歳月を過ごしたわけである。その始終をかぞえるなら、六十五年もの長期におよぶ。

こうした経過をふまえたうえで、曹雪芹にとっての「故郷」を考えるとき、それは北京ではなく南京であった、と誰しも納得されるのではなかろうか。

　そんなわけで、江蘇の南京こそが、曹雪芹の生家にとっては実際上の「故郷」であるとともに実質的な「原籍」ともいえることを、以前わたしは指摘したことがある。したがって、曹家が罪をえて免官のうえ家産没収されたのち、北京へ戻されたことにしても、現実には「帰郷」などというものとは縁遠く、まさしく「配流」ないし「所払い」というところに等しかった。――読者はいかがお考えになろう。

　以上、おもに時間的観点から曹家と江蘇地方との因縁をしるした。

　つぎに織造という官職について、すこし別の見地から補足しておく。清初における織造官は、明代の制度と名称とを受け継いだものでありながら、実際にはいささか職掌を異にしていたからである。康熙朝における江寧織造にそくして述べるなら、経済的および政治的任務にとどまらず、さらには文化政策上での使命をもおびていたのである。当時にあっては、清朝の統治体制もまだまだ不安定なもので、あらゆる面にわたり反清勢力が根強く息づいていた。軍事面においてこそ清朝政権はすこぶる術策にたけ、幾多の武力叛乱をことごとく鎮圧したものの、いわゆる「反清復明」に象徴される精神的抵抗にたいしては、異民族政権たる清朝はいたく手を焼いたのであった。とりわけ江南の地は、文化的にみても人材面からいっても、いわば漢族伝統の精華が選りすぐられた地域であって、明の遺民を志すおおくの文人たちが彼の地に雲集して身をひそめていた。しかも江南文人の反清感情にはじつに熾烈なところがあり、なんとしても異民族の新王朝に屈しようとはしなかった。積極的な者にいたっては、身を挺して清朝打倒を呼びかけ、決起して武力抗争に走るものも少なくなかった。消極的な者にしても、清朝のもとでの科挙推挙に応じて仕官するような売身行為は、命を賭して拒絶していた。そんなわけで清朝皇帝はお手上げの状態だったのである。――そこで、窮余の一策として思いついたのが、遺民をもって自任する文人たちを、自然に穏便に「覚えず知らず感化」してしまう一種の「文化工作」であった。それは、ほかでもなく織造官を利用する方法である。すなわち、康熙帝が織造官として江南に派遣したものは、最も信用できる昵懇のひとで、しかも高い教養をそなえ、文人としての風雅なつきあいにより、江南の遺民たちと詩酒の交わりをなごやかに結べる人物であった。――そうして暗々裡に「感情懐柔」「関係改善」を計ろうとしたわけである。

雪芹の祖父曹寅こそ、こうした意図のもとに康熙帝のおメガネにかなった織造官にほかならなかった。しかも彼は、そうしたポストに据えられた代表的人物であるばかりか、その業績からしても傑出した織造官となった。すなわち、曹寅は数知れない名士たちと交際し、彼じしん、詩文においても詞曲においても多藝多才の大文人であったばかりか、大蔵書家であり大出版者であり大編纂者でもあった。――要するに曹寅は、ひとびとから敬愛の念を一身にあつめる「風雅の道の大御所」の一人となったのである。

こうした曹寅の事跡たるや、とうてい一筆では記しきれない。したがって、ここでは一件事のみを指摘しておく。たしかに、曹寅を派遣した康熙帝の思惑としては、曹寅をつうじて遺民にあまんずる文人たちに感化を及ぼそうとしたのであったが、さすがの康熙帝も思い至らなかったのは、そうした環境におかれた曹寅のほうこそ、遺民文人たちから影響を受けることであった。曹寅の見聞が日ましに広がるにつれ、また文学にたいする造詣が日ごとに深まるにつれ、それと気付かないながらも、彼の胸中には微妙な変化がもたらされた。つまり、仕官やら功名やら、富貴やら高禄やら、さらには統治集団内部の有りとあらゆるゴタゴタにしろ足の引っぱりあいにしろ、そうしたもの全てに嫌気がさし始めたのである。結局のところ、曹寅の人生観そのものが変貌をとげたわけである。

曹寅のこうした所も、そのまま雪芹に消しがたい影響をおよぼした。しかも、こうした影響にしろ、曹家が六十年もの長きにわたって江蘇に住まいしたからこそ、はじめて生まれたものと言えよう。——すくなくとも、さもなければ生まれにくいものであったに相違ない。

そんなわけで、曹雪芹と江蘇との関係を考えるに際しては、そうした影響というものを読みとる眼こそが、なによりも必要とされるのである。こうした視点の重要性について本文においては十分に触れることが出来なかったため、ここに付記しておく。

つぎに、まったく別の観点から述べさせていただく。

小説『紅楼夢』書中にのこされた数々の痕跡からしても、曹雪芹と江蘇との関わり合いには相当に根深いものが認められる。手近な例をあげるなら、『紅楼夢』においては南方語および南方発音がしばしば登場するのである。前者の例としては、たとえば第十三回、賈蓉《かよう》〔賈家寧国府の若様〕が王熙鳳《おうきほう》〔賈家栄国府の若様のひとり賈璉の妻。賈蓉からすれば叔父の妻〕のことを「鳳姑娘《クーニヤン》」と呼びなしている。脂硯斎《しけんさい》の注釈〔第三十九回〕によれば、「姑娘」という言葉には二つの使い方があって、一つは「下のものが上のものを称する」尊敬語としての姑娘〔奥方様の意味〕であり、もう一つは「北方の俗語では父親の姉妹を姑娘といい、南方の俗語では娘娘《ニャンニャン》という」いわば「南北兼用」の姑娘〔伯母ないし叔母の意味〕である、と解説されている。したがって賈蓉が使っているのは後者の意味であることが了解される。また第三回においては、賈《か》の後室《こうしつ》〈史氏〉が王熙鳳のことを黛玉《たいぎょく》に紹介する場面で、「……南では俗に辣子《ラーツ》〈トウガラシのこと。ここでは「はねっかえり」ほどの意〉といいますから、あなたも鳳辣子とだけ呼べばいいの」と冗談をいう。この冗談口については、章太炎《しょうたいえん》の『新方言』巻三〈釈言〉に、「江寧にては人の性のはなはだ戻《ねじ》れし者を辣子という」とあるのが傍証となろう。まさしく賈の後室は南京の言葉を用いているのである。

つぎに南方発音について興味深いことは、南方の友人が北方の標準語を習うさい、なにより苦労する難関がｎｇ尾音とｎ尾音との区別だという。おなじ難関を、どうやら曹雪芹は越えきれなかったものらしい。第三十三回には次のような一節が描かれている。父親の賈政《かせい》から鞭打たれそうな危機におちいった宝玉《ほうぎょく》が、なんとかして賈の後室のもとへ使いを走らせ助けを求めようとしていると、たまたま老女がひとり通りかかる。地獄に仏とばかり老女をひきとめた宝玉は、「はやく奥へ知らせておくれ、父上がぼくを叩くというんだ。はやく、はやく、命がけなんだ、命がけなんだ」と頼みこむ。ところが老女は、「命がけなんだ」〈「要緊」〉という言葉を「井戸に飛びこんだ」〈「跳井」〉と聞きちがえ、「井戸に飛びこんだ人なんぞ放っときなさい、若様は心配なされますな」と笑いながら答える。このことは、曹雪芹ばかりでなく曹家の身内のものにとっても、「緊（jin）」と「井（jing）」との区別が定かでなかったことを証拠立てるものであろう。さもなければ、こうした語呂合わせのエピソードを思いつく筈はあるまい。さらに、小説中に記された多くの詞曲の脚韻においても、同様のことが認められる。たとえば『終身誤《しゅうしんご》』〈第五回〉のなかでは、「姻」「盟」「林」「信」「平」をもちいて押韻《おういん》している。これも南方発音にしたがい「平（pin）」

「盟（men）」と読んでこそ通用するものの、北方発音によって「平（ping）」「盟（meng）」と読んだなら、たちまち押韻の体裁は崩れてしまうのである〔北京発音では他の文字はすべてn尾音〕。

また『紅楼夢』においては、開巻まもない第二回より、すぐさま「姑蘇《こそ》」〔いま江蘇省呉県〕および「金陵《きんりよう》」〔南京〕両地の出来事から物語が説きおこされる。あまりに周知のことなので詳細ははぶく。小説中にあらわれる江蘇関連のこまごました段落を、いちいち羅列するつもりはない。ただ、ここでは吟味検討にあたいする一連の事柄を指摘しておきたい。

第十七回において、怡紅院《いこういん》〔大観園内の宝玉の住まい〕は次のように描かれる。

実をいえば、賈政たちの一行は院内に入ってから二部屋も進まないうち、全員はやくも来た道が分からなくなっていたのです。左手には戸口があって隣りに抜けられそうに見えますが、右手は窓があるものの壁で仕切られています。それではと、左手の戸口に向かったところ、それは本箱の戸口で通れるわけがない。やむなく引き返しますと、こんどは窓の薄絹ごしに戸口が見え、どうやら外に出られそう。ところが進むほどに、むこうからも一群の人々が連れ立ってこちらに歩いてきます。それればかりか、なんと自分たちと姿かたちが瓜二つ——と思ったら、それは大鏡にうつった自分たち、その大鏡を回転させますと、こんどは戸口ばかりの部屋に出たのでした。……

さらに第四十一回、劉《りゆう》婆さんが怡紅院に迷いこんだ場面では次のように描かれる。

そこで室内に入りますと、向かい手から娘さんが一人、満面に笑みをたたえて迎えに出てきたではありませんか。……劉婆さんが走り寄って娘さんの手をとろうとしますと、いきなりゴツンと音のたつほど、したたか頭を板壁にぶちあてたので痛いの痛くないの。それでも目をこらしてよくよく眺めますと、なんのことはない、それは一幅の美人図。劉婆さんは胸のうちで、「いったい絵じゃというに、こんな生きとるみたいに飛び出すもんかの」と思い、……念のため手をのばして撫でてみますと、やはりまったくの平面なので、うなずきながら二つほども溜め息をもらします。そうしてから向きなおりますと、ようやく小さな戸口が見あたり、……劉婆さんは暖簾をのけて部屋に入ってゆき、……ますます目がかすむほどの有り様です。そこで戸口をさがして外に出ようとしますが、さて戸口はどこにあるのやら。左手には書物ぎっしりの本棚、右手には衝立《ついたて》がでんと据えてあるばかり。やっとのこと衝立のうしろに出入口を見つけ、そこから外へ出ようとしますと、なんと娘の嫁ぎさきの姑《しゅうとめ》が外からこちらに向かってくるではありませんか。……はたと思いあたり、……「こいつ、わしが鏡にうつっとるんじゃなかろか」と見当をつけ、手をのばして一と撫でし、しみじみ見つめますと、思ったとおり、それは四辺透かし彫りの紫檀の板壁にはめこんだ大鏡なのでした。……やたらに手で撫でまわします。そもそもこの鏡は西洋渡来のバネ仕掛けで開閉する仕組みになっており、なにも知らない劉婆さんが撫でまくるうち、たくまずして押すべきところを押してしまい、たちまち開く仕掛けがはたらいて、鏡がかくれると同時に戸口があらわれました。劉婆さんは仰天しながらもほくほく顔。

どっかと足を踏みいれますと、こんどは目のまえに巧緻をきわめた寝台と寝屋帳《とばり》。……

この一節に描きこまれた数々の趣向といい仕掛けといい、いずれも斬新このうえなく、じつに想像を絶する精妙さとしかいいようがない。ところで、李斗《りと》の著書『揚州画舫録《ようしゅうがぼうろく》』巻十四のなかには、つぎのような一段が見える。

（碧雲楼《へきうんろう》の）楼北の小室は虚徐〔閑静〕たりて、疏欞《それん》〔格子のあらい欞子窓〕は秀朗たり。けだし静照軒《せいしょうけん》なり。静照軒の東隅に門あり。狭束〔身を細め〕して入るに、屋一間を得る。二、三人を容《い》るべし。壁間に梅花《ばいか》道人の山水画長幅を掛く。これを推せば則ち門なり。門中にまた屋一間を得る。窓外に風竹の声おおし。中に小さき飛罩《ひとう》〔魚とり籠〕あり。罩中の小棹《しょうとう》〔ちいさい櫂〕、手にまかせてこれを摸《にぎ》れば開く。竹間の閣子《かくし》〔渡殿〕に入る。一窓の翠雨〔ふりかかる水滴〕、鬚《ひげ》に着いて凝《こ》る。中に円几《えんき》〔円卓〕を置く。半ば壁中に嵌《は》む。几を移して入る。虚室〔無飾の部屋〕漸《よう》やく小さし。竹榻《ちくとう》を設く。榻旁に一架の古書、縹緗《ひょうしょう》〔書籍〕零乱たり。近づき視るに、乃ち西洋画なり。画中より入る。歩々幽邃《ゆうすい》たり。扉開きて月入り、紙響きて風来たる。中に小座を置く。游人憩《いこ》うべし。旁らに小さき書櫥《しょちゅう》〔本箱〕あり。これを開けば則ち門なり。

こうした記述を読むとき、『紅楼夢』に描かれた光景と『揚州画舫録』に記された実景とは、趣向にしても仕掛けにしても「期せずして一致」の見本のごとく思われよう。――しかしながら、これは本当に偶然であろうか。それとも、どちらかが影響を与えたものなのであろうか。

『揚州画舫録』から引用した記述は、徐《じょ》氏〔塩商の徐履安〕の別荘で「石壁流淙《りゅうそう》」〔一名「徐工」〕とよばれる名園の一角の実景であり、乾隆三十年（乙酉）、この園をことのほか愛した乾隆帝がわざわざ「水《すい》竹居《ちくきょ》」という賜名をさずけた場所にほかならない。しかも李斗の記載にしたがえば、「石壁流淙」をはじめとする一連の名園は、「乾隆二十二年、高《こう》御史〔安徽巡撫の高晉〕が蓮花埂《れんかこう》新河を開」いたときに建造したものとされる。当時はといえば、おりしも雪芹が営々として『紅楼夢』を執筆しつづけていた時期にあたる。《庚辰本》によるなら、第七十五回の回前に「乾隆二十一年五月初七日対清《たいせい》、中秋詩を缺《か》く、雪芹に俟《ま》つ」という脂硯斎評語がしるされ、そのころ小説はすでに七十五回まで執筆されていたことが知られ、前引の怡紅院の描写はさらに早くに執筆されたことと思われるものの、大観園《たいかんえん》〔怡紅院も含まれる〕の描写と賈妃元春《げんしゅん》の帰省の場面がおさめられた第十七、十八回の両回にまたがる長大な段落は、まだ《庚辰本》においては未分回のままにされている所からして、そのご両回に分割するための大掛かりな改筆がなされたものと推測されるのである。さらに別の見地からしても、小説『紅楼夢』が南方に流布されたのは乾隆五、六十年間のことであって、徐氏の造園が小説から影響をうけた可能性はまず考えられない。したがって、もし影響関係を認めるとするなら、曹雪芹が揚州へおもむいて「水竹居」を実見した可能性だけが残ることになる。

雪芹の親友敦敏《とんびん》は、乾隆二十五年（庚辰）の秋、「芹圃《きんほ》曹君霑《てん》、別来して已《すで》に一載余なり、たまたま明君琳《りん》の養石軒を過《よぎ》るに、院《にわ》を隔て高談する声を聞き、疑うらくは是れ曹君かと、急就《たちまち》に相い訪《おとな》い、驚喜すること意外たり、因って酒を呼び旧事を話し、感じて長句を成す」(『懋斎詩鈔』)という長々しい題のもとに一首の詩作をなし、その詩の後半において、「秦淮《しんわい》の旧夢に人猶《な》お在り、燕市《えんし》の悲歌に酒醺《え》い易し。忽漫《すずろ》に相い逢いて頻りに袂《たもと》を把《と》る、年来の聚散《しゅうさん》は浮雲を感ぜしむ」と詠じている。その口振りからすると、彼らのこの時の別離は並大抵のものではなく、それだけに意外な再会であったらしく、すぐさま酒席をもうけて「旧事」を語りあい、そのうえで「秦淮の旧夢」とか「燕市の悲歌」とか「年来の聚散」、などという意味深長な感慨を詠みこんでいるのである。——かりに、曹雪芹がこの「一載余」のあいだ北京にいたのであるなら、上記の出来事はいささか仰々しく、おおいに疑問の残る所となろう。したがって、この一年余のあいだに曹雪芹は江蘇に南行していた、と考えられるのではなかろうか。

この問題について、ここで事々しい考証を繰り広げるつもりはないが、そうした可能性を探るための糸口として、小説『紅楼夢』の素材とされたことと江蘇との関係を、すこしく補記した次第である。例として掲げたものも、明瞭なものやら不分明なものやら種々雑多ではあるけれど、いずれも頗る価値のある研究課題と信じて疑わない。もしも、曹雪芹が乾隆二十三、四年に南方へおもむき、乾隆二十五年に北京へもどったことが実証されたなら、同年秋に敦敏と再会したときの事情も、さらに小説執筆の協力者である脂硯斎がこの時期にまとめあげた《庚辰秋月定本》の中へ、そののち雪芹の江南における体験が相当もりこまれたであろうことも、ことごとく合点がゆくのである。こうした事情の解明は、曹雪芹の生涯を知るうえでも作品を知るうえでも、このうえない重みを持つ。——したがって、曹雪芹と江蘇との関わり合いはなおのこと重要性をます、と考えざるをえない。

要するに、曹雪芹研究においては、江蘇との関係を無視するとしたら、とうてい全面的理解は覚つかないと心得ていただきたい。

《図表・一》皇室・曹家・傅家〔※『紅楼夢新証』（一〇六―七頁）に拠る〕

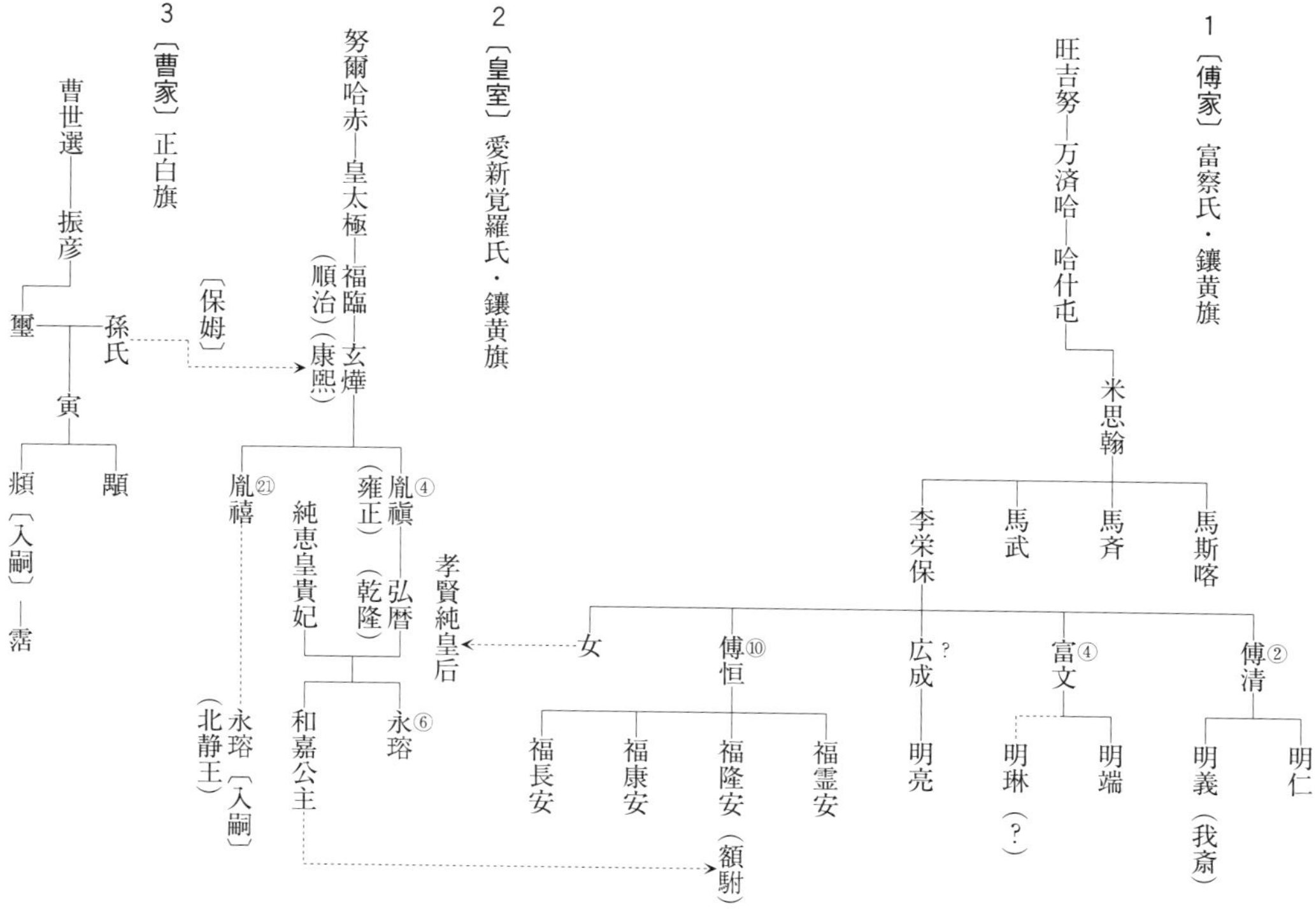

《図表・二》代善（努爾哈赤の次子）家系略〔※『紅楼夢新証』（九六頁）に拠る〕

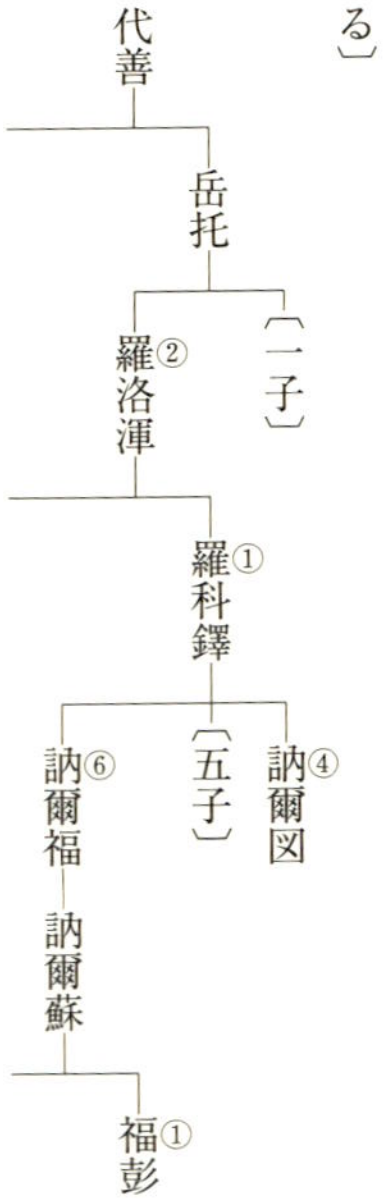

《図表・三》阿済格（努爾哈赤の第十二子）家系略〔※『紅楼夢新証』（六四五頁）に拠る〕

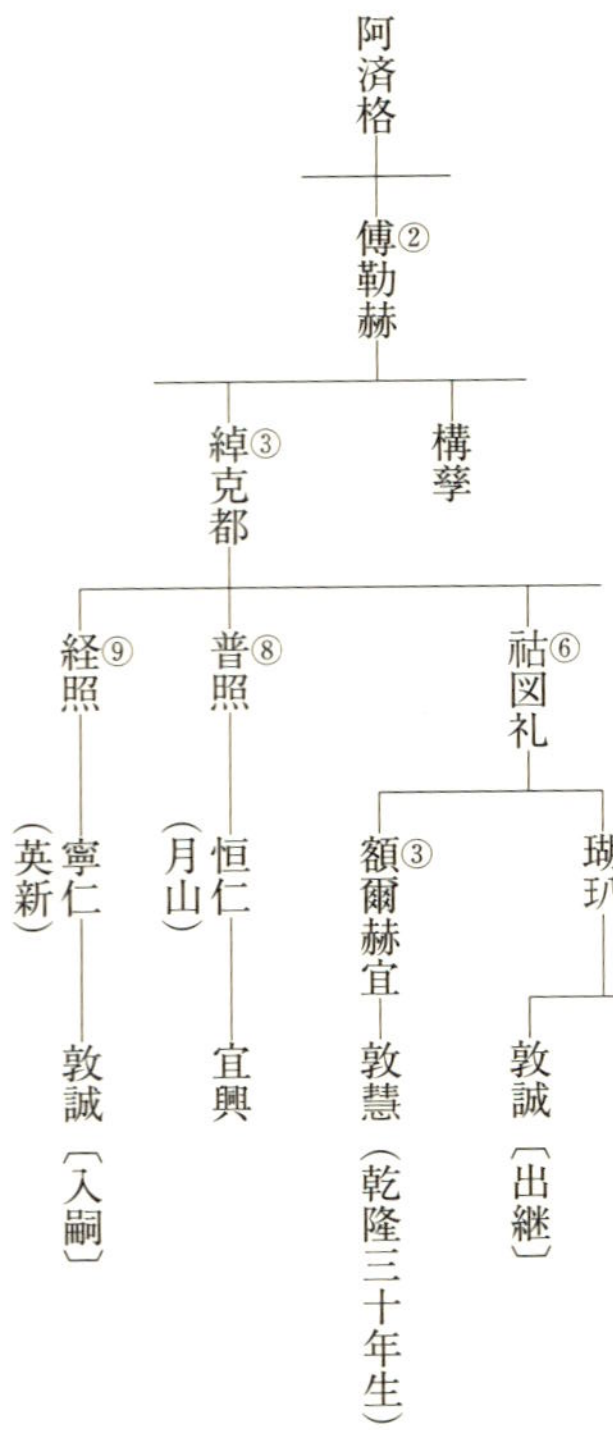

《図表・四》多鐸（努爾哈赤の第十五子）家系略〔※『紅楼夢新証』（七六七頁）に拠る〕

《図表・五》『紅楼夢』登場人物関係図〔※伊藤漱平（訳）『紅楼夢』（平凡社ライブラリ）より〕

賈家世系図（付王・薛・史・林四家略系図）

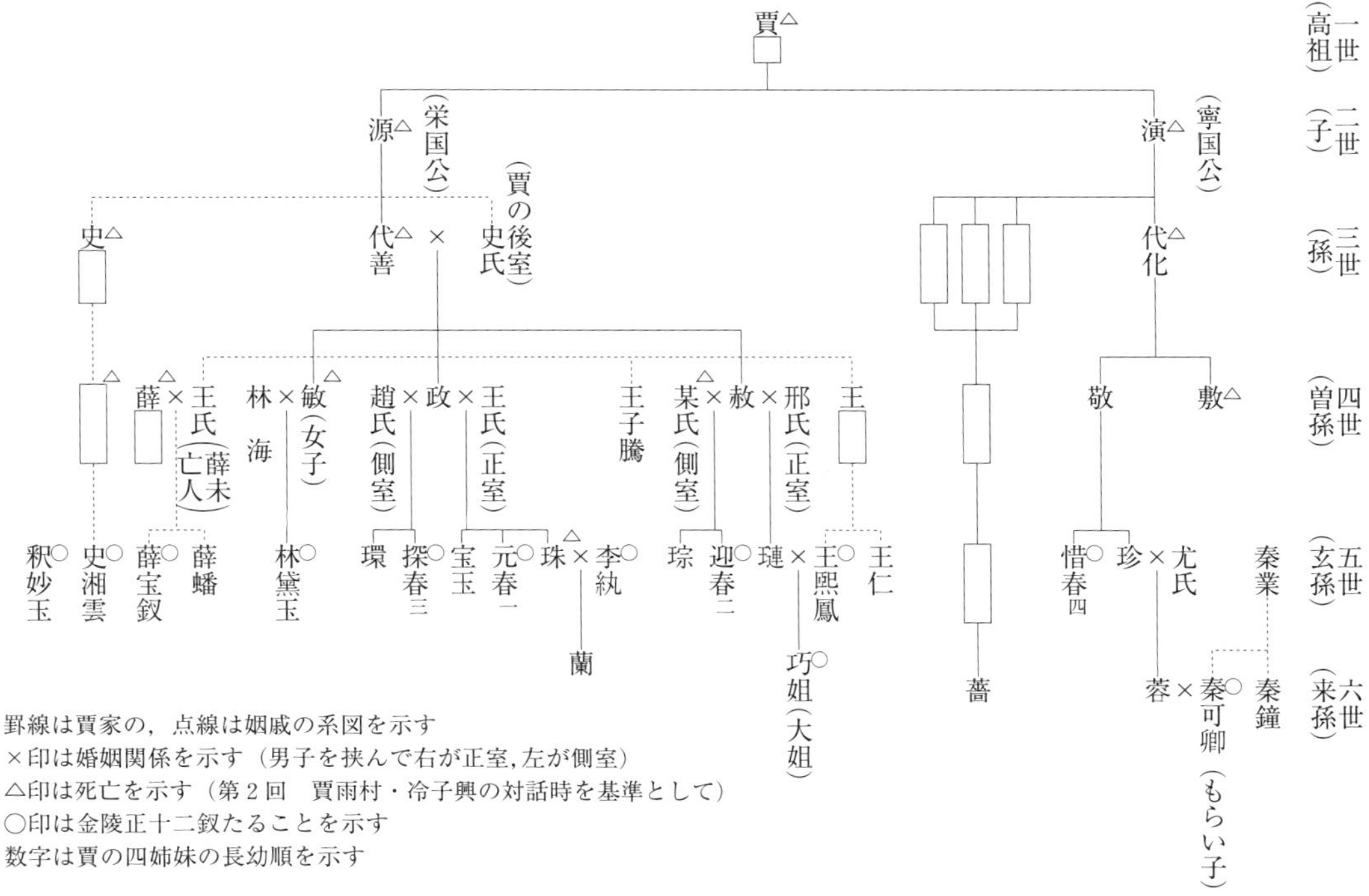

罫線は賈家の，点線は姻戚の系図を示す
×印は婚姻関係を示す（男子を挟んで右が正室，左が側室）
△印は死亡を示す（第２回　賈雨村・冷子興の対話時を基準として）
○印は金陵正十二釵たることを示す
数字は賈の四姉妹の長幼順を示す

『曹雪芹小伝』跋語

伊藤　漱平

周汝昌教授は、一九二〇年天津の生まれで今年八十七歳、明年は日本式に言えば米寿に上られる。『紅楼夢』の研究では一九二三年生まれの馮其庸教授と並ぶ大陸の双璧である。このたび小山澄夫教授の努力により、その代表的な著述の一つである『曹雪芹小伝』が邦訳されて日本の読書界に紹介されることとなった。

周教授より五歳年下で先年八旬の整寿を自ら祝した私は同世代のものとして親しみを感じている。五十年来交流を続けてきただけに、私にとっても『小伝』の刊行は殊のほか喜ばしいことである。

この刊行を祝して、ここに私の眼から見た著者周汝昌教授のプロフィールを書いてみたい。

一　文通の始め

周汝昌教授の令名を知ったのは一九五〇年代の初頭、五三年に上海の棠棣出版社からその名著『紅楼夢新証』を刊行されたときのことであった。前年には周氏の先学兪平伯氏が戦前に出した『紅楼夢辨』（一九二三年）の改訂版『紅楼夢研究』が出ており、戦前の胡適の『紅楼夢考証』（一九二一年）を踏まえた

『新証』の出現はいわゆる「解放」後の文藝復興にさきがける「紅楼夢ブーム」の観を呈した。

その秋から冬にかけて私は当時助手をしていた北海道大学の教養部から刊行される紀要に処女論文を寄稿すべく準備中であり、この新資料を盛った『新証』からは測り知れぬ学恩を受けた。

年末に紀要が刊行されると、私はその一冊を出版社気づけで周氏宛に送った。新年になって周氏から礼状が届き、新発見の資料も多数追加された油印（謄写版刷り）の勘誤表（正誤表）が同封されてきた。

こうして両者の文通が始まった。

二　初対面の周汝昌氏

初対面は一九八〇年六月、アメリカのウィスコンシン大学で開かれた第一回国際紅楼夢研討会の席上であった。研討会は WORKSHOP の新訳語で、通常の学会の参加者の範囲を大学院の博士論文準備者、ドクターキャンディデッドまで拡げたものであった。

大学の大ホールが開会式の会場に充てられていて、そこへ上る階段の踊場へ到着したとき、半白の初老の人周汝昌氏が薄黄の人民服を一着に及んで、これも先客のハーヴァード大学のパトリック・ハナン教授――これは旧知であった――と英語で話しこんでいた。一眼で周氏と判り、近寄って自己紹介をした。周氏は破顔して右手を差し出し固い握手をした。これが初対面であった。

三　黛玉葬花と揮毫会

五日間の会期の研討会が日程通り始まった。学生食堂中食の行列に並んでバイキングスタイルの料理やデザートを皿に取って食べながら、対話をしたりする機会があった。三時のコーヒーブレイクには同じく北京から来米された馮其庸、陳毓羆両氏を交えて車座になって四方山の話をした。

夕食は近所の中華レストランが晩餐会の会場に設営されており、正餐のあと、アトラクションとしてアマチュア京劇一座の上演があり、花鍬をかついだ小肥りの林黛玉が甲高い咽喉をふりしぼって「黛玉葬花」の幕の葬花詞を独唱して喝采を博した。

第二夜は夕食後揮毫会が催された。唐宋の詩人たちの詩集が何冊も卓上に積み上げられ、その中から詩や詩句を選んで書く。汝昌教授の肥瘦の著しい独特の書法はまわりに人垣を作っていった。私も策縦教授に手招きされ御愛嬌に二三枚書かされた。中国の学会では夜の恒例の行事だということが追々分った。

四　観書会

三日目の折返しの日の夜、この会議の主宰者周策縦教授の私邸で主だった遠来の客人を集めて小パーティが開かれた。北京からの客人は紅楼夢研究所長の馮其庸教授と研究所顧問の周汝昌教授、それに内閣直属の社会科学院文学研究所陳毓羆研究員（教授相当）の三人が代表として参加しておられた。周氏は文化部（文化庁に当たる）直属の中国芸術院紅楼夢研究所顧問という資格で参加され、清華大学西欧文学系出身で英語に堪能なのも買われたのであろう。

この夜のことは他でも書いたので詳しくは書かないが、当夜の呼び物は胡適氏遺愛の『甲戌本紅楼夢』で、主人の歿後遺族の手でエール大学に寄託されており、それが空路運ばれてきていた。周教授は、かつて胡適に弟子入りしてこの写本の使用を自由に任されていた因縁がある。それだけに感慨深げに異邦で再会したこの善本を手にとって見入っていたのが印象的であった。

会議室の数個のテーブルに数個の端硯が置かれ、赤絨毯が展べられて宣紙、我国のいわゆる雅仙紙が揮毫用に沢山半截に裁たれて積み上げられていた。

主宰者の周策縦教授は能筆で、ほかに馮其庸教授、周汝昌教授も書家として知られていた。参会者はこうしたスターをつかまえて揮毫を乞うのである。周教授のまわりには大勢の人垣の円陣ができていた。

五　その後の周氏

四年後に第二回の研討会が今度はハルピン師範大学でやはり六月に開かれた。その研究発表の部会の一つの司会を周氏と二人で勤めたこともあった。

それから四年後は天安門事件で流会となり、さらに四年後は揚州で開かれ、私は日本から一人参加したが、周氏は体調の都合で不参加であった。それから四年後は北京で開かれた。墓石問題が総会の話題をさらった贋作説の旗頭周氏の意見が聞けなかったのは残念で、鄧雲鄉氏の「どうもこの国では永い間偽作作りが盛んでうっかり信用できぬ」と本心を述べたことばが記憶に残った。

実は私も頑固な呉世昌氏を相手に論戦をしたことがある。

呉氏の英文の大著〝*On the Red Chamber Dream*〟紅楼夢探源の主要な主張の一つは雪芹の弟棠村が小説中に小さな批評「小序」を書き込んでいたことを発見したというので、その発見を「棠村小序分明在」といった句で自ら矜った序論の巻頭に麗々しく載せられているのを若気の至りで躍起になって批判したのであった。なにせ当時の私は大阪市立大学の助教授、教授なら通りが良いが、中国では助教は助手の名称であり、一市立大学の助手風情が権威ある国立の社会科学院文学研究所の研究員（教授相当）の大著に批判を加え盾ついたというので、これは刺激的であったろう、誤解が増幅した。

当時周汝昌氏から頂いた書簡のなかで、ある会合のエレベータで呉世昌氏と遇ったので、伊藤氏はあなたの誤解しているような人ではないと弁護したが聞く耳持たぬという風だったと残念さうであった。このときから相性はよくなかったのであろう。

それから四年後の八月北京飯店を会場に五日間の研討会が開かれ、日本から語らって同行した小山澄夫教授と相談し、病気を理由に不参加の周氏を同じホテルで開店している郷土料理の名店をお忍びで予約して招待した。

六　『曹雪芹小伝』の邦訳、その挫折を経た蘇生譚

周汝昌氏が『曹雪芹』と題したハンディな評伝を著わされたのは一九六四年のこと、この書物は版を重ね増訂を加えられて大冊の本となった。

その頃小山澄夫助教授と接触することが多く、汝昌さんの古希の祝いに『小伝』を出そうという話が自然発生的に出た。そして気の早いことに、それへの序文まで原著者に書いて頂いた。それはそのままにお蔵入りで眠る結果となったが……。

全三十三章の約十分の一に当たる二章を小山氏が訳出し、それに厳密に付箋をつけて訳見本を作成した。それにさらに出版を引受けられた中央公論社の美術部門の岡野俊明氏が綿密な〝駄目〟を押された。それから小山氏の訳稿を素材に週に一度九段下のグランドホテルの喫茶ルームで、紅茶をすすりながら訳談義をした。岡野氏は早稲田の史学を出た人で、唐宋の詩人について一家言を有し、のちには私家版で、『李太白伝』の著も出されたほどの蘊蓄があった。

小山氏は滅多に出席されず、二人で気焔を上げていた。二年近く続いたろうか、訳稿の半分程を審訂した。

その頃、中央公論社の命運にかげりが出始め、倒産してある新聞社に合併吸収されてしまった。そこで『小伝』の出版は挫折を喫した。御破算で白紙に戻った。その後、新しい出版元を探したが、このような

訳註つきの固い本を出してくれるところはなかなかみつからぬ。

一方、小山氏の学科の主任が転出され、小山氏は主任代理として繁忙を極めるようになった。かくて訳業は永い中断期に入ることとなり今日に至った。

さいわい汲古書院の前社長坂本健彦氏と現社長石坂叡志氏の英断により汲古選書の一冊に加えて頂くこととなり、陽の目を見る運びとなったのは喜ばしい。

これまでの経緯から「伊藤漱平監訳」とすべきかとも考えたが、大仰なので小山氏単独訳とした。しかし本訳書を世に送るにつき、応分の責任は負うものである。

以上は『小伝』訳の挫折を経た蘇生譚――縁起顚末である。

七　『小伝』の限界、その問題点

『小伝』は『紅楼夢新証』以来の実証主義に立って独自の学説が展開されている。そのなかには私から見てやはり賛同できかねる点もある。その主な点に触れておきたい。

まず雪芹の伝記的事実では、その生卒の年月がある。

周汝昌氏に拠れば、雪芹は雍正五年に生まれたとされる。これを巡っては、康熙五十一年曹顒の夭逝したあと、康熙帝の破格の恩寵により若年の従弟の曹頫が江寧織造職を襲ったことを紀念すべく霑（恩寵にうるおう）の字眼を選んで命名したと関連づける見方が優勢を占める。逆の面から言えば、自伝説に立つ限り、賈宝玉は雍正五年説では作中の栄耀栄華の暮らしを十分堪能することが出来ぬという矛盾に逢着せざるを得ぬ。

次はその歿年を「壬午除夕」とせず、敦誠の三十の整寿の賀の祝いの癸未に編年して、歿年を「癸未除夕」の干支の書き違いとする学説である。「除夕」のみそのままという前提はあまりあり得ぬことと見るべきで、これにも無理があろう。私は「壬午除夕」説にも加担せず、近年の梅節氏等の説のように句読の誤りで、批語のデートと見るのが正解、従って甲申の早春と見る新説が支持すべき有力なものと映るのである。

その次は「雪芹先生像」の真贋である。これは一九六一年に河南省鄭州の骨董屋で発見された数少ない雪芹関係文物である。私も河南省博物館で松枝茂夫先生に陪して手に取って見ることが出来たが、贋物との印象を受けた。果せるかな、後日になって骨董屋の手記が公表され、自分が造ったとのことであった。周教授はその後も奇妙なことに真作説を一貫して支持して変るところがなかった。学者がやたらに節を変えないのは見上げたものではあるものの、これはちと度が過ぎていたようだ。

四番目は雪芹墓石の真贋であり、「文革」中に河北省通州で発見された墓石「曹公諱霑之墓」をめぐって真贋の両説の激しい論戦がくり展げられた。（のちに『曹雪芹墓石論争集』一冊にまとめられた。）

文物の鑑定専門家も動員された結果は白と出た。但し墓石の左下部に鐫られた「壬午」の二字は原有のものでなく、民国以後紅学の隆盛期以後、壬午歿年説に有利になるよう付加されたものかと疑われる。周氏は癸未説に立つから勿論全否定説である。墓石は通州の市役所の物品置場で小山教授と一緒に見たが、現在は右のように考えているので周氏の見解とは齟齬するが如何であろうか。

以上は比較的大きな問題を取り上げたが、細かい問題はまた無数にあろう。

現に雍正朝史の専門家である姫路独協大学の楊啓樵教授に「周汝昌教授の若干の問題」と題する批判の論文があり（『紅楼夢学刊』）、細部の詰めの甘さが指摘されている。こういう点は、一概に鵜呑みにできぬという看過すべからざる瑕疵であり『小伝』の限界を示している。

八　双絶の人、スコラポエット

周汝昌教授は双絶の人である。

中国では学藝の領域で二つ以上人に秀でた人を双絶、三絶と称して称える習慣がある。周氏の場合は詩作と書法（書道ともいう）の二領域である。

ただし、書法を集成した書帖も詩作を集成した詩集もあるわけではなく、題詩や題書として散見するのみである。

それらを通じて抜群の力量、人に冠絶したその力量を量るより他に方法はない。

尤も、詩作については、一つだけその詩人としての力量を窺わせる恰好の逸話がないではない。いわゆる「文革」が終熄に向う頃、多聞に洩れず農村に下放していた周氏が都市に還った頃、周氏が遊び心を出して、雪芹がかつて忘年の友人敦敏の作った「琵琶行伝奇」の為に七律の題詩を造った。その二遺句に合わせて以下の如き六句を重ねて三首擬作した（旁点の句は原作）。

一

唾壺崩剝慨當慷、月荻江楓滿畫堂。
紅粉眞堪傳栩栩、渌尊那勒感茫茫。
西軒鼓板心悲壯、北浦琵琶韻未荒。
白、傳、詩、靈、應、喜、甚、定、教、蠻、素、鬼、排、場。

二

雪旌冉冉肅英王、敢拟通家綴末行。
雁塞鳴弓金挽臂、虎門傳札玉緘璫。
燈船遺曲憐商女、暮雨微詞托楚襄。
白、傳、詩、靈、應、喜、甚、定、教、蠻、素、鬼、排、場。

三

相溽久識轍中魴、毎接西園酒座香。
岐宅風流柯竹細、善才家數鳳槽良。

斷無脂粉卑詞品、漸有衫袍動涙行。
白傳詩靈應喜甚、定教蠻素鬼排場。

その第一首に社会科学院文学研究所研究員の呉世昌氏が口を挟み、これは雪芹の詩に相違なく、汝昌の言うような擬作ではあり得ぬこととしたので、話がややこしくなり、真っ向から対立した両者の関係は紛糾し、結局平行線に終って、解決を見なかった。

事が事だけに決着がつくわけがなく平行線のまま終った。この時の論戦は呉氏の全集『羅音室学術論著』第四巻に収められている。

付録　周汝昌の〝紅学〟への道

『人民日報』（海外版）「有名人近況」欄二〇〇三年六月三日付け七面に孫立鋒の「周汝昌の〝紅学〟への道」という記事が載った。

ルーペを片手に『美学四講』に読み耽る周汝昌教授の近影が掲げられている。紅学者として大成した周氏の歩みを簡明に述べているので、以下に大意を節訳して読者の参考に資するとしたい。

古今を通じて、中国学術界の数ある学派のうちで、〝紅学〟は真先に指を屈する、学中の学に列せらるべきものといえる。しかしながら、当年八十五歳の周汝昌氏ときてはさにあらずとし、老人は十把一からげ、ごたまぜに評価されることを従来からいさぎよしとしない。周老人はかつてこんなことばを述べたことすらある——あっさり私を〝紅学家〟と見なすのは外界の一種の誤解であり、〝紅学家〟という呼び方も嬉しくないし、〝紅学界〟という言い方も気に入らない。周汝昌氏がこう言うのは、決して表面上ことばを弄んでいるのではなくて、それには周氏自身の〝紅から黒〟に至ったこんな不遇の経歴が関わっている——

周汝昌氏が〝紅学〟という分野で一働きして名を成してのち、多くの人はひとしく彼は生粋の北京人だと思い込んでいた。実はさにあらず、周汝昌氏の本籍は天津である。一九四〇年二十一歳のとき、燕京大学の西洋語学部に合格し、卒業ののち燕京におちついて教員の一人となった。続いて、国内の戦争が相ついだ等の原因で周汝昌氏は四方へ流離した。抗日戦争が終結したのち、周氏は〝挿班生（編入生）〟の身分で改めて再度試験を受けて燕京のキャンパスに収まった。これは二度めの入学であり、かくてその気もなくいわゆる学究の道をあゆむこととなったのである。

周氏はかつて華西大学及び四川大学でも教壇に立ったことがある。興味深いのは、周汝昌が個人的に教科書や作文を教え古典詩詞を愛好して探究するなかで、『懋斎詩鈔』中の『紅楼夢』の作者曹雪芹の平生に関係した六首の詩篇にであったことである。兄の周祜昌の支援と啓発を受けながら、周汝昌は曹雪芹の生歿年月を考察した一篇の学術論文を書き上げ、趙万里の主宰した『民国日報』の『図書』欄に発表した。これ以後、年少気鋭の周汝昌氏の名前は学術界の胡適氏の注目を引くようになった。

周汝昌氏の〝紅人〟の旅は、胡適が牽引して手綱をとる伯楽の役を果たしたと言えよう。もしも胡適氏の慧眼に選る発見がなかったら、周汝昌もあるいは紅学という学問に従事するには至らなかったろう。〝紅学〟に関する問題について、胡適氏は、北平解放前夜の東廠胡同の一号で二〇数歳の周汝昌と約束して会った。約束による会見のことを周汝昌は指導教授がさしで講義するのを学生が傾聴するというのに比《たぐ》えている。生まれたばかりの小牛が虎を惧れないようなものかも知れぬ。周汝昌は当時軽重をわきまえずに胡適氏に向かって珍本『紅楼夢甲戌本』を恩借させてくれるように懇請したものである。周汝昌は自分の厚かましい懇請がそれほどと経たないうちに、なんと叶えられ、まともな返事を得られようとは、思いもかけぬことであった。

ある日のこと、大学者の孫楷第氏が胡適の依頼を受けて、胸に一抱えの本を抱きかかえながら、燕京大学のキャンパスに現れ、門を入るなりこの読書を酷愛する学生を探した。周汝昌はなんと〝紅書（紅学の専門書）〟を借り受けることになったのである。

周汝昌はこのような大変な鼓舞激励を受けたのち即座に書簡を、胡適にあてて意見を開陳した。

（一）『紅楼夢』の甲戌本はひとつの宝庫であるからこれを高閣に懸くべきでなく、やはり正式にその内容意義を発掘すべきである。

（二）程偉元・高鶚によってひどく滅茶苦茶に朱を入れられた雪芹の原書は、早急に雪芹の面目を保った一部の新しいテキストに校訂すべきである、と。

胡適の返信は周汝昌を鼓舞激励するものであった。

先輩の有名人からマークされて支持された経歴のある周汝昌は、名を成したのち自分も一世代下の若い学者の進歩と成長に格別に関心を払い、面倒を見続けた。周汝昌氏の日常の仕事は比較的繁忙であったが、しかし訪問して教えを乞う後輩たちに対しては、みな笑顔で接し、出来る限り訪問して教えを乞う者たちの種々の疑問に円満に解答できるよう努めた。

四十万字の『紅楼夢新証』が一九五三年に出版されたとき、周汝昌氏はちょうど四川大学で教壇に立っていた。聞けば当時の文代会（文学者代表会議）の代表たちは、ほとんどみな手に一冊の『新証』をたずさえていたという。はるか太平洋の彼岸にいた胡適氏も汝昌氏の学問の感服すべきを称讃し、わたしの優れた弟子の一人に算えることが出来ると述べた。毛沢東は自分の『五部の古典小説を評読する』でも、二ヶ所『紅楼夢新証』を引用した。一九五四年、三十六歳の周汝昌は北京に転任し人民文学出版社に一人の普通《ひら》の編輯（編集者）となった。

今年、八十五歳の周汝昌氏は身を以て人情の世故と世間の滄桑とを経験した。現在老人の眼は失明に近く、書を書くときは顔を紙の上にべったり近づけて「斗」大の文字を書く。絶えず補聴器を着用し、文章を読むときはその上高倍率のルーペを使用する。老人がテーブルに俯して書を書き書物を読み、文章を書き上げると、自分の助手が清書をしパソコンで打つ。というのは老人の字の多くは別人に見分けがつかず、多くの文字が重なり横たわっている始末だ。どうしても書き癖を知悉する親属が完成工作にたずさわる必要がある。

周汝昌氏は彼の書跡を求める人にいつもこう言う。自分の視力は良くなく、〇・〇一しかないので、私は片眼で仕事をする理屈になる。

私は未完成のままの仕事——誰も替ることのできぬ——を沢山抱えているので、その学術研究は独立かつ特殊なものである。

周汝昌氏は「純真崇尚、知情双霊、知情随和」をモットーとし、人情世故をそらんぜず、学問に熱中すると同時に彼は若干の世人俗事を渇望している。表面上は完全に漢という王朝のみを知って魏晉を問題にせぬ桃花源中の人物であるとは言え。

周汝昌氏の内心は子供のように純真で、澹然として言う——私は自分がなお何年か生き長らえることを希むがそうあってこそ後世の人に若干の貢献ができるからで、決して生を貪り死を惧れるからではない。

いま八十五歳の周汝昌氏は依然辛苦して励んでいる。依然として愉快に生き、時と共に進んでゆく……

［付記］
昨夏、梁帰智氏の『周汝昌伝』（漓江出版社、二〇〇六年四月）が刊行され、小山澄夫教授の斡旋でその年譜を参照するを得た。また原稿の整理浄書には若森幸子女士と林郁雄（女婿）を煩わせた。併せ記して謝意を表する。

二〇〇七年六月十八日

訳者あとがき

曹雪芹ならびに『紅楼夢』の宿命でもあろうか、本書もいったん出版頓挫の憂きめに遭い、二十年近く陋宅書庫の一隅で塵をかぶっていた反古同然の訳稿であった。そんな蕪稿に情けをかけられ、今般公刊の恵みを授けてくださった汲古書院の坂本健彦・石坂叡志両社長には、表すべき感謝の言葉が浮かばない。

思えば、かつて最初に本書出版を企画し、みずから編集の任に当たられた旧中央公論社の故岡野俊明氏から叱咤をこうむりつつ、五年がかりで脱稿にこぎつけた際、わたし自身は訳業完了の想いを深めていたため、あとは刊行されようとされまいと、それは世間事とばかり悠長に構えていた。そんな訳で、実際に開版する運びとなってから予想外の難儀をまねいた。いい加減ふるぼけた富士通オアシスのワープロ原稿をひっぱり出し、それを当世のMSワード文書にパソコンで打ちなおし、さらに十数年来の空白を埋めるべく改めて訳注をおぎない、念のため満文本『八旗満州氏族通譜』をとりよせて人名にルビをほどこし、ようやく発行しうる出版原稿に仕立て直すのに足かけ三年を費やす仕儀とあいなったのである。

かくなる次第で、周汝昌氏の序文から数えて二十年、伊藤師の跋文からしても三年遅れの上梓、という訳者としては醜態のうえに失態をかさねた日本語版ではあるが、さいわい原著者たる周氏がいまだ北京に健在でいらっしゃることのみ、訳者にとっての些やかな心慰めとしている。最後に、瑕瑾少なからぬ拙訳ながら、絶筆として跋文をお寄せくださった先師たる伊藤漱平氏の霊前に、謹んで本書を捧げたい。

平成二十二年　五月二十一日

48
出土文物からみた中国古代

宇都木章著　中国の古代社会を各時代が残したさまざまな「出土文物」を通して分かりやすく解説する。本書はＮＨＫラジオ中国語講座テキスト「出土文物からみた中国古代」を再構成したものである。
▼256頁／定価3150円

49
中国文学のチチェローネ
――中国古典歌曲の世界――

大阪大学中国文学研究室　高橋文治（代表）編　廓通いの遊蕩児が懐に忍ばせたという「十大曲」を案内人に、中国古典歌曲の世界を散策する。
▼300頁／定価3675円

50
山陝の民衆と水の暮らし
――その歴史と民俗――

森田　明著　新出資料を用い、歴史的伝統としての水利組織の実態を民衆の目線から解明する。
▼272頁／定価3150円

51
竹簡が語る古代中国思想（三）
――上博楚簡研究――

浅野裕一編（執筆者＝浅野裕一・湯浅邦弘・福田哲之・福田一也・草野友子）　好評既刊（汲古選書42・46）に続く第三弾。『上海博物館蔵戦国楚竹書』第七分冊を中心とした研究を収める。
▼430頁／定価5775円

伊藤漱平著作集　全五巻

■第一期「紅樓夢編」は、第一巻「版本論」、第二巻「作家論・作品論」、第三巻「讀者論・比較文學比較文化論」を収載する。
第二期の第四巻は「中國近世文學編」、第五巻は「中國近現代文學・日本文學編」。第五巻に「自訂年譜」「著譯論文目錄」を附載。

第一巻　紅樓夢編（上）
第一部　寫本研究―脂硯齋・畸笏叟と脂硯齋本『石頭記』と―
第二部　刊本研究―程偉元・高鶚と程偉元本『紅樓夢』と―
第三部　版本論文叢
第二巻　紅樓夢編（中）
第四部　作家論
第五部　作品論
第三巻　紅樓夢編（下）
第六部　讀者論
第七部　比較文化・比較文學論
第四巻　中國近世文學編
嬌紅記研究／明末清初研究／李漁研究／李漁の戲曲小説の成立とその刊刻
第五巻　中國近現代文學・日本文學編（10年11月刊行予定）
日本文學研究
自訂年譜／著譯論文目錄／「紅樓夢編」を主とする索引

▼A5判／平均470頁
①③④各15750円・②13650円／既刊①～④

『紅楼夢』成立の研究
船越達志著
▼A5判／400頁／9450円

汲古書院

39
中国の文章——ジャンルによる文学史
褚斌杰著／福井佳夫訳　中国における文学の種類・形態・様式である「ジャンル」の特徴を、各時代の作品に具体例をとり詳細に解説する。本書は褚斌杰著『中国古代文体概論』の日本語訳である。
▼340頁／定価4200円

40
図説中国印刷史
米山寅太郎著
静嘉堂文庫文庫長である著者が、静嘉堂文庫に蔵される貴重書を主として日本国内のみならずイギリス・中国・台湾など各地から善本の図版を集め、「見て知る中国印刷の歴史」を実現させたものである。印刷技術の発達とともに世に現れた書誌学上の用語についても言及する。
▼カラー8頁／320頁／定価3675円　好評再版

41
東方文化事業の歴史——昭和前期における日中文化交流——
山根幸夫著　義和団賠償金を基金として始められた一連の事業は、高い理想を謳いながら、実態は日本の国力を反映した「対支」というおかしなものからスタートしているのであった。著者独自の切り口で迫る。
▼260頁／定価3150円

42
竹簡が語る古代中国思想——上博楚簡研究——
浅野裕一編（執筆者＝浅野裕一・湯浅邦弘・福田哲之・竹田健二）
これまでの古代思想史を大きく書き替える可能性を秘めている上海博物館蔵の〈上楚楚簡〉は何を語るのか。
▼290頁／定価3675円

43
『老子』考索
澤田多喜男著
新たに出土資料と現行本『老子』とを比較検討し、現存諸文献を精査することにより、〈老子〉なる名称の書籍は漢代のある時期から認められる。少なくとも現時点では、それ以前には出土資料にも〈老子〉なる名称の書籍はなかったことが明らかになった。
▼440頁／定価5250円

44
わたしの中国—旅・人・書冊—
多田狷介著
一九八六年から二〇〇四年にわたって発表した一〇余篇の文章を集め、三部（旅・人・書冊）に分類して一書を成す。著者と中国との交流を綴る。
▼350頁／定価4200円

45
中国火薬史—黒色火薬の発明と爆竹の変遷—
岡田　登著　火薬はいつ、どこで作られたのか。火薬の源流と変遷を解明する。口から火を吐く火戯「吐火」・隋代の火戯と爆竹・唐代の火戯と爆竹・竹筒と中国古代の練丹術・金代の観灯、爆竹・火缶……。
▼200頁／定価2625円

46
竹簡が語る古代中国思想（二）——上博楚簡研究——
浅野裕一編（執筆者＝浅野裕一・湯浅邦弘・福田哲之・竹田健二）
好評既刊（汲古選書42）に続く第二弾。『上海博物館蔵戦国楚竹書』第五・第六分冊を中心とした研究を収める。
▼356頁／定価4725円

47
服部四郎　沖縄調査日記
服部　旦編・上村幸雄解説　昭和三十年、米国の統治下におかれた琉球大学に招聘された世界的言語学者が、敗戦後まもない沖縄社会を克明に記す。沖縄の真の姿が映し出される。
▼口絵8頁／300頁／定価2940円

29
陸賈『新語』の研究
福井重雅著
秦末漢初の学者、陸賈が著したとされる『新語』の真偽問題に焦点を当て、緻密な考証のもとに真実を追究する一書。付節では班彪『後伝』・蔡邕『独断』・漢代対策文書について述べる。
▼270頁／定価3150円

30
中国革命と日本・アジア
寺廣映雄著　前著『中国革命の史的展開』に続く第二論文集。全体は三部構成で、辛亥革命と孫文、西安事変と朝鮮独立運動、近代日本とアジアについて、著者独自の視点で分かりやすく俯瞰する。
▼250頁／定価3150円

31
老子の人と思想
楠山春樹著
『史記』老子伝をはじめとして、郭店本『老子』を比較検討しつつ、人間老子と書物『老子』を総括する。
▼200頁／定価2625円

32
中国砲艦『中山艦』の生涯
横山宏章著　長崎で誕生した中山艦の数奇な運命が、中国の激しく動いた歴史そのものを映し出す。
▼260頁／定価3150円

33
中国のアルバ──系譜の詩学
川合康三著　「作品を系譜のなかに置いてみると、よりよく理解できるように思われます」（あとがきより）。壮大な文学空間をいかに把握するかに挑む著者の意欲作六篇。
▼250頁／定価3150円

34
明治の碩学
三浦　叶著
著者が直接・間接に取材した明治文人の人となり、作品等についての聞き書きをまとめた一冊。今日では得難い明治詩話の数々である。
▼380頁／定価4515円

35
明代長城の群像
川越泰博著
明代の万里の長城は、中国とモンゴルを隔てる分水嶺であると同時に、内と外とを繋ぐアリーナ（舞台）でもあった。そこを往来する人々を描くことによって異民族・異文化の諸相を解明しようとする。
▼240頁／定価3150円

36
宋代庶民の女たち
柳田節子著
「宋代女子の財産権」からスタートした著者の女性史研究をたどり、その視点をあらためて問う。女性史研究の草分けによる記念碑的論集。
▼240頁／定価3150円

37
鄭氏台湾史──鄭成功三代の興亡実紀
林田芳雄著　日中混血の快男子鄭成功三代の史実─明末には忠臣・豪傑と崇められ、清代には海寇・逆賊と貶され、民国以降は民族の英雄と祭り上げられ、二三年間の台湾王国を築いた波瀾万丈の物語を一次史料をもとに台湾史の視点より描き出す。
▼330頁／定価3990円

38
中国民主化運動の歩み──「党の指導」に抗して──
平野　正著　本書は、中国の民主化運動の過程を「党の指導」との関係で明らかにしたもので、解放直前から八〇年代までの中共の「指導」に対抗する人民大衆の民主化運動を実証的に明らかにし、加えて「中国社会主義」の特徴を概括的に論ずる。
▼264頁／定価3150円

20 グリーンティーとブラックティー
中英貿易史上の中国茶
矢沢利彦著　本書は一八世紀から一九世紀後半にかけて中英貿易で取引された中国茶の物語である。当時の文献を駆使して、産地・樹種・製造法・茶の種類や運搬経路まで知られざる英国茶史の原点をあますところなく分かりやすく説明する。
▼260頁／定価3360円

21 中国茶文化と日本
布目潮渢著
近年西安西郊の法門寺地下宮殿より唐代末期の大量の美術品・茶器が出土した。文献では知られていたが唐代の皇帝が茶を愛玩していたことが証明された。長い伝統をもつ茶文化―茶器について解説し、日本への伝来と影響についても豊富な図版をもって説明する。カラー口絵4葉付
▼300頁／品切

22 中国史書論攷
澤谷昭次著
先年急逝された元山口大学教授澤谷先生の遺稿約三〇篇を刊行。東大東洋文化研究所に勤務していた時「同研究所漢籍分類目録」編纂に従事した関係から漢籍書誌学に独自の境地を拓いた。また司馬遷「史記」の研究や現代中国の分析にも一家言を持つ。
▼520頁／定価6090円

23 中国史から世界史へ　谷川道雄論
奥崎裕司著　戦後日本の中国史論争は不充分なままに終息した。それは何故か。谷川氏への共感をもとに新たな世界史像を目ざす。
▼210頁／定価2625円

24 華僑・華人史研究の現在
飯島　渉編　「現状」「視座」「展望」について15人の専家が執筆する。従来の研究を整理し、今後の研究課題を展望することにより、日本の「華僑学」の構築を企図した。
▼350頁／品切

25 近代中国の人物群像
――パーソナリティー研究――
波多野善大著　激動の中国近現代史を著者独自の歴代人物の実態に迫る研究方法で重要人物の内側から分析する。
▼536頁／定価6090円

26 古代中国と皇帝祭祀
金子修一著
中国歴代皇帝の祭礼を整理・分析することにより、皇帝支配による国家制度の実態に迫る。
▼340頁／定価3990円　好評再版

27 中国歴史小説研究
小松　謙著
元代以降高度な発達を遂げた小説そのものを分析しつつ、それを取り巻く環境の変化をたどり、形成過程を解明し、白話文学の体系を描き出す。
▼300頁／定価3465円

28 中国のユートピアと「均の理念」
山田勝芳著　中国学全般にわたってその特質を明らかにするキーワード、「均の理念」「太平」「ユートピア」に関わる諸問題を通時的に叙述。
▼260頁／定価3150円

11
中国語文論集　文学篇
太田辰夫著

本巻には文学に関する論考を収める。「紅楼夢」新探／「鏡花縁」考／「児女英雄伝」の作者と史実等。付固有名詞・語彙索引

▼350頁／定価3568円

12
中国文人論
村上哲見著

唐宋時代の韻文文学を中心に考究を重ねてきた著者が、詩・詞という高度に洗練された文学様式を育て上げ、支えてきた中国知識人の、人間類型としての特色を様々な角度から分析、解明。

▼270頁／定価3059円

13
真実と虚構――六朝文学
小尾郊一著

六朝文学における「真実を追求する精神」とはいかなるものであったか。著者積年の研究のなかから、特にこの解明に迫る論考を集めた。

▼350頁／定価3873円

14
朱子語類外任篇訳注
田中謙二著

朱子の地方赴任経験をまとめた語録。当時の施政の参考資料としても貴重な記録である。「朱子語類」の当時の口語を正確かつ平易な訳文にし、綿密な註解を加えた。

▼220頁／定価2345円

15
児戯生涯　一読書人の七十年
伊藤漱平著

元東京大学教授・前二松学舎大学長、また「紅楼夢」研究家としても有名な著者が、五十年近い教師生活のなかで書き綴った読書人の断面を随所にのぞかせながら、他方学問の厳しさを教える滋味あふれる随筆集。

▼380頁／定価4077円

16
中国古代史の視点　私の中国史学(1)
堀　敏一著　中国古代史研究の第一線で活躍されてきた著者が研究の現状と今後の課題について全二冊に分かりやすくまとめた。本書は、1時代区分論　2唐から宋への移行　3中国古代の土地政策と身分制支配　4中国古代の家族と村落の四部構成。

▼380頁／定価4077円

17
律令制と東アジア世界　私の中国史学(2)
堀　敏一著　本書は、1律令制の展開　2東アジア世界と辺境　3文化史四題の三部よりなる。中国で発達した律令制は日本を含む東アジア周辺国に大きな影響を及ぼした。東アジア世界史を一体のものとして考究する視点を提唱する著者年来の主張が展開されている。

▼360頁／定価3873円

18
陶淵明の精神生活
長谷川滋成著

詩に表れた陶淵明の日々の暮らしを10項目に分けて検討し、淵明の実像に迫る。内容＝貧窮・子供・分身・孤独・読書・風景・九日・日暮・人寿・飲酒　日常的な身の回りに詩題を求め、田園詩人として今日のために生きる姿を歌いあげ、遙かな時を越えて読むものを共感させる。

▼300頁／定価3364円

19
岸田吟香――資料から見たその一生
杉浦　正著　幕末から明治にかけて活躍した日本近代の先駆者―ドクトル・ヘボンの和英辞書編纂に協力、わが国最初の新聞を発行、目薬の製造販売を生業としつつ各種の事業の先鞭をつけ、清国に渡り国際交流に大きな足跡を残すなど、謎に満ちた波乱の生涯を資料に基づいて克明にする。

▼440頁／定価5040円

著者紹介

周　汝昌（しゅう　じょしょう）

1918年、天津市生まれ。50年、燕京大学西語系を卒業。52年、同大中文系研究院を卒業。現在、紅楼夢研究所顧問、『紅楼夢学刊』編輯委員。主な著書に『紅楼夢新証』『曹雪芹小伝』『献芹集』『石頭記鑑真』『紅楼夢的歴程』『恭王府考』『紅楼夢詞典』『范成大詩選』等。

訳者紹介

小山　澄夫（こやま　すみお）

1948年、水戸市生まれ。77年、東京大学大学院博士課程を単位取得退学。現在、愛知大学文学部教授。主な論文に「紅楼夢の発言動詞に関するノウト」「紅楼夢—情から不合理へ」「紅楼夢の背景—清代の貴族社会をめぐり」「曹家と清朝」「金瓶梅の言葉あそび」等。

汲古選書52

曹雪芹小伝

二〇一〇年七月十五日　発行

著者　周　汝昌
訳者　小山　澄夫
発行者　石坂　叡志
印刷所　富士リプロ㈱

発行所　汲古書院
〒102-0072　東京都千代田区飯田橋二―五―四
電話〇三（三二六五）九七六四
FAX〇三（三二二二）一八四五

ISBN978‐4‐7629‐5052‐0　C3398
ZHOU Ruchang / Sumio KOYAMA　©2010
KYUKO‐SHOIN, Co, Ltd. Tokyo

【人名索引】

―た―

【事項索引】